BEVRIJDINGSOMNIBUS

Margreet Maljers

Bevrijdingsomnibus

De gids

Licht over de stad

Z&K

Uitgeverij Zomer & Keuning

ISBN 9789020539196
NUR 344/342

Oorspronkelijke uitgave *De gids* © 2015
Oorspronkelijke uitgave *Licht over de stad* © 2016

Postbus 13288, 3507 LG Utrecht

Omslagontwerp Liesbeth Thomas, t4design
Omslagfoto © collaborations/Trevillion Images
Vormgeving binnenwerk Yvonne Reijsoo, Nyvonco

www.zomerenkeuning.nl

Uitgeverij Zomer & Keuning vindt het belangrijk om op milieuvriendelijke en verantwoorde wijze met natuurlijke bronnen om te gaan. Voor de papieren editie van deze titel is daarom gebruikgemaakt van papier waarvan zeker is dat de productie niet tot bosvernietiging heeft geleid.

De gids

1

'Vertrekken? Ach nee... Waarom?'

Een zachte mannenstem mompelde onduidelijk en mevrouw Aline van Henegouwen ging verder: 'Is het om die verraderlijke inval in Polen? Natuurlijk is dat een schande en hadden de Engelsen eerder in moeten grijpen.' Haar stem werd hoger bij de laatste woorden.

Zonder dat ze haar zag vanuit haar zitplaats, wist Elja van Lier hoe haar tante Aline nu keek: de felle, grijsblauwe ogen vonkend en haar lippen op elkaar geperst. Ongetwijfeld zou er een lok van haar grijze haar bijna tot in haar ogen vallen, die ze dan meestal met een magere hand ongeduldig naar achteren streek.

Elja keek naar tante Flora, die tegenover haar zat en al een minuut in haar theekop zat te roeren. Allebei luisterden ze openlijk naar het gesprek dat werd gevoerd in het andere vertrek. Het hoorde natuurlijk niet, maar sommige dingen waren te belangrijk om erdoorheen te bazelen.

Het was september 1939. Ze zaten in de kamer die achter de winkel lag. Elja was op bezoek bij 'de tantes', zoals ze thuis de twee oudere zussen van haar moeder altijd in één adem noemden.

De tantes waren welkome bezoekers bij haar thuis. Ze hadden altijd prachtige verhalen over het reilen en zeilen in de fotozaak, en vooral tante Flora kon aanschouwelijke voorstellingen geven. Elja's moeder, de jongste van de drie zusters Van Henegouwen en de enige die getrouwd was, genoot er altijd van als haar zusters op bezoek kwamen. In een gewoon huis gebeurde zo weinig, zei ze weleens. Gelukkig dat haar zusters vaak kwamen, zodat ze nog wat meekreeg van het zakenleven.

Deze morgen was dat zakenleven niet direct leuk te noemen.

Tante Flora's ronde gezicht kreeg een bezorgde uitdrukking terwijl ze ingespannen luisterde naar het gesprek dat haar zuster voerde met de man die in het pand naast de fotozaak een stoffenwinkel had.

'Chamberlain is natuurlijk een... een...' Tante Aline zocht naar een woord dat genoeg uiting zou geven aan haar minachting voor de houding van de Britse premier tegenover de inval in Praag.

'... een natte dweil geweest,' zei ze toen. 'En dan ben ik nog mild.' Ze brak haar zin af, want de winkelbel rinkelde. Er kwam een klant naar binnen en tante Aline groette met een nog hoge stem van verontwaardiging. 'Goedemiddag. Eh, meneer Mendels, laten we het gesprek straks maar binnen voortzetten. Mijn zuster en mijn nichtje zitten in de achterkamer.' Ze wendde zich tot de klant. 'Ik kom zo bij u. Ja... een moment!'

'Ik hoef alleen maar...'

Tante Aline onderbrak hem. 'Ik zei: een moment!'

De klant zweeg. Men ging niet in tegen tante Aline als ze op die toon sprak.

Haar voetstappen op de houten vloer van de winkel klonken resoluut en de deur naar het vertrek achter de fotowinkel werd geopend. Achter tante Aline kwam meneer Mendels de kamer in. Hij was een lange, wat gebogen man en woonde naast het 'fotoatelier', zoals de dames Van Henegouwen hun zaak noemden.

Tante Flora was al opgestaan en schoof de stoel tegenover Elja uitnodigend naar hem toe.

'Gaat u toch zitten,' glimlachte ze. 'Wat een heerlijk weer, hè? Ik zei het net al tegen mijn nichtje, wat een heerlijk weer. Dat heeft september toch vaak.'

'Ben zo terug,' zei tante Aline en ze verdween naar de winkel.

Meneer Mendels knikte, nam plaats en zweeg.

Hij had in de vijf jaar waarin hij de stoffenzaak had gedreven, niet veel contact gezocht met de andere winkeliers in de Langestraat. Zijn vrouw Esther koesterde een diep wantrouwen tegen mensen. Door alles wat ze meegemaakt had, hield ze iedereen op afstand.

Alleen met de tantes, van wie ze het pand in de Langestraat huurden, hadden ze een warmere verstandhouding gekregen.

Het was bijna onmogelijk om geen goede relatie met de tantes te hebben, dacht Elja terwijl ze naar het bleke gezicht van de man tegenover haar keek. De tantes waren zo bruisend en hartelijk dat je wel van steen moest zijn om niet aardig tegen hen te zijn.

Tante Flora pakte een kopje van het blad dat op tafel stond, schonk dat vol en schoof het naar hem toe. 'Engelse thee, maar deze is tenminste sterk,' zei ze.

Dom mens, zo heeft hij door dat we hen gehoord hebben,

dacht ze en ze sprak er meteen overheen: 'Hier... boterbiesjes, van Beers. Ze zijn heerlijk.'

Hij knikte, nam een koekje uit de trommel en keek van tante Flora naar Elja, die hij een paar keer eerder had ontmoet bij de zusters.

'Eh...' Hij zocht duidelijk naar een onderwerp. 'Vakantie?'

Elja schoot hem te hulp. Ze zat nooit om woorden verlegen. 'Klaar met school. Examen gehaald en nu ben ik aan het bedenken wat ik moet gaan doen. Misschien ga ik mijn typediploma halen, want dat is altijd handig. Maar een kantoor lijkt me oervervelend,' zei ze luchtig.

'Ja... ja, daar kan ik me iets bij voorstellen. Je lijkt me daar te levendig voor,' zei meneer Mendels verstrooid.

'Kom, kom, dat zal wel meevallen,' zei tante Flora. 'Een kantoor kan leuke kanten hebben.' Maar omdat ze niet precies wist wat die leuke kanten waren, zweeg ze maar.

Elja babbelde verder om geen stilte te laten vallen waarin meneer Mendels zich geroepen zou voelen om weer een vraag te stellen. Ze wist dat hij alleen maar beleefd had willen zijn met zijn vraag en dat zijn aandacht gericht was op de winkel en op tante Aline. Wat zou hij van haar moeten? Hij had in ieder geval wel de goede voor. Iedereen die de tantes wat beter kende, wist dat tante Aline de meeste zaken regelde en dat tante Flora zich meer met de huiselijke dingen bezighield. Maar meneer Mendels keek zo bezorgd. Of nee, dat was het woord niet. Gelaten... Alsof hij zich ergens bij neer had gelegd.

Elja vond hem een aardige man. De textielzaak liep goed, want hij verkocht mooie stoffen. Elja kwam er zelf ook af en toe. Haar moeder maakte de meeste kleding voor haar dochter en zichzelf, dus dat hoefde ze niet te leren, al zei haar moeder dat het wel praktisch was om te kunnen verstellen en dat het tijd werd dat ze dat leerde. 'Stel dat je kinderen krijgt en dat het jongens zijn. Dan lopen ze met broeken met gaten in de pijpen.'

'Dan knip ik de pijpen af, en ik maak er knikkerzakken van,' had Elja gezegd. Waarop haar moeder troefde dat ze dan wel moest kunnen naaien. Daar zat wel wat in.

Verstellen... Dat was nu wel het laatste wat haar aantrok. Die typecursus dan maar?

Dat rondhangen was toch eigenlijk niets voor haar. Fijn voor een vakantie, maar die was nu toch wel voorbij. Ze moest wat verzinnen, want voor ze het wist had haar vader een baan voor haar geregeld en begon ze met prullenbakken legen op een notariskantoor.

Daar was tante Aline weer.

'Alleen maar een paar fotorolletjes. Laten we het nu hebben over uw onzalige voornemen,' zei ze energiek tegen meneer Mendels. 'Alweer naar een ander land... en u spreekt nu net zo goed Nederlands. In amper vier jaar. Je kunt bijna niet meer horen dat u geen Nederlander bent. En bij uw kinderen al helemaal niet. Het zou toch jammer zijn om dit,' ze gebaarde om zich heen, 'achter te laten.'

Meneer Mendels negeerde haar opmerking. 'Ik hoor van mijn relaties in Duitsland hoe het daar nu toegaat,' zei hij. 'En ik wil weg zijn voor ze hier komen.'

Tante Aline fronste. 'In 1914 zijn we buiten de oorlog gebleven. Dat zal wel weer zo lopen. Denk om de kinderen,' zei ze vol vertrouwen. 'Zo vaak verhuizen is niet goed voor die kleintjes.'

Tante Flora keek sceptisch na die woorden en meneer Mendels schudde zijn hoofd. 'Als het alleen om mij ging, zou ik wel blijven. Maar juist om de kinderen moeten we weg. We hebben elders familie en die dringen erop aan dat we naar hen toe komen.' Hij legde zijn handen op tafel in een machteloos gebaar. 'Ik kan het niet langer uitstellen. Niet nu Groot-Brittannië en Frankrijk de oorlog verklaard hebben aan Duitsland.'

'En dat hadden ze veel eerder moeten doen,' zei tante Aline krachtig. 'Meteen na die inval in Praag.'

Meneer Mendels zweeg.

'En wanneer wilde u dan vertrekken?' vroeg tante Flora na een tijdje. Ze vroeg zich af wat hij nu precies kwam doen. Ach ja, natuurlijk. De huur van de winkel liep af aan het eind van het jaar. Hij zou het dus niet verlengen.

'Volgende maand. Ik heb het meeste al geregeld,' zei meneer Mendels.

'Volgende maand?' De stem van tante Aline schoot uit. 'Waarom zo vlug? U denkt toch niet echt dat ze ook hier zullen binnenvallen? We leggen hun geen strobreed in de weg, al vind ik dat een schandalige fout van onze regering. Slapjanussen zijn het tot-en-met! Maar we houden de Duitsers wel buiten de deur omdat ze ons een broedervolk vinden. Dat hoorde ik van een NSB'er van hiertegenover. Ook zo'n fraai heerschap met die rare stijve arm die hij in de hoogte steekt als die kornuiten van hem langskomen. Ik heb al eens gevraagd of je eerst in het gips moet als je bij de club wilt. Hij werd nog kwaad ook. Stomme kerel. En wij een broedervolk van die Sieg-Heilbrullers? Nou, mooi niet.' Ze snoof minachtend. Tante Aline nam geen blad voor de mond als ze het ergens mee oneens was. 'Denk er nog eens een nachtje over. Uw kinderen zijn hier nu net gewend. En u hebt de huur al betaald tot het eind van het jaar.' Ze dacht even na en zei toen met lichte tegenzin: 'Dat restant krijgt u natuurlijk terug, maar daar gaat het niet om.'

'Natuurlijk krijgt u dat terug,' viel tante Flora haar bij en haar zuster keek wrevelig omdat het nu niet direct zo vanzelfsprekend was om een huurcontract te ontbinden en het geld terug te krijgen.

Meneer Mendels glimlachte droefgeestig. Een nachtje erover slapen. Wat waren ze nog onschuldig en naïef, deze dames. Alsof hij al niet een jaar had liggen piekeren... en dan dat beetje geld voor de huur van de winkel. 'Geen sprake van,' zei hij. 'Ik huur tot het eind van het jaar. Afspraak is afspraak. En we vertrekken naar Amerika. We hebben daar familie. U kunt toch niet denken dat Nederland gespaard blijft? Uw eigen militairen zijn opgeroepen. In Bergen zijn alle hotels en pensions gevorderd en het wemelt in de stad van de soldaten.'

Het bleef stil na zijn opmerking. Tante Aline en tante Flora keken elkaar peinzend aan. Dat was wel waar, natuurlijk.

Elja leunde met haar ellebogen op tafel, haar kin in haar handen. Het klonk logisch. Overal in de stad zag je uniformen, en natuurlijk waren die militairen niet naar Bergen gekomen om vakantie aan het strand te vieren, al waren ze behoorlijk uitbundig. Ze was nog nooit zo veel nagefloten als de laatste weken en er hing een vreemde sfeer op straat.

Oorlog... Ze wist eigenlijk niet eens goed wat ze ervan moest verwachten. Haar jongere broers vonden het spannend, maar wat wil je? Die waren elf en dertien jaar. En aan haar moeder was niet te merken dat ze de situatie bedreigend vond. Alleen haar vader maakte zich werkelijk zorgen. En al een hele tijd, realiseerde ze zich.

'Maar uw zaak dan?' begon tante Aline weer.

'Een prachtige manufacturenzaak,' voegde tante Flora eraan toe.

Meneer Mendels wreef over het pluchen tafelkleed. Tegen de vleug in, zoals hij dat ook met zijn fluwelen stoffen deed, en de rode kleur verdiepte zich. 'Ik heb een halfjaar geleden een grote order geplaatst in Twente. Daar wil ik het met u over hebben. Ik kon die niet annuleren zonder dat iedereen wist dat we van plan zijn om te vertrekken, en dat wilden we nu juist niet.'

'Tja, misschien is dat een vingerwijzing dat u beter hier kunt blijven?' merkte tante Aline op. 'Afgezien van de schade die u zult lijden... het is misschien toch beter om uw plannen te wijzigen?'

Hij schudde zijn hoofd. 'Dat geloof ik niet. En die schade?' Uit de uitdrukking op zijn gezicht was op te maken dat hij dat niet belangrijk vond. 'Ik heb gedacht... misschien wilt u de zaak overnemen?'

Er viel een verbaasde stilte.

'Wij zijn fotografen. Geen stoffenhandelaren,' merkte tante Aline toen op. Ze was wel dol op mooie kleren en flaneerde soms in uitbundige creaties door de Langestraat. Flora verscheen in net zulke kleding en hield ervan om ze zelf te maken, maar zijzelf?

'Niets voor ons,' zei ze.

Meneer Mendels spreidde zijn vingers op tafel. 'Het was maar een voorstel. Meer niet. Maar u weet nu dat de ruimte vrijkomt.'

'Het is niets voor ons,' herhaalde tante Aline. 'We verhuren de winkel gewoon weer. Of we houden het als magazijn.'

Het klonk tamelijk definitief, maar tante Flora was het niet met haar zuster eens.

'Dat moet je niet zeggen, Aline,' wierp ze tegen. 'Jij niet, maar ik houd wel van lappen en zo. Ik weet wel wat van kwaliteit.' In stilte dacht ze dat ze er veel van wist. 'En ik kan goed naaien. Ik had vroeger coupeuse willen worden, al maakte ik liever hoeden,' voegde ze er na de korte stilte aan toe.

Tante Aline keek wat misnoegd naar haar zuster.

'We hebben geen tijd genoeg voor een winkel erbij,' zei ze. 'Dat weet je zelf ook wel, Flora. Jij bent nodig voor het werk in de donkere kamer. Daar ben je heel bedreven in en al is dat geen dagtaak, je kunt er niet een hele winkel bij nemen.'

'Dat zie ik niet in,' zei tante Flora, onverwacht vasthoudend en ze wendde zich tot meneer Mendels. 'Maar u hebt nog veel stoffen liggen? Wat zou u er anders mee doen? En gaat het ons... Eh, ik bedoel, welke kosten zijn eraan verbonden?'

'Floor!' protesteerde tante Aline.

Meneer Mendels keek naar het ronde gezicht van de jongere zuster Van Henegouwen. Hij zag de graagte in haar blauwe, oprechte ogen.

De zusters waren allebei zo aardig voor hen geweest, had zijn vrouw gezegd toen ze zich hadden afgevraagd wat ze met hun zaak zouden doen. Vanaf het begin dat ze hier waren komen wonen, hadden de zusters voor hen klaargestaan. Zijn vrouw gunde de winkelvoorraad liever aan de dames Van Henegouwen dan aan een handelaar die op een koopje uit zou zijn.

Het was wel jammer van het geld, maar Esther had gezegd: 'We gaan niet achteromkijken, Ben. We zijn niet zoals de vrouw van Lot die in een zoutpilaar veranderde omdat ze Sodom en Gomorra niet achter kon laten.'

Hij had haar aangeraden zoiets niet tegen een inwoner van Alkmaar te zeggen. Ze zouden het verkeerd op kunnen vatten. De Kaasstad had toch niets weg van die goddeloze bendes uit het Oude Testament.

'Hemel, nee,' had Esther direct beaamd. 'Deze goede stad. Maar hoe zal het worden als de Duitsers binnenvallen? Zullen we hier veilig zijn voor die varkens? Nee. Wegwezen nu het nog kan!' Zijn vrouw drukte zich, net als de oudste zuster Van Henegouwen, ook vaak kernachtig uit. Voor Esther, die met hart en ziel in de zaak had meegewerkt, was het bijna nog moeilijker om alles achter te laten dan voor hem.

Hij glimlachte bedroefd naar tante Flora. 'Ik hoef niets voor de inhoud te hebben. Als u alleen de afhandeling van een order van me over wilt nemen. Eind van de maand wordt die geleverd. Ik zal het geld ervoor achterlaten, als u dan mijn zaken wilt regelen tot het eind van het jaar. De voorraad in het magazijn laat ik achter. U kunt dan zelf zien wat u daarmee doet. We wilden alleen maar netjes tegenover u beiden zijn. Dat wil Esther ook. U hebt ons ook altijd correct behandeld.'

'Welnee, heel gewoon, zoals je onder buren doet. Maar wat moeten we dan met al die stoffen, als er nog meer bij komen?' Tante Aline overwoog het aanbod dat haar eerst dwaas had geleken nog een keer: een tweede zaak beginnen? Haar zuster leek er wel zin in te hebben en zo vaak was Flora niet nodig in de zaak. Misschien was het toch niet zo'n gek idee om er iets bij te doen. Zo goed waren de tijden nu ook weer niet. Ze hield er niet van om in inkomen achteruit te gaan.

Tante Flora zoog haar lippen naar binnen. Een stoffenwinkel.

Zo druk was het niet in de fotowinkel. Met een oorlogsdreiging leken mensen niet te willen trouwen en foto's te laten maken. Hoe langer ze erover nadacht, hoe meer zin ze erin kreeg.

'Er komt gebrek aan stoffen,' hernam meneer Mendels. Hij voelde de verandering bij tante Aline. 'Een klein kind kan het aan zien komen. Ik weet hoe het was toen we uit Duitsland wegtrokken en ik ben bang dat het dit kleine land ook... hoe zegt u dat ook alweer? Boven de kop?' Sommige uitdrukkingen beheerste hij nog niet helemaal.

'Boven het hoofd hangt, bedoelt u?' vroeg tante Aline.

'Boven het hoofd hangt, ja,' herhaalde hij. 'Het gaat hier ook gebeuren. Ik denk dat...' De stem van meneer Mendels werd dieper. Hij ging rechtop zitten, zijn ogen werden groter en Elja zou zich later altijd herinneren hoe hij opeens leek te veranderen. De onzekerheid was uit zijn houding verdwenen, hij straalde een somber gezag uit en zijn stem vulde de ruimte.

'Er komen zware tijden aan. Veel onheil, verdriet en angst. Niet alleen voor ons, Joden. Ook voor u. Het is goed dat u zich dat realiseert.'

Tante Aline en tante Flora zwegen, beiden onder de indruk. Elja dacht dat ze zich zo altijd een profeet had voorgesteld. Ze keken alle drie wat verlegen naar meneer Mendels.

'Ik zal geld voor u achterlaten,' zei hij en zijn stem kreeg weer zijn normale sterkte. 'En de inventaris van de winkel... alles is voor u. Ziet u maar...'

Tante Aline schudde haar hoofd. 'Dat gaat niet, meneer Mendels. Daar doet u zichzelf tekort mee. In deze onzekere tijden kan dat niet. U zult het goed kunnen gebruiken en wij hebben wel wat geld, natuurlijk.' Ze keek naar haar zuster.

'Zeker,' zei tante Flora.

'Maar het is niet nodig,' zei meneer Mendels. 'Ik wil volgende maand weg en laat u achter met de afwikkeling. We hebben nu de gelegenheid en Esther zegt dat ze het me nooit zal vergeven als we nu niet gaan. Voor de kinderen, ziet u. En we hebben niet zoveel geld nodig. We hebben wat achter de hand gehouden.'

'Maar wat moeten we met een manufacturenzaak? We zijn fotografen. Geen stoffenverkoopsters,' pruttelde tante Aline nog eens, maar het klonk minder zeker dan eerst.

'Denkt u er nog eens over na.' Meneer Mendels' oog viel op Elja. 'Misschien is het iets voor uw nichtje. Ze heeft nog geen werk en weet niet wat ze doen wil, toch? Ze lijkt me bijdehand genoeg. Ze zou het vast goed kunnen. Probeer het een paar maanden. Wat is een paar maanden nu op de eeuwigheid! Daarna kunt u altijd nog beslissen.'

Ze keken nu alle drie naar Elja.

Elja keek verbijsterd terug. Zij, achter de toonbank van een stoffenwinkel? 'Ik kan nog geen zoom in een jurk leggen,' zei ze na een paar momenten.

'Niet dat het nodig is om stof te verkopen, maar dat kun je toch leren? Er staan twee naaimachines in de zaak en je bent vast handig,' zei meneer Mendels. 'Ik leer je in een paar weken wel iets over materialen. Hoe je kwaliteit herkent en zo. Je tante is er ook nog en je houdt toch van stoffen? Ieder meisje houdt van stoffen.'

'Dat wel,' zei Elja aarzelend. 'Maar...'

Tante Flora keek keurend naar haar nichtje. Het was inderdaad een handig ding. Onbegrijpelijk dat ze nooit zelf iets in elkaar had geflanst buiten wat poppenkleertjes. Maar ja, dat was nooit nodig geweest. Haar moeder deed het altijd voor haar. Jeanet was erg bedreven in het maken van kleding en ze had er aardigheid in. Elja had waarschijnlijk nooit de kans gekregen om iets in die richting te doen. 'Ik leer het je wel. Coupeuses hebben altijd een goede boterham,' zei tante Flora bemoedigend. 'Net als loodgieters.'

Meneer Mendels stond op. 'Precies. Maar als u de zaken niet wilt of kunt afhandelen, is het ook goed. Dan vind ik wel een andere oplossing.' Hij maakte een gebaar. 'Ik zou het op prijs stellen als u hier niet over wilt spreken. Het is niet nodig...' Hij zweeg.

'Dat begrijp ik. Vanzelfsprekend.' Tante Aline stond ook op.

'We komen er nog op terug,' zei tante Flora en ze keek omhoog naar haar buurman. 'Deze week nog. We begrijpen dat u haast maakt. U zult nog afscheid moeten nemen. Van familie en zo?' In haar stem klonk de vraag door.

'Mijn familie, ja. De familie van Esther woont voor een groot gedeelte al in Amerika. Mijn familie is hier gebleven. Ze waren hier al veel eerder dan wij. Wij zijn pas laat uit Duitsland vertrokken en we zijn in Nederland gebleven omdat een broer en een zuster hier al veel langer woonden. Mijn ouders ook, maar die zijn een paar jaar geleden overleden. Mijn broer en zuster blijven hier. Ze denken dat het zo'n vaart niet zal lopen met de oorlog en ze zien ertegen op om weer opnieuw te moeten beginnen.'

'Begrijpelijk,' zei tante Flora warm.

'Dat hangt ervan af.' Meneer Mendels wendde zich tot Elja. 'Als je zin hebt om eens rond te kijken in de zaak, kun je morgen al terecht,' zei hij en hij verdween weer.

'Net wat ik zei: een coupeuse en een loodgieter hebben altijd werk, Elja,' peinsde tante Flora hardop toen de deur achter hem gesloten was. 'Wat een ellende voor dat gezin.'

'Ik geloof dat ik liever loodgieter ben,' zei Elja weerbarstig.

Tante Aline en tante Flora keken beiden meewarig naar haar. Dat kind.

'Je moest toch maar eens gaan kijken bij meneer Mendels. Alles wat je kunt leren is meegenomen,' adviseerde tante Aline.

Elja streek over het tafelkleed. Die wisselde ook vlug van mening. Eerst helemaal tegen en nu... Nou ja, dat was niet erg.

Haar nagel bleef haken in het kleed. Vreselijk gevoel. Eens kijken of er bij meneer Mendels niet een plezieriger stof was te vinden dan pluche. Ze hield niet van pluche. Morgenochtend zou ze naar hem toe gaan. Of zou dat te snel zijn? Maar als ze maar goed drie weken had...

Wat nu? Veranderde ze net zo vlug van mening als tante Aline? Ging ze inderdaad naar meneer Mendels om te leren wat kwaliteitsstof was en hoe je het herkende? Zij in de lappen?

Och... Veel beter had ze niet te doen en tenslotte trouwde ze niet met die zaak. Misschien kon ze die mevrouw Mendels nog een beetje helpen met het een en ander. Ze zou wel veel in te pakken hebben als ze helemaal naar Amerika vertrokken. Wat ellendig voor die mensen. Was je net ingeburgerd en dan kon je weer je biezen pakken.

'Moet ik meneer Mendels eerst vertellen dat ik morgen kom, of zou ik er zo naartoe kunnen gaan?' onderbrak ze het gesprek dat haar tantes met elkaar voerden.

'Ik zou het even zeggen,' adviseerde tante Flora met een klein glimlachje in haar mondhoek.

'Dan ga ik dat maar doen.' Elja aarzelde nog.

'Je bent tot niets verplicht,' waarschuwde tante Aline. Het ging haar een beetje te vlug allemaal. 'Het is maar voor een paar maanden.'

'Absoluut,' zei Elja en ze vertrok naar de winkel naast de fotohandel.

De volgende morgen stond ze om negen uur bij stoffenhandel Mendels voor de deur. Mevrouw Mendels deed open. Op haar arm had ze een kleuter die vrolijk taterde.

Woordeloos gebaarde ze dat Elja binnen kon komen en ze sloot de deur achter haar.

Elja keek rond. De winkel was lang en smal met aan een lange wand stellingen die gevuld waren met stoffen. Ervoor stond een lange tafel waarop ook rollen stof lagen uitgestald. Er lagen een paar meetlatten op de rollen en aan het eind van de tafel stond een kassa met koperen knoppen.

Boven de tafel hingen bolvormige lampen die een warm licht verspreidden. De lampen waren aan, en dat was ook nodig, want er kwam niet veel daglicht naar binnen door het etalageraam. Alleen aan de achterzijde van de winkel was een hoog schuifraam waardoor dat gedeelte verlicht werd. Het onderste stuk was van matglas, maar door het bovenraam zag je takken en bladeren van de boom die in de tuin achter de winkel stond. Achteraan was ook de deur naar het magazijn, en er stond een kleine ronde tafel met een paar rotanstoeltjes.

Elja had de paar keer dat ze hier stof had gekocht de winkelruimte nooit echt goed bekeken. Ze kocht gewoon een lap. Ze had zich ook niet eerder gerealiseerd hoeveel verschillende tinten stof er waren. Van roze-rood tot lavendelblauw en diep bordeaux. In de winkel hing een geur van net gewassen katoen en wol.

'Goed dat je alvast voor de dames Van Henegouwen inspringt,' zei mevrouw Mendels. 'Ik gun het anderen gewoon niet dat ze onze handel voor een habbekrats overnemen. Je tantes zijn goed voor ons geweest en niemand zal van ons kunnen zeggen dat we niet dankbaar zijn. Ben is nog even weg. Hij heeft me gevraagd of ik je alvast wat wegwijs wil maken.'

Ze liep zonder het antwoord af te wachten naar de kleine zithoek. Op het tafeltje lagen een paar modebladen.

'Je tante Flora is redelijk goed op de hoogte, maar wat weet jij van materialen?' vroeg ze zonder achterom te kijken.

'Niet veel. Eigenlijk niets.' Elja keek naar de smalle rug voor haar. Mevrouw Mendels zette het kind op de grond en gaf het wat lintjes in handen.

'Lekker spelen,' zei ze en weer tegen Elja: 'Ze is erg gemakkelijk, gelukkig. Maar je weet niets dus? Ik zal proberen je zo veel mogelijk bij te brengen, maar je moet het me maar niet kwalijk nemen als ik misschien te vlug ga. Ik hoorde van mijn man dat je niet weet wat je met je tijd moet doen op dit moment? Dat is een luxe die ik niet ken. Maar goed... materiaalkennis dus. Luister alsjeblieft goed, want Ben en ik hebben onze tijd hard nodig om onze eigen dingen te regelen.'

Elja knikte een beetje beteuterd. Ze vond het jammer dat meneer Mendels er niet was. Die was aardiger dan zijn vrouw, maar misschien was het voor mevrouw Mendels ook wel moeilijker om de zaak over te doen aan een ander. Zij had tenslotte de zaak voor een groot deel gedreven.

Ze keek naar het kleine kind dat lintjes om een stuk karton wond en ze er weer af deed.

'Ze is zoet, hè?' merkte ze op.

Esther knikte, ze streelde teder over het hoofdje van het kind en pakte toen een rol van de tafel. 'Voel eens, tussen je duim en je wijsvinger, en vouw het eens in elkaar. Ja, en nu frommelen... Nee, zo.'

De rest van de morgen was Elja bezig met voornamelijk voelen aan de stoffen die uitgestald lagen. De duurdere stoffen lagen niet meteen voor het grijpen.

'Deze witte stof bijvoorbeeld. Mensen hebben soms zulke vieze handen dat je je afvraagt of ze weleens van zeep hebben gehoord,' zei Esther. 'Daar zou ik nooit gebrek aan willen hebben.'

Elja knikte. Ze zou nooit voor mevrouw Mendels willen werken, dacht ze.

In de weken die volgden, leerde Elja als in een soort snelcursus het hoe en wat van stoffen.

'Je tante Flora heeft er ook kijk op,' bemoedigde Esther het meisje. 'En jij hebt het ook in de vingers. Wie weet hoe leuk je het gaat vinden.'

Ze was toch wel aardig, bij nader inzien, vond Elja. Maar stel dat de Mendels hier zouden blijven? Zou ze bij Esther in dienst willen zijn? Van z'n levensdagen niet! Meneer Mendels was anders. Voor hem zou ze graag werken.

Hardop zei ze: 'Het is in ieder geval beter dan thuis rondhangen of op een kantoor zitten, al moet ik van mijn vader die typecursus wel afmaken.'

'Zo is het. Leeglopen is niets!' zei Esther.

Zodra ze hier alleen was, ging ze lekker alles op haar gemak bekijken, dacht Elja. Wat meer achter in de zaak lagen bollen en strengen wol. Die vond ze nog prettiger om in haar handen te hebben dan de stoffen. En dan de linten en de knopen...

'Ik ga haken leren,' zei ze. Ze liep naar achteren om de wolvakken bij te vullen. Lege vakken verkopen niet, had ze begrepen.

'Alles wat je leert is meegenomen,' filosofeerde Esther. 'Je weet nooit hoe het nog eens van pas komt. Nou, red je het even? Ben komt je straks wel helpen. Hij zal je nog iets over de prijzen uitleggen.'

Ze vertrok naar boven. Er was, ondanks dat ze weinig meenamen, nog genoeg te doen: uitzoeken wat niet achter mocht blijven en zorgen voor genoeg kleding voor de kinderen, Ben en zichzelf.

Elja hoorde haar zuchten toen ze wegliep en had met haar te doen. Logisch dat Esther vaak zo kortaf was. Je zou maar telkens weer moeten vertrekken. Als dat haar zelf zou overkomen...

Ze keek rond in de winkel met al de stoffen. Zij zou dit vast ook missen als ze in haar plaats was. Zeker als je zo dol was op stoffen als Esther.

Aan het eind van de maand september vertrok het gezin Mendels naar Amerika. Esther was in tranen toen ze afscheid nam van de dames Van Henegouwen.

'Dag. Dag! Moge de Almachtige jullie beschermen,' snikte ze toen ze haar armen om de tantes heen sloeg.

Elja stond wat achteraf en zag de ontreddering op het gezicht van de jonge vrouw.

'En jullie!' zei tante Aline met omfloerste stem. 'Dat God jullie bij moge staan!' Het ging vluchtig door haar heen dat de familie Mendels dat meer nodig zou hebben dan zij.

Tante Flora had tranen in haar ogen. De uitdrukking op het gezicht van meneer Mendels was pijnlijk om te zien. Nog erger dan op dat van Esther.

Het was voor haar ook niet zo moeilijk als voor hem, dacht Elja. Esther had veel familie in Amerika. Ben moest iedereen achterlaten.

De zon scheen uitbundig voor de laatste dag van september. 'Ik hoop dat dat een voorbode is.' Tante Flora hoopte met heel haar hart dat het zo was.

Ben knikte alleen maar. Hij en zijn vrouw hadden allebei een kind op de arm. De bagage stond in de auto. Een taxi zou hen naar de haven in IJmuiden brengen. Het autoportier zwaaide open en ze stapten in. De auto reed langzaam weg.

De drie vrouwen keken hen na.

Esther opende een raam en riep iets wat half verstaanbaar was: 'Vergeten... Achter... magazijnstelling...'

'Wat? Nou ja, geeft niet. We zien ze waarschijnlijk nooit meer terug,' zei tante Flora bedroefd en ze wuifde met een hand.

'Daar zou je weleens gelijk in kunnen hebben. Ik hoop maar dat ze er geen spijt van krijgen dat ze zijn weggegaan. Kom, laten we nu eens verder plannen maken hoe we alles aan gaan pakken. We moeten hier niet blijven staan treuren.' Tante Aline stak een arm door die van haar zuster en van Elja. 'Eerst koffie. Dat helpt altijd.'

2

Al waren de ouders van Elja verbaasd geweest over haar voornemen om voorlopig achter de toonbank van een manufacturenzaak te gaan staan, ze waren ook blij dat ze iets gevonden had waar ze kennelijk plezier aan beleefde. Tot verbazing van haar moeder kroop Elja regelmatig achter de naaimachine, want er was haar al een paar keer om advies gevraagd en om dan helemaal niets te weten, vond ze onnozel van zichzelf. De wol achter in de winkel intrigeerde haar en ze had het breien en haken ontdekt. Ze had dat al op de lagere school geleerd, maar toen had ze het tamelijk saai gevonden. Nu liet ze haar fantasie erop los, en ze had een los hesje voor zichzelf gebreid van donkerblauwe wol en het afgezet met een knalrode rand. De modebladen die Esther had achtergelaten, brachten haar ook op ideeën en als het even heel stil was in de winkel, haakte en breide ze erop los.

Haar vriendinnen keken met bewondering naar de resultaten. Dat hesje... beeldschoon.

'Zoiets mag je voor mij ook wel maken,' zei Helmy, de vriendin met wie Elja vanaf de eerste klas hbs bevriend was. 'Moet je kijken, het is ook mijn maat!' Ze had het hesje aangetrokken en draaide een pirouette voor de lange passpiegel.

'Laat mij ook eens passen?' Carla, een andere vriendin, stak haar hand uit en ze trok het hesje van Helmy's schouders.

Die liet het met tegenzin van haar armen af glijden. 'Ik denk dat het jou niet past, Car. Je bent dikker dan Elja en ik.'

'Helemaal niet.' Carla hield haar adem in en keek langs haar rok naar beneden. Ze hield haar hoofd schuin. 'Zou je dit ook voor mij in elkaar kunnen zetten, El?'

Elja lachte. 'Ik wil jullie met plezier helpen om het zelf te maken. Ik heb te weinig tijd om voor iedereen aan de slag te gaan. En de zaak moet tenslotte ook draaien. Deze wol is er heel geschikt voor. Kom dames, word klant bij mij. De adviezen zijn gratis.'

'Eigenlijk bof je dat je niet meteen wist wat je wilde toen je van school kwam en kon lanterfanten. Ik zat een maand later al op kantoor. Maar het is je gegund, hoor.' Helmy sloeg een arm om haar vriendin heen. 'Het zal niet altijd meevallen om voor twee oude tantes te werken. Ik heb een paar collega's van onze leeftijd en we hebben veel lol om van alles.'

Elja dacht even na. Oude tantes? De tantes waren rond de vijftig jaar. Ja, dat was niet jong, maar oud? Ze waren altijd in voor iets leuks en zij had daar meer vrijheid dan Helmy, als ze haar verhalen zo hoorde.

'Dat valt wel mee, Helmy, en ik kom genoeg meiden en jongens tegen,' zei ze opgewekt.

Elja werkte vier dagen in de week in de stoffenzaak en besteedde twee dagen aan cursussen, want dat was de voorwaarde die haar vader had gesteld. Het typediploma had ze bijna op zak en de cursus Engels vond ze leuker om te doen dan op school, al had ze wel meer kunnen halen dan dat magere zesje waarmee ze geslaagd was voor haar eindexamen.

'Je moet ook een praktijkdiploma boekhouden halen. Dat is nooit weg. Al doe je geen examen, je moet er toch iets van weten. Je bent goed in cijfertjes en je moet niet afhankelijk zijn van anderen voor het op orde houden van je eigen administratie. Dat breekt je oom Ab op. Niet dat ik dat niet graag voor hem doe. Maar...' Vader schudde zijn hoofd.

Elja sloeg haar ogen naar het plafond.

'Moet ik nog meer?' vroeg ze. 'Die vrije uurtjes van mij zijn nu wel helemaal ingevuld, hoor.'

'Je begrijpt wat ik bedoel.' Vader Van Lier nam de krant weer op en wierp zijn dochter een blik toe.

Elja hield haar hoofd schuin. Ze wist dat haar vader voor de helft eigenaar van het boerenbedrijf was gebleven, omdat haar oom het niet alleen kon bolwerken. Hij had geen geld genoeg om vader uit te kopen en vader wilde hem voor geen goud in de problemen brengen. Het enige wat hij voor het bedrijf kon doen, was alle papierzaken afhandelen. En dat deed hij met genoegen. Omdat haar vader ook in het bestuur van de zuivelfabriek zat, hield hij voeling met het bedrijf. Boekhouden... vast handig. Maar om nu zelf voor een praktijkdiploma te zwoegen om de administratie af te kunnen handelen?

'Niet allemaal tegelijk alstublieft, pap, dat komt later nog wel,' lachte ze. 'En mag ik ook een stuk krant?'

Haar vader gaf haar een katern van de krant. Met meer belangstelling dan ze zou hebben gedaan als ze niet nader kennis had gemaakt met het gezin Mendels, las Elja in deze tijd de krant en luisterde ze naar de radio.

Er kwamen nogal wat Joodse families in Alkmaar aan die Duitsland ontvlucht waren, en tante Aline zei dat het jammer was dat het gezin Mendels was weggegaan. Als het hier niet veilig was, zouden die mensen hier vast niet neerstrijken.

Tot haar eigen verrassing beviel het leven zoals het nu ging Elja heel goed. Ongemerkt vlogen de weken voorbij, en omdat het in de fotozaak nog niet aantrok, was tante Flora vaak in de manufacturenwinkel te vinden. Ze vond het eigenlijk leuker om daar te zijn dan in hun eigen winkel.

Elja leerde in korte tijd zo veel, dat haar moeder haar af en toe verbaasd aankeek. Elja als zakenvrouw. Maar ze begreep het aan de andere kant wel. Het was zo afwisselend, het leven in een winkel. Je ontmoette zo veel mensen.

'Vind je het niet vervelend dat ik er vaak ben?' vroeg tante Flora bezorgd aan haar nichtje.

Ze had er zelf vroeger weleens last van gehad dat Aline haar met alles op de handen keek. Ze had echt voor haar plaats moeten vechten. Dat wilde ze Elja niet aandoen.

Elja schudde haar heen en weer. 'Nee tantetje. Ik vind het fijn dat u er bent. Ik zou het vast niet redden in mijn eentje. Ik weet te weinig van prijzen en zo.'

Tante Flora hoorde de oprechtheid in Elja's stem en ging opgelucht neuriënd verder.

De bestelling uit de Twentse fabriek arriveerde en tante Flora betaalde de rekening. De zusters hadden het geld van Ben Mendels resoluut geweigerd.

'We krijgen al genoeg van jullie,' had tante Flora gezegd en de Mendelsen hadden zich erbij neergelegd.

'Anders beleven jullie er geen genoegen aan,' had Esther begrepen. 'Goed dan.'

Toen de vrachtwagenchauffeur van de fabriek de bestelling afleverde, kwamen de beide tantes naar buiten en zagen wat er uitgeladen werd. De stoffen waren verpakt in bruin papier. Het was wel heel erg veel. Waar ze alles zouden moeten laten, wisten ze nog niet.

'Roep me als jullie gaan uitpakken,' zei Aline. 'Ik ben benieuwd wat de Mendelsen besteld hebben. Weten jullie al hoe je het neer gaat leggen? Ik heb aardig kijk op etaleren.'

'Als we je nodig hebben, roepen we je, maar vooralsnog redden we ons.' Flora was vastbesloten om haar zus niet nodig te hebben.

Elja had opgelucht geconstateerd dat tante Aline buiten de deur werd gehouden. Tante was een schat, maar een lastige schat.

Met glinsterende ogen pakten zij en tante Flora de stoffen uit en ze legden ze in de stellages in de winkel. Tante Flora streek liefkozend over een rol glanzende zijde. Deze legde ze achter, besloot ze. Zo mooi... Die was niet voor de eerste de beste die een beetje geld had. Deze bestemde ze voor iemand die ze het echt gunde. Dat donkerblauw was voor Elja misschien wel erg stemmig, maar je wist maar nooit. Ze zou deze en een paar andere rollen achter leggen.

'Elja, wat vind je ervan? Houden we een paar rollen achter voor het geval dat?' vroeg ze.

'Lijkt me een uitstekend plan, tante,' stemde haar nichtje in. 'We hebben achter plaats zat.'

Flora knikte. Ze was ook verrast over de ruimte in de magazijnen achter de winkel. Ondanks dat het pand tot de erfenis behoorde die haar ouders haar en haar zusters hadden nagelaten, was ze doordat ze er jaren niet was geweest, vergeten hoeveel ruimte er was. Een van de kamers boven namen ze ook in gebruik om stoffen op te slaan.

Het was goed dat ze geen andere huurders hadden gezocht maar zelf de winkel hadden overgenomen. Ze moesten echter wel iets regelen voor Elja, dus maar eens gaan praten met haar zwager hoe ze dat het best op papier konden zetten. Een compagnonschap of zo.

De laatste maanden van het jaar werd het hoe langer hoe drukker. Veel vrouwen kochten lappen en wol, want ook al zou er vast geen oorlog komen, het kon best zijn dat er schaarste kwam.

'Je weet maar nooit,' zei tante Flora.

Nee, je wist inderdaad maar nooit.

Het nieuwe jaar brak aan en de eerste maanden verliepen rustig.

Op de morgen van 10 mei werd Elja wakker van de knallen en het geraas en gebonk en de hoge fluittonen van bommen die geworpen werden op het vliegveld Bergen.

De hele stad dreunde door het afweergeschut dat op het vliegveld stond.

Doodstil zaten Elja, haar ouders en haar broers in de ruime kelder. De lege weckflessen in het rek langs de wand rinkelden bij iedere bom die insloeg.

'Ik heb dorst,' zei Flip, haar veertienjarige broer, benepen.

'Ik ook,' zei Leo, de jongste, onmiddellijk.

Maar er was geen water, en hun moeder wilde niet dat iemand een kan ging halen.

'Ben je gek geworden?' bitste moeder toen vader naar boven wilde gaan. Er klonk een hevige knal en vader ging weer zitten op de koude vloer.

Hij hoorde de angst in de stem van zijn gewoonlijk kordate vrouw. Hij zag haar gezicht niet in het donker, want moeder Van Lier had de kelderdeur stevig achter hen dichtgetrokken.

Ach... Jeanet was bang. Wat had je eraan om dat te negeren, ook al zou hij zelf wat geven voor een flinke slok water. Punctueel als hij was, sloeg hij dat op in zijn hoofd. Het zou niet voor het laatst zijn dat ze moesten schuilen. Kaarsen, water en iets te eten moesten hier uit voorzorg liggen. En appels of zo, dacht hij en hij stak tastend zijn hand uit naar zijn vrouw.

'Het komt wel goed, Jeanetje.'

'Ik heb het koud!' zei zijn jongste zoon.

Zijn moeder onderdrukte haar angst en sloeg een arm om hem heen. 'Kom maar, Leo.'

En dekens, vulde vader Van Lier zijn lijstje aan.

Elja zou zich van de tijd in de kelder vooral de dorst herinneren die ze had gekregen en de koude vloer onder haar benen.

Pas een uur later stopte het bombardement. Van de jachtvliegtuigen op het vliegveld Bergen was weinig over.

Een paar uur later fietste Elja naar de tantes.

‘Ga maar. Ik weet toch niet wat je anders hier moet doen,’ had haar moeder vermoeid gezegd.

Op straat liepen een paar militairen die een man voor zich uit duwden, en voor het bankgebouw stond een lange rij mensen. Elja fietste erlangs en ving een paar woorden op.

‘Opnemen nu het nog kan. Straks is het weg...’

‘Ze hadden die verraders van NSB’ers om moeten leggen...’

‘Ze vragen vrijwilligers.’

Elja stapte af. ‘Vrijwilligers, waarvoor?’ vroeg ze aan een man in de rij.

‘Er moeten strozakken gevuld worden bij de Waag. Ze hebben mensen nodig om strozakken te vullen. Er komen hier hordes evacués naartoe,’ riep hij en hij schuifelde verder in de rij.

Evacués? Ach, natuurlijk. Alkmaar was het opvangadres voor mensen uit Amersfoort en omgeving. Wie had kunnen denken dat het zover zou komen?

Elja stapte weer op en reed naar het fotoatelier.

Tante Aline opende de deur. ‘Het schorem is toch binnengevallen. Zonder oorlogsverklaring,’ zei ze grimmig terwijl Elja haar fiets wegzette.

‘Waar hebben jullie geschuild? Onder de trap?’ vroeg Elja.

‘Ben je mal, we hebben gewoon aan tafel gezeten,’ snoof tante Aline.

‘Tante!’ Elja schudde haar hoofd en liep achter haar tante aan naar de kamer.

Tante Flora kwam naar haar nichtje toe. ‘Ben je evengoed gekomen? Wat flink.’ Ze sloeg even een arm om Elja heen.

Die schudde haar hoofd. ‘Helemaal niet flink. Er is niet veel aan de hand op straat. Ik hoorde wel dat er een paar NSB’ers gearresteerd zijn.’

‘Het zal tijd worden,’ zei tante Aline grimmig. ‘Ze zijn in staat om ons te verraden waar we bij zijn.’

‘En er worden mensen gevraagd om strozakken te vullen op het Waagplein. Voor de evacués. En voor de bank stond een enorme rij mensen. Die willen vast voor alle zekerheid hun geld in huis halen.’ Elja keek veelbetekenend.

‘Moeten wij...?’ aarzelde tante Flora.

Tante Aline maakte een wegwerpgebaar. ‘Ben je mal, Floor.

Aan die onzin gaan we niet meedoen. We hebben contant geld zat in huis. Te veel trekt maar dieven aan. En Elja, als jij strozakken wilt vullen bij de Waag, moet je dat maar doen. We redden ons wel. Het zal gerust niet stormlopen vandaag en er moet toch een beetje slaapgelegenheid zijn voor mensen die van huis en haard verdreven worden.'

'Dat zal ik dan maar doen.' Elja liep door de winkel weer naar buiten.

'Kom straks even wat eten, want je hebt natuurlijk niets bij je,' riep tante Flora haar achterna.

Zonder zich om te draaien stak Elja een arm op. 'Doe ik!'

Ze liep naar de Waag waar al tientallen mensen in de weer waren met stro en zakken.

'Waar moet ik beginnen en hoeveel stro moet er in zo'n zak?' vroeg ze aan een man die haar bekend voorkwam.

'Hier... En gewoon flink aanduwen,' zei hij.

Elja herkende hem pas toen ze zijn stem hoorde. Die neef van de vrouw van oom Ab, Vincent Langendael. Hij had in de vierde van de hbs gezeten toen zij op school kwam. Er was een grote afstand geweest tussen de eersteklassers en de leerlingen uit de vierde, maar veel meisjes in haar klas hadden hem heel leuk gevonden. Helmy zwijmelde als ze hem zag en zei dat hij op Gary Grant leek. Elja had er geen idee van, maar het zou vast zo zijn. Hij zag er wel aardig uit, moest ze toegeven. Als Helmy wist dat hij hier aan het werk was, zou ze hier spoorslags naartoe komen. Elja grinnikte even. Zo was ze wel, ja.

Hij had het lachje gezien dat over haar gezicht was gevlogen.

'Hé, Elja van Lier, toch?'

Ze knikte.

'Je bent familie van me,' zei hij.

Elja dacht even na. Een neef van tante Trudie van oom Ab. Was dat dan familie? Nee toch?

'Familie van familie dan,' zwakte ze af.

'Maakt niet uit. Goed dat je mee wilt helpen. Kijk, hier heb je een stapel zakken. Ik heb net gehoord dat er morgen treinen vol naar Alkmaar toe komen.'

'Ben jij niet opgeroepen? Moest jij niet in dienst?' vroeg ze terwijl ze de zakken aanpakte.

'Nee. Onmisbaar op de boerderij en een broer dient al. Mijn jongste broer is ook niet opgeroepen.'

'O, vandaar.'

Elja liep naar de strobalen toe en begon die te vullen.

Hij keek even naar haar en begon ook weer.

Het carillon van de Waagtoren sloeg vier uur en Elja richtte zich op. Ze had het laatste bosje stro in de bruine zak geduwd en op de stapel gelegd. Het was misschien wel een beetje bobbelig, maar er viel beter op te liggen dan op een kale vloer, dacht ze tevreden.

'Verder nog iets? Waar moeten ze naartoe?' vroeg ze aan de man die de strozakken naar binnen bracht.

Hij keek om zich heen. 'Naar scholen en zo, maar eerst maar eens afwachten waar de evacués geplaatst worden. Bedankt in ieder geval voor zover.'

'Graag gedaan.' Elja glimlachte, draaide zich om en sloeg wat stro van haar rok af. 'Dan ga ik maar.'

De man keek haar na. 'Valt me mee van dat juffertje,' zei hij tegen een ander die naar buiten kwam. 'Ik had gedacht dat ze zo weer verdwenen zou zijn. Maar dat kind is niet benauwd om haar handen vies te maken.'

'Ach, voor even misschien. Maar als het erom gaat spannen... ' zei die misprijzend. 'Leer me dat soort kennen. Dokter, dominee en notaris... als het erop aankomt geven die lui niet thuis. Maar aan mooie woorden geen gebrek. En van dominees moet ik trouwens al helemaal niets hebben.'

'Heiden dat je bent!' lachte de eerste. 'Haar vader is procuratiehouder bij Van Vuren. Ook een dochter van een procuratiehouder steekt dus haar handen uit de mouwen.'

'Hm. Och...'

Ze keken het meisje na dat op de fiets sprong en langs het water naar de Langestraat fietste. 'Van Lier is anders geen verkeerde kerel, als ik het zo hoor,' merkte de ander traag op.

'Dan heeft zijn dochter het van geen vreemde. Ze heeft hard gewerkt. Nou, laten we de troep maar eens opruimen.'

Ook Vincent keek het nichtje van zijn oom na. Elja... Ze wist wel van aanpakken.

'Kom op, Langendael,' zei de man. 'Nog even die zakken wegsjouwen.'

Vincent keek op zijn horloge. 'Ik moet ook zo weg.'

'Haast maken dus,' was het antwoord.

Ze gingen aan de slag met lange bezems. Het Waagplein was een halfuur later weer schoon.

Elja ging rechtstreeks naar huis. Haar moeder zag haar binnenkomen.

'Elisabeth Jacoba,' zei ze met stemverheffing. 'Ik begrijp niet wat je bezielt. Je zou zo langzamerhand toch een beetje je verstand moeten gebruiken, maar je lijkt met je achttien jaren wel een kind van tien. Na dat bombardement vanmorgen en die vreemden die de stad overspoelen zou je een beetje voorzichtig kunnen zijn. Wie weet wat voor volk ertussen zit. Ze hebben het constant over de vijfde colonne. Ik hoopte dat je tantes en dat werk in die zaak je een beetje gezond verstand hadden bijgebracht, maar dat lijkt er niet op.'

Ze keek naar de kleding van haar dochter. Er hingen wat strohalmen op de rug van Elja's jurk.

'Moet je zien hoe je eruitziet. Nou ja, het maakt niet uit ook. Waren de tantes erg van streek door het bombardement vanmorgen?'

Elja tuurde naar de zwarte randen onder haar nagels.

'Ze zijn niet eens naar de kelder gegaan, maar als je het mij vraagt, waren ze net zo bang als wij allemaal. Maar ja, tante Aline had bij voorbaat al gezegd dat ze niet zwichtte voor tuig en tante Flora was te trots om in haar eentje naar de kelder te gaan.'

Mevrouw Van Lier schudde haar hoofd. 'Ik weet precies hoe ze tegenover elkaar hebben gezeten. Te koppig om een veilige plek op te zoeken. Dat zal ik toch nog eens zeggen tegen Aline. Je moet de Here God niet verzoeken, zei je vader nog vanmorgen.'

'Denkt u dat het helpt als u dat tegen hen zegt?' vroeg Elja.

Haar moeder zuchtte. 'Dat denk ik niet.'

'Ik ook niet,' zei Elja.

Haar moeder wierp haar een blik van verstandhouding toe en herhaalde toen: 'Wat zie je eruit, kind.'

'Van zwarte stof in de zaak krijg ik ook handen alsof ik diep in de rouw ben. Maar ik ga me eerst wel wassen. Hoe is het hier verder gegaan?' Elja ging zitten en stak haar benen vooruit.

'Een vreemde dag. Heel vreemd! Er werden overal mensen opgepakt, zelfs de commissaris van politie, geloof ik. En verder hebben we bericht gekregen dat iedereen evacués moet opnemen in huis. Van de mensen die in de vuurlinies wonen,' verduidelijkte haar moeder. 'Ach, hoe zouden die moeders van de jongens die aan het vechten zijn zich voelen? Wat zullen ze een angst uitstaan. Ik ben toch blij dat de jongens nog zo klein zijn, al klinkt dat egoïstisch. En ga je nu eerst wassen. Je bent moe,' zei ze zonder overgang.

Elja stond op. Ze was inderdaad moe geworden van het werken in een houding die ze niet gewend was.

In de spiegel in de badkamer zag ze haar gezicht. Er liepen zwarte vegen over haar wangen.

Als er evacués kwamen, mochten ze wel beginnen met bedden opmaken, dacht ze praktisch en ze stapte onder de douche.

De volgende dag puilde de stad uit van mensen die een onderkomen nodig hadden. Ook de dames Van Henegouwen stelden een paar kamers beschikbaar, en tante Flora schilde een enorme pan met aardappelen, voor het geval dat.

Tegen de avond arriveerden de eerste gasten.

'U krijgt er nog een paar,' zei de dame van het comité dat de indeling per huishouden regelde. 'Jullie hebben een groot huis en zijn maar met z'n tweeën. Het is een heel gedoe om iedereen een plaats te bezorgen.'

'Uitstekend,' zei tante Aline. Ze had het oudere echtpaar al gastvrij verwelkomd en hun een kop soep aangeboden.

'Ik denk dat er nog... eh... acht komen,' zei de vrouw en ze keek op haar papier. 'Nog veel oudjes, denk ik zo.' Het klonk alsof er colonnes bejaarden naar de stad kwamen.

'Acht? Dat lijkt me niet. We kunnen zes mensen bergen, en dan moeten ze al kamers delen. U wilt toch niet dat we die mensen op de vloer laten liggen?' zei tante Aline. Daar had je iemand die zich opeens gewichtig voelde, dacht ze. Je zag het gewoon aan die vrouw. Die uitdrukking op het gezicht van: hier ben ik en ik deel de lakens uit.

'Dat geeft niet. De mensen mogen dankbaar zijn dat ze onderdak hebben.' De dame van het comité keek van het echtpaar dat stilletjes aan tafel zat, naar tante Aline die misprijzend terugkeek. 'Dat horen ze tenminste te zijn, al is het onze plicht om te helpen.'

'Hoezo dankbaar? Gewoon naastenhulp, verder niets. En we kunnen er hier zes in totaal kwijt,' onderbrak tante Aline haar kortaf. Ze had te doen met de twee oude mensen die elkaar bij de hand hadden gepakt en timide voor zich uit zaten te kijken.

'Ik zal zien,' zei de vrouw. Die vrouw van de fotozaak hoefde niet te denken dat ze het voor het zeggen had. Hier ging het comité over. Ze rekte haar kleine, vierkante gestalte uit. 'Ik zal zien,' herhaalde ze.

'Nee, u zult niet zien, u gaat me nog vier mensen brengen,' zei tante Aline nadrukkelijk. 'En gaat u nu maar vlug, want deze mensen zijn doodop.'

Ze draaide zich om. 'Floor, laat jij mevrouw even uit?'

Tante Flora legde de soeplepel neer en opende de tussendeur. 'Deze kant uit, mevrouw.'

De dame van het comité aarzelde even en verliet toen de kamer. Als er niet genoeg plaatsen waren, zou ze hier zeker acht mensen naartoe verwijzen. Die vrouwen moesten niet denken dat zij met zich liet sollen. Ze was tenslotte benoemd in de organisatie. Dat lange mens was erg bazig. Heel erg bazig. Het werd tijd dat de bakens verzet werden.

Er kwamen ten slotte maar vier evacués naar het fotoatelier. Ze werden gebracht door een van de winkeliers uit de Langestraat.

'Je collega wilde hier nog acht mensen stallen,' zei tante Aline tegen hem, en tot de mensen die met betrokken gezichten achter hem stonden: 'Komt u maar. U zult wel honger hebben. De soep is warm, hoor.'

De winkelier deed een stap opzij en liet de evacués passeren, die door tante Flora meteen naar de huiskamer werden gebracht.

'Het stijgt haar een beetje naar het hoofd. Komt wel weer goed,' zei hij nuchter toen de kleine groep buiten gehoorsafstand was.

Tante Aline keek zuinig. 'Ik mag het hopen, Jan.'

Hij lachte en verdween.

De dames Van Henegouwen stelden er een eer in om hun gasten zo goed mogelijk te verzorgen. In de winkel was weinig te doen en de enige foto's die ze maakten, waren die van een trouwerij en van de evacués. Tante Flora dacht dat ze net zo goed een paar dagen konden sluiten, maar daar wilde tante Aline niet van weten.

'We blijven open. Mensen moeten op ons kunnen rekenen.'

Elja had het daarentegen wel druk. Ze had veel klanten die flink wat stof kochten. Het uitzoeken duurde niet lang, in tegenstelling tot gewoonlijk. Het was meer stof op voorraad kopen, voor het niet meer kon.

'Een soort van hamsteren,' zei ze tegen tante Flora toen die even kwam kijken hoe het ging.

'Red je het, kind?' vroeg tante Flora.

'O ja, ik geef alleen geen dertig meter wit linnen mee aan een klant.' Elja vond het niet eerlijk om zo veel stof mee te geven aan een vrouw die ook nog verwachtte dat het bezorgd zou worden.

'Vanzelfsprekend niet. Weet je wat, doe de deur dicht en haal nog een zak peultjes voor me bij je oom Ab vandaan. Die waren zo lekker en in de winkel waren ze er niet meer. En vraag je moeder om een paar grote pannen. Ik weet gewoon niet wat ik moet beginnen. Voor acht mensen koken vraagt meer dan voor twee.' Tante Flora blies een haar opzij die in haar ogen viel. Aline kon haar nog meer vertellen met haar 'mensen moeten op ons kunnen rekenen'. Ze sloot deze tent voor een middag.

'Ben je het met me eens, Elja, om de zaak dicht te doen?' Niet in de fout van Aline vallen om beslissingen over iemands hoofd te nemen. Daar had haar oudste zus een handje van en dat vond ze zelf erg onaangenaam.

Elja zag de onzekere uitdrukking op het gezicht van haar tante. Ze knikte. 'Tuurlijk, tante.' Ze liep naar de deur en deed de knip erop. Wie iets wilde kopen, kwam morgen maar terug. Nood breekt wet.

'Ik ga eerst wel,' zei ze.

Haar moeder had een paar grote pannen staan die ze geërfd had van haar schoonmoeder. Op een boerderij had je vaak grote pannen nodig, was het niet voor de weck, dan was het wel voor de slacht. Tante Trudie wilde de oude pannen niet houden, dus Elja's moeder zette ze op zolder en gebruikte ze om jam mee te maken. Ze hadden zelf ook vier logés, maar de pannen die ze zelf gebruikte waren groot genoeg voor negen personen.

Bereidwillig rende mevrouw Van Lier meteen naar boven om de oude pannen te pakken.

'Moet ik niet meekomen om een handje te helpen?' vroeg ze bezorgd. 'Mijn zussen zijn het niet gewend om voor zo veel mensen tegelijk te koken. Ik red het wel.'

Elja haalde haar schouders op. 'Dat zou ik niet doen. Eigenlijk genieten ze ervan. Tante Flora zeker. Het is wel vermoeiend, maar ze kunnen tegen een stootje. Als die mensen lang blijven, is het wel prettig als u een handje helpt, maar u weet hoe uw oudste zuster is. "We redden ons wel, is het parool".'

Jeanet van Lier, geboren Van Henegouwen, lachte ondanks alles. 'Ga maar vlug naar oom Ab, en als hij nog wat peultjes over heeft, haal voor hier dan ook een portie.' Ze tikte haar dochter liefkozend op haar schouder. 'En wees voorzichtig.'

Ze keek Elja na tot die over de brug bij het Kennemerpark was.

Elja zag net zomin gevaar als haar eigen zusters. Een familietrekje. Die Aline. Gewoon aan tafel blijven zitten tijdens dat bombardement. Nou ja, de Heer is met de dapperen, moest ze maar denken.

Het zou wel goed uitkomen als ze haar gasten ook een lekker maaltje voor kon zetten.

Elja reed het erf van haar oom op en zag tot haar verrassing Vincent Langendael een paar paarden uitspannen.

'We komen elkaar nu opeens telkens tegen, geloof ik,' zei hij. 'Zo zie je elkaar nooit en dan een paar keer achterelkaar. Maar eigenlijk is het vreemder dat dat niet gebeurde. Familie, toch?' Hij lachte even.

'Familie van familie. Wat doe jij hier eigenlijk?' Elja liep zonder het antwoord af te wachten naar de deur. Was dat lachje niet een tikkeltje... ijdel? Hij zou toch niet denken dat ze hier naartoe kwam omdat ze dacht dat hij er zou zijn?

'Ik help je oom. Hij is gevallen,' verklaarde hij.

'Ach...' Elja liep de keuken in waar tante Trudie en oom Ab zaten. Oom Ab had zijn voet op een stoel gelegd.

'Nou, oom, wat nu?' Elja ging even naast hem zitten.

'Kind, de beesten waren zo onrustig door de vliegtuigen die overkwamen en dat bombardement. Een koe gooide me omver en trapte op mijn been. Mijn enkel is twee keer zo dik, maar ik heb mazzel dat het niet erger is. Alleen kan ik niet melken.'

'Gelukkig dat Vin kon komen,' zei tante Trudie. 'En dat hij er verstand van heeft. Meer dan de meesten, want hij heeft de zuivelschool in Bolsward gedaan. Zijn handen staan nergens verkeerd voor.'

Ze was duidelijk trots op haar neef. 'En jij, wat kom jij doen?'

'Vragen of er peultjes of een andere groente zijn. Mijn tantes hebben evacués in huis en moeten voor acht mensen koken.'

'Acht evacués?' Tante Trudie trok haar wenkbrauwen op tot onder het rossige haar dat op haar voorhoofd viel.

'Nee, zes, maar ze eten zelf ook,' zei Elja. 'En of er ook nog wat aan hangt voor mijn moeder.'

Tante Trudie stond op en liep naar het granieten aanrecht waar een koffiepot op een lichtje stond. 'Dat gaat natuurlijk niet voor niets. Ja, voor jullie wel, natuurlijk, maar niet voor de zussen van je moeder,' bedisselde ze. 'Ik onderhoud geen moestuin voor de hele familie van je moeder. Het is tenslotte uren werk.' Ze trok haar kin in en leek even sprekend op de kippen die in de ren achter het huis met stijve passen heen en weer liepen.

'Ik heb geld bij me.' Elja zwaaide met haar portemonnee.

Tante was uit haar humeur en raar knieperig opeens. Kwam dat nou doordat de oorlog was uitgebroken? Of omdat oom Ab was gevallen? Wat konden mensen raar reageren. Nou ja, ze was geen echte tante. Aangetrouwd. De koude kant, noemde tante Aline dat.

'Trudie. Voor evacués!' Oom Ab keek ongemakkelijk. 'Ik was niet verbaasd geweest als wij er ook een stel hadden gekregen.'

'Bij ons? Dat kan helemaal niet. Daar hebben we het te druk voor. Nou ja...' Trudie fronste. 'Goed dan. Maar je zult ze wel zelf moeten plukken, Elja, want ik heb er geen tijd voor nu oom Ab is uitgevallen.'

'Geen probleem. Staan ze achter in de moestuin? En hebt u een mand voor me?' Elja had in korte tijd in de winkel geleerd dat ze niet moest letten op humeurtjes van mensen, en ze lachte naar haar oom.

'Ik wijs het wel even.' Trudie liep voor het nichtje van haar man uit naar de moestuin achter het huis. De peultjes moesten er inderdaad nodig af. Wat dat betreft kwam het goed uit dat Elja ze wilde hebben voor de evacués. Ach, ze moest haar goede wil ook tonen.

'Geef ook nog een paar rodekolen mee, Truud, anders blijven ze maar liggen,' riep oom Ab hen achterna.

'En een rodekool,' zuchtte tante Trudie. 'Het kán weer niet op bij oom Ab.'

Met een volle mand groente stond Elja een uur later klaar om weg te gaan.

'Ik zal het vader vertellen dat u bijna niet kunt werken. Misschien dat hij iemand kan sturen,' zei ze tegen haar oom.

'Je vader kent nauwelijks nog boerenmensen,' zei tante Trudie misprijzend. 'En Vincent is al bezig in de schuur om de melkbussen klaar te zetten. Hij voelt zich niets te goed voor dat werk.'

'Dat is wel handig als je in de zuivel wilt,' merkte Elja op en ze keek haar oom vragend aan. 'Oom? Moet vader nog rondkijken?'

'Je zeurt, Trudie. Mijn broer zit in het bestuur van de zuivelfabriek. Natuurlijk kent hij mannen zat. Vincent is straks weer op het bedrijf van je zus nodig. Daar komen ze vast ook handen tekort nu die oudste aan het vechten is. Gelukkig dat die jongste er nog is. Vraag maar aan je vader, Elja,' zei oom Ab.

Tante Trudie zweeg en Elja stapte op de fiets.

Mensen werden anders door oorlog, constateerde ze. Sommigen niet leuk anders.

3

Op 13 mei weken de koningin en de regering uit naar Engeland.

'Het schip van staat is stuurloos geworden,' zei een buurman van Elja tegen de tantes die langskwamen om even het volle huis te ontvluchten.

De buurman had het koningshuis hoog zitten.

'Het schip van staat, jaja,' snauwde tante Aline. 'Als een schip averij krijgt, zijn de kapitein en de stuurlui de laatsten die van boord gaan. Maar op dit schip kunnen de matrozen en de scheepsjongens hozen en is de kapitein met haar maten hem gesmeerd! Enfin, ik had toch al geen hoge pet op van die luitjes.'

'Nee, dat weten we, Alien. Maar je moet je realiseren dat ze hier helemaal niets voor ons kunnen doen. En ik vraag me af of de koningin vrijwillig is vertrokken. Daar geloof ik niets van,' zei Elja's moeder snel. Ze wist hoe haar buurman op Wilhelmina gesteld was en wierp haar zuster een smekende blik toe.

Aline zweeg. Ze wilde het Jeanet niet moeilijk maken, anders had ze nog wel wat in petto voor die buurman.

'Ze is nu zeker *our queen*?' zei ze en ze trok nog net haar neus niet op.

'Dat zeggen ze in Engeland, ja, dus dat denk ik ook,' negeerde haar zwager de minachtende toon en hij glimlachte vriendelijk tegen zijn oudste schoonzuster.

'Ik moet telkens denken aan de jongens die nu aan het vechten zijn. Onze evacués hebben het nergens anders over,' zei tante

Flora treurig. En tante Aline zweeg. Nu niets meer over het Koninklijk Huis. Er waren belangrijker zaken. Die jongens, die arme jongens.

De tantes vertrokken na een uurtje. Helemaal rustig zaten ze niet met het idee dat hun evacués aan hun lot overgelaten werden.

Elja's vader lachte tegen zijn vrouw. 'Die zussen van je.' Toen zuchtte hij zorgelijk. 'Ik hoop niet dat het erger wordt. Hoe moet dat aflopen? Ik heb er een zwaar hoofd in.'

Het werd wel erger. Een dag later werd Rotterdam gebombardeerd en dreigden de Duitsers nog meer steden te bombarderen.

Het was niet de bedoeling dat het bekend werd gemaakt, en toch wist vrijwel iedereen het.

Met bleke gezichten zaten de evacués om de tafel. Zoveel doden in Rotterdam.

'En welke stad hierna dan? Amersfoort of Utrecht?' vroeg een van de vrouwen. Haar mond trilde en ze duwde ertegen met een zakdoek. 'Of Amsterdam?'

Nederland capituleerde. Tot groot verdriet van de meesten, tot opluchting van anderen.

'We redden het niet. Laten we ons erbij neerleggen. Onze jongens moeten niet voor niets sneuvelen,' zeiden sommigen.

Op 15 mei vertrokken de evacués weer. Hun stad was ongedeerd gebleven. Ze namen afscheid van de beide dames Van Henegouwen.

'Hartelijk dank voor alles,' zeiden een paar vrouwen met tranen in hun ogen. 'We zullen jullie vriendelijkheid nooit vergeten. Als we ooit iets terug kunnen doen... Jullie hebben onze adressen.'

'Ik hoop dat het nooit nodig zal zijn, maar heel lief van jullie,' zei tante Aline warm. Ze schudde handen en beide dames wuifden de vertrekkenden na.

'Nou, dat was het dan. Ik mag hopen voor hen dat er niet te veel vernield is. In ieder geval staan hun huizen er nog,' zei ze.

'En wij... Eerst maar eens handdoeken wassen. We moeten mevrouw Smit maar vragen of ze een paar dagen extra wil komen, dan doen wij de winkel weer open.'

Mevrouw Smit was de huishoudelijke hulp die van onschatbare waarde was voor de dames. Ze kwam al jaren over de vloer en was de afgelopen dagen ook geweest om alles een beetje bij te houden.

'Het zal wel meevallen met de rommel. Het is meer dekens luchten en bedden naar zolder brengen.' Tante Flora had haar plan al klaar. De gasten hadden de bedden afgehaald en alvast de lakens gewassen, ondanks haar protest dat het later wel kwam.

'We moeten maar zo gewoon mogelijk doen,' besloot ze. 'Die moffen negeren.'

Dat was wel moeilijk, want op 16 mei denderden de motoren van de Duitsers via de Kennemerstraatweg de stad binnen.

'Nou mag ik toch hopen dat we die moffen geen onderdak hoeven te geven.' Tante Aline keek broeierig voor zich uit en zag tot haar misnoegen hoe de militairen bezit namen van de Langestraat. Háár Langestraat, dacht ze verbeten.

Het lage geronk weerkaatste tegen de hoge patriciërshuizen en winkelpanden van de Langestraat.

Langs de zijkanten van de weg stonden een paar nieuwsgierige mensen te kijken naar de binnentrekkende divisie. Een paar kleine jongens blikten verlekkerd naar de motoren.

'Je kunt als ouders die kinderen verbieden om daar te staan kijken,' zei tante Aline, 'maar die jochies willen ze toch zien. Die zijn gek op alles wat wielen heeft.' Ze keek door een kier in de dichtgeschoven vitrage naar de mannen in de grijsgroene uniformen.

'Natuurlijk kijken ze,' berustte tante Flora. 'Kinderen zijn kinderen.'

'Maar die volwassenen die staan te koekeloeren!' zei tante Aline wrevelig. 'We houden de deur op slot vanmiddag, Flora. En jullie stoffenzaak mocht ook wel dicht blijven. Waarschuw jij Elja als ze weer terug is?'

Ze waren gewend om de zaak van halfeen tot halftwee te sluiten. Dan kwamen er toch geen klanten omdat iedereen zat te eten. Zij maakten van die gelegenheid ook gebruik om aan tafel te gaan.

'Ik zal het er straks met Elja over hebben. Dat beslissen wij niet voor haar.' Flora hield een zucht binnen. Als haar zuster nu eens besefte dat ze niet altijd en overal de lakens uit kon delen.

Elja had thuis gegeten en ging terug naar de winkel. Ze hoorde het geraas al vanaf een afstand.

De Duitsers... Ze kwamen. Ze zouden wel naar het stadhuis gaan, dat ook in de Langestraat stond. Haar hart klopte opeens in haar keel. Daar waren ze nu. De mannen die hun vijand waren. Waar de Mendelsen voor op de vlucht waren gegaan.

Door de Langestraat fietsen? Toch maar niet. Achterom dus door de Breedstraat. Ze hoorde het lawaai hoe langer hoe sterker worden. Sloegen ze nu af hiernaartoe?

Ze keek de weg langs. De Breedstraat, die evenwijdig liep aan de Langestraat, was uitgestorven. Alleen een lange man in uniform liep dicht langs de huizen. Hij liep een beetje mank en zijn uniform leek Nederlands. Ze wist niet eens goed hoe de Duitsers eruitzagen, maar dit was beslist een Nederlander.

Ze reed de man voorbij en wierp toen een blik achterom.

Het gezicht kwam haar vaag bekend voor, maar door de zwartgroene vegen op zijn wangen kon ze het niet goed zien. Het wit van zijn ogen stak af tegen de groezelige, magere wangen. Was hij niet krijgsgevangen genomen? Ze had gehoord dat vrijwel alle militairen vastzaten. Maar dan was hij nu vast de klos. Hij had een geweer bij zich dat hij tegen zijn zij hield. Ze hadden hun wapens toch in moeten leveren?

De motoren kwamen nu angstig dichtbij. Het geluid kaatste tegen de muren van de smalle straat waarin ze nu reden. Wat deden Duitsers met de mannen die ze gevangennamen?

Ze stapte van haar fiets en keek omhoog in het gezicht van de soldaat. 'Schuilplaats nodig?'

Hij verstond haar nauwelijks door het geloei, maar hij begreep de woorden die haar mond vormden en zei iets terug dat Elja ook niet verstond.

'Vlug!'

Hij knikte en ze trok hem mee naar het smalle steegje naast de stoffenwinkel.

Net op tijd waren ze de Breedstraat uit. De motoren kwamen nu de hoek om en Elja zag de eerste motoren. De gezichten van de Duitsers waren bedekt door grote brillen zodat alleen hun kin zichtbaar was. De brillenglazen blikkerden in de zon en Elja vond het beangstigend, die gezichten zonder ogen.

Ze zette haar fiets behoedzaam tegen de muur en pakte de man bij zijn hand. 'Kom!'

De soldaten keken niet in de smalle steegjes die uitkwamen

op de Breedstraat en reden naar de achterkant van het stadhuis om hun motoren te stallen.

Elja hoorde hen tegen elkaar schreeuwen toen er een paar motoren uitgezet waren.

Ze opende de achterdeur en duwde de man naar binnen. Toen rende ze terug om haar fiets op te halen en ze zette die in de schuur.

De man was in het nauwe gangetje in de stoffenwinkel blijven staan. Hij keek haar vragend aan. Ze sloot de deur achter zich en draaide de sleutel twee keer om.

'Kom maar mee.' Ze liep voor hem uit naar het magazijn waar alleen maar hoge ramen in waren. Niemand die hen hier kon zien.

'Ga zitten. Hoe ben je hier gekomen?' Ze duwde een krukje naar hem toe.

Hij veegde vermoeid over zijn wang. 'Ik ben komen lopen vanaf Amersfoort. Natuurlijk niet langs de hoofdwegen. Ik heb geen zin om me langer op te laten sluiten. We zaten daar hutjemutje. Niks voor mij. Ik ben ertussenuit gegaan toen ik de kans kreeg. Niet dat er zoveel gebeurde, op dat moment tenminste niet meer, maar er zit schorem onder. Oorlogsrecht, daar geef ik geen don... Sorry, daar geef ik geen cent voor. Niet van dat tuig. En ik ben nu bijna thuis.' Hij zakte neer op de kruk, zette zijn geweer naast zich en leunde achterover tegen de muur. 'Nog een paar kilometer.'

Elja keek naar zijn besmeurde uniform. Als die Duitse soldaten hem zo zagen, pakten ze hem alsnog op. Ver zou hij niet meer komen, want hij hinkte behoorlijk.

'Waar moet je naartoe? Je moet andere kleren hebben,' zei ze zakelijk en ze keek op haar horloge. Over dat geweer zweeg ze maar. 'Heb je al wat gegeten vandaag?'

Hij schudde zijn hoofd. 'Andere kleren? Hoeft niet. Ik ken alle sluipwegen hier in de omgeving. Maar een boterham zou niet gek zijn. Ik heb vanaf vanmorgen vroeg niet meer gegeten.'

Elja keek nog eens goed naar hem. Dat gezicht, die ogen...

'Maar ik ken je toch?' zei ze verwonderd.

Hij trok zijn wenkbrauwen op en keek haar onderzoekend aan. 'Eh...'

'School. HBS Paardenmarkt!' drong ze aan. 'Daar heb je toch op gezeten?' Hoe heette hij ook alweer? Egbert of zoiets.

Hij knikte en maakte toen een verontschuldigend gebaar.

'Neem me niet kwalijk. Het is heel vaag. Jij bent?'

'Elja van Lier. Ik zat in de eerste klas toen jij in de vierde zat. Ik ben nogal veranderd in die paar jaar, denk ik.'

Hij nam haar nog eens goed op. 'Je ogen misschien,' aarzelde hij toen. 'Ander haar?'

Ze knikte. Hij had dus geen idee. Misschien wel gelukkig dat hij haar niet herkende. Ze had zichzelf toen vreselijk gevonden in die tijd: klein en een beetje propperig. Dat was wel veranderd. Maar goed, hij moest dus eerst iets eten.

'Brood met kaas? Of een ei?' stelde ze voor. 'En koffie?'

Ze zou wel even bij de tantes vragen. Zelf had ze alleen maar een paar beschuiten in huis.

'Ik loop even naar hiernaast. Mijn familie woont in het huis hiernaast. De fotohandel van Van Henegouwen.'

Hij zakte wat onderuit. 'Ik ben al blij dat ik zit. Ik ben sinds vanochtend halfvier op pad. De boer bij wie ik in de hooiberg heb geslapen, wilde liever niet dat ik daar bleef. Ik heb wel een stuk brood van hem meegekregen, maar hij had telkens Duitsers langs gehad en liep liever geen risico. Kinderen en zo...'

'O.' Ze begreep het niet helemaal. Wat zouden de Duitsers dan doen als ze een soldaat vonden bij een boerderij?

Ze keek naar hem. Was hij eigenlijk wel een soldaat? Hij had een paar sterren op zijn schouder. De Duitsers zouden toch niet denken dat alle Nederlandse militairen in rook waren opgegaan? Ze konden er echt niet van uitgaan dat ze alle soldaten opgepakt hadden of dat die waren blijven wachten tot ze gevangen werden genomen.

'Ik doe de winkeldeur achter me dicht. Niet opendoen als er iemand aan rammelt of zo. We zijn tussen de middag altijd dicht, maar het is bijna halftwee.'

Ze keek naar de man die zijn benen strekte en zijn armen over zijn middel vouwde. Hij was geen jongen meer, constateerde ze.

Vreemd dat ze in deze week twee oud-schoolgenoten was tegengekomen. Eerst Vincent, familie van familie, en nu deze soldaat. Een klasgenoot van Vincent. Hij zag er een stuk beroerder uit dan die neef van tante Trudie. Hij zou wel wat meer gedaan hebben dan lege strozakken vullen. Maar daar kon Vincent niets aan doen. Zijn broer was al opgeroepen en er moesten tenslotte mensen voor de boerderij zorgen.

Ze liep de winkel uit, op weg naar het andere huis. Net toen ze de deur op slot wilde draaien, kwam er een vrouw aan met een grote tas aan haar arm. Ze versnelde haar pas toen ze Elja bij de deur zag staan.

'Mooi. Net op tijd.' Ze wilde naar binnen stappen.

'Ik ben nog niet geopend,' zei Elja haastig.

'Maar je helpt me toch wel even? Of ben je soms nieuwsgierig naar...' De vrouw wees met haar hoofd naar het stadhuis, waar een groep militairen voor stond.

Er stonden een paar donkergroene legerwagens langs de kant en in de verte klonk het geluid van voetstappen op klinkers. Precies in de maat. Er kwam een hele colonne aan. Ze zongen met afgebeten klanken.

'Nee, integendeel. Ik wil er niets van zien, daarom houd ik de zaak dicht,' zei Elja.

'Maar ga je nog wel open vandaag? Ik heb wol nodig om iets af te maken,' zei de klant. 'Ik heb het echt nodig. En nu je er toch bent...'

Elja dacht na. Als ze wol moest pakken, stond die natuurlijk precies in het magazijn waar die man zat. Niet dat het kwaad zou kunnen, maar het was beter dat niemand hem zag.

'Wacht u even, ik ben zo terug.' Ze draaide de sleutel om.

De vrouw zuchtte. 'Het moet dan maar.'

Elja stapte naar het fotoatelier.

'Is ook dicht,' riep de vrouw haar achterna.

Elja antwoordde niet. Ze rammelde aan de deur en keek door de ruit.

Tante Aline stond achter de toonbank en keek door de etalage naar buiten. Ze zag haar nicht en wenkte. 'Kom maar.' Ze deed de knip van de deur en opende die.

Elja ging naar binnen en keek rond. 'Geen klanten in het atelier?'

'Hier is niemand. We zijn dicht.'

Elja dempte haar stem. 'Ik heb een soldaat opgepikt van de straat. Hij is in uniform en is hem gesmeerd toen ze hem krijgsgevangen hadden gemaakt. Hij is hiernaartoe komen lopen vanaf Amersfoort. Langs allerlei achterafpaadjes, geloof ik. Hij loopt beroerd en hij rammelt van de honger. Volgens mij kan hij beter dat uniform uittrekken en in gewone kleren verdergaan. Ook al neem je achterafstraatjes, het is nog niet handig om in vol ornaat door te sjokken,' zei ze in één adem.

Tante Aline reageerde meteen. Ze deed de knip weer op de

deur. 'Zo! Dan worden we in ieder geval niet gestoord. En vertel nu eens...'

'Mag ik eerst water opzetten voor koffie?' vroeg Elja en ze liep naar de kamer achter de winkel. 'En brood? Is er vers brood?'

'Flora heeft vanmorgen gehaald. Dat gaat gewoon door. Een mens moet eten, dus de bakker bakt zijn brood en de boer melkt de koeien. Maar vertel nu.'

'Zoveel weet ik nog niet, alleen dat hij niet gevangengenomen wilde worden nadat...'

Elja dacht na. Die blik in zijn ogen toen hij het daarover had. Alsof hij iets vreselijks had gezien. En dat zou ook wel zo zijn.

'Hij komt hier uit de buurt. Niet Alkmaar, maar...'

'Hoe heet hij?' vroeg tante Flora.

'Eh... Egbert,' zei Elja. 'Nee, dat was een ander. Stom, ik ben vergeten te vragen hoe hij heet. Tante, er staat een vrouw voor de deur die wol wil kopen. Ik heb gezegd dat ik haar zo wil helpen, maar ze mag beslist niet naar het magazijn. Het is zo'n type dat achter je aan dribbelt als je wat pakt.' Ze keek tante Flora aan. 'Gaat u mee om haar weg te werken en tegen te houden als ze naar het magazijn meewil?'

Tante Flora stond kwiek op. 'Meteen dan. Aline, als jij koffiezet en brood pakt? En bak alvast een paar eieren. En doe meteen de deur achter ons dicht. We moeten nodig een deur in de muur achter laten maken. Dan hoeven we niet over straat als we naar de andere winkel toe gaan.'

Tante Aline knikte verbaasd.

'Kom, Elja.' Tante Flora had de deurklink al in haar hand en liep voor haar nichtje uit naar de vrouw, die met haar rug naar de stoffenwinkel naar de langs marcherende soldaten keek.

'Dag mevrouw. Vlug maar even. El, doe jij de deur open?'

Tante Flora verwaardigde de colonne, die met dreunende voetstappen passeerde, geen blik. Elja kwam achter haar aan en keek kort naar de langslopende soldaten. De man die hen begeleidde en aan de zijkant van de groep liep, ving haar blik en lachte waarderend naar het jonge meisje. Hij knipoogde en zijn lach verbreedde zich toen hij haar opkomende kleur zag. De opvallend grijze ogen twinkelden en hij bracht een hand naar zijn helm. '*Fräulein.*'

Elja wendde haar ogen af, draaide zich om en opende de deur.

Tante Flora duwde de vrouw bijna naar binnen en Elja sloot de deur meteen weer.

'Welke wol wilde u hebben? U moest iets afmaken.' Tante Flora keek naar de tas waar de vrouw een knot uit pakte.

'Deze. En wel van het goede kleurbad, alstublieft. Ik ben helaas de wikkel kwijtgeraakt, maar ik kijk wel even mee,' zei de vrouw en Elja was dankbaar dat tante Flora erbij was.

'Wacht u hier maar, dan haalt mijn nichtje de wol. We hebben van deze kleur nog maar één partij, dus vergissen is niet mogelijk. Kijk eens, wat een belachelijke manier van marcheren hebben die lui,' zei tante Flora en ze wees naar buiten, waar door de etalageruit de laatste rijen nog zichtbaar waren.

'Ja, maar ze kennen wel discipline in Duitsland en er zijn geen werklozen daar, zegt mijn man. Het zal vast wel meevallen allemaal. En ze zijn tegen de communisten, dat kon weleens goed voor ons zijn.' De vrouw keek met tante Flora mee.

Tante Flora trok haar wenkbrauwen op. 'Tegen de communisten? En daarom vallen ze ons land binnen en vermoorden onze jongens?'

De vrouw was afgeleid. 'Natuurlijk is dat niet goed te praten, maar als je hen zo ziet... En die commandant, of wat het ook was, lachte heel vriendelijk naar haar.' Ze gebaarde naar Elja.

'Daar was mijn nichtje niet blij mee,' bitste tante Flora. Onnozel mens, dacht ze.

Elja liep het magazijn in. Ze legde haar vinger tegen haar lippen toen ze de man half overeind zag komen en glimlachte geruststellend terwijl ze in de stellingkasten zocht.

'Ik heb het al gevonden,' riep ze en ze fluisterde: 'Ik kom zo terug, hoor. Even iemand wegwerken.'

'Ja, maar is het wel precies de kleur?' riep de klant terug en voordat tante Flora haar kon tegenhouden, liep de vrouw al richting magazijn. 'En dan wil ik meteen nog kijken naar...'

Elja hoorde haar dichterbij komen en ze rende bijna naar de magazijndeur. Voordat de vrouw erbij was, sloot ze de deur achter zich.

'Kijk eens.' Ze stak de knotten omhoog.

'Maar ik wilde graag eens kijken of je nog iets had liggen voor een spencer die ik voor mijn man wilde breien,' sputterde de vrouw tegen. 'Je hebt daar vast meer liggen dan hier. Hier zie ik niet de kleurtjes die ik in mijn hoofd heb. En het moeten strengen van de Wolunie zijn.' Ze keek verongelijkt. 'Ik ben hier nu toch!'

'Mevrouw, we gaan nu sluiten. Hoeveel knotten hebt u nodig?' Tante Flora stond al bij de kassa.

'Eén knotje maar. Ik moet iets afmaken, dat zei ik al tegen uw... uw...?'

'Nichtje,' zei tante Flora en ze draaide de kassa open. 'Dat is dan... Hoeveel kost deze wol ook alweer, Elja?'

Elja noemde het bedrag en duwde de vrouw richting kassa.

'Ik had zo graag nog even gekeken naar de andere kleurtjes.' De klant zeurde door terwijl ze betaalde.

Tante Flora en Elja reageerden niet, zodat ze ten slotte wrokkig zweeg.

Ze verlieten tegelijk met de vrouw de winkel en zagen haar weglopen, zwaaiend met haar tas. De laatste Duitsers verlieten nu de Langestraat en de mensen die op de trottoirs hadden staan kijken, verdwenen ook, sommige wat stilletjes, andere in groepjes en pratend.

'Dat was een bijzonder nieuwsgierige vrouw,' zei tante Flora afkeurend toen ze weer voor de fotowinkel stonden. 'En ze was me iets te enthousiast over de moffen.'

Ze deed secuur de knippen op de deur die haar zuster voor hen had geopend. 'Er zijn er wel meer die bang zijn voor de Russen, maar ik zeg maar zo: beter een grote vijand op afstand dan een kleine vijand bij je voordeur. Aline, is de koffie klaar?'

'Wie is enthousiast over de moffen? En Floor, ik kan het water niet warm blazen. Ik kan niet toveren! Maar ik heb alvast een paar eieren in de pan gedaan en brood gesneden.'

Tante Flora keek naar de boterhammen die haar zuster op een schaaltje had neergelegd. 'Dat zijn nu niet direct pillen,' zei ze binnensmonds. 'Voor een frontsoldaat! Als ik zucht, vliegen ze de lucht in.'

Tante Aline gaf geen antwoord. Ze draaide de eieren om en liet het geel uitlopen.

'Wat zullen we die man eens aantrekken?' zei ze. 'Een overall, denk ik. Dat past altijd. Maar we hebben geen overalls meer in de kast. Die hebben we aan je moeder gegeven toen die er een paar nodig had voor je vader, Elja. Ga er maar vlug thuis een halen, dan zorgen wij wel dat de jongeman iets te eten krijgt.'

'Nee, want hij rekent erop dat Elja komt, dat kan dus niet,' verklaarde tante Flora. 'Ik denk dat jij maar moet gaan, Alien.'

Aline fronste. 'Wat jij nou hebt vanmorgen? Ben je van streek door die lammelingen die langskwamen? Je bent anders dan anders. Maak je maar niet druk, het komt allemaal wel goed. Over een halfjaar is de oorlog afgelopen en zitten de moffen weer in hun Heimat.'

'Ik ben niet van streek. Ik regel,' zei Flora.

Tante Aline trok haar wenkbrauwen hoog op. Dit was ze helemaal niet gewend van haar volgzame zuster. Dat kwam vast door de oorlog. Ze zou deze keer maar toegeven.

Elja lette niet op wat de tantes tegen elkaar zeiden. De waterketel floot, ze goot water op de koffiefilter, zette melk op en pakte een groot bord uit de kast.

'Maar goed, ik ga wel.' Tante Aline trok een vestje aan, zette een baret op haar hoofd en trok een krul naar voren. Ze wierp een blik in de spiegel. Het was niet nodig om er meteen als een slons bij te lopen omdat het oorlog was.

'Hoe lang is hij?' vroeg ze aan Elja.

Elja dacht even na. 'De lengte van mijn vader. Misschien iets langer,' schatte ze.

'Mooi. Dan ligt er wel wat. Ben zo terug.'

Tante Aline verliet met besliste passen de winkel. In één ding had Flora wel gelijk. Er moest een goede deur in de muur tussen de twee tuinen komen. Ze zou er meteen werk van maken, want dit was te lastig. Je moest onopgemerkt van het ene naar het andere pand kunnen in hun situatie. Ze hoopte wel dat Elja en Flora niet met een vol bord over straat zouden gaan. Dat viel op.

Ze haalde haar fiets uit de schuur, stapte op en reed met een ruime bocht de straat in.

Tante Flora had zich ook gerealiseerd dat ze niet met een bord vol eten over straat kon. Niet dat er nog veel mensen waren, maar je zou het net zien.

Ze had een stevige doos gepakt waarin fotopapier had gezeten, en had daarin een theedoek op de bodem gelegd. Elja had de koffie in een thermosfles gedaan.

Ze moesten wat voedselvoorraad naar de stoffenwinkel brengen, dacht Elja. Er was ruimte genoeg, want boven de winkel was een complete woning waar ze nu nauwelijks gebruik van maakten. Ze dronken altijd koffie in het fotoatelier bij tante Aline, maar het was niet gek om ook bij de andere winkel wat kopjes neer te zetten.

Ze deed de deksel op de gevulde doos en samen stapten ze naar het andere pand, tante Flora voorop. Elja keek vluchtig door de straat. Wat verderop stond nog een groep mensen voor de statige trappen van het stadhuis waarbinnen zich de militaire commandanten bevonden. Er moesten zaken geregeld worden.

Niemand lette op hen. Ze waren gewoon twee vrouwen die een winkel binnengingen. Zacht liepen ze over de houten vloer van de stoffenwinkel. Elja opende de deur van het magazijn en stond even stil. Ze hoorde een diepe, rustige ademhaling en zag de man achterover liggen met zijn hoofd half in de stelling tegen een in papier gewikkelde wolbaal. Hij had zijn hand naast de loop van het geweer liggen.

Ze keek over haar schouder. 'Hij slaapt.'

'Geen wonder,' zei tante Flora. 'Als hij inderdaad zo'n eind gelopen heeft. Maar ik maak hem toch maar wakker, want als we hem laten liggen, slaapt hij vanavond om tien uur nog. Trouwens, nu is alles nog warm.'

Ze zette de doos neer en schudde aan de schouder van de man.

Hij vloog overeind en greep haar bij haar nek. Zijn ogen dreigden.

Tante Flora snakte naar adem en verloor bijna haar evenwicht.

'Rustig, rustig.' Elja greep haar tante voor ze kon vallen. 'Laat los!'

'O... ben jij het.' Hij stond nu rechtovereind, wreef over zijn voorhoofd en keek berouwvol naar tante Flora.

'Neem me niet kwalijk, mevrouw. Het spijt me...'

Zijn armen hingen langs zijn lichaam en zijn gezicht was vertrokken.

'Sst... ik ben het. En dit is mijn tante. We hebben wat te eten voor je gehaald. En koffie,' kalmeerde Elja haar tante en haar oud-schoolgenoot. 'Ga maar weer zitten. Dat is beter voor je.'

Hij liet zich zakken. 'Neem me niet kwalijk,' verontschuldigde hij zich nog eens, en tante Flora knikte.

'Natuurlijk niet. Ik had eraan moeten denken dat ik je niet...' Ze wist niet hoe ze haar zin af moest maken en stopte maar.

Elja opende de doos en pakte er het bord en de bekers uit. Tante Flora vulde de mok en schonk ook voor zichzelf en Elja een beker vol. Elja gaf hem het bord, waarop tante Flora de boterhammen op elkaar had gelegd zodat het een flinke stapel was geworden.

'Hier, eet smakelijk, jongen.'

Hongerig begon hij te eten. Toen stopte hij en hij vouwde zijn handen.

'Te lekker om niet voor te bidden,' zei hij praktisch en tante Flora schoot in de lach.

'Kijk je altijd eerst op je bord voor je bidt?' vroeg ze.

'Tante!' waarschuwde Elja.

'Nee, u hebt helemaal gelijk. Maar ik had zo'n honger. Sorry.' Hij hield zijn hand voor zijn mond. Het bord was in een oogwenk leeg.

'Je bent dus al lang onderweg,' constateerde tante Flora.

Hij knikte.

'Je was bij de Grebbelinie?' informeerde ze en ze keek van het geweer naar zijn vermoeide gezicht. 'Ben je daar gewond geraakt?'

Zijn gezicht kreeg een afwerende uitdrukking.

Tante Flora begreep zijn zwijgen. Die roestbruine vlekken op zijn uniform waren geen modder, maar bloed. Hij had midden in de gevechten gezeten. Of het bloed van hemzelf was of van een ander, dat wilde hij kennelijk niet zeggen. Maar hij oogde alsof hij iets mankeerde.

'Je zult wel moe zijn. Je kunt ook morgenochtend verdergaan,' opperde ze.

Hij zuchtte. 'Het is aanlokkelijk, maar ik ga liever nu nog verder. Het is nog maar een paar uur.'

'Wat jij wilt,' zei tante Flora.

Elja pakte het bord aan. 'Tussen twee haakjes, ik heet Elja van Lier en dit is mijn tante Flora van Henegouwen.' Ze keek hem aan. 'En jij was...'

Hij ging weer staan en stak zijn hand uit: 'Evert Koomen. Ik wist jouw naam echt niet meer.'

Ze herinnerde zich het vaag. Niet Egbert, maar Evert.

'Blijf nou zitten. Je hebt last van dat been. En ik herinner me nog iets. Jij kende zo'n beetje de hele kaart van Nederland uit je hoofd, inclusief de kleine wegen,' zei ze.

Hij lachte kort. 'Dat kwam door mijn grootvader. Die gaf me altijd stafkaarten van Nederland als we bij hem waren en ik me verveelde. Het is me goed van pas gekomen.' Zijn gezicht versomberde weer.

'Wat apart,' verwonderde tante Flora zich. Over die kaarten blijven praten, dacht ze. Het was goed om het even over iets anders te hebben zodat hij niet terugdacht aan de dagen op het slagveld.

Terwijl ze op Aline wachtten, hielden Elja en Evert een gesprek gaande met: 'Ken je die en herinner je je die nog', en ze merkten dat ze, ondanks het leeftijdsverschil, op school toch gemeenschappelijke kennissen en vrienden hadden.

Een halfuur later was tante Aline weer terug. Ze keek de man keurend aan van zijn besmeurde uniform tot zijn groezelige gezicht en gaf hem de overall. 'Dat zal beter zitten. En doe dat ding weg, zeg. Dat levert alleen maar ellende op.' Ze wees met een vinger naar het geweer. 'Daar kun je niets mee op het moment. O ja, de Duitsers hebben jouw vroegere school en de meisjesschool aan de Paardenmarkt gevorderd, Elja. En het hoofdkwartier van de Duitsers zit in Huize Voorhout aan de Kennemerstraatweg. En ik heb een auto voor je geregeld. Dat je daar zelf niet aan gedacht hebt, Elja. Je vader komt hier om zeven uur en brengt die jongeman thuis.'

'Hij heet Evert, tante, en ik wist tussen de middag niet dat ik Evert tegen het lijf zou lopen.'

Tante Aline luisterde nauwelijks. 'Dat vieze uniform... Ga je eerst eens goed wassen. Boven is een badkamer. Esther Mendels heeft er een douche in laten maken, want die zat er niet in. Heb je hier zeep, Elja?'

Elja stond op, pakte een stuk zeep, een handdoek en een katoenen lap uit het kleine vertrek achter de winkel en gaf het aan Evert. 'Ik zal je de badkamer wijzen,' zei ze. 'Als je verband of zo nodig hebt voor je been, of je voet, ik weet niet waar je last van hebt, dan gebruik je dit maar.'

We zullen een verbandtrommel moeten kopen, dacht ze.

Hij liep achter haar aan met ongelijke stappen en haalde zwaar adem.

Even later hoorden ze het water ruisen.

4

Tante Alines oog viel op het geweer dat in de hoek van het magazijn stond en ze trok een wenkbrauw op. 'Dat geweer...'

Besluiteloos keken ze elkaar aan.

'Als we dat eens netjes inpakten,' opperde Elja. 'Molton eromheen?'

'En dan een ruiten couponnetje en wat inpakpapier eromheen doen, zodat het niet bij de eerste blik duidelijk is dat het een wapen is,' vulde tante Flora aan.

De auto's werden op het moment vaak gevorderd. Tante Aline was er niet zeker van of het geweer niet beter hier kon blijven liggen. Stel dat de auto aangehouden werd.

Er was altijd wel een plekje in het magazijn waar ze het geweer konden verstoppen. Achter de onderste stellingen bijvoorbeeld, waar alleen maar wat karton en andere verpakkingsmaterialen lagen.

'Hij zal het niet achter willen laten,' dacht tante Flora hardop. 'We zullen het aan hemzelf overlaten, denken jullie niet dat dat het meest praktisch is?'

Daar waren ze het over eens.

Meneer Van Lier bracht Evert naar Broek op Langedijk, een dorp dat een kleine acht kilometer van Alkmaar vandaan lag. Het dorp was doorsneden met sloten en watertjes die de polders omgaven. Op de akkers werd kool geteeld, en in de weilanden stonden koeien en wat schapen.

Meneer Van Lier werd er weemoedig van. Dit prachtige land. Zijn Holland. Bezet. Verdedigd en verloren. Als hij het al zo voelde, hoe moest het zijn voor de jongens die gevochten hadden? Onverteerbaar.

Hij wierp een blik op de jonge man naast hem. Maar eens vragen aan Elja wat ze van hem wist. Op dit moment sprak hij nauwelijks.

'Hier is het.'

Meneer Van Lier stopte de auto en Evert stapte uit. Hij groette, pakte zijn rugzak en zijn geweer dat hij niet achter had willen laten en liep weg.

Het erf van Everts ouders was grotendeels omgeven door water. Van Lier zag hem het kleine bruggetje overgaan. Evert droeg de katoenen tas waar zijn smerige uniform in zat in een knoedel onder zijn arm en hij hinkte licht. Toch was zijn rug recht, en iets in die rechte rug van de jonge man trof Van Lier. Evert had een treurige vastberadenheid over zich.

Meneer Van Lier herinnerde zich de verhalen die hij gelezen had over soldaten uit de Grote Oorlog. Zouden die wezenlijk verschillen van de gevechten op de Grebbeberg? Vast niet. Als deze jongen maar niet blijvend beschadigd was.

'Laat bij gelegenheid nog eens iets van je horen,' riep hij.

Evert draaide zich om en stak als groet de arm omhoog waarmee hij het verpakte geweer vasthield. Het zag er gelukkig niet uit als een wapen, stelde Van Lier vast.

'Doe ik. En nog bedankt.'

'Dat zit wel goed,' zei meneer Van Lier. Hij keerde de auto op de smalle dijk. Hij was blij dat zijn dochter zo pienter was geweest om in te zien dat deze man niet tegen de Duitsers op moest lopen. Niet nu hij zo duidelijk gewond was. En dan dat geweer dat hij niet had willen vernietigen of aan de Duitsers overlaten.

Meneer Van Lier reed terug naar huis. Het was gelukkig nog licht genoeg om de weg goed te zien, al kwam de maan al op. De knotwilgen die aan weerskanten van de weg stonden, wierpen lange schaduwen op de keien.

De verduistering was iets waar iedereen nog aan moest wennen. Er waren al ongelukken gebeurd: mensen die in de gracht waren gelopen en zich nauwelijks hadden kunnen redden.

De eerste bezettingsdagen waren achter de rug. De evacués waren weg. Het leven leek verder niet zo erg te veranderen. Maar wat kon je er verder van zeggen? Niets. Het zou naïef zijn om te verwachten dat het hierbij zou blijven. En meneer Van Lier was niet naïef.

Elja en tante Flora waren een paar weken later in de stoffenzaak bezig en keken op toen de winkelbel rinkelde.

De vrouw die in de winkel was geweest om wol te kopen toen de Duitsers Alkmaar overnamen, zette bijna triomfantelijk een mand op de toonbank.

'Kijk... moet ik weer mensen in huis opnemen,' zei ze. 'Jullie moeten niets van de Duitsers hebben, hè? Nou, Den Helder is vorige week bijna platgegooid door de Engelsen. Of je nu door de hond of door de kat gebeten wordt, zeg ik maar, de gewone mensen zijn de klos.'

Elja streek over de rol keperlinnen die ze net weg wilde leggen. Wie bedoelde die vrouw met 'gewone' mensen? De bommen waren overal neergekomen. Het was inderdaad treurig om je huis achter te moeten laten, maar de marinehaven was nu van de Duitsers en het was bijna te voorspellen dat het niet bij dit ene bombardement zou blijven. Voor de inwoners van Den Helder was het inderdaad meer dan beroerd. Zeker omdat ze 10 mei ook al het nodige te verduren hadden gekregen. Ze zweeg.

Tante Flora wierp de vrouw een blik toe over de leesbril die ze opzette als ze de stoffen goed wilde bekijken. 'Het is maar welke reden je hebt om bommen te gooien. De Duitsers zullen de marinehavens willen gebruiken om van daaruit met hun schepen naar Engeland te varen. Ik kan me er iets bij voorstellen dat de Engelsen die dokken daar weg willen hebben,' zei ze koel.

'Maar die arme Den Heldenaren dan. Achtendertig doden... En die niet gewond zijn, zijn mooi hun huis kwijt. Daar hoor je niemand over,' zei de vrouw. 'En dat in mei de drogist op Zevenhuizen beschoten is door Nederlandse soldaten terwijl hij niets gedaan heeft, daar heeft ook niemand het over. Ze dachten alleen maar dat er vanuit dat huis geschoten was, omdat hij bij de partij is. Hij had niet eens een geweer. Schandalig toch?'

Tante Flora hield haar hoofd scheef. 'Ja, die arme mensen in Den Helder. Verschrikkelijk.'

Het bleef even stil.

'De drogist noemt zijn huis nu "De Meikogel", hè,' peinsde Flora toen hardop.

'Ja,' zei de vrouw.

'Nou, kijk eens aan.' Tante Flora draaide zich om en legde een rol stof iets hoger in een stelling.

'De Meikogel... wat een prachtige naam voor een drogisterij,' zei Elja en ze hield haar gezicht in bedwang.

Het waren niet de antwoorden die de vrouw wilde horen.

'Dan nu graag wol voor de spencer die ik wil breien en die ik vorige keer niet meekreeg,' zei ze bits.

Elja hield het 'Rustig, rustig' dat op haar tong lag binnen en ging de vrouw voor naar de hoek waar de strengen wol lagen. Ze wees naar het rek waar de wol op kleur gesorteerd lag. Ze was trots op de warmrode, de lavendelkleurige, de kobaltblauwe en de donkergroene tinten die naast zachtgele bollen lagen. Het waren maar een paar kleuren van de collectie, maar zij vond die prachtig. En dan waren er natuurlijk de gewone kleuren. Grijs, zwart, bruin, wit en beige.

'Geen andere kleurtjes?' vroeg de klant kritisch.

'Maar er ligt hier toch te kust en te keur?' Tante Flora kwam dichterbij. Ze droeg een donkerblauwe japon die langs de taille, de zoom en de hals afgezet was met helblauw lint. Ze vond deze jurk precies geschikt om in een stoffenwinkel te dragen. Niet te uitbundig maar toch ook niet alsof je bij de kruidenier naar binnen stapte. 'Moet u eens kijken wat een rijke kleuren,' prees ze aan.

De vrouw keek naar de magazijndeur achter in de winkel. 'Ligt er achter echt niet meer?'

'Nee mevrouw. Alle kleuren die we hebben liggen hier. Er ligt daar alleen maar voorraad van precies dezelfde bollen en strengen,' zei Elja met nauw bedwongen ongeduld.

De vrouw nam een donkerblauwe streng in haar handen en hield die tegen het licht. 'Met dat grijze kleurtje erbij... Niet precies wat ik in mijn hoofd had, maar het gaat. Als ik nu vier strengen meeneem... Zou dat genoeg zijn voor een spencer? Het is zonde als ik te veel koop, maar te weinig is ook niet handig.'

'U hebt helemaal gelijk,' zei Elja.

'Ik hoop niet dat het dan net zo gaat als met de sokkenwol. Toen zei de vrouw die me de wol verkocht, dat ik daar genoeg aan had, maar ik brei nogal vast en ik kwam tekort. Ik had drieënhalve sok af.' De vrouw keek verongelijkt.

'Dat is al een tijd geleden,' zei Elja.

'Vorig jaar, ja. Maar ik was er niet eerder aan toegekomen om ze af te maken door al die toestanden in de stad. Voor breien moet je echt de tijd nemen. Waar is die vrouw trouwens gebleven? Ze was toch een Jodinnetje, niet?'

'Als u niet precies weet hoeveel u nodig heeft, houden we een paar bollen voor u apart. Daar hebben we nu speciaal een magazijn voor,' negeerde Elja de vraag over Esther Mendels.

'Zijn ze hem gesmeerd?'

'Dan moet ik wel uw naam hebben. Hoeveel strengen zal ik apart houden? Ik pak even een etiket.' Elja was niet van plan om iets over de familie Mendels te zeggen. Wat was dat mens ellendig nieuwsgierig.

'De Vries. Mevrouw R. de Vries-Bontjes,' zei de vrouw nadrukkelijk. 'Als ik er nu drie meeneem en jij legt er twee apart voor de zekerheid. Jammer dat dat mens vorig jaar niet op het idee is gekomen om die voor mij weg te leggen. Maar die had haar hoofd zeker vol van andere dingen. Ja, dan verwaarloos je je werk. Toch?' Ze hield haar hoofd schuin.

'Als u zo vast breit, zou ik wat dikkere pennen nemen,' adviseerde tante Flora. 'Anders wordt het zo plankerig, hè? Dan staat de spencer rechtop zonder dat uw man erin zit. Net een harnas. Nou ja, dat kan misschien geen kwaad in deze tijd.'

Elja hield een opkomende lachbui binnen. 'Wij bewaren wol niet langer dan twee maanden,' waarschuwde ze.

'O? Nou, goed dat ik het weet.' Mevrouw De Vries wist verder niet wat ze nog moest zeggen. Met neergetrokken mondhoeken verliet ze de winkel, de wol, in stevig papier verpakt, in haar mand.

'Goed dat de Mendelsen vertrokken zijn toen het nog kon,' merkte tante Flora op toen de vrouw de deur uit was. 'Het zou me niet verbazen als dat mens iets met de NSB heeft. De manier waarop ze "partij" zei.'

'En waarop ze "Jodinnetje" zei. Dat klonk...' zei Elja. Ja, hoe had het geklonken? Neerbuigend. Minachtend bijna.

Nare vrouw.

Maar de mensen uit Den Helder... Ook sneu om weer gebombardeerd te worden, eerst door een vijand en dan door vrienden.

'Mijn vader zegt dat de Den Heldenaren niet terug kunnen. Te riskant. Ze gaan hier huizen voor hen bouwen. Bij de Kruseman van Eltenweg. De bouwbedrijven krijgen het nog druk. Gek hè, dat had niemand gedacht. Dat die oorlog een beetje werkloosheid op zou lossen. Nou ja. Op dat soort oplossingen zitten wij niet te wachten.' Energiek schoof Elja een rol stof opzij. 'Over werk gesproken... Ik zal de onderste planken in het magazijn eens goed afnemen. Aan de hoekkast ben ik nog steeds niet toegekomen. Hij leek in ieder geval leeg.'

De bel rinkelde weer. Ze keken allebei om. Een lange figuur vulde de opening. Evert Koomen stapte naar binnen, gekleed in een ribfluwelen jasje en een katoenen broek. Hij had een paar bossen anjelieren in zijn arm en zijn groengrijze ogen namen de vrouw en het meisje in de winkel op.

'Ik weet dat het erg laat is, maar ik kom nog even bedanken voor alles en de overall terugbrengen. Die mevrouw zei dat het niet nodig was om hem terug te brengen. Maar toch...'

Hij overhandigde de katoenen tas waarin hij een paar weken geleden zijn uniform had meegenomen en zei wat stijfjes: 'Hij is gewassen.'

'Ach, dat had niet gehoeven. Hoe is het nu met je? Ben je bij een dokter geweest?' Tante Flora nam het tasje over.

Zijn gezicht verstrakte. 'Ja, maar het stelde niet veel voor. Een paar dagen niet op dat been gelopen, goed geslapen en ik was weer in orde. Mijn moeder wilde met alle geweld een cake voor jullie bakken.' Hij keek naar de anjelieren in zijn arm. 'En deze bloemen, natuurlijk.'

De deur ging weer open. Mevrouw De Vries weer. Ze stevende op de toonbank af en wierp een nieuwsgierige blik op de bossen bloemen en op de man die midden in de winkel stond.

'Ik was nog wat vergeten. Zo, u pakt uit!' zei ze.

Hij boog licht zijn hoofd, gaf een bos aan Elja, één aan tante Flora en hield er één over.

'Deze is voor die andere dame.'

Mevrouw De Vries keek wat verrast rond en hield toen haar hoofd schuin. Er was hier maar één andere dame.

'Voor mijn zuster, toch?' Tante Flora pakte de tweede bos bloemen aan. 'Prachtig. En wat aardig van je moeder om die cake te bakken.'

'Mevrouw De Vries, wat was u vergeten?' informeerde Elja. Vervelend dat dat mens er weer was.

'Ik wacht natuurlijk op mijn beurt,' zei mevrouw De Vries koel.

'Meneer wordt geholpen,' glimlachte tante Flora.

'Ook goed. Ja, ik bedacht me. Ik neem de wol meteen mee. Nu is het er nog, en ik heb gehoord dat de textiel op de bon gaat. Dan hebben we voor wol vast ook bonnetjes nodig. En voor de rest.' Mevrouw De Vries keek naar de bloemen. 'Voor die niet, natuurlijk. Daar hebben we altijd genoeg van. U hebt wat te vieren, zie ik. Het kan dus nog.'

Elja liep al weg, ze pakte vlug de wol in die nog klaar lag en rekende af.

Mevrouw De Vries vertrok nadat ze nog eens naar de man in de winkel keek. Een man in een stoffenwinkel. Dat ging natuurlijk ergens anders over. Beetje vreemd allemaal. Eerst was de zaak van dat Jodinnetje en haar man, en je moest maar afwachten of die zaak werkelijk over was genomen en dat het geen achterbakse streek was. En dan al die bloemen. Die gaf die man ook niet voor niets.

Elja deed de deur achter haar op de knip. 'Ik hoop dat je er ook een plak van mee-eet? Je blijft toch wel een kop koffie drinken?'

'Ik wil jullie niet ophouden,' zei Evert.

Elja keek naar zijn gezicht. Vreemd, nu herkende ze in zijn gezicht helemaal de jongen uit de hogere klas: de groengrijze ogen, de neus waarop een kleine bobbel zat en de tamelijk grote mond. Die trekken veranderden niet.

'Ophouden? Dat doe je niet,' wuifde tante Flora zijn bedenkingen weg. 'Het is rustig in de zaak op het moment. Elja, weet jij waar Esther de vazen had staan?'

'Boven. Ik pak er wel een paar.' Elja dacht na. Tante Aline zou het hun nooit vergeven als ze haar niet waarschuwden. Ze was zo benieuwd hoe het met 'onze' soldaat, zoals ze hem noemde, was afgelopen. Hitler had bevel gegeven dat 1 juni alle krijgsgevangenen moesten worden vrijgelaten. De officieren hadden hun erewoord moeten geven dat ze geen vijandelijke handelingen zouden plegen jegens de Duitsers. Veel officieren hadden het papier getekend en waren weer naar huis gegaan. Ze vroeg zich af of Evert ook iets had moeten tekenen en of hij dat gedaan had. Ze dacht zomaar van niet.

Ze zette een ketel water op. Goed dat die leidingen hier al gelegd waren.

Flora van Henegouwen had de vader van Elja gevraagd of hij iemand van zijn firma wilde sturen voor een paar klusjes. Er moest een tussendeur in de tuinmuur komen zodat ze gemakkelijk van het ene pand in het andere konden komen, en er moest een gasleiding naar beneden doorgetrokken worden zodat ze ook beneden koffie en thee konden zetten.

Aline had zich er niet mee bemoeid, al had het haar grote moeite gekost. Ze wist uitstekend dat je bij Flora niet over een grens heen moest gaan. Die accepteerde normaal zo'n beetje alles, maar als het over was, was het over en met die stoffenzaak was ze erg afhoudend naar haar toe. Dat liet ze maar zo, want met een boze Flora was het kwaad kersen eten.

'*Wee de toorn van een zachtmoedig mens*,' had haar vader weleens de tekst uit Spreuken aangehaald als Flora of hun eigen moeder vroeger kwaad werd. Niet dat die boosheid lang duurde. Ze waren vlug weer hun gelijkmatige zelf.

Elja had met heimelijk plezier gezien hoe tante Flora opeens haar piketpaaltjes uitzette. Die tante...

'Ik zal Aline ook even roepen, ze was zo benieuwd hoe het met je ging,' zei Flora tegen Evert. 'Dan kun je haar de bloemen zelf geven.'

'Dat is toch niet nodig,' zei hij een beetje ongemakkelijk. 'Ik kom alleen maar bedanken voor jullie goede...'

Tante Flora was al weg. Hij was jonger dan ze eerst gedacht had. Maar dat was toen waarschijnlijk gekomen doordat hij zo moe was en omdat hij gewond was.

'Ik had natuurlijk eerder moeten komen, maar er kwamen telkens dingen tussen,' zei Evert. Hij liep mee naar de andere kant van de winkel waar Elja met rappe bewegingen de koffiepot klaarzette. Haar blonde haar zwierde toen ze haar hoofd bewoog. Vreemd dat hij haar vergeten was. Dat zou hem nu niet vlug meer gebeuren.

'Het stelde echt niet veel voor. Een beetje eten en een douche,' relativeerde Elja.

'Ja, maar dat je me oppikte van de straat. Ik liep op mijn laatste benen.' Evert pakte een bol wol op en bekeek die aandachtig.

Elja haalde haar schouders op. 'Gewoon.'

Hij schudde zijn hoofd. 'Best heel belangrijk!'

Daar was tante Flora weer. 'Mijn zuster komt zo. Ze moet even een klant wegwerken.'

'Dat kan heel vlug zijn, want wegwerken is een talent van tante Aline,' zei Elja nuchter.

Inderdaad, vijf minuten later kwam tante Aline binnen.

'Ik heb de tent maar dichtgegooid, het is bijna halfeen, als jullie nu ook de deur op de knip houden worden we tenminste niet gestoord. Zo, hoe gaat het met jou? Beetje bijgekomen?'

Ze monsterde 'haar' soldaat van top tot teen. 'Je ziet er tenminste een beetje beter uit. Loop je alweer gewoon?'

'Ja hoor. Ik heb er een paar weken voor nodig gehad, maar het gaat weer best.'

'En wat gaan jullie nu doen? Ik bedoel, jij en de anderen van je eenheid.'

Hij haalde zijn schouders op. 'Terug naar mijn baan. Ik was geen beroeps. Gewoon een reserveluitenantje.' Hij overhandigde haar de bos bloemen.

Ze nam hem aan, gaf het boeket aan Elja en wees op de vazen die al gevuld waren. 'Doe jij ze even?'

Elja was al bezig. De geur van de anjelieren vulde de ruimte.

'Wat voor werk deed je?' informeerde Aline.

'Ik werkte op een administratiekantoor. We doen de administratie voor voornamelijk kleine bedrijven. Ik kan er terugkomen, natuurlijk.'

'Juist.'

Elja had de cake op een schaal gelegd en vier schoteltjes gepakt. Het was wel een beetje laat voor koffie. Zou ze hem nu een paar boterhammen aan moeten bieden of was dat opdringerig?

Tante Aline had geen last van twijfels. Ze was voortvarend als altijd. 'Het is tijd om te lunchen. Je ziet er nog steeds uit alsof je bijgevoerd moet worden. Een plak cake alleen lijkt me niet genoeg.' Ze nam hem kritisch op. 'Nog steeds ingevallen wangen. Elja, zet die schoteltjes maar terug en pak de borden. Voor ons ook. Floor, jij had toch brood gehaald vanmorgen?'

Tante Flora knikte en Elja liep al naar de kast.

Evert kneep zijn ogen halfdicht en glimlachte toen naar tante Aline. 'U lijkt merkwaardig veel op onze kapitein. Ik bedoel niet uiterlijk, hoor. Maar...'

'Dat mag ik hopen, zeg! Ik heb er nooit uit willen zien als frontsoldaat,' viel tante Aline hem in de rede. Ze streek haar grijze haar naar achteren en tilde een plooi van haar rok op. Ze zag er als altijd elegant en sierlijk uit.

'Meer de manier van spreken,' verduidelijkte Evert.

Aline keek wat wantrouwend. 'Ik denk niet dat we zo vlug de wapens hadden neergelegd als ik daar de baas was geweest,' zei ze toen.

Zijn gezicht verstrakte en zijn schouders gingen naar achteren.

'Wil je koffie, of zal ik thee zetten voor bij de boterham?' zei Elja vlug. Als tante Aline hier nu maar niet op doorging.

Gelukkig begreep die de signalen die Evert afgaf. Dat lag kennelijk nog gevoelig bij die man. Ach, hij was ook nog zo jong.

'Doet er ook niet toe. Je hebt dus ook te maken met de bedrijven in de omgeving. Kom je Elja's vader weleens tegen? Hij zit in het bestuur van een zuivelfabriek,' veranderde ze van onderwerp.

'Nee, ik werkte er nog maar kort en ik heb het meest te maken met de mensen in het bedrijf en soms ook met boeren. Die hebben vaak een hekel aan papieren toestanden.'

Elja pakte de kopjes van het tafeltje om wat ruimte te krijgen. 'Ook boeren?' Zou hij Vincent al zijn tegengekomen? Ze hadden tenslotte bij elkaar in de klas gezeten.

Ze was een paar keer uit geweest met Vincent en kon het goed met hem vinden. Hij was onderhoudend en hij zag er goed uit.

'Hij is niet meer dan gewoon een oppervlakkige vriend,' had ze volgehouden tegen haar vriendin Helmy, die wat kribbig had gereageerd toen ze haar had verteld dat ze in de stad had gegeten met Vincent en dat ze daarna naar een concert geweest waren.

'Gewoon? Vroeg hij mij maar. Ik vond het altijd een leuke jongen. Als je niet meer in hem ziet dan een vriendje, kun je hem beter aan mij overdoen,' was het commentaar van Helmy geweest. 'Regel maar wat.'

'Wie weet.' Elja was er wat vaag over gebleven. Helmy was altijd hebberig als het om vriendjes ging. Dat was op school al zo geweest en nog steeds.

Zou deze Evert bevriend zijn geweest met Vincent? Ze wist het niet zeker.

Toen ze Vincent had verteld over de ontmoeting met Evert, had hij gezegd dat ze elkaar helemaal uit het oog waren verloren. Hij was naar Bolsward vertrokken en Evert was in Broek op Langedijk blijven hangen.

'Luitenant geworden? Zo. Dat verbaast me, want hij had zelf een hekel aan mensen die over hem baasden. Trok gewoon zijn eigen plan,' had Vincent vermaakt over Evert gezegd. 'Die Eef. En dan zelf de baas moeten spelen in zo'n militair gedoetje. Het zou mij niet lijken.'

Dat Vincent zei dat hij niet de baas zou willen zijn, vond Elja grappig. Hij deed niet anders dan de baas spelen. Zelfs tante Trudie, zo bijdehand als ze groot was, deed wat hij voorstelde. De knechten die inmiddels terug waren van de mobilisatieperiode, gaf hij orders alsof hij het voor het zeggen had, en dat was natuurlijk ook zo, want oom Abs genezing verliep niet voorspoedig. Oom Ab was alleen maar blij dat alles op de boerderij gewoon doorging. Tegen oom Ab was Vincent altijd voorkomend, had Elja gemerkt. Ze was wel een keertje extra naar de boerderij geweest, moest ze toegeven. Hij leek inderdaad op Gary Grant, al hoorde uiterlijk niet het belangrijkste te zijn volgens haar moeder, die altijd zei dat je van een mooi bord niet kon eten.

'Ken je Vincent Langendael nog? Die zou je weleens tegen kunnen komen. Hij helpt mijn oom Ab met de boerderij. Mijn oom heeft een ongeluk gekregen, vandaar.'

Ze realiseerde zich meteen dat het niet waarschijnlijk was dat Evert daar naartoe moest. Haar vader deed de boekhouding voor oom Ab.

Evert keek verrast op. 'Vincent Langendael? Ja, natuurlijk. En op een boerderij. Logisch. Hij had op school al veel met het leven op het land. Ook de bedrijfskundige kant ervan. Hij zei weleens dat er veel meer uit een boerderij te halen viel dan er in het algemeen werd gedaan. Goed dat hij die kant op is gegaan.'

'Het lijkt me toe dat alleen een boerderij te tam is voor die jongeman. Daar is hij helemaal geen type voor.' Tante Aline had Vincent ontmoet bij Elja thuis en had hem tamelijk ambitieus gevonden.

'Wie weet. Voorlopig is mijn oom er erg mee geholpen dat hij inspringt.' Elja zette wat brood in een mandje op de kleine tafel.

'Maak toch gewoon sandwiches,' zei tante Aline. 'Het wordt zo vol op dit kleine tafeltje.'

Elja knikte. Dat was inderdaad praktischer. Terwijl ze de koffie filterde, maakte ze een schaal sandwiches klaar. Ondertussen luisterde ze naar het gesprek dat tante Aline met Evert voerde. Tante Aline had grootinquisiteur moeten worden, dacht ze. Zonder moeite ontfutselde ze Evert alle informatie over zijn ouders, zusjes en broer. Alleen over de tijd dat hij gevochten had, wilde hij niets kwijt en hij leek te verstarren toen ze daarnaar vroeg.

'Voorlopig hebben we de oorlog verloren, maar ons erbij neerleggen? Geen sprake van,' zei tante Aline.

Van veraf klonken de laarzen van een groep soldaten. Het geluid kwam dichterbij. Ze marcheerden langs de Grote Kerk, en sloegen precies in de maat de Langestraat in. De spijkers onder hun zolen dreunden en ketsten op de keien van het wegdek.

'De Joodse Alkmaarders mogen geen lid meer zijn van de luchtbeschermingsdienst. Zoiets onnozels... een beetje kijken of er geen licht te zien is, maar het geeft aan hoe de nazi's tegenover de Joden staan,' zei tante Aline uit open rede.

Tante Flora ging rechtovereind zitten en vouwde haar handen in haar schoot. 'Er is een kwade tijd aangebroken,' zei ze treurig.

Elja voelde zich beklemd. Tante Flora deed nooit plechtig of pessimistisch. Het klonk uit haar mond zo onheilspellend: kwade tijd.

Tante Flora keek door het winkelraam en zag de mannen in grijsgroene uniformen langsgaan.

'Het zal ons duidelijk gemaakt worden wat we kunnen doen

om dat kwaad te bestrijden,' zei ze eenvoudig.

Evert trok zijn schouders naar achteren, knikte en zweeg.

Elja vond dat zwijgen in combinatie met de opmerking veelzeggend.

Tegen halftwee stond tante Aline op. 'Kom, ik doe de zaak weer open. Goed je even te zien. Kom nog eens langs,' zei ze half bevelend tegen Evert.

Hij stond ook op en torende boven haar uit. 'Dat zal ik zeker doen,' zei hij ernstig en hij keerde zich toen tot Elja. 'Misschien kunnen we over een tijdje eens een stuk langs het strand lopen? Ik ken een paar leuke weggetjes om er te komen. Ik heb de eerste weken geen tijd, maar daarna?' Hij trok vragend zijn wenkbrauwen op.

Ja, dat zou wel. Als hij alle kleine wegen kende, zou hij ook de duinweggetjes wel weten te liggen. Het was 's avonds nog lang licht en Elja hield ervan om langs de zee te lopen.

Ze knikte gevleid en voelde zich opeens weer de eersteklasser die mee werd gevraagd door een vierdeklasser.

'Het kan geen kwaad om te zien hoe de situatie daar nu is,' zei tante Aline bedachtzaam. 'Dat moeten jullie doen.'

Hoe de situatie nu is? Elja keek van tante Aline naar Evert. Wat bedoelde tante daarmee?

'Ik dacht zo,' zei tante Aline. 'Heb je een goede camera?'

'Een eenvoudig boxje, maar hij doet het.'

Elja zag dat Evert en tante Aline een blik wisselden.

'Loop meteen even met me mee,' zei tante Aline en ze wuifde naar haar zuster en haar nichtje. 'Tot later.'

Evert groette ook. 'Eh... ik kom nog langs om iets af te spreken,' zei hij tegen Elja.

'Goed.'

De glans was van de uitnodiging af.

Door de winkeldeur zag ze hem achter tante Aline aan het fotoatelier binnengaan.

Elja keek haar andere tante aan. Flora trok haar schouders op. Ze wilde nog iets zeggen, maar er kwamen twee vrouwen tegelijk binnen.

5

Het nieuws dat de textiel op de bon ging, was doorgedrongen. Het werd de laatste week van juli erg druk in de winkel. Elja werkte hard, maar omdat het fotoatelier ook opeens veel klanten trok, waardoor tante Flora meer in die zaak moest werken, maakte ze lange dagen.

Toen de bonnen eenmaal uitgereikt werden, kwam er behoorlijk wat papieren rompslomp bij. Bonnen plakken en goed bijhouden wat er binnenkwam en wegging. De magazijnen waren, door de laatste orders die Ben Mendels had geplaatst, overvol en de kwaliteit van hun voorraad was prima.

Het was maar goed dat ze veel stoffen hadden, want de textielfabrieken in Twente exporteerden meer dan de helft naar Duitsland. Er bleef weinig over voor de Nederlandse stoffenzaken. Ook veel voedsel verdween richting het oosten. Holland was machteloos en verarmde.

De kranten waren zo goed als overgenomen en de verordeningen volgden elkaar snel op. Tussen de regels door viel op te maken van welke kant de berichten kwamen.

De bezettingsmacht heeft vier leden verloren: er zijn vier Duitsers jammerlijk verdronken bij Bergen aan Zee, stond er in het *Alkmaars Nieuwsblad.*

'Tja, daar hoefde geen Hollandse soldaat aan te pas te komen. Als de oorlog zo eens gewonnen zou kunnen worden,' was tante Alines commentaar op het bericht dat ze met verheffing van stem had voorgelezen. 'De zee is groot.'

'Aline, dat is niet christelijk van je,' berispte haar zuster haar. 'Die jongens hebben ook moeders.'

De beperkingen die ze opgelegd kregen, vielen tante Aline zwaar. Dat vooral haar Joodse stadsgenoten getroffen werden, stemde haar bitter. Bij iedere verordening zag ze de gezichten van de Mendelsen voor zich.

'Dat klopt. En die moeders hebben hun zonen niet goed opgevoed. Anders waren ze hier niet,' verwierp ze Flora's opmerking.

Daar was haar zus het niet mee eens, want die jongens werden ook maar gestuurd. Ze kibbelden erover of je nu blij mocht zijn met een verdronken Duitser of niet.

'Genoeg hierover, we zullen het onze dominee eens voorleggen,' zei tante Aline. Niet dat ze hun predikant in alles gelijk gaf, maar het kon nooit kwaad om iemand die daar zijn beroep van had gemaakt, eens te vragen wat hij van ethische kwesties vond.

'Iets heel anders, Elja, Floor, luister eens...'

Ze noemde het gegeven dat er de laatste weken regelmatig Duitsers langskwamen die zich wilden laten fotograferen voor het thuisfront.

'Vereeuwigen nu ze de kans er nog voor hebben, voor ze de pijp uit zijn, zeg maar.'

Tante Aline kon het niet laten om haar zus op stang te jagen. Toen ze Flora's gezicht weer zag betrekken, zei ze haastig: 'Wat vinden jullie ervan? Doen we dat, of weigeren we die klandizie? Het lijkt me niet verstandig om hen weg te sturen.'

Dat was tante Flora met haar eens. Wegsturen zou dom zijn.

'Je weet tenslotte nooit wat je nog eens opvangt,' voegde tante Aline er peinzend aan toe. Ze had gemerkt dat de militairen erg openhartig waren als ze met een paar tegelijk binnenkwamen voor een foto.

Daarna kwam ze met een voorstel: in verband met de toegenomen drukte wilde ze iemand aantrekken die kon bijspringen in de stoffenzaak en ook het werk in de donkere kamer aankon. Een mens mocht niet te lang achter elkaar in de damp van de ontwikkelvloeistoffen staan. Dat moest afgewisseld worden. De nieuwe hulp hoefde geen ervaring te hebben. Na een paar weken inwerken was het tenslotte geen heksentoer om foto's te ontwikkelen. En ze waren er zelf altijd nog bij om sommige beelden uit te lichten of bij te snijden.

Nadat ze was uitgesproken, keken de andere twee elkaar aan.

'Prima, maar hoe pakken we het aan?' vroeg tante Flora toen. 'We kunnen tenslotte niet iemand binnenhalen die sympathiseert met de Duitsers of de NSB.'

De tantes keken naar Elja. Die inventariseerde in gedachten haar vriendinnenclub.

'Ik zou het zo een-twee-drie niet weten. Iedereen heeft werk, volgens mij. Of liever gezegd: had. Ik weet niet hoe het er nu voor staat. Ik ga meteen rondkijken.'

Tante Flora hief een hand op. 'Zoveel haast is er niet bij. Iemand uit de kerk misschien. Daar kennen we tenslotte ook aardig wat vrouwen die betrouwbaar zijn.'

'Een jong meisje moet het zijn. Dat is leuk voor Elja,' beval tante Aline. 'Niet nog een dame van in de vijftig. Ze zit anders de hele dag tussen een stel oudjes.'

'Ja, dit is je reinste bejaardenhuis, hoor. Houd nou op!' lachte Elja.

Ze vermaakte zich doorgaans met het gekibbel van haar tantes. Maar iemand van haar eigen leeftijd erbij zou wel prettig zijn. Eens goed rondkijken.

Omdat ze niet veel tijd had om 's avonds nog weg te gaan, bleef het er even bij en de tantes lieten het ook eerst bezinken. Ze wisten ook niet zeker of het wel zo handig was om een vreemde over de vloer te hebben. Mevrouw Smit, die het schoonmaakwerk grotendeels voor haar rekening nam, was zo vertrouwd dat ze nooit op hun woorden hoefden te passen.

Elja herinnerde zich het voorstel van tante Aline pas weer toen Helmy een paar weken later de winkel binnenkwam met een betrokken gezicht. Haar vriendin wachtte tot de andere klanten de winkel hadden verlaten en barstte toen los: 'El, Lia gaat trouwen, en ze heeft niet op tijd stof gekocht voor haar bruidsjurk. Vind je het geen ezelsveulen? Ze gaat al een eeuwigheid met Adrie. Helemaal mijn zus, hoor!'

Elja trok haar wenkbrauwen op. Als ze van plan waren om te trouwen, had ze toch ook van tevoren stof kunnen kopen, dacht ze wat wrevelig omdat ze de vraag aan voelde komen.

'En nu hebben we natuurlijk geen bonnen genoeg voor alle kleren. Mam wil ook wat nieuws en ik eigenlijk ook. Als het niet kan, houdt het op natuurlijk, maar...'

Ze keek hulpzoekend naar Elja en vervolgde vertrouwelijk: 'Nou ja, ze kon het eigenlijk niet plannen, want ze is in verwachting geraakt en ik mag toch aannemen dat ze het daar niet op aan heeft gestuurd. Het is geen ramp, hoor, maar daar denken mijn vader en moeder anders over. Die zitten er erg mee, want ergens vinden ze het een schande, en daarbij komt ook nog eens dat een bruiloft veel kost en Lia zelf heeft natuurlijk geen cent te makken. Bij Adrie thuis is het geen vetpot en bij ons is het niet veel beter. Lia heeft wel een uitzet bij elkaar gescharreld, lakens en dat soort spul, en de meeste potjes en pannetjes heeft ze ook wel, maar een trouwjurk... Niet aan gedacht dat stoffen ook op de bon zouden gaan, zegt ze. Nou ja, dat is waarschijnlijk ook niet het eerste waar je aan denkt als je met je verloofde het bed in duikt.'

Ze stopte even en voegde er zakelijk aan toe: ''t Zal wel geen bed geweest zijn, trouwens... Ze gaan nu inwonen bij de oma van Adrie. Ik zou niet weten wat ik liever deed, maar er is vrijwel geen huis te krijgen in Alkmaar door al die evacués.'

Elja begreep de achtergrond van Helmy's relaas en ze wist wat er van haar verwacht werd. Ach, niet zo gek in zo'n situatie en Lia was een alleraardigste meid. Ze zou zelf graag zo'n zusje hebben.

Ze dacht aan de bruidsstoffen die Esther Mendels zorgvuldig achter in het magazijn had neergelegd. Ze was er zelf ook zuinig op. Die zware, glanzende stof met die ingewerkte bloemen. Ze was er weleens met de rug van haar hand overheen gegaan. Zo heerlijk zacht als dat aanvoelde... En dan dat satijn met die opengewerkte guirlandes. Ook schitterend.

'Laat haar maar komen. En zoek vooral van tevoren een patroon uit, zodat we weten hoeveel ze nodig heeft. Je moeder maakt hem zeker?'

Helmy zuchtte. 'Lia moet hem zelf maken en ik ga haar helpen, want mijn moeder heeft hoe langer hoe meer last van stijve vingers. Ze kan er niet veel meer mee. Dat wordt nog wat, want in huis kan ze ook hoe langer hoe minder. Lia deed heel veel, maar dat valt natuurlijk straks af, want ze moet als tegenprestatie ook de oma van Adrie helpen met het schoonhouden en zo. Dat is echt zo'n bleekwatervrouwtje, dus Lia kan haar lol straks op. Die oma gaat met haar vingers langs de plinten. Walgelijk, hè? Het voordeel is dat ze vrijwel geen huur hoeven te betalen, maar Lia is de klos. Adrie komt na zijn werk lekkertjes thuis en alles is klaar. Eten op tafel enzovoort. Het is ongelijk verdeeld in de wereld. Mijn vader heeft al gezegd dat ik maar thuis moet komen of minder gaan werken omdat moeder niet zo veel kan, maar ik moet er niet aan denken om helemaal thuis te komen. Ik wil blijven werken, al is het maar voor de helft. Maar dat zit er vast niet in. Mijn baas is zo gemakkelijk niet. Ik mag nog blij zijn dat ik er nog werk heb, trouwens, want het loopt terug op kantoor. Er is geen aanvoer van rubber meer. Hij is vast blij als ik opstap.' Machteloos en kwaad keek ze om zich heen. Haar kleur was verhoogd en ze perste haar lippen op elkaar.

Elja had met haar te doen. Zo klem zitten. En dat voor Helmy. Ze wilde iets troostends zeggen, maar er kwam net een klant binnen.

Elja wees Helmy op de kleine zithoek aan het eind van de winkel.

'Ga daar maar zitten en kijk in die patroonbladen, misschien zie je alvast iets leuks. En zet als je wilt een ketel water op voor thee. Ik help eerst deze klant even. Mevrouw, waar kan ik u mee helpen?'

Ze dacht opeens aan het voorstel van tante Aline om er iemand bij te nemen in de zaak.

Helmy? Ze aarzelde.

Een kwartier later was de klant weer verdwenen en Elja liep naar haar vriendin toe, die thee had gezet en met een somber gezicht de bladzijden in de modebladen omsloeg.

'Maak je niet te druk. Ik vind wel een gaatje om wat buiten de bonnen om te regelen. Vraag maar of Lia na sluitingstijd langskomt.'

'Je bent een schat, maar dat wist ik al. Ik had al tegen Lia gezegd dat jij er vast wel een mouw aan kon passen,' zei Helmy verheugd. 'Heerlijk! Ze trouwen over zes weken en de bruiloft houden ze bij de ouders van een vriend van Adrie, die een grote kamer en een nog grotere tuin heeft. Verder niet veel, hoor. Stadhuis, kerk, en dan naar die vriend voor een soort receptie. Alles heel mondjesmaat. Ik zal mijn best doen om een soort bruiloftstaart in elkaar te draaien en de moeder van Adrie bakt cakes. Ach, dat komt wel voor elkaar. Een broodmaaltijd hoeft tenslotte geen kapitalen te kosten. Een paar grote tafels en dan redden we het wel. Maar ze moet er op die ene dag toch een beetje speciaal uitzien. Je trouwt tenslotte maar één keer. Wanneer zullen we langskomen. Vanavond?'

Elja schudde vermaakt haar hoofd. Dit was helemaal Helmy, maar dat ging toch niet door: ze zou vanavond een stuk gaan fietsen met Evert. Het had zo lang geduurd voor hij eens langskwam, dat ze dacht dat hij het was vergeten. Hij wilde naar de duinen bij Schoorl als ze daar nog in konden. Vanavond was ze dus bezet.

'Morgenavond?' stelde ze voor. 'Ik ga vanavond een stuk fietsen.'

'Leuk! Met wie?' wilde Helmy weten.

'Evert Koomen. Hij zat bij Vincent Langendael in de klas, weet je nog wel? Die lange jongen met die grijze ogen.'

'Donkerblond steil haar en een knobbel op zijn neus, net als die bokser, hoe heet-ie ook alweer? Hoe kom je toch aan die jongens?' zei Helmy. 'Eerst Vincent, en al haalde Evert het toen niet bij Vincent, hij zag er ook niet beroerd uit. Hij kon heel goed zwemmen.'

'Werkelijk? Dat is beter dan boksen in ieder geval, maar ik was niet van plan om de zee in te gaan,' lachte Elja.

'O, jullie gaan dus naar het strand. Maar dat is spergebied geworden, volgens mij.'

Gedachteloos dronk Helmy haar thee op en ze veerde weer overeind. 'Geregeld. Morgenavond dus. Een uur of zeven? We zullen er zijn. Lia zal een gat in de lucht springen als ik het haar vertel. O, kijk, die vrachtauto stopt bij jou voor de deur.' Ze wees naar de auto van de bodedienst, waar een man uitstapte en de achterdeuren opende.

'Nieuwe stof!' zei Elja. Ze had weken geleden al een bestelling geplaatst. De fabriek was traag met afleveren.

'Zal ik helpen met uitpakken?' Helmy was meteen bereidwillig en sjouwde mee met rollen en pakken.

'Mag ik wat openmaken?' bedelde ze toen de bode weg was. 'Uitpakken vind ik zo leuk. Ik ben gek op verjaardagen en sinterklaas. Al geven ze me fopcadeautjes, ik blijf het spannend vinden.'

Ze scheurde zonder het antwoord af te wachten het papier van een rol af en bekeek de stof kritisch.

'Dat haalt het niet bij wat je daar hebt liggen,' merkte ze op toen ze een baan omhooghield. 'Nou ja. Er is nog genoeg kwaliteitsspul voor Lia en mij. Toch?'

Elja knikte.

'Dan ga ik nu. Anders krijg ik het met mijn moeder aan de stok.' Ze zwaaide en verdween.

Elja keek haar na. Helmy was gek op een beetje reuring. Ze had wel wat weg van tante Aline wat dat betreft. Dat was ook af en toe een tornado.

Helmy en tante Aline... Ze zag het voor zich. Helmy hier aan het werk? Ze wist niet helemaal zeker of ze dat geweldig vond. Maar het zou Helmy goed uitkomen. Ze zou hier dan van elf tot vier kunnen werken, bijvoorbeeld, dan had ze daarnaast genoeg tijd om haar moeder te helpen.

Eens overleggen met tante Flora. Die had Helmy een paar keer ontmoet en Elja had inmiddels respect gekregen voor de goede kijk die tante Floor op mensen had.

Maar eerst eens bedenken wat ze vanavond aan zou trekken. Evert een bokser. Die gekke Helmy. Er zou in ieder geval veel leven in de brouwerij bij komen.

Er stond een stevige bries toen Elja en Evert richting Bergen fietsten. De weg langs het vliegveld Bergen, dat zwaar gebombardeerd was, leek afgezet, maar Evert zei dat er een klein weggetje om het vliegveld heen liep.

Hij keek belangstellend naar de militairen die heen en weer liepen over het terrein.

'Er staat nog genoeg wat ze gebruiken kunnen,' mompelde hij en hij haalde een kleine camera tevoorschijn, die Elja herkende uit de voorraad camera's die ze verkochten in het fotoatelier.

Dat lag dus achter tante Alines vraag of hij wel een goede camera had. Ergens had ze het wel begrepen.

'Ga daar eens staan!' zei hij en hij maakte een paar foto's. Elja wist aan de manier waarop hij de lens richtte dat zij vaag zichtbaar zou zijn aan de zijkant van de plaat en het vliegveld helder.

'Goed, het staat er wel op. We gaan verder,' zei hij tevreden.

Dat was dus de bedoeling.

'Had je niet beter alleen kunnen gaan?' vroeg Elja kribbig. Om als excuus te fungeren was geen ramp, maar hij had het haar wel even mogen zeggen.

'Nee hoor. Ik vind het ook erg leuk om jou wat beter te leren kennen, maar een man samen met een meisje lijkt zo lekker onverdacht en iedere andere man zal begrijpen dat ik van jou een foto wil maken.' Hij keek schuldig toen hij dat zei.

Elja haalde haar schouders op. Hij bracht het leuk. Enfin, het zou wel ergens goed voor zijn.

'Waar heb je die foto's voor nodig? Heb je soms een lijntje met de Engelsen?' vroeg ze luchtig.

Hij keek afwerend. 'Wie weet. Zullen we het daar later nog eens over hebben?'

Elja was gepikeerd. Hij zou haar op z'n minst toch kunnen vertellen waarvoor ze mee moest. Ze wist dat er al een verzetskrant circuleerde. Tante Aline was altijd goed op de hoogte en vertelde haar en tante Flora wat ze wist in de wetenschap dat ze er niet over zouden praten. Haar vader was zo gesloten als een pot als het om dat soort dingen ging, maar ze was er bijna zeker van dat hij ook van veel zaken op de hoogte was. Haar vader had nog steeds het idee dat ze een kleuter was.

Ze fietsten verder naar het centrum van Bergen. Er waren erg veel Duitse soldaten rond het plein en de Ruïnekerk. Het irriteerde Elja dat ze er liepen alsof ze daar het volste recht toe hadden.

'Laten we hier maar weggaan,' zei ze.

'We kunnen richting Schoorl rijden,' stelde Evert voor. 'Bij dat restaurant aan de voet van de duinen kunnen we erin en dan is er een heel leuke weg naar het strand.'

'Wil je daar ook foto's maken?'

'Nee, nog niet. Maar ik weet dat er plannen zijn om daar bunkers te bouwen, en er wordt afweergeschut neergezet, dus het kan nuttig zijn om te weten waar die komen,' zei hij en hij kneep zijn lippen op elkaar.

Het had vast te maken met de gevechten die hij had meegemaakt bij de Grebbelinie. Zijn gezicht stond zo grimmig.

Ze herinnerde zich dat hij vroeger op school nogal een branie was geweest, nergens bang voor. Dat overmoedige leek wel helemaal verdwenen. Wat vreemd dat er opeens allemaal herinneringen aan die tijd bovenkwamen. Gebeurtenissen waar ze jaren niet aan gedacht had. De uitvoering van een toneelstuk...

'Zeg, jij speelde toch mee met dat toneelstuk dat jullie klas uitvoerde. Brands van

Engels regisseerde het en jij was Hamlet.'

Hij schoot in de lach. 'Ik bracht er niet veel van terecht, volgens mij. Irma, die Ophelia speelde, was razend omdat ik een keer te vaak: "Ga in een klooster, Ophelia" zei. Ik was mijn tekst kwijt en herhaalde wat ik nog wel wist in de hoop dat de rest gesouffleerd zou worden. Nou, dat gebeurde ook heel hoorbaar.'

Elja was blij dat hij even loskwam van de oorlog. Ongehinderd fietsten ze door en ze waren voor zonsondergang weer terug.

Evert zette haar voor de deur van haar huis weer af. Elja zei dat hij verder moest fietsen om voor het donker terug te zijn in Broek op Langedijk. 'Anders zou ik je binnen vragen voor een kop koffie.'

'Dat klinkt best aantrekkelijk.' Hij stond met één voet op de grond en met de andere op een trapper.

'Maar niet nu, want het wordt aardedonker op die weg naar jullie toe, zei mijn vader en er zijn overal slootjes waar je in kunt raken.'

'Jij regelt ook graag, hè? Familietrekje soms? Ik fiets niet in zeven sloten tegelijk.' Hij keek geamuseerd naar haar vastberaden gezicht.

'Het hoeft er maar één te zijn,' troefde Elja.

Ze stak haar hand op, draaide zich om en liep de stoep voor haar huis op.

'Doen we het nog eens over?' riep hij haar achterna.

'Als je weer plaatjes wilt maken, bedoel je?'

'Bijvoorbeeld. Of gewoon voor de...'

'Gezelligheid?'

'Precies.'

'Kom maar langs als je nog eens zin hebt om te fietsen.' Ze duwde de deur, die nog niet op de knip was, open en keek nog even achterom.

Hij salueerde wat spottend. 'Dag kapiteintje.'

Dat had hij ook tegen tante Aline gezegd. Dat ze op zijn kapitein leek. En leek zij op tante Aline?

Ongerust keek ze in de spiegel die in de grote hal hing en ze bekeek kritisch haar lavendelblauwe ogen en het blonde haar dat wat piekerig naast haar ronde wangen hing. Helaas geen krul in te bekennen. Ze zag het kuiltje in de kin onder haar brede mond. Ze leek op haar moeder, besloot ze, en die mond en dat steile haar had ze van haar vader. Alleen had moeder ook wat weg van tante Aline.

Nou ja, in Alkmaar waren de vrouwen altijd tamelijk strijdlustig geweest. Ze begoten in de Tachtigjarige Oorlog tenslotte de Spanjaarden met kokende olie. Dat zat dus vast in de genen. Toch uitkijken dat ze niet te veel van tante Aline overnam.

'Ja, het was best gezellig, mam,' zei ze tegen haar moeder die haar, zonder van het boek op te kijken dat ze aan het lezen was, vroeg of ze lekker had gefietst.

'Fijn, kind,' zei haar moeder wat verstrooid terug, want haar boek was erg spannend.

Haar vader keek oplettend. Elja besloot niets te zeggen over de foto's die Evert had gemaakt van het vliegveld. Dat kwam nog weleens.

Of niet...

De volgende dag nam Elja tante Flora in vertrouwen.

'Het is dus een meisje dat gemakkelijk contact legt en babbelt, maar denk je dat ze haar mond kan houden als ze hier dingen hoort die ze voor zich moet houden?' vroeg die na Elja's voorstel.

Elja dacht na. Hoe was dat op school geweest? Helmy was niet vies van een klein roddeltje. Maar wie was dat wel? Tante Flora, wist ze. En tante Aline kon je niets ontfutselen dat ze niet kwijt wilde, maar zijzelf? Ze zei echt weleens iets dat ze beter voor zich kon houden, zonder dat ze nu echt een kletsmajoor was.

'Helmy is geen roddelaarster,' zei ze.

Tante Flora vroeg bescheiden: 'Vind je het prettig als je vanavond alleen je gang kunt gaan, of wil je dat ik erbij ben?'

'Het zou fijn zijn als u later ook even langs wilt komen. Gewoon om in te schatten hoe Helmy zou zijn in de winkel. En ze moet natuurlijk ook willen! Draaien we goed genoeg om haar een redelijk salaris te betalen? Ik dacht eigenlijk wel.' Elja zette vlug even de inkomsten van de laatste maanden op een rijtje.

Tante Flora knikte. Aline had de financiën bekeken en geconstateerd dat ze er bijzonder goed voor stonden. Ze konden geen wereldsalaris bieden, maar een goed inkomen zat erin.

'Ze moet ook het werk in de donkere kamer willen leren,' besloot ze. 'Het fotograferen wil ik liever aan jou overlaten, want daar heb je slag van, al weet je natuurlijk niet of Helmy niet opeens een talent blijkt te zijn.'

Dat was niet te voorspellen.

Er stonden drie vrouwen voor de deur van de stoffenwinkel toen Elja die avond aan kwam fietsen. Het was nog geen zeven uur, maar Helmy drentelde heen en weer en haar moeder leunde tegen de pui. Ach, hun moeder was meegekomen. Nou ja, het was tenslotte haar oudste dochter die ging trouwen. Hopelijk kwam tante Flora niet erg laat. Ze wilde Elja niet op haar handen kijken, en dat was natuurlijk erg lief van haar, maar toch, met mevrouw Pronk erbij zou het gemakkelijker zijn als ze er vlug bij kwam.

'Jullie staan er toch nog niet lang?' vroeg Elja.

'Nee hoor.' Lia keek Elja wat verlegen aan en Elja wist niet wat ze nu moest zeggen. Feliciteren of zo? Ze opende de deur. 'Dag dus allemaal. Kom binnen.'

'Dag kind,' groette Helmy's moeder. 'Wat heerlijk dat je ons wilt helpen. We zaten er zo mee in onze maag. Dat bonnengedoe is me wat. Nou ja, prettig dat het zo opgelost kan worden. Gewone nette jurken moeten het worden, hoor. Niet een overdreven japon die verder alleen maar in de kast hangt. De stof van de trouwjurk kunnen we later gebruiken voor een wieg.'

Ze wierp een verwijtende blik op Lia, die kleurde.

Dat werd dus stof voor drie jurken, stelde Elja vast. Ach, dat had ze kunnen weten ook.

'Eerst de stof voor de trouwjurk dan maar?' vroeg ze opgewekt. 'Daar gaat het tenslotte om.' Ze ging de drie voor naar de achterkant van de winkel, waar ze al voorzichtig een paar stoffen vanuit het magazijn had gehaald en die op de lange tafel had neergelegd.

'Kijk, hoe vind je deze, Lia?' Ze wees op het satijn met de opengewerkte bloemen.

'Te feestelijk. We moeten het echt eenvoudig houden onder deze omstandigheden, toch, liefje?' Lia's moeder had haar leesbril opgezet en keek kritisch naar de stoffen die uitgestald lagen. 'Ze zijn prachtig, daar niet van, maar Lia kan zich niet al te veel veroorloven, en of dit nu iets is voor een wieg... ik weet het niet. Kijk, die daar, dat beige... dat is heel fijntjes. Gepaster ook, zou ik zeggen.'

Lia streelde met haar hand over de glanzende stof met de kleine toefjes bloemen. Elja zag haar ogen en ze nam zich voor dat wat er ook zou gebeuren, Lia met een mooie jurk door de kerk zou wandelen, zwanger en wel...

Ze had er alle vertrouwen in dat de Heer ruimhartiger was dan Zijn volgelingen en meer plezier zou beleven aan een mooie Lia dan aan een bedroefde bruid. Dat was haar altijd opgevallen in de bijbelse verhalen: een beker mocht overvloeien en het Beloofde Land was een land van melk en honing...

'Waarom zou een wieg geen bloemetjes mogen hebben? Dat lijkt me nu juist zo leuk voor een baby,' prees ze de favoriete stof aan. 'Maar tenslotte staan we hier geen wiegbekleding uit te zoeken maar een bruidsjurk!'

Lia wierp haar een dankbare blik toe. Mevrouw Pronk aarzelde. Er lagen nog een paar rollen stof die haar ook wel aanstonden. Ze pakte er een bij een punt vast en wilde erin knijpen, maar Elja trok haar hand vlug weg. 'Het wordt zo gauw smoezelig. Zullen we anders eerst eens voor u kijken?' stelde ze voor.

'De jurk voor Lia is het belangrijkst. Als we dat nu eerst eens afhandelen,' zei mevrouw Pronk. 'Heb je nog meer stoffen?'

Elja aarzelde. Ze had met het oog op de smalle beurs van Lia en haar moeder de wat voordeliger stoffen gepakt, maar Lia's moeder zou alles willen zien. Gelaten ging ze de drie voor naar het magazijn waar ook de zijden stoffen lagen opgeslagen.

'Prachtig!' was het commentaar van mevrouw Pronk toen ze de glanzende zijde zag.

'Maar niet handig als het bij een wieg gebruikt moet worden. Eén keer spugen en je hebt een smak werk om het schoon te krijgen.'

'Ik vind die stof die we net gezien hebben wel heel erg mooi. En ik heb een model uitgezocht.' Lia rommelde in haar tas en haalde een plaatje tevoorschijn. Elja zag dat ze heel praktisch was geweest met haar keuze: vlak onder de boezem had de japon een naad van waaruit de stof licht gerimpeld naar beneden viel. Het was een goed model voor de stof die ook bij Lia favoriet was en het zou een buikje verhullen.

'Precies goed. Niet te veel naden en ruim genoeg,' prees ze.

'Wijd genoeg om nog een beetje in te groeien,' viel Helmy haar bij.

'Jammer, erg jammer dat de glans van je grote dag eraf is.' Mevrouw Pronk keek verwijtend.

'Dat maakt de stof van de jurk helemaal goed, want kijk eens hoe schitterend die glanst,' zei Elja opgewekt.

Na nog wat geaarzel van mevrouw Pronk werd toch besloten tot de aanschaf van de satijnen stof. 'Vooruit dan maar. Gelukkig heb je nog wat gespaard,' zei mevrouw Pronk.

'Ze krijgt die jurk toch van u en uw man? Ik maak er wel een mooie prijs van,' lachte Elja.

Mevrouw Pronk keek zuinig en ze liep achter Elja aan om stof voor zichzelf en Helmy uit te zoeken.

Gek, ze had mevrouw Pronk altijd graag gemogen, maar dit gedoe... Elja pakte een paar rollen uit de stelling in de winkel en wikkelde de stof af. 'Wat vindt u hiervan?'

Het was niet gemakkelijk om mevrouw Pronk tot een keuze te brengen. De ene stof was te feestelijk, de andere te saai, en ten slotte was de tafel waarop Elja aan het eind van de middag ruimte had gemaakt, zoals ze dat altijd deed, beladen met rollen stof. Helmy had voor zichzelf al een mooie smaragdgroene lap uitgezocht die haar mooi kleurde, maar mevrouw Pronk bleef aarzelen.

Misschien dat mevrouw Pronk nu kon besluiten welke stof ze wilde hebben. Ze had het maar over een jurk gehad die ze bij plechtige gelegenheden ook kon dragen. Graag wat donker dus. Helmy draaide met haar ogen achter haar moeders rug en Elja had moeite om haar lachen in te houden.

Tot Elja's opluchting liep tante Flora de winkel binnen. Ze feliciteerde eerst Lia hartelijk met haar voorgenomen huwelijk. Mevrouw Pronk wilde iets zeggen, maar brak af toen tante zich tot haar wendde.

'En nu de moeder van de bruid ook nog een beetje in het zonnetje, hè. De eerste bij u die trouwt? Altijd spannend. Ik zou iets nemen wat ook voor andere feestelijke gelegenheden gebruikt kan worden.' Tante Flora keek naar Helmy. 'Uw andere dochter kan zomaar tegen iemand aanlopen en dan kan het vlug gaan. Daar mogen we toch blij mee zijn, nietwaar? Ondanks donkere tijden toch een beetje licht. Volgens mij hebben we iets wat u prachtig zal staan. Wat vindt u hiervan?'

Met een groots gebaar gooide ze een rol op de tafel. Het was een stof die eerst door mevrouw Pronk was afgewezen als te feestelijk, maar nu voelde ze er wel voor.

Het duurde toch nog ruim een kwartier voor ze overgehaald was om de stof aan te schaffen. Omdat het ten slotte donker begon te worden en de verduistering in de winkel nog niet goed in orde was, besloot ze de koningsblauwe stof maar te nemen. Tijdens het afrekenen nam ze even plaats op een stoel. Zo lang staan vroeg veel van haar, maar 'letten jullie er alsjeblieft niet op'.

Elja maakte er inderdaad een leuk prijsje van en Lia was er blij mee.

Met een hartelijke uitnodiging voor de receptie – natuurlijk een kleine receptie – verliet mevrouw Pronk, gevolgd door haar dochters, daarna de winkel.

Helmy keek nog even achterom voor ze de deur uit was en maakte toen een verontschuldigend gebaar.

Ook mevrouw Pronk draaide zich om. 'Elja, nog een kleinigheidje. Als je toch op de bruiloft komt... Je hebt ons al zo heerlijk geholpen, dus ik durf het bijna niet te vragen... maar zou je die dag dan een paar kiekjes willen maken van het bruidspaar en de familie? Een echte fotograaf kan Lia zich natuurlijk niet permitteren, maar een paar foto's zouden wel fijn zijn en wij hebben alleen een oud toestelletje waardoor iedereen er wazig op staat. En neem gerust een vriend mee. Het is wel een tamelijk besloten gelegenheid, maar een vriend van jou kan er echt wel bij. Jij moet ook plezier hebben op de bruiloft.'

Ze wachtte het antwoord niet af en liep de Langestraat in. Het werd al donker en het was soms een hele toer om niet te struikelen over de ongelijke straat bij hun huis. 'Kom, meisjes!'

Ook Lia draaide zich om. Ze had een hoogrode kleur gekregen, schudde haar hoofd en stak haar handen voor zich uit. Haar mond vormde een kleine zin: 'Het spijt me.'

Elja glimlachte geruststellend en sloot de deur achter hen.

'Die moeder is een bepaald soort vrouw...' zei tante Flora peinzend en na een paar tellen vervolgde ze: 'Het soort van huistiran in fondantverpakking. Ziekte geeft soms macht.'

En ze liep achter Elja aan naar het fotoatelier.

6

Het was druk in het fotoatelier. Er kwamen regelmatig Duitse soldaten en officieren naar de winkel die voor thuis een foto wilden laten maken, en ook de gewone bevolking leek opeens iedere gelegenheid aan te grijpen om een foto te laten maken. Er kwamen nog een paar bruidsparen langs die een echte staatsiefoto wilden hebben, en enkele vroegen om een reportage zodat ze later nog zouden kunnen zien wie er allemaal op hun bruiloft waren geweest.

Het leek tante Aline goed om Elja wat meer routine bij te brengen in het fotograferen. Ze had haar in de avonduren al wat laten oefenen en Elja had er beslist aanleg voor. Ze wist uitstekend welke lens ze moest gebruiken voor dichtbij en voor veraf.

Deze morgen was het niet druk in de stoffenwinkel, dus Flora kon het gemakkelijk alleen af.

'Kom, Elja. Achter de camera. Ik blijf er op de achtergrond wel bij deze keer, dan ga ik vanavond nog wel de donkere kamer in,' moedigde tante Aline aan. 'En houd je oren wijd open.'

'En je mond dicht zeker?' vulde Elja aan.

'Je hebt het begrepen.' Tante Aline knikte goedkeurend. 'Kijk, als ze in volle glorie op de foto willen, neem je dit diafragma, en als ze alleen de bovenkant willen hebben, kun je beter deze nemen. Er komt ook een stel langs dat hun trouwfoto's door ons wil laten maken. Aardige lui.'

Elja ontving het toekomstige bruidspaar later op de dag. Het meisje liep over van enthousiasme en zei dat ze geen foto wilde in de deur van hun ouderlijk huis, maar ergens waar het echt mooi was. Haar verloofde zweeg en keek verliefd naar het meisje. Hij vond alles best.

'De Kneppelbrug als het mooi weer is, en de Waag als het regent?' opperde Elja en ze nam zich voor om daar ook foto's te maken van Lia en Adrie. Als ze dan toch foto's moest nemen, dan meteen maar goed ook.

De twee vertrokken weer en Elja keek hen na. Als Lia en Adrie net zo blij met elkaar waren, zou het wel goed komen.

Ze had geaarzeld wie ze mee zou nemen naar de bruiloft, en had Vincent gevraagd of hij zin had om mee te gaan. Meer met het oog op Helmy dan voor zichzelf, want Helmy was toegewezen aan een broer van de bruidegom en daar verheugde ze zich nu niet bepaald op.

'Die jongen denkt na over ieder woord dat hij zegt,' had ze gezucht. 'Als woorden ook nog eens op de bon gaan, houdt hij zo veel over dat hij ze uit kan delen.'

Ze was opgeveerd toen Elja had verteld dat ze Vincent meenam. Elja zou een behoorlijke tijd in beslag worden genomen door het fotograferen.

'Ik ontferm me wel over hem als je bezig bent,' zei Helmy.

Die broer van Adrie kende tenslotte veel mensen en Vincent niet, dus het sprak vanzelf dat zij zich met Vincent bemoeide als Elja foto's nam.

Haar nieuwe jurk stond haar bijzonder mooi. 'Al zeg ik het zelf, hij maakt me langer en slanker,' zei ze tegen Elja.

Elja had voor zichzelf ook een nieuwe jurk gemaakt. Ze was inmiddels zo handig geworden met de naaimachine, dat ze het zonder hulp van haar moeder of tante Flora af kon. Het was een model geworden met voor en achter deelnaden, het lijfje nauwsluitend en vanaf de taille wijd uitwaaierend. De mouwen waren kort en poften een beetje. Het leek heel eenvoudig, maar de zachte glans van de donkerblauwe stof maakte het geheel chic.

Goedkeurend had haar moeder naar haar dochter gekeken

toen ze de zoom voor haar afspeldde. 'Heel goed. Niet te uitbundig, maar dit heeft iets.' Trots had ze de laatste speld in de zoom gezet en Elja toegeknikt.

Elja noteerde de afspraak en de locatie van het aanstaande bruidspaar en daarna had ze even tijd tot de volgende klant kwam.

Lang had ze niet, want de winkelbel rinkelde en drie Duitse militairen stapten naar binnen: een wat oudere man, die duidelijk de hoogste in rang was, een jonger iemand en de derde...

Elja herkende het gezicht meteen. Het was de man die bij de binnenkomst in Alkmaar, die morgen in mei, tegen haar had gelachen alsof ze daar expres op hen had staan wachten. Hij had opvallende grijze ogen. Groot, langwerpig en staalgrijs met rond de iris een donkere kring.

Ze voelde dat ze rood werd. Gelukkig was ze voor hem waarschijnlijk een van de vele mensen geweest die langs de kant stonden.

'*Guten Morgen, Fräulein.*' Het klonk vriendelijk.

'Goedemorgen,' groette ze afgemeten terug en ze had zichzelf weer helemaal in bedwang. 'Wat wenst u?'

Ze wilden een foto laten maken.

'Eén vanaf zo.' De oudste man zette een hand op zijn borst, en een foto waar ze met z'n drieën op stonden.

De militair met de grijze ogen keek haar oplettend aan. '*Ach... Fräulein... Sie,*' zei hij en hij lachte.

Elja trok haar wenkbrauwen op. '*Sie meinen?*'

'*Nichts.*' Hij glimlachte weer. Ze besloot er verder niet op te letten. Als hij inderdaad had gedacht dat ze daar had gestaan uit nieuwsgierigheid of – nog erger – om hem en zijn kameraden welkom te heten, had hij het bij het verkeerde eind. Vervelend was het wel.

Ze hield haar toon koel, zakelijk en correct en richtte zich tot de oudste man. 'Wilt u plaatsnemen, alstublieft?'

Ze had het diafragma ingesteld, zette de lampen aan en zei nogmaals: 'Wilt u plaatsnemen, alstublieft.'

De oudste duwde zijn kameraad naar voren in een goedmoedig gebaar, en die stapte naar voren. Zijn grijze ogen bleven op haar gericht en ze vocht tegen een onbehaaglijk gevoel. Waarom keek hij zo?

'*Lachen, Herr Leutnant*,' zei de jongste en toen begon de oudere man een gesprek met hem.

De winkeldeur ging open. Elja draaide zich om en zag tot haar verbazing Evert binnenkomen. Hij was net zo verrast. Hij stond een moment roerloos, keek naar de militair die op de kruk onder de lampen zat en Elja zag hem bleek worden en zijn lippen op elkaar klemmen. Zijn vuisten balden zich en ze schrok van de uitdrukking in zijn ogen. Afkeer... haat en – vreemd genoeg – een soort herkenning?

Wat bracht hem zo uit zijn evenwicht? Die drie moesten zijn gezicht niet zien. Hij had zichzelf niet genoeg in bedwang.

'Evert, heb je mij nodig, of moet je bij tante Aline zijn?' vroeg ze met een vaste stem. Ze keek hem aan en haar ogen waarschuwden.

Hij vertrok zijn mond en haalde snel adem. 'Je tante.'

'Ze is boven aan het werk. Loop maar door, je weet de weg. Ik ben hier nog wel even bezig.'

Hij keek nogmaals naar de man die in het helle licht van de lampen zat en die nu zijn ogen afschermde.

Everts ademhaling ging heel snel en Elja werd ongerust.

'Evert?' fluisterde ze.

Hij knikte. 'Ik zie je straks nog,' zei hij schor en hij verdween tot haar opluchting.

'*Ihr Freund*?' De vraag kwam van de man die ze aan het fotograferen was. De andere twee hadden de komst van Evert nauwelijks opgemerkt omdat ze druk met elkaar in gesprek waren.

Het ontging haar waar ze het over hadden, en ze realiseerde zich dat dat niet slim van haar was. Wat had tante Aline erover gezegd? 'Je weet nooit wat je opvangt.' Nou, dit ging nergens over. Een beetje geklets over hun familie, als ze het goed had begrepen. Duits was op school niet haar sterkste vak geweest.

Met een korte hoofdknik bevestigde ze zijn vraag. Het was wel niet zo, maar alles wat de aandacht van Evert zelf af zou leiden, was goed.

'Draait u uw hoofd even? En uw pet...' Ze stapte naar voren en schoof de pet wat naar achteren. 'Zo!'

Hij glimlachte omhoog naar haar, en hoewel ze bijna instinctief teruglachte, hield haar gezicht de onbewogen uitdrukking. Zijn lach verdween en zijn ogen werden kil.

Ze liep weer naar de camera toe en drukte af. Daarna volgde

een foto van zijn schoenen tot en met zijn pet. Hij stond stram rechtop alsof hij een lat langs zijn rug had gebonden.

'Klaar.'

Ze keek de andere twee aan en nodigde de oudste met een handgebaar uit om plaats te nemen in de stoel. Deze man zette zijn uniformpet recht op zijn hoofd zodat een gedeelte van zijn gezicht in de schaduw kwam. Hij zou zijn hoofd bijna in zijn nek moeten leggen om er een beetje fatsoenlijk op te komen, dacht Elja, maar goed, als hij het zo wilde, haar best.

Als het een foto voor zijn gezin was, was zijn vrouw er waarschijnlijk aan gewend dat haar man er in uniform uitzag of hij de boomtoppen afzocht naar vogeltjes. Of naar vliegtuigen, dat lag meer voor de hand.

Wat typisch dat ze toch een goede foto wilde maken. Dat was vast beroepseer. Nou ja, het maakte niet uit. Het werden toch stijve prentjes. Waarschijnlijk hielden ze daarvan in Duitsland.

Ook deze man stond of hij een stok ingeslikt had, en de jongste was helemaal erg. Hij hield zijn schouders en nek stijf rechtop en stak zijn kin vooruit. Misschien vond zijn vriendinnetje het wel stoer als hij erbij stond als een standbeeld, dacht Elja. Zijzelf zou meteen denken dat iemand iets mankeerde met die kin omhoog, maar de meisjes en vrouwen daar vonden dit gedoe vast normaal.

Het portret van de drie tegelijk lukte tot haar verbazing tamelijk vlug. Ze sloegen nog net niet hun armen om elkaar heen, maar ze gingen er onverwacht zwierig bij staan. Dit moest dus een plaatje worden van: kijk ons eens een plezier hebben in Holland.

Ze keek op haar horloge. Ze was hier toch bijna een uur mee bezig geweest. Ze hoopte maar dat tante Aline de prijzen een beetje opschroefde, want hier ging toch erg veel tijd in zitten.

'Volgende week zijn ze klaar,' antwoordde ze op de vraag wanneer ze de foto's af konden halen. De man met de grijze ogen keek haar oplettend aan en glimlachte weer toen haar ogen de zijne ontmoetten.

Ze nam zich meteen voor om er niet te zijn als ze de foto's op kwamen halen. Een vaag gevoel van gevaar overviel haar, wat ze zelf meteen afdeed als absurd.

Ze verlieten de winkel met een beleefd: '*Auf Wiedersehen.*'

Het klonk vriendelijk en even dacht ze aan de opmerking van een vrouw tegen een vriendin toen ze stof kochten: 'Ach, die Duitsers zijn zo beroerd nog niet. Wat merken we ervan? Ja, vrachtauto's worden gevorderd, maar die krijgen ze wel weer terug. En wie rijdt er nu in een personenauto? Alleen die rijke mensen. Wij niet.'

Ze had alleen beheerst gevraagd hoe het dan stond met hun Joodse landgenoten. Het antwoord op die vraag was een beteuterd zwijgen geweest, gevolgd door een gemompeld: 'Nou ja.'

Ze leerde het wel. Vroeger zou ze uitgevallen zijn. Nu hield ze haar tong in bedwang.

Na nog een klant geholpen te hebben, had ze tijd om naar boven te gaan. De loper waarover ze liep, begon wat te slijten aan de zijkanten, constateerde ze. Die lag er natuurlijk ook al eeuwen en de laatste tijd was er nogal eens iemand overheen gelopen.

Evert zat met een betrokken, grauw gezicht tegenover tante Aline. Elja trok achter zijn rug haar wenkbrauwen op.

Tante Aline schudde nauwelijks merkbaar haar hoofd.

Niets vragen dus.

Het speet haar opeens dat ze Vincent meegevraagd had naar de bruiloft van Helmy's zusje. Ze had beter Evert uit kunnen nodigen. Hoewel... Vincent zou meer bijdragen aan het slagen van het feest. Hij zou een beetje flirten met alle aanwezige meisjes en zich charmant bezighouden met de oudere dames.

Evert zou zich, zeker als iemand over de Grebbelinie begon, vast ongemakkelijk voelen. En je kon erop rekenen dat iemand erover zou beginnen. Het was nog maar zo kort geleden, al waren die bezettingsmaanden omgevlogen.

'Heb je zin om een stuk te lopen, vanavond?' vroeg ze in een opwelling.

Hij dacht na en knikte. 'Ik kwam hier ook om te vragen of je mee ging fietsen, maar lopen is ook lekker.'

Die avond liepen ze een flink stuk langs het Noord-Hollands Kanaal. De lucht boven het kanaal was wolkeloos en het was bladstil.

Hij zag er iets beter uit dan vanmiddag, constateerde ze toen ze even opzij keek. Niet meer dat verbetene, grauwe. Ze pakte een steen en keilde hem over het water.

Er kwam een boot aan die met een zacht puffend geluid over het water voer. De golfslag kwam er nog lang achteraan. Het was de *Alkmaar Packet*, het schip dat passagiers en lading vervoerde van Amsterdam tot aan Den Helder.

De avondstilte was weldadig en aan het gezicht van Evert merkte ze dat het bij hem ook zo werkte. De kleine golfjes braken in de rietkraag langs de oever. Net als vroeger...

'Daar zwommen wij altijd toen ik klein was,' wees ze. 'Als de boot langskwam en je zo lekker kon deinen, was het extra leuk.'

'Wij zwommen ook in hetzelfde kanaal. Dat loopt langs ons dorp richting Den Helder,' zei hij en hij pakte ook een steen op die op het water op en neer danste toen hij hem wierp.

De ondergaande zon weerspiegelde het oranjerode licht in het water. De oorlog leek ver weg. Langzaam liepen ze verder, tot Elja besefte dat ze te ver afdwaalden. Ze moesten nog wel terug.

'Kom. We moeten naar huis. Anders wordt het te donker voor je,' zei ze en ze draaide zich om.

Hij hield haar tegen. 'Nog even. Het is hier zo heerlijk vredig.'

'Goed dan.' Ze liet zich in het gras aan de kant van het dijkje zakken.

Boven de rietkraag aan de oever dwarrelden een paar vogels.

Hij keek zwijgend op haar neer. Zo jong en zorgeloos leek ze.

Elja keek omhoog. Ze trok haar benen op en sloeg haar armen om haar knieën. Gelukkig dat er geen muggen waren. Misschien dat die vogels daarvoor zorgden. Vogels aten tenslotte insecten.

Hij liet zich nu ook zakken en pakte een rietstengel vast. 'Als je zo zit, lijkt het alsof er geen oorlog aan de gang is.'

Ze legde een hand op zijn mouw. 'Denk er dan ook even niet aan. Nu is nu! Kijk eens hoe de zon ondergaat.'

'Jij kunt echt bij de dag leven, hè?' Hij stak de stengel in zijn mond en keek recht voor zich uit.

'Ik pak de lichte momenten. Dat probeer ik tenminste wel. Als ik nergens iets aan kan veranderen, is dat naar mijn idee het beste dat je kunt doen.'

'En als je wel iets kunt veranderen?'

'Dan doe ik het.'

Het bleef een tijdje stil. Ze keken naar het kabbelende water en de vogels die het riet in doken.

Toen stond hij op en hij stak een hand uit om haar omhoog te trekken. 'Kom. Anders zijn we zo laat thuis dat het al donker wordt.'

'Je kende die man, die Duitser die in de winkel was, hè?' vroeg ze terwijl ze terugliepen.

'Ja. Ik heb hem gezien. Ik heb tegenover hem gestaan. Wel op een vijftig meter afstand, maar...' Zijn stem werd schor en Elja vond het geluid dat hij maakte bijna pijnlijk.

Ze pakte zijn hand. 'Vertel later maar. Nu is nu! Of je moet het kwijt willen.'

'Als dat kon...' Hij zuchtte heel diep.

Vanuit Alkmaar begonnen de sirenes te loeien. Elja keek om zich heen. Natuurlijk nergens een plek om te schuilen. Evert veranderde meteen van houding. Hij greep haar hand vast en trok haar naar de andere kant van de dijk.

'We hebben nog wel even. We lopen hier weinig gevaar. Er is hier niets dat de moeite waard is om te bombarderen. Het enige gevaar is het afweergeschut bij Bergen en ik hoop vurig dat die misschieten.' Everts stem was kalm en zeker.

Elja verbaasde zich over de verandering die over hem was gekomen. Zo reageerde hij dus als iets riskant werd. Een geboren leider, zou haar vader zeggen.

'Kijk, dat schapenboetje daar.' Evert wees naar een kleine schuur die iets verder onder aan de dijk stond. 'Daar zijn we voordat ze hierover komen. Kom. Nee, hollen is niet nodig. We redden het wel.'

De sirene stierf weg en vanuit de verte klonk het zware geronk van naderende vliegtuigen. Ze waren net op tijd bij het lage schapenschuurtje. Er lag een baal vers stro waarop ze konden zitten, en dicht tegen elkaar aan hoorden ze de vliegtuigen aankomen. Daarna het geratel van het afweergeschut. De lucht was vol van het geronk, maar zwakte weer af. Op weg naar welk doel? Het gaf niet. Maar het was een teken van hoop dat de vliegtuigen kwamen. De luchtoorlog met Engeland was nog niet gewonnen door de Duitsers. En al die verdedigingswerken, de bunkers en de versperringen die bij zee gebouwd zouden worden volgens Elja's vader, zouden er niet komen als de Duitsers niet bang waren voor de Engelsen.

Na een klein kwartier klonk het signaal dat het veilig was en Elja stond op.

'Kom, het is tijd,' zei ze beslist en ze begon aan de weg terug.

Hij wilde nog iets zeggen, maar bedacht zich.

'Je hebt gelijk,' zei hij in plaats van de woorden die hij eerst had willen zeggen.

Het werd al donker toen ze terug waren in Alkmaar. Evert leverde haar af voor de deur van haar huis.

'Je moet nog terug,' zei ze bezorgd.

Hij haalde zijn schouders op. 'Ik fiets in twintig minuten terug. En ik kan goed zien in het donker. Er zijn geen wolken en de maan schijnt straks volop.'

Ze keek omhoog. Inderdaad stond de maan nog wat bleek tegen de donkere lucht.

De hemel voert geen oorlog, dacht ze.

'Het was leuk. Voor nou en noggeris...' zei hij op z'n Noord-Hollands.

'Goed. Je komt maar langs,' zei ze.

Het duurde een paar weken voor hij weer aankwam. Geen peil op die man te trekken, constateerde ze.

De bruiloft van Lia Pronk was een succes. Met enige trots bekeek Elja de bruid toen ze aan de arm van haar man over de kokosloper die over de zerken van de Grote Kerk lag, weer naar buiten liep. Net wat ze had gedacht, het was bijna niet te zien dat Lia in verwachting was door de soepele stof die royaal naar beneden viel.

Vader en moeder Pronk zaten op de eerste rij, naast de ouders van de bruidegom, en moeder Pronk was ontroerd en bracht vaak een zakdoek naar haar ogen. Elja was vaag opgelucht toen ze dat zag. Mevrouw Pronk leek weer op de moeder zoals ze haar had leren kennen in de loop van de tijd dat ze bij Helmy over de vloer kwam.

Elja maakte foto's en zette haastig een nieuw rolletje in haar camera. Ze had inmiddels van alle gasten wel een foto gemaakt, maar voor haar gevoel moest 'de' foto nog gemaakt worden.

Helmy liep aan de arm van Lia's zwager de kerk in en stopte bij de rij waar Vincent alleen zat. Zo ongezellig voor hem, vond ze. Dat kon je niet maken.

'Zullen we daar gaan zitten?' vroeg ze en ze maakte aanstalten om naast Vincent neer te strijken.

'We horen bij de familie te zitten,' zei de zwager en al zei Helmy dat het echt zo officieel allemaal niet was, haar moeder die achteromkeek wees ook zo nadrukkelijk op de rij achter haar, dat Helmy haar schouders ophaalde en meeliep naar de voorste rijen, waar ze plaatsnamen naast de andere familieleden.

Tijdens de dienst werd niet gefotografeerd, maar na afloop kon Elja ongestoord haar gang gaan. Met op de achtergrond het silhouet van de Grote Kerk, nam ze nog een hele serie foto's.

'Lachen... ja, lachen.'

Ze maakte de reportage af bij de Kneppelbrug, waar alleen het bruidspaar mee naartoe liep en klikte af. Dit zouden waarschijnlijk de mooiste foto's worden. Het meest ongedwongen ook en ze liet hen zelf de houding bepalen. Alleen toen Adrie zijn bruid op de houten leuning wilde zetten en het buikje van Lia erg zichtbaar werd, nam Elja daar wijselijk geen foto van.

Ze had er al een paar genomen waar de grote treurwilgen op stonden, die met hun takken het water raakten. Het contrast tussen de witte sluier en de neerhangende twijgen was mooi. Als dat geen prachtig plaatje opleverde, was ze een boon. Dit was haar foto!

Tevreden sloot ze de tas. 'Kom, we zijn hier klaar.'

Vincent vermaakte zich best in z'n eentje, zoals Elja al verondersteld had, en ze zag dat Helmy het erg prettig vond dat hij er was. Ze had rode wangen van plezier, haar bruine ogen straalden en de groene jurk stond haar leuk.

Elja ving de blik van Helmy. Ze knipoogde ondeugend naar haar vriendin en kon het niet nalaten haar, toen Vincent even uit de buurt was, toe te fluisteren: 'Gelukkig dat ik een vriend mocht meenemen om ook een beetje feest te hebben.'

Helmy lachte. 'Geen speciale vriend toch, zei je?'

Elja nam op dat moment een foto van haar en ze wist dat hij mooi zou zijn.

Haar zegen had Helmy. Of Vincent ook zo gecharmeerd was van haar vriendin, daar had ze haar twijfels over. Ze had Helmy bedekt gewaarschuwd, maar als die niet wilde luisteren, hield het op.

Dat het gewone leven hier zo gewoon doorging, ondanks de oorlog...

Dat verbaasde haar wel. Het leek of ze in de winkel veel meer bepaald werd bij de situatie dan erbuiten. Dat kwam waarschijnlijk door de tantes.

Mevrouw Pronk kwam naar haar toe. Ze had ook een verhoogde kleur en zag er veel beter uit dan toen ze de stof uit was komen zoeken.

'Elja, hoelang gaat het duren voor we de foto's hebben?' vroeg ze.

'Dat weet ik niet precies, mevrouw. Het hangt ervan af of het druk is in de zaak, want die foto's gaan natuurlijk voor.'

'Ach... buiten werktijd misschien?' opperde mevrouw Pronk. 'Heb je al een glaasje port gekregen?'

'Daar kan ik niet tegen. Niet als ik werk tenminste, mevrouw.' Elja wist dat ze als ze daaraan begon, morgenochtend met barstende hoofdpijn wakker zou worden. Daarbij kwam dat ze het niet lekker vond.

'Ach kom, je werkt nu toch niet,' lachte mevrouw Pronk. 'Iets anders misschien?'

Elja schudde haar hoofd en liep wat later naar Vincent toe.

'Ik wilde naar huis gaan. Morgen moet ik een paar klussen doen.' Ze borg haar fotospullen op en keek hem vragend aan.

'Zo vroeg al? Doe niet zo flauw. Je hebt amper iets kunnen drinken of eten,' zei Helmy. 'En je blijft toch tot Lia en Adrie weggaan? Daar moeten we echt ook een kiekje van hebben.'

Elja schudde haar hoofd. Ze was moe en wilde naar huis. 'Daar nemen jullie dan maar een foto van,' zei ze vastberaden.

'Maar jij kunt toch wel blijven, Vincent?' Helmy legde een hand op zijn arm en keek smekend.

Hij keek neer op haar opgeheven hoofd en glimlachte. 'Nee, dat gaat niet. Ik breng Elja naar huis, want morgenochtend moet ik ook weer vroeg aan de slag.'

Helmy pruilde en wierp Elja een blik toe, maar Elja lette er niet op en liep naar de bruid, die nu wat witjes rond haar neus zag.

'Wij gaan ervandoor, Lia. Veel geluk. Ik hoop dat je een fijne dag hebt gehad.'

Lia boog zich voorover en gaf Elja een kus. 'Ja, en daar heb jij een groot aandeel in gehad. Dank je wel, voor alles. Het is eigenlijk te veel allemaal, maar toch... dank je wel!'

'Het is goed, hoor.' Elja had moeite om een gaap binnen te houden. Zo'n hele dag was dus best inspannend. Omdat het een bekende betrof, was dit meer dan een gewone trouwerij waar ze ook op tijd weg kon gaan.

'Dag hoor. Als de foto's klaar zijn, kom ik wel langs.'

'Alleen als het je uitkomt, hoor,' zei Lia vlug. Ze voelde zich duidelijk bezwaard. Grappig dat zij als enige kennelijk door had gehad dat Elja deze dag had gewerkt.

Elja draaide zich om om te kijken waar Vincent was, maar hij stond al bij de deur met haar jas over zijn arm. Helmy stond naast hem toen hij Elja in haar jas hielp.

'Groet iedereen van ons,' zei Vincent. 'Kom, Elja. Tot ziens, Helmy. Bedankt voor je gezelschap vandaag.'

Elja knoopte haar jas dicht en hij bood haar zijn arm. 'Houd me maar vast, want het is aardedonker en er zijn er al wat de gracht in gelopen, deze maand.'

Toch weer terug bij de oorlog, dacht Elja. Ze groette met een handzwaai, gaf Helmy een tik op haar schouder, stak haar arm door die van Vincent en geeuwde meteen daarna hartgrondig.

Helmy keek hen na met gefronste wenkbrauwen.

7

Elja was niet in het fotoatelier toen de Duitse officier de foto's op kwam halen. Tante Aline hielp hem en op zijn vraag waar haar jonge collega was, antwoordde ze dat die ergens anders aan het werk was.

'Je hebt indruk gemaakt, nichtje,' zei ze tegen Elja toen ze elkaar troffen. 'Die Duitser vroeg waar je was. Hij keek rond met een blik van: heb je haar soms onder de toonbank verstopt? Hij zag er anders niet onaardig uit. Als het geen oorlog was...'

'Maar dat is nu eenmaal wel zo,' zei Elja nuchter. Ze herinnerde zich de kille flits in zijn ogen toen ze niet reageerde op zijn lachje, en de afkeer die Evert had laten blijken toen hij hem zag. Niet onaardig? Dat betwijfelde ze.

'Evert heeft hem eerder ontmoet,' zei ze peinzend.

Jammer voor hem dat hij er niet over wilde praten, want soms luchtte dat op, maar als hij dat niet wilde – of niet kon – hield het op. Er waren nog meer dingen die aandacht vroegen: het werk, en de Ariërverklaring, die de Joodse mensen nog kwetsbaarder maakte.

De aankondiging van het persoonsbewijs, de kaart die je identiteit bewees en die verplicht zou worden, voorspelde veel drukte voor de fotowinkel. Er waren al behoorlijk wat mensen die pasfoto's lieten maken, al zou de definitieve invoering pas in het volgende jaar gelden. Maar dat vroeg tijd, veel tijd. Als het aan tante Aline zou liggen, jaren.

'Je zou toch dat vriendinnetje van je, die Helmy, moeten vragen of ze geen andere baan wil hebben,' merkte tante Aline op toen ze de hoeveelheid pasfoto's berekende die gemaakt moesten worden.

'Ja, misschien wel.' Elja keek op van de krant die ze aan het lezen was. Weer drie personen verdronken in de grachten. De zoveelste. Slachtoffers van de verduistering werden ze genoemd. Nu de herfst ingevallen was, werden het er hoe langer hoe meer.

'Ik denk dat het beter is om te wachten tot die Helmy zelf om een baan verlegen zit,' peinsde tante Flora. 'We hebben nog wel even tijd voor de grote hausse komt.'

Elja dacht na. 'Waarom?'

'Een gevoel, meer niet. Ach, vergeet het ook maar. We zouden ook tijdelijk iemand in dienst kunnen nemen.' Tante Flora vouwde kartonnen lijstjes uit en stapelde die op elkaar.

'Maar die moet vooral betrouwbaar zijn,' waarschuwde tante Aline. 'Een kletstante komt niet in aanmerking.'

'Nee, vooral geen soort tante.' Elja's mondhoeken krulden omhoog.

Tante Aline lachte, ze stond op en trok in het langslopen Elja aan een haarlok. 'Daar hebben we er genoeg van, bedoel je.'

Elja lachte voluit. Helmy zou zich wel op haar gemak voelen bij de luchtige toon die haar tantes hanteerden. Aan de andere kant zou ze haar collega's met hun verhalen over vriendjes missen, en of Elja die in haar eentje kon vervangen, was nog maar de vraag. Eerlijk gezegd wilde ze dat ook niet.

Haar gezicht verstrakte. Er was een verzetsgroep opgerold: De Geuzen. Als je nu dacht dat het allemaal wel meeviel met de bezetting, zou je daarnaar moeten kijken. Van de berichten in de krant werd je niet vrolijk, en het waarheidsgehalte was minimaal. Met de keus van vrienden in deze tijd werd je vanzelf wel kieskeuriger dan vroeger. Oude schoolvriendinnen kende je natuurlijk door en door, en dan nam je met een paar minpuntjes graag genoegen, maar tante Flora had een soort wijsheid die je niet moest negeren. Gewoon afwachten dus.

Het tekort aan een helpende hand loste zich op zonder dat ze zelf stappen hoefden te ondernemen.

Helmy kwam eind november 's avonds langs, met de mededeling dat ze maar even kwam, omdat de spertijd al om negen uur begon. Bespottelijk vond ze het. Je zat gewoon opgesloten op deze manier. En dan dat ellendige donker. Wist Elja dat er alweer drie mensen verdronken waren in de gracht? Ze stond met een ontevreden gezicht voor de spiegel in de hal en streek haar bruine krullen naar achteren.

Ja, dat wist Elja. Ze ging Helmy voor de trap op naar haar kamer.

'Nou, vertel,' zei ze, want als Helmy zo misprijzend voor de spiegel stond, moest ze wat kwijt.

Meer aansporing was niet nodig. Helmy plofte neer in het rotan kuipstoeltje en barstte uit: 'Je weet nog wel dat mijn baan op de tocht kwam te staan?'

Elja knikte.

'Mijn vader zegt dat het goed uitkomt. Ze zullen mijn kostgeld wel missen, maar hij vindt dat moeder meer hulp nodig heeft en dat Lia niet genoeg voor haar doet op dit moment. Ja, logisch, die is in de weer in haar eigen huis, zorgt voor die oma van Adrie en is bezig met babyspullen. En nu zit ik straks zonder werk.'

Met galgenhumor voegde ze eraan toe: 'Mijn baan is dus van de baan, zogezegd. Er gaan er bij ons kantoor drie uit en daar ben ik er een van. Mijn vader zegt nu dat ik thuis kan komen werken. Hij heeft een promotie gemaakt en zegt dat er wel wat zakgeld af kan, al verwacht hij eigenlijk van een dochter dat ze het voor niets doet. Mooi niet! Toen ik zei dat ik daar niet over piekerde, zei hij wat hij in gedachten had voor me. Het is meer dan Lia kreeg, maar dat was toen ook helemaal een schijntje. Maar bij het idee dat ik een hele dag in huis opgesloten zit...' Ze rilde demonstratief. 'Ik ga dood van verveling. Mijn vader zegt dat als ik een paar dagen bij hem op kantoor wil werken, hij dat wel voor me kan regelen bij zijn baas. Hij deed alsof het een grote gunst is. Ik moet er niet aan denken. Nog meer vader kan ik niet aan! Nog meer moeder trouwens ook niet.'

Elja schoot in de lach en Helmy wierp haar een donkere blik toe. 'Lach jij maar. Ik zou jou weleens willen zien. Altijd onder het wakend oog van of je vader of je moeder! Ik word al beroerd bij het vooruitzicht. Bedenk jij eens wat. Hoe kom ik hier onderuit?'

'Tja... misschien weet ik iets voor je,' antwoordde Elja langzaam en ze dacht aan de woorden van tante Flora: het is het beste als ze zelf iets nodig heeft.

'Ja, wat?' vroeg Helmy hoopvol.

'We hebben het er weleens over gehad dat wij er wel iemand bij kunnen gebruiken in de fotowinkel en ook af en toe in de stoffenzaak. Het is nogal druk met al die pasfoto's voor de persoonsbewijzen. Ik kan het de tantes voorstellen, als je daarvoor voelt. Geen volledige baan. Ze hadden het erover dat het voor dagen van tien tot vier zou zijn. Dat zou jou goed uitkomen, want dan ben je op tijd weer thuis om te koken of zo en je hoeft 's morgens pas weg als het huis een beetje aan kant is.'

Helmy's gezicht begon al te stralen terwijl Elja nog sprak. Ze sprong op. 'Meen je dat nou? Het zou een uitkomst zijn,' ratelde ze. 'Jouw baan heeft me altijd al leuk geleken. Die stofjes en zo verkopen, en ik kan vast wel goed fotograferen. Het gaat jou toch gemakkelijk af? Dan lukt het mij ook wel. Een beetje knipknip.' Ze maakte een paar danspassen over de beige kokosmat en strekte haar armen boven haar hoofd.

'Je moet wel geduld hebben, hoor, af en toe is het een enorm gedoe om mensen er goed op te krijgen,' waarschuwde Elja. 'En ik weet natuurlijk niet hoe de tantes erover denken. Dat moet ik eerst met hen bespreken.'

Schijnheilig van me. Dat gaat me toch akelig goed af, dacht ze en ze vervolgde hardop: 'Is je moeder pas de laatste paar jaar zo ziekelijk geworden? Dat herinner ik me helemaal niet van toen we nog op school zaten.'

Helmy haalde haar schouders op en ging weer zitten. 'Ik denk soms dat het voor een deel aanstellerij is,' zei ze koeltjes. 'Ze kan hele dagen zuchtend rondlopen en dan heeft ze overal last van. Maar als er iets leuks in het vooruitzicht is van de kerk, of van het werk van mijn vader, knapt ze opeens op. Lia had dat niet zo door. Mama heeft haar rust zo nodig, was het altijd, want ze wordt al wat ouder. Jaja. Mijn moeder is nota bene jonger dan jouw tantes.'

'Je hebt ook nog een paar broers voor wie ze zorgen moet, en misschien kan je moeder niet goed tegen drukte? Nou ja, hoe dan ook, ik zal het mijn tantes vragen en als zij ervoor voelen, dan...' zei Elja.

Helmy wachtte de rest van de zin niet af. 'Ik spring een gat in de lucht als het doorgaat. Er komen zoveel mensen over de vloer in de fotowinkel. Ik was er laatst ook om pasfoto's te laten maken voor mijn PB en het was er gewoon druk! Ik weet zeker dat ik dat leuk vind. En dan wij samen aan het werk. Geweldig!'

'Wacht even. Ik moet nog overleggen. Het werk in de donkere kamer hoort er ook bij en dan zit je in je eentje in het donker te koekeloeren. Verder moet je ook weten hoeveel je gaat verdienen, maar daar moet je het met de tantes over hebben. Je werkt tenslotte maar een deel van de tijd,' temperde Elja haar enthousiasme.

Helmy schudde haar krullen naar achteren. 'Jij kunt anders best rondkomen van wat je daar verdient, en met wat mijn vader bijdraagt, zal het me echt wel lukken.' Haar stemming was helemaal omgeslagen. 'Wanneer zal ik komen? Ik ben per half december klaar met mijn werk op kantoor.' Ze ging ervan uit dat ze de baan kreeg.

Elja benijdde haar om haar zelfvertrouwen. Zo plezierig gemakkelijk om zo te leven.

De volgende dag was het toevallig bijzonder druk in beide winkels, zodat de tantes ingenomen waren met de eventuele komst van Helmy.

'Laten we deze week maar een gesprek met haar voeren,' stelde tante Aline voor. 'Dan kan ze over drie weken bij ons aan de slag. We maken wel goede afspraken, want Elja en jij houden uiteraard de leiding over de stoffenwinkel, Floor.'

De leiding was wel een onderwerp dat tante Aline aanroerde aan het eind van het gesprek dat de beide dames Van Henegouwen met Helmy voerden.

'Als je hier komt werken, kun je er dan tegen dat je vriendin een beetje je baas wordt?' Tante Aline keek Helmy aan over de ronde glazen van haar leesbril. 'Want Elja bepaalt de gang van zaken in de stoffenwinkel. Dat moet je je wel realiseren.'

Daar hoefde Helmy niet over na te denken. 'Geen enkel probleem. We hebben altijd goed met elkaar overweg gekund, en ik denk dat Elja geen lastige baas zal zijn,' wuifde ze de vraag weg.

'Niet lastig. Wel een baas,' benadrukte tante Flora met haar hoofd schuin.

Helmy glimlachte. Elja was altijd zo gemakkelijk geweest op school. Als het nu een ander was geweest, Carla of Nel of zo, die konden op hun strepen staan en daar had ze vast wel moeite mee gekregen, maar Elja? Welnee.

'Een baas,' gaf ze vrolijk toe. 'Natuurlijk!'

Tante Aline en tante Flora wisselden een blik. 'We moesten het maar proberen,' zei tante Aline toen.

'Je tantes zeiden dat jij zo'n beetje mijn baas wordt,' zei Helmy wat later tegen Elja, die in de stoffenwinkel was gebleven. 'Grappig, niet? We blijven toch gewoon vriendinnen?'

'Als jij er geen problemen mee hebt dat ik eindverantwoordelijk blijf, is er niets aan de hand,' zei Elja vriendelijk. 'Als je dat lastig vindt, zou ik zeggen: denk er nog eens over na. Er zijn meer banen.'

Helmy realiseerde zich voor het eerst dat de verhouding een beetje kantelde. In hun vriendschap was zij vaak degene geweest die iets bepaalde en haar zin doordreef. Elja was inschikkelijker. Zou dat echt veranderen als ze hier kwam werken? Vast niet. Zij was nog altijd degene die ze was, en Elja ook.

'Geen enkel probleem,' zei ze zonnig. 'Je bent vast een schat van een baas.'

Elja rolde met haar ogen en zei dat ze hoopte dat het niet tegen zou vallen.

Helmy begon half december en ze kon, zoals Elja had verondersteld, goed omgaan met klanten. Er deden veel mensen inkopen en er waren die maand veel bonnen beschikbaar, zodat de winkel regelmatig vol was. Elja was blij met de extra hulp die Helmy bood en alles liep soepel. Garen, band, wol en stoffen vlogen weg. De grote voorraad die de familie Mendels had ingeslagen, was goud waard, al had het toen de rollen stof afgeleverd werden, hoofdbrekens gekost om alles weg te bergen.

Fotograferen en het werk in de donkere kamer gingen Helmy iets minder soepel af dan het werken met stoffen, maar tante Aline verwachtte dat ze dat ook vlug genoeg onder de knie zou krijgen. Elja had het voordeel gehad dat ze er voor een deel mee opgegroeid was; het was dus logisch dat ze er meteen handig mee was geweest. Bovendien was ze tamelijk artistiek, ze zag het plaatje echt voor zich. Bij Helmy zou dat meer tijd kosten, maar dat was niet erg. Ze hadden er tenminste een paar handen bij.

Het eerste oorlogsjaar liep ten einde en ook de eerste maand van het nieuwe jaar verliep wat het werk in de winkels betrof zonder veel schokken. Daarbuiten was genoeg aan de hand.

De kerstvakanties van school werden verlengd om brandstof

te besparen, zodat de broers van Helmy thuis waren en haar moeder haar zuchtend de deur uit liet gaan.

'En dat Lia nu ook zo weinig kan doen,' klaagde ze. 'Maar ik red het wel, hoor. Ik kan me ook wel voorstellen dat je liever in een winkel werkt dan dat je je moeder helpt. Maar af en toe een klein uurtje eerder naar huis... zouden die dames Van Henegouwen dat niet goedvinden als je het uitlegt? Desnoods wil vader dat wel doen.'

'Geen sprake van.' Helmy verschoot van kleur bij het idee. Ze knapte het zelf wel op. Geen vader over de vloer op haar werk. Het was niet druk, maar ze was nu eenmaal liever in de zaak dan dat ze thuis rondhing.

Tot haar teleurstelling hadden Vincent en ook Evert zich niet laten zien de laatste maanden en daar had ze in stilte wel op gerekend.

'Zijn die jongens van de aardbol verdwenen?' informeerde ze korzelig bij Elja.

Die haalde haar schouders op. 'Geen idee! Vincent is weg bij mijn oom, want oom Ab is weer beter, ik hoorde dat hij nu ergens anders invalt als bedrijfsleider. Bij Hoorn in de buurt.'

'En Evert?'

Toevallig was Evert eerder deze week bij de tantes langs geweest zonder dat Elja hem had gesproken, en gisteravond had haar vader opgemerkt dat 'dat vriendje van je, die Evert, werkelijk alle sluipweggetjes in Noord-Holland kent'.

Op haar vraag hoe haar vader dat wist, had hij haar geen antwoord gegeven. Elja wist inmiddels dat ze dan niet moest doorvragen, maar ze was pienter genoeg om te weten wat Evert had gedaan. Als hij bij de bedrijven langsging om de boekhouding te doen, had hij alle gelegenheid om de situatie aan de kust te bekijken, en te fotograferen. Dat hij haar niet meer mee had gevraagd, vond ze eigenlijk jammer.

'Evert,' zei ze tegen Helmy die net een rol keperlinnen weglegde, 'Evert heeft het druk met alle regeltjes die de boeren krijgen, hoeveel ze van hun oogst en zo aan de Duitsers moeten geven en dat soort dingen. Ik heb hem tijden niet gesproken.'

Helmy gaf de rol linnen een duw zodat hij niet meer uitstak. 'Jammer. Ik had me voorgesteld dat we weleens met z'n vieren ergens naartoe zouden kunnen gaan. Jij en Evert en Vincent en ik. Ik heb het zo gezellig met hem gehad op de trouwerij van Lia. Hij had best nog weleens iets van zich kunnen laten horen.

Heb je hem de foto's van de bruiloft al laten zien?'

Elja schudde haar hoofd.

'Dat schiet ook niet op. Als ik daar nu eens een paar afdrukken van maak, kan ik ze hem weleens laten zien,' bedacht Helmy hardop. Ze wond een lok haar om haar vinger en tuurde naar de overkant van de straat door de ramen van de etalage. 'Geef mij de negatieven maar. Waar woont die familie van hem? Geef dat adres dan ook meteen.'

'Ik zal het wel opzoeken.' Elja liep naar de klant toe die binnenkwam. 'Waarmee kan ik u helpen?'

Helmy vond dat Elja haar vraag niet genoeg aandacht schonk. 'El, ik wil ze echt vlug hebben,' drong ze aan.

'Ik kan wel even wachten als u eerst iets anders moet doen van uw collega, ik kijk wel vast rond,' zei de klant en ze drentelde langs de lange tafel.

Elja wierp haar vriendin een ondoorgrondelijke blik toe. Ze zei niets. Maar dat zwijgen was welsprekend genoeg om Helmy met beide benen op de grond te zetten. 'Ach nee, natuurlijk niet. Het kan vanavond ook wel,' bond ze in.

'Of volgende week of zo,' zei Elja vriendelijk. 'Zegt u het maar, mevrouw.'

Helmy pruilde en vertrok om halfvier. Haar moeder had nog steeds een beetje extra hulp nodig.

Het liep tegen sluitingstijd en Elja was al aan het opruimen toen de winkelbel nog een keer ging. Evert kwam binnen en had een verontschuldigende uitdrukking op zijn gezicht.

Heel even was Elja geprikkeld, maar na een blik op zijn gezicht was dat gevoel weg. Ze had trouwens geen enkele reden om kribbig te zijn. Eerst zich beklagen dat ze mee moest als excuus voor foto's en dan weer kwaad worden omdat hij haar niet meevroeg, was raar. Deze winter was natuurlijk ook niet ideaal voor een wandeling door de duinen. Geen onzin dus.

'Kijk eens aan. Heb je met een of ander verborgen zintuig gehoord dat we het over je hadden vanmiddag?' vroeg ze opgewekt.

'Huh?' Hij keek wat verward.

'Laat maar. Kom je voor de gezelligheid langs, of...'

'Ook. Natuurlijk ook!' Hij liep door naar achteren waar de zithoek stond.

'Maar...?'

Hij draaide zich naar haar om. 'Elja, wil je over een paar dagen iets voor me wegbrengen? Het moet overdag, ik kan zelf niet en er moeten een paar fotorolletjes naar Amsterdam. Dat is dringend. En jij kwam het eerst in mijn gedachten.'

Ze was verrast en voelde zich gevleid. Het eerst in zijn gedachten, wat dat ook inhield. Ze keek naar zijn groengrijze ogen die weer zorgelijk keken. Hij had mooie wenkbrauwen. Daar zou je als meisje toch jaloers op worden.

'Amsterdam,' zei ze luchtig. 'Nog wel leuk ook. Ik zal het de tantes even vragen, maar die vinden het vast geen probleem.'

'Goed. Ik zal je het adres geven,' was het enige wat hij zei.

Niets vragen, schoot het door Elja heen. Ze zou wel achterlijk zijn als ze niet vermoedde wat voor rolletjes dat waren.

Ze knikte. 'Iemand die in een fotozaak werkt, moet tenslotte regelmatig op pad.'

'Dat dachten wij ook. Ik zorg dat je ze krijgt.' Zijn opluchting was merkbaar.

En ook niet vragen wie 'wij' zijn, dacht Elja, al brandde die vraag op haar lippen.

'Ik heb nog koffie. Als je zin hebt?' bood ze aan. Het viel haar in dat het al bijna zes uur was. Etenstijd voor de meeste Noord-Hollanders. 'Je hebt zeker een afspraak om ergens te eten, of... ?'

'Nee, dat niet. Maar eens kijken of mijn moeder nog een kliekje voor me heeft.'

'Als je zin hebt, kun je bij ons wel een hap mee-eten,' flapte Elja eruit en ze had meteen spijt. Was dat niet opdringerig?

Hij keek verrast op en lachte. De spijt was verdwenen. Dit was weer het zorgeloze gezicht dat ze kende van school en dat ze weinig meer had gezien.

Oorlog was afschuwelijk, dacht ze opeens fel. Het veranderde mensen. Iemand die bekendstond als een levensgenieter zag er daardoor uit als een zorgelijk mens.

'Boerenkool. Met worst. Ik heb het zelf gisteren gehaald,' prees ze aan.

'Ach, mijn lievelingseten. Dat laat ik niet schieten.' Zijn ogen schitterden toen hij op haar neerkeek. 'Ik moet nog wel even je tantes groeten.'

'Mijn tantes?'

Hij zag haar onderzoekende blik. 'Ja. Gewoon.'

Geen uitleg dus. De laatste tijd kwamen er bij de tantes vaak mensen langs van wie ze zich afvroeg of ze nu echt voor een foto kwamen. Ze haalde haar schouders op. 'Ga maar alvast, ik kom zo. Even de kas opmaken en afsluiten.'

Hij was al weg. Ze zag hem gaan door de ruit van de winkeldeur. Lang, wat zwierig en zijn jas hing open.

Ook haar tantes waren er dus bij betrokken. Bij wat hij dan ook precies deed. Zij waren ervan op de hoogte en haar vader ook. Dan wist haar moeder er ook van, want vader vertelde haar alles.

Ze dacht aan de leden van de verzetsgroep De Geuzen, die opgepakt waren. Misschien zo gek niet dat de tantes hun mond hielden over wat ze uitvoerden. Maar tegen haar?

Ze legde nog een paar rollen stof recht en noteerde de inkomsten van vandaag in het kasboek. Ze wisten toch wel dat zij haar mond kon houden? Evert kende haar niet zo goed, maar haar tantes toch wel? Nou ja, vooruit.

Even later stapte ze de andere winkel binnen en groette tante Aline die nog in de winkel was. Aan de wand achter haar tante en Evert hing een hele galerij foto's. Meestal zag ze die nauwelijks, maar nu vielen ze haar opeens op. Ach, de foto van Lia en Adrie hing hier ook nog. Het was inderdaad een heel fraaie foto geworden. Op de achtergrond de treurwilg die z'n twijgen tot in het water had hangen. Adrie in het donkere pak dat iets aan de krappe kant was en Lia, heel lief en stralend.

Het was al een hele tijd geleden. Helmy vond dat Lia eruitzag als een zeehond en dat de wieg, die gemaakt was van de stof van haar bruidsjurk, beeldig was en dat zij dat zelf van z'n levensdagen niet zou doen. Je trouwjurk hield je om je lijn in de gaten te houden. Helmy zou nooit zwaarder willen worden dan ze als bruid was geweest.

Helmy was verrukt geweest van de trouwerij. Elja zou de negatieven nog voor haar opzoeken, maar wat was het nog steeds een dwingeland! Net als vroeger op school. Als ze iets wilde, moest het meteen gebeuren.

Tante Aline sloot de deur achter Elja en zei: 'Zo, dus je gaat weer eens op pad met Evert!'

Evert keek op. 'Dat heb ik haar nog niet gevraagd, mevrouw Van Henegouwen.'

Tante begon te lachen, maar de lach gleed van haar gezicht toen ze naar de deur keek. Voor de winkelruit stonden twee

Duitse militairen. Ze liep naar de deur en wees naar het kartonnen bordje dat voor het glas hing.

'*Geschlossen*!' riep ze ten overvloede.

Elja herkende een van de twee. Het was de luitenant aan wie Evert zo'n hekel had. Hij schudde zijn hoofd en wees met een wijsvinger in haar richting.

'*Geschlossen*,' herhaalde tante Aline met haar heldere, ver dragende stem.

Hij schudde nogmaals zijn hoofd en bonsde dwingend op de deurpost.

'*Wir haben ein Fest... und...*' riep hij.

Mensen die passeerden hielden hun pas in om te kijken wat er aan de hand was. Tante Aline opende de deur en bleef in de opening staan. Het gaf minder opschudding dan door de deur te schreeuwen.

'*Wir haben ein Fest und ich möchte Ihre Nichte gern einladen*... ik wil uw nichtje uitnodigen om ons feest bij te wonen.' De luitenant keek langs tante Aline heen naar Elja en glimlachte.

Tante Aline bleef kaarsrecht staan. '*Herr Leutnant*, ik denk dat de verloofde van mijn nichtje dat niet op prijs zal stellen,' zei ze koel.

Hij fronste en nam Evert met een misnoegde blik op. Die deed een stap naar Elja toe en sloeg een arm om haar heen met een bezitterig gebaar. Hij was langer dan de Duitser en keek hem strak aan.

'*Ach so*,' zei de luitenant. In zijn ogen verscheen de kille blik die Elja eerder bij hem had gezien. Toen boog hij licht en hij deed een pas terug. '*Entschuldigen Sie, das wusste ich nicht*.'

'*Guten Abend*,' zei tante Aline en ze sloot de deur met een beslist gebaar.

De arm om Elja's schouders klemde nog vaster en toen Elja omhoogkeek, zag ze hoe de spieren in Everts hals zich spanden.

'Hij gaat al weg,' zei ze kalmerend.

Hij haalde diep adem. 'Schoft,' zei hij schor.

Elja schrok van de onverbloemde haat in zijn stem.

'Je zei al dat je hem eerder hebt gezien toen je...'

'... op het slagveld was, ja,' zei hij bitter. 'Waar hij...' Hij zweeg.

'Waar hij...' herhaalde tante Aline.

Elja was bijna vergeten dat zij er ook nog was.

Hij zuchtte diep en zei: 'Nee. Later misschien.' Hij kneep nog een keer heel hard in Elja's schouder en liet haar toen los.

De ogen van Elja en tante Aline ontmoetten elkaar in een vlugge blik.

'Kom. Laten we naar boven gaan.' De stem van tante Aline was nuchter als altijd.

Elja nam Evert mee naar huis. Hij bleef teruggetrokken, ondanks het vrolijke geruzie van Elja's broers. Even nog hield ze haar adem in toen Flip vroeg of hij ook in de oorlog was geweest en of hij bijna dood was geweest.

Hij reageerde daar zonder emotie op en ze probeerde vlug een andere wending aan het gesprek te geven, waarbij ze haar broer met haar ogen waarschuwde en bijna ongemerkt met haar hoofd schudde.

'Wat is er?' vroeg Flip verbaasd. 'Waarom zit je zo te waggelen met je hoofd?'

'Neem nog wat kaas over je boerenkool, Evert. Flip, eet eens door!' Op zo'n moment kon je goed merken dat haar moeder een zus van tante Aline was. Ze kon net zo autoritair spreken.

Evert ging op tijd weer weg. Hij moest voor spertijd thuis zijn en verdween met de opmerking dat hij morgen terug zou komen met het pakketje dat ze mee moest nemen en het adres waar het afgeleverd moest worden.

'Kijk uit voor de gracht,' zei Elja toen ze hem uitliet. Het licht in de gang was uit toen ze de deur opende. Dat was ook oorlog. Je liep of stond constant in het donker.

Ze keek hem na tot zijn figuur oploste in de duisternis en sloot de deur achter hem.

8

Midden in de nacht werd Elja wakker van een sirene en daarna het dreunen van het afweergeschut dat bij het vliegveld Bergen stond. Ze gooide de dekens van zich af en opende de gordijnen op een kier. In de lichtbundels die de lucht in priemden, zag ze een vliegtuig dat een keer om zijn as tolde en toen naar beneden kwam. Het was niet ver van Alkmaar vandaan, zag ze en er sloegen vlammen uit de staart van het toestel. Ze leunde met haar hoofd tegen de sponning van het raam en zag bolvormige voorwerpen naar beneden komen. Parachutes. Zouden die mannen het overleven?

Ze huiverde, kroop weer onder de dekens en deed snel een gebed voor de piloten die in het toestel hadden gezeten. Ze was ervan overtuigd dat God aan hun kant stond.

De volgende dag krioelde het in de omgeving van Alkmaar van de Duitse soldaten, en aan het eind van de dag werd duidelijk dat er drie vliegeniers waren opgepakt. Er ontbraken er twee. Langs alle toegangswegen werd gecontroleerd, wat door de bevolking met een besmuikt lachje werd opgemerkt, en motoren met zijspan en legertrucks reden door de dorpen in de omgeving.

'Ze zullen een paar van die gasten niet te pakken hebben gekregen,' was het onderkoelde commentaar van de West-Friezen.

Toen ze naar de winkel fietste, zag Elja de motoren die terugkwamen. Goed zo. Er bleven tenminste een paar piloten uit hun handen. Dat hoopte ze tenminste.

De tantes oogden slaperig. Ze hadden een deel van de nacht opgezeten, verklaarden ze.

De activiteiten van de Duitsers zwakten af in de loop van de volgende dagen en het leven ging gewoon door.

Evert kwam pas een paar weken later langs. Elja was net weg om een paar broodjes bij de bakker te halen toen hij binnenkwam en zoekend rondkeek. Hij liep naar Helmy toe die een paar dames aan wol hielp. Ze herkende hem meteen, ondanks de jaren die verstreken waren. Hij had nog dezelfde neus met die knobbel erop en de ogen waren haar ook bijgebleven. Hij was wel veel ouder geworden, maar dat maakte hem interessanter. De tantes van Elja hadden het weleens over hem en hadden zo te horen respect voor hem.

Ze streek een krul naar achteren en liep naar hem toe.

'Dag Evert,' zei ze warm.

Hij keek haar verrast aan. 'Kennen we elkaar?'

'Jazeker, al herken je mij niet. Dat kan ook bijna niet anders. Van school! Elja en ik zaten in de eerste toen jij al in de vierde klas zat, en jongens van die leeftijd hebben geen interesse in kleine meisjes uit de eerste klas. Toch? Elja heeft het vast weleens over me gehad.' Helmy hield haar hoofd schuin en stak haar hand uit.

Hij schudde die en vroeg terwijl hij naar de deur van het magazijn keek: 'Dat geloof ik wel. Eh... is Elja er niet?'

'Ze is weg, maar misschien kan ik de boodschap overbrengen?' Hij kon wel met wat meer aandacht naar haar kijken, vond ze.

'Nee, het is niet belangrijk... eh...'

'Helmy. Helmy Pronk.'

'Prettig om je te ontmoeten,' zei hij beleefd. 'Weet je ook of ze vlug terugkomt?'

Ze schudde haar hoofd. 'Geen idee. Ik vind het ook leuk dat ik je nu eens ontmoet. Van Elja had ik al gehoord dat ze je gezien had, en...'

'Juffrouw,' riep een van de vrouwen die een paar strengen wol tegen elkaar hield om de combinatie te zien.

Helmy keek om. Hè, wat konden die vrouwen toch teuten. 'Ik kom zo, mevrouw. Even bezig.'

Ze wendde zich weer tot Evert. 'El en ik hadden al afgesproken dat...'

'Juffrouw!'

Hij keek naar de dame die met een streng wol zwaaide. 'Je bent aan het werk. Laat ik je niet ophouden,' zei hij en hij liep naar de deur.

'Je kunt anders hier wel wachten. Misschien is ze zo terug. Dan kunnen we nog even bijkletsen over vroeger,' riep ze hem achterna en ze wees uitnodigend naar de zithoek aan het eind van de winkel.

'Nee, ik heb niet veel tijd. Ik moet nog even naar hiernaast. Zeg je tegen Elja als ze terugkomt dat ik daar op haar wacht?'

Ze knikte, wierp hem nog een glimlach toe en keerde zich toen naar de klant. 'Mevrouw...' Ze nam de wol van haar over.

Elja hield de mannen die iets voorstelden wel voor zichzelf, zeg. Deze Evert zag er nog leuker uit dan vroeger. Niet zo knap als Vincent, maar hij had iets wat bijna aantrekkelijker was: iets mannelijks, en stoers. Zo stelde ze zich meneer Rochester uit *Jane Eyre*, haar lievelingsboek, voor.

Jammer dat hij niet even bleef. Ze was best bereid om uit te vinden of hij inderdaad zo terughoudend bleef als je met hem praatte. Wedden van niet?

'Dit kleurtje bij deze wol. Heel mooi gekozen,' zei ze tegen de klant.

Evert werd door tante Aline opgevangen en naar boven geloodst met de woorden: 'Elja is wat brood halen. Ze is er zo.' Hij liep naar het raam en keek naar beneden, waar een paar meisjes die pauze hadden over de keien van de Langestraat liepen. Er liepen ook Duitse soldaten, hij kon hen zelfs door het gesloten raam heen horen fluiten. Er waren ook leuke meisjes bij. Tot zijn genoegen negeerden de meeste meisjes de Duitsers en ze liepen met klikklakkende hakken verder. Niet allemaal. Een paar keken met een lachje om voor ze doorliepen. Ach, niet gek. Ook al was het oorlog: mannen bleven mannen en meisjes bleven meisjes.

Verderop, vanuit de Boterstraat, zag hij Elja aankomen op de fiets. Ze passeerde de groepjes op straat en ging de steeg door naar de achteringang van de winkel. Hij keek op zijn horloge. Gelukkig dat hij haar nog even trof.

Elja stapte de stoffenzaak in. Helmy was bezig en omdat er nog een vrouw op haar beurt wachtte, trok ze haar jas uit en begon mee te helpen. Na tien minuten was de winkel weer leeg en Elja leunde met haar ellebogen op de toonbank.

'Wat ga je vanavond doen?' vroeg ze. 'Is die baby van Lia er nu al eens, of blijft dat kind lekker zitten omdat het niet van oorlog houdt?'

Helmy lachte en wilde antwoorden toen de deur openging en tante Flora binnenkwam.

'El, waar blijf je nu? Evert zit op je te wachten en je bent hier al bijna een kwartier. Hij moet zo weg.'

'Evert?' vroeg Elja verwonderd.

'Dat heeft Helmy toch wel doorgegeven?' Ze keken allebei naar Helmy.

Die sloeg een hand voor haar mond en kreeg ronde ogen. 'Helemaal vergeten. Hij was hier geweest en hij wilde je iets vragen. Het was niets belangrijks, zei hij, anders had hij het mij wel gezegd zodat ik het door kon geven. Hij moest zo weer weg. Stom van me, El.'

'Ga maar meteen, Elja. Ik sluit hier wel af. Ga jij ook maar, Helmy.' Tante Flora verschoof een paar rollen stof.

Helmy had nog steeds een verontschuldigend lachje om haar mond. 'Laat u maar. Ik blijf hier tussen de middag om nog wat te doen, zodat ik misschien wat eerder naar huis kan. Ik eet hier wel vlug een hapje.'

'Ben je mal. Natuurlijk eet je bij ons mee, dat doe je toch altijd als je niet naar huis gaat,' zei Elja over haar schouder. Ze pakte de tas met broodjes die ze hier zolang had gelegd en liep naar de deur.

'Dan ga ik meteen met je mee.' Helmy was wonderlijk vlug ook bij de deur, maar...

'Ach, Helmy, help jij dan even met die stoffen opruimen.'

Tante Flora wist soms niet wat ze aan de vriendin van Elja had. Vergeten om tegen Elja te zeggen dat Evert er was? Ach, het kon ook wel. Ze moest niet kwaaddenkend zijn. Wees een beetje christelijk, Floor.

Hardop zei ze: 'Zo, veel prettiger voor jullie om weer te beginnen met een opgeruimde toonbank.'

'Helemaal waar.' Helmy was alweer terug bij de toonbank en begon meteen op te ruimen. Haar gezicht bleef opgewekt en tante Flora nam zichzelf haar eigen gedachten kwalijk. Mal mens dat je bent.

Met de woorden: 'Jouw dagen duren wel erg lang,' was Elja op Evert toegestapt.

Evert zag aan haar gezicht dat ze het hem niet kwalijk nam. 'Tja, en ik ben nog wel een man van de klok,' antwoordde hij en hij pakte haar hand, die hij meteen ook weer losliet.

Hij had de fotorolletjes al aan tante Aline gegeven, die ze naar de donkere kamer had gebracht en in het vak van Elja had neergelegd. Ze hadden daar alle drie een diepe la met vakken waar hun opnames en negatieven in lagen. Dat werkte perfect. Tante Aline was van plan om ook een la voor Helmy te installeren, maar omdat het voornamelijk om pasfoto's ging, was het gebleven bij een voornemen.

'Ze liggen al in je la. Ze zijn bij elkaar gebonden,' zei tante Aline en ze zette de broodschaal op tafel.

'Tante, Helmy eet ook mee. Er is genoeg. Ik heb ook wat krentenbollen meegenomen. Jij blijft toch ook?' Elja keek op naar Evert. Ze vond dat hij er moe uitzag.

'Nee, ik moet weer verder. Eh... Het is niet alleen dat pakje dat naar Amsterdam moet. Eigenlijk moet je, als je wilt, iemand meenemen. Het is beter dat een meisje dat doet dan een man.'

Elja's wenkbrauwen verdwenen bijna onder haar haar. 'Iemand meenemen?'

'Ja... een man.' Hij wreef over zijn gezicht.

Tante Aline spoelde de theepot om met kokend water en zei: 'Ik vind wel dat je moet vertellen waaraan ze begint. Vervelend dat Helmy niet naar huis gaat tussen de middag, anders zou je Elja nu op de hoogte kunnen brengen. Ik weet trouwens zeker dat ze al veel vermoedt. Ze ziet hier ook mensen in- en uitgaan die niet komen voor een foto of een familieportretje. Ze is niet achterlijk!'

Ze deed kokend water en een paar schepjes thee in de pot en zette hem op het lichtje om te trekken. Flora hield niet van een slappe bak thee.

Het was in ieder geval plezierig dat één mens het doorhad, dacht Elja en ze hief haar kin op.

Evert spreidde zijn vingers in een verontschuldigend gebaar. 'Hoe minder...'

'Ja, ik weet het. Hoe minder mensen weten waarmee je bezig bent, hoe veiliger het is. Maar dit is wel Elja,' zei tante Aline kribbig en ze voegde eraan toe: 'Die jou van de straat geplukt heeft.' Die jou verder nooit iets gevraagd of gezegd heeft, hield ze maar net binnen.

Hij zuchtte. 'Weet ik. Dat weet ik toch! Maar ik heb mezelf beloofd haar niet onnodig risico's te laten lopen.'

'Hallo. Ik zit hier en ben de zandbak al een hele tijd ontgroeid, hoor,' merkte Elja nadrukkelijk op en ze rekte zich uit. 'En ook de eerste klas, als je dat nog niet wist!'

Hij lachte. Zijn ogen begonnen opeens te schitteren en het viel Elja weer op hoe hij dan veranderde. Dat zou hij vaker moeten doen.

'Dus,' zei tante Aline fors.

Ze hoorden voetstappen op de trap en de stem van Helmy die vrolijk tegen tante Flora praatte.

Evert keek weer op zijn horloge. 'Dat gaat dus niet meer. Ik kom vanavond langs, is dat goed? Dan weet je ook precies waar je naartoe moet. Kan dat hier dan? Bij jou thuis zijn je broers nog op. Als dat kan wat u betreft?' Hij keek vragend naar tante Aline, die knikte.

'Dan verdwijn ik nu.' Hij pakte zijn jas die hij over een stoel had gehangen en trok hem aan.

Tante Aline schudde de zak met broodjes die Elja van de bakker had meegenomen leeg op een schaal die op tafel stond en pakte er een krentenbol en een paar broodjes uit.

'Beleg dit even voor Evert. Dan heeft hij wat te eten onderweg,' zei ze zakelijk.

Elja was al bezig en hield een kadetje omhoog. 'Kaas?'

'Lekker.'

Met vlugge bewegingen maakte ze een lunchpakket klaar terwijl tante Flora en Helmy de kamer binnenkwamen.

'Goed dat ik je nog even tref. Ik had daarnet bijna geen tijd om je te woord te staan,' zei Helmy tegen Evert. 'Ik dacht dat je zo'n haast had. Dat was vroeger ook al zo. Je liep nooit gewoon een trap op. Altijd met drie treden tegelijk. Vertel nu eens...'

'Andere keer. Ik moet echt weg.' Evert glimlachte vluchtig naar haar, nam de grauwe papieren zak van Elja aan en propte die achteloos in een jaszak. 'Dank je wel, El. Ik zal bij iedere hap aan je denken. Dag lieve dames.'

Hij verdween met een armzwaai en denderde de trap af.

Tante Flora schudde haar hoofd. 'Die jongen breekt nog eens wat. Jammer dat hij niet kon blijven eten, hij wordt mager. Maar laten wij nu vlug gaan eten. Het ziet er heerlijk uit en ik heb trek. Komt hij nog terug?'

'Vanavond. Allemaal thee?' vroeg tante Aline wat verstrooid.

Ze was met haar gedachten al bij de man die Elja naar Amsterdam moest brengen. Het veiligst was het waarschijnlijk om dat door een meisje te laten doen. Het was ook verstandig om een drukke trein te nemen. Dan was er minder controle en ging je in de massa op.

'El, als je naar Amsterdam gaat, moet je eens kijken bij die kunsthandel op het Rokin. Daar etaleren ze soms foto's. Kunstwerken gewoon. En ze zien het ook zo. Als kunst, bedoel ik.'

'Ga je naar Amsterdam, Elja? Wat leuk. Kan ik niet mee?' vroeg Helmy.

'Nee, geen goed idee. Ze moet wat foto's wegbrengen en zo.' Tante Aline was niet van plan om er iets over los te laten. Helmy was vast wel te vertrouwen, maar het was onnodig om haar te veel informatie te geven. Mensen waren soms zo loslippig. Dat merkte zijzelf al in de winkel. Ook Duitsers klepten er af en toe op los. Ze liet nooit merken dat ze er veel van verstond. Vooral die lui niet wijzer maken dan ze waren.

Toen Elja en Helmy weer terug waren in de stoffenzaak, verborg Helmy niet dat ze vond dat Elja de leuke klussen kreeg. 'Natuurlijk omdat jij familie bent, maar eerlijk is het niet.'

Elja keek verbaasd. 'Maar ik ben nog nooit eerder voor tante Aline naar Amsterdam geweest,' wierp ze tegen. 'En dan is het toch niet zo gek dat ik ga en niet iemand die er pas een paar maanden bij is.'

Daar was niet veel tegen in te brengen, maar Helmy pruilde: 'Maar toch! Jij doet de reportages buiten de deur, je hebt ook nog niet je best gedaan om die foto's van Lia's bruiloft op te zoeken en het adres van Vincent heb je ook nog niet opgezocht.'

Hoe onlogisch kon iemand redeneren. Elja haalde haar schouders op. 'Zodra ik eraan toekom, zal ik het doen, maar je moet me niet kwalijk nemen dat jouw invallen niet meteen topprioriteit krijgen.' Ze zocht een paar patroonboeken bij elkaar en legde ze netjes op een stapel op de hoek van de lange tafel. Vervelend was dit!

'Nou ja, misschien is dat wel zo, maar dat heb je gewoon voor elkaar over,' hield Helmy vol. Ze kneep haar lichtbruine ogen samen en keek broeiend. 'Dat gaat over en weer, toch? Ik iets voor jou en jij iets voor mij.'

Elja kon met de beste wil van de wereld niet bedenken wat Helmy voor haar gedaan had, maar ze had geen zin om er verder op in te gaan. Kinderachtig gedoe.

'Het komt heus wel. Vincent is toch niet thuis, als het daarom gaat,' zei ze.

'Daar gaat het niet alleen om, maar... nou ja, laat maar,' mokte Helmy. Na een blik op het gezicht van Elja besloot ze dat ze zich in moest houden en niet moest laten merken dat de gang van zaken vandaag haar niet aanstond. Tenslotte was ze afhankelijk van Elja en haar tantes. Erg plezierig vond ze dat niet.

Toen tante Aline tegen halfdrie vroeg of iemand alvast wat pasfoto's kon ontwikkelen, zei Elja kort: 'Helmy, wil jij dat doen? Ik moet hier het een en ander opknappen. Ik wil nu eindelijk die onderste planken van het magazijn eens ordenen en schoonmaken.'

'Vlug dan, Helmy. Er is haast bij, want die meisjes moeten ze morgen hebben,' haastte tante Aline.

Helmy liep achter tante Aline aan. Even weg uit die lappentoestand. Elja was gewoon chagrijnig en zijzelf vond het wel leuk om de afdrukken van de foto's op te zien komen vanuit de ontwikkelvloeistof. In schoonmaken en opruimen had ze beslist geen zin. Dat deed ze thuis al genoeg.

'Kijk, deze filmpjes eerst, Helmy. Het is een hele verzameling. Gewoon vier afdrukken, hè?'

Toen tante Aline wegging, hoorde ze Helmy zingen en ze glimlachte. Geen kwaad kind. Een beetje eigenzinnig, maar goed, dat was het ergste niet. Zijzelf was in haar jonge jaren ook niet erg volgzaam geweest. Ze begreep het wel.

Toen ze een uur later Helmy ging roepen, liet ze uit voorzorg het licht uit en liep in het donker de trap op. Het was buiten deze deur net zo donker als in de donkere kamer zelf en ze vond de weg blindelings.

Ze tikte licht tegen de deur en stapte naar binnen. De zurige lucht van de fixeervloeistof sloeg op haar longen en ze kuchte. 'Hoever ben je? Kun je al weg?'

Helmy keek op van de bakken waarover ze gebogen was. Aan de lijnen die overdwars door de kamer waren gespannen hing een hele serie pasfoto's en wat afdrukken van Helmy in feestelijke kleren en naast haar Vincent Langendael. Achter hen stond een bruidspaar. Doordat de rode dokalamp brandde, kon Aline het onderscheiden toen ze dichterbij kwam.

Ze liep naar de bakken met vloeistof toe waar Helmy zo ingespannen in had zitten kijken, en zag tot haar verbazing een paar foto's van bunkers in aanbouw en een afbeelding van vliegveld Bergen met het afweergeschut.

'Wat doe jij nou!' bracht ze uit en ze voelde een trilling in haar maagstreek.

Helmy's stem klonk even betrapt, maar daarna begon ze opgewekt: 'O... zo gek. Ik dacht, ik zal ook alvast voor Elja aan de gang gaan. We helpen elkaar tenslotte altijd. Ik heb de fotorolletjes uit haar la gepakt en ben aan de slag gegaan. En toen zag ik dit.'

Helmy wees naar de mannen die de bunkers aan het bouwen waren. Die waren bijna niet herkenbaar door het zwarte gruis dat over hun gezicht lag. 'Dat zullen hun bazen niet zo leuk vinden, denk ik zo. Als wij erachter komen wie deze foto's gemaakt heeft en het doorvertellen, hangt die maker,' zei ze met een vleug van voldaanheid.

Tante Aline dacht koortsachtig na. Dit was een van de fotorolletjes van Evert die Elja weg moest brengen en die zijzelf in Elja's la had gelegd.

'Waarom heb je die foto's van de trouwerij van je zus weer afgedrukt? Dat had Elja toch al gedaan en je zusje heeft ze toch al gekregen?' vroeg ze om tijd te winnen. 'En waar heb je die vandaan gehaald? Die negatieven waren toch allang opgeborgen?'

Helmy gebaarde naar de kast met de mappen. 'Gewoon even gezocht en dat was zo voor elkaar. Elja is zo precies. Ze schrijft altijd op de voorkant de datum en welk bruidspaar het is en ik wilde graag nog een paar afdrukken hebben om aan hem te geven.' Ze wees op het gezicht van Vincent die in het zwart-wit er net zo goed uitzag als in het echt. 'Elja zou het voor me doen, maar die heeft het zo druk dat ik dacht: ik doe het zelf maar even. En toen ik nadacht over wat ik verder kon doen om haar wat werk uit handen te nemen, dacht ik dat die rolletjes die bij elkaar gebonden zaten vast belangrijk waren en het eerst afgedrukt moesten worden. Maar toen zag ik dit.' Helmy wees op de foto's van de betonstukken.

Tante Aline voelde zich erg ongelukkig met de situatie. Hoe was het mogelijk? Helmy die opeens iets deed dat ze nog nooit eerder had gedaan.

'Laten we ons hier nou maar niet druk om maken. En denk eraan: het is een eerste vereiste voor een fotozaak om niets door te vertellen en betrouwbaar te blijven. Ook al betreft het een Duitser,' zei tante Aline onderkoeld. 'Roddelen slaat altijd op jezelf terug. Dus mondje dicht. Ook thuis, want je weet nooit hoe iets verder komt. Soms zijn we net als huisartsen. Zwijgplicht voorop.'

'Maar misschien zijn ze niet eens door een Duitser gemaakt,' zei Helmy. 'Dat is ook altijd nog mogelijk.'

Tante Alines brein werkte op topsnelheid. 'Zeker. Die werklui daar zijn allemaal Nederlanders voor zover ik weet. En die zou ik liever helemaal niet in de problemen willen helpen. Er werken trouwens aardig wat firma's voor de moffen.'

Het bleef stil.

Wat deed de vader van Helmy ook alweer voor werk? Andere keer eens naar vragen, dacht Aline. Lastig dat het zo donker was, want ze kon het gezicht van het meisje niet goed zien.

'Nou, ben je zover? Ik heb zin in thee,' zei ze toen resoluut. Er was nu toch niets meer aan te doen en hopelijk had ze haar genoeg zand in de ogen gestrooid.

Voordat Helmy Elja sprak, moest die weten wat er was gebeurd.

'Ik zie je zo. Hang die foto's maar aan de lijn en kom dan beneden,' zei ze. Ze liep zonder aarzelen naar de deur toe en verdween. Daarna liep ze vlug de twee trappen af naar de winkel waar Flora een paar lijstjes verkocht aan wat oudere mensen.

'Ik haal Elja even, hoor,' zei ze vlug. 'En o Floor...'

Ze pakte een briefje en schreef er vlug iets op. Ze gaf het haar zuster in handen. 'Deze boodschap kan meteen weer weg, hoor Floor.' De waarschuwing in haar stem was niet te missen.

Flora zette met één hand nog wat fotolijstjes rechtovereind en in de andere hand hield ze het briefje. *H heeft de foto's van E ontwikkeld. Niets over zeggen!!*

Verbijsterd keek ze haar zuster na. Ze verfrommelde het papiertje en stopte het in de zak van haar donkergrijze rok. Hoe kon dat nu?

'Dit vind ik heel geschikt voor een foto van de kleinkinderen,' besloot haar klant. 'Een lijst met veel tierelantijntjes is niet geschikt voor die kleuters.'

'Daar zou u best weleens gelijk in kunnen hebben,' zei Flora en ze verborg haar zorgen. Daar had niemand iets mee nodig.

Aline was al naar de stoffenzaak.

Elja had geen klanten. Het was erg rustig vandaag. In het magazijn stond nog een emmer met sop die weggegooid moest worden, maar dat kon wachten.

Met een mix van triomf, blijdschap en verrassing op haar gezicht kwam Elja naar haar tante toe.

'Tante, weet u nog wat Esther Mendels het laatst zei toen ze wegreden?' vroeg ze.

Tante Aline luisterde niet. Ze zei met klem: 'Elja, als Helmy over foto's van een bunker begint, dan kijk je heel verbaasd en zeg je niet dat je die rolletjes van Evert hebt gekregen!'

Ze hoefde niet te zeggen dat Elja verbaasd moest kijken. Dat deed ze al.

Elja zei even niets. Daarna vroeg ze: 'Hoe komt ze daaraan?'

'Ik had de fotorolletjes in jouw lade gelegd. Dat leek me de beste plaats en ze waren bij elkaar gebonden. Ze zei dat ze foto's zocht van de trouwerij van haar zus en misschien omdat die rolletjes van Evert apart lagen had ze het idee dat die speciaal waren. Ze zei dat ze jou wilde helpen. Of dat zo is, of dat ze alleen maar nieuwsgierig was weet ik niet. In ieder geval heeft ze een paar foto's van de stellingen afgedrukt. Ze denkt nu – ik hoop in ieder geval dat ze dat denkt – dat een mof ze heeft ingeleverd, maar ze bedacht daarna al dat ze ook door een Nederlander konden zijn gemaakt. Misschien had ik die rolletjes ergens anders moeten leggen?'

Ze keken elkaar bezorgd aan.

Elja schudde haar hoofd. 'Ze heeft nooit eerder aan mijn werk gezeten. U kunt er niets aan doen. En Helmy is toch betrouwbaar?' Haar stem zwierf weg.

'Vast wel,' zei tante Aline. Ze moest ook zichzelf overtuigen. 'Nou ja, je weet het nu in ieder geval. Maar wat had jij? Je wilde iets zeggen. Je vroeg wat Esther het laatst had gezegd.' Ze legde een vinger tegen haar slaap. 'Dat weet ik nog precies: "Moge de Almachtige jullie beschermen".' Aline zou het nooit vergeten en werd weer ontroerd.

'Nee, dat weet u dus niet meer,' zei Elja. Haar blijdschap was getemperd door het bericht over de fotorolletjes.

'Dat was voor ze in de auto zaten, maar Esther riep uit het raampje toen de auto al wegreed: "Vergeten... het magazijn". Ik heb er nooit meer aan gedacht en het is dat ik zo kribbig was en flink moest boenen om mijn kwade bui kwijt te raken dat ik nu eindelijk die onderste planken ook eens deed, en kijk!'

Elja trok haar tante mee naar de opslagruimte achterin en wees naar de onderste plank.

'Mijn schuld dat we het niet eerder hebben gevonden, maar kijk eens, daar onderaan! Ik heb voor het eerst de rollen pakpapier weggehaald en zag een luik. Bijna niet te zien, maar omdat mijn borstel haakte aan een schuifje, merkte ik het. Kijk eens wat erachter ligt!'

Tante Aline bukte zich.

'Nee, op uw knieën, anders ziet u het niet.' Elja lachte blij.

Tante Aline schoof en tuurde in het halfdonker naar een ruimte achter het rechthoekige luik. Ze zag een verzameling blikken.

'Kijk er eens in,' beval Elja en tante Aline opende gehoorzaam het eerste blik. Heel vaag rook ze iets.

'Koffie!' zei ze verrast.

'En thee, en suiker en zeep en rijst. En blikken vis, rozijnen en flessen olie. Waarom ze die heeft verstopt weet ik niet. En kaarsen en lucifers. Zeker voor als ze ergens zonder licht opgesloten kwam te zitten,' jubelde Elja. Haar goede stemming was weer terug.

'Wat heerlijk!' Tante Aline was ook de narigheid van de fotorolletjes even vergeten. Ze kwam overeind. Haar gezicht was verheugd. Echte koffie.

'Niet aan Helmy vertellen,' zei ze kortaf.

Elja beet op haar lippen. Toen ze dacht aan de eerdere gebeurtenissen van vandaag, kon ze de reactie van haar tante begrijpen.

'Voorlopig niet, in ieder geval,' gaf ze toe. 'Maar helemaal niets aan haar geven?'

Ze keken elkaar aan. Dat zouden ze ook niet over hun hart kunnen verkrijgen.

Helmy kwam wat later naar Elja toe. 'Ik heb de foto's gevonden en afgedrukt, hoor. En ik heb nog wat raars ontdekt. Moet je horen...'

Haar toon had de klank van 'prettig geheimzinnig' en Elja zag in haar gezicht helemaal de Helmy terug van hun hbs-tijd. Zo had ze ook gekeken als ze een schandaaltje had ontdekt over een leraar of klasgenoot. Grappig was dat. Het stelde haar ook gerust. Mensen veranderen niet. Helmy was nooit achterbaks geweest. Egocentrisch, dat wel, maar altijd openlijk. Ze hád toch nog steeds iets.

Helmy fluisterde: 'Je tante zegt dat ik er geen woord over mag zeggen. Natuurlijk wel tegen jou, maar weet jij nog precies van wie je die fotorolletjes hebt gekregen met dat elastiek eromheen? Je mag degene die die dingen heeft ingeleverd wel waarschuwen. Als de Duitsers erachter komen, rookt die vent een zware pijp. En als ze de foto's hier ontdekken, loopt je tante ook risico.'

'Ik heb het gehoord, tante Aline was hier net, maar waarom zouden ze hier komen?' lachte Elja. 'Ik zal wel tegen de tantes zeggen dat ze op moeten letten wie ze op komt halen. Misschien is het nog wel verstandiger om ze niet allemaal af te drukken, maar daar moet ik het nog over hebben met tante Aline. Het was een klant van mij, want ze lagen in mijn lade. Ik kan me er even geen gezicht bij voorstellen.'

'Ja, je weet maar nooit,' zei Helmy en ze begon op te ruimen. De tantes waren erg ontstemd geweest over die foto's. Je zou er bijna iets achter zoeken.

Even later vroeg ze langs haar neus weg: 'Waarom komt Evert vanavond weer terug? Moet hij iets van je?'

'Geen idee,' antwoordde Elja. 'Ik zal het wel horen.'

De oude vriendschap was opeens weer springlevend.

9

De trein naar Amsterdam was overvol. Elja en John Steward, de piloot die ze naar de Raadhuisstraat moest brengen, stonden tegen elkaar aan gedrukt in de trein en hielden zich vast aan de houten leuningen van de banken. Elja had de kaartjes in haar zak en hield zich vast aan de schouder van John, die maar iets groter was dan zijzelf.

Evert had hem gisteravond gebracht en ze waren in een paar uur bijna bevriend geraakt. Ze hadden ademloos zitten luisteren naar Johns verhalen over de situatie in Londen. Hoe de inwoners bijna gewend geraakt waren aan de bombardementen en de nachten die doorgebracht werden in de Underground. Dat de kinderen geëvacueerd waren naar het platteland en dat vrouwen werden ingeschakeld bij het werk. Die reden in vrachtwagens en ambulances, en het meisje van John werkte op het vliegveld waar hij gestationeerd was. Hij had een fotootje tevoorschijn gehaald en het vol trots laten zien.

John logeerde die nacht bij de dames Van Henegouwen en hij had er overdag af en toe ongeduldig heen en weer door de kamer gelopen.

Evert was gisteravond weer vertrokken. Veel nieuws had hij Elja niet verteld. Het meeste had ze al vermoed. Alleen dat hij meewerkte aan de verspreiding en het opmaken van een illegale krant, wist ze niet. Dat haar vader daarbij betrokken was, verbaasde haar ook niet. En dat er een paar keer een bijeenkomst was geweest van mensen die zich verzetten tegen de Duitsers en dat die elkaar ontmoetten bij de tantes had ze ook al eerder begrepen.

'Waarom hadden ze het me niet eerder verteld?' had ze gevraagd.

Evert had zijn schouders opgehaald. 'Je vader wilde dat niet,' had hij verklaard. 'Maar je tantes waren het er niet mee eens en ik eigenlijk ook niet, al kan ik me zijn zorg wel voorstellen.'

'Mijn vader went er wel aan,' was haar nuchtere commentaar geweest en tante Aline had haar geamuseerd aangekeken.

Tante Flora begreep haar zwager wel. En het was tenslotte niet eerder nodig geweest. Op Elja's vraag: 'Waarom dan nu wel?' had tante Aline geantwoord: 'Evert moet even onzichtbaar blijven. De laatste keer heeft die Duitse luitenant – je weet wel, die jou zo leuk vond – hem gezien. Evert weet bijna zeker dat hij hem herkend heeft, dus het is beter dat hij een tijdje uit het zicht blijft. Beter voor de anderen ook. Geen sporen achterlaten.'

Evert had terwijl ze sprak, recht voor zich uit gekeken. Zijn gelaat had opeens grauw en betrokken gestaan.

'Hij gaat een poos in Friesland werken. Hij wordt uitgeleend door zijn bedrijf. Ze hebben in Leeuwarden iemand nodig die een beetje ervaring heeft. Ervaring in het regelen van mindere resultaten, zodat er wat meer overblijft voor ons. Het zijn wat dat betreft dieven,' had tante Aline gezegd, alsof Evert zijn spraak had verloren.

Evert weg? Er overviel Elja een gevoel van gemis.

'Voor hoelang?' Ze had hem aangekeken zonder zich bewust te zijn geweest van de vage beschuldiging op haar gezicht. Niet dat ze hem deze weken vaak had gezien, maar ze waren toch goed bevriend geraakt. Ze had even gedacht dat het meer was, maar dat was zeker een hersenschim geweest. Maar in ieder geval had hij het haar wel eerder kunnen vertellen.

'Ik weet het nog niet. Er is daar ook van alles te doen,' was zijn antwoord geweest. Hij had haar blik vermeden en iets boven haar maag trok zich samen. Ja, een vergissing dus.

John had opgewekt van de een naar de ander geknikt. Hij verstond niets goed, maar begreep redelijk veel. Een optimistische aard had een groot voordeel. Hij vertoonde in ieder geval geen tekenen van angst, al had dat naast een voordeel ook een nadeel: je werd dan vlug zorgeloos.

Als hij in vredesnaam zijn mond maar dichthield in de trein, was het laatste wat Elja dacht toen ze gisteravond naar huis was vertrokken.

En dat deed hij gelukkig. Vanaf het moment dat ze van de Langestraat naar het station liepen, had hij gezwegen, toch ook wat beducht voor wat er zou kunnen gebeuren. Voor hem zou het niet zo slecht uitpakken als voor Elja. Evert had het hem gisteravond toen ze weg was nog op het hart gedrukt. '*Be careful please.*'

Elja keek de wagon door. Bomvol! Hier zou geen controleur door kunnen. Ze stonden op elkaar gepakt en met iedere bocht die de trein maakte, helde de menigte die stond over naar degenen die zaten en onbewogen voor zich uit keken. Sommige gezichten waren nog slaperig en de meeste mensen zwegen. Hier dreigde geen gevaar.

Toch was ze opgelucht toen ze eenmaal op het perron in Amsterdam stonden en tien minuten later over het Damrak naar de Raadhuisstraat liepen.

John begon toen hij de Dam en het paleis zag, enthousiast te praten, maar hield onmiddellijk zijn mond toen ze hem in zijn arm kneep en fel 'Stil!' zei.

Hij schrok, prevelde zacht: 'Sorry,' en zweeg verder gehoorzaam.

Vanaf het Rokin kwam een colonne WA'ers aan die ook naar de achterkant van het paleis marcheerde en hen passeerde. Elja greep Johns arm stevig vast en hield haar stappen in voor ze hem de Raadhuisstraat in loodste. Niet opvallen, niet opvallen alsjeblieft, bad ze. Niet bij die lammelingen, die nog erger waren dan de Duitsers zelf.

Niemand op straat schonk aandacht aan de bruinhemden die met veel gestamp over de keien liepen. Hun laarzengedreun was bijna een parodie op de stijve passen van de Duitsers en ze zongen met een keelachtig geluid.

Ze waren uit zicht toen Elja nog steeds stijf gearmd met John de weg overstak.

Elja zocht de huisnummers langs en was blij toen ze bij nummer 83 aankwamen: een hoge, donkergroen geverfde deur met een koperen brievenbus.

Zeggen dat ze van oom Henk uit Amersfoort kwam en dat er nog een logé kwam aan het eind van de week, had Evert haar ingeprent.

'Zeker nog een piloot?' had ze verondersteld. Hij had geknikt.

Degene die hen ontving moest antwoorden dat de meeste kamers bezet waren, maar dat ze ruimte zouden maken. Het leek Elja allemaal erg omslachtig.

In haar cameratas die over haar schouder hing, zaten naast de twee rolletjes die Evert haar had gegeven, nog vier lege rolletjes. Voor alle zekerheid had ze er ook een paar mappen met fotoafdrukken van een trouwerij en een paar kinderen in gestopt. De foto's van de bunkers hadden ze verbrand. Voor het geval dat...

De deur werd geopend en in de opening verscheen een jonge vrouw.

'Ja?'

'Ik kom van oom Henk uit Amersfoort en ik moet doorgeven dat de andere logé aan het eind van de week komt,' zei Elja en ze voelde zich een dwaas.

De vrouw boog iets naar voren, keek de Raadhuisstraat af en trok Elja en John de hoge gang in zonder iets te zeggen. Aan de kapstok hingen een paar jassen en er lagen op de horizontale plank boven de haken hoeden en baretten, zag Elja met haar geoefende ogen. Ze was er in de afgelopen tijd aan gewend geraakt om haar omgeving goed op te nemen. Dat was een voorwaarde om een goede fotograaf te zijn, volgens tante Flora.

'De meeste kamers zijn bezet, maar we maken ruimte. Gelukkig dat jullie er zijn. Er is zoveel van dat schorem op de been op het moment.'

Elja was blij dat ze het gewenste antwoord kreeg, al boezemde de vrouw haar gelijk al vertrouwen in.

'Hangen jullie je jas maar hier op. Jij blijft toch ook nog even, of...?' vroeg de vrouw aan Elja.

'Heel even. Ik wil de stad nog in.' Elja verheugde zich erop om door de Kalverstraat te lopen. Niet dat ze veel geld bij zich had, maar kijken kostte tenslotte niets. Misschien kon ze nog een paar foto's maken. Ze had tenslotte haar camera niet voor niets bij zich.

In de lange, wat donkere woonkamer bevonden zich nog twee mensen. Twee mannen: een jonge en een man van middelbare leeftijd. Ze stonden beiden op en de oudste kwam met uitgestoken hand op Elja af terwijl de jongste zich tot John wendde.

'Elja,' stelde de man vast en hij keek haar onderzoekend maar vriendelijk aan. 'We hebben over je gehoord.'

Hij noemde zelf geen naam. Ook de jonge man stelde zich niet voor. Dat was ook niet nodig en het was wel zo veilig, dacht Elja.

Ze keek vlug rond. Voor het raam dat uitkeek op de Raadhuisstraat, hing dichte vitrage zodat je van de straat af niet in de kamer kon kijken. Voor het raam dat uitkeek op de tuin, waren de gordijnen opengeschoven, zodat Elja het zicht kreeg op de muurbloemen die uitbundig hingen te bloeien in gele, donkerrode en bruine tinten. Gelukkig. Ze voelde zich altijd wat beklemd in die halfverduisterde kamers. De planten haalden met hun kleuren de schemer weg uit het vertrek.

Elja opende haar tas en haalde de fotorolletjes tevoorschijn.

De oudste man stak zijn hand uit. 'Van Jaak!'

Ze trok haar hand terug en klemde de rolletjes in haar handpalm. 'Ik ken geen Jaak.'

'Eh...' Hij zag haar wantrouwende ogen, boog zich naar voren en zei zacht: 'Wij noemen Evert zo. We werken vrijwel allemaal onder een andere naam.'

'O.' Gerustgesteld, nog meer door zijn ogen dan door de verklaring, overhandigde Elja de rolletjes, die hij meteen in zijn zak stopte.

'Die vriend van je is erg dapper,' vervolgde hij.

Dapper, dat klopte vast wel, maar Evert haar vriend? Dat betwijfelde Elja. Zou hij dan weggegaan zijn zonder haar te vertellen waar naartoe? Misschien ook wel.

De Zaanse klok aan de muur sloeg een kwartier weg.

'Kan ik je een kop koffie aanbieden of zo?' vroeg de vrouw. 'Je moet nog terug straks en het is al bijna tien uur. De trein was zeker overvol?'

'Ja.'

De vrouw knikte wetend. 'Dat is ook het veiligst. Allemaal mensen die naar hun werk moeten. Koffie?'

'Graag. Ik wilde nog even door de stad lopen. Nu ik hier toch ben, vind ik het leuk om rond te kijken.' Elja had zin in iets te drinken.

Dat ze van de verantwoordelijkheid voor John af was, gaf haar een prettig, opgelucht gevoel en ze ontspande zich en nam plaats.

Ongemerkt werd het toch later dan ze gedacht had. Ze spraken over wat algemene dingen als: of ze in Alkmaar veel merkten van de Duitsers omdat er zo veel aan de kust werd gebouwd, en of ze er last van hadden? Omstandigheden die ze vast al eens van Evert hadden gehoord.

Elja bracht het gesprek terug op de binnenstad van Amsterdam.

'Als je iets moois wilt zien, ga dan ook eens naar het Begijnhof. Dat is zo verrassend rustig na het gedrang in de Kalverstraat. Voor een fotografe heel bijzonder, tenminste, als je er nog nooit geweest bent,' zei de man toen ze haar koffie ophad en hij glimlachte.

'Ga ik doen.' Elja gaf handen, maar John sloeg zijn armen om haar heen. '*Thank you. Thank you so much, and God bless you*!' riep hij, onverwacht aangedaan.

Elja legde een hand langs zijn wang. Haar lavendelblauwe ogen waren opeens omfloerst.

'*And God bless you.*' Ze was ook ontroerd. Als hij maar weer veilig thuiskwam.

Ze pakte haar cameratas en groette nog eens. De vrouw die door de anderen Willie werd genoemd – dat zou vast ook haar eigen naam niet zijn – liet haar uit.

Elja liep terug naar de Kalverstraat en sloeg de kant van de Munt op. Het was er nog steeds erg druk. Mensen liepen langs de winkels, waarvan de etalages verrassend goed gevuld waren. Ze vergaapte zich aan een winkel waar tassen en schoenen te koop waren en die prijzen hadden die haar naar adem deden happen. De tassen waar geen prijskaartje aan hing, waren zeker helemaal onbetaalbaar. Er was ook een winkel waar stoffen te koop waren. De japonnen die van die stoffen gemaakt waren, hingen ernaast. Dat was een goed idee. Dat moest ze onthouden.

Langzaam drentelde ze verder, langs een boekwinkel waar naast Nederlandse titels ook enkele Duitse romans lagen, en langs een winkel met prachtige serviezen.

Halverwege de Kalverstraat zag ze de steeg die naar het Begijnhof leidde. Ze aarzelde even en liep toen het straatje in. Ze opende een poort en stapte het hofje binnen. De kleine huizen waren in een cirkel gebouwd rondom een plantsoen waar rozenstruiken stonden die een grasveld omringden. Midden in dat perk stonden een paar grote kastanjebomen. De toortsen waren al uitgebloeid. Aan de andere zijde van waar zij zich bevond, stond een kleine kapel waarvan de deur halfopen was. Er kwam muziek uit.

Ze liep over de kleine keien langs de huisjes en stapte naar binnen door een donker portaal. De klanken van een lied dat gezongen werd, stierven net weg toen ze langs de oude houten deuren naar binnen sloop.

De kerk was half gevuld met mensen die omhoogkeken naar een man op de preekstoel, gekleed in eenvoudig colbert. Ze schoof stil in een bank achterin.

'God is met de verdrukten die Hem aanroepen. Het kwaad dat over ons is gekomen, zal Hij niet ongestraft laten. Kijk naar de uittocht uit Egypte. Het volk was lang onderdrukt. Ze waren tot slaven gemaakt. Maar God zag naar hen om...'

Ze liet de woorden die de dominee bijna losjes uitsprak, over zich heen komen. Dit was een dominee die niet bang was. Gelukkig waren de meeste predikanten in Alkmaar ook geen angsthazen.

Geboeid luisterde ze verder naar het stuk uit de Bergrede dat de predikant aan het eind van zijn preek voorlas:

Zalig zijn die treuren, want zij zullen vertroost worden.

Zalig zijn de zachtmoedigen, want zij zullen het aardrijk beërven.

Zalig zijn die hongeren en dorsten naar de gerechtigheid...

Ze zag opeens het gezicht van Evert voor zich. Op zoek naar recht. Ja. Niet alleen voor zichzelf, maar voor anderen, flitste het door haar heen.

Zalig zijn de barmhartigen, want hun zal barmhartigheid geschieden.

Ze wist niet precies waarom ze nu aan tante Flora dacht. Die was meer mild. Was dat dan bijna hetzelfde als barmhartig? Het had in ieder geval met elkaar te maken.

'En dan zullen we nu nog zingen: *Ruwe stormen mogen woeden, alles om mij heen zij nacht...* Het wordt vaak door zeelieden gezongen, maar het geldt net zo goed voor ons allen, die nu gewoon op het land leven. Er woeden stormen om ons heen, en soms lijkt het of we in de duisternis van de nacht leven. Maar luister hoe het verdergaat: *God, mijn God zal mij behoeden, God houdt voor mijn heil de wacht.* Deze wetenschap wens ik eenieder van u toe. En de Heer geve u Zijn vrede. Amen.'

'Amen,' zeiden een paar mensen om haar heen hem na en de organist begon te spelen. Er werd goed meegezongen en Elja genoot van de akkoorden die de organist maakte. Prachtig was dit.

Na de laatste orgelklanken liep ze mee in de rij mensen die de kerk verlieten. De predikant stond bij de deur en gaf iedereen een hand. Elja knikte en ze was al over de drempel toen ze zich omkeerde: 'Hoe heet u?'

'Erik den Hollander.' Hij glimlachte tegen de lavendelblauwe ogen die hem ernstig aankeken. 'En jij bent?'

'Elja. Elja van Lier.'

'Dag Elja van Lier.' Hij legde een hand op haar schouder. 'Heb een gezegende dag.'

Hij keek haar na toen ze wegliep en zag dat ze foto's maakte van de kleine huizen rond het grasveld. Toen draaide hij zich om en liep de kerk weer in.

Elja was na een halfuur klaar en keek op haar horloge. Nog even over de Munt en dan door naar de Bijenkorf. Ze bracht er bijna een uur door en bekeek kleding, de kinderafdeling en de stoffenafdeling. De stoffen waren ook van goede kwaliteit, maar niet beter dan zijzelf verkochten, stelde ze tevreden vast.

Het warenhuis was nog goed gevuld en al had je voor bijna alles bonnen nodig, het was zo leuk om alles te zien en te kijken wat mensen aanschaften. Tot haar verrassing kocht iemand een paar zakken mottenballen. Eén zakje kon ze zich voorstellen, maar wat moest iemand met honderd mottenballen? Ze moest zich bedwingen om niet te vragen of ze ze soms opaten.

In zichzelf lachend liep ze de winkel uit en ze stak het Damrak over om terug te gaan naar het Centraal Station. Ze had tijd genoeg om op het goede perron te komen.

Tegen vier uur was ze weer terug in de winkel. Tot haar verrassing stond tante Flora in de zaak. Haar gezicht verhelderde toen ze Elja zag.

'Fijn dat je terug bent. Geen narigheid dus? O, de baby van Helmy's zus is vanmorgen geboren,' zei ze. 'Alles is goed, het is een meisje en Helmy borrelde van blijdschap. Ze wilde er graag vlug naartoe. Hoe is het gegaan met onze gast?'

'Goed afgeleverd. Geen enkel probleem. Wat fijn voor Lia. Ik kan me voorstellen dat Helmy er meteen naartoe wilde.'

'Maar onze gast, leverde de treinreis geen problemen op?'

Elja haalde een paar kindermodebladen die ze had gekocht in de Bijenkorf uit haar tas. Ach, de tantes waren vast bezorgd geweest. Ze kon zich opeens voorstellen dat haar vader thuis geen mond opendeed over het werk dat hij deed. Dat gaf maar spanning voor niets.

Tante Flora wilde nog iets zeggen, maar er kwam een klant binnen en ze veranderde abrupt van onderwerp. 'Laten we iets leuks voor dat kind maken. Zoek jij een stofje uit?'

Natuurlijk! Elja dacht terug aan de kinderkleertjes die ze gezien had. Ze zou een speelpakje voor haar maken, er waren zulke schattige patroontjes. Neuriënd liep ze langs de stoffen in de stelling in het magazijn. Dat wit met gele katoentje was vast geschikt. Goed wasbaar en heel vrolijk met die bloemetjes. Ze hadden gelukkig stoffen achtergehouden. Tante Flora had gezegd dat je wat moest bewaren voor de slechte jaren.

Ze dacht eigenlijk dat het nu al behoorlijk slecht was, maar volgens de tantes moest het zware weer nog komen. De aanvulling van stoffen was mondjesmaat.

Helmy was de volgende morgen in een stralend humeur en raakte niet uitgepraat over de baby van Lia. 'Zeven pond, twee ons en drieënvijftig centimeter lang. Volgens mijn moeder was die bevalling een cadeautje vergeleken bij haar bevallingen. Lia was het niet met haar eens, want zij vond het een afschuwelijke klus. Ze heeft vast gelijk, want ze had nog helemaal rode adertjes in haar ogen. Van het persen, zegt ze. De baby heet Trineke en Lia vindt dat ze op mij lijkt,' zei ze vergenoegd. 'Ik ga een jurkje voor haar maken.'

'Ga maar eens kijken op het tafeltje. Ik was er al op voorbereid.' Elja wees naar het tafeltje waar ze de bladen had neergelegd en hoorde de kreten van plezier die Helmy slaakte bij het zien van de modelletjes.

'Ik heb een paar ideeën opgedaan op de kinderafdeling van de Bijenkorf.' Elja ging mee in het enthousiasme. Het was zo heerlijk om even te doen of het geen oorlog was en dat ze plannen gingen maken om de verkoop te stimuleren, terwijl het helemaal geen moeite kostte om stoffen aan de man te brengen. Niet voor de eerste keer was ze Esther en Ben dankbaar voor hun vooruitziende blik en de grote orders die ze hadden geplaatst zodat niet alleen in het magazijn, maar ook in de kamers boven nog voorraad lag opgestapeld. Ze hádden in ieder geval iets om te verkopen. Als ze het alleen van de stoffen moesten hebben die aangeleverd werden, waren ze er wel erg vlug doorheen geweest. Maar ze kregen nog voorraad.

Dat was haar trouwens erg meegevallen in de Bijenkorf. Zo veel als er nog te koop lag als je een zak met geld meebracht.

'Ach, dit is schattig. Wat heb je nog meer gedaan in Amsterdam?' Helmy stak een tijdschrift omhoog waarop een klein meisje in een gesmokt jurkje stond.

'Kalverstraat, Begijnhof, Munt, Rokin, Damrak,' somde Elja lachend haar route op. 'De etalages waren echt zo!' Ze kuste haar vingers en stak ze de lucht in en haar ogen glinsterden. 'Een volgende keer gaan we samen, hoor.'

Ai, sufferd, schold ze zichzelf in stilte uit. Ze was even de reden van haar reisje naar Amsterdam vergeten. Nou ja, komt tijd, komt raad.

Helmy, die de afstandelijke houding van de tantes de laatste dagen had opgemerkt, voelde de mildere stemming aan en durfde nu wel met haar vraag op de proppen te komen.

'Wanneer gaan we naar je oom en tante om het adres van Vincent te weten te komen? Ze wonen hier niet ver vandaan, toch?' Ze keek schuin opzij om te zien hoe haar verzoek viel.

Elja schoot in de lach. Dit was Helmy ten voeten uit.

'Een klein halfuur fietsen. Laten we dat morgenavond dan maar doen.'

Als Helmy dat nu zo graag wilde, vooruit dan maar. Het maakte haar niet uit. De dag naar Amsterdam had de afstand geschapen waardoor Elja beter kon relativeren. Wat was er nu helemaal gebeurd? Ja, Helmy had in haar spullen gesnuffeld. Dat zou ze vast niet meer doen.

'Zeven uur bij mij?'

'Goed.' Helmy stapte met een brede lach op de klant af die de winkel binnenkwam. 'Mevrouw?'

Er stond een stevige bries toen ze de volgende avond de polder in fietsten.

Het werk op de boerderij van oom Ab was gedaan. De emmers waren gespoeld en stonden in een rek langs de zijkant van het huis.

Tante Trudie had brood gesneden, er stond een grote kan op een lichtje en er stonden vier borden op het gebloemde tafelzeil. In het midden van de tafel lagen op een emaillen bord plakken ham en kaas, en een grote pot met aardbeienjam stond naast een kleine Keulse pot met boter.

'Kijk eens aan. Daar hebben we Elja en...' begroette ze haar nichtje en ze keek naar Helmy die naar voren stapte en haar hand uitstak.

'Helmy. Ik ben een vriendin van Elja en ook van uw neef Vincent,' stelde ze zich voor. 'Hij was met mij op de bruiloft van mijn zus en er zijn toen foto's gemaakt die hij nog niet heeft gezien. Ik heb zijn nieuwe adres niet en van Elja begreep ik dat hij ergens in de buurt van Hoorn of Medemblik werkt op dit moment?'

Tante Trudie keek nadenkend in de hoopvolle bruine ogen en zei traag: 'Ik kan niet zomaar aan ieder vriendinnetje dat langskomt zijn adres geven. Straks krijg ik er narigheid mee. Geef die foto's maar aan mij, dan zorg ik wel dat ze bij mijn zuster komen.'

Helmy trok haar wenkbrauwen op tot onder het haar en zei wat verontwaardigd: 'Maar ik ben een vriendin van Elja. Natuurlijk mag ik zijn adres wel hebben.'

Tante Trudie schonk aandachtig heet water in de kan en vertrok een mondhoek in een heimelijk lachje. 'O, het betekent vast niets, maar als hij gewild had dat jij het kreeg, had hij het je toch wel gegeven? Hij is een beetje van "in elk stadje een ander schatje". Tja, meiden zijn nu eenmaal dol op hem. Maar trek het je niet aan, kind, niet een handvol, maar een land vol, zei mijn moeder altijd.'

Elja zag hoe Helmy's gezicht betrok en ze begreep opeens beter waarom haar moeder zo zelden met haar vader meeging naar de boerderij. En mama was beslist gesteld op oom Ab. Zo'n goedige man. Eigenlijk veel te lief voor een vrouw als tante Trudie.

'Ik zal die foto's wel naar de moeder van Vincent brengen. Daar hoeft u niet voor te fietsen, hoor,' zei Helmy.

Tante Trudie schudde haar hoofd. Ze herinnerde zich vaag dat Vincent een hele tijd geleden met Elja naar een trouwerij was geweest. Dat was dan zeker een andere geweest dan die waar hij met dat kind hier naartoe was gegaan.

Elja en Vincent, daar zag ze wel wat in. Ze moest Vincent maar eens op de voordelen wijzen als hij met haar iets begon. Over Elja's gevoel maakte ze zich geen zorgen. Er was geen meisje dat niet voor Vincent viel.

Die neef van haar moest eens aan zijn toekomst gaan denken. Hij zou de boerderij van zijn moeder niet over kunnen nemen omdat zijn oudste broer dat al deed. Een beetje een dictator was die man en de jongste schikte zich wel naar zijn oudste broer, maar Vincent zou met hem botsen. En dat voor iemand die vol zat met plannen. Hij zou op hun bedrijf goed aarden, maar de helft van hun boerderij was van Elja's vader, jammer genoeg.

Als Ab beter voor zichzelf had gezorgd, was het bedrijf allang van hen alleen geweest. Maar wie weet.

'Hoeft niet. Mijn zus komt hier volgende week. Maar als jij een boodschap voor Vincent hebt, geef ik die wel door, Elja. Willen jullie een boterham of hebben jullie al gegeten?' Ze keek alleen naar Elja, die nee schudde.

Helmy was verbaasd en gekwetst. Ze was er niet aan gewend om over het hoofd gezien te worden.

'Als u aan uw zuster doorgeeft dat Helmy een paar foto's voor hem heeft, zou ik dat prettig vinden. Dan weet hij het verder wel,' zei ze met een innemende glimlach.

Tante Trudie knikte. 'Doe ik. Geen boterham dus?'

'Nee,' antwoordden ze tegelijk.

'Die tante van je...' zei Helmy kribbig toen ze terugfietsten.

'Ja, die tante van mij,' beaamde Elja.

Helmy trapte stevig door. Ze was blij dat ze nog rubberen banden had. Die houten banden fietsten zo zwaar. Ze zagen de toren van de Sint-Laurentiuskerk van Oudorp al toen ze zei: 'We zitten allebei voorlopig zonder vriend. Allebei bijna met de noorderzon vertrokken.'

Elja dacht na. Noorderzon was overdreven. Maar ze waren inderdaad allebei uit zicht.

'Ach, het is oorlog. Er zijn zo veel jongens die verdwijnen,' besloot Helmy wat treurig.

'Kom op,' probeerde Elja haar op te monteren, maar ze wist verder niet wat ze eraan toe moest voegen en ze zweeg tot ze de Kerkbrug over waren.

10

Elja moest met tussenpozen van enkele maanden nog een paar keer naar Amsterdam om iets weg te brengen. Voor een tweede keer moest ze een piloot wegbrengen en dat deed ze weer met kloppend hart. Ze schaamde zich ervoor dat ze bang was, maar: 'Het is alleen maar dom om niet bang te zijn', was de lijfspreuk van tante Flora en dat troostte haar, want soms was ze misselijk van angst. De verhalen over wat Duitsers deden met mannen en vrouwen die ze arresteerden, waren angstaanjagend, en al hield ze zichzelf voor dat mensen vast overdreven, als ze er de helft af deed was het nog erg genoeg.

In plaats van Evert had er iemand contact met haar opgenomen die zich voorstelde als Kees. Hij was een wat oudere man met de helblauwe toegeknepen ogen van een zeeman die naar de einder tuurt. Hij boezemde haar vertrouwen in, zodat ze op pad ging als hij het vroeg. Vreemd genoeg was haar angst over zodra ze de trein in stapte, en ze liep in Amsterdam onbekommerd over straat. Hordes WA'ers of NSB'ers wekten eerder haar minachting dan angst op.

Af en toe kreeg ze van de mensen in de Raadhuisstraat een paar kranten en een pakketje dat ze naar adressen in Alkmaar en Hoorn moest brengen. Ze was in de trein nog nooit aangehouden. Waarschijnlijk lag dat aan het tijdstip waarop ze reisde: altijd in de treinen waarin mensen naar hun werk gingen. Het hangen en staan nam ze graag voor lief.

Haar reisjes naar Amsterdam wekten de wrevel van Helmy op, maar die durfde dat de tantes niet te laten merken en Elja negeerde haar boze buien, die ook vlug weer over waren.

Helmy had af en toe een vriendje, maar het waren kortstondige vriendschappen.

'Ach,' zei ze als ze weer een eind maakte aan de verkering. 'Ik wacht wel tot er iemand als Vincent op komt dagen. Hij moet in ieder geval niet op Adrie van Lia lijken. Dan ga ik dood van verveling. Die arme Lia. De hele dag bij die oma van Adrie in huis en ze kan bijna niet weg door de baby, hoe schattig ze ook is, en dan maar wachten tot Adrie 's avonds thuiskomt.'

Elja hoorde het met een beetje zorg aan. Of iemand als Vincent zo ideaal was, betwijfelde ze, maar ze gaf geen commentaar. Dat hielp toch niet.

'Ogen openhouden dan maar tot de prins op het witte paard langs galoppeert,' zei ze.

Helmy keek haar hoofdschuddend aan. 'El, je mag zelf ook weleens rondkijken. Je bent zo weer een jaar ouder,' zei ze. 'Die stomme oorlog ook. Het lijkt wel of ik op het moment in de winkel hiernaast alleen maar Duitsers zie die een foto willen laten maken. Iedere Hollandse man heeft al een pasfoto, lijkt het wel. En hier in de zaak komen alleen maar vrouwen.'

Elja schoot in de lach. 'Tja, hier komt zelden een man die een lap stof wil kopen. Het is armoe,' leefde ze mee.

Helmy gooide een couponnetje naar haar toe en ging verder met het ordenen.

Elja had de coupon handig opgevangen. Gekke meid was Helmy toch. Als dat het ergste was? Er gebeurde zo veel op het moment.

Haar vrolijke stemming zakte weg. Allerlei nieuwe verordeningen maakten het leven zwaarder.

Wat het nieuwe jaar zou brengen? Af en toe hield ze haar hart vast. En als zij al zo beducht was, hoe zou het dan zijn bij anderen die veel meer reden hadden om bang te zijn?

Ze kreeg haar gelijk toen het jaar een paar maanden oud was: de Joodse burgers moesten Alkmaar verlaten. Ze mochten twee koffers per persoon meenemen en hun huizen werden verzegeld.

'Verzegeld, voor wie?' zei Elja's vader schamper toen hij het nieuws hoorde. Er doken wel een paar Joodse burgers onder, maar het was maar zo'n handjevol.

Het stormde en sneeuwde op de dag dat de Joden vertrokken.

Tante Aline stond voor het raam van het fotoatelier. Ze veegde met de zijkant van haar hand de tranen weg die over haar wangen gleden bij het zien van de kleine uittocht. Elja stond naast haar en keek met mistige ogen hoe de Joodse mensen over de besneeuwde straat liepen.

Tante Aline rechtte haar rug en trok haar jas aan. 'Ze moeten weg met of de trein van kwart over twaalf of die van kwart over twee. Iemand moet hen toch uitgeleide doen. Floor, let jij op de winkel?'

Tante Flora knikte woordeloos en ook Elja pakte haar jas. 'Helmy is in de zaak. Kom.'

Ze liepen over de Bergerbrug en zagen hoe politiemannen de mannen, vrouwen en kinderen naar het station dirigeerden. Ze mochten maar twee tassen per persoon meenemen. De rest moest achtergelaten worden.

Het was beklemmend stil op straat.

Elja en tante Aline schaamden zich diep toen ze over het Scharlo naar het station liepen. Dat dit gebeurde in hun stad.

Op het station stonden de vrouw van de burgemeester en haar buurvrouw al in een stil protest. Het deed de Joodse stadsgenoten goed. Er gaven toch nog mensen om hen.

De stem van rabbijn De Wolff doorbrak de stilte: 'De straf vanuit de hemel voor deze gebeurtenissen kan niet uitblijven.' Hij sprak met het gezag van een rechtvaardige.

Elja hoopte vurig dat hij gelijk zou krijgen.

In volledig stilzwijgen keerden Elja en tante Aline naar huis terug. Elja had een dikke keel van aandoening. Ze wist dat ze dit beeld nooit zou vergeten. Die trein in de sneeuw, de moeders die hun kinderen tegen zich aan klemden. De treurnis die als een dikke deken over het station lag. Wat erg.

Ze regelde haar stappen naar die van tante Aline, die in tegenstelling tot haar gewoonlijk stevige tempo bijna slenterde, en stak haar hand onder de arm van haar tante.

Ze liepen om de Grote Kerk heen en passeerden het oude stadhuis waar de vlag met het hakenkruis wapperde.

Tante Aline keek omhoog naar het torentje. 'Ik ben te aangeslagen om woedend te zijn,' zei ze. 'Wat een zegen dat de Mendelsen op tijd zijn vertrokken en dat ze niet naar me hebben geluisterd toen ik zei dat het vast geen oorlog zou worden. Ik zal er vanavond de Heer maar extra voor danken.'

Tante Flora was wel kwaad. 'Het schorem,' zei ze hartgrondig toen Aline en Elja summier verslag deden. En dat voor tante Flora die altijd zo mild was. Vreemd dat mensen soms anders reageerden dan je zou denken. Tante Flora die woedend was en tante Aline gelaten.

Elja ging weer terug naar haar eigen winkel waar Helmy aan het werk was. Het was aangenaam warm in de zaak en Elja kwam weer wat bij. Het staan op het station had haar verkild tot op het bot.

'Ellendig hè?' Helmy had gehoord dat mensen die al heel hun leven in Alkmaar hadden gewoond, nu in een Joodse wijk in Amsterdam werden geplaatst.

Elja knikte alleen maar. Wat moest ze erverder over zeggen?

Gelukkig dat de piloten goed weggekomen waren. Ze zou alleen willen weten of ze ook terug in Engeland gekomen waren. Dat ze in ieder geval iets had kunnen doen, gaf haar een wat beter gevoel. Ze wond ondertussen een eindje band op om een spoel en keek mistroostig door het etalageraam naar buiten waar weinig mensen liepen. Het was inmiddels gestopt met sneeuwen en de witte donzen laag op straat veranderde binnen een paar uur in een grauwe brei.

Een dag vol kwaad, dacht ze toen ze naar huis liep.

De verdwijning van de Joodse stadsgenoten raakte bij de meeste Alkmaarders geleidelijk aan op de achtergrond. Er volgden weer andere verordeningen die de gemoederen bezighielden. In juni werd aangekondigd dat het koper, nikkel en tin ingeleverd moest worden.

En tante Aline begroef de koperen kandelaren en de tinnen suikerpotjes in de tuin.

Een maand later was het weer raak. Helmy kwam de winkel binnen en vroeg, grote ogen opzettend: 'Weet je al dat we onze fietsen in moeten leveren? Het stond in de krant en op de aanplakbiljetten. Dieven dat ze er zijn. Nou, ik heb een oud barrel klaarstaan. Het spatbord hangt met een touwtje aan het zadel en je kunt hem al vanuit de verte horen aankomen, zo piept en kraakt dat ding. Gelukkig dat we hem niet weggegooid hebben toen hij kaduuk ging. 't Was leuk voor de jongens om aan te sleutelen en ze hebben nu zo veel ervaring dat ze de ketting van mijn eigen fiets hebben kunnen repareren. Niet dat ik er op het moment op rijd. Dan ben ik hem kwijt ook, maar straks. Ik hoop dat we nog wat banden op de kop kunnen tikken, want dat is ook een ellende.'

En daarom kon Elja flauwtjes grinniken.

Dat de fietsen werden gevorderd, wekte naast enorme wrevel ook de lachlust van de West-Friezen op. 'Ze willen zeker de Noordzee dempen en dan op de fiets naar Engeland toeren,' spotte een vrouw die met een hengselmand aan haar arm een paar maanden later de winkel binnenstapte.

'Ik wens hun veel succes met mijn oude knol! Als je tien minuten op dat ding zit, heb je de blaren op je billen. Ik had er al jaren niet meer op gefietst, maar mijn man zei dat weggooien altijd nog kon. Nou hebben we er gemak van. De moffen doen hun best er maar op.'

Ze keek tevreden rond toen er een hartelijk gelach volgde en haalde de textielbonnen uit haar portemonnee. 'Flanel voor pyjama's, want we krijgen vast weer een strenge winter en je kunt er maar beter op voorbereid zijn. En een paar grote klossen garen, en stopwol, want het lijkt wel of mijn kinderen de sokken niet dragen maar opeten, zulke gaten als erin zitten.'

De sfeer in de winkel knapte op van haar ongezouten commentaar.

Aan het eind van die middag, toen Elja de kas had opgemaakt en naar de tantes toe liep, zoals ze dat iedere dag deed, zei tante Flora bedachtzaam: 'Wie denk je dat er langskwam?'

Ze wachtte het antwoord niet af. 'Evert. Hij is weer teruggeplaatst.'

Elja's hart maakte een paar snelle slagen.

'Ach,' zei ze en ze probeerde onaangedaan te kijken.

'Hoe zag hij eruit?' wilde tante Aline weten.

'Goed. Rustig.'

'Evert? Hoezo rustig? Die is toch nooit druk?' merkte Elja

verwonderd op. Waarom tante Flora dat nu zei?

'Rustig zijn is iets anders dan weinig praten. Hij komt van de week nog terug.' Tante Flora was een wijze vrouw. Ze nam haar nichtje met heldere ogen op en glimlachte vaag.

Elja's hart klopte weer normaal. Bespottelijk om van slag te zijn voor een man met wie ze alleen maar een paar keer was wezen fietsen. En dat was de meeste keren omdat het zo handig was als ze meeging. Beeld je alsjeblieft niets in, Elja.

'Als Evert "van de week" zegt, kan het net zo goed over een maand worden,' zei ze nuchter.

Maar hij kwam de volgende dag tegen de avond al langs. Om kwart voor zes rinkelde de winkelbel en stapte hij naar binnen.

Elja was blij dat Helmy al naar huis was. Het leverde altijd gezanik op als zij erbij was.

Evert leunde met zijn ellebogen op de lange toonbank en keek haar lachend aan. 'Én?'

'Wat én?' Ze lachte terug.

'Hoe is het met je? Je reist nogal eens en ik hoor dat je voor geen kleintje vervaard bent.'

'Dan hoor je dat verkeerd, want ik ben van tevoren altijd doodsbenauwd.' Elja vond het beter daar maar eerlijk in te zijn, dan viel het tenminste niet tegen.

Hij kneep zijn ogen een beetje dicht en nam haar op. 'Alleen ezels zijn niet bang. Krijg ik geen hand van je?'

'Hé, dat zegt tante Flora ook!' Ze stak haar hand uit. Hij hield hem vast en streelde met een vinger over de bovenkant van haar hand. 'Elja...' En toen ongeduldig: 'Kom eens achter die toonbank vandaan!'

De winkelbel ging weer en tante Flora stapte binnen. Ze droeg een hoed met een brede rand en een getailleerd jasje, en keek verrast toen ze Evert gebogen bij de toonbank zag staan. 'Evert. Daar ben je al.' Met een blik op Elja vervolgde ze: 'Ach, ik stoor, neem me niet kwalijk.'

Evert stond al rechtovereind, maar tante Flora draaide zich om en deed weer een pas naar de deur. Alleen verscheen nu ook tante Aline, die haar zus voorbijliep en zich er niet van bewust was dat ze stoorde.

'Evert!'

Verontschuldigend keek tante Flora haar nichtje aan.

Elja wenste haar tantes een moment naar de Mookerhei.

Tante Aline was zichtbaar verheugd toen ze Evert zag. Ze kwam enthousiast op hem af en gaf hem een kus op zijn wang. 'Wat heerlijk om je weer te zien, jongen. Je ziet er goed uit.'

Ze bekeek hem van top tot teen en zei toen: 'Komen jullie allebei mee naar ons? Elja, er komt vast niemand meer. Wil je een foto van ons maken? Floor heeft zulke beeldige hoeden gemaakt, dat moeten we even vastleggen en dan kunnen we bijpraten met Evert.'

Tante Aline droeg ook een grote hoed. Haar lichtblauwe mantelpak was ook getailleerd, en had een uitstaand schootje dat haar een zwierige uitstraling gaf.

Evert keek gelaten naar Elja, die een zucht binnenhield, en hij werd meegetrokken door tante Aline. Tante Flora volgde.

Elja sloot af. De tantes waren schatten. Maar nu even niet.

De dames Van Henegouwen stonden al in de hoek waar de opnames gemaakt werden. Er hing een grote plaat van de Waag die vaak als achtergrond diende, maar die meestal verborgen was door het neutrale witte doek. Tante Aline had ook nog een parasol gepakt die ze half geopend naast zich hield.

'Geven jullie elkaar geen arm?' vroeg Evert die met zijn handen in zijn zakken toekeek.

Dat leverde hem een vernietigende blik van de tantes op.

'We maken geen reclame voor het bejaardenhuis, Evert,' zei tante Aline koel.

Evert lachte vermaakt. 'Ik heb jullie gemist,' zei hij. 'Jullie allemaal.'

'Wij jou ook. Eet een hapje mee en vertel ons dan wat je al die tijd hebt gedaan,' beval tante Aline.

'Alien,' waarschuwde tante Flora met een bijna onmerkbaar knikje naar Elja.

'Elja blijft ook, natuurlijk. Toch, Elja?' vroeg tante Aline. 'Evert, je weet waar ze woont, ga jij aan haar moeder vertellen dat ze hier blijft, dan maken wij het eten klaar.'

Elja keek haar verbluft aan. 'Eh...'

Evert fronste zijn wenkbrauwen en nam toen de uitnodiging aan. Hij salueerde, trok een mondhoek omhoog en zei: 'Ja kapitein.' Zijn ogen blonken en hij verdween met een ondoorgrondelijke blik naar Elja.

Tante Aline dook meteen de voorraadkast in. Ze was bijzonder ingenomen met het bezoek van Evert.

'Kunnen we wat lekkers op tafel zetten, Floor? Ik heb vanmorgen ruim kabeljauw gekocht. Uit de oven, met een mosterdsausje en gekookte aardappelen en wat sla. En ik heb nog een fles bessensap staan voor over de vanillepudding.'

Tante Flora schilde hoofdschuddend een paar aardappelen erbij. Aline was een schat, maar ze had beter Evert met Elja mee kunnen laten gaan. Af en toe had ze het idee dat Aline en Helmy veel van elkaar weg hadden. Ze sneed zorgvuldig een aardappel door. Ze bedoelden het altijd zo goed.

De tantes konden allebei uitstekend koken en de avond werd evengoed bijzonder gezellig. Evert vertelde over zijn baan in Friesland en dingen die hij meemaakte. De tantes en Elja lichtten hem in over de gebeurtenissen die in Alkmaar speelden, al begrepen ze best dat hij van de meeste zaken op de hoogte was.

Maar toen het tegen spertijd liep, kwam de vader van Elja langs om nog wat door te spreken. Evert verdween om halfnegen en fietste terug naar het huis van zijn ouders.

Spijtig keek Elja hem na en even verwenste ze haar tantes en haar vader. Het troostte haar dat Evert over een paar dagen weer zou komen. Hopelijk dan zonder stoorzenders.

Dat gepraat over zenders vond ze trouwens alarmerend. Was het soms de bedoeling dat Evert via de zender contact met Engeland zou onderhouden? De vorige man die radioberichten verzond, was gearresteerd. Ze huiverde. Dat was uitgelopen op een concentratiekamp. Ze wenste opeens dat Evert maar in Friesland was gebleven. Daar leek het minder gevaarlijk te zijn dan hier.

Of was het overal even erg? Nee, waarschijnlijk niet. Helmy had familie in Drenthe waar ze vrijwel geen Duitser zagen. En hier wemelde het ervan.

'Kom Elja, we moeten ook weg, anders zijn we te laat thuis.' Haar vader stond al klaar met haar jas en Elja ging mee. Als er geen maan scheen was het aardedonker in de stad. Nog steeds verdronken er mensen in de gracht, ondanks dat er afscheidingen waren gemaakt langs de walkant.

Er verliepen een paar dagen zonder dat Evert zich liet zien. De eerste dag keek Elja bij iedere winkelbel verwachtingsvol naar de deur, zodat Helmy haar verwonderd vroeg wat er aan de hand was. Maar na drie dagen ebde het weg.

Het was op dit moment uitgesproken rustig in beide zaken

en Elja piekerde af en toe wat ze Helmy moest laten doen. Het werkte niet goed als je met z'n tweeën op een klant afkwam.

Ze nam de stof op die ze die middag van boven had gehaald. Ragfijne mousseline. Als ze daar eens grote sjaals van maakten? Beeldige cadeaus voor het eind van het jaar. En dan afzetten met franje.

Ze zou het voorstellen. Maar eerst moest ze Helmy toch maar vertellen dat Evert weer in de stad was. Het stond zo raar als ze er later achter kwam dat Evert al een paar keer langs was gekomen en zij er niet over had gesproken.

'Weet je wie er terug is? Evert,' zei ze terwijl ze de mousseline afrolde.

Helmy's gezicht klaarde op. 'Wanneer? Leuk!'

De winkelbel onderbrak haar. Er kwam een jonge vrouw binnen. Ze droeg een kleine koffer in haar hand en klemde een handtas tegen zich aan.

Elja's geoefende ogen zagen dat de jas die de vrouw droeg van uitstekende kwaliteit was, evenals het leer van de koffer. De vrouw had donker haar en donkere ogen die zoekend rondkeken. Toen zei ze tegen Helmy: 'Bent u mevrouw Van Henegouwen?' Haar stem klonk hoog en wat onzeker.

Helmy schudde haar hoofd. 'Mevrouw Van Henegouwen woont hiernaast. Welke mevrouw Van Henegouwen moet u hebben?'

'Eh... dat weet ik niet,' zei het meisje en toen aarzelend: 'Bent u dan misschien de nicht van mevrouw Van Henegouwen?'

'Nee, dat is de juffrouw hier.' Helmy wees naar Elja. 'Maar zij heet niet Van Henegouwen, maar Van Lier. U moet in de winkel hiernaast zijn.'

'Ja,' zei de vrouw. Ze bleef staan en keek naar Elja.

'Kan ik u misschien helpen?' vroeg die.

Iets in de ogen van het meisje wekte haar medelijden op.

De vrouw keek van de een naar de ander. 'Ja... eh... Ik ben een nichtje van Ben...'

'Ben wie?' vroeg Helmy.

Elja keek verrast op en maakte een houd-je-mondgebaar naar Helmy.

'Ben Mendels,' zei het meisje zacht. 'Het is erg druk in de winkel hiernaast. Daar ben ik net geweest.'

'Ben Mendels? Nooit van gehoord, en is het hiernaast druk? Dat is dan zeker net,' zei Helmy. Ze liep naar de deur toe, opende die, keek door de ruit bij het fotoatelier naar binnen en kwam weer terug.

'Dat valt erg mee. Vier moffen. En volgens mij is dat luitenantje dat jou zo leuk vond er ook bij, El. Die zijn zo weg, mevrouw. U kunt het best daar naartoe gaan en wachten.'

Het fijnbesneden gezicht van het meisje verstrakte en er verscheen een radeloze blik in haar donkere ogen. Ze bukte zich en nam haar koffer weer op.

'Die Duitser is geen vriend van mij. Integendeel. En natuurlijk ken ik Ben Mendels. Heel goed zelfs,' zei Elja onmiddellijk en ze verwenste Helmy.

Een nichtje van Ben Mendels. Een Joods meisje dat in een winkel met Duitsers zou zitten wachten! Hoe kon je het bedenken. Maar dat kon Helmy natuurlijk niet weten, het was niet eerlijk van haar om haar dat te verwijten.

Ze zei zacht: 'Het lijkt me beter dat u hier wacht tot een van mijn tantes klaar is. Hebt u misschien zin in een kop thee? We kunnen ook naar boven gaan. Dan ziet u waar Ben met zijn gezin heeft gewoond.'

Bijna onhoorbaar fluisterde het meisje: 'Dat liever, ja.' Ze liet de handtas zakken en toen pas zagen Elja en Helmy de gele ster op haar jas die vanaf 3 mei verplicht was voor Joden. Elja hield even haar adem in en zei toen: 'Helmy, jij redt het wel? Dan houd ik... eh, hoe heet je?'

'Susanna,' bracht het meisje uit.

'Dan houd ik Susanna gezelschap. O, en je hoeft niemand te waarschuwen. Tante Flora komt straks wel langs als daar iedereen weg is,' zei Elja haastig.

'O ja.' Helmy's blik was van wat-moet-je-hier-nog veranderd in: ik begrijp alles. Ze liep naar de kleine zithoek aan het eind van de winkel.

'Thee boven?'

'Graag. Kom je mee?' Elja liep voor het nichtje van Ben de trap op naar de kleine zitkamer die uitkeek op het stadstuintje. 'Hier worden we niet gestoord. Hier komt nooit iemand.'

Susanna ging zitten in de lage fauteuil waar Esther Mendels jaren geleden graag had gezeten. Er hing nog steeds de geur van stoffen die hier opgeslagen waren geweest de afgelopen jaren.

Het meisje klemde haar handen om de leuning en keek Elja aan met een opgejaagde blik.

'Eh... Ik wist niet waar ik anders naartoe moest. De wijk

waarin ik woon, wordt ontruimd. We moeten allemaal naar de Joodse wijk, maar oom Mendels, de vader van Ben, zei dat ik moest zorgen ergens anders onderdak te vinden,' zei ze hortend. 'Hij wist dat de dames Van Henegouwen heel goed voor Ben en Esther waren geweest, en hij zei dat ik hun om raad moest vragen.'

'Dat is heel verstandig van je oom. We bedenken wel wat,' zei Elja bemoedigend en ze dacht koortsachtig na. Raad, dat betekende natuurlijk een schuiladres. Tante Aline was vindingrijk.

'Heb je een goede reis hiernaartoe gehad?' Ze zou maar wat oppervlakkig babbelen, dan verdween de spanning van het gezicht van Susanna misschien wat.

Susanna ging erop in, maar ze bleef wat angstig luisteren naar de geluiden die van beneden af doordrongen. De aanblik van de Duitsers in het fotoatelier had haar erg doen schrikken. Net alsof ze in het hol van de leeuw was beland.

Het duurde nog even voor Helmy naar boven kwam. Ze droeg een blad met kopjes en zette het neer. Ze had een kleur van plezier toen ze zei: 'Evert is er. Ik heb gezegd dat jij bezig bent en hem niet te woord kunt staan. Hij vond het geen punt, dus blijf rustig zitten, ik houd hem wel aan de praat en ik zorg voor de winkel.' Neuriënd verschoof ze een kopje en ze wilde de kamer weer verlaten.

Elja zuchtte van opluchting. Evert, juist nu. Precies wat ze nodig had.

'Vraag maar of hij bovenkomt, Helmy. Ik moet iets overleggen.'

'Maar je hebt hem al gesproken. Ik wilde net vragen hoe het nu in het oosten is op het moment.'

'Friesland. Hij was in Friesland,' zei Elja afwezig. Evert was veel beter op de hoogte van adressen waar Susanna naartoe zou kunnen dan tante Aline.

'Nee hoor, hij is ook in Drenthe geweest. We hadden het nog over dat dorp waar mijn familie woont. Dichtgeplakt met kranten en geen Duitser te zien.'

'Vraag nu maar of hij bovenkomt.' Elja wist dat ze niets van haar ongeduld moest laten merken. Dat werkte averechts.

Helmy schoof haar onderlip naar voren en keek verongelijkt. 'Goed dan. Als je dat wilt...'

Vijf minuten later was Evert boven.

Hij wierp een vlugge blik van Elja naar de jonge vrouw en stelde zich toen voor aan Susanna, die zich tegen de rugleuning van haar stoel had gedrukt. Ze keek naar hem op en net als eerder bij Elja, trof hem de hulpeloosheid in haar ogen.

'Susanna heeft een oproep gekregen en nu zoekt ze onderdak. Ze is een nichtje van Ben Mendels, van wie wij de zaak hebben overgenomen, en haar oom heeft haar hiernaartoe gestuurd,' legde Elja summier uit omdat Susanna zelf geen woord uitbracht.

Evert pakte ook een stoel en begon rustig te praten. Hij stelde een paar vragen en tijdens dat gesprek kalmeerde Susanna wat. De angsttrek op haar gezicht verdween, maar kwam weer terug toen ze vertelde hoeveel bekenden al in de wijk in Amsterdam op elkaar gepakt zaten.

'Het is een getto, net als in Polen en Duitsland.'

Evert zuchtte.

'Zal ik eens kijken of tante Aline al klaar is?' vroeg Elja aan Evert.

'Doe maar,' zei Evert. 'Ik wil er liever niet naar binnen. Te vol.'

Evert was dus al langs de winkel gelopen en had de Duitsers gezien. En de luitenant aan wie hij zo'n bloedhekel had, was daar ook bij. Evert keek even naar Elja's blonde haar en blauwe ogen. Wat die kerel hier zo vaak deed kon hij wel raden. Hij werd er razend om.

'Ik ben zo terug,' zei Elja en ze liep zacht de trap af.

Helmy stond achter de toonbank en hielp een dame aan een katoentje. Ze had nog steeds een pruillip, zag Elja. Dat ging wel weer over.

Ze wuifde naar haar. 'Ik ben even naar hiernaast!'

Helmy knikte stuurs.

Elja liep naar de tuin, opende de tussendeur die in de tuinmuur was gemaakt en stapte het huis van haar tantes in. Zo kon ze onopgemerkt een blik in het fotoatelier werpen. Wat een zegen dat ze die tussendeur hadden laten maken, dacht ze vluchtig toen ze de keuken van de tantes binnenliep. Je wist van tevoren nooit precies waar het goed voor was, maar toch...

Voorzichtig stak ze haar hoofd om de hoek en ze keek de winkel in. De Duitsers waren er nog. Ze trok haar hoofd snel terug, maar de luitenant van wie Evert zo'n afkeer had, zag haar. Geen ontkomen aan, wist ze, en ze liep naar binnen.

11

Tante Aline had net de laatste foto gemaakt. Vier mannen stonden verspreid door de winkel, drie van hen bekeken de fotogalerij aan de wand. De luitenant stond bij de kassa en terwijl tante Aline een bon uitschreef, deed hij een paar passen in Elja's richting.

'Herr Krüger is kapitein geworden en hij wil een foto met de strepen op zijn uniform aan zijn familie sturen. Leuk voor trotse ouders en misschien ook voor uw vrouw?' zei tante Aline vlug en ze wapperde met een papier. 'Kapitein! Volgende week dinsdag klaar.'

'Geen vrouw!' zei hij.

'Nou, wie weet, als u verlof krijgt! Een aardige Duitse vrouw kan niet moeilijk te vinden zijn. Zeker niet in dit uniform.' Tante Alines toon was wat Elja noemde: vals vriendelijk.

'Ik heb een tijd verlof gehad en ik ben ergens anders geweest, maar ik ben weer terug.'

Hij keek intussen naar Elja, die bij de fotocamera's was blijven staan.

'Hoe gaat het met uw verloofde? Is hij al in ons land aan het werk?'

'Nee, hij heeft een ausweis,' antwoordde tante Aline vlug in plaats van Elja.

'Werkelijk?' Hij had geen oog van Elja af. 'Ik meende ook al dat ik hem net zag.'

'Waarom vroeg u dan of hij in Duitsland aan het werk was?' vroeg tante Aline verwonderd.

'Ach.' Hij haalde zijn schouders op, knikte nog eens naar Elja en de vier verlieten de winkel.

'Gevaarlijke man,' zei tante Aline tegen haar zuster en haar nichtje toen ze de ruggen in uniform nakeek. 'Een heel gevaarlijke man. Evert is dus bij jullie. Wat is er, Elja?'

'Dit!' Elja legde kort uit wat er aan de hand was en tante Aline keek haar zuster aan.

Flora keek op haar horloge. 'Ga maar.'

Tante Aline streek over haar heupen en wandelde naar de

deur. 'Flora, mevrouw Smit is nog niet weg, vraag eens aan haar of ze aardappelen wil schillen en de groente voor vanavond klaar wil zetten. Ik denk dat we extra eters hebben.'

'Het lijkt me toe dat ze ook maar een bed op moet maken,' antwoordde haar zuster droog.

Zo vlug zou er geen onderduikadres zijn voor het nichtje van Ben Mendels.

Tante Aline stevende meteen door naar boven. Er was in de winkel een klant die Elja herkende als NSB-gezind, en Helmy hielp mevrouw De Vries met een landerig gezicht.

Elja bleef staan. Niet ook naar boven gaan, dat viel te veel op. De vrouw keek toch al naar de deur waardoor tante Aline was verdwenen.

De hoop dat ze het niet op zou merken was vergeefs, want de vrouw zei nieuwsgierig: 'Ik wist eigenlijk niet dat hierboven ook nog een verdieping was. Is die ook van jullie?'

'Ja, dat is opslagruimte. Die is niet als woonhuis te gebruiken,' zei Elja.

Wat er in Helmy voer, was ook haarzelf vast een raadsel, maar ze zei vrolijk: 'Gunst El, dat zeg je nu, maar zou die verdieping niet iets voor mijn zusje Lia en haar man en dochtertje zijn? Adrie is zo handig, die maakt het wel weer bewoonbaar en het zou voor Lia fijn zijn als ze niet meer in hoefden te wonen. Die oma van Adrie wordt nogal lastig en dat is ze helemaal zat.'

'Nee, dat is niets voor een gezin.' Elja keek haar aan met een waarschuwende blik.

'Adrie is zo handig,' hield Helmy vol.

'Er is op het moment niet goed aan woonruimte te komen. Bergen aan Zee wordt ontruimd en een paar dorpen verderop aan de kust ook,' viel mevrouw De Vries Helmy bij en ze keek van de een naar de ander. Er hing wrevel in de lucht en daar had ze een neus voor. 'Het is je burgermansplicht om een ander bij te staan en als iemand niets heeft, is hij al blij als hij een dak boven zijn hoofd heeft. Dat hebben we te danken aan die bombardementen van de Engelsen. Als die er eens mee stopten, hoefden er geen bunkers gebouwd te worden en kon iedereen weer terug naar zijn huis.' Ze knikte bijna bij ieder woord dat ze uitbracht.

Die was nog niet teruggekomen van haar sympathie voor de

Duitsers, merkte Elja. Hoe dom kon je zijn.

'We zullen het er later weleens over hebben,' zei ze flauwtjes en ze verwenste Helmy.

Die hoorde aan Elja's stem dat ze er maar beter niet op door kon gaan.

'Nou, dat is dan afgesproken. Kijk eens, mevrouw, wat vindt u van deze stof?' Ze wikkelde een rol stof af.

Elja durfde niet naar boven te gaan en bleef in de buurt van de klant tot die klaar was met inkopen.

'Wat haalde jij daarnet nu in je hoofd?' zei ze strak tegen Helmy toen mevrouw De Vries de deur uit was. 'Een huis voor Lia! Die etage.'

'Nou ja, het is toch zo? Er staan hierboven drie kamers en een keukentje leeg en Lia zit in een veredeld kippenhok bij de opoe van haar man,' verdedigde Helmy zich.

Elja keek haar vernietigend aan. 'Handig bezig, hoor. Je weet best dat we hier geen gezin boven kunnen laten wonen. Dat kan wel als het je eigen winkel is, maar niet met de zaak van iemand anders,' zei ze en ze realiseerde zich ook meteen dat het onmogelijk was om Susanna hier te laten blijven. Met iemand beneden die er in een boze bui van alles uit zou kramen, was het te riskant.

Op dit moment had ze er spijt van dat ze Helmy ooit in de winkel had gehaald.

Helmy haalde nukkig haar schouders op. 'Dat vind jij!'

'Ja, dat vind ik. En toevallig is dit ónze winkel,' zei Elja scherp.

'Ik ga het toch aan je tantes voorstellen,' volhardde Helmy. 'Er is best een mouw aan te passen. Ergens een deur maken zodat ze een eigen ingang hebben.'

'Ja, en misschien kan Lia dan jouw baan overnemen, want het is de laatste tijd erg rustig en ik denk dat zij voor een paar uurtjes per dag er best tijd voor kan vrijmaken. Dan brengt ze haar dochtertje bij jou thuis, want je moeder past toch graag op en jij bent er om alles op te vangen. Iedereen blij!' zei Elja vinnig.

Helmy snakte naar adem en wist even niet wat ze moest antwoorden. Haar bruine ogen werden groter en haar lippen vormden een O.

Elja zag het met onheilig plezier. 'Kom, ik ga naar boven,' besloot ze. 'En misschien wil je de volgende klanten helpen zonder dat je er van alles uit gooit?'

Het leek opeens op een ruzie tussen de schoolmeisjes die ze waren geweest, alleen was Elja toen minder weerbaar geweest. Als er niet zo veel op het spel stond, was het nog wel grappig ook. Nu was het alleen gevaarlijk.

Helmy was nog steeds sprakeloos. Ze begon de stoffen die uitgerold waren, weer op te wikkelen. Zij eruit en Lia in haar plaats in de stoffenzaak? Ze moest er niet aan denken. Toch maar even wachten met dat voorstel.

Boven hadden Evert en tante Aline geluisterd naar het relaas van Susanna. Susanna huilde niet, maar op de een of andere manier was dat stille gezicht treuriger dan wanneer ze had zitten snikken. Ze wisten natuurlijk wel hoe benard de positie van de Joodse burgers was geworden, maar om het te horen van iemand die dat aan den lijve had meegemaakt, was anders.

'Om te beginnen halen we die rare ster van je jas.' Tante Aline pakte een tornmesje uit een laatje en verwijderde met energieke halen de ster van de jas.

Susanna maakte een schrikbeweging. Joden die opgepakt werden zonder ster, zouden zwaar gestraft worden.

'Je wordt niet meegenomen. Daar zorgen wij wel voor.' Tante Aline keek keurend naar Susanna en knikte. 'Zo kun je gewoon over straat. Elja, blijf jij bij Susanna? Dan gaan Evert en ik bekijken wat we kunnen regelen.'

Het leek haar verstandig om dat niet te doen waar het meisje bij was. Ze keek rond. Er was hier ruimte genoeg. Zou dit niet wat voor haar zijn? Misschien kon ze dat voorstellen, al was ze er niet zeker van of het de beste oplossing zou zijn.

'Kom je, Evert?'

Ze liepen naar beneden, groetten in het voorbijgaan Helmy en keerden terug naar de fotozaak, waar op dat moment niemand was.

'Mevrouw Smit is weg. Alles is in orde,' deelde tante Flora mee. Het was goed dat mevrouw Smit te vertrouwen was, want die zag nogal eens dingen die de dames Van Henegouwen niet graag over straat zouden zien rollen.

Tante Aline knikte. Daar was ze van uitgegaan.

'Kom, denk eens mee, Floor!'

Tante Flora dacht mee. Het balletje dat haar zuster opwierp om Susanna boven de stoffenzaak te installeren, verwierp ze met de korte verklaring dat dat te riskant was met Helmy een verdieping lager die soms onthutsend loslippig kon zijn.

'Ab!' zei ze. 'Die zwager van Jeanet. Hun boerderij ligt afgelegen en je kunt iedereen vanuit de verte aan zien komen. Met een goede schuilplaats voor noodgevallen moet Susanna daar veilig zijn.'

Tante Aline dacht na. Ab was doodgoed, maar Trudie?

'Die vrouw van Ab is nu niet direct een zonnestraaltje,' zei ze zorgelijk. 'En dit kind heeft echt een beetje warmte nodig.'

Flora zoog haar wangen naar binnen. Daar zat wel iets in. Aan de andere kant: Jeanet had het erover gehad dat haar schoonzuster wel wat vrouwelijke aanspraak zou kunnen gebruiken. Ze hadden daar al een onderduiker en met de knechten die haar zwager in dienst had, was het wel een echte mannengemeenschap. Dan miste je wat als vrouw.

'We moesten Dirk maar laten vragen of er een plaats voor Susanna is. Voorlopig blijft ze hier,' besloot tante Aline.

Flora was het ermee eens dat Elja's vader de aangewezen persoon was om dat in orde te maken. Alleen zou Trudie weleens om bonkaarten voor haar onderduikster kunnen vragen. Geen suiker, geen huishoudelijke artikelen, geen zeep, daar kon ze over zeuren tot je er dol van werd, had Jeanet eens gezegd.

'Het wordt hoe langer hoe benauwder met de bonkaarten,' zei ze hardop.

Evert keek verward, maar haar zuster begreep de opmerking meteen.

'Dat wordt noodzakelijk om mensen aan onderdak te helpen. Voor andere onderduikers ook. Er komt hoe langer hoe meer gebrek aan,' stemde ze in.

Tante Flora vroeg vriendelijk: 'Is er geen mogelijkheid om aan die bonkaarten te komen, Evert? Niet alleen voor Susanna, maar ook voor anderen?' Ze keek hem hoopvol aan.

Hij knikte. Het verband was hem inmiddels duidelijk. Op de boerderijen ging het nog wel, maar voor onderduikers in de steden, of voor degenen die geen relaties hadden op het platteland, werd de situatie nijpend.

Aline besloot dat ze die avond meteen naar Elja's ouders toe zou gaan om alles door te spreken. Dirk had gelukkig aardig wat in de melk te brokkelen op die boerderij. Niet dat dat iets oploste als mensen er niet voor voelden om een Joodse onderduiker op te nemen, maar in dit geval zou het helpen.

Maar eerst zouden ze dat arme kind op haar gemak moeten stellen. Die was op van de zenuwen en van verdriet. Ach...

'We moeten ons lijstje van mensen voor wie we bidden maar weer uitbreiden, Floor,' zei ze.

Evert keek haar verrast aan. Tante Flora ving zijn blik.

'Ja, wij hebben een lijst van mensen voor wie we bidden. De Heer weet alles, maar het kan geen kwaad om sommige mensen extra bij Hem aan te bevelen.'

Het klonk vreemd in de oren van Evert, die gewend was dat mensen over God spraken op een toon die totaal verschilde van hun gewone taalgebruik. Niet dat tante Flora's opmerking oneerbiedig was, maar het leek nu meer dat het over iemand ging die ze dagelijks ontmoetten. Eerbiedig, maar zakelijk, besloot hij.

Even na zessen kwam Elja met Susanna ook naar de tantes. Susanna was weggedoezeld nadat ze de thee ophad, en Elja had gezien hoe donker de kringen onder haar ogen waren. Die had waarschijnlijk nachtenlang niet geslapen.

Toen ze Helmy, die wat langer was gebleven zodat zij boven kon blijven, had uitgelaten, maakte ze het nichtje van Ben weer wakker. Ze legde zacht haar hand op een schouder.

Met een schok ging Susanna rechtop zitten en ze keek met angstige ogen naar Elja op.

'Niet schrikken. Alles is goed. We gaan naar hiernaast. Even een hapje eten en eens horen wat Evert en de tantes hebben bedacht. Weet je dat de kinderen van Ben en Esther dol waren op de tantes?'

Elja's lichte toon stelde Susanna gerust.

'Er is hier een kleine badkamer. Als je je even op wilt frissen? Er ligt al een handdoek en zo klaar naast de wasbak.' Elja deed de deur open en wees naar de toilettafel waar een klein stukje zeep en een potje crème stonden. Dat had Esther toch niet kunnen bedenken, dat een lid uit hun eigen familie hier gebruik van zou maken. Of wel?

Esther had wel een vooruitziende blik gehad: zeep was ook bijna niet meer te krijgen. Dat ze nog wat hadden dankzij haar, was iets waar ze blij mee mochten zijn. Hoewel ze zuinig waren op de koffie, de thee en de zeep die Esther had opgeslagen, hadden vooral de koffie en de thee een paar feestdagen luister bijgezet. Andere levensmiddelen waren gelukkig nog wel goed te krijgen.

Bij de tantes kwam hun een geur van gebraden vlees tegemoet.

Dat was ze vergeten te vragen. At Susanna wel alles? Elja keek opzij. Nou ja, dat kwam wel. Er waren vast genoeg ook andere dingen.

Tante Flora had er wel aan gedacht. Ze had nog bonnen en mevrouw Smit had rundvlees gehaald dat ze in kleine stukjes had gesneden. Dat was tenminste vlug klaar. En er waren peultjes met een kaassausje. Tante Flora had een grote schort voorgebonden, want, zei ze: 'Iedere vetspat gaat op zoek naar mijn bloesjes. En ze vinden ze ook!'

Ze ging naar Susanna toe en zei warm: 'Een nichtje van Ben Mendels. Welkom. We hopen dat je het hier ook een beetje goed zult hebben.'

De hartelijke toon bracht de tranen omhoog. Susanna slikte, slikte nog eens, en ze veegde langs haar wang.

Tante Flora nam haar jas aan en bracht haar naar de gedekte tafel. Ze had nooit kinderen gehad, maar er was zoiets moederlijks in haar gebaren, dat Elja bijna voelde hoe goed dit Susanna deed.

Evert zat in een lage stoel en leunde achterover. Wat een idioot verschil. De een werd opgejaagd doordat ze ouders had van Joodse afkomst. De ander was veilig zolang ze zich maar aan de regeltjes van een vijand hield.

Hij dacht aan de man die hij vanmiddag in de winkel van de dames Van Henegouwen had gezien. Van tante Aline had hij gehoord dat luitenant Krüger was bevorderd tot kapitein. Het verbaasde hem niet.

Gelukkig raakte hij de beelden van het begin van de oorlog een beetje kwijt, maar als hij die vent zag, was hij weer net zo radeloos en verbitterd als toen.

Hij zuchtte en keek naar Elja. Hij zou met haar moeten praten. Voor zijn eigen gemoedsrust, want anders voelde hij zich niet eerlijk. Ze moest weten met wie ze te maken had.

Maar eerst moesten ze die Susanna op een veilige plaats zien te krijgen.

Hij ging naast haar zitten en vroeg: 'Hoe ging de treinreis? Kon je hier nog komen zonder lastiggevallen te worden?'

Susanna vertelde, en terwijl zij met Evert sprak, kreeg Elja de kans haar tantes in te lichten over Helmy's gedrag.

'En weet je, Lia is een aardige meid,' peinsde ze.

'Je bedoelt dat Helmy niet aardig is,' concludeerde tante Flora pienter.

'Nee, dat is het niet. Maar die is zo ontzettend bedacht op haar eigen voordeel. Zodra ik zei dat het misschien dan handig zou zijn dat Lia hier aan de slag ging, was dat hele woninggedoe voor haar zus van de baan.'

Tante Flora knikte. 'Typerend... Helmy zou dodelijk beledigd zijn als je het zei, maar dat kind lijkt erg op haar moeder. Andere verpakking, zelfde inhoud.'

Toen ze Elja's verbaasde blik zag, schoot ze in de lach en ze zei monter: 'We kunnen aan tafel.'

Tijdens de maaltijd spraken ze niet over problemen. Elja vertelde een paar grappige voorvallen die ze had meegemaakt in de winkel, en tante Aline en tante Flora over hun zaak.

De gespannen trek verdween van Susanna's gezicht en ze moest zelfs even lachen.

'We hebben voorlopig hier een kamer voor je klaargemaakt, Susan. We moeten nog kijken waar we een permanent onderdak voor je kunnen regelen,' zei tante Aline.

'Je moet maar niet al te lang opblijven,' voegde tante Flora eraan toe. 'Je ziet er zo moe uit.'

Susanna knikte dankbaar en gaapte achter haar hand. Ze was inderdaad doodmoe.

Tante Aline liep wat later met Elja mee naar Elja's ouders. Evert stapte op de fiets en reed naar het dorp waar zijn vader en moeder woonden.

Spijtig keek Elja hem na. Hij was eigenlijk gekomen om met haar te praten. Het leek wel of het niet mocht.

'Wat zei u, tante?'

'Dat die jongen heel wat afstanden aflegt op die oude fiets van hem. Nog een geluk dat hij hem niet kwijt is geraakt. Eerst maar eens praten met je vader en moeder. Dirk moet er maar op af,' zei tante Aline en ze opende het tuinhekje.

De volgende dag ging Elja's vader 's avonds naar zijn broer en schoonzuster. De zon stond laag aan de hemel en kleurde de hemel rood. Wat hield hij toch veel van dit land, dacht hij terwijl hij zijn fiets tegen de achtergevel zette.

'Vollek!'

'Dirk. Ach, dat is leuk,' zei zijn broer verheugd. Zijn vrouw trok haar wenkbrauwen op.

'Ik kom maar eens even langs.' Dirk stapte de keuken in, waar zijn broer en schoonzuster meestal zaten. Er stond een koffiepot op een brandend oliestel en hij rook de geur van petroleum, die hem deed denken aan de tijd dat hij hier nog woonde bij zijn ouders.

'Waarom denk ik nou dat je iets van ons wilt?' vroeg Trudie en de argwaan droop van haar af. 'Je hebt de boekhouding vorige week al gedaan.' De geblokte theedoek waarmee ze aan het afdrogen was, hing ze over haar schouder.

'Daar heb je helemaal gelijk in,' gaf haar zwager wat schuldbewust toe. 'Net zoals jullie nooit alleen voor de gezelligheid naar ons toe komen. Dat komt ook door de spertijd. Als je gegeten hebt, is het meestal te laat om nog op bezoek te gaan. Maar goed, ik heb inderdaad een vraag.'

Ab schoof een stoel naar hem toe. 'Ga zitten, broer, en vertel,' zei hij goedmoedig. Zijn brede, zongebruinde gezicht straalde zijn genegenheid voor zijn broer uit.

Elja's vader schetste de situatie waarin het Joodse meisje Susanna Mendels zich bevond.

Trudie was erbij gaan zitten en tekende met haar vinger kringen op het gebloemde tafelzeil.

'Waarom nemen je schoonzusters dat meisje zelf niet op? Zij hebben toch te maken gehad met die man van de stoffenzaak?' vroeg ze. Ze vond dat de zusters Van Henegouwen zich er wel makkelijk van afmaakten. Aan anderen vragen of ze risico wilden lopen. 'Zij hebben ruimte genoeg, maar het is eenvoudiger om het aan een ander te vragen!' smaalde ze.

'Kom nou, Truud!' zei haar man ongemakkelijk.

'Nou ja, dat is toch zo?' Ze trok haar mondhoeken naar beneden.

Haar zwager zuchtte ingehouden. 'Er komen zo veel mensen daar over de vloer. Veel Duitsers ook. En in Elja's winkel ook. Je bent daar zo ontzettend afhankelijk van mensen die kunnen zwijgen en er niet zomaar iets uitflappen. En er zijn voor jou ook voordelen aan verbonden. Met zo veel mannen om je heen heb je vast weleens behoefte aan vrouwelijk gezelschap om een beetje te kletsen en zo.'

'Ik klets nooit en ik heb hulp van een vrouw uit het dorp voor het schoonmaakwerk!' zei ze strak. 'En dat ik er niet zomaar iets uitflap is dus een voordeel, als ik het goed begrijp.'

Ze oogde beledigd en haastig legde Dirk uit: 'Neenee, ik bedoel meer om gewoon gezellig te praten, want daar zijn wij, mannen, niet sterk in. En afdrogen en dat soort klussen. Koken misschien... Ik noem maar wat.'

Trudie hield haar hoofd schuin. Daar had Dirk wel een punt. Ze kwam er nooit meer aan toe om eens lekker door de stad te lopen zoals ze dat vroeger graag deed toen ze nog niet getrouwd was. Er moest eigenlijk altijd iemand zijn om voor de boel te zorgen. Het lukte Ab wel om koffie op te schenken als ze weg was, maar dan was het altijd een troep als ze weer thuiskwam. En koken, daar was ze inderdaad nooit gek op geweest. Maar iemand erbij...

Er viel haar nog iets in. 'We hebben eigenlijk geen kamer meer over. Mijn neef Vincent komt hier weer naartoe. Hij moet weg van de boerderij waar hij bedrijfsleider was, omdat de boer daar een paar neven op het bedrijf heeft gezet. Om niet naar Duitsland te hoeven, heeft hij een verklaring nodig dat hij onmisbaar is en die krijgt hij als hij hier werkt. Het is voor Ab ook prettig om hem erbij te hebben. Vin is erg handig! En we hebben al een onderduiker. Een student. Dus we dragen ons steentje al bij.'

Dirk moest niet denken dat zij niets overhadden voor een ander, maar Joden herbergen? Als je hoorde wat er kon gebeuren als dat ontdekt werd... Niet dat die kans hier groot was, maar toch.

'We hebben toch nog een kamer? Dat kleine kamertje?' Ab dacht aan de kamer die ze in het begin van hun trouwen voor kinderen bestemd hadden. Zo ontzettend jammer dat die niet waren gekomen. Trudie was erdoor veranderd. Hij dacht tenminste dat het daardoor kwam. Ze kon zo zuur zijn af en toe. Hij was er zich niet van bewust dat hij zuchtte.

'Maar daar staat mijn naaimachine en de strijkplank,' wierp Trudie tegen.

'Dan laat je die gewoon staan. Als het een beetje wil, is dat meisje handig met die dingen. Ze komt in ieder geval uit een familie die daar wel raad mee wist,' zei haar zwager.

Hij wist hoe graag Trudie vroeger, en ook nog toen ze net getrouwd was, vaak nieuwe kleren maakte en droeg. Dat het resultaat niet geweldig was in zijn ogen, was jammer, maar Jeanet zei dat dat kwam omdat ze een lastig model had.

Wat was het leven af en toe wrang. Waar was de Trudie gebleven die verlekkerd kon kijken naar etalages van stoffen en schoenen? Hij keek naar het vormeloze gebloemde schort dat ze over haar jurk droeg. Verdwenen in teleurstelling en werk.

Er viel een stilte. Dirk zweeg, Ab zweeg, Trudie zweeg. De Engelse pendule op de schoorsteen sloeg halfnegen.

Trudie opende haar mond. 'Het moet dan maar,' zei ze met tegenzin. 'Maar ze zal haar handen af en toe ook uit de mouwen moeten steken, net als de andere onderduiker. Iemand die alleen maar zit en de boel opeet, kunnen we niet gebruiken. En hoe zit het met de bonnen?'

'Bonnen? Wij hebben toch nergens gebrek aan?' vroeg haar man verbaasd.

'Jawel, maar suiker en zo... Met lappen moet Elja af en toe wat regelen, maar dat deed ze toch al,' gaf Trudie toe. 'Maar een beetje meer wol zou welkom zijn. Ik mag graag breien.'

Ze sloot haar mond.

'Die bonnen komen wel,' zei Dirk van Lier. Al was zijn schoonzuster niet het eerst aan de beurt omdat anderen er werkelijk om zaten te springen, er zou voor haar ook wel iets overschieten als ze die overval op het distributiekantoor uitgevoerd hadden.

Zijn gezicht betrok. De risico's waren groot, hoe goed ze ook planden. Ze waren van zo veel dingen afhankelijk.

Er viel een stilte. De koffiepot pruttelde. Trudie stond op en legde de theedoek, die ze nog altijd over haar schouder gedrapeerd had, over de rand van het rek.

'Neem niet te veel risico, Dirk. Niet voor ons,' zei Ab met klem en hij keek bezorgd naar zijn broer.

'Zal ik niet doen.' Dirk stond op.

'Wanneer komen jullie haar brengen?' vroeg zijn schoonzus.

'Is over twee dagen goed? Heb je dan tijd genoeg om dat kamertje in orde te maken?' stelde Dirk voor.

'We moeten ook wat ruimte maken in de schuilplaats waar ze naartoe moeten, zij en onze onderduiker, als het opeens nodig is. Dan kunnen ze natuurlijk niet in de boerderij blijven. Dat moet eerst klaar zijn. Maak er maar vier dagen van.'

Dirk knikte.

'Zeg maar dat ze welkom is,' zei Ab wat plechtig en hij stond ook op. Zijn gezicht was ernstig.

'Doe ik. Het meisje heeft het de laatste tijd zwaar gehad in Amsterdam.' Abs woorden deden Dirk goed.

'Nou ja, dit is voor niemand een leuke tijd,' zei Trudie.

De twee broers keken elkaar aan. Trudie had blijkbaar niet helemaal door hoe het op het moment toeging in de wereld. Laten zitten maar, want als ze daarop ingingen, kon ze weleens dwars worden.

Toen Dirk van Lier weg zou fietsen, riep zijn schoonzus hem na: 'Laat Elja haar wel af en toe opzoeken. Dat is plezierig voor onze onderduikster. En voor Elja is het leuk als ze Vincent weer eens ziet. Ze konden het goed met elkaar vinden.'

'Dat doet ze vast,' riep hij terug. Elja kon zich helemaal voorstellen wat het voor iemand van haar eigen leeftijd was om niet te kunnen gaan en staan waar je naartoe wilde.

12

Vier dagen later vertrok Susanna uit het huis van de zusters Van Henegouwen. Ze lieten haar met een bezwaard hart vertrekken.

'We hebben tenslotte kamers genoeg,' aarzelde Flora nog even toen Susanna op haar kamer de laatste dingen in haar koffer pakte.

Ze wist het antwoord dat komen zou al: er kwamen zoveel mensen over de vloer van wie er vaak een paar overnachtten, dat het onverantwoord zou zijn om Susanna in huis te houden.

Dat vanuit een van de kamers een zender bediend werd, schonk de zusters een voldaan plezier. Vlak onder de ogen van de Duitsers. En dat er regelmatig een andere plaats voor de zender werd gezocht, was vanzelfsprekend.

Evert was toch wel van alle markten thuis. Hij wist altijd weer een andere plek te vinden. Het leek wel of er geen weg of paadje was dat hij niet kende. 'De gids' noemden ze hem.

Hij zou samen met Elja Susanna wegbrengen.

Flora keek op de pendule. Het was nu een uur of vijf. Nog even wachten, dan zouden de kantoren uitgaan. De beste tijd die er was, omdat het dan druk was op straat met mensen die van hun werk naar huis fietsten.

Elja zou de koffer van Susanna op de bagagedrager binden en Susanna zou bij Evert achterop gaan zitten. Een alledaags beeld.

Aline ging niet op Flora's opmerking in. Dat was ook overbodig. Haar zuster wist het zelf ook wel. Maar in geval van nood!

Er kwamen voetstappen de trap op. Evert was gearriveerd. Het was tijd om te gaan.

'Lieve kind, ik hoop je nog eens te zien,' zei Aline hartelijk tegen de jonge vrouw die dralend bij de kamerdeur stond. 'We komen je daar wel opzoeken.'

Susanna kreeg tranen in haar ogen. Ze had het hier heerlijk gevonden. Als ze hier had kunnen blijven? Maar dat was te gevaarlijk. Ze had in die paar dagen al zo veel mensen horen komen en gaan. Er hoefde er maar één bij te zijn die niet te vertrouwen was.

Meestal was ze in een andere kamer gaan zitten tot ze weer weg waren. 'Nergens voor nodig dat ze je zien,' was een opmerking van tante Aline geweest.

Ze had ook 'tante' gezegd tegen de gezusters Van Henegouwen, net als Elja dat deed.

'Dat hoop ik ook, tante,' zei ze schor.

Tante Flora sloeg haar armen om het meisje heen. 'Dag Susanna. Moge de Almachtige je behoeden en beschermen,' zei ze ingehouden.

Susanna legde haar hoofd even op de schouder van de vrouw die zo vriendelijk voor haar was geweest. Deze woorden deden haar zo aan haar vader denken.

'Dat hoop ik ook, tante,' zei ze weer en ze wendde zich naar Evert. 'Ik ben zover!'

Hij glimlachte geruststellend naar haar en pakte haar hand. 'Kom.'

Elja had de fietsen uit de schuur gehaald en knikte bemoedigend naar Susanna. 'We nemen de straten waar veel mensen fietsen, dan vallen we niet op. Na de Friese brug nemen we het pad door de weilanden en gaan we over de Kerkenbrug oftewel de Kippenbrug. Een rare naam voor een brug, hè?' Ze probeerde uit alle macht om de bedrukte stemming wat op te fleuren. Samen zitten treuren viel alleen maar op.

De koffer was op Elja's fiets vastgebonden met een stevige riem. Susanna sprong behendig op de bagagedrager van Evert en ze reden de Breedstraat in, naar de brug over het kanaal, waar ze de huizen achter zich lieten.

Het was echt zomers weer. Een paar eenden zaten doezelig

aan de slootkant, en ondanks haar medelijden met Susanna genoot Elja van de warme wind in haar haren.

Aan de manier waarop Susanna haar hand krampachtig om de veer van het zadel hield, zag ze dat die zenuwachtig was. Ach heden...

'De boerderij ligt van de weg af. En oom Ab is een schat. Ze zijn nog niet echt oud. Oom Ab is de jongste broer van mijn vader, hij is...' Ze dacht na. Hoe oud was oom Ab eigenlijk? Haar vader was achtenveertig. Oom Ab was dus tweeënveertig. Niet stokoud dus. Tante Trudie was net zo oud. Als ze nou maar een beetje aardig voor Susanna waren. Over oom Ab maakte ze zich niet druk, maar tante Trudie...

En Vincent was er. Nou ja, in ieder geval iemand van Susanna's eigen leeftijd.

'Oom Ab en tante Trudie zijn nog niet oud,' besloot ze. 'En er zijn nog een paar mensen van jouw leeftijd.'

Susanna knikte.

Op de weg door de polder kwamen ze maar een enkeling tegen, mensen die ook naar huis gingen. In de wei waren boeren nog aan het koeien melken. Elja vond het een leuk gezicht, die beesten die bij elkaar op een kluitje stonden te wachten. Ze was toch echt een kleindochter van een boer, dacht ze. Het rook heerlijk naar het gras dat in een wei verderop gemaaid was.

Na een klein halfuur fietsen reden ze het erf op. De hofhond kwam blaffend op hen af en kwispelde toen Elja hem over zijn kop aaide. Tante Trudie kwam naar buiten. Tot Elja's opluchting had haar gezicht een vriendelijke utdrukking.

'Ah, daar zijn jullie. Ik ben Trudie. Zeg maar gewoon Trudie.'

Ze gaf Susanna, die een hoogrode kleur had gekregen, een hand en liep voor hen uit naar de woonkeuken.

Op de lange tafel stonden borden klaar en er lagen sneden brood op een houten schaal in het midden. Er stond een kuipje boter, er was ham, kaas en een grote pot pruimenjam.

Elja keek naar de pot gele jam. 'Van jullie eigen boom, tante?' vroeg ze.

Tante Trudie knikte en keek naar Evert die achter de meisjes aan was gekomen met de koffer in zijn hand. Dat was dus die jongen over wie Vincent het had gehad. Het meisje viel haar niet tegen. Niet zo'n brutale lachebek als die vriendin die eerder met

Elja mee was gekomen en die het adres van Vincent had willen hebben.

'Elja, breng jij die koffer maar vast naar boven. Het is de tweede kamer rechts. Daar heb je uitzicht over de tuin,' zei ze tegen Susanna die nog onzeker bij de tafel stond. 'De mannen komen zo. Ze zijn vroeg vandaag. Breng eerst dat ding maar naar boven, Elja. Weg is weg.'

'Laat mij die koffer dragen. Wijs jij de kamer maar aan.' Evert nam de koffer op. Het zou toch niet gebeuren dat Elja ging sjouwen terwijl hij er was.

'Wil je je kamer even zien? Hij is niet groot, maar het is genoeg,' zei tante Trudie tegen Susanna. Die knikte.

Trudie ging hun voor naar de bovenverdieping waar een lange gang de ruimte in tweeën verdeelde. Aan weerszijden waren deuren. Elja was jaren geleden voor het laatst hier geweest. Wat een verschil toch met toen grootvader hier nog woonde. Zoveel lichter. Dat moest ze tante Trudie nageven.

'Dit is onze kamer, van Ab en mij, hier is de kamer waar Vincent slaapt, daarnaast die van Klaas, onze onderduiker en hier is jouw kamer.'

Tante Trudie opende de deur en duwde Susanna naar binnen. De kamer was inderdaad klein, maar het viel Elja alles mee. Het behang was crèmekleurig en bezaaid met blauwe bloemetjes. De gordijnen waren dezelfde kleur blauw als de bloemen, er lag een gestikte deken op het bed en in de hoek stond een blauwe kast. Tegen een wand stond een smalle tafel met daarop een waskom, een lampetkan en een zeepbakje.

Tante Trudie keek tevreden naar het verraste gezicht van Abs nicht. 'Dat had je niet gedacht, hè?'

'Ik vind het een schattige kamer,' vermeed Elja het antwoord.

'Heel mooi. Dank u wel,' zei Susanna. Haar kleur zakte weer weg en ze zag nu wit om haar neus.

'Dat zou ik denken. En kom nu maar naar beneden, dan kan ik alles verder klaarmaken.'

Ze daalde de trap af. Het viel honderd porties mee, dacht Elja en ze volgde Trudie van Lier op de voet. Evert kwam als laatste.

Een halfuur later kwamen de mannen van het land en was de keuken opeens gevuld met stemmenlawaai.

'Dus dit is onze nieuwe huisgenote. Welkom,' zei Ab van Lier en hij schudde Susanna de hand. Ze keek in het brede gezicht met de vriendelijke ogen en iets van de druk viel van haar af. Deze man zou vast niet onaardig tegen haar zijn.

'Heb je je gewassen?' vroeg Trudie streng aan Ab.

Vincent stapte naar voren, hij gaf haar een klopje op de schouder. 'We hebben elkaar verdrongen om de waterput, tante. Dag...' Hij stelde zich voor aan Susanna en keerde zich toen naar Elja. 'Dag nichtje.'

Elja lachte. Hij was toch aardig, stelde ze vast. Geen wonder dat Helmy zo van hem gecharmeerd was.

'Geen nicht. Jullie zijn niks van elkaar,' merkte Trudie op.

'We zijn in ieder geval bevriende schoolgenoten. Of hoe je dat ook noemt,' grinnikte Vincent. 'Hallo Evert. En Evert is zelfs een oud-klasgenoot van me,' verklaarde hij aan de tengere man van een jaar of vijfentwintig die licht haar en een roodverbrande huid had. 'En dit is Klaas.'

'Wij kennen elkaar,' zei Klaas.

Evert knikte. 'Zo, makker! Hoe is het?'

Ze spraken zo kameraadschappelijk met elkaar dat ze elkaar duidelijk goed kenden.

'Dat had je niet verteld,' fronste Vincent. Hij keek van de een naar de ander. 'Hoe kennen jullie elkaar?'

'Eerder ontmoet... hier of daar.' Evert bleef vaag en Vincent haalde zijn schouders op.

Ach, natuurlijk, dacht Elja en ze verbond meteen een paar dingen met elkaar: onderduiken, haar vader, Evert, de groep waar ze bij hoorden, hun zwijgzaamheid die te maken had met een groep verzetsmensen die eerder dit jaar opgepakt was en waar iedereen gevangen was genomen. Haar vader had gegromd dat er te veel gepraat werd.

Klaas luisterde niet naar Vincent. Hij keek vol interesse naar Susanna en Elja, schudde hun de hand en glimlachte vriendelijk. Van hem had Susanna ook geen kwaad te duchten, was Elja's conclusie en ze vroeg zich af waarom ze daar nu bang voor was. Daar was toch geen reden voor?

Tante Trudie dirigeerde iedereen aan tafel. Evert en Elja schoven ook aan. Tante had kennelijk op Evert en haar gerekend en ook dat verbaasde haar.

Na de maaltijd hielp Elja nog met de afwas en al protesteerde tante Trudie even, ze liet het protest snel varen met de woorden dat ze nog wat boven wilde redderen.

Elja en Susanna hadden ook bij de tantes telkens samen afgewassen en ze stonden nu naast elkaar aan het granieten aanrecht.

'En?' vorste Elja.

'Ik denk dat ze allemaal aardig zijn,' zei Susanna zacht.

'Oom Ab is een schat en die jongens zijn ook geschikt. Tante Trudie ook.' Elja roerde flink in het water. Lastig dat er zo weinig zeep te krijgen was. Ze zou hier ook een keer een stuk naartoe brengen. Wat had Esther toch een heerlijk vooruitziende blik gehad met de stukken zeep die ze gekocht had.

Even later namen Evert en Elja afscheid.

'Kom je wel af en toe langs?' Er was een hunkering in Susanna's stem die Elja ontroerde.

'Natuurlijk!' zei ze vol overtuiging en ze kneep in Susanna's arm.

Vincent viel haar bij. 'Doe dat, nichtje, maar ik kom je ook weleens opzoeken. Ik moet regelmatig naar Alkmaar voor zaken.'

'Moet je doen,' zei Elja flauwtjes.

Als dat maar geen problemen gaf met Helmy. Elja had haar nog steeds niet verteld dat Vincent weer terug was en het leek haar ook niet verstandig om dat te doen. Net zoals ze niet moest weten dat Susanna op de boerderij van oom Ab ondergedoken zat. Je wist bij haar niet wat ze eruit zou flappen in een boze bui.

'Vincent, Helmy weet niet dat Susanna hier is,' zei ze beducht.

'En dat moet zo blijven,' begreep Vincent. 'Komt goed. We zien elkaar wel weer. Het was me weer zoals altijd een genoegen. Ik heb nog steeds een etentje van je tegoed!' Hij zag Evert kijken en grinnikte genoeglijk.

Het was nog volledig licht toen Evert en Elja terugfietsten. Het water van de ringvaart glom in de ondergaande zon en het water weerspiegelde het riet dat langs de oevers stond.

'Alsof het geen oorlog is,' zei Evert. Zijn gezicht stond ontspannen.

'Laten we even doen alsof het vrede is. Wat zou jij dan morgen doen?' Elja ging er meteen in mee.

'Dan zou ik een dag vrij nemen, en dan zou ik je vragen of je meeging naar het strand,' antwoordde Evert.

'Hè ja. En dan kocht ik bij Beers, zonder op bonnen te letten, grote rozijnenbollen en die besmeerde ik met een laag roomboter.' Elja keek opzij en lachte.

Hij lachte niet terug. Zijn ogen stonden opeens nadenkend. 'Als die hele oorlog er niet was geweest!'

Elja weigerde ook ernstig te worden: 'Dan fietsten wij hier niet, want dan had jij niet in dat uniform door de Breedstraat gelopen en dan had ik jou niet opgepikt.'

O, ezel, verwenste ze zichzelf. Niet terugkomen op die oorlogsdagen, je weet toch dat hij daar somber van wordt?

De zorgeloze stemming was verdwenen.

Toen ze de torenspits van de Sint-Laurentiuskerk van Oudorp zagen, legde Evert zijn hand op het stuur van Elja's fiets en terwijl hij recht voor zich uit keek, vroeg hij: 'Zou jij van iemand kunnen houden die een ander heeft omgebracht? Van een soort moordenaar dus?'

Even schrok ze. Niet alleen van de vraag zelf, maar ook van de toon waarop hij dat zei, en ze wachtte met antwoorden.

Hij zweeg ook en toen de stilte te beladen werd, zei ze behoedzaam: 'Dat hangt ervan af. Ik denk dat er in een oorlog vreselijke dingen gebeuren zonder dat iemand er iets aan kan doen.'

Ze zou wel erg onnozel zijn als ze niet begreep dat deze vraag te maken had met de slag bij de Grebbeberg. Die dagen hadden zo veel invloed op hem gehad, dat hij een gevecht met zichzelf moest leveren om niet weg te zakken in een depressie.

Zo erg was het dus geweest, stelde ze vast. Hij had mensen doodgeschoten en voelde zich daar schuldig over.

Ze keek naar de lucht waar al een bleke maan was verschenen. Hoe zou het voelen om iemand dood te moeten schieten?

'Als je denkt dat je onnodig iemand hebt omgebracht...' Ze zweeg en vervolgde wat later eerst aarzelend, en toen beslist: 'Dan moet je je realiseren dat de soldaten tegen wie je vocht en nog vecht, aan de kant van de duivel staan. Als er maar iets waar is van de verhalen die ik van Susanna heb gehoord, is dat het kamp waartegen je je verzet. Je vecht niet alleen tegen mensen, maar tegen het Kwaad met een hoofdletter.'

Haar gezicht was nu net zo strak als het zijne en ze huiverde. Wat wist zij van het kwaad? Ze zag opeens de Duitse soldaten voor zich die in het fotoatelier kwamen. Waren die het kwaad? Misschien niet persoonlijk, maar ze vertegenwoordigden het wel en maakten het mogelijk dat iemand als Susanna niet vrij was in haar beweging.

'En als ik dat nu niet weet?' Zijn stem was heel laag.

'Dan moet je je afvragen of je werkelijk iets anders had kunnen doen en of jij zelf dan niet omgekomen zou zijn. En je moet je realiseren dat je er niet bij mag blijven stilstaan en dat ze je nu hier nodig hebben.'

Ze stapte van haar fiets omdat ze bij de Kippenbrug waren waarop je, door de dwarse latten op de helling, niet kon fietsen.

Ze keek even schuw naar zijn gezicht en legde haar hand op de hand die om het stuur geklemd was. 'Ze hebben mannen zoals jij nu nodig. "Je bent onmisbaar als gids", zei mijn vader een tijdje terug.'

'Mannen zoals ik?'

'Ja, mannen zoals jij,' zei ze beslist. 'Geen superhelden, maar mannen die doen wat er gedaan moet worden.' En daarna vervolgde ze luchtig: 'Je zou ook kunnen bidden. Dat doe ik nogal eens als ik ergens over inzit. En ook als ik niet ergens over inzit. Als ik dankbaar ben... en zo.'

Ze vermeed zijn ogen, liep de houten brug op en duwde haar fiets voor zich uit. Er vloog een vlucht ganzen over de ringvaart die gakkend in het weiland neerstreken.

Boven op de brug bleef ze staan en ze wachtte tot hij ook boven was.

Haar lichtblonde haar hing steil, zonder een krul, op haar schouders.

'Weet je wat jammer is,' vroeg ze en ze hield haar hoofd schuin.

'Nee.'

Ze zetten de fietsen tegen de kant en leunden aan de andere kant op de houten brugleuning, hun handen vlak naast elkaar.

'Nou, wat is jammer?'

'Dat wij als protestanten geen biecht kennen. Dat is een misser geweest in de reformatie. Niet dat een priester je zonden zou kunnen vergeven, maar om het aan iemand te kunnen vertellen van wie je zeker weet dat het niet verder komt, zou vast helpen. Je zou iemand op kunnen zoeken...'

Hij lachte kort. Ze hoorde het met opluchting. Gelukkig, hij kon toch nog een beetje licht zien.

'Misschien doe ik dat wel.' Zijn stem klonk ook lichter.

Ze hield haar fiets tegen toen ze aan de andere kant van de

brug weer afdaalden. Hier ging de fiets op de loop, als je hem niet inhield.

Toen hij beneden aan de brug weer naast haar stond, vroeg hij: 'In hoeverre ben je bevriend met Vincent? Zijn jullie meer dan gewoon vrienden? Of...' Hij keek haar onderzoekend aan.

'Helemaal niks meer. Gewoon vrienden,' zei ze opeens opgewekt. Als hij zich dat afvroeg, klom hij weer uit het dal.

'Je moet nu rechtstreeks naar huis gaan. Dat scheelt je een halfuur fietsen. Dat laatste stukje naar mijn huis fiets ik alleen,' beval ze en ze wist niet hoeveel ze op dat moment op haar tante Aline leek.

Zijn ogen twinkelden opeens en het leek of er iemand met een doek de sombere uitdrukking op zijn gezicht wegveegde. 'Ja, kapiteintje.' En toen een beetje plagend: 'Heeft iemand al eens gezegd dat je ook een beetje een gids bent?'

Wat was dat nou weer? Zij een gids? Ze had al moeite om de straten uit elkaar te houden. Hield hij haar voor de gek? Was ze soms prekerig geweest?

Met een rodere kleur dan gewoonlijk vroeg ze een beetje kribbig: 'Hoe dat zo?'

'Je hebt me een richting aangegeven. Misschien volg ik je advies wel op. En goed... als je niet anders wilt, sla ik nu de weg naar Broek op Langedijk in.'

Hij boog zich voorover en kuste haar vluchtig op haar lippen. 'Dag. Ik zie je wel weer.'

Elja's kleur, die net afgezakt was, kwam weer op. Zo'n kus stelde natuurlijk niets voor, maar toch...

Ze fietsten allebei in tegengestelde richtingen weg, keken tegelijk om en zwaaiden.

Susanna was weg en de tantes misten haar. Het was best gezellig geweest. Jammer dat ze hier voor haar eigen veiligheid niet had kunnen blijven.

Helmy informeerde waar ze was gebleven. Ze wilde haar best eens opzoeken, zei ze. Straks zat ze bij een stel oude mensen, en om dan niet weg te kunnen... Het leek haar het voorportaal van de hel.

'Dat zal vast wel meevallen,' lachte Elja.

'Jij weet dus wel waar ze is?' Helmy trok beledigd aan een bol wol die vastzat aan een uitstekende splinter van de stelling. 'Vertrouwen jullie me soms niet?'

'Hoe minder mensen weten waar ze zit, hoe beter het is,' zei Elja vastberaden. 'Wat een mens niet weet, kan hij niet doorvertellen. Ik weet ook niet een tiende van wat de tantes af en toe horen.'

Helmy was afgeleid van het onderwerp Susanna. 'O ja? Maar doen je tantes dan zoveel?'

'Nee, mijn tantes doen niets, maar ze vangen weleens iets op.' Ik weet niet of het nu liegen is wat ik doe, maar ik hoop dat dat me vergeven wordt, dacht Elja.

Een paar weken later kwam Vincent de winkel in. Met zijn ogen halfdicht van plezier keek hij van Helmy naar Elja. 'Dag lieve dames. Hard aan het werk?'

Met een verrukte uitroep stapte Helmy op hem af. 'Waar ben je zo lang geweest? Waarom ben je niet eerder langsgekomen? Ik heb nog naar je adres gevraagd, maar die heks van een tante van je wilde het niet geven!' Ze pakte zijn mouw vast en schudde zijn arm heen en weer.

Hij keek komisch bang naar haar. 'Daar kan ik niets aan doen. Werk gaat voor de meisjes en mijn tante wil geloof ik graag dat ik hard werk. Maar hoe gaat het hier?'

'Saai. Je werkt tot de avond en dan is er door die stomme spertijd bijna geen tijd meer voor iets leuks. Niet dat ik me er veel van aantrek, hoor, want ik ga evengoed weg af en toe, maar het blijft vervelend.' Ze keek uitnodigend en Vincent lachte.

'Goed zo!' zei hij en hij liep toen naar Elja toe. 'Hoe is het met Evert?'

'Al een tijdje niet gezien.' Elja bleef terughoudend.

'Echt niet?'

Ze schudde haar hoofd.

'Jammer, want dan zouden we met z'n vieren iets kunnen ondernemen,' zei Helmy. 'Kun je hem niet bereiken, El?'

Elja schudde haar hoofd.

'Met z'n drieën kan ook, hoor,' stelde Vincent voor.

'Nnn...nou,' zei Helmy. 'Is dat wel leuk voor Elja?'

'Welja, met z'n drieën is net zo gezellig,' wuifde Vincent haar opmerking weg en Elja zuchtte in stilte. Ezel dat hij was. Of hij deed het expres, en dan was het een mispunt.

Helmy's gezicht betrok, ze keek naar Elja en schudde bijna onmerkbaar haar hoofd.

Ach heden, als ze mee zou gaan, zou dat weer een paar dagen

slecht humeur opleveren. Buiten dat ze er niet veel zin in had, had ze dat er niet voor over.

'Ik heb het druk, ik moet nog een paar dingen voor de winkel uitzoeken. Bonnen en zo. Ga maar fijn samen!'

'Mooi zo. Waar gaan we naartoe?' Helmy smeedde het ijzer nu het heet was. 'Er is een toneelvoorstelling in Het Gulden Vlies.'

'Nou, dat moesten we dan maar doen. Zeker weten dat je niet meewilt, Elja? Dan houden we ons etentje tegoed voor een volgende keer.'

Wat een ongevoelige vent was het toch. Probeerde hij nu expres Helmy op stang te jagen? Je zou het bijna denken.

Helmy keek meteen alweer wantrouwend in haar richting. Ze gedroeg zich alsof ze recht op Vincent had. Zou Elja haar nu moeten zeggen dat ze het helemaal verkeerd aanpakte?

Nee dus. Dat zou verkeerd vallen.

'Veel plezier vanavond,' zei ze vrolijk. 'Als je wat eerder weg wilt, kan dat best, Helmy.'

'Niet nodig,' zei Vincent. 'Jouw moeder heeft me uitgenodigd voor het eten en daar maak ik dankbaar gebruik van. Ik weet van oom Ab dat ze heel goed kan koken. Ik kom jou om een uur of halfacht halen, Helmy. Geef me je adres maar.'

'O, ik dacht...' zei Helmy. Ze keek naar Elja en zweeg. Haar lippen staken pruilend vooruit.

Grote goedheid, dacht Elja. Als ik niet oppas ben ik zo in een oorlog met haar verwikkeld. Wat raar. In een tijd waarin mensen hun leven niet zeker zijn, waar anderen hun leven wagen om de Duitsers te bevechten, maakt hier iemand straks stampei om een uitje dat niet helemaal aan de verwachting gaat voldoen.

Want dat het Helmy teleur zou stellen, kon ze op haar vingers natellen.

Maar ze had zich erop verkeken: Helmy was in een stralend humeur de volgende dag.

'Het was enig. Vincent zegt dat we het vlug weer overdoen als hij tijd heeft. Het wordt nu druk op die boerderij en zo, maar hij was zo...' Ze zweeg, draaide een krul om haar vinger en glimlachte op een manier die Elja sterk aan een kat achter de slagroom deed denken. 'Maar daar weet jij natuurlijk alles van. Hij zegt dat jij een echte boerendochter bent, al was je vader dan geen echte boer.'

Ze nam Elja op en zei: 'Niet dat je er boers uitziet, hoor, je kunt ook best modieus zijn af en toe.'

'Nou, kijk eens aan,' zei Elja droogjes. 'Bof ik even. Maar laat deze boerendochter dan eerst maar eens een zoom in een showmodel maken en de bonnen tellen. En misschien kan de kantoordochter dan wat couponnetjes knippen?'

'Je hoeft niet beledigd te zijn. Hij bedoelde het echt niet verkeerd,' verklaarde Helmy met een lachje dat Elja opeens onuitstaanbaar vond.

Gelukkig dat ze haar niet had gewaarschuwd. Dan had Helmy nog gedacht dat ze jaloers was, en dat was wel het laatste!

Maar waarom kwam Evert niet langs? Ze werd opeens ongerust. Waar was hij mee bezig?

13

Elja betrapte haar vader eind november op een nadenkende bui. Als hij zo aan tafel zat en met zijn vingers op het tafelblad trommelde, was hij met zijn gedachten ver weg. Hij tuurde op de krant die uitgespreid op de tafel lag.

Ze hadden het middageten net gebruikt.

Veel mensen zagen op tegen de komende winter. Moeder was weggegaan met de twee jongens, die vrij hadden van school. Elja zou zo weer aan het werk gaan.

Vader Van Lier keek op en vroeg: 'Elja, wanneer ben je voor het laatst naar de boerderij geweest?'

Vreemde vraag voor haar vader.

'Vier weken geleden.' Was het inderdaad al vier weken geleden geweest, dacht ze schuldbewust. Ze moest er nodig weer naartoe. Wat stoffen en wol brengen, dan had Susanna tenminste wat anders te doen dan het werk met beesten verzorgen en zo. Ze was weleens bang dat Susanna erg hard moest werken. Niet dat het meisje als gast behandeld moest worden, maar Elja had laatst haar handen gezien, die wel erg ruw waren geworden in dat halve jaar dat ze er nu was. Daar waren de handen van mevrouw Smit, de werkster van de tantes, dameshandjes bij.

'Ga je er weer eens langs?' vroeg haar vader.

'Waarom, pap?'

'Ik weet het niet. Zomaar. Ik zou het wel aan je moeder vragen, maar je weet het: zij en Trudie... water en vuur!'

Dat was waar. Moeder werkte op tante Trudie als een rode lap op een stier. En niet alleen moeder. Ook aan de tantes ergerde Trudie zich. Eerst had ze het Elja nog niet durven laten merken, maar ze werd veel vertrouwder met haar door de bezoekjes die Elja bracht aan Susanna, en nu liet ze openlijk merken hoe ze tegenover de bezitsters van de fotowinkel stond.

Elja dacht weleens dat tante Trudie zich bijna beledigd voelde door het onbekommerde optreden van de tantes en hun plezier in de omgang met anderen. En ook met mannen! Terwijl ze niet getrouwd waren. Zij zou zich in hun situatie bescheiden achteraf houden, maar niets daarvan. Ze deden nog of de wereld van hen was.

'Trudie is onzeker tegenover de vrouwen Van Henegouwen,' mompelde haar vader, alsof hij de gedachten van Elja had gelezen.

'Kan best, het is in ieder geval bar vervelend. Het verbaast me nog dat die afkeer zich niet tot mij uitstrekt.'

'Gelukkig niet. Ga er maar vlug eens langs.' Haar vader vouwde de krant zorgvuldig op. Papier werd kostbaar. Ieder houtje en iedere snipper papier werd bewaard. Al was het maar om de kachel mee aan te steken.

'Hebt u Evert nog gezien de laatste tijd?'

Haar vader aarzelde. Hij pakte een krant die hij boven op de boekenkast had gelegd en vouwde die open. Hij wees op een zwart omlijnde kop. *Terroristische aanval op distributiekantoor West-Friesland.*

Elja keek hem aan. Het was een krant van drie weken geleden. Ze had hem niet gezien.

'Ja?'

Het begrip daagde in haar ogen. 'Evert?'

Vader knikte. 'Evert moet zich even niet laten zien. Hij weet bijna zeker dat hij door iemand herkend is en verdwijnt voor een paar weken. Het is een geluk dat zijn baas ook van het goede soort is en hem in de luwte kan houden, anders was hij slecht af.' Hij dacht aan de uitroep van de man die Evert had gezien toen hij in een kleine kamer werd opgesloten: 'Koomen? Als ik het niet dacht!'

Het was niet zeker dat die ambtenaar fout was en Evert zou verraden, maar je kon er maar beter op verdacht zijn. Een tijdje uit het zicht blijven was voor alles beter.

Elja beet op haar lippen. 'Was Evert daar dus bij? Is hij voorzichtig genoeg? Pap, als er iets is wat ik kan doen?' gooide ze er achterelkaar uit.

Vader Van Lier glimlachte. Ze realiseerde zich niet eens dat haar vader er ook bij was geweest.

'Ga in ieder geval naar je oom en tante toe en neem dan dit mee.' Hij overhandigde haar een envelop.

Elja legde hem op haar kamer en pakte haar tas. Met een: 'Ik zal wat stofjes en een stukje zeep voor Susanna en voor tante Trudie meenemen,' wilde ze vertrekken.

'Kleine geschenken onderhouden de vriendschap.' Vader Van Lier hield van een spreuk op zijn tijd.

'Nou, klein? Noem het maar klein. Een stuk zeep is een kapitaal waard zo langzamerhand,' zei Elja.

'Je bent wel op tijd thuis, hè? Geen risico lopen als het niet nodig is.' Hij keek over zijn bril naar zijn dochter die naar hem zwaaide.

Moest hij haar vertellen dat ze waarschijnlijk Evert tegen zou komen? Nee, toch maar niet. Kleine verrassingen veraangenaamden het leven. Trudie zou blij zijn met de bonnen. Waarom ze daar zo tuk op was, bleef hem een raadsel. Ze had ze minder nodig dan de meeste anderen, maar gedroeg zich alsof ze gebrek aan alles had. Het leek wel of ze zich altijd benadeeld voelde.

Miskende mensen konden gevaarlijk zijn. Je zag het aan het soort dat zich had aangemeld bij de NSB.

Elja vulde de volgende morgen een linnen tas met een paar coupons en een paar modebladen. Dan zou ze van Susanna wel horen wat ze graag wilde hebben. Wat een geluk toch dat ze nog stoffen en wol achter de hand hadden. Ze had Helmy laatst ook een paar coupons meegegeven. Voor haarzelf, voor Lia en voor het kindje van Lia dat al flink groot begon te worden. Ze had er ook wat wol bij gedaan. Lia was in de winkel geweest om te bedanken.

Helmy zag wat Elja in haar tas stopte. 'Wat moet je met die lappen?' vroeg ze nieuwsgierig.

'Niks bijzonders. Wat spullen voor mijn tante,' zei Elja achteloos.

'Die tante waar Vincent werkt?'

Vincent had Helmy tot haar ergernis nog nooit gevraagd om mee te gaan naar familie, en had het ook vermeden om naar haar huis te gaan. Hij verklaarde dat hij echt niet van plan was om bij vriendinnen meteen de familie te betrekken.

Die uitspraak zat Helmy flink dwars. Zij wilde namelijk wel de familie erbij betrekken, en een gewone vriendin wilde ze ook niet zijn.

'Ik weet niet wat die jongens op het moment bezielt,' had ze tegen Elja geklaagd. 'Die Evert ook. Laat zich tijden niet zien, terwijl een kind kan zien dat hij je wel leuk vindt. Je moet net zo doen als ik. Gewoon een reservevriendje op de kop tikken.'

'Evert en ik zijn alleen maar goede vrienden en daar blijft het voorlopig bij,' had Elja verklaard. 'Dus strooi alsjeblieft niets rond.'

Daarop had Helmy geheimzinnig gelachen. 'Goede vrienden. Zoals je wilt.'

Nu was er geen spoortje van een lach op haar gezicht. Vincent bleef haar intrigeren.

'Ik denk dat ik met je meega vanavond. Een uur of zeven zeker? Dan ben ik tien voor zeven bij je,' deelde ze mee en aan haar gezicht was te zien dat ze zich niet af zou laten schepen.

Elja schrok. 'Dat lijkt me een slecht idee,' zei ze toen kalm. 'Ik ga vanmiddag en tante Trudie vindt het vervelend als ik zomaar iemand meeneem.'

Met een forse ruk trok Helmy aan een rol zwarte verduisteringsstof. 'Zo,' zei ze dreigend.

Elja wist dat ze gelijk had. Daarbij kwam dat tante Trudie op het eerste gezicht al een hekel aan Helmy had gekregen, maar het voornaamste was toch dat die niet mocht weten dat Susanna daar woonde, en zijzelf zou met Helmy erbij de kans niet krijgen om met Susanna te praten zoals ze van plan was.

Ze keek peinzend voor zich uit. Als tante Trudie dat tenminste toeliet, want op de een of andere manier wist ze telkens iets te verzinnen dat Susanna aan het werk hield. Dat zou ze vanmiddag niet laten gebeuren.

'Wat een vervelende troel is die Trudie toch,' zei Helmy koel. 'Sorry hoor, ik weet dat het familie van je is, maar...'

'Geeft niet. Ze is aangetrouwd en de tantes zijn ook niet dol op haar.' Elja haalde opgelucht adem. Dit gevaar was gelukkig weer afgewend.

'Maar als het echt wat wordt met Vincent, zal ik daar wel over de vloer moeten komen,' voegde Helmy eraan toe.

'Nou ja, móéten... Kom, help als je wilt even met deze lap.

Die wil ik als ondergrond hebben voor de etalage.' Elja stak Helmy een rol roodbruine stof toe. Ze wilde een echte sinterklaasetalage maken. Feesten moest je in ere houden.

Helmy hielp meteen mee. Ze hield ook van de sfeer die zo'n etalage meebracht.

'Ja, móéten. Dat zie ik wel bij Lia. Daar komt de familie van Adrie vaak om die oma op te zoeken. Drie keer raden wie er voor koffie en dat soort dingen moet zorgen. Lia is veel te goedig. Nou ja, ik verzin er wel wat op.'

'Doen! Kijk, hier heb ik een foto van een wit paard. Gevonden op de zolder bij de tantes,' leidde Elja af.

In een goede verstandhouding tuigden ze de etalage op.

Dan was Helmy toch weer een vriendin, dacht Elja toen ze van witte voile een rookpluim op een schoorsteen fabriceerde. Die middag stapte ze tegen tweeën binnen op de boerderij. Susanna stond af te wassen en keek verheugd op toen ze Elja zag.

'Is tante Trudie er niet?' Elja pakte een theedoek.

'Ze is naar de stad.' De hunkering in Susanna's stem ontging Elja niet en ze keek met deernis naar de smalle rug van het meisje naast haar.

'Mooi, dan hebben we een hele middag samen,' zei ze vrolijk en Susanna's gezicht klaarde op. Ze haalde met snelle bewegingen een vaatdoek over het aanrecht en zette alvast mokken klaar. Aan de geroutineerde manier waarop het haar afging, kon Elja zien dat ze dit vaak deed.

Toen alles aan kant was, legde Elja de stoffen en de modebladen die ze meegenomen had op de keukentafel. 'Wat vind je hiervan? En kijk eens of je dat model hieruit leuk vindt.'

Susanna bladerde en op dat moment was de oorlog naar de achtergrond gedrongen en waren ze alleen twee jonge vrouwen die mode bekeken. Parijs leek opeens dichtbij.

'Kijk, dit voor december... En vertel eens, hoe gaat het met tante Floor en tante Aline?'

Ze babbelden en lachten samen een tijd, tot hun gesprek werd gestoord: Vincent kwam binnen.

Hij groette Elja uitgebreid en zei toen achteloos tegen Susanna: 'Thee graag.'

Elja keek hem eerst verbaasd aan en daarna steeg een gevoel van woede in haar op. Die toon! Alsof Susanna zijn persoonlijke bediende was!

'Susanna, zou je alsjeblieft thee voor me willen zetten? Ja

hoor, Vincent!' zei ze vals lief, maar inwendig brieste ze. Had vader daarom soms gevraagd of ze hiernaartoe wilde gaan? 't Zou best kunnen. Die zag altijd veel.

Susanna maakte een afwerend gebaar, en Vincent lachte smakelijk.

'O, krijgen we dat? Voeden we de wereld weer op? Tante Trudie zei al dat je veel weg hebt van je tantes.'

'Daar heeft ze helemaal gelijk in. Wij vragen ergens om, wij bevelen niet. Dat laten we over aan het Herrenvolk,' sneerde Elja.

'Toe nou, Elja,' smeekte Susanna. Ze had een kleur gekregen.

Vincent vond het amusant. De meeste meisjes vonden het heerlijk om aandacht van hem te krijgen. Elja niet. Kleine kat.

Hij zei overdreven vriendelijk: 'Lieve Susanna, zou je de goedheid willen hebben om een kop thee voor me te zetten, want ik verdroog.'

Elja trok haar neus op en wilde nog iets zeggen, maar toen was ze Vincent vergeten, want er kwam een lange man in een overall binnen.

Haar hart sloeg over. Evert hier? Hij mocht zich niet laten zien, maar dat hij hier was...

Zijn ogen lichtten op toen hij haar zag. 'Elja.'

'Ha Evert. Wat leuk! Ben je hier al lang?' Haar stem zong en Vincent keek van de een naar de ander. Dit zou tante Trudie niet leuk vinden. Ze had zich in het hoofd gezet dat hijzelf iets zou krijgen met Elja, en dat was best aantrekkelijk. Hij keek waarderend naar het stevige figuurtje. Hij zou zich in ieder geval niet met haar vervelen. Ze was een en al levendigheid en het was ook niet erg om Evert het nakijken te geven. Arrogante vent af en toe. Op school al trok hij zich van niemand iets aan en dat trekje was hij niet kwijtgeraakt. Oom Ab en die vader van Elja hadden veel respect voor hem. Waarschijnlijk omdat hij de verzetsstrijder uithing. Hij liever dan ik, besloot hij. Veel te verliezen had hij ook niet. Het zou wel aardig zijn om Evert in de wielen te rijden.

'Evert komt hier zo vaak, wist je dat niet? Nichtje, mijn lieve nichtje, wanneer gaan we nu eens aan de zwier,' vroeg hij een beetje spottend.

Elja hoorde hem niet. Haar ogen zochten het gezicht van Evert af. Hij zag er ontspannen uit.

'Gaat het goed met je?'

Hij glimlachte en knikte. 'En met jou?'

Susanna keek van Evert naar Elja. Ook haar was de verstandhouding opgevallen die tussen die twee heerste. Dat had ze niet gemerkt de keer dat ze haar hiernaartoe hadden gebracht. Toen was ze daar te zenuwachtig voor geweest. Daarna had zij hen niet meer samen gezien.

Evert was erg aardig, hij was hier nu al drie weken. Ze vond het fijn dat hij hier was. Dat Elja en hij elkaar niet eerder getroffen hadden, was eigenlijk vreemd.

Ze zuchtte en goot het kokende water in de aardewerken theepot met de gedroogde bladeren. Thee, of wat ervoor door moest gaan.

Om gewoon ergens naartoe te kunnen gaan. Vriendinnen... Vrienden... Ze keek door het raam naar buiten en zag oom Ab, onderduiker Klaas en Jacob, de knecht van oom Ab, ook aankomen. Ze mocht al blij zijn dat ze hier mocht wonen.

De keuken was meteen gevuld toen de drie mannen ook binnen waren.

'Zo nichtje. Daar was je weer eens, daar doe je goed aan.' Oom Ab sprak goedmoedig als altijd en hij streek Elja over haar haren. Hij zag er vrolijk en bijna jong uit.

Na die begroeting wendde hij zich tot Susanna en zijn ogen stonden toegenegen. 'Denk je dat er een kop thee afkan, schone Susanna?'

Ze schonk al in. Haar gezicht was opgeklaard en Elja, die meteen meehielp, gaf thee aan Klaas en Jacob en vervolgens aan Evert en oom Ab.

Vincents ogen gingen van de een naar de ander. De opmerking van Elja daarnet was niet mis te verstaan geweest. Ach, je nam zo gemakkelijk tante Trudies houding tegen Susanna over.

Dat viel bij die lui hier erg slecht, al begreep hij werkelijk niet waarom er zo omzichtig met het meisje omgegaan moest worden. Ze mocht dankbaar zijn dat zijn tante haar in huis wilde hebben. Oom Ab behandelde haar als kraakporselein en was maar bang dat ze te veel deed. Overdreven. Vanzelfsprekend dat ze wat moest doen voor de kost. Dat dat behoorlijk veel was, zou hij niet ontkennen, maar het risico dat zijn tante liep was ook groot. Daar mocht wel wat tegenover staan.

En voor wie was het gevaarlijk? Niet voor Elja en haar familie. Nou ja, voor oom Ab wel en de boerderij was van hem, maar verder?

'Bedankt, lieve Elja,' zei hij toen hij als laatste een mok kreeg. 'Wanneer spreken we af? We zouden altijd nog eens aan de zwier gaan en er is een leuke film in de Harmonie.'

Hij keek op de manier die altijd werkte bij zijn vriendinnetjes.

'We zien wel,' antwoordde Elja luchtig. 'Je moest de groeten hebben van Helmy.' Ze nam een kop aan en ging naast Susanna zitten.

Nou niet die vriendin erbij halen, dacht hij en hij nam zich voor om er iets aan te doen. Tenslotte was haar vader medeeigenaar van de boerderij en er was geen opvolger in beeld. Wat zou je niet met deze boerderij kunnen doen? Jammer dat tante Trudie niet in gemeenschap van goederen was getrouwd. Dat had ze niet slim aangepakt, zoals meer dingen.

Hij kneep zijn ogen halfdicht. Fouten konden hersteld worden.

Het werd bijzonder genoeglijk en Elja vond het jammer dat de mannen aan het koeien melken moesten. Ze keken daarna nog in de modebladen, zochten een patroon uit voor Susanna en babbelden tot het voor Elja tijd werd om op te stappen.

'Hoe laat komt tante Trudie terug?' vroeg ze.

'Die is met de bus. Ze zou er kort na zessen weer zijn,' zei Susanna en ze had alweer snel de kopjes omgewassen. Er was hier niet veel serviesgoed dat gebruikt mocht worden. De emaillen mokken waren voor dagelijks gebruik en het aardewerk bleef in de kabinetkast staan.

Zij was opgegroeid met serviezen die allemaal gebruikt werden. Soms kon ze zo naar die tijd terugverlangen, maar ze moest geen zelfmedelijden krijgen. Ze had tenslotte onderdak.

'Bevalt het je hier?' viste Elja. Ze kreeg niet vaak de gelegenheid om alleen met Susanna te praten. Tante Trudie was er altijd bij op de achtergrond.

'Ik vind het heerlijk om niet opgesloten op een kamer te zitten. Dat geeft me toch een vrij gevoel, en oom Ab en de jongens zijn heel aardig voor me.'

'En tante Trudie?'

'Die ook,' zei Susanna, maar dat kwam er net te snel uit en Elja dacht er het hare van.

'Geef jij het pakje bonnen aan tante Trudie? Ik kom vlug weer.' Ze trok haar jas aan.

'Doe je dat wel?' smeekte Susanna. Ze had opeens tranen in haar ogen. 'Ik voel me hier soms een beetje alleen.'

Elja sloeg even een arm om de tengere schouders. Wat zag Susanna er opeens slecht uit, ondanks dat ze gevulder leek. 'Beloofd!'

Ze ging naar de mannen die in de stal bezig waren. De lantaarns verlichtten de stal zodat het halfdonker was, en de koeien herkauwden met een klikkend geluid.

Moest ze nu iets zeggen tegen oom Ab? Wat dan? Let erop dat tante Trudie Susanna niet behandelt als een sloofje? Dat zou hij toch uit zichzelf wel doen?

Ze aarzelde en liep naar Evert toe.

'Dag allemaal. Ik kom vlug weer terug,' voegde ze eraan toe zonder hem aan te kijken.

Hij greep haar hand en liet meteen weer los. 'Als je nog even wacht, breng ik je terug. Ik vind het niet prettig dat je in je eentje dat hele eind terugfietst.'

Elja tikte op haar voorhoofd. 'Gek! Niks ervan. Je wordt misschien gezocht.'

'Geef me een kwartier, dan ben ik klaar,' zei hij kort. 'Er komt om deze tijd niemand meer hiernaartoe.'

Oom Ab, die net zijn melkemmer leegde, ving zijn woorden op. 'Goed idee. Wij maken het af, maar wees voorzichtig,' zei hij.

Vincent stond ook op. 'Anders breng ik haar toch even,' zei hij losjes. 'Dat is wel zo veilig.'

Evert negeerde hem. 'Deze koe is klaar, Ab. Deze hier moet nog.'

Oom Ab reageerde ook niet op Vincents woorden. Hij stak zijn hand op. 'Ga maar, Evert. Dag Elja.'

Even later fietsten ze zwijgend naast elkaar in de schemering terug naar de stad, Evert nog in zijn overall met een jack eroverheen. Elja was opeens overvallen door verlegenheid en wist niet goed wat ze moest zeggen. Daarom zweeg ze maar.

Evert keek recht voor zich uit en begon toen met: 'Ik heb je raad opgevolgd, Elja.'

'Welke raad?' Ze wist even niet wat hij bedoelde.

'Ik ben bij een soort dominee binnengelopen, die ik ken doordat we weleens onderdak bij hem hebben gekregen. Ik heb hem alles verteld. Je krijgt van een buitenstaander toch een andere kijk op de zaak. Realistischer. En je had gelijk. Het luchtte me op. Hij zei trouwens dat ik het jou ook moest vertellen.'

Ze keek opzij. 'O?'

'Een van de redenen is dat jij ook met Krüger te maken hebt gehad. En...'

'Ja...' Ze zweeg uitnodigend.

'Weet je... nee, dat weet je niet. Je weet niet hoe het was...'

Evert begon en Elja luisterde met groeiend medeleven en medelijden.

Evert was terug tussen de bossen rondom de Grebbeberg. De toppen van de dennen, die hij kon horen ruisen als je zo stil voorover lag. Hij en de kleine vijfentwintig man van het peloton waarover hij het bevel voerde. Ze waren niet voorbereid geweest op wat er om hen heen gebeurde: de doden, de kameraden die ze jammerend, met hun handen tegen hun uitpuilende ingewanden, achter hadden moeten laten, de schoen die ze zagen liggen, waar tot hun afgrijzen nog een voet in zat.

De mannen die gevangengenomen waren door de oprukkende vijand...

Zijn kleine eenheid had stand kunnen houden. Ze bemanden een stelling, hadden een mitrailleur die nog werkte en ze tuurden ingespannen naar de overkant van het open stuk hei, waar ze de Duitsers wisten.

Het waren er veel meer dan het restant van hun eigen groep. De stilte was beklemmend.

En gek genoeg begon toen boven zijn hoofd een merel te zingen. Dat zou hij nooit vergeten. Je zou denken dat die allemaal weg zouden zijn gevlogen, maar één vogel was gebleven en zat op de tak boven zijn hoofd te zingen. Die vogel was opeens een symbool geworden voor de vrijheid die hij niet wilde verliezen.

En in zijn vermoeide brein kwam opeens een dwaas zinnetje boven: in mei leggen alle vogels een ei. Waarom zoiets banaals? Hij zou het niet weten. Er bestonden zoveel diepzinnige gezegdes, waarom dan deze onnozele uitspraak? Alleen omdat het mei was?

Ze lagen goed verdekt, hun geweren in de aanslag... en ze wachtten.

Vanuit de boomrand aan de overkant kwam beweging.

'Wachten tot ik het sein geef!' Hij had dat bevel al een tijd geleden gegeven. Geen munitie verspillen.

Voor hun ontzette ogen liep er een man of vijf in hun richting. Ze waren gekleed in een groen hemd en een uniformbroek. Gevangenen! Gijzelaars. Hun eigen mensen!

Ze liepen heel traag. Hun blote armen waren omhoog gestrekt, en achter hen, de geweren op hun ruggen gericht, kwamen de Duitsers. Veel meer Duitsers dan gevangenen.

Naast hem vloekte een soldaat hartgrondig en een korporaal riep halfluid: 'Here God!'

Langzaam kwamen ze dichterbij en Evert zag op de gezichten de radeloosheid die hijzelf ook voelde. Het was doodstil. Geen vogel die nu nog zong. Zelfs de wind was gaan liggen.

Ze waren nu zo dichtbij, dat hij de Duitsers achter de gevangenen goed kon onderscheiden. Een van hen lachte luidop en kneep zijn lichtgrijze ogen dicht in een boosaardige grijns.

Evert wist dat hij het gezicht nooit meer zou vergeten. Die vissenogen en die lach, die luide lach, maakten iedereen, ook hem, razend.

'Liggen!' schreeuwde hij en de vijf mannen, schamel en beklagenswaardig in hun mosgroene hemden, lieten zich vallen.

'Vuur!'

Naast hem schoot de korporaal in blinde woede op de Duitsers. Toen zag Evert dat de Duitser die zo hard en hatelijk gelachen had, op de gijzelaars vuurde. Een paar schokten, probeerden weg te kruipen en te rollen om het geweervuur te ontwijken, maar de Duitser schoot door. De hemden vlekten donkerrood. Ze lagen met hun gezichten in de heidestruiken, sommigen met hun armen nog boven hun hoofd.

Evert wist niet of iedereen geraakt was. Zijzelf schoten en vuurden op de Duitsers die zich meer bloot hadden gegeven dan zij.

Die trokken terug door het onverwacht felle geweervuur.

Na drie kwartier was het afgelopen.

De Duitsers hadden zich helemaal teruggetrokken. Evert kroop op ellebogen en knieën naar de gevangenen toe.

Drie van hen waren dood. Twee waren zwaargewond, maar leefden nog. Ook een paar Duitsers waren dood en ook onder hen was een zwaargewonde.

Hij kon het niet opbrengen ernaartoe te gaan en weerhield een van zijn mannen ervan om hem een schot te geven. 'Niet doen. Je wilt toch niet net zo zijn als dat soort?'

'Jullie móésten vechten, luit,' bracht een van die twee eigen mensen uit nadat hij iets als een verontschuldiging had gepreveld.

Maar hij wist niet zeker meer of ze hadden gemoeten. Hij wist ook niet of hij niet zelf een van zijn eigen mannen geraakt had en voelde zich rampzalig.

Toen na vijf dagen de capitulatie een feit was, had hij zich weer afgevraagd of hij zich niet meteen over had moeten geven. Er waren drie mensen extra gesneuveld naast de mannen die omgekomen waren van zijn eigen peloton. Alleen wist je dat niet als je een gevecht inging. Het stond niet vast of je zou winnen of verliezen.

Maar het verlies was zwaar op hem blijven drukken. Het voelde alsof hij zijn mannen eigenhandig had omgebracht. Een soort moordenaar, die dat weliswaar per ongeluk was, maar toch, een moordenaar. Een besmet mens.

'Dat kwam veel vaker voor,' had de man gezegd die ze 'de dominee' noemden. 'Dat voel je ook zo als je overleeft terwijl er anderen sneuvelen. Een schuldgevoel, alleen maar omdat je nog leeft.'

Als hij eraan dacht, zag hij alles weer en zelfs nu hij langs deze vaart reed, kon hij de kruitdamp weer ruiken. Maar het hielp om erover te praten.

'Het helpt om erover te praten,' herhaalde hij en hij keek toen opzij.

Elja had natte ogen gekregen tijdens het luisteren. De tranen stroomden nu over haar wangen.

'Ach, dat was de bedoeling niet. Daar moet jij niet verdrietig om worden. Stap eens af,' zei Evert.

Ze stonden naast elkaar, de fietsen in hun hand. Elja veegde met haar hand over haar gezicht, maar het hielp niet veel. De tranen bleven komen.

Evert pakte een zakdoek en veegde teder over haar wangen. Er verschenen zwarte strepen op haar gezicht en ze snikte.

'Dáárom wil je telkens iets doen!' zei ze toen logisch. 'Je denkt dat je het die mannen schuldig bent!'

Evert knikte. Daar kon ze wel gelijk in hebben.

Ze dacht na en veel later zei ze: 'Maar je helpt hen niet door te veel te wagen. Je moet toch juist voor hen leven. Dat ben je hun ook verplicht.'

Getroffen keek hij naar haar besmeurde gezicht. 'Dat zei de dominee ook.'

'Verstandige man.' Elja hikte nog even na en er verscheen een klein lachje op zijn gezicht.

'Verstandig meisje ook!'

Nou niet blijven doorjammeren, hoe erg het ook voor hem was, dacht Elja. Daar schoot hij niets mee op. Ze zei hardop: 'Als je dat maar weet!'

Het was nu bijna donker en tegen het maanlicht zag ze de wieken van de molen die iets buiten Oudorp stond, zwart afsteken. Daar was de Kerkbrug al.

'En nu moet je teruggaan.'

'Moet?' Er kwam een scheef lachje op zijn gezicht.

'Ja, móét!' zei ze met klem.

'Goed dan. Dag lieve Elja. Bedankt.'

'Waarvoor? Jij bedankt!' zei ze.

Hij schudde zijn hoofd, wilde nog iets zeggen, maar bedacht zich en streek over haar wang.

'Dag! Kom je vlug weer?'

'Ja, dat had ik Susanna ook al beloofd,' zei ze. 'Dag Evert.'

Ze was de houten dwarsliggers die op de brughelling waren getimmerd al op, toen ze zich realiseerde welk gevaar hij liep met het werk dat hij deed.

'Kijk je een beetje uit?'

Ze hoorde hem lachen. Bijna zorgeloos opeens. 'Ja lieve Elja!'

Toen ze thuiskwam, liep ze meteen door naar haar kamer en zag toen pas hoe behuild en besmeurd haar gezicht was. Je kon ook nauwelijks een schone zakdoek verwachten als iemand in een stal werkte.

Vlug waste ze zich en pas daarna ging ze naar de huiskamer waar de rest van het gezin bij elkaar zat.

'En?' vroeg haar vader. 'Hoe was het daar?'

Ze haalde haar schouders op. 'Tante Trudie was er niet. Maar ik weet niet...'

'Nee,' zei hij zorgelijk. 'Ik ook niet.'

'Heb je Evert gezien?' vroeg hij toen.

'Evert?' vroeg haar moeder op levendige toon. Hij was bij haar in de smaak gevallen en haar zusters spraken lovend over hem. Alleen nam hij te veel risico. Als hij haar dochter daar maar niet in meesleepte. Zorgen om haar man waren genoeg voor haar.

Elja knikte. 'Ja.' Even aarzelde ze. Ze was nog vol van wat Evert haar verteld had. Ze zou er niets over zeggen. Als Evert dat wilde, zou hij het zelf wel doen.

'Het gaat goed met hem,' besloot ze.

'Ja, ik dacht ook al dat hij er beter aan toe is dan een tijdje geleden,' zei haar vader. 'Die jongen kent weinig angst.'

14

De volgende dag was Helmy in een stralend humeur toen ze om tien uur de winkeldeur met een zwierig gebaar opengooide en meteen begon te praten tegen Elja, die de toonbank schoonmaakte.

'Raad eens wie hier gisteren was? Je tante Trudie! En ik heb haar een lap voor een mantelpakje verkocht. Dat mooie grijze kamgaren uit het magazijn, weet je wel? Ze vond het prachtig. Ik heb een goede beurt gemaakt, want ik heb het haar bijna voor niets gegeven toen ze om familiekorting vroeg.'

'Dat had niet gehoeven,' zei Elja strak. 'Ze krijgt al genoeg van ons en je weet dat we de stoffen uit het magazijn nog achterhouden.'

Dat kamgaren had ze eigenlijk voor haar moeder bestemd en ze was het liefst flink uitgevallen tegen Helmy, maar ze hield zich in: er waren tenslotte nog meer stoffen.

'O, ik dacht dat het de bedoeling was dat jouw familie dat gewoon kon kopen.' Helmy keek met onschuldige grote ogen naar het ontstemde gezicht van haar collega. Ze ging haar niet vertellen wat ze van plan was: zij had morgen haar vrije middag en zou doen wat Elja ook had gedaan: naar de hoeve gaan van Van Lier. En ze had er een goede aanleiding voor. Elja's tante was vergeten garen te kopen.

Helmy glimlachte en nam twee klossen grijs garen uit de wandkast.

Met de schoudervullingen zou ze wel wachten. Dan had ze nog een keer een reden om naar die boerderij te fietsen.

'Ik ga je vlug helpen met schoonmaken,' zei ze toen en ze pakte een stofdoek.

De volgende middag stapte Helmy welgemoed op de fiets. De afstand viel haar tegen. Wat een uithoek. Elja mocht van geluk spreken dat haar vader niet op de boerderij was gaan wonen. Dat had uiteindelijk zomaar gekund. En nu scheen de zon nog. Als het regende was het een ramp om dat stuk te fietsen.

Ze reed het modderige pad naar de boerderij op en rinkelde met haar fietsbel.

Er kwam niemand. Alleen een hond begon te blaffen, maar ze was niet bang voor honden. Ze sprong van haar fiets af, riep: 'Koest Hector,' tegen de grote herdershond en liep naar een halfopenstaande deur.

'Hallo... Hallo! Volk!' riep ze.

De lange man die verscheen, was niet degene die ze verwachtte. Hij was een stuk langer dan Vincent en legde zijn hand op de kop van de hond terwijl hij haar onderzoekend aankeek.

'Evert! Jij hier?' riep ze verbaasd. 'O, wacht. De administratie natuurlijk! Maar ik dacht dat Elja's vader dat deed, en anders Vincent toch wel. Waar is hij?' En met een blik op de overall die hij droeg: 'Jij past je helemaal aan, zie ik. Ook in een ketelpak. Zeker ook onder de koeien? Hoort dat bij je baan?'

Hij zei niets. Maar dat hoefde ook niet. Helmy babbelde erop los zonder een antwoord te verwachten.

Ze keek op haar gemak om zich heen over het erf. De hoeve was vierkant van vorm en had een strooien dak met in het midden een uitbouw met groen geverfde kozijnen waarin de vensters de zon weerspiegelden.

Dit was dus een stolpboerderij. Wel erg groot, moest ze toegeven. Haar moeder had het altijd over 'boertjes' als ze sprak over de eigenaren van een boerderij. Het klonk soms neerbuigend. Ze was er zeker van dat haar moeder dat wel in zou slikken als ze deze boerderij zag.

Ze keek naar de hoge ramen waarvoor nog dor blad van een wilde wingerd heen en weer wiegde.

'Waar is Vincent?' herhaalde ze toen.

'Ik zal hem wel voor je halen,' zei Evert. Hij stond zichtbaar te aarzelen.

'Dat hoeft niet. Ik kom voor de boerin. Voor die tante van Elja,' zei ze en ze maakte aanstalten om de deur binnen te stappen.

'Helmy, als je even wacht.' Hij verdween door de deur, sloot hem meteen achter zich en liet een verbaasde Helmy op het erf staan. Horkerig deed hij opeens.

Ze schoffelde met haar voeten over het pad en besloot toch maar buiten te wachten. Beter om die tante te vriend te houden. De manieren waren hier toch wel anders dan ze gedacht had.

En daar was Vincent al. Hij begroette haar met een joviaal: 'Kom toch binnen. Laat Evert je zomaar buiten staan? Een boer geworden, hoor. Kom mee naar binnen.'

Ze liep achter hem aan, struikelde bijna over een paar klompen dat in het donkere portaaltje stond en volgde hem een vertrek in waar een olielamp, die boven de tafel hing, op een laag pitje brandde.

Het patroonpapier dat boven op een paar kranten op de tafel lag, werd door het zwakke schijnsel verlicht.

Bij het aanrecht onder het raam stond een jonge vrouw die een witte koffieketel vulde.

Helmy zette grote ogen op. 'Susanna!' riep ze. 'Jij ook hier? Ben je soms met Evert meegekomen? Of...' Ze keek zoekend om zich heen. Waar was Evert nu?

Hoe zou Elja dit vinden, schoot het door haar heen. Ze deed wel zo koeltjes over hem, maar daar hield ze haar niet mee voor de gek.

'Evert?'

Ze zag hem binnenkomen op zijn sokken. Zeker de gewoonte op een boerderij om zonder klompen of schoenen binnen te komen.

Vincent liep naar Susanna toe en legde bezitterig een hand op haar arm terwijl hij naar Helmy keek. 'Jij kent onze Susanna dus ook al?'

'Ja, natuurlijk. Ik was erbij toen ze in Alkmaar aankwam. Ik wist alleen niet waar Evert en Elja haar naartoe gebracht hadden.' Helmy keek met argusogen van de een naar de ander. Daarom wilde Elja dus niet dat ze hiernaartoe ging: Susanna en Evert waren hier. En Vincent ook. Die was dus constant in Susanna's nabijheid. Alle alarmbellen gingen af in haar hoofd.

Ze zag dat de jonge vrouw Vincents hand afschudde, maar dat betekende niets. Ze moest het meisje nog tegenkomen dat niet bezweek voor Vincent.

Haar ogen werden smal. Het zou haar toch niet gebeuren dat ze concurrentie kreeg van een meisje dat de hele dag hier rondhing, terwijl zij overal buiten werd gelaten. Ze kon Elja wel vermoorden. Die stiekemerd.

'Gunst, Susanna,' herhaalde ze. 'Wie ik hier ook verwacht had, jou niet.'

'Nee,' zei Evert. 'En ik ga ervan uit dat je dat ook voor je houdt.' Hij keek Helmy fronsend aan.

'O, ik zwijg als het graf.' Helmy lachte geforceerd en verborg haar woede. Daar schoot ze nu even niets mee op. Susanna werd door twee mannen in bescherming genomen, leek het wel.

Susanna zelf zweeg en keek hulpeloos naar Helmy.

'Je komt dus voor Trudie?' informeerde Evert.

'Ik heb nog iets voor haar. Ze was...' Ze brak haar zin af, want Trudie van Lier kwam de keuken in.

'Zo, wat een drukte hier. Heeft niemand iets te doen? Hé, eh, Helmy was het toch?' zei ze niet onvriendelijk.

'Helmy, ja. U was wat vergeten gisteren.' Helmy grabbelde in haar tas en haalde de twee klossen grijs garen tevoorschijn. 'Ik dacht, ik breng het wel even, ik heb toch vrij vanmiddag.'

Vol verwachting keek ze de vrouw aan. Nu zou dat mens toch wel ontdooien?

'Dat komt goed uit.' Tante Trudie pakte de klosjes aan en legde ze in het kabinet.

'Bedankt. Aardig van je. Eh... Wil je nog iets drinken voor je teruggaat? Het is toch bijna tijd voor de koffie. Susanna, heb je al koffiegezet?'

Susanna wees naar de koffiepot die op een lichtje stond.

'Goed. Dan kun je inschenken.'

'O o... Wil je misschien koffie inschenken, zou uw nichtje zeggen.' Vincent lachte wat spottend en sloeg zijn armen over elkaar. 'Zeg maar tegen Elja dat haar lesjes succes hebben, Helmy. Anders krijgen we weer een standje van haar.'

Tante Trudie haalde haar rossige wenkbrauwen op. 'Standje? Hoezo?'

'Uw nichtje vindt onze omgangsvormen primitief en te Duits,' verklaarde Vincent.

Evert deed een stap naar Susanna toe en legde zijn grote hand op de trillende hand die ze naar de koffiepot uitstak.

Hij schudde kort zijn hoofd. Niets zeggen nu, bezwoer hij zichzelf. Geen scènes maken. Dit was zo naar voor Susanna. Hij zag de hoogrode kleur op haar wangen en kon Vincent en zijn tante wel iets dóén.

'Bespottelijk,' zei tante Trudie koel en ze haalde haar schouders op.

Helmy was het gebaar van Evert niet ontgaan. Zooo... dacht ze. Ze was niet de enige die ongerust moest zijn.

Op dat moment kwamen Klaas en oom Ab binnen. Klaas, onopvallend en bescheiden, schudde Helmy de hand en nam plaats. Hij glimlachte een troostvolle lach naar Susanna en zweeg.

Oom Abs ogen gingen van de een naar de ander. Hij zag de rode kleur op Susanna's smalle gezicht en dwong zichzelf om haar niets te vragen.

'Ik zie dat we een gast hebben?'

Helmy stak haar hand naar hem uit en trok een paar conclusies: Vincent had geen interesse in Susanna, anders zou hij niet zo bot doen tegen haar. Evert en die Klaas waren veel aardiger voor haar, en die tante was een kreng.

Ze kreeg een warm gevoel van medelijden met het Joodse meisje. Om afhankelijk te zijn van zo'n mens.

'Elja was van de week ook hier met een paar lappen stof. Heeft ze gedacht aan garen voor jou, Suus?' vroeg ze. 'En kan ik je soms helpen?'

'Goed zo, meid, begin maar meteen. Koffie ronddelen. En dan eerst aan onze oudjes,' zei Vincent en hij wees naar zijn tante en oom, die allebei verstrakten.

'Hoezo oud. Ik ben pas tweeënveertig,' kribde tante Trudie toen.

'Grapje natuurlijk. U ziet eruit als een jonge blom.' Vincent maakte een buiging in haar richting.

'Tweeënveertig is nog niet oud,' viel oom Ab hem bij. Er trok een spiertje bij zijn oog.

Tante Trudie keek opzij naar haar man met een ondoorgrondelijke blik en trok haar mondhoeken naar beneden.

Helmy bedacht dat ze blij was dat haar moeder niet zo naar haar vader keek en ze verschoof het patroonblad dat op tafel lag. 'Zal ik dit soms even ergens anders neerleggen, Susanna? Straks vlekt het.'

Ze pakte het blad op, herkende het patroon en keek naar Trudie van Lier. 'Dit is toch het patroon van uw mantelpak? Je ging toch een jurkje voor jezelf maken, Suus? Elja zei dat je het graag voor de feestdagen klaar wilde hebben?' vroeg ze verwonderd.

'Susanna heeft het niet meteen nodig, die kan hier toch niet weg,' antwoordde tante Trudie kil. 'En ik heb een feestelijke uitvoering van ons koor met kerst. Dus...'

Het bleef even stil.

'Zo is het,' zei Susanna toen onaangedaan.

Helmy keek naar haar gezicht en iets in de witte kleur naast Susanna's neus deed haar in een flits aan iets denken. De flits was meteen weer weg ook.

Misselijk mens, die Trudie. Voor Susanna kwam het er dus niet op aan, want ze zat hier opgesloten. Medelijdend keek ze naar het smalle figuurtje.

'Drink jij zelf geen koffie, Suus?' vroeg ze hartelijk toen Susanna naast Klaas was gaan zitten. Wel een aardige jongen, die Klaas, maar hij viel in het niet naast Vincent en Evert.

'Nee, ik heb vast te veel gegeten,' zei Susanna kort.

'Jammer voor je.' Helmy dronk haar koffie op, die verrassend goed was ondanks dat het surrogaat was, en kondigde toen aan dat ze weer terug moest.

'Breng je me een stukje, Vince?'

Vincent schudde zijn hoofd en lachte genoeglijk. 'Werk, werk en nog eens werk. Maar ik kom volgende week langs. Dan zie je me wel weer verschijnen.'

'Je zou met Elja uitgaan,' herinnerde tante Trudie haar neef.

Met Elja? Helmy kreeg een bittere smaak in haar mond. Die tante was eropuit om Elja en Vincent te koppelen. Dat was overduidelijk. En als Evert zo aardig was voor Susanna, gaf dat Vincent meer kans bij Elja. Maar dat zou niet doorgaan, of haar naam was geen Helmy.

Deze middag had niet gebracht wat ze ervan verwacht had. Niets laten merken...

'Nou ja, misschien ben ik hier wel eerder, want Susanna moet ook garen hebben voor haar jurk,' zei ze opgewekt.

'Niet nodig, ik moet zelf nog naar de stad,' zei tante Trudie, en Helmy voelde zich afgewezen. Ze keek naar het gezicht met de lichtblauwe ogen onder de rosse wenkbrauwen.

Nee, die tante mocht haar net zomin als zij haar, maar die moest maar aan haar wennen, dacht ze vastbesloten. Alleen vervelend dat ze een zuster van Vincents moeder was. Zussen hadden zoveel invloed op elkaar.

Ze keek de keuken rond. Oom Ab, aardig en goedmoedig. Die heks van een vrouw verdiende hem niet. Dan Evert, de bescheiden Klaas, ten slotte Susanna en Vincent.

De bruine tint op Vincents gezicht deed hem nog meer op Gary Grant lijken. Hij was inderdaad erg knap. Susanna moest hem wel leuk vinden en ze zag hem de hele dag.

Ze zuchtte bijna onmerkbaar. 'Kom, ik ga. Tot ziens allemaal.'

Pas toen ze terugfietste, wist ze waaraan dat vermoeide gezicht van Susanna haar herinnerde.

Ze zoog haar adem in en kneep haar lippen op elkaar. Het zou toch niet?

Elja zag de volgende dag Helmy's gezicht. Ze had wel verwacht dat het haar hoog zou zitten dat Susanna daar was.

'Nou, vertel maar,' zei ze berustend.

Helmy streek over een stuk fluweel en zei: 'Daar was Susanna dus al die tijd. Stiekemerd. Dat had je me moeten vertellen.'

'Misschien wel, maar daar was je niets mee opgeschoten... toch?'

'Nee, maar ik had het wel willen weten. Nou ja... Heb jij niets aan Susanna gezien toen je er was?'

Elja dacht na. 'Je bedoelt dat van haar handen? Ja, dat heb ik gezien. Heel naar.'

'Nee... ja, dat ook, maar... In haar gezicht en haar figuur?'

Elja haalde Susanna's gezicht voor zich. Vermoeid, wit om de neus, en zij had zelf gevoeld hoe mager haar schouders waren, terwijl ze verder dikker leek.

'Moe wel, maar mager, nee,' aarzelde ze.

'Ze zag eruit als Lia, toen die net in verwachting was. En ze moest ook geen koffie.'

Elja keek Helmy verbijsterd aan. Waar had ze het over? Susanna? Dat kon toch niet? Doelloos schoof ze een bol wol van de ene kant van de tafel naar de andere.

'Nee, je vergist je. Zwanger? Van wie dan?' zei ze na een tijdje.

'Er komen er drie in aanmerking en die Klaas kun je eigenlijk wegstrepen,' zei Helmy. 'Blijven er twee over. Vincent doet werkelijk onuitstaanbaar tegen haar en Evert werpt zich op als ridder zonder vrees of blaam als die Trudie vervelend tegen haar doet. Dus...'

Het bleef doodstil. Met een veelbetekenende blik keek Helmy naar Elja, die wit was geworden en toen verwezen haar hoofd schudde.

'Vincent was erg onaardig tegen haar,' herhaalde ze. 'Dus...'

'Je bedoelt eigenlijk... als het zo is... ik zeg áls... dat Evert dan de vader zou zijn?' Elja dacht koortsachtig na. Evert die iets had met Susanna? Na wat hij haar had verteld op die fietstocht? En die oude dominee die vond dat zij moest weten wat hij had meegemaakt?

Ze schudde haar hoofd en er steeg verontwaardiging in haar op. Helmy klepte er maarop los als ze iets bedacht had. Gevaarlijk was ze af en toe!

'Je praat onzin, Helmy,' zei ze kort.

Helmy had slecht geslapen. Ze had telkens de beelden van die middag voorbij zien komen: Vincent die erg achteloos was geweest, dat rotmens dat die tante was... Nog een zegen dat die oom zo aardig was, en Evert en Klaas ook. Maar wat zei het helemaal?

Ze kneep haar ogen halfdicht. Bij Vincent zei dat niets.

Ach nee, Susanna was zijn type niet. Al wist je het nooit. Juist die ingetogen types waren heel hartstochtelijk, had ze weleens gelezen. Maar onder de ogen van die Trudie die haar neef behoorlijk in de gaten hield en die niet zou willen dat hij zich te veel met Susanna bemoeide? Niet dat die tante er de hele dag was om een oogje in het zeil te houden.

Ze werd driftig. 'Wie anders? Die Klaas is niets voor haar,' snauwde ze.

Op dat moment kwam er een klant binnen.

Elja had de onzekerheid in Helmy's stem gehoord. Vlug zei ze: 'Je maakt je vast druk om niets!'

'Ja, en Sinterklaas bestaat! Waar kan ik u mee helpen, mevrouw?' was Helmy's reactie.

'Ja, inderdaad, een lapje om een sinterklaascadeautje van te maken. Stof voor knikkerzakken,' lachte de klant en Helmy beheerste zichzelf.

Ze wist het inderdaad niet zeker. Ach... het was vast niet waar.

De woorden van Helmy bleven Elja de hele dag bezighouden. Stel dat het waar was. Dat het kind van Evert zou zijn... Dat kon ze niet geloven.

Aan de andere kant, er was nooit iets uitgesproken tussen hen beiden. Misschien bestond de speciale verhouding die ze met hem dacht te hebben alleen in haar verbeelding.

Ze zag het vermoeide gezicht van Susanna voor zich. Evert sprong altijd in de bres voor iemand die zwakker was, en medelijden was een goede grond voor liefde, had ze weleens gelezen.

Ze wist niet wat ze ermee aan moest. Haar vader inlichten? Maar waarover dan? Het waren alleen maar vermoedens. Ze kon er verder niets mee. Haar moeder? Ze zag het voor zich. Tante Trudie gromde al als een helhond als mama om een suikerbiet vroeg om een lantaarn voor Flip en Leo te maken.

Tante Flora?

Ja, tante Flora. Die dacht altijd eerst na voor ze iets begon te doen. Tante Aline was net als haar moeder. Zo vlug met haar mond dat tante Trudie er alleen maar beteuterd bij zou staan kijken en achteraf zo razend zou worden dat anderen het ontgelden moesten.

De tijd kroop en nog wist Elja niet precies wat ze moest doen. In haar maagstreek zat een zwaar en verdrietig gevoel. Het was oorlog. Je moest nergens raar van opkijken. Mensen deden dingen die ze nooit in vredestijd zouden doen, had haar vader eens gezegd. Dat gold voor iedereen. En Evert stond vaak onder spanning.

Ze keek naar buiten waar het al donker was geworden. Ze sloten tegenwoordig om halfvijf om niet langs de verduisterde straten te hoeven lopen.

Ze sloot af en liep naar de fotowinkel. Tante Flora was ook aan het opruimen toen het luchtalarm afging.

'Naar de kelder, Elja,' zei tante Flora. 'Wat zie je pips, kind.' En naar boven riep ze: 'Aline!'

'Ik kom...'

Geen gelegenheid om met tante Flora te praten. Dat werd een latertje vandaag.

De tantes hadden zelf onder de winkel de grote gewelfde kelder wat behaaglijker gemaakt. Er stonden een paar kruiken water die ze regelmatig verversten, een blik biscuit, en er lagen standaard een paar dekens en een doos kaarsen en lucifers.

De buren van de overkant van de straat kwamen aanhollen om ook onder de fotozaak te schuilen. Een klein kind huilde en werd getroost door haar moeder.

Na de eerste geluidsgolven hoorden ze in de kelder de zware vliegtuigmotoren en het getiktak van het afweergeschut.

'Die is geraakt,' zei een buurman toen er een hoog gierend geluid volgde.

Aline stond op en klom de keldertrap op. Ze sloot de deur achter zich en negeerde het 'Aline, kom nu terug' van Flora.

Tegen de zwarte hemel was het felle vuur van het brandende vliegtuig onheilspellend zichtbaar, en in de schijnwerpers van het afweergeschut zag Aline een paar parachutes naar beneden dalen. Ze klemde haar handen in elkaar en bad om bijstand voor de piloten. Hadden ze het vliegtuig allemaal kunnen verlaten? Hopelijk waren de mensen van het verzet vlugger bij hen dan de Duitsers. Ze wist hoe waardevol de vliegers waren voor de RAF. Ze had inmiddels diverse piloten ontmoet, jongens nog bijna. Gevangenschap en een concentratiekamp hingen dreigend boven hun hoofden.

Ze bleef nog een paar minuten staan en prevelde zacht: 'Lieve God, sta hen bij.' En omdat Aline een grote eerbied had voor de Almachtige voegde ze eraan toe: 'Alstublieft.'

Toen daalde ze de trap weer af en ze zei sober tegen het gezelschap in de kelder: 'Het zal zo wel afgelopen zijn. Dat toestel is neergehaald.'

'Dan maar een schietgebedje voor die bemanning,' zei de buurvrouw die haar hand nog steeds op het hoofdje van haar dochtertje had.

'Toepasselijk! Eerst kogels die om je oren vliegen en dan een schietgebedje toe, om in stijl te blijven,' zei tante Aline.

De buurvrouw zei: 'Tsss...' en ze knikte. In deze paar jaar was ze gewend geraakt aan het nuchtere commentaar van de dames Van Henegouwen.

Na een halfuur ging de sirene dat het weer veilig was en verdween iedereen. Elja ging naar huis voor het pikdonker was. Fietsen was bijna niet mogelijk. Je koerste zo op een stoeprand af, en vorige week was er weer iemand verdronken bij de Turfmarkt.

Behoedzaam zocht ze haar weg door de donkere straten van Alkmaar.

De volgende dag zei Helmy: 'O ja, El, nog wat... die tante van je, die Trudie, heeft Susanna eerst het patroon van haar eigen mantelpak uit laten raderen. Van dat mooie grijze kamgaren, weet je wel? Ze zei dat Susanna niets nodig had omdat ze toch nergens naartoe kon.' Ze stak haar onderlip vooruit.

'Zou je haar niet?' voegde ze eraan toe, tevreden over het effect van haar woorden, want haar vriendin werd donkerrood en smeet met een driftig gebaar een rol stof in het rek.

'Wat een kreng van een mens is het toch,' zei Elja hartgrondig. Het werd hoe langer hoe gekker. Susanna werd behandeld als een sloofje. Om van te knarsetanden.

'Ik ga er zondag wel naartoe. Met mijn vader. Dan zal ik weleens kijken hoe het zit. Voor mijn vader is Trudie altijd een beetje bang en met mijn moeder... met haar maakt ze al bonje als ze haar neus ziet. Volgens mijn vader komt dat omdat ze zich minder voelt dan mijn moeder en de tantes.'

'Daar heeft ze dan helemaal gelijk in. Ze is een ook stuk minder,' sneerde Helmy.

Elja grinnikte wrang. 'Als Susanna echt in verwachting is – vast niet, hoor, maar áls – wat moet ze dan? Bij tante Trudie blijven? Dat wordt een drama,' voorspelde ze.

'Worden? Dat is het al,' zei Helmy somber en voorbarig. Ze zweeg even en zei toen: 'Als je over de duivel spreekt, trap je op zijn staart. Kijk eens wie eraan komt?' Ze wees naar de kleine, wat propperige gestalte die voor de winkeldeur stond.

Tante Trudie stapte binnen. Ze had een wat rodere kleur dan gewoonlijk en liep op Elja af.

'Groeten van Vincent en hij komt volgende week om met je uit te gaan. Kan ik wat groen garen krijgen voor de jurk van Susanna? En dan nog wat rijggaren.'

Ze draaide zich om en bekeek de coupons die Helmy die morgen had geknipt. 'Ook wel aardig,' merkte ze op. 'Dat streepje.'

Zeker weer geen bonnen, dacht Elja gemelijk. Ze wist dat er geen geld gevraagd zou worden voor het garen van Susanna en dat zo'n coupon dan ook meteen gratis mee ging.

'Komt u daarvoor nu helemaal naar de stad? Vader was van plan om zondagmorgen langs te komen, dan had ik het meegenomen,' zei ze.

'Geen probleem. Ik kom graag in de stad. Altijd al. Hier lééf je meer.' Tante Trudie keek naar buiten en zag hoe de mensen langs de etalages liepen.

'En u hebt nu natuurlijk Susanna die u met alles vervangt?' zei Helmy liefjes.

De ogen van tante Trudie flitsten even. 'Precies,' zei ze toen en ze legde de coupon apart. Elja legde het garen ernaast.

Trudie haalde dralend haar portemonnee uit haar tas en keek Elja aan.

'Laat maar zitten,' zei Elja kort. 'Dat krijgt Susanna van mij.'

'Goed zo.' Tante Trudie draaide zich om en zag tante Aline binnenkomen. Die nam met een vlugge blik de aanwezigen op.

'Zo Trudie, ook weer eens in de stad,' zei ze vriendelijk.

'Dat zie je,' antwoordde Trudie en Elja vroeg zich af hoe het kwam dat Trudie zo kefferig reageerde op tante Aline.

'Hoe gaat het met onze Susanna?' Aline was niet van plan om zich iets aan te trekken van de toon van de andere vrouw.

'Onze? Hoezo onze?' vroeg Trudie.

Het leek wel of ze uit was op ruzie, dacht Elja, maar tante Aline hapte niet.

'Bij wijze van spreken,' glimlachte ze.

'Ik weet niet of het wel zo veilig voor haar is bij ons. We hebben natuurlijk nu twee onderduikers, en dat is al riskant genoeg. Een paar weken geleden is er in een dorp verderop een boer gearresteerd omdat hij een Joodse onderduiker had,' zei tante Trudie. 'En die onderduiker ging meteen door naar een werkkamp, zeggen ze. Die boer is een paar dagen later weer teruggekomen.'

'Wat naar,' zei Aline.

'Ja, zo heb je altijd mensen die de risico's aan een ander laten.' Trudies ogen dwaalden door de winkel en tante Aline kneep een moment haar lippen op elkaar.

Elja streed tegen haar verontwaardiging. Ze wist dat haar tantes onderdak boden aan iedereen die voor een paar nachten onderdak nodig had. Ze wist ook waar de vergaderingen van de verzetsgroep werden gehouden.

'Nou, tante...' begon ze.

'Ja?' vroeg tante Trudie belust. Ze wilde graag weten wat zich afspeelde in het fotoatelier. Er moest een reden zijn dat Ab en zijn broer zoveel waardering hadden voor die arrogante vrouwen. Vast niet omdat ze zo veel plaatjes maakten van de moffen. Eigenlijk profiteerden ze nog van de oorlog ook.

Aline wierp haar nichtje een waarschuwende blik toe. 'Wat heerlijk dat er dan mensen zijn zoals jij, die altijd klaarstaan voor een ander,' zei ze warm tegen Trudie en ze vervolgde tegen Elja: 'Kom je straks nog even?'

Ze verdween. Kaarsrecht, haar hoofd hoog en haar rok zwierend om haar slanke heupen.

Tante Aline had houding, dacht Elja.

Tante Trudie keek Aline na met een haatdragende blik in haar ogen. 'Ja, ik moet ook gaan,' zei ze. 'We zien jullie dus zondag?' En ze vertrok.

15

‘Bij een fotograaf en een kapper worden mensen loslippig,’ had tante Flora weleens gezegd. Ze wist niet hoezeer die waarheid mensen die haar dierbaar waren geworden voor een ramp zou behoeden.

Een dag nadat het vliegtuig was neergehaald, was het opeens druk in het fotoatelier. Dat had ongetwijfeld te maken met het naderende kerstfeest dat ook in Duitsland intensief gevierd werd. Er werden cadeautjes en foto’s verstuurd. De foto’s, omrand door kartonnen passe-partouts, vlogen weg.

Aline fotografeerde geroutineerd en tante Flora stond achter de toonbank. De stemming bij de soldaten was die morgen slaperig.

Tante Flora volgde de gesprekken bijna gedachteloos tot een van de mannen luid gaapte en zei: ‘De hele nacht in die verdraaide natte weilanden lopen zoeken naar die vliegers. We hebben er maar één gevonden met een gebroken been, de anderen zijn onvindbaar.’ Hij vloekte hartgrondig en zei wat kalmer: ‘Mijn dienst zit erop, maar de rest van de manschappen moet vandaag huiszoekingen doen waarbij die Hollanders je dom aan staan te kijken. Nee, ze hebben niets gezien... Natuurlijk niet. Al zou er één in hun voortuin landen, dan nog hebben ze niets gezien.’

‘Wij zijn ook de hele nacht in touw geweest, maar rusten komt er nog niet van. We moeten vanmiddag een paar boerderijen doorzoeken. Het gaat om een Jodin en wat terroristentuig. Die zitten volgens een vrouw ergens in de polder bij Ursem en Sjer... Sch...’ zei een ander. Hij brak zijn tong over de plaatsnaam. ‘Wat een taal, dat Hollands... Schermerhorn! Een vrouw stuurde een brief met het adres. De portier moest toen van de kapitein die de brief had gelezen nog achter haar aan, maar ze was verdwenen. Ach ja, verraders.’ Zijn toon was minachtend.

Daarna probeerde hij de ‘sch’ weer en hij zei: ‘Korte Sch... Schermerringdijk!’

Tussen Ursem en Schermerhorn? Aan de Korte Schermerringdijk?

Tante Flora hield haar ogen neergeslagen en haar gezicht in de plooi.

Er lagen niet veel boerderijen tussen die twee dorpen. De

boerderij van Jeanets zwager lag aan de Korte Schermerringdijk...

Een Jodin? Susanna! Het ging vast om Susanna. Maar wie zou haar willen verraden?

Vanmiddag? Dan had ze nog anderhalf uur.

Met een versnelde adem verkocht ze nog twee fotorolletjes. Aline was nog steeds bezig met foto's maken.

'Ik ben even naar hiernaast,' zei Flora en ze negeerde het ontstemde gezicht van haar zuster. Aline redde het wel. Eerst Elja naar haar oom sturen.

In de stoffenzaak was het ook druk, maar tante Flora liet zich niet van haar voornemen afbrengen. Ze nam Elja bij een arm, glimlachte naar de klant die haar nichtje aan het helpen was, verontschuldigde zich, en trok een verbaasde Elja mee naar het magazijn.

'Elja, je moet meteen naar de boerderij van je oom gaan. Iemand heeft Susanna verraden. Zij en Evert en die andere jongen...' fluisterde ze gejaagd.

'Klaas,' zei Elja. Haar blauwe ogen waren donker geworden.

'Klaas ja, die twee moeten ook weg. Meteen. Neem mijn fiets en ga er rechtstreeks naartoe. En zorg dat ze niets achterlaten dat kwaad kan.' De woorden buitelden over elkaar heen. 'Ze gaan er vanmiddag nog naartoe. Het is dat die piloten nog gezocht worden, anders waren ze er al geweest.'

Elja verloor geen tijd. 'Zegt u tegen Helmy dat ik weg ben?' Ze trok haar jas aan.

Tante Flora legde even haar hand op de schouder van haar nichtje. 'Wees voorzichtig. Alsjeblieft, wees voorzichtig!'

Tante Flora had nog luchtbanden om de wielen van haar Gazelle. Ze gebruikte deze fiets bijna niet uit vrees dat hij afgepikt zou worden. Voor dagelijkse boodschappen nam ze altijd haar oude beestje. Nu er zo veel op het spel stond, was het een zegen dat hij er was.

Elja pakte de fiets uit de schuur en racete weg. De Langestraat uit, over de Friese brug en het pad naar Oudorp op, waar ze de Kerkbrug nam. Het riet langs de ringvaart knisperde van de kou, maar het was droog. Gelukkig was het droog. De sneeuw die verwacht werd, was nog uitgebleven.

In iets meer dan twintig minuten was ze bij de boerderij van oom Ab. Ze gooide de fiets tegen de gevel en rende naar binnen.

Susanna was bezig om borden op tafel te zetten en keek verwonderd naar Elja, die naar adem snakte.

'Elja?'

Elja probeerde lucht te krijgen en Susanna kwam bezorgd naar haar toe. 'Wat is er?'

Elja hijgde na en bracht toen uit: 'Je moet hier weg. Jullie alle drie. Iemand heeft jullie verraden. Vlug. Zet die borden terug. Hoeveel blijven er hier eten?' Elja zette een paar borden terug. 'Pak je koffer!'

Susanna was krijtwit geworden en steunde met een hand op de rand van de tafel. 'Weg?'

En daar was Evert. Hij zag aan Elja's gezicht dat er iets helemaal mis was.

'Wat is er?'

'Jullie moeten weg. Jullie zijn verraden. Ik hoop tenminste dat er niet op de andere boerderij ook een Joodse vrouw zit. Anders moet ik daar ook nog langs.'

Evert verloor zijn tegenwoordigheid van geest niet. Zijn ogen werden smal en zijn stem klonk rustig toen hij zei: 'Nee, dat hoeft niet. Help Susanna met inpakken. Ik haal Klaas. Laat haar kamer er zo onbewoond mogelijk uitzien. Geen zeep of toiletspullen achterlaten of zo.'

Susanna stond nog steeds doodstil en keek wezenloos voor zich uit.

'Kom.' Elja pakte haar bij de hand en trok haar mee naar boven. Er was geen tijd om haar aan de schok te laten wennen.

'Maar waar naartoe?' fluisterde Susanna schor.

'Evert weet wel een adres,' zei Elja vol overtuiging en ze hoopte vurig dat dat waar zou zijn.

Evert was naar buiten gerend waar hij oom Ab tegenkwam die net uit de stal kwam.

'Foute boel!' zei hij. 'Iemand heeft ons verraden. Susanna moet weg. De papieren van Klaas zijn echt in orde? Of moet hij voor de zekerheid ook weg?'

Oom Ab knikte. 'Ook weg. De zender?' vroeg hij beheerst en hij zag wit onder zijn gebruinde wangen.

'Vorige week naar de dominee gebracht. Dank de hemel dat we dat ding nooit lang op één adres laten staan!' zei Evert vurig.

'Niemand weet toch wie hij is?' Oom Ab was gaan fluisteren.

'Niemand!'

'Goed.'

'Haal jij Klaas. En heb je een extra fiets voor ons?'

'Ja.' Oom Ab rende weg, wonderlijk vlug voor zo'n lange, brede man.

Elja had boven op Susanna's woordeloze aanwijzingen de koffer gepakt en dankzij haar routine met opvouwen vlug gevuld.

'Kleed je warm aan. Jas, vest, kousen...' Ze zag een coupon liggen die zijzelf voor Susanna had meegebracht en legde hem aan de zijkant van de kleine koffer. 'Schoenen?'

Susanna knikte naar de onderkant van de kast. 'Heb je je andere schoenen beneden?'

De jonge vrouw knikte weer en kokhalsde toen.

'Zenuwen,' zei Elja en ze negeerde de flits in haar eigen hoofd. 'Kom.' Ze pakte de schoenen, trok het bed recht, zette het raam op een wijdere kier en liep naar de deur.

'Kom Susanna.'

Op de overloop kwam ze Evert tegen die een tas droeg, en Klaas die een juten zak in zijn hand hield.

Evert nam de koffer van Elja over, rende de trap af en gaf de koffer aan Ab, die de fietsen buiten had gezet. Hij bond met snelle bewegingen de koffer met een touw op Elja's fiets. Klaas had Susanna bij de hand gepakt, slingerde de zak op zijn rug en keek rond.

'Deze!' Oom Ab duwde Klaas zijn eigen fiets in de hand. 'Susanna kan bij jou achterop. De banden zijn nog goed. En rijden nu!' Hij keerde zich naar Susanna, sloeg zijn armen om haar heen en zei gesmoord: 'Kind!'

Susanna haalde snikkend adem, legde haar hoofd tegen zijn schouder en stapte toen achteruit. 'Ik ben klaar!'

Elja reed achter Evert aan het kringeldijkje op. Klaas volgde met Susanna op de bagagedrager en passeerde Elja.

'Vlug naar de andere kant van de vaart, daar duiken we de kleine weggetjes op,' zei Evert kort.

Zijn stem klonk wat lager dan normaal en hij trapte snel naar de dichtstbijzijnde brug. 'Als ze met overvalwagens komen, nemen ze de brede weg en slaan dan pas af naar de Korte Dijk.'

'Waar is tante Trudie eigenlijk? En Vincent?' vroeg Elja nadat ze de eerste vijf minuten in een ijltempo hadden afgelegd.

'Naar de moeder van Vincent,' zei Klaas die vlak voor Elja fietste.

In de verte hoorden ze het geluid van naderende auto's. Onwillekeurig dook Elja wat in elkaar en ze zag Susanna hetzelfde doen.

'We zijn bijna bij de brug. Daarna zien ze ons niet meer.' Evert spurtte en Elja hoorde de ademhaling van Klaas rasperig worden.

Ze waren bij de brug, staken over en waren even later beschermd door de wilgenhagen die langs de kant van het smalle weggetje stonden. De takken waren kaal en hingen neerwaarts. Een paar spreeuwen vlogen op toen de fietsers naderden en streken een eind verder neer op de kale akkers.

Na twintig minuten kwamen ze bij een kleine plaats. Een dorp met een Dorpsstraat, een Kerklaan, een Schoolstraat, een Middenweg en een Herenweg.

Bijna voorspelbaar waar je de gebouwen kon vinden, dacht Elja.

Er was niemand op straat en Evert stopte voor een groot, oud huis, begroeid met klimop. Hij liep meteen door naar de achterkant, waar ze de fietsen tegen de gevel zetten, en klopte aan de keukendeur. Het bleef stil en Elja keek vertwijfeld naar Evert. Hij schudde geruststellend met zijn hoofd naar haar en ze wachtten.

Een paar minuten later verscheen er een oude man met een smal gezicht waarin een paar vriendelijke ogen hen aankeken. Toen hij Evert zag, deed hij een pas opzij en nodigde hen met een handgebaar naar binnen.

'Johanna!' riep hij.

Een oud dametje met zilverwit haar, een gerimpeld gezichtje en pientere ogen achter een bril, stond op van een gedekte tafel en kwam naar hen toe. 'Welwel, dat is een onverwacht genoegen.' Ze had een zachte, beschaafde stem en glimlachte tegen Susanna die door Evert het eerst naar binnen werd geloodst.

'Er is een overval op de boerderij,' zei Evert kort.

'Wel, Evert, er komt binnen een paar dagen weer ruimte vrij, zoals je weet. Jullie zullen je even moeten behelpen, maar voor deze jonge dames hebben we nog wel een kamer.' De oude dame was geen moment van haar stuk gebracht. Ze stak haar hand uit naar Susanna. 'Welkom, kind! Zeg maar gewoon Johanna tegen me.'

Susanna's ogen waren groot en zwart in haar magere gezicht. Ze keek naar Johanna en er gleden een paar tranen langs haar wangen naar haar kin, die ze met de rug van haar hand wegveegde.

'Ach meisje,' zei Johanna en er ging zoiets troostends van die twee woorden uit, dat Susanna de wereld niet meer als één zwart gat zag.

In de deuropening verscheen nu Klaas, die de koffer van Susanna van Elja's fiets had gehaald en in zijn andere hand de juten zak droeg.

'Welkom.' De twee oude mensen waren niet te schokken. Ze deden of het de gewoonste zaak van de wereld was dat er vier mensen tijdens hun middagmaaltijd verschenen.

'Als ik zo kijk, kunnen jullie wel iets gebruiken. Zal ik er wat thee bij maken of zo?' vroeg Johanna en ze legde haar hand op de arm van Susanna. 'Kom, ga zitten. Er is geen reden meer om zo bang te kijken.'

Toen keek ze Elja aan. 'En ga jij ook lekker zitten en vertel eerst eens hoe jullie heten.'

'Dit is Elja en dat is Susanna,' zei Evert. 'Elja kan gewoon naar huis en Klaas waarschijnlijk ook, morgen of overmorgen. Hij heeft goede papieren, maar het is beter om dat niet te testen als het niet hoeft.'

De man glimlachte. 'Dé Elja dus?'

Elja keek hem verward aan. 'Kent u mij?'

'Alleen van horen zeggen.' De glimlach verbreedde zich toen hij haar blik zag. Het zei Elja niet veel. Had Evert over haar gepraat, of kende die man haar vader ook?

Ze nam de grote woonkeuken in zich op: een groot, langwerpig vertrek, een granieten aanrecht met erboven ramen waar aan weerszijden geblokte gordijnen hingen. Langs een muur stond een lange bank en de grote tafel die ervoor stond was maar voor de helft gedekt met twee borden en twee bekers. Op het aanrecht lag een rond boerenbrood en naast een stuk kaas stonden een pot jam en een pot honing. Ze hadden deze mensen gestoord bij hun maaltijd. In de gootsteen lagen nog een paar borden en bekers.

'Ga toch zitten,' drong de vrouw vriendelijk aan. Susanna haalde een paar keer diep adem en liep naar de bank toe.

‘Wacht even.’ Elja pakte de jas van Susanna’s schouders. Ze had nog zo veel kleren aan en het was hier aangenaam warm. Straks plofte ze van de hitte. ‘Dat vest ook, Susanna. Anders krijg je het te warm.’

‘Gaat het wel?’ Evert wierp een bezorgde blik op het witte gezicht van Susanna en Elja vond dat hij lief keek. Een ander woord had ze er niet voor.

‘Ga jij ook zitten, Elja, en misschien kun je ons vertellen wat er gebeurd is.’

Ach, zij had ook geen steun nodig. Logisch dat hij nuchter tegen haar sprak. Elja nam ook plaats en voelde opeens haar benen trillen.

Ze vertelde precies wat tante Flora opgevangen had in de winkel. Terwijl ze sprak, wist ze opeens niet zeker of die soldaat over de boerderij van oom Ab had gesproken. Misschien ging het over een andere hoeve en waren ze voor niets zo overijld vertrokken.

Verlegen keek ze naar Evert en de oude man die nu ook aan tafel zaten en aandachtig hadden geluisterd.

‘Tante Flora vond dat Susanna het risico niet mocht nemen,’ besloot ze wat ongemakkelijk.

‘Daar heeft je tante helemaal gelijk in,’ zei de oude dame die brood aan het snijden was en de sneden op een servet legde. ‘Je komt er vanzelf achter of het terecht was of niet.’

‘Ik ben u tot last.’ Susanna’s stem klonk schor.

Maar de oude dame schudde energiek haar hoofd.

‘Helemaal niet. Ik ben blij dat ik eens een jonge vrouw in huis krijg. We hebben hier alleen maar Truusje die een paar dagen in de week komt voor het ruwe werk, en met al die mannen die soms over de vloer komen, ben ik blij met nu eens wat vrouwelijke aanspraak.’

Elja was, ondanks de lichte steek onder haar hart die ze kreeg toen ze Evert zo vertederd naar Susanna had zien kijken, blij dat de vrouw Susanna tenminste niet het gevoel gaf dat ze haar met tegenzin onderdak bood. Ze hadden zoiets vriendelijks, deze twee oude mensen.

‘Ach Jan, haal jij de jongens even terug,’ zei Johanna tegen haar man.

Hij verliet de keuken en ging een paar trappen op. Even later hoorden ze voetstappen naar beneden komen.

Twee jongemannen verschenen in de deuropening en glimlachten naar de aanwezigen in de keuken. Een van de twee had schaafwonden in zijn gezicht en de ander droeg zijn arm in een mitella.

'Dit zijn twee piloten van dat vliegtuig dat gisteren is neergehaald, en gelukkig waren wij er vlugger dan de Duitsers,' stelde Jan hen voor en toen tot de piloten: '*And this is Evert. He will bring you to Brussels. And these are Susanna, Elja and Klaas.*'

'*Glad to meet you.*' Er werden handen geschud en een paar tellen later zat iedereen om de tafel.

Er was brood genoeg en Elja begreep waarom er twee borden en bekers in de gootsteen hadden gestaan. De piloten waren naar boven gerend toen ze hen aan hadden horen komen.

Handig om meteen hun borden en kopjes weg te halen. Ze waren hier voorbereid op invallen en al werden de piloten nog fanatieker gezocht dan de Joden, toch was Susanna hier vast veilig. Onder de hoede van de oude dame zou haar niets overkomen.

Hadden ze haar hier maar meteen gebracht.

Ze zuchtte en Johanna keek haar even aan, maar ze zei niets en zette de sneden brood, de kaas, de jam en de honing naast het kuipje boter en nam plaats aan de korte kant van de tafel.

'Jan?' Ze hield haar gevouwen handen omhoog.

'Ja,' zei haar man. 'Laten we danken en ook een zegen vragen voor ons brood.'

Zelden had Elja zo vol overgave meegebeden als met de man die zonder opsmuk God aansprak en bedankte voor hun veilige aankomst in dit huis.

'En wilt U straks zijn met de jonge vrouw die weer naar huis zal terugkeren. Neem haar in Uw hoede, Heer.'

Er trok een warm gevoel door haar heen en door haar ooghare heen keek ze even naar het gegroefde gezicht.

Was hij predikant of niet? Eigenlijk kende Elja weinig dominees die zo hartelijk met God spraken. Ze noemden hem in ieder geval 'de dominee'. Nou ja, het maakte niet uit. Ze voelde zich bij zijn gebed alsof iemand een extra mantel om haar heen legde.

Zijn woorden bleven Elja bij toen ze weer terugfietste.

Evert had haar een stuk weg willen brengen, maar gelukkig hadden de anderen hem ervan afgebracht. Niet nu er zoveel Duitsers op zoek waren naar de piloten en naar Susanna.

Elja fietste naar de winkel, zette de fiets zorgvuldig weer terug en liep de zaak in waar Helmy en tante Flora druk bezig waren.

Tante Flora keek haar vragend aan. De onrust was een moment zichtbaar in haar ogen, maar ze herstelde zich meteen. 'Ja mevrouw, keperband!' zei ze tegen de klant.

Helmy liet de dame die ze aan het helpen was even over aan de stof die ze in haar handen had. 'Waar was je nou?' vroeg ze geprikkeld. 'Het was hartstikke druk!'

'Zoals ik al zei: ze moest iets voor mij doen,' antwoordde tante Flora. Haar stem klonk zo koel dat Helmy haar mond sloot. Het was niets voor tante Flora om zo te spreken.

'Het was in orde, tante,' zei Elja en haar tante knikte.

Op de boerderij was oom Ab achtergebleven met Jacob, de oude knecht. De overvalwagens stopten zo abrupt dat het grind voor de voorgevel opspatte. De soldaten renden om het huis heen en kwamen schreeuwend en met stampende laarzen op de plavuizen binnen.

Ab van Lier stond midden in de keuken en zond een vurig dankgebed omhoog.

Ze waren op tijd weggegaan. Goddank! En gedankt voor Elja.

Op de vragen die hem toegesnauwd werden, antwoordde hij kalm: 'U gelooft mij vast niet als ik zeg dat hier niemand is die hier niet hoort, dus ik zou zeggen: kijkt u maar rond.'

De officier keek hem wantrouwend aan. Zo'n rustige houding kwam hij niet vaak tegen. Waren ze deze keer voor de gek gehouden? Meestal leverden die anonieme berichten wat op. Ze kwamen van jaloerse buren, of van mensen die een hekel aan elkaar hadden en de ander een loer wilden draaien. Nou ja, toch maar zoeken.

De manschappen denderden de trappen op en af, haalden alles overhoop en gingen vervolgens naar de schuren om daar te kijken. Ze porden met hun geweren in de hooibalen en Ab dacht dat het nog een geluk was dat Klaas op zijn nieuwe fiets vertrokken was, anders was hij die waarschijnlijk kwijt geweest. Er stonden nu alleen maar wat oude barrels in de schuur.

Trudie was op haar eigen goede fiets naar haar zuster vertrokken en de fiets van Vincent was nog in redelijke staat, al had die inmiddels houten banden.

Hopelijk bleven ze nog een tijdje weg. Hij wist niet of Trudie haar gezicht en haar tong goed in bedwang zou kunnen houden.

Besefte ze het gevaar voor Susanna wel? Hij wist het niet, maar was blij dat zijn vrouw er niet was.

Een uur later was de overvalploeg vertrokken en zaten Ab en de knecht tussen de puinhoop die de soldaten achtergelaten hadden.

'Werkvrouw waarschuwen?' vroeg Jacob nuchter. Hij was een man van weinig woorden en Ab zeer toegedaan. Hij voegde eraan toe: 'Rotzooi! En geen Susanna om op te ruimen.'

Hij had zijn ogen niet in zijn zak gehad het afgelopen halfjaar, maar zijn gedachten daarover voor zich gehouden.

'Lijkt me een goed plan. Als je dat wilt doen?' zei Ab en Jacob fietste naar het dorp om Hendrika, de werkster, te vragen of ze meteen kon komen. Hendrika, een struise vrouw, beloofde dat ze zo vlug mogelijk zou komen. Ze was er na een kwartier en hief haar armen in de lucht toen ze de chaos zag.

'Heilige Anna! Wat is het toch schofterig tuig,' riep ze uit de grond van haar hart en ze liep naar de schuur om een paar emmers en dweilen te pakken. 'Wat heeft het voor zin om hier meel op de grond te gooien? Dat geloof je toch niet. Smeerlapperij!'

Jacob was aan het werk gegaan en stond het hooi dat door de stal gesmeten was, op te ruimen toen Trudie en Vincent terugkwamen van hun bezoek aan Vincents moeder.

'Waar is dat goed voor? Waarom maak je er zo'n bende van?' vroeg Trudie en ze nam de rommel op het erf in ogenschouw.

'Ellende! Ga maar naar binnen,' zei Jacob kort.

Trudie ijlde naar de achterdeur en bleef op de drempel staan toen ze Hendrika met een emmer sop de stenen keukenvloer zag dweilen.

'Wat is hier gebeurd? Waar is iedereen?'

'Duitsers,' zei de werkster laconiek. 'Ab is boven.'

Trudie vloog de trap op en zag haar man, die de matrassen weer op de bedden sjouwde.

'De moffen? Hebben ze Susanna en Evert meegenomen? En waar is Klaas? En jij bent hier nog? Moest jij niet mee?'

'Nee,' zei haar man.

'Maar Klaas had toch goede papieren?' Vincent was achter zijn tante aan gekomen en zag hoe alles overhoopgehaald was in de kamers. Een van de kastdeuren was ingetrapt en er hing een flard behang naar beneden.

Het kamertje dat zo smaakvol ingericht was geweest, zag er kaal uit. De lakens lagen op de grond en een kussensloop was gescheurd.

'Waar was dat goed voor? Heb je hen niet tegengehouden?' gilde Trudie en ze keek haar man beschuldigend aan. 'Wat zochten ze? Het ging toch om Susanna en Evert?'

'Die arme Susanna. En die arme Evert...' zei Vincent zwaar. 'Het is niet te hopen dat de moffen weten wie ze met Evert in handen hebben gekregen.'

'Het is goed met hen.' Ab kwam overeind en keek zijn vrouw en haar neef aan.

'Goed? Hoezo? Noem dat maar goed!' zei Vincent licht verontwaardigd.

'Ze zijn op tijd weggekomen.' Ab schoof een bed terug in de hoek onder het raam.

'Op tijd weg. Hoe dan?'

'Elja,' zei Ab summier.

'Wat heeft Elja ermee te maken?' Vincent keek niet-begrijpend naar zijn oom.

'Elja kwam ons waarschuwen. Flora hoorde in de winkel een paar soldaten praten over een inval die ze moesten doen en vermoedde dat het om ons ging. Ze waren erg moe waarschijnlijk, en hadden er vast geen idee van dat Flora hen verstond, anders waren ze nooit zo loslippig geweest. Ze hadden de hele nacht naar die piloten van het neergestorte vliegtuig van gisteren moeten zoeken. Ze zullen wel zwaar de smoor in hebben gehad. Elja is meteen naar ons toe gekomen. Het was op het nippertje. Ze had geen kwartier later moeten zijn.'

'Gelukkig! Het is een slimme meid.' Vincents bewondering was oprecht. 'Slimme meid! Pientere tantes ook.'

Trudie zei niets. Ze keek afkerig naar het kamertje waar ze eerst in stilte trots op was geweest. Geen boerenkamer waar een blind paard geen schade kon doen: goed ingericht was het kamertje van Susanna geweest.

'Kom, Trudie, die rommel, dat komt wel weer. Hendrika is al bezig. Gelukkig dat ze op tijd weg zijn gekomen,' zei Ab.

Trudies ogen flitsten een moment toen ze naar haar man keek.

'Gelukkig,' herhaalde ze. 'Jaja. Maar kijk eens om je heen... En waar zijn ze naartoe?'

Ab aarzelde. Trudie wist niet alles. Hij had haar buiten een paar dingen gehouden en hij vertelde haar die ook liever niet. Ze was zo paniekerig af en toe en ze vond het onzin om je leven te wagen voor verzetskrantjes of een paar piloten. Wat hij aan Trudie vertelde, kwam doorgaans ook bij haar zuster terecht en het was maar de vraag of die haar mond hield. Hij had geen hoge pet op van die schoonzuster van hem.

Zijn vrouw merkte zijn aarzeling op en de wrok in haar ogen was onverbloemd toen ze zei: 'O, mag ik dat niet weten soms? Ik ben goed om achter iedereen aan te lopen en te zorgen, maar ik mag niet weten waar ze naartoe zijn. Die lieve Susanna en die onverantwoordelijke Evert die iedereen in gevaar brengt met zijn acties... Maar ik mag niet weten waar ze zitten.'

'Beter van niet.' Ab keek op zijn razende vrouw neer en zijn schouders hingen naar voren. Hij leek tien jaar ouder dan vanmorgen.

Trudie hield haar adem in. 'Beter van niet, beter van niet... Ik ben je vrouw, weet je nog wel. Al vergeet jij dat dan misschien!' Haar stem was schel geworden.

'Tante,' zei Vincent ongemakkelijk. 'Er is toch verder niets gebeurd? Gelukkig dat ze weg waren. Oom Ab was vast opgepakt als Susanna en Evert hier waren gevonden. En wat er met Susanna gebeurd zou zijn...'

'Jaja, ik weet het: een paar dagen in de gevangenis voor Ab, en Joden worden naar werkkampen gestuurd, dat weet iedereen. Het zal er geen vakantiepark zijn, maar van werken gaat niemand dood.' Trudie schreeuwde nu bijna.

Ab keek haar aan, hij zag de woede in haar ogen. Toen keek hij rond en hij zag niet alleen de puinhopen van zijn huis. Ook zijn leven was overhoopgegooid. Eén grote troep!

Zou Trudie werkelijk haar ogen sluiten voor wat er met Joden gebeurde? Hij wist het ook niet precies, maar de berichten waren alarmerend, als ook kleine kinderen en oude mensen afgevoerd werden naar die kampen. Om te werken? Moeilijk te geloven.

Gelukkig dat Susanna veilig was. Dat hoopte hij tenminste uit de grond van zijn hart. Veilig onder een ander dak. Maar ze zou 's morgens niet meer in de keuken zijn als hij opstond, en ze zou niet meer over zijn erf lopen vanaf vandaag.

Het was hier zo veel zonniger geweest toen ze, stil en vriendelijk, zijn huis had gevuld met haar aanwezigheid.

Hij zuchtte nogmaals diep en ging naar beneden.

Vincent keek naar zijn tante. Ze had rode vlekken in haar hals en haar jas hing halfopen over haar schouders. Met die blik in haar ogen was ze bijna lelijk.

'Tja, u zult Susanna wel gaan missen,' zei hij. En omdat hij Vincent was, kon hij een sprankje leedvermaak niet uit zijn stem weren. 'En anders oom Ab wel.'

'O ja, je oom zal haar zeker missen,' snauwde ze. 'Ik had er al op gerekend dat ze niet lang meer bij ons zou zijn. Ze denken bij de Van Liers zeker dat ik gek ben.'

Wat was dat nu weer? Hij keek naar haar boze gezicht. 'Kom, tante, dat valt allemaal wel mee. Ze weten best dat u niet op uw achterhoofd bent gevallen. In ieder geval zijn Evert en Susanna nu weg.'

Dat Evert een tijdje uit het zicht van Elja was, kwam Vincent wel goed uit. 'Maar Susanna deed heel veel op de boerderij. Dat moet u toch toegeven.'

'Ja, dat hoorde ze ook te doen. Ze dacht zeker dat ze hier de grote dame met de zachte handjes uit kon hangen. Nou, mooi niet!' zei Trudie fel. 'En dan al die mannen die haar zo gevoelig en lief vonden. Achterbaks! Dat was ze!'

'Nou, al die mannen...' zwakte hij af.

'Jij vond dat net zo goed! Je was eerst ook helemaal hotelde-botel van haar!' Tante Trudie gooide een kussen dat op de grond lag terug op het bed en pakte de lakens van de grond. 'Ik ga eerst maar eens kijken wat Hendrika uitvoert. Ja, die wilde wel meteen komen, natuurlijk. Doodnieuwsgierig.'

Een beetje onthutst volgde Vincent zijn tante naar beneden. Ze zag veel meer dan hij had vermoed. Maar wat voor beerput ging er nu open? Er waren meer mensen met geheimen dan hij had gedacht.

Die zondag kwam Elja met haar familie naar de boerderij van de Van Liers.

Jeanet, Elja's moeder, leefde hartelijk met haar zwager en schoonzuster mee.

'En hebben jullie alles vlug weer op orde gekregen?' vroeg ze en ze keek naar de rug van Trudie, die bij het aanrecht koppen neerzette. Het rossige haar waar ze papillotten in had gezet, viel tot bijna op haar massieve schouders.

'Vincent is meteen in de stal aan het werk gegaan. Als we die niet hadden gehad... En in huis is Hendrika meteen aan het opruimen geslagen. Gelukkig dat ik door de week altijd emaillen kroezen gebruik, anders was mijn servies eraan gegaan. De tinnen suikerpot is wel helemaal gedeukt.'

'Het blijft vreemd,' zei Jeanet. 'Wie heeft jullie toch verraden? Ik kan er niet bij. Je gaat anders naar mensen kijken, of je wilt of niet.'

Ze keek door het raam waar de kale takken van de populieren in de wind heen en weer wiegden. Het leek zo'n solide, veilige plek. En toch... Schijn bedroog dus.

'Het is wel een beroerd gevoel dat we nog minder mensen kunnen vertrouwen dan we al deden,' gaf haar zwager toe. 'We zijn door het oog van de naald gegaan.'

'Precies, want Elja had ze gewaarschuwd,' zei Elja's broer Leo tevreden.

Zijn moeder zag het betrokken gezicht van haar schoonzuster en wierp een blik naar haar zoon. 'En nu praten we er niet meer over,' zei ze vastbesloten.

En Trudie was het voor één keer eens met Jeanet.

Elja dacht in de dagen die volgden vaak aan Susanna die nu bij 'de dominee' – zo noemde ze hem ook maar – en zijn vrouw woonde. Het huis waar ook Evert en de piloten verbleven.

Klaas was inmiddels weer terug op de boerderij, had ze van haar vader gehoord. Hij was ook alleen maar weggegaan om alle risico te vermijden.

Evert zou daar niet lang meer blijven. Die zou de piloten naar Brussel brengen, had haar vader ook verteld. Als ze stil zat, werd ze zo angstig bij die gedachte dat ze fanatiek aan het werk sloeg. Zij was al benauwd geworden bij de gedachte dat ze piloten naar Amsterdam moest brengen. En dan naar Brussel. Nog de grens passeren...

Haar moeder onderkende haar onrust en wist precies waar die vandaan kwam. 'Lieve kind, geef het over. Je kunt niets doen en tien keer je kamer opruimen helpt echt niet. Bid maar voor hem. Dat doe ik ook als je vader op pad is. En daar houdt het mee op ook. Verder kun je er alleen maar zijn en doen wat je moet doen,' zei ze bijna zakelijk. Ze was niet voor niets een zuster van Aline van Henegouwen.

Ook de brief die gepost was bij de Duitsers bleef Elja dwarszitten.

Wie kon die vrouw geweest zijn? En hoe zeker was het dat het een vrouw was? Zo'n portier lag toch niet een hele dag op de loer bij zo'n brievenbus?

Het was in ieder geval iemand geweest die wist dat Susanna en Evert daar waren. Maar wie hadden zo'n hekel aan hen of aan tante Trudie en oom Ab dat ze zoiets hadden gedaan?

Het konden zo veel mensen geweest zijn, en al was Susanna naar boven verdwenen als er vreemden kwamen, wanneer er mensen wat vaker om eten kwamen vragen en hun gezichten vertrouwd werden, verslapte de waakzaamheid vanzelf. Of misschien iemand uit het dorp? Had Hendrika iets losgelaten? Of Jacob? Nee, Jacob niet. Dat was zo'n zwijger.

En het hoefde niet eens kwaad bedoeld te zijn: gewoon loslippigheid was al genoeg. Je wist alleen niet wie het opving.

Ze betrapte zich erop dat ze toch even aan Helmy had gedacht. Die kon er ook van alles uitflappen en ze had er zo'n hekel aan gehad dat Susanna in de buurt van Vincent bivakkeerde.

Maar een brief sturen... dat zou Helmy nooit doen.

Toch vertelde ze haar vriendin alleen maar het hoognodige: dat Susanna ergens anders onderdak had gevonden. De twijfel over haar schoolvriendin verdween niet helemaal, al was Helmy zelf ook ontdaan geweest toen ze haar had verteld dat er een overval was geweest op de boerderij.

Met grote, angstige ogen had ze gevraagd: 'En Vincent?'

'Die was het weg met tante Trudie en trouwens, die liep geen gevaar. Als Susanna wel was gevonden, was alleen oom Ab waarschijnlijk opgepakt, al kun je nergens op rekenen bij dat tuig,' had Elja geantwoord.

Helmy was opgelucht geweest en Elja kende haar genoeg om te weten dat ze dat niet had kunnen spelen. Maar toch...

16

De eerste dagen na sinterklaas was het heel rustig in de winkel. Dat zou over een week wel weer veranderen en ze moesten eerst het gezicht van de winkel aanpassen. Er was een zending gekomen uit Almelo met stoffen waarvoor Elja zich het eerste jaar geschaamd zou hebben, zo slecht was de kwaliteit. Ze legde ze samen met Helmy in de rekken en voelde hoe hard en plankerig het katoen aanvoelde. Bah. Niet meer aan denken. Iets anders...

'Kom Helmy, laten we een kerstetalage maken. Weg met die mijter en de Zwarte Piet,' zei ze.

Helmy was er meteen voor in. 'Wat wil je doen?'

Peinzend keek Elja door de winkel en ze opende het binnenraam dat toegang gaf tot de etalage.

'Sterren. We maken zilverkleurige sterren en één gouden! Die bevestigen we aan dat kleurloze draad dat we hebben liggen. Tegen een achtergrond van die donkerblauwe stof waar we toch genoeg van hebben, komen ze mooi uit. Onderaan leggen we die donkergroene frotté en aan de zijkant laten we bruine stof een beetje geplooid afhangen. Dan knippen we driehoeken van rode stof, die de daken van Bethlehem voorstellen.'

'Een staande foto van die paar schapen die je tante heeft gemaakt? En we leggen wanten, sjaals en wol neer,' stelde Helmy enthousiast voor. 'Met een pluk stro.'

'Stro? Wordt dat niet té?' aarzelde Elja.

'Ben je mal.' Helmy pakte het kleine trapje dat altijd klaarstond om bij de bovenste planken van het rek te kunnen en graaide de mijter en de Zwarte Piet uit de etalage. 'Nemen we karton en beplakken we dat met stof? Of nemen we zilverpapier? Voor de sterren, bedoel ik natuurlijk.'

'Stof.' Ze overlegden samen en ze waren een tijdlang genoeglijk bezig met het knippen van de glanzende, zilverachtige stof.

Buiten was het gaan sneeuwen. Een lichte motsneeuw, die niet op straat bleef liggen, maar zich wel op kleding hechtte zodat de enkele voorbijganger een witte waas over zich heen kreeg.

De winkeldeur ging open en wat verbaasd zagen ze tante Trudie binnenkomen. Dit was niet direct weer om te winkelen. Iets in haar houding alarmeerde Elja.

'Dag tante.' Haar stem was afwachtend.

'Dag Elja, dag eh... Helmy.' Tante Trudie stopte haar handschoenen in haar tas. 'Al bezig voor kerst? Dat zal wel stil worden voor jullie. Evert weg, heb ik gehoord van Klaas, en waarschijnlijk blijft die een paar weken weg.'

Elja zag in haar lichtblauwe ogen een glimp van heimelijk... was dat nu plezier? Maar waarom? Wat had ze haar tante dan misdaan dat ze daar genoegen aan beleefde?

'Jullie hebben het misschien al gehoord over Susanna?'

Elja schrok. Susanna? 'Nee.'

'Nou ja, ik dacht het al toen ze nog bij ons was, maar nu

hoorde ik via via gisteren...' Haar ogen bleven op Elja gericht. 'Ik hoorde van een meisje dat Klaas moest spreken dat ze inderdaad in verwachting is. Dat meisje dacht dat ik het wist, maar ja, mij wordt niets verteld door de heren. Nou ja, dat hoefde ook niet. Ik ben niet gek.'

'Ach...' zei Elja. En terwijl ze het ergens wel verwacht had, was ze toch aangeslagen.

Achter haar hoorde ze Helmy diep en snel ademhalen.

'Ja, ik begrijp wel dat jullie daarvan opkijken. Jullie dachten ook dat het een net, degelijk meisje was.' Tante Trudies mond trok en haar vingers gingen over de sluiting van haar tas heen en weer. 'Voor zoiets zijn trouwens twee mensen nodig,' vervolgde ze. 'Dus ik ben eigenlijk maar blij dat ze nu op een ander adres zijn, al is Evert daar natuurlijk niet meer.'

Het gonsde opeens in Elja's oren. En hoewel Helmy het prettig vond dat niet de naam van Vincent viel, had ze medelijden met het wit weggetrokken gezicht van haar vriendin.

Tijd om te reageren hadden ze verder niet, want de winkeldeur ging weer open en tante Flora en een klant kwamen binnen. Ze bleven voorin staan en de klant sloeg de sneeuw van haar mouwen.

'Dat ontbrak er nog aan,' zei Helmy onderdrukt. 'Mevrouw De Vries!'

Elja keek naar de vrouw die het nooit kon laten 'de Nieuwe Orde' zoals ze dat noemde, aan te prijzen. De nieuwe textielbonnen waren deze week geldig en ze was altijd de eerste die ze in kwam wisselen.

'Ik dacht maar zo, ik ga alvast wat uitzoeken,' verkondigde ze en ze liep naar de achterkant waar de wol in rekken lag.

Tante Flora kwam achter haar aan. 'Waarmee kan ik u van dienst zijn? De meisjes zijn druk bezig.'

Mevrouw De Vries keek om. 'O. Ja, ik wilde graag wol hebben. Dat komt altijd van pas.' Toen keek ze weer voor zich en ze zag tante Trudie staan die ook naar wol op zoek was.

'Ach... U? Nou, hebt u nog succes gehad? Hebt u de baan gekregen?'

Tante Trudie keek haar stomverbaasd aan. 'Baan? Hè?'

'Ja, de baan. Die voor de typekamer op het hoofdkwartier natuurlijk,' zei mevrouw De Vries wat ongeduldig. 'Ze vroegen ook dames voor de schoonmaak en zo. Je moest schriftelijk reageren. Daarom was ik er ook zelf met mijn brief, want de post vertrouw ik niet meer. Ik ben dus aangenomen om koffie te zetten. Schoonmaken, daar begin ik niet aan. Daar moeten ze maar een paar van die jonge meiden voor nemen. Ik neem toch aan dat u ook niet voor schoonmaakwerk kwam. We waren er bijna tegelijk, weet u nog wel?'

De tint op tante Trudies wangen wisselde van vuurrood naar wit en haar ogen werden klein. 'Ik begrijp echt niet waarover u het hebt. U bent in de war met iemand anders.'

Haar hand op de bovenkant van haar tas omklemde de sluiting.

'Nee hoor,' praalde mevrouw De Vries. 'Ik heb een heel goed geheugen voor gezichten. Mijn man zegt weleens dat ik nog weet wie er boven mijn wieg hing toen ik een baby was. We stonden tegelijk voor de deur van Huize Voorhout...'

'Huize Voorhout?' De ademhaling van tante Flora ging nu net zo snel als die van tante Trudie. Ze keek naar mevrouw De Vries die al een knot wol bemachtigd had.

'Hebt u deze mevrouw bij Huize Voorhout...?' vroeg ze langzaam.

'Jazeker! Je moest schriftelijk solliciteren. Natuurlijk om te weten of je een beetje overweg kunt met je Nederlands op de typekamer. En we stonden daar tegelijk voor de deur. Nou ja, niet iedereen heeft zo'n goed geheugen als ik.'

Elja keek totaal uit het veld geslagen van tante Trudie naar mevrouw De Vries. Haar benen trilden. Huize Voorhout, het hoofdkwartier van de Wehrmacht op de Kennemerstraatweg. De brief...

Ze kon geen woord uitbrengen en keek zwijgend naar de vrouw van oom Ab.

Tante Trudie lachte schril en haar ogen gingen schichtig heen en weer. 'U bent helemaal in de war. U kunt me daar niet gezien hebben, want ik ben daar nooit geweest. Ik weet niet waarover u het hebt. Ik heb al te veel werk op ons eigen bedrijf. We hebben een boerderij, dus...'

'Tante?' vroeg Elja.

Even was mevrouw De Vries in verwarring gebracht. Toen zag ze Trudies hand, samengeknepen op de sluiting van haar tas, en ze lachte begrijpend en wat triomfantelijk.

'Tante? Bent u familie van deze mensen hier die niets te maken willen hebben met de Nieuwe Orde? Dan begrijp ik best dat u liever niet wilt laten weten dat u voor de Duitsers gaat werken. Maar het is onzin, want er zijn zo veel mensen bij hen in dienst: alle bouwfirma's, de betonmaatschappijen, de mensen op de stadhuizen, de voedselvoorziening. Iedereen die z'n verstand gebruikt weet dat je het van de Duitsers moet hebben. En als ik u nog niet herkend had aan uw gezicht, dan had ik u daaraan wel herkend.' Ze wees naar de gouden ring met de robijnen, die tante Trudie van oma Van Lier had geërfd, tot ongenoegen van Elja's moeder die had gevonden dat die ring haar toekwam.

'De ring van oma Van Lier,' zei Elja zacht en onwillekeurig legde tante Trudie haar hand over de vinger met de ring.

De ogen van tante Flora en Elja ontmoetten elkaar en ze kwamen een paar stappen dichterbij.

'Trudie van Lier.' Tante Flora had haar armen voor haar borst gevouwen en Elja deed hetzelfde.

Tante Trudie keek langs Elja naar de deur. De dreiging zinderde door de lucht.

'Help jij mevrouw De Vries even af?' vroeg tante Flora over haar schouder aan Helmy.

Mevrouw De Vries rook een relletje. Ze aarzelde bij iedere bol wol die ze oppakte en keek ondertussen naar de drie vrouwen van wie de spanning afspatte. Ten slotte kon ze niet anders dan afrekenen en ze drentelde naar de deur. Met een vlugge, felle beweging duwde Trudie Elja weg, ze passeerde tante Flora en liep met mevrouw De Vries mee naar de deur.

Vol begrip keek mevrouw De Vries naar de vrouw naast haar. 'Het valt niet mee om voor je idealen uit te komen,' zei ze en ze liet haar voorgaan naar buiten, waar de sneeuw hen weer in het gezicht sloeg.

De uitdrukking op tante Flora's gezicht was grimmig toen de deur weer dicht was.

'Zij was het dus. Onbegrijpelijk, maar zij is het geweest.'

'Wat? Wie is wat geweest?' Helmy kwam naar hen met de bonnen van mevrouw De Vries nog in haar hand. 'Wat was dat nou over werk voor de moffen? Mevrouw De Vries leek er zeker van te zijn dat ze je tante daar gezien had.'

Elja zag haar nieuwsgierigheid en stelde beschaamd vast dat ze Helmy ten onrechte had verdacht.

Maar wie had ook kunnen denken aan tante Trudie? Dat was toch de laatste? Hoe kon het dat Trudie haar eigen huisgenoten had verraden? En dan het risico voor oom Ab. Zo zachtzinnig gingen de Duitsers niet om met mensen die onderduikers en

Joden herbergden. Maar vooral... waarom? Ze haalde radeloos en vol onbegrip haar schouders op.

'Ach, onzin, ik houd het erop dat mevrouw De Vries de zaken door elkaar haalt. Trudie van Lier die werk zoekt... Waanzin!' kapte tante Flora af. Hier Helmy niet in betrekken. Dat gaf alleen maar narigheid.

'Nou, ze was anders wel vlug weg. Trudie bedoel ik.' Helmy was niet overtuigd. De stem van tante Flora klonk net een beetje te beheerst voor haar gedrag daarnet.

Tante Flora keek naar het meisje dat de bonnen in de kassa legde. Ze moesten heel goed nadenken over wat ze moesten doen. Hoe konden ze de schade beperken en vooral, hoe neutraliseerden ze Trudie van Lier? Ze was dus een groot gevaar. Er liep een koude rilling over haar rug toen ze aan Susanna en Evert dacht.

Ze pakte een ster op die nog gelijmd moest worden. 'Voor de etalage, dus. Hoe gaan jullie het aanpakken? Ik zou rijgdraad gebruiken om de stof bovenaan te bevestigen. Dat kleurloze.'

Elja probeerde uit alle macht weer kalm te worden. Met z'n drieën maakten ze de etalage op voor de kerst, en aan het eind van de middag keken ze tevreden naar het resultaat.

Buiten was de sneeuw blijven liggen en was de grond bedekt met een witte laag.

Tante Aline kwam langs. 'Dames, we gaan er een punt achter zetten. Het is halfvijf geweest. Jullie moeten nodig naar huis,' schalde haar stem. Elja realiseerde zich dat zij nog van niets wist.

'Ga ook maar,' zei tante Flora zacht tegen Elja, die draalde. 'En vertel het aan je vader! Die weet wel wat hij moet doen. En kijk maar of je morgen komt. We redden het wel.'

Elja knikte en liep even later naast haar fiets over de glibberige straat. De houten banden gleden te gemakkelijk weg, dus ze liep over het trottoir naar huis. Ze kon haar fiets morgen wel thuislaten, als het weer zo bleef.

De verduisteringsgordijnen van de huizen waren overal al gesloten. In de heggen langs het Kennemerpark scharrelden een paar eenzame huismussen. Elja had medelijden met de vogels die in het dorre blad pikten. Er viel weinig meer voor ze af.

Vader Van Lier was minder verbaasd dan Elja had gedacht toen ze haar verhaal deed.

Hij trommelde met zijn knokkels op de stoelleuning en zei: 'Rustig, rustig,' tegen Elja, die met tranen in haar ogen tegenover hem zat en zich weer opwond. Toen ze in de winkel tegenover Trudie had gestaan, was ze kalmer geweest dan nu, achteraf gezien.

'Trudie weet niet waar ze nu zijn,' stelde haar vader haar gerust. 'Evert is al weg met de piloten. Ik weet niet wanneer hij terugkomt. Hij zou hen in Brussel afleveren. En die opmerking van je tante over hem en Susanna moet je naast je neerleggen.' Hij legde een hand op haar hoofd. 'Een beetje vertrouwen komt hem wel toe, vind je niet?'

Elja beet op haar lippen. Hij had wel gelijk, maar Susanna mocht Evert graag en hij was heel... heel beschermend en ook lief naar haar toe.

'Maar wat moeten we doen?' vroeg ze.

Hij keek ernstig. 'Laat me nadenken. Hier moeten we zo weinig mogelijk mensen in moeien.'

'Oom Ab moet het weten!'

'En nog een paar mensen,' zei haar vader. 'We zullen samen naar de boerderij gaan. Morgen meteen maar. Neem maar vrij. Je tantes gaan er vast wel van uit dat je niet komt.'

Ze knikte en vroeg: 'Moet mama ook mee?'

'Lijkt me beter van niet. Ik zeg dat ik de administratie ga bijwerken. We vertellen het later wel, want hier kunnen we je moeder niet buiten laten.'

'Tante Flora?'

Haar vader schudde zijn hoofd. 'Ook niet!'

De volgende dag fietsten vader en dochter richting de boerderij. De sneeuw die over de weilanden in de polder lag, schitterde in het licht dat uit een felblauwe hemel kwam.

'Eigenlijk moet ik ook naar Susanna gaan. Ik had beloofd dat ik zou komen,' zei Elja aarzelend. 'Zal ik vanuit de boerderij naar haar toe gaan?'

'Wacht er nog maar mee,' zei haar vader. Hij keek zorgelijk. Het bevroren riet langs de oever kraakte in de wind.

Bijna te vlug waren ze op de boerderij. Vanuit de stal kwam de hond van oom Ab naar buiten en hij kwispelde met zijn staart.

Meneer Van Lier aaide hem over zijn kop, voor hij naar binnen ging. Vader ziet er ook tegenop, realiseerde Elja zich.

In de keuken zaten Vincent, Klaas, tante Trudie en oom Ab

rond de tafel. Geen vreemden gelukkig, constateerde Elja.

Tante Trudie stond meteen op toen ze binnenkwamen, haar wat massieve schouders naar voren gebogen.

'Als het over die idiote verzinsels van dat NSB-mens bij jullie in de winkel gaat, dan kunnen jullie meteen vertrekken!' ging ze in de aanval. Haar ogen waren klein en fel en ze zag hoogrood.

Ab keek zijn broer aan. 'Dat is toch niet waar? Je kunt toch niet werkelijk geloven wat die vrouw heeft gezegd over die brief? Wie verraadt zijn eigen mensen nu, met het risico van een overval op ons eigen bedrijf? Dirk, dat is toch waanzin?'

'Is dat zo?' vroeg vader Van Lier en hij ging zitten.

'Ja. Waanzin! En als jij liever zo'n mens gelooft dan je eigen schoonzuster...' riep Trudie met een hoge stem.

Vader Van Lier zei kalm: 'Die vrouw – ze is vast lid van de NSB of zo, maar dat doet er even niet toe – had geen enkele reden om zoiets te verzinnen.'

'O nee? Misschien heeft dat gekke mens ons wel verraden,' snauwde Trudie.

'Maar die wist toch niet dat Susanna hier was, en Evert?' Haar zwager keek naar haar ogen die roodomrand waren.

'Ze herkende de ring van oma Van Lier,' zei Elja stil.

Vincent keek van zijn tante naar Elja. Hij haalde zijn wenkbrauwen op en schudde zijn hoofd in de richting van Klaas, die doodstil met een mok in zijn hand voor zich uit keek.

'Maar waarom zou ik dat doen?' daagde Trudie haar zwager uit. 'Vertel me dat maar eens, waarom zou ik dat doen?'

'Omdat je een hekel had aan Susanna,' zei vader Van Lier simpel.

'Had ik een hekel aan haar? Ik heb voor die slet gezorgd alsof het mijn eigen familie was,' schreeuwde Trudie.

'Praat niet zo over haar,' zei oom Ab pijnlijk getroffen.

'Praat niet zo over haar, praat niet zo over haar,' deed ze hem na. 'Verdedig jij die meid nog? Ja, jij was dol op haar, dat weten we. En van wie is het kind dat ze krijgt? Vertel me dat maar eens als je durft!' Ze was nu buiten zichzelf van boosheid.

Het gezicht van oom Ab was bleek geworden. Hij stond op, en liet zich toen weer langzaam zakken.

Er viel een beklemmende stilte in de keuken. Alleen het water in de grote ketel die op de kachel stond, suisde en liet een sliert stoom de keuken in stromen.

'Ze zou alleen maar naar een werkkamp zijn gegaan. En jij zou een paar dagen gevangenzitten, net als boer Dekker in Schermerhorn,' zei Trudie giftig tegen haar man. 'Die was met een week weer terug!'

Hij schudde langzaam zijn hoofd en keek naar haar met een blik van diepe afkeer.

'Dus...' zei vader. 'Heb je er helemaal niet aan gedacht dat je zelf weleens gearresteerd zou kunnen worden?'

Ze kalmeerde heel even en wierp hem een minachtende blik toe. 'Ze doen vrouwen niets. Alleen mannen nemen ze mee, heb ik gehoord van mijn zuster, daar blijft het bij.'

'Je zuster weet niets! En in Drenthe is net een boerderij in brand gestoken omdat ze er onderduikers vonden,' zei vader Van Lier en hij schudde zijn hoofd. 'Hoe kun je,' prevelde hij. 'En hoe...' Hij zag het ontzette gezicht van zijn broer en zweeg.

Toen stond Klaas op. Zijn blonde haar viel over zijn voorhoofd en de lichtblauwe ogen met de lichte wimpers waren op Trudie gericht. 'Als het alleen om die baby gaat... Na de oorlog trouwen Susanna en ik!' zei hij hard.

Een moment was het doodstil.

'Jij?' schreeuwde tante Trudie toen ongelovig.

'Ja, ík!' Hij stak zijn handen in zijn zakken en zijn ogen waren hard. 'Ze zocht troost bij mij en dat was nodig ook. De manier waarop jij haar behandelde... en dat je haar verraden hebt omdat je dacht dat Ab iets met haar had...'

Elja wist niet dat iemand die altijd zo gelijkmatig leek, zo vol verachting kon spreken.

'Iedereen met een beetje hart had haar getroost.'

Oom Ab zakte nog verder achterover.

Vader keek opgelucht en ongelovig tegelijk. Daarna versomberde zijn gezicht weer. 'Als dat de reden was dat je een brief naar de Duitsers hebt gestuurd...'

'Ik geloof je niet,' fluisterde Trudie en ze hield haar ogen op Klaas gericht. 'Ik geloof je niet!' Toen keek ze naar haar man die zijn ogen had gesloten. 'Ab?'

'Je strooide rond dat het Evert was.' De korte, pezige gestalte van Klaas leek opeens langer te worden. Hij keek naar Vincent en toen weer terug naar Trudie. 'Je wilde Elja aan Vincent koppelen en als Evert zou verdwijnen...' Hij vulde het niet aan, maar het was duidelijk wat hij bedoelde.

'Doe niet zo gek,' zei Vincent toen langzaam. 'Dat heeft mijn tante niet gedaan. Toch, tante Trudie?'

'Was het zo gek dat ik dat dacht?' Tante Trudie huilde opeens met felle uithalen. Het was het enige geluid in de doodstille keuken.

Vader Van Lier dacht opeens aan een gezegde: *Geen vrouw zo gevaarlijk als een jaloerse vrouw*, nee, *als een versmade vrouw* was het.

'Heb je het daarom gedaan, Trudie? Omdat je dacht dat Ab... ? Het is belangrijk dat we het weten, want anders moeten we verder zoeken en is het voor niemand veilig op de boerderij.' Hij fluisterde bijna.

Elja wachtte met ingehouden adem.

'En als ik dat briefje had geschreven,' hikte Trudie, 'wat dan nog? Er is toch niets gebeurd? Dat wist ik echt wel. Het zou alleen maar... ik bedoel...' Ze stopte en haar mond zakte wat open toen ze de ogen van haar man zag.

Oom Ab stond op, groot en indrukwekkend. 'Pak je tas! Ga een paar dagen naar je zuster, of ergens anders naartoe. Het kan me niet schelen. Ik kan je niet meer zien!' Zijn gezicht was zo inwit, dat Elja bang was dat hij niet goed zou worden.

'Je hebt het aan jezelf te danken!' Van de agressie van tante Trudie was opeens niets meer over.

'Ja. Dat weet ik. Maar ik wil je nu even niet meer zien, voor er ongelukken gebeuren,' zei oom Ab schor.

Er viel een beklemmende stilte.

Vincent stond op. 'Kom nu maar mee, tante. Dat is vast het verstandigste. Volgende week zien we wel verder.'

Hij pakte de vrouw die weer gierend huilde bij een schouder en keek naar Elja.

'Kun jij even een tas inpakken voor een paar nachten?' vroeg hij en hij leidde zijn tante de woonkeuken uit.

Elja wist nog waar de koffer en tassen opgeborgen lagen van Susanna's vlucht. Ze liep naar de zolderkamer, pakte een tas vanachter het wandschot en liep naar de kamer van tante Trudie en oom Ab. Ze opende de kast, pakte wat ondergoed, een nachtpon en een jurk en stopte die in de tas. O ja, nog een paar kousen en een kam. Op de bovenste plank lag een lap stof die zij zelf aan Susanna had gegeven. Had tante die ingepikt? Dat verminderde haar medelijden dat onwillekeurig naar boven was gekomen.

Vincent had zijn tante in haar jas geholpen en veegde handig haar gezicht af. Hij nam de tas van Elja over, mompelde een groet en na zijn woorden: 'Ik ben voor het melken weer terug,' verdwenen ze.

Oom Ab zat aan tafel en staarde voor zich uit. Zijn gezicht drukte nog steeds ontzetting uit.

Vader Van Lier was blij voor hem dat Jacob er niet was op dit moment.

Klaas keek ernstig naar de drie mensen die overgebleven waren in de keuken. Hij zei niets, schudde zijn hoofd en verliet het vertrek.

'Wat nu?' vroeg oom Ab ten slotte hulpeloos. 'Ik weet niet wat ik nu moet!'

'Voorlopig niets. Ik ga ervan uit dat ze zoiets nooit meer uithaalt,' zei Dirk van Lier verbeten. 'Ab, je weet dat je altijd welkom bent bij ons!'

Hij legde een hand op de schouder van zijn jongere broer en zag met deernis de paar tranen die over zijn wangen gleden. 'Ach, broertje toch...'

Ze legden de terugweg grotendeels zwijgend af. Elja merkte niet op dat haar wangen nat waren.

'Pap,' zei ze ten slotte. 'Wat moet oom Ab nu doen?'

'Lieverd, hij kan niets doen. Tante Trudie voorgoed de deur uit zetten? Dat is niets voor hem. Maar hoe het goed moet worden tussen die twee... ik weet het ook niet. Er is wel heel veel vergevingsgezindheid voor nodig. Van twee kanten, ben ik bang.'

'U denkt ook...?' Elja durfde niet te zeggen dat oom Ab misschien wel te veel om Susanna had gegeven. Het leek raar, maar aan de andere kant, oom Ab was tweeënveertig. En dat was nog niet oud. Wel ouder dan Susanna, maar relaties met zo'n verschil in leeftijd kwamen best vaak voor.

'Ik weet het niet, maar één blik in zijn ogen herkende ik wel van vroeger als hij dol was op een meisje. Ach, die arme jongen. En Trudie kan zo zuur zijn, dat deed er ook vast geen goed aan.'

'Ze zal nu toch nooit meer zoiets proberen?' vroeg Elja en ze dacht aan Evert. Hij was ook op tijd weggegaan. Niet dat de Duitsers zouden weten wie ze gearresteerd hadden en dat hij gezocht werd. Maar je kon nooit weten.

Alsof vader Van Lier wist aan wie ze dacht, zei hij: 'Hij is voor het eind van het jaar wel weer thuis, Elja. Hij kan zichzelf heel goed redden. Ik weet niet wat hem heeft opgehouden, maar daar is ongetwijfeld een goede reden voor.'

'Denkt u?'

'Ja.'

Er verstreken twee weken. Tante Flora en tante Aline waren ook aangeslagen door het bericht dat de schoonzuster van hun eigen zus verantwoordelijk was geweest voor de inval op het familiebedrijf.

'Onbegrijpelijk. Die vrouw moet niet goed snik zijn. Ik ga ervan uit dat je oom haar nu wel in de gaten houdt?' vorste tante Aline en Elja knikte.

Tante Flora vond het ook bijzonder tragisch allemaal. 'Waar een mens niet toe in staat is,' zei ze zacht. 'Je tante moet wel erg ongelukkig zijn geweest. Wel of niet terecht.'

'Je bent beter dan ik, Flora,' zei Aline hartelijk. 'Ik zou haar wat kunnen dóén.'

Elja glimlachte ondanks alles. Zo grappig, dat verschil tussen haar tantes.

De drukte van de kerstdagen bood zo veel afleiding dat Elja niet de hele tijd aan de treurige gebeurtenissen op de boerderij hoefde te denken. De enige gedachte die wel telkens bovenkwam, was: zou Evert nog thuiskomen voor de kerst?

Oom Ab had de afgelopen zondag bij hen doorgebracht en het gepraat van de jongens monterde hem wel heel even op. Elja zag op een gegeven moment haar vader en oom samen in de tuin staan praten. Oom Ab pakte de bos hulst op die hij op de boerderij had afgesneden en buiten neergelegd. Hij zwaaide er tijdens het praten mee in het rond. Hun gezichten waren ernstig.

Elja's moeder keek de tuin in. 'Kijk, je vader probeert oom Ab over te halen om in ieder geval met Trudie te gaan praten,' zei ze.

'Dat lijkt me heel moeilijk,' zei Elja.

'Ach, schat. Ja. Dat lijkt mij ook.' Moeder Jeanet was als altijd eerlijk. 'We zullen het wel horen vanavond. Je vader zal in ieder geval proberen om Ab zover te krijgen.'

Vader haalde later alleen maar zijn schouders op. 'Het is erg moeilijk. Wat hem te wachten had gestaan... Hij wil nog wel geloven dat ze zich niet gerealiseerd had hoeveel gevaar hij had gelopen. Maar Susanna en Evert... Dat vindt hij nog steeds niet te verteren.'

'Niet gek,' vond Elja.

'We zullen maar afwachten,' zei vader.

Op een middag van de laatste week voor kerst, toen Helmy en Elja druk bezig waren met verkopen en knippen, kwam Vincent de winkel in.

De klanten in de winkel keken naar de knappe jongeman en een paar glimlachten. Het effect dat Vincent vaak had op vrouwen van iedere leeftijd.

'Nee, ik wacht wel,' zei hij toen een dame hem voor wilde laten gaan, nieuwsgierig als ze was naar wat deze man hier deed.

Hij knikte naar Elja en de andere vrouw kreeg een begrijpende blik in haar ogen. Natuurlijk kwam hij niet voor een bol wol hier.

'Nou meid, jij boft,' zei ze tegen Elja, die onmiddellijk ontkende dat Vincent haar vriend was. Die uitdrukking op het gezicht van Helmy... Niet nog een afgunstige vrouw. Ze was te beducht geworden voor jaloezie om het zich aan te laten leunen.

Vincent wachtte tot Elja klaar was met de klant en boog zich naar voren. Hij vroeg om wollen handschoenen 'zoals dat paar dat in de etalage lag' en zei toen zacht: 'Tante Trudie is weer terug. Ab is gekomen en hij heeft met haar gepraat. Het was wel op tijd, want mijn moeder en tante Trudie zijn wel erg op elkaar gesteld, maar kunnen niet zo lang in één huis zijn. Twee kapiteins op een schip, begrijp je wel...'

Ja, Elja begreep het helemaal.

'En nu?' vroeg ze.

Hij spreidde zijn vingers en zei eerlijk: 'Ik bewonder je oom. Maar in ieder geval is ze nu onder een hoedje te vangen. En dat moet vooral zo blijven.'

'Is het niet vervelend voor Klaas?' vroeg Elja bezorgd.

Ze was een keer naar het huis van 'de dominee' gegaan, maar ze had nauwelijks gelegenheid gehad om met Susanna te praten. Toevallig was er een repetitie van een kinderkoortje geweest dat met kerst in de dorpskerk zou zingen en Susanna moest hen begeleiden. Ze ging nu door voor een achternichtje van de oude dame en niemand scheen dat vreemd te vinden. Ze hadden zo vaak mensen over de vloer, dat oude echtpaar. Hij was vroeger arts geweest en kende bijna iedereen in het dorp. Waarom hij 'de dominee' werd genoemd door Evert en zijn vrienden, dat begreep ze eigenlijk wel.

Susanna zag er een stuk beter uit dan de laatste keer dat Elja haar gezien had, en op de vraag of het goed met haar ging, had ze geglimlacht en geantwoord: 'Ze zijn hier erg lief voor mij. En Klaas is ook heel goed voor me.'

'Kan ik nog iets voor je doen?' had Elja toen gevraagd.

'Kom me opzoeken,' was het antwoord geweest.

Elja had het beloofd. 'Maar dat wordt na de kerst!'

'Dat begrijp ik. Dat is beter ook, want het is hier nu erg bedrijvig.'

Ze had Elja bij hun afscheid even stevig vastgehouden en Elja nam zich voor dat het niet meer lang zou duren voor ze haar weer op zou zoeken. Ze moest ook meteen maar kijken of ze iets van babykleertjes en zo bij elkaar zou kunnen scharrelen.

Maar dat tante Trudie weer terug was, leek goed nieuws te zijn. Vincent was er tenminste wel mee ingenomen dat hij het apart kwam vertellen.

Helmy's gezicht betrok toen ze haar vriendin in gesprek zag met de man die ze voor zichzelf wilde hebben. Toen hij met een joviale armzwaai weer de deur uit ging, werd haar blik nog donkerder.

'Wat moest hij van je?' wilde ze weten toen het weer rustig in de winkel was.

'Een boodschap van mijn oom. En nee, je mag niet weten wat het was, want het gaat je niet aan.' Elja had geen zin om leugentjes te verzinnen.

'O,' zei Helmy alleen maar. Ze realiseerde zich op dat moment dat ze geen enkel recht had op Vincent. Ze keek naar haar vriendin. 'We zijn een stel sneue meiden, El.'

'Helemaal niet,' zei Elja vastberaden. 'We zijn gewoon zelfstandige vrouwen die het uitstekend redden in hun eentje!'

De kerstdagen waren bijna aangebroken, maar Evert kwam niet.

Het zou ook wel erg cliché zijn geweest, dacht Elja bij zichzelf en ze slikte. De verloren minnaar die met kerst terugkeert.

Ze verborg haar teleurstelling. Geen slecht humeur omdat zij iemand miste, en ten slotte zou hun huis vol genoeg zijn.

De laatste klanten waren weggewerkt, de kassa was opgemaakt.

Tante Aline kwam met een geheimzinnig gezicht naar Helmy toe. In haar handen had ze een pak koffiebonen en een zak suiker. 'Maak er een fijne kerst van met je vader en moeder,' zei ze.

Helmy gilde verrukt: 'Wat heerlijk! Hoe komt u daar nu aan?' Ze stak haar beide handen uit om het aan te nemen.

'Nooit naar vragen.' Tante Aline lachte breed om haar opgetogen reactie.

Elja wist uitstekend waar het vandaan kwam. Zou Esther Mendels ooit te weten komen hoe welkom haar verborgen levensmiddelen waren geweest?

Wat was het toch wijs van haar geweest om weg te gaan toen het nog kon. En wat vreemd dat de lijnen weer zo bij elkaar kwamen: Susanna die hier haar toevlucht had gezocht.

'Tot morgen, lieve tantes.' Ze keek vol genegenheid naar de twee vrouwen van wie ze zo veel steun had ontvangen.

En ze had een goede kerst. De oorlog was even heel ver weg toen ze in de Grote Kerk de oude liederen zong. De grote kaarsenkronen, die met hun milde licht de mensen in de overvolle kerk beschenen, droegen bij aan het besef dat ze in de traditie van eeuwen stond.

De geboorte van Jezus. Ook in een tijd dat Israël bezet was. Het trof haar opeens. En zij leefden in een wereld die bezet was. Niet alleen door mensen, maar ook door het Kwaad met een hoofdletter. En de Heer, die als Bevrijder was gekomen, toen en nu...

Haar gedachten dwaalden af naar Evert en ze realiseerde zich dat zij ook, elk op hun eigen plaats, mee streden tegen het kwaad. Het gaf haar moed, merkte ze, en vol overgave zong ze mee: '*Komt verwondert u hier, mensen, ziet hoe dat u God bemint...*'

'Het zal niet druk zijn tussen kerst en oud en nieuw. De bonnen zijn op, en we hebben een goede gelegenheid om alles eens na te lopen,' had tante Aline voorspeld.

En daar kreeg ze helemaal gelijk in.

Helmy had vrij gekregen deze week en Elja ruimde op en keek de kasboeken na. Ze hield wel van cijfertjes, dat had ze vast van haar vader geërfd.

Over een paar dagen was het oud en nieuw. Zou er nog wat terechtkomen van oliebollen bakken? Ze was zo dol op die knapperige bollen. Meel was wel te krijgen, olie en gist ook, moeder had suiker gespaard voor deze gelegenheid, maar rozijnen?

Ze ging tegen het eind van de dag naar tante Aline toe. 'Er waren toch ook rozijnen, tante? Ik herinner me dat ik die ook gezien heb. Esther was toch dol op zoetigheid?'

Tante Aline zoog haar lippen naar binnen. Ze had de koffie, de zeep en de suiker verdeeld over de twee huizen. Als iemand lucht kreeg van de bergplaats in het ene huis, bleef er altijd nog iets over in het andere huis, had ze geredeneerd. Rozijnen had ze niet meegenomen.

'Er staat me iets van bij. Zoek maar en doe wel de winkel op slot. Het is niet nodig dat iemand je verrast,' adviseerde ze. 'Het is trouwens bijna tijd om te sluiten.'

Aan de deur hing een bord met: *geopend.* Aan de binnenkant van de deur een bord met: *gesloten.* Elja draaide het bord om, zodat het bord met *gesloten* zichtbaar was en ze liep naar het magazijn toe.

Ze haalde eerst wat pakpapier weg, daarna het schot en zakte toen op haar knieën. Met de knijpkat bescheen ze de ruimte achter de schotten. Gelukkig dat ze nog nooit last hadden gehad van muizen, want daar zat ze niet op te wachten.

Wat verder bij de opening vandaan zag ze een paar blikken staan. Zie je wel, ze had zich niet vergist. Vorig jaar waren er nog genoeg rozijnen in de winkel te koop geweest en hadden ze ze niet nodig gehad. Nu wel dus.

Die blikken stonden alleen ellendig ver weg.

Ze ging op haar buik liggen en kroop half achter het schot. Net trok ze de blikken naar zich toe toen ze voetstappen hoorde naderen. Ze stopten vlak bij de magazijndeur.

Het waren niet de stappen van haar tantes. Die kende ze goed: de resolute passen van tante Aline, de wat zachte stappen van tante Flora.

Ze hield haar adem in. Ze had de deur toch goed afgesloten? Langzaam kroop ze achteruit, zodat ook haar schouders weer buiten het schot waren. Toen draaide zich om. Een vuist gebald.

In de deurpost stond een lange gestalte. Ze scheen met de knijpkat naar boven en sprong met een gil overeind. 'Évert!'

Hij deed twee stappen vooruit, ving haar op en klemde zijn armen om haar heen. 'Ik heb je gemist. Ik heb je zo gemist,' zei hij schor. Hij kuste haar over heel haar gezicht en daarna bleef zijn mond op haar lippen.

De winkel was helemaal donker toen ze weer bij hun positieven kwamen en ze zich realiseerden dat het intussen wel erg laat was geworden.

'We moeten naar huis. Hoe ben je trouwens binnengekomen?' vroeg ze en ze veegde langs haar lippen die vreemd gevoelig waren.

'Achterom. Ik heb de sleutel van je tantes gekregen.'

'Waren ze niet verbaasd dat je er was?'

'Nee, helemaal niet. En je tante Aline zei dat we maar meteen naar huis moesten gaan. Ze kwamen vanavond wel langs. Ik logeer bij hen, trouwens.'

Elja glimlachte vaag. Ja, natuurlijk zouden ze erbij willen zijn.

'Vertel nu eens waarom je zo lang bent weggebleven.'

Later zou ze hem wel vertellen wat er hier gebeurd was in de tijd dat hij weg was.

Ze pakte haar jas en ze vertrokken uit de winkel, de donkere straat op.

Hun opgetogen stemming zakte wat af toen ze dicht tegen elkaar aan over de keien van de Langestraat liepen. Het was doodstil op straat. De kou en de duisternis hield de mensen binnen nog voor het spertijd was.

Evert vertelde hoe slecht een paar dingen waren gelopen. Een paar piloten van wie ze hadden gedacht dat ze in veiligheid waren gebracht, waren in Parijs gearresteerd.

'Ik ben er met iemand naartoe geweest. Mijn Frans is niet goed genoeg om alleen te gaan en ik kende daar ook geen mensen genoeg. Ik had in ieder geval een tolk nodig.'

'En een gids dus,' zei ze met een klein lachje.

'En een gids dus,' gaf hij toe. 'Iedereen heeft op zijn tijd een gids nodig, Elja.' Half lachend, half ernstig sloeg hij zijn arm nog steviger om haar schouders. 'Zeker in deze tijd. We zijn er nog niet. Weet je nog wel hoe optimistisch we waren vorig jaar? Met kerst zouden de moffen weg zijn.'

In het maanlicht dat door was gebroken zag ze hoe strak zijn gezicht stond. De tocht naar Parijs had hem niet vrolijk gestemd.

Ze greep zijn arm vast. 'Laten we niet terug- of vooruitkijken. Deze dag is deze dag. En die is van ons.'

'Je hebt gelijk. Deze dag vieren we. Wie heeft ook alweer gezegd dat je iedere dag moet leven alsof het je laatste is?'

'Luther, geloof ik,' zei ze. 'En dan zou hij een appelboom planten.'

'Daar is het te koud voor, maar er is veel voor te zeggen.' Hij lachte en voor ze de deur van haar huis binnengingen, kuste hij haar nog een keer.

De laatste dag van het jaar brak aan.

De beide winkels in de Langestraat waren gesloten. 'Er komt toch geen kip,' had tante Aline gezegd en daar was iedereen het mee eens.

Elja had een deel van de rozijnen mee naar huis genomen en ook Helmy had nog een pakje meegekregen.

De tantes hoefden niet. 'Ik eet er vanavond bij jullie wel van,' zei tante Aline goedgemutst.

Zoals ze gewend waren, zouden de tantes oudejaarsavond bij de Van Liers doorbrengen en ook Evert zou daar komen. Hij was een dag thuis geweest maar was nu weer in Alkmaar.

Elja's moeder bakte oliebollen en appelflappen en in huis hing de geur van gebraden appels en olie.

En er was boerenkool met rookworst! 'Rookworst!' zeiden de broers van Elja en hun ogen glinsterden. Ze waren ingenomen met Evert. Hij wilde er niet over praten, maar ze wisten dat hij betrokken was bij het verzet, net als hun vader. Wat ze precies deden, daar werd niet over gesproken en volgens moeder Jeanet moest dat vooral zo blijven.

'Vroeger hadden we op oudejaarsavond vuurwerk,' hunkerde Flip, die zich de jaarwisselingen van voor de oorlog nog goed herinnerde.

'Ja, en nu hebben we het hele jaar door vuurwerk,' zei tante Aline snedig.

'Daar moet je geen grapjes over maken. Vliegtuigen die onder vuur genomen worden door afweergeschut...' zei vader hoofdschuddend. Hij gooide nog wat hout in de kachel en grinnikte verstolen. De ene schoonzuster of de andere. Zijn gezicht verstrakte toen hij dacht aan zijn broer Ab die nu thuis zat. Zo eenzaam... Wat een treurnis. Hen hier vragen was nog niet mogelijk, dan vroeg je om narigheid, maar dat hij zijn broer alleen moest laten op hun boerderij...

Hij zuchtte diep. Zijn vrouw wist waar hij aan dacht en legde even troostend een hand op zijn arm.

De avond was zo om, traditioneel gevuld met spelletjes, praten en puzzelen. Evert zat tussen de familieleden alsof hij er altijd was geweest.

De klok van de Grote Kerk sloeg de laatste slagen van het jaar weg en ze wensten elkaar een gelukkig jaar. 'Veel heil en zegen!'

Evert keek Elja aan. 'Wij gaan even naar buiten,' zei hij achteloos. 'Kijken of er nog iets te doen is.'

'Helemaal niks!' voorspelde Flip, maar Elja had haar jas al gepakt en even later liepen ze door het Kennemerpark. De kale takken van de bomen, waarvan alleen de omtrekken te zien waren, ruisten.

Ze liepen over de Kneppelbrug. Elja bleef midden op de brug staan en keek in het water dat glinsterde op de plaatsen waar het maanlicht door de wolken scheen. Aan de walkant lagen een paar zwanen. Evert stond achter haar, hij sloeg zijn armen om haar heen en rustte met zijn kin op haar hoofd.

'Zo vredig moest het altijd zijn,' zei hij zacht.

Ze draaide zich om. 'Zeg, wat hebben wij nu met elkaar? Zijn we gewoon vrienden, hebben we verkering, of zijn wij verloofd? Wat?'

Hij keek haar stomverbaasd aan en lachte toen. 'Wij gaan toch trouwen?'

Even maakte haar hart een sprongetje. Toen kribde ze: 'Hoezo? Je hebt me niet eens gevraagd! Je doet maar en je doet maar en ik weet van niets. Tante Trudie suggereert dat jij de vader van de baby van Susanna bent en ik...'

'Dat heb je toch niet geloofd?' vroeg hij verwonderd en hij trok haar dichter tegen zich aan.

'Nnn... Maar je hebt me nooit iets gevraagd!'

Ze vond het opeens dom van zichzelf dat ze erover was begonnen. 'Laat ook maar.'

Hij schudde haar zacht heen en weer. 'Wil je dat ik je nu vraag?' Er klonk een lach door in zijn stem.

'Nee. Ik wil een echt huwelijksaanzoek. Met toeters en bellen,' zei ze knorrig en hij lachte nog harder.

'Goed. Dan vraag ik je in het voorjaar. Met bloemen en op mijn knieën,' beloofde hij toen plechtig.

En opeens was haar boze bui over. Ze keek naar de hemel waar het wolkendek open was gebroken en de sterrenlucht zichtbaar werd.

'De zeevaarders gebruikten de sterren om te bepalen waar ze zich bevonden. Weet jij iets van sterren?' zei ze en ze legde haar hand tegen zijn jas.

Hij draaide haar om en wees: 'Jawel, kijk, dat is de Grote Beer, en dat is de Poolster. Gidsen voor de zeevaarders van alle tijden.'

Ze dacht aan het jaar dat net was begonnen. De tantes, Susanna, tante Trudie en oom Ab. Zo veel dingen waar ze geen raad mee wist. De ellende en de wreedheid die ze niet begreep.

Hoe zou het komende jaar eruitzien? Hoe zou het gaan met Susanna? Hoe moest oom Ab verder met zijn leven? Ze wist het niet en legde haar hand langs Everts wang.

Het enige wat overbleef was vertrouwen in een Macht die boven alles uitging.

Licht over de stad

1

Elja's schoenen gleden weg op de keien van de Langestraat, ze hield zich met moeite staande op het glibberige, donkere wegdek. Het vale morgenlicht brak door boven de daken, en de gevels van de monumentale huizen staken nog zwart af tegen de grijze lucht.

Ze verlangde naar het voorjaar. Nog minder dan een maand en dan was het lente. Het leek er nog niet op met deze kou.

De textielbonnen die deze week geldig waren, zouden de vrouwen uit Alkmaar en omgeving heus niet laten lopen. Het zou dus druk worden in de winkel. Iedere bon zou ingewisseld worden.

Deze donkere, kille februarimorgen in 1943 verwachtte ze nog een zending stoffen voor de winkel die ze met de hulp van een tante beheerde. Veel kwaliteit zou er niet bij zitten, dat verdween voor een groot deel naar Duitsland, maar iets was beter dan niets. Als er nu maar eens gewoon warme flanel tussen zat. Het was zo koud! En dan had zij nog goede kleren. Ze beklaagde de moeders die verantwoordelijk waren voor de kleren van hun kinderen.

Er klonken voetstappen op de straat achter haar. IJzer dat klikte op de keien. Het geluid kwam dichterbij.

'*Fräulein* Van Lier...' klonk het naast haar.

Ze keek onwillig opzij en zag een uniform.

'Kapitein Krüger,' groette ze koel. Wat deed die man zo vroeg op straat? De winkels waren nog niet open. O, wacht. Naar het stadhuis zeker. Dan was ze hem ook vlug weer kwijt.

De Duitser regelde zijn stappen naar de hare en liep naast haar verder. Zijn lichtgrijze ogen gleden over haar rechte, fiere figuurtje.

'*Wie geht es... eh...* hoe gaat het met uw *Freund*?' Hij had niet eens een onprettige stem. Best een aardige man, tenminste, als je niet wist hoe hij echt was. Ze kon niet eens meer doen of ze hem niet verstond. Lastig was dat.

Kapitein Krüger was sinds het begin van de oorlog, met onderbreking van ruim een halfjaar, gelegerd in Alkmaar en sprak inmiddels redelijk goed Nederlands.

Hij had Elja ontmoet in het fotoatelier dat haar tantes dreven in het pand naast haar stoffenzaak, en hij had haar diverse malen uitgenodigd voor een wandeling, een feestje, of een uitje naar de bioscoop. De liefde kwam van één kant, want Elja had een hekel aan hem. Niet alleen omdat hij een Duitser was, al was dat feit al reden genoeg om niet in te gaan op zijn invitaties, maar zijn grijze ogen, die heel kil konden worden als iets niet naar zijn zin verliep, bezorgden haar weerzin. Volgens haar tantes waren er ook goede Duitsers, maar als dat al zo was, zaten ze in een concentratiekamp.

'Met mijn verloofde gaat het goed. Dank u wel,' zei ze ijzig.

'Hij is een gelukkig man,' zei de man naast haar.

Ze dwong zichzelf om niet opzij te kijken. Ze wist dat hij dat wilde.

'Ach, werkelijk? Ik zal het hem zeggen,' antwoordde ze. Ze hield haar stem bewust verveeld.

De glimlach verdween een moment, maar keerde toen weer terug. 'Doet u dat. U zult hem missen als hij vertrekt om mee te werken aan een Groot-Duitsland.'

'Hij heeft een ausweis,' zei ze kort.

'De regels veranderen,' antwoordde hij.

Ze haalde haar schouders op. 'Niet voor zijn werk.'

'Voor echte agrariërs wel, maar uw vriend valt daar vast niet onder.'

Ze hoorde het genoegen in zijn toon en verwenste hem hartgrondig. Niet dat Evert naar Duitsland zou gaan, van zijn leven niet. Maar het zou hem de dekmantel afnemen die hij nu had. Hij kon zich vrij bewegen en trok van de ene kant van het land naar de andere. Hij bofte dat hij de baan van landbouwcontroleur had gekregen. Hij was nu in Noord-Limburg voor een paar weken.

Ze waren inmiddels bij de hoge stenen trappen van het stadhuis aangekomen.

'U moet hier zijn. Een goede dag,' zei ze.

'Laat me u toch even naar uw winkel begeleiden. *Es ist*... Het is glad op straat,' zei hij en hij hield haar zijn arm voor.

'Dat is niet nodig. Ik red me uitstekend.' Ze keek naar de wit uitgeslagen keien. Die man moest wel een olifantshuid hebben om niet te begrijpen dat ze liever languit op straat neerplofte dan dat ze zijn arm accepteerde. Nauwlettend zette ze haar voeten op het ongelijke straatdek. Zo ellendig glad als dat was. Maar gearmd met een Duitser over straat gaan? Ze viel honderd keer liever.

Tante Aline zou vast gebruikmaken van de situatie en meteen

vragen of hij het druk had en waarmee, en ze zou hem nog beklagen ook. Die houding had al diverse malen onderduikers bewaard voor een arrestatie. Maar zij was tante Aline niet. Ze kon het niet opbrengen, al zou ze misschien nog meer succes hebben dan tante Aline, want vanaf het begin was Krüger in haar geïnteresseerd geweest, zoals tante Flora, haar andere tante, het netjes uitdrukte.

'*Gut*... Een goede dag dan,' zei kapitein Krüger en hij bracht zijn hand naar de pet die op zijn hoofd stond.

Elja knikte stug en liep door zonder zijn groet verder te beantwoorden.

Hij keek haar een moment na en liep toen de stenen stadhuistrap op. Boven zijn hoofd waaide de vlag met het hakenkruis.

Bezet Alkmaar. Bezet Nederland...

Bij de fotozaak van haar tantes stopte Elja een moment. Tante Flora en tante Aline van Henegouwen waren beiden in de winkel. Het licht was al aan en Elja zag dat tante Flora nauwgezet een stofdoek haalde over de foto's die aan de muur hingen.

Ze stak haar hand op en tante Flora zwaaide terug. Daarna opende Elja de deur van de stoffenzaak.

In het langgerekte winkelpand hing de geur van frisse katoen en wollen stoffen. In de grote kachel in de hoek van de winkel lag nog de as van gisteren achter de kachelruitjes. De geur van verbrand hout en turf mengde zich flauwtjes met de lucht die de stoffen afgaven. Ze snoof de mengeling met een gevoel van welbehagen op en keek op haar horloge. Het was kwart voor negen. Zou ze vast wat turf op de kachel gooien? Toch maar niet. Met de drukte die ze verwachtte zou de winkeldeur onophoudelijk opengaan en dan vloog alle warmte naar buiten. Ze had een dik vest aangetrokken over haar trui. Met een blik in de lange spiegel die aan de wand hing – wel erg stevig was ze zo – besloot ze dat het zo maar moest. Beter dik lijken dan het koud hebben.

Als de bestelwagen maar niet al te lang wegbleef. Dan had ze tenminste iets meer om te verkopen.

Tegen negenen stopte de wagen uit Twente voor de deur en kreeg ze het zo druk met sjouwen en opruimen dat ze het eerder warm dan koud had. Ze keek intussen ongeduldig uit naar de komst van haar assistente, Helmy Pronk. Waar bleef ze nu? De eerste klanten meldden zich al.

Helmy arriveerde tegen tien uur. Elja had net een paar klanten weggewerkt en verwijderde het pakpapier van een paar rollen.

'Sorry El. Op het laatst had mijn moeder nog iets wat echt noodzakelijk gedaan moest worden.' Ze gooide haar jas op de kapstok en liep naar de stoffen toe. 'O Elja, dit is leuk, zeg! Precies iets voor mij. Ik ga ervan uit...' Haar bruine ogen tintelden toen ze een rol groene gabardine omhooghield. 'Helemaal mijn kleur, hè? Voor een jasje is dit precies goed.'

Elja keek naar haar. Die groene kleur paste inderdaad goed bij Helmy's tint en haar bruine, krullende haar.

'Gaat vast lukken. Maar help nu eerst mee met opruimen. Straks krijgen we de hele horde vrouwen over ons heen,' zei ze.

'Mooi.' Helmy wist ook van aanpakken en ze werkten eensgezind de stoffen weg.

Elja zag dat Helmy de rol gabardine wat achteraf wegmoffelde en glimlachte even. Zo slim als ze dat deed. Zo reserveerde ze vroeger ook een gunstige zitplaats in de klas voor zichzelf: uit het zicht van de leraar. Het had z'n voors en z'n tegens om een oude schoolvriendin aan te nemen als je assistente. Je wist in ieder geval wel wat je aan haar had.

'Denk erom dat je de bonnenrommel goed bijhoudt, Helmy,' verzocht ze toen.

Helmy bracht een hand naar haar slaap en stampte op de grond. 'Goed, mevrouw!'

Het werd inderdaad net zo druk als Elja had verwacht, en ze vroeg ten slotte aan tante Flora of die bij kon springen. Tante Flora was precies, kon goed organiseren en had iets rustgevends.

'Ik heb alleen maar bonnen voor stof voor een overjas voor mijn man,' zei een vrouw met een mager gegroefd gelaat. 'Hoe ik de rest in de kleren moet krijgen is me een raadsel. De jongens hebben geen fatsoenlijke pyjama aan hun gat en al hun truien zijn te krap. Ze lijken wel allemaal tegelijk de hoogte in te schieten. Vroeger vielen de kleintjes in de kleren van de oudsten, maar nu groeien die ukkies erg hard. En ze krijgen echt niet te veel te eten, alleen maar bonen en nog eens bonen. Die lijken wel kunstmest voor die koters.'

Tante Flora kende haar wel. Ze was amper vierendertig jaar en zag er te zorgelijk en te oud uit voor haar leeftijd. Jong getrouwd, vlug kinderen gekregen. Haar man werkte hard, maar hij verdiende niet veel als timmerman.

Ze kon zich best voorstellen dat die mannen bij de bunkerbouwers gingen werken. Wie zou het hun kwalijk nemen? Dat waren de enige bouwbedrijven die volop draaiden. Werkloos worden was ook geen optie, want dan kon je zo naar Duitsland vertrekken om daar tewerkgesteld te worden, en een mens had geld nodig om rond te komen.

Tante Flora klakte meelevend met haar tong. Ze nam de vrouw bij een arm en schoof haar behoedzaam wat naar achteren in de lange pijpenla die de winkel was. 'Waar zit je het meest mee, Janny?'

De donkere ogen van de vrouw waren groot in het magere gezicht. 'Flanel en wol, zodat ze het niet te koud krijgen. De antraciet is niet te betalen, de prijs van gewone steenkool gaat ook al omhoog en turf vliegt erdoorheen. Soms zie ik de kleintjes bibberen.' In de stem van Janny klonk wanhoop door.

'Kom vanavond nog even langs. Op dit moment kan ik niet zo veel voor je doen,' zei tante Flora zacht. 'Dan krijgen we scheve ogen met de anderen hier. Kom na zessen. Is je man dan al thuis om een oogje op de jongens te houden?'

Janny knikte. Haar gezicht werd iets minder zorgelijk. Ze keek naar het vriendelijke gezicht van tante Flora.

'Halfzeven? Ik heb nog wel wat wol van voor de bonnennarigheid liggen.' Bemoedigend duwde tante Flora tegen de arm van de jonge vrouw.

'Koop dan nu maar stof voor een jas,' adviseerde ze haar toen. 'Het is er nu en de winter is nog niet op z'n eind.'

De vrouw knikte dankbaar en liep terug naar het voorste gedeelte van de textielwinkel.

Tante Flora pakte haar lijsten bij elkaar en borg de bonnen zorgvuldig op.

Wat een geweldige mazzel dat de Joodse familie Mendels, van wie ze de zaak overgenomen hadden, zo veel voorraad besteld had vlak voor de oorlog en voor ze vertrokken naar Amerika. Daar hadden al veel mensen profijt van gehad. En wat had Esther Mendels een vooruitziende blik gehad. Niet alleen met het oog op de stoffen die ze ingeslagen had, maar ook om haar gezin in veiligheid te brengen. Wat waren ze hier in Holland naïef geweest om te denken dat Nederland neutraal zou kunnen blijven en dat het oorlogsgeweld op afstand zou blijven.

Tante Flora zuchtte. Het werd hoe langer hoe zwaarder voor

de Joodse landgenoten. De berichten waren zo onheilspellend. Dat ze zomaar vermoord zouden worden, zoals Evert, de verloofde van Elja, zei... Dat kon ze haast niet geloven.

Aan de andere kant: er werd hoe langer hoe fanatieker op Joden gejaagd, en ze kon zich niet voorstellen dat bejaarden en kinderen veel werk konden verzetten voor de Duitsers.

Ze keek naar haar nichtje dat voor in de langwerpige winkel stof stond af te meten.

Elja was flink. Ze zeurde niet over het feit dat Evert zo vaak niet te bereiken was en hield de angst die ze uitstond over haar verloofde, voor zich. Nog wijs van haar, want je schoot er niets mee op. Alleen mocht ze best wat minder stoer zijn als ze onder familie was.

Elja was onwetend van de gedachten van haar tante. Ze borg de bonnen die ze al had gekregen weg en liep naar een paar vrouwen die de wol betastten die meegekomen was met de zending. Er moest toch iets op te vinden zijn om aan wol te komen. Schapen waren er nog genoeg in de kop van Noord-Holland. Wol spinnen van die vachten... die wol kriebelde wel vaak, maar het was in ieder geval warm. Eens kijken of er geen vrouwen te vinden waren die wilden leren spinnen. Dan kon ze aan Evert vragen of hij niet een paar spinnenwielen op de kop kon tikken.

Evert. Ze zuchtte even. Soms was ze zo ongerust over hem. De laatste keer dat hij een piloot naar Brussel had gebracht, had het weinig gescheeld of hij was gesnapt. Het was een geluk dat hij de landkaart van Nederland bijna in zijn hoofd had opgeslagen. In Noord-Holland kende hij ieder klein weggetje en hij wist hoe hij ongezien weg moest komen. Dat zou in het zuiden niet anders zijn.

Niet aan denken. Ze schudde haar hoofd en was weer terug in de realiteit.

'Wat zei u?'

'Deze knotten.' De vrouw bij de toonbank glimlachte terwijl ze naar de knotten voor zich wees. 'Je zit vast met je gedachten bij een vriendje.'

'Klopt,' zei Elja en ze lachte terug. Er waren zo veel aardige mensen. Niet allemaal, ach heden nee, maar zo'n vriendelijk gezicht als de vrouw voor haar had, deed je de krengerige vrouwen vergeten.

Opgelucht deed Elja om vijf uur de deur dicht achter de laatste klant.

Sinds er geen straatverlichting meer was, sloten ze op dat tijdstip in de wintermaanden. De duisternis die heerste op de straten had al voor veel ongelukken gezorgd. Er waren ook dit jaar behoorlijk wat mensen in de grachten van Alkmaar beland en verdronken. Het had geen enkele zin om langer open te blijven. Niet dat de mensen dan niet zouden komen. Door gebrek aan warme kleding kwamen ze desnoods na de spertijd, maar je vroeg om ongelukken als je in het donker op straat was.

'Er komt vanavond nog iemand langs,' zei tante Flora. 'Janny Mulder. Die ziet het niet meer zitten met al die kinderen en een man die weinig verdient. Haar kinderen hebben het koud in dit weer.'

'Zeker weer zonder bonnen?' veronderstelde Helmy. Ze schudde haar hoofd en voegde er in zichzelf aan toe: en voor een koopje, of voor niets, natuurlijk. Tante Flora was veel te zacht en Elja ook. Daar maakten mensen misbruik van. Misbruik? Nou ja... vaak ook gewoon gebruik. Ze moest tenslotte ook nog wat lappen en wol voor zichzelf en voor haar zus op de kop tikken.

'Kijk eens, wat een beeldige wol dit is. Nog heerlijk zacht. Echt iets voor kleine kinderen.' Ze hield een paar bollen zachtroze, blauwe en witte wol omhoog die ze in het magazijn had ontdekt. Dat ze die nu niet meteen had gezien...

'Die zijn voor Susanna,' verklaarde tante Flora. 'Die baby moet over een paar maanden komen en ik denk niet dat ze al veel kleertjes heeft. We moeten trouwens nog iets doen voor de babyuitzet.'

Met tegenzin legde Helmy de wol terug. 'Misschien kan ze iets van mijn zus krijgen?' bood ze aan. Lia had vast nog wel wat liggen en die babykleertjes pasten maar zo kort, een paar maanden en dan waren ze er weer uit gegroeid. Als ze deze wol meekreeg, kon ze er voor haar kleine nichtje wat van maken. Met twee jaar was dat idioot harde groeien er wel uit en het zou leuk zijn om iets voor dat kind te breien. 'Lia heeft nog wel wat liggen voor Susanna.'

Ze dacht even na, zag het gezicht van Lia voor zich en had meteen spijt van haar aanbod. Stom dat ze het niet eerder gezien had! Dat witte, vermoeide gezicht van haar zusje... Lia zou waarschijnlijk niets wegdoen van haar babyuitzet. Ze had alles vast zelf weer nodig. Maar het was niet nodig om te zeggen dat ze voorbarig was geweest.

Tante Flora wees het aanbod al van de hand. 'Nee, ik wil dat Susanna's baby ook wat nieuws krijgt. Niet alleen afdankertjes!' zei ze resoluut. 'Ze heeft al lakentjes gekregen en flanellen hemdjes die mijn zuster nog had liggen.'

'Dan mag Susanna...' zei Helmy.

Tante Flora wierp haar een blik toe en Helmy hield de rest van haar zin binnen. Ach, stom van haar om te denken dat Susanna niet mocht klagen. Integendeel, ze had er alle reden voor.

Susanna was een jonge, Joodse vrouw die ondergedoken zat in de buurt van Alkmaar en zwanger was geworden. Ze was een nichtje van de Mendelsen, de vorige eigenaren van de textielwinkel van Elja. Elja en haar familie zorgden ervoor dat ze de uitzet kreeg die nodig was voor haar baby. Bijna overdreven bezorgd waren ze voor haar.

Nee, Susanna had dan wel reden om te klagen, maar ze mocht tegelijk ook wel blij zijn met de mensen die zich om haar bekommerden, dacht Helmy. Maar ze zei: 'Nee, natuurlijk niet. Ze moet ook wat nieuws hebben.'

Als tante Flora zo keek, kon je er maar beter niet tegenin gaan. En zijzelf had zo'n zin in die groene gabardine, ze moest het niet voor zichzelf bederven. Zo'n mooie kleur had de stof. Er was gelukkig weinig van verkocht. Strategisch neerleggen had duidelijk effect. Dan maar geen wol voor Lia, dat kwam een andere keer wel.

Helmy pakte een lange bezem en begon te vegen. Wat kwam er toch veel rommel binnen met al die vrouwen. 'Ik zal nog even dweilen, want dat is ook wel nodig.'

'Fijn.' Tante Flora nam alle bonnen mee naar de kleine tafel achter in de winkel en pakte een kasboek dat ze voor de bonnenadministratie gebruikte. Het was te hopen dat het klopte. Wat een gedoe! Eerst eens een pakketje voor Janny klaarmaken. Vooral ook wol erbij doen.

Na een halfuur hadden Elja en Helmy de zaak weer netjes.

Helmy keek naar de in grauw papier gewikkelde stoffen en strengen wol. Die vrouw had geluk dat tante Flora zo'n medelijdend hart had. Het was mooie stof, die zij zelf wel had willen hebben: de kwaliteit van voor de oorlog.

Het bleef druk die week.

Er was ook wat opschudding ontstaan in de stad. In een paar

wijken van Alkmaar waren pamfletten uitgedeeld waarin het vijfentwintigjarig bestaan van het Rode Leger in Rusland werd herdacht en een oproep werd gedaan tot sabotage.

In het Duits gesteld, riepen ze ook op tot het stoppen met oorlog voeren. Er waren papieren in de brievenbussen gestopt, maar er lagen ook pamfletten gewoon op straat.

Vertaald in het Nederlands stond er: *Met het Roode Leger naar de overwinning...*

Vlak voor de deur van de winkel lagen er ook een paar. Elja had er een opgepakt en de rest had ze laten liggen. Ze vroeg zich af of het nog gevolgen zou hebben, al die vlugschriften. Ze had nog geen Duitsers gezien die het papier opraapten. Met het Rode Leger naar de overwinning zou dus wel een zoete droom blijven.

Er waren anderen die het wel hadden opgeraapt. Er kwam een vrouw binnen met een paar pamfletten in haar hand. Ze hield de papieren met een viezig gezicht voor zich uit en keek Helmy strak aan.

'Kijk, dit vind ik hier voor de deur! Als die lui hun zin krijgen, hebben we hier straks de communisten! Je weet wat er dan van komt. Moord en doodslag! Iedereen deed er verstandiger aan om met de Duitsers mee te werken en samen te strijden tegen de communisten, in plaats van tegen hen in te gaan en de boel te vernielen,' zei ze en ze snoof. 'Kijk eens naar deze vodjes! Rode Leger! Het levert niets dan narigheid op!'

'Ach, mevrouw De Vries. Of je nu van de hond of van de kat gebeten wordt.' Helmy haalde haar schouders op. 'Het is allemaal één pot nat. Als iedereen fijn in zijn eigen land was gebleven...'

'En dan oproepen tot sabotage,' negeerde mevrouw De Vries de opmerking van Helmy. 'Moet je zien wat ervan komt. Beschadigde treinen, geen gas en licht meer, en dat zou dan nog maar het begin zijn. Ik weet heus wel dat je bazin anti-Duits is, maar ze zou gek staan te kijken als haar winkel haar werd afgepakt. Want dat gebeurde in Rusland. Alles voor de staat en voor het volk. Geen bezit meer.'

Terwijl ze sprak, nam ze een tip van de rol stof die op de toonbank lag in haar handen en zei ontevreden: 'Ik ben al te laat. De mooiste dingen zijn zeker al weg. En natuurlijk altijd dezelfde mensen die ervan profiteren.'

'In Duitsland zijn ook winkels door de nazi's in beslag genomen. En hun spullen zijn vernield of geroofd. Toch?' merkte Helmy op en ze trok de rol weg.

Ze wist dat mevrouw De Vries in Huize Voorhout werkte, het kantoor van de Duitsers, dat op de Kennemerstraatweg stond. Dat verklaarde veel.

'Dat waren Joodse winkels...' De mondhoeken van mevrouw De Vries gingen naar beneden.

'Ja, én? Gewone winkels dus.' Helmy's stem klonk ijzig. 'Wat wilde u hebben? We hebben hier nog een lekker stevige stof liggen.'

Elja hoorde vanuit het magazijn wat haar medewerkster zei en ze werd er warm van. Af en toe was Helmy erg op haar eigen voordeel uit, maar ze nam het ook vaak op voor de mensen die het zwaarder hadden dan zij. Een vat vol van tegenstrijdigheden was ze altijd al geweest.

'Wat is dat voor stof?' wilde mevrouw De Vries weten.

'Een soort wol. Heerlijk warm,' prees Helmy.

Elja glimlachte. Het was inderdaad wollen stof, maar zo vast geweven dat het wel een plank zou lijken zodra het nat geweest was. Ze was er niet blij mee geweest toen ze de stof in haar handen had genomen.

Mevrouw De Vries drentelde verder de winkel in en ontdekte de groene stof die wat achter op de planken lag. 'Hm... Ik heb meer zin in dat stofje daar. O, dag eh... juffrouw Van Henegouwen,' zei ze toen ze Elja ontdekte die naar de deur van het magazijn was gelopen en de winkel in kwam.

'Van Lier heet ik, Van Henegouwen, dat zijn mijn tantes. Dag mevrouw De Vries. Helmy, ik ben bang dat je die stof niet kunt verkopen. Eerst moet je er drieënhalve meter vanaf halen voor een klant van mij. Maar het restant mag u wel hebben, mevrouw De Vries, al is er dan niet veel meer over, vrees ik.' Elja wees naar de groene gabardine.

Helmy keek naar de stof die ze voor zichzelf bestemd had. Zie je wel, ze had die stof meteen dezelfde dag voor zichzelf opzij moeten leggen. Het was alleen omdat tante Flora even geen goed humeur had gehad dat ze er niet aan toegekomen was.

'Helmy, als je het afknipt... wel ruim meten, hoor. Denk je dat het genoeg is voor een mantelpakje?' vroeg Elja met een veelbetekenende blik.

'Ik zou liever vier meter doen als het om een mantelpakje

gaat.' Helmy kleurde van plezier. Gelukkig dat Elja er toch aan dacht dat zij die stof graag wilde hebben.

'Maar als het hier nog ligt, heb ik er eigenlijk recht op,' sputterde mevrouw De Vries tegen.

'Dat ben ik niet met u eens. Wie het eerst komt, het eerst maalt. Ik had die rol natuurlijk meteen weg moeten leggen, maar als er nog een restje is, is het voor u, hoor,' zei Elja.

'Laat dan maar. Zo geweldig vind ik het nu ook weer niet. Beetje opzichtig,' zei mevrouw De Vries spijtig.

'Dat is dan geregeld. Leg die rol meteen even achter, Helmy, dan ontstaan er geen misverstanden meer.' Elja pakte de rol beet en duwde hem Helmy in de hand. Die haastte zich naar het magazijn. Weg was weg.

De winkeldeur ging open. Er kwamen twee Duitse soldaten binnen, gevolgd door kapitein Krüger. Hij had ook een pamflet in zijn hand en wapperde ermee.

'*Fräulein* Van Lier, *haben Sie eh*... weet u van deze rommel die voor uw deur ligt? *Sie, oder*... of uw vriend? *Haben Sie etwas*... iemand gezien?'

Elja trok haar wenkbrauwen op. Wat een dwaze vraag. Als ze hier iets mee te maken had, zou ze dan die pamfletten voor haar eigen deur neerleggen? Hij moest bepaald denken dat ze niet goed snik was. En dan suggereren dat Evert het had gedaan.

'Kapitein Krüger, mijn vriend is hier niet. Hij is het land in voor zijn werk.' De uitdrukking op haar gezicht bleef effen.

'Uw vriend is er wel. Misschien bent u iets minder bevriend met hem dan u denkt? Ik heb hem tenminste net gezien.'

'Dan was het iemand die op hem leek,' zei Elja.

Hij pakte het kreukelige pamflet op dat nog op de toonbank lag. '*Nein*, het was uw vriend. Maar u hebt dit vod...'

'*Das ist* van mij, *Herr* Krüger,' zei mevrouw De Vries op gedienstige toon. 'Ik ruim die troep van de straat weg als ik wat zie liggen.'

Hij wendde zich naar haar toe, nam haar op met een scherpe blik en er kwam een vleug van herkenning op zijn gezicht. 'Ach, *Frau* De Vries.'

'*Jawohl*,' zei mevrouw De Vries en ze ging nog meer rechtop staan.

Hij kende haar natuurlijk, dacht Elja. Als mevrouw De Vries daar werkte, kende hij haar en zij hem. Ze werkte bij hem op de administratie. Vervelend mens. Gevaarlijk ook. Ze zou Helmy waarschuwen dat ze erg op moest letten met wat ze zei. Helmy was niet direct terughoudend.

Toen dacht ze aan wat hij gezegd had. Had hij Evert gezien? Haar hart maakte een sprongetje. Zou hij werkelijk terug zijn?

'Kan ik verder nog iets voor u doen, *Herr* Krüger?' zong ze en ze wist niet hoe zonnig haar gezicht opeens stond. Natuurlijk vergiste hij zich niet. Evert en hij kenden elkaar. Ze hadden elkaar diverse malen ontmoet en hadden een instinctieve hekel aan elkaar. Krüger wist niet eens dat hij en Evert tegenover elkaar hadden gestaan in het begin van de oorlog. Evert was er met zijn peloton getuige van geweest dat Krüger de mannen die hij krijgsgevangen had gemaakt, in hun hemd voor zijn eigen troepen uit had gestuurd zodat zij de kogels op zouden vangen als het tot schieten kwam. Krüger was toen nog luitenant geweest. Evert ook. Ze hadden elkaar toen vanuit de verte gezien en elkaar gehaat. Krüger had Evert hier niet herkend als zijn tegenstander op het slagveld. En dat moest vooral zo blijven.

Evert was dus weer terug. Wat heerlijk!

Kon ze niets meer voor hem doen? '*Nein*? Dan ga ik weer aan het werk,' zei ze. 'Dag kapitein.'

'*Guten Tag...*' De ogen van kapitein Krüger waren strak en wat hongerig op het vrolijke gezicht gericht.

Als een kat die naar een vogel kijkt en klaarstaat om ernaartoe te sluipen, dacht Helmy ongerust. Griezelig. Ze wist wel dat Krüger erg gecharmeerd van Elja was, maar ze had er niet eerder bij stilgestaan dat dat weleens gevaarlijk zou kunnen worden voor haar vriendin.

'*Guten Tag.*' Kapitein Krüger verliet de winkel, gevolgd door de twee soldaten die bij de deur waren blijven staan.

Mevrouw De Vries had de blik van de man voor wie ze af en toe werk verrichtte, ook gezien. Kijk eens aan, kijk eens aan. Daar kon ze haar voordeel nog weleens mee doen, dacht ze en ze stopte de paar meter van de zware wollen stof die ze had gekocht in haar tas. In haar hand had ze nog steeds het pamflet. Ze verkreukelde het en stopte het bovenop in haar tas. Dat zou ze thuis wel weggooien.

Haar man zou precies hetzelfde zeggen als zij: 'Als de communisten komen, piepen ze wel anders in deze achterlijke stad.'

2

Elja wist waar ze Evert zou vinden nu hij niet in de stoffenzaak langs was gekomen. Bij haar tantes natuurlijk, die van veel verzetszaken in de provincie op de hoogte waren. Ze zagen er ook zo heerlijk onverdacht en onschuldig uit met hun zwierige kleding, keurige kapsel en uitnodigende vragen. Niet gericht, daar waren ze te slim voor, maar door opzettelijk naïef gebabbel ontlokten ze de Duitsers die de fotozaak bezochten, vaak informatie over hun bezigheden. Dat had al eens de arrestatie van een paar onderduikers en een Joodse vrouw voorkomen.

Elja wist overigens niet zeker of kapitein Krüger niets vermoedde van de dubbelrol van haar tantes. Zijn ogen waren soms erg scherp. Gelukkig dat hij niet de leiding over alles had. Maar wel over veel, verbeterde ze zichzelf bezwaard.

Zodra de Duitsers weg waren, liep Elja naar de bijna verborgen deur in het magazijn die toegang gaf tot het pand dat ernaast lag. De tantes hadden die een tijd geleden laten maken om niet over straat te moeten als ze Elja iets moesten geven of vertellen wat niemand aanging. Zo handig in deze tijd.

'Jij redt het wel even alleen, hè?' vroeg ze aan Helmy.

Die knikte en Elja glipte door de deur.

In de fotozaak stond alleen tante Flora achter de toonbank. Ze lachte en maakte een beweging met haar hoofd naar boven. 'Hoe wist je het?'

'Dat Evert er is?'

'Ja.'

'Van kapitein Krüger.'

'Hè? Hm.' Met aandacht van die Duitser was tante Flora niet blij. Ze keek haar nichtje met een bedenkelijke uitdrukking op haar gezicht aan.

'Hij heeft Evert op straat zien lopen,' verklaarde Elja.

'Lastig!'

Toen rinkelde de winkelbel en er stapte een klant binnen.

'Ga maar vlug. Hij is boven.'

Tante Flora keek haar nichtje na dat vlug de trap naar de bovenverdieping oprende en glimlachte. Zo blij als het kind was.

'Wat is er van uw dienst?' vroeg ze toen. 'Pasfoto's? Persoonsbewijs verloren? Lastig, hè? Gaat u daar maar staan. Ja, in die hoek.' Ze wees naar de witte wand achterin waar de lampen stonden en de camera was opgesteld.

In de zitkamer zaten tante Aline en Evert aan de langwerpige tafel. Evert sprong verheugd van zijn stoel toen hij Elja zag binnenkomen.

'Ik ben er net, ik zou zo naar je toe komen. Hoe wist je het?' Hij sloeg zijn armen om haar heen en drukte een kus op haar mond, waarbij een doorkomende baard tegen haar wang prikte. Toen richtte hij zich weer op.

'Hoe ik dat wist? Je bent gesignaleerd door je vriend Krüger. Hij suggereerde dat jij verantwoordelijk bent voor die pamfletjes die overal op straat lagen. Een oproep om bij het Rode Leger te komen. Haha... In het Duits!' Elja's uitleg was wat onsamenhangend. Ze keek naar het gezicht van haar vriend, met de groengrijze ogen, de neus met de bobbel erop en de stevige kin. Ze drukte haar wang tegen zijn schouder.

'Krüger! Je struikelt altijd over die man,' kribde tante Aline. 'Ik begrijp niet dat ze zo'n actieveling niet naar het oostfront sturen. Daar hebben ze er gebrek aan. Dat loopt hier altijd maar rond en rond...'

'Dat komt omdat hij vaak op het stadhuis moet zijn. Zeker babbeltjes maken met Bah over de terroristen,' gebruikte Elja de spotnaam van de NSB-burgemeester die B.A. van der Sluijs heette en door de bevolking 'Bah' van der Sluijs werd genoemd. Haar humeur was op dit moment niet aan te tasten. Evert was er en een moment was alles goed.

Ze voelde door de trui zijn benige schouder, trok haar hoofd terug en keek omhoog.

'Je bent magerder geworden,' fronste ze. 'Waar ben je zo lang geweest?'

'Brussel, ergens in Limburg en ook in Brabant. De route was verraden, dus we moesten andere adressen hebben.'

De toon in zijn stem was luchtig, maar de haartjes op haar huid gingen rechtop staan en ze rilde. Verraad. Het had hen bijna een keer getroffen. Nog wel van familie. Aangetrouwd, maar toch... familie. Zo onbegrijpelijk. Ze had er een andere kijk op mensen door gekregen. Misschien wel een realistischer kijk, maar zo naar en onveilig voelde dat aan. Wat jaloezie en wantrouwen met mensen konden doen. Het haalde het slechtste in hen naar boven.

'Kijk je uit?' smeekte ze.

'Altijd.' Er flitste een lach over zijn gezicht en hij legde een hand op haar wang. 'Ga je met me mee als het echt lente is? Dan laat ik je zien waar ik geweest ben. Zo'n mooi plekje. Een landschap! Je zult ervan genieten. Bossen, heidevelden, vennetjes...'

'Dat hebben we hier ook, bij Bergen en Schoorl. En laat me er eens bij om de tafel te dekken. We maken het een beetje feestelijk. Je bent zo lang weggeweest,' viel tante Aline hem in de rede en ze duwde hem naar het raam toe.

Evert trok Elja mee en grinnikte. Tante Aline was haar roeping misgelopen. Het was dat er hier vrijwel geen vrouwen in het leger zaten, want ze zou hoge ogen gegooid hebben voor een rang als majoor of generaal. En dat met zo'n bedrieglijk elegant voorkomen.

Ze zag zijn blik en lachte terug. 'Blijf in het vervolg niet meer zo lang weg. Elja liep rond als een kip in doodsnood.'

Tante Aline drapeerde een geruit tafellaken op de tafel en liep terug naar de keuken. De soep die Flora voor vanavond bestemd had, zou ze nu opwarmen. Die jongen had wel een extraatje nodig. Hij leek magerder te zijn geworden.

Evert sloeg zijn arm om Elja's schouders en keek met zijn kin op haar hoofd de Langestraat in. Het was er niet druk. Mensen liepen kouwelijk in elkaar gedoken over de weg. Evert deed zijn ogen een moment dicht.

Elja voelde zijn adem over haar wang gaan. Hij was er weer. Gelukkig. Ze wist haar onrust over zijn werk goed te verbergen. Haar angst mocht geen blok aan zijn been zijn, bezwoer ze zichzelf. Ze nam daarbij een voorbeeld aan haar moeder. Die bleef onverstoorbaar rustig als haar vader op pad was. Alleen als Elja's broertje Leo, die vijftien jaar was, ook werd ingeschakeld bij het rondbrengen van *Trouw*, de illegale krant, werden haar ogen groot en protesteerde ze.

Elja glimlachte. Moeder was veel bezorgder over de jongens dan over haar.

Aan de overkant stond een Duitse officier. Hij had zijn ogen strak op het raam boven het fotoatelier gevestigd.

Een passerende vrouw zag hem kijken en richtte haar ogen ook op het raam aan de overkant. Waar keek die mof zo naar?

Ze zag voor het venster een lange jongeman staan die een blond meisje in zijn armen had. Ze gingen duidelijk helemaal in elkaar op. Schattig eigenlijk. En zo jong nog...

Haar ogen dwaalden weer terug naar de Duitse officier en ze huiverde. Keek die vent nu echt zo kwaadaardig of was dat verbeelding? Haar man zei weleens dat ze sentimenteel was en de fantasie had van een sprookjesverteller. Ze liep langzaam door en wierp nog een blik achterom. Nee, dat was geen verbeelding. Dat gezicht... Zo'n raar, verbeten gezicht. Ze stond even stil.

De Duitser zag haar kijken. De uitdrukking in zijn ogen veranderde en zijn mond ontspande zich. Hij knikte.

De vrouw knikte niet terug. Ze keek nog eens naar het raam. Er was nu niemand meer te zien. Ze waren weg.

Je zou die jonge mensen toch bijna moeten waarschuwen, dacht ze. Maar ze liep door.

De beide winkels sloten tussen de middag en tante Flora en Helmy kwamen naar boven.

'Zo,' zei Helmy luchtig. 'Weer in de buurt, Eef? En gaan we nu eindelijk weer eens met z'n vieren ergens naartoe, Elja? Jij en Evert en Vincent en ik. We zijn wel aan een verzetje toe zo langzamerhand.'

'Het weer wordt echt niet beter als jullie uitgaan. Ga eens even opzij, Helmy,' verzocht tante Aline die met een soepterrine de keuken uit kwam.

'O, heerlijk.' Helmy snoof de geur van de kippensoep op. 'Die kip komt vast van de boerderij van je oom, Elja. Maar die kruiden en de groente... Heerlijk. Terwijl er niets vers is te krijgen. Het is bij ons zuurkool en zoute boontjes wat de klok slaat. Hoe komt u aan die kruiden?'

'Gewoon gedroogd,' zei tante Aline. 'Heel simpel. Te drogen gelegd op een raamwerk van kippengaas. Werkt geweldig. En appels kun je aan een lijn drogen. In ringen snijden, aan een lange draad rijgen en laten drogen.'

'U? Drogen? Aan een lijn? Waar dan?' verbaasde Helmy zich. 'En doet u dat zelf?' Ze keek wat ongelovig naar tante Aline, die de terrine op tafel had gezet en het klokkende schootje van haar tweedelige japon gladstreek met haar lange, slanke handen.

'Nee, daar zorgt mijn moeder voor,' zei Elja. 'Het is een smak werk en die lijnen spannen we onder het afdak in onze tuin. Dan moet je nog zorgen dat de vogels erbij wegblijven, want die zijn dol op appels.'

Ze grinnikte. Tante Aline had in de afgelopen herfst een paar appels geschild en daarna verklaard dat ze niet in de wieg was gelegd voor kokkin. Jeanet, Elja's moeder, had haar zus vlug het schilmesje afgepakt, want tante Aline maakte bijna vierkantjes van de appels.

'Nog minder voor koksmaatje, Alien,' had Jeanet gezegd en ze had de mand met appels vlug weggezet.

'Ik dacht al,' zei Helmy. 'Niets voor u, mevrouw Van Henegouwen.'

'Als ik me erop zou toeleggen...' Tante Aline keek peinzend naar de soepterrine.

'Dan was u een fantastische tuinder,' zei Evert droog.

Tante Aline glimlachte.

Toen ze aan tafel zaten, kwam Helmy terug op haar vraag of ze met z'n vieren zouden kunnen uitgaan. 'Elja en jij, Evert, en dan ik, en we vragen Vincent ook mee. Elja heeft bijna recht op een verzetje na al dat ellendige weer de afgelopen maanden waarin je weg was! Je laat haar gewoon aan haar lot over. Saai... doodsaai. Ze had net zo goed geen vriend kunnen hebben.'

Evert leunde wat achterover en keek nadenkend van Helmy naar Elja, die een protesterend gebaar maakte en haar hoofd schudde.

'Onzin,' zei tante Aline en ze doopte een stukje geroosterd brood in haar soep. 'Als mensen daar niet tegen kunnen, is hun vriendschap geen knip voor de neus waard.'

Evert ving de blik van Elja en hun ogen hielden elkaar vast.

Helmy zag de blik en werd wrevelig. Ze gunde haar oude schoolvriendin alles – nou ja, bijna alles – maar Elja bofte toch enorm dat Evert zo dol op haar was. Bijna onbegrijpelijk, want zo knap was ze niet met dat steile haar en haar brede mond. Haar ogen waren wel mooi met die aparte kleur blauw, maar verder... Vreemd dat die Duitse officier ook zo onder de indruk was van Elja. Eigenlijk zag zijzelf er beter uit, en als ze zou willen, zou ze iedere avond aan de zwier kunnen, jongens genoeg die met haar uit wilden. Alleen lastig dat Vincent nooit eens contact met haar opnam.

Helmy was nog steeds hevig gecharmeerd van de man die op de boerderij werkte die toebehoorde aan Elja's vader en diens broer Ab. Vincent was een neef van de vrouw met wie Elja's oom Ab getrouwd was en hij had, net als Evert, op dezelfde school gezeten als Elja en Helmy. Wel een paar klassen hoger, en Helmy en de meeste meisjes uit hun klas hadden gedweept met Vincent, die wat weg had van Gary Grant, de beroemde filmster. 'Maar,' had Helmy gezegd toen Elja nog niet vast bevriend was met Evert, 'Evert mag er ook zijn. Een goede tweede als het met Vincent niets wordt.'

Het was een kleine tegenvaller dat Evert alleen maar oog had voor Elja. Helmy had nog even gedacht dat hij wat voelde voor Susanna, die ondergedoken had gezeten op de boerderij van oom Ab en tante Trudie. Evert was daar toen vaak over de vloer gekomen, evenals Vincent en Klaas, de student, die ondergedoken zat op de hoeve.

Toen Susanna in verwachting bleek te zijn, had zij, Helmy, hardop haar vermoeden geuit dat Evert de vader weleens kon zijn. Vincent was uitgesloten, want hij deed zo bot en neerbuigend tegen Susanna dat het bijna pijnlijk was geweest. Elja was daar destijds ziedend van woede om geworden. Hij had dat natuurlijk overgenomen van die onuitstaanbare tante Trudie van hem, want eerst was hij aardig voor Susanna geweest. Ach, Helmy wist wel hoe dat ging. Soms slopen die botte manieren er zomaar in. Waarschijnlijk was hij het zichzelf niet eens bewust geweest. Nee, Vincent viel af. Dat had zij meteen gezegd, en ze had er ook gelijk in gekregen. Het bleek later dat Klaas, de ondergedoken student, de vader van het kind van Susanna was. Gek... Ergens geloofde Helmy dat nog steeds niet, maar waarom zou Klaas het zeggen? Het was allemaal lastig genoeg voor iedereen zonder dat er nog eens gelogen werd ook. Misschien dan toch Evert? Maar waarom? En als het zo was, zou hij niet zo naar Elja kijken. In ieder geval hoefde ze niet bang te zijn dat Elja iets zou willen met Vincent, hoe graag die verschrikkelijke tante Trudie dat ook had gewenst. Geen gevaar van Elja's kant, maar ja, je wist niet wie er allemaal op dat bedrijf langskwam. Ze moest er meer werk van maken als ze Vincent echt wilde hebben.

'Ik bedoel dat het voor Elja ook weleens leuk is om eens weg te gaan. Ze zit de hele avond thuis, en met het werk ziet ze ook weinig andere mensen van onze leeftijd,' stopte ze haar overpeinzingen en ze keek uitnodigend naar Evert en Elja. 'Toch, El?'

'Nou, dat valt erg mee. Er zijn nog steeds bruidsreportages. Mensen blijven gelukkig trouwen.' Elja's humeur was niet kapot te krijgen. 'En dan zie ik een hele reut mensen, en trouwens...'

'En Elja en Evert willen waarschijnlijk eerst een tijdje met z'n tweeën zijn,' merkte tante Flora kalm op. 'Je moest vanmiddag maar vrij nemen, Elja.'

Evert knikte goedkeurend en Elja's hand gleed onder tafel even naar de zijne. Hij omklemde haar vingers.

Helmy zweeg.

'We hebben Evert nauwelijks gesproken,' wierp tante Aline tegen.

'Nee, maar Elja nog minder.' Tante Flora keek haar zuster aan en Aline haalde haar schouders op. Flora zou wel gelijk hebben. Maar Elja zag Evert straks vaak genoeg, en zij zou zo graag weten hoe het was afgelopen in het zuiden. Ze zuchtte. Het was moeilijk om aan vertrouwde adressen te komen, en er waren er hoe langer hoe meer nodig. Je wist in haar eigen Noord-Holland al niet bij wie je kon aankloppen.

Verraders... dat gespuis... de verachtelijkste mensen die ze zich kon voorstellen.

'Ik kom morgen nog langs voor wat kleinigheidjes.' Evert hield het opzettelijk luchtig.

Ja, dat moest ook wel. Echt zaken bespreken ging natuurlijk niet met Helmy erbij. Lastig dat dat kind er altijd was, dacht Aline van Henegouwen geïrriteerd. Niet dat ze niet te vertrouwen was, maar zo min mogelijk mensen moesten weten wat Evert uitspookte op zijn tochten naar het zuiden. De lijnen naar Brussel en Antwerpen moesten veilig blijven.

Ze beet op haar lippen.

Dicht tegen elkaar aan liepen Elja en Evert die middag over het Bolwerk, de verdedigingslinie die vroeger de stad tegen de vijand beschermde. Het brede water met de treurwilgen aan de oever was een geliefde route die Elja vaak liep. De bomen waren nog kaal, maar een lichtgroen waasje beloofde dat, als er een paar warme dagen kwamen, er een overvloed aan blad zou groeien aan de twijgen die bijna tot het water reikten. Maar zover was het nog niet, al merkte ze de kou nauwelijks. De nabijheid van de man die ze zo gemist had, verwarmde haar zo dat het haar niet opgevallen zou zijn als de enkele verdwaalde spetters die nu op haar neus vielen, zouden veranderen in een stevige bui.

'Heb je me gemist?' vroeg Evert.

'Absoluut niet,' zei Elja met haar kin in de lucht en ze lachte toen stralend. 'Gek... natuurlijk heb ik je gemist.'

Hij schudde haar schouder heen en weer. 'Dat wilde ik even weten.'

'Dat ik nu van Krüger moest horen dat je weer in de stad

was.' Elja keek omhoog naar zijn gezicht, dat bij het noemen van die naam meteen verstrakte, en ze stak haar hand in de zak van zijn jekker. Ondanks de kou was zijn hand warm, en zijn vingers omklemden de hare stevig.

'Komt hij vaak in de winkel?' wilde Evert weten.

'Nee, hij loopt er wel vaak langs. Hij moet kennelijk nogal eens op het stadhuis zijn,' zei Elja vaag. Ze moest het niet meer over Krüger hebben, besloot ze. Stom om zijn naam te noemen. Er was toch niets aan te doen, en dat hij haar af en toe een opgejaagd gevoel gaf, daar kon Evert toch niets aan veranderen. En zo erg was het ook niet. Je wist tenminste wie je vijand was. Wie je vrienden waren, daar kon je je weleens in vergissen. Maar wat zeurde ze. Evert was er nu. Ze kneep nog eens in zijn hand en zei hartgrondig: 'Wat een fris weer. Ik ben het binnen zitten behoorlijk zat. Die turf uit de potkachel slaat soms echt op mijn longen. En vertel me nu over hoe het was in Brabant.'

'Misschien nu niet verstandig,' zei hij vriendelijk.

Ze wierp vlug een blik om zich heen. Nee, wat een eend was ze toch. Al was het nog zulk miezerig weer, er waren meer mensen die de buitenlucht in wilden ademen. Je wist nooit wie er meeluisterde.

'Ja,' zei ze.

Uit de tegengestelde richting naderde een vrouw met een klein kind aan de hand. Het kind taterde, sprong op en neer en wees naar een vogeltje dat op een tak heen en weer wipte. 'Mam, kijk... Pietie... Pietie!'

De moeder knikte en slenterde met trage passen over het pad. 'Zorgen dat je niet valt, Lineke, anders worden je kousjes vies,' zei ze. 'En dat is een mus. Niet een Pietie.'

'Ouwe oma zegt: Pietie, Pietie.'

'Ja, maar het is een mus. Wij zeggen "mus",' zei haar moeder.

Elja herkende de vrouw nu pas. Het was Lia, de zus van Helmy. De trouwerij van Lia en haar Adrie was een van de eerste bruiloften geweest waar Elja een hele reportage van had gemaakt. Ze was er nog steeds een beetje trots op, want de foto's die ze toen gemaakt had, hingen zelfs nu nog als voorbeeld in de galerie van haar tantes. Maar Lia was het stralende van die dag kwijt. Ze was ouder en een beetje in elkaar gedoken. Dat was de vorige keer toen Elja haar in de winkel zag, niet het geval geweest. Ze had toen nog een frisse kleur gehad. Niet eens zo gek dat ze haar niet meteen herkende.

'Dag Lia,' groette ze en ze keek toen nog wat beter naar de andere vrouw. Waren dat nu tranen van de kou? En dat: 'Ha Elja' kwam er ook zo mistroostig uit. Niet op letten.

'Ook een frisse neus halen?' zei ze. 'Dag Tr...' Ze realiseerde zich net op tijd dat Trineke zichzelf telkens Lineke noemde en dat Lia dat eigenlijk ook leuker vond klinken. 'Dag Lineke.'

'Dag...' zei het kind en er kwam een blik van herkenning in de ogen waarmee ze Elja aankeek. Ze had dezelfde bruine ogen als Helmy. Het was goed te zien dat het familie was. 'Dag tante El.'

'Dat heb je goed onthouden,' prees Elja. 'En lekker aan het wandelen met mama?'

Lia knikte. 'Het is in huis een gekuch en gehoest van jewelste. Lineke moet er af en toe uit, want ze wordt tureluurs van al die proestende mensen om zich heen die zeggen dat zij rustig moet zijn.'

Al die proestende mensen? Lia woonde toch in bij de oma van haar man? 'Eh... die oma van Adrie, is die zo lastig?' vroeg Elja.

'Nee, een paar weken geleden is Adries tante met haar man en een volwassen zoon en dochter ook bij opoe ingetrokken. Hun huis in Den Helder is gebombardeerd en tante heeft rust nodig.'

Lia klemde haar lippen op elkaar en keek met mistige ogen naar het water dat golfjes maakte tegen de rietpluimen aan de oever van het Bolwerk.

Dat was dus de verklaring. Maar dat was vast niet het enige. Die witte kleur...

'Jij draait dus op voor...' begreep Elja.

'Voor alles. Ik klaag niet, hoor, maar soms wordt het me te veel. Opoe en tante Ans houden van schoon, een schoon huis en schone was, en ik weet werkelijk niet hoe ik alles voor elkaar moet krijgen zonder zeep. Dan zegt tante Ans dat ik de wasborstel op de theedoeken moet zetten en dat het dan wel lukt. En Trijnie, die nicht, kan niets doen, zenuwen, weet je...' De lach die haar woorden vergezelde, ging over in een korte snik. 'Neem me niet kwalijk, Elja, maar...'

Het kind keek met ernstige ogen naar het vertrokken gezicht van haar moeder. 'Mama pijn? Mama ziek? Zoentje?' Ze pakte Lia's hand en drukte haar mondje op de handschoen van Lia.

‘Goed zo. Dat helpt. Alweer over. Alweer over.’ Lia rechtte haar schouders.

Elja keek naar het bleke gezicht. Wat zag ze er afgetobd uit. Wat een ramp voor die arme meid. Lia had de wind niet mee gehad. Ze had eerst bij haar eigen moeder de boel op moeten knappen. De moeder van Helmy en Lia was ziekelijk geweest, hoewel Helmy daar altijd haar vraagtekens bij had gehad, want, had ze weleens opgemerkt: ‘Moeders ziekte verdwijnt als er iets leuks in het vooruitzicht is, maar het vooruitzicht van de schoonmaak geeft haar een acute aanval van reumatiek.’

Nadat Lia in verwachting was geraakt en zij en Adrie halsoverkop moesten trouwen, waren ze bij Adries oma ingetrokken. Helmy had al eens een balletje opgegooid of haar zus niet de kamers boven de stoffenzaak zou kunnen betrekken, maar omdat er nogal eens mensen langskwamen die onderdak nodig hadden – veilig onderdak – hadden de tantes en Elja dat altijd afgehouden met de woorden dat ze de opslagruimte niet konden missen. En dat was tot een halfjaar geleden ook zo geweest. Inmiddels waren de stoffenvoorraden zo geslonken dat de kamers die ze daarvoor hadden gebruikt, leeg waren. En de tantes hadden nog steeds twee kamers die ze niet gebruikten. ‘Voor het geval dat,’ zei tante Aline altijd. ‘En je weet nooit wie je in huis haalt.’ Daar hadden ze inmiddels ervaring in gekregen.

Elja zuchtte even en keek naar de jonge vrouw voor haar die aan het eind van haar Latijn leek te zijn. Eén ding: Lia was helemaal te vertrouwen. Daar was Elja zeker van. En ze miste gelukkig ook de loslippigheid van Helmy. Het waren twee totaal verschillende karakters, Helmy en haar zusje. Helmy zou ze nooit de kamers boven aanbieden.

‘Je zou daar graag weg willen,’ stelde ze vast.

Lia lachte wat bitter. ‘We zoeken ons wezenloos naar iets anders. Ik zou al blij zijn met een kippenhok. Dat is nog te verkiezen boven wat ik nu heb. Dit is voor Lineke ook niet goed. Ze moet steeds rustig zijn, en het is juist zo’n bedrijvige dreutel. Opoe was gelukkig tamelijk doof, dus die had er geen last van als ze druk is, maar tante, met haar zenuwen... En dan die nicht van Adrie die zich constant bemoeit met Linekes opvoeding.’

‘Ach joh...’ zei Elja en ze weerhield zichzelf ervan om meteen de kamers aan te bieden. Eerst overleggen met de tantes.

Lineke keek intussen aandachtig naar Evert en stak met een beminnelijk lachje haar handje uit. ‘Oom?’

‘Nee, geen oom. Ze denkt na alle familie die over de vloer komt dat de hele wereld bestaat uit ooms en tantes.’ Lia legde haar hand op het mutsje van haar dochtertje en glimlachte wat verlegen tegen Evert. Die zakte wat door zijn knieën en keek vertederd in het snoetje van de kleuter.

Elja voelde zich warm worden. Hij zou vast een leuke vader zijn. En ze wist zeker dat zij de moeder van zijn kinderen wilde worden. Was die ellendige oorlog maar achter de rug. Moest ze de verdieping boven de winkel eigenlijk wel aan Lia aanbieden? Stel dat zijzelf en Evert binnen een halfjaar trouwden? Dat kon toch? Maar dan was het misschien nog niet verstandig om boven de winkel te gaan wonen. Er was geen gemakkelijke manier om uit de winkel weg te komen als dat nodig zou zijn. De Langestraat was te druk. Dat Krüger Evert net had gezien, was al gevaarlijk genoeg. Ondanks zijn ausweis.

‘Kom, we moeten verder, Lineke. Mama moet nog veel doen.’ Lia pakte haar dochtertje weer vast.

‘Straks koken?’ vroeg Elja.

‘En groente schoonmaken.’

‘Doen je tante en die nicht helemaal niets? Dat kun je toch afwisselen?’

‘Nee, wij mogen dankbaar zijn dat we er mogen wonen. Mijn tante is de dochter van opoe en ik ben aangetrouwd. Het hemd is nog steeds nader dan de rok.’

‘En die nicht?’

‘Adries oom schilt vaak de aardappels,’ ontweek Lia de vraag. ‘Ze doen wel wat, hoor. Trijnie droogt af.’

Elja hield haar verontwaardigde ‘Dat mag dan ook wel’ binnen. Daar schoot Lia niets mee op.

‘Kom morgen een lapje halen. Ik heb nog een beeldig stofje liggen. Of... nee, ik kom het zelf wel brengen,’ zei ze en ze kneep Lia hartelijk in haar arm. ‘Tot morgen! Baanpad 9, toch?’

Lia knikte en ze liepen door.

Evert keek nog even om. ‘Die heeft het niet gemakkelijk,’ merkte hij op. ‘Kan ze niet beter bij haar eigen vader en moeder intrekken?’

Elja dacht aan mevrouw Pronk, de moeder van Helmy en Lia. O, ze zou vast wel een kamer voor Lia en Adrie beschikbaar stellen, maar die twee zouden nooit meer alleen zijn en moe Pronk zou de opvoeding van dat schattige kleine kind naar zich toe trekken.

'Dat denk ik niet. Dat zou van de regen in de drup zijn, vrees ik.' Elja zuchtte. Er bestonden verschillende soorten van gevangenschap. Om zo klem te zitten... Kon zij er iets aan doen?

Ja, ook al wist ze niet precies waar ze aan begon.

'Luister eens, Evert.'

3

Het eerste wat tante Aline vroeg, toen Elja een dag later met het voorstel kwam, was of Lia en Adrie werkelijk te vertrouwen waren. Tante Flora gaf het antwoord voor Elja iets kon zeggen.

'Ja Aline, die twee zijn door en door betrouwbaar. Hoe ik dat weet? Ik weet het gewoon. Ik vind dat Elja dat vrouwtje de verdieping aan moet bieden.' Ze schoof met een beslist gebaar haar theekopje van zich af, stond op en liep naar het venster waar de verduisteringsgordijnen gesloten waren. Het licht van de olielamp scheen op haar rug die kaarsrecht was.

'Slaat nergens op,' pruttelde tante Aline. 'En of het erg handig is, met Helmy in de winkel... Straks krijgen we die familie over de vloer, en die moeder is niet direct gemakkelijk, volgens jullie verhalen.'

'Ik weet zeker dat jij haar wel aankunt, Alien. En we moeten dan een voorziening laten maken zodat mensen van bovenaf geen zicht hebben op de winkel. Dat is trouwens voor meer dingen handig,' merkte tante Flora peinzend op.

Niet dat het hielp als er echt naar iemand gezocht werd. Dat was het zwakke punt van deze panden. De moffen hoefden maar een paar mensen in de steeg te zetten en er kwam geen kip ongezien uit. Vergaderingen hielden ze daarom hier ook al minder dan in het begin van de oorlog. Er kon wel veel afgegeven worden. Daar was een fotoatelier heel geschikt voor, en mensen konden zich gemakkelijk voordoen als klanten: fotoreportages waren een geweldig hulpmiddel. Maar daar bleef het bij. Onderduikers konden voor een paar nachten terecht, maar het bleef te riskant als permanente verblijfsplaats. Duitsers waren dol op foto's, leek het wel, zodat er nogal eens één in de winkel kwam. Foto *für Mutti* of foto *für Mädchen*... Nou ja. Het leken bijna echte mensen...

'Een andere uitgang. Misschien een wandje extra in het magazijn plaatsen? We hebben jammer genoeg niet veel extra voorraad meer, maar het zou wel handig zijn om nog één kamer boven zelf te houden,' zei ze. 'Dan heeft Lia een woonkamer, een keuken en twee flinke slaapkamers. Dat kleine kamertje houden we zelf. Voor noodgevallen. Goed idee, Flora.'

Haar zuster knikte en tante Aline vervolgde: 'Die extra deur moet natuurlijk onder de trap komen, zodat onze eigen tussendeur vrij blijft. Het is zo handig om niet over straat te hoeven lopen als wij Elja nodig hebben. En dat geldt niet alleen voor ons. Die deur is bijna onzichtbaar, en dat moet zo blijven. Laten we er eens een tekening van maken.' Ze pakte energiek een vel papier, een potlood en de liniaal die altijd onder handbereik lag voor het geval ze foto's wilde bijsnijden.

Een paar jaar geleden was er een verbindingsdeur gemaakt tussen de stoffenzaak en het fotoatelier en die moest vrij toegankelijk voor hen blijven.

Flora en Elja keken elkaar aan. Tante Flora trok een wenkbrauw op. Aline maakte graag plannen en kreeg al een beetje het gevoel dat ze zelf bedacht had dat er zo langzamerhand wel een gezin op de bovenverdieping kon wonen.

'Beter dat we zelf iemand erin zetten dan dat we gedwongen vreemden erin moeten laten wonen. Je weet het op het moment maar nooit. In Den Helder woont bijna geen mens meer, al zijn er wel een paar teruggegaan na die bombardementen, en in Egmond aan Zee kun je ook een kogel door de straten afvuren zonder dat je iemand raakt. Ga jij het die Lia dan maar voorstellen, Elja. Als ze het aanneemt, loop ik morgen meteen even langs de aannemer.'

'Als ze het aanneemt?' lachte Elja. 'Lia was zo aan het eind van haar Latijn dat ze al in een kippenhok wilde trekken.'

'Ze zou de eerste niet zijn. Als het moet...' zei tante Aline, die wist dat er een familie uit een woonwagenkamp in een groot kippenhok was gaan wonen toen de Duitsers dat kamp hadden ontruimd.

'Tsss,' zei tante Flora.

'Ja, paleizen zijn schaars tegenwoordig,' zei tante Aline. 'En vertel nu eens wanneer Evert komt. We hadden hem gisteravond nog verwacht.'

Tante Flora knipoogde naar Elja. Ze wist uitstekend hoe de vorige avond was verlopen. De rode wangen van Elja hadden vanmorgen boekdelen gesproken.

'Zoek nog een leuke lap uit voor Lia,' zei tante Aline royaal. 'En voor dat kleintje.'

'Niet voor Lia zelf. Dat geeft scheve ogen bij die familie van Adrie,' zei haar zuster wetend. 'Als ze hierboven woont, is dat veel handiger. Maar voor dat meisje kan geen kwaad. Aan dat grut wordt altijd meer gegund.'

Elja glimlachte warm naar haar tantes. Af en toe kon ze tante Aline achter het behang plakken, maar ze was evengoed een schat, en tante Flora was zo wijs...

Diezelfde middag nog zocht Elja een lapje uit en ze vroeg daarna aan Helmy of ze het een tijdje alleen afkon in de winkel.

Ze vertelde niet waar ze naartoe ging. Het zou een verrassing voor Helmy zijn. Die had er een tijd geleden al eens op gezinspeeld dat de kamers boven de winkel echt iets voor Lia zouden zijn, maar daar was Elja toen niet op ingegaan omdat ze een beetje huiverig was om te veel van Helmy's familie in de buurt te hebben. Helmy kon nogal overheersend zijn. Maar om de een of andere reden was ze daar nu niet meer bang voor. Misschien omdat ze er beter tegen opgewassen was? Je leerde wel bij in de oorlog. En ook het feit dat Lia een ander type was dan Helmy en er niet zo vlug iets uit flapte, speelde mee.

Ze liep de Zilverstraat in, de brug over en daarna linksaf. Baanpad 9. Het waren kleine huizen, en het geluid van de koperen trekbel was van buitenaf te horen. De ramen in de donkergroene kozijnen blonken in de winterzon. Zeker net gelapt.

Lia opende zelf de deur. Toen ze Elja zag en het pakje dat die naar voren stak, vroeg ze verrast: 'Voor mij?'

Toen Elja knikte, haperde ze: 'Ach, wat lief. Dat had zo vlug toch niet gehoeven. Maar blijf niet staan. Kom er toch in.'

Elja stapte op de mat en sloot de deur achter zich. 'Je dacht toch niet dat ik vergeten was dat ik je een lapje had beloofd? Maar ik kom eigenlijk ergens anders voor.'

Haar ogen dwaalden door de benauwde gang met de steile trap.

'Je weet dat we boven onze winkel een paar kamers en een keukentje hebben?'

Ze zag een kleur opkomen in Lia's hals.

Zwijgend knikte de jonge vrouw. 'Helmy heeft het er weleens over gehad.'

Ja, dat zou ook wel. Het was niets voor haar vriendin om daarover te zwijgen. En Elja wist ook ongeveer de strekking van haar woorden wel. Egoïstisch van Elja en haar tantes om die kamers niet af te staan. Maar vooruit.

'Als je wilt, kunnen jullie daar intrekken. We hadden ze eerst ergens anders voor nodig, opslag en zo, maar dat is veel minder geworden. We hebben nu genoeg aan één kamertje. Als je dat geen bezwaar vindt? En we laten een extra wandje maken, zodat jullie niet door de winkel hoeven te gaan. Dan lopen we elkaar niet in de weg.'

De kleur in Lia's wangen trok weg en ze wankelde.

Elja sloeg vlug een arm om haar heen. 'Hoho, wat is dat nou?'

Lia herstelde zich. 'Niets... niets... ik werd even duizelig. Maar het is alweer over. Wat ongelooflijk heerlijk... wat ongelooflijk fijn! Juist nu. Ik was net ten einde raad. Ik loop maar te grienen. Dat komt door... Dan ben je...'

Er ging Elja een licht op. 'Je bent weer in verwachting.'

Lia knikte en veegde een paar tranen die uit haar ogen opwelden met de rug van haar hand weg. 'Ik was net ten einde raad,' herhaalde ze. 'Ze weten het hier nog niet. Ik heb het nog voor mezelf gehouden, want ik was bang voor het commentaar, hier en van thuis. En Adrie zit er al zo over in dat zijn familie hier is.'

Elja knikte begripvol.

'Wat is dat aan de deur? Lia, wie is dat?' klonk een hoge stem vanuit de kamer.

'Dat is...'

'Een oude vriendin van je,' souffleerde Elja.

'Een oude vriendin van me,' riep Lia. Haar ogen straalden.

De kamerdeur ging open en de oma van Adrie verscheen in de opening. Ze nam Elja op met een blik die van haar schoenen tot het steile blonde haar langs haar wangen ging.

'O, jij bent toch die fotografe? Die die foto's heeft gemaakt van de trouwerij van mijn kleinzoon met haar.' De oude vrouw knikte naar Lia. De wat schorre klank was niet van de stem geweest die net had geroepen.

'Dat klopt,' zei Elja.

'O, en wat...?' wilde oma weten.

Elja trok haar wenkbrauwen op. Onaardig had dat 'van mijn kleinzoon met haar' van dat oude mens geklonken.

'Ik wilde haar iets vragen,' zei ze luchtig.

'Moeder, Lia, laat het bezoek niet aan de deur staan,' klonk de hoge stem vanuit de kamer weer.

De oude vrouw knikte met tegenzin. 'Komt u maar even verder. En let niet op de rommel, want het is met een klein kind over de vloer bijna niet te doen om het netjes te houden! Tegenwoordig, tenminste. Vroeger wisten we daar wel raad mee.'

De grootmoeder van Adrie keek naar Lia en de uitdrukking op het gerimpelde gezicht was veelzeggend. 'Enne... wat?' vervolgde ze.

'Neenee, ik kom niet binnen. Ik kom alleen maar even iets vragen. Iets tussen vriendinnen.' Elja wist niet dat haar stem zo precies als die van tante Aline kon klinken.

De boodschap kwam over, en anders vertelden Elja's ogen wel wat ze bedoelde.

'Dan laat ik jullie maar even alleen.' Oma deed mokkend een stap naar achteren en sloot de deur. In de gang hoorde Elja nog de hoge stem vragen: 'Wat is dat allemaal?' en oma die antwoordde: 'Een oude vriendin, die fotografe van Adries bruiloft. Ze wil iets van Lia weten.'

'Waarom blijven ze dan in de gang staan?' Een andere, nasale stem klonk door de gesloten deur. 'Vraag of ze verder komt. Toch geen manier om iemand in de gang te laten staan.'

Er volgde wat gemurmel. Zeker iemand die zich ervan bewust was dat alles in de gang te volgen was.

'Dat is Trijnie, een nicht van Adrie. Het is hier nogal gehorig,' zei Lia. Dat was overbodige informatie.

Elja keek naar de donkerbruine houten kapstok waar een hertenkop op was gebeeldhouwd. De ogen van het beest keken treurig de gang in. Eronder hingen te veel jassen, zodat de kapstok uitpuilde.

Hoe was Lia deze laatste maanden doorgekomen? Nou ja, als je geen keus had, moest je wel, maar ze begreep de radeloze blik van Lia van gisteren volledig.

'Moet je nog met Adrie overleggen?' fluisterde ze.

'Nee. Als hij het er niet mee eens is, mag hij hier blijven,' zei Lia en haar zachte ogen werden opeens fel. 'Maar ik weet zeker dat hij ook een gat in de lucht springt. Hij is het ook zo zat. En dan is hij er alleen maar 's avonds.'

Elja knikte. 'Zullen we afspreken dat je vanavond nog even iets laat horen? Dan vragen wij morgen een aannemer of hij een paar aanpassingen komt doen, zodat we elkaar niet in de weg lopen. En het is niet gehorig bij ons. Je zult niets merken van de winkel en wij horen niets van jullie.'

Er verschenen een paar dikke tranen in Lia's ogen en ze veegde ze meteen weg.

Elja sloeg even haar armen om Lia heen en bedacht dat ze haar meteen vanavond de ruimte zou laten zien.

Met een bemoedigende kneep in Lia's hand verdween ze.

Lia haalde diep adem en ging naar de kamer met het pakje dat ze van Elja had gekregen onder haar arm.

'Wat moest dat mens van je? Heb je gehuild? Wat zit er in dat papier?' wilde haar tante Ans weten.

'Een lapje stof voor een jurkje voor Lineke.'

Lia legde het pakje op de tafel en opende het. Het was een schattig rood met wit katoenen ruitje dat beeldig zou staan bij de bruine ogen van haar dochtertje. 'Kijk eens, wat lief.' Ze zong de woorden bijna.

Tante Ans voelde aan de stof en kreukelde een punt. Goede kwaliteit, constateerde ze. En dat Lia daar geen bonnen voor had ingeleverd, hoefde je haar niet te vertellen. Dat zag je bijna aan haar gezicht. Ondanks dat huilerige gedoe net, stond ze opeens te stralen. Je had mensen die altijd boften. Dat Lia en Adrie bij moeder mochten wonen, was ook al een gelukje voor hen geweest. En vanzelfsprekend dat ze een paar klusjes in huis opknapte, al waren er een paar kamers dringend aan een goede beurt toe. Al dat wasgoed van dat kleine kind zorgde voor veel stof in huis. Het was wel een lief kind, daar niet van. Maar dat was geen wonder, in de familie waren alle kinderen gemakkelijk geweest. Een beetje stevig aanpakken en je had er geen last mee. Moeder zou vast haar steentje wel bijgedragen hebben bij de opvoeding.

'Ze was toch fotografe? Hoe komt ze dan aan die stof?' vroeg ze.

'Elja heeft een stoffenzaak. Helmy, mijn zus, werkt voor haar. De winkel ernaast is van Elja's tantes, zij hebben een fotozaak en Elja werkt af en toe ook voor hen,' antwoordde Lia.

'Die zus van jou kon ook weleens iets naar onze kant toe schuiven,' zei nicht Trijnie met een afgunstige blik op de rood met witte stof. Lia had zich er toch maar goed ingedraaid bij oma De Vries. Ze was slechts aangetrouwd, en Adrie en zij hadden net zo goed bij haar eigen familie in kunnen trekken. Het was propvol in dit kleine huis, en tenslotte had haar moeder meer recht als oma's eigen dochter dan een kleinzoon met zijn vrouw. En dat kleine kind was wel een schatje, maar ze verschafte behoorlijk wat werk en eigenlijk was het te druk voor oma, zeker nu zij erbij gekomen waren. De grote slaapkamer waar Adrie en Lia met hun kind woonden, zouden zij nu goed kunnen gebruiken.

'Waarom?' vroeg Lia verbaasd.

'Nou, omdat wij, eh... oma De Vries wel erg goed voor jou is geweest al die tijd. Onderdak is op het moment bijna niet te krijgen.'

Oma De Vries voelde zich op slag een weldoenster en ze knikte heftig. Het was ook erg geschikt van haar geweest dat ze haar kleinzoon bij zich in huis had genomen.

'Toen wij hier kwamen wonen, was iedereen anders erg blij omdat oma het niet meer in haar eentje redde. Ze kon toen al haar boeltje niet meer bijhouden.' Lia keek naar de drie gezichten van haar aangetrouwde familie. Ze leken op elkaar, dezelfde mopsneuzen en gevulde wangen. Adrie leek gelukkig op zijn moeder.

De vrouwen in de kamer keken naar haar met kille blikken. Zelfs de manier waarop ze keken was hetzelfde.

'Dat beetje werk dat jij doet?' schamperde haar tante.

'Ja, dat beetje werk. U zult het dus niet erg vinden om vanavond voor het eten te zorgen, want ik ga even naar mijn moeder met Lineke. Reken maar niet op ons met eten en vraag maar of Adrie ook naar ons, mijn vader en moeder dus, toe komt,' zei Lia. Onder de zachte toon van haar stem lag een stalen klank.

Verbaasd keken oma, moeder en dochter haar aan.

'Dat had je eerder moeten zeggen,' zei haar nicht na een korte stilte.

'Ik zeg het nu toch. En och, het is tenslotte maar een beetje werk.' Lia pakte haar dochtertje op dat zoet in een hoekje had zitten spelen. Bijna onnatuurlijk zoet was ze in deze volle kamer. Zo rustig hoorde een klein kind niet te zijn.

'Er is andijvie, en de aardappels staan in het schuurtje,' zei ze, terwijl ze Lineke haar jasje aantrok.

Verbaasd en geërgerd keken de drie vrouwen in de kamer haar na toen ze de deur zacht achter zich sloot. Ze zagen haar buiten langs het raam gaan. Lia wuifde even en lachte vriendelijk. Oma knikte automatisch terug.

'Dat moet u eigenlijk niet nemen, moe,' zei Ans tegen haar moeder. 'Ze woont hier praktisch voor niets, met schoonmaken vergeet ze altijd de plinten, de was is ook niet echt schoon en het is haar werk om te koken. Om zomaar weg te gaan...' De afkeurende uitdrukking op haar gezicht sprak boekdelen.

Oma De Vries aarzelde. Lia en Adrie hadden een paar jaar geleden hier in mogen trekken omdat zijzelf niet meer zo kwiek was als vroeger. Lia zou haar helpen in het huishouden en dat had ze gedaan. Oma had een vriendin die zei dat ze in haar handjes mocht knijpen met de hulp van zo'n zachtaardig ding. Die zou ervoor tekenen dat een ander zo veel voor haar deed zonder een grote mond op te zetten.

Het was natuurlijk allemaal anders geworden nu Ans en haar man en kinderen niet meer in hun huis in Den Helder konden blijven wonen, maar Lia deed haar best wel. Zeker als zij haar vertelde hoe ze het moest doen. Maar Ans hoefde niet te denken dat ze de lakens uit kon delen. Daar was ze zelf mans genoeg voor.

'Nu jullie erbij zijn gekomen is er veel meer wasgoed, en het is een behoorlijk verschil of je voor vier of voor acht mensen kookt, Ans. Brandschoon is ze niet, maar ze moet ook voor dat kleine kind zorgen en je weet wat voor drukte dat meebrengt.'

Ze keek nu naar haar kleindochter. 'Kook jij vanavond eens, Trijnie? Ik heb nog steeds last van mijn reumatiek.' Ze hief haar handen omhoog.

Trijnie trok haar kin tegen haar hals. 'Maar Lia had toch allang alles klaar kunnen zetten? Dat deed ma altijd 's morgens al toen we nog gewoon thuis waren in Den Helder. Dan hoefde je om vijf uur alleen alles op te zetten. Gewoon organiseren. Dat zegt u toch altijd, ma?'

Haar moeder knikte en nam zich voor om Lia een paar tips te geven. Dat zou het leven wat gemakkelijker maken, vooral voor Lia zelf.

Ze streek met een vermoeid gebaar over haar voorhoofd en keek haar dochter aan.

'Dus jij kookt, Trijnie, dat is afgesproken. Ik voel me nog niet goed genoeg om het over te nemen. Mijn zenuwen hebben zo te lijden gehad onder de bombardementen. Ik zie wel dat jullie hier lang zo veel niet van de oorlog merken, moeder. Dat meisje dat hier net was, profiteert er waarschijnlijk nog van ook. Iedereen is blij met een couponnetje, al is het nog zo klein. En ze vragen er vast behoorlijk wat voor.'

Haar dochter keek naar het lapje dat op tafel lag. Een schattig ruitje. Lia had voordeel van haar vriendinnen. Zijzelf had veel in Den Helder achtergelaten. Niet haar kleren, natuurlijk, maar genoeg spulletjes. Moeder had gelijk. Er waren mensen die profiteerden van de oorlog. Ze zou toch eens proberen om wat contact te krijgen met die vriendin van Lia. Als die doorhad hoeveel Lia te danken had aan de familie van haar man en hoe goed ze voor haar waren geweest... Maar eerst Lia zelf nog eens onder ogen brengen hoe belangrijk het was op dit moment om een dak boven je hoofd te hebben. Dan kon die misschien iets voor haar regelen.

Lia duwde intussen met snelle passen het wandelwagentje van haar dochtertje vooruit. Eerst ging ze naar haar ouderlijk huis, en vroeg daar aan haar moeder of ze die avond mee kon eten. Ja, Adrie ook. Kon dat? Fijn. Ze negeerde de zucht van haar moeder. Het was gewoon niet anders. Ja, en Lineke lustte graag worteltjes.

Even overwoog ze om haar kind bij haar moeder te laten, maar ze zag er toch vanaf. Lineke moest maar meteen meegaan, anders werd het misschien te druk voor haar moeder.

Na tien minuten lopen sloeg ze de Langestraat in en bleef staan voor de winkelpui. Ze keek omhoog en zag de ramen van de bovenverdieping. Een groot en een kleiner kozijn, gescheiden door een meter muur. Een kamer en een slaapkamer, dacht ze en haar hart bonsde van vreugde. Stel je voor dat ze daar zou mogen wonen. Ruimte voor haar, voor Lineke en de nieuwe baby. Als het maar doorging... Als er maar niets tussenkwam.

Ze opende de deur van de textielwinkel, duwde het wandelwagentje naar binnen en keek zoekend rond.

Haar zusje Helmy stond achter de toonbank en stak een hand op. 'Wat leuk. Kom je even langs?'

'Ja, is Elja er niet?'

'In het magazijn of zo. Wat moet je van haar?'

Op dat moment kwam Elja de winkel in en ze zag Lia staan. Ze glimlachte. Die was natuurlijk nieuwsgierig naar de etage. Dat was logisch. Zeker nu ze gezien had hoe Lia woonde, kon ze zich er alles bij voorstellen.

Ze stak haar hand uit. 'We zetten het wandelwagentje achter, en kom dan maar mee. Helmy, je kunt het wel alleen af, hè?'

Verbaasd keek Helmy haar zusje en haar vriendin na. Wat moest nu Lia boven doen? Er schoot haar een mogelijkheid te binnen. Zou Elja haar zus soms de bovenverdieping aanbieden? Dat had zijzelf al eens geopperd, maar toen was Elja er niet voor te porren geweest. En nu wist ze zelf niet zeker of ze graag wilde dat haar zusje daar ging wonen. Ongerust hoorde ze de voetstappen de trap opgaan. Stel dat het tussen haar en Vincent iets werd. Het kon toch? Volgens Elja had hij geen vriendin of verloofde, nog steeds niet, terwijl er altijd meisjes om hem heen cirkelden. Nu Evert weer terug was, zou het contact gemakkelijker zijn, en ze wist zeker dat hij haar aantrekkelijk vond.

Ze zuchtte. Ze stond heus altijd met beide benen op de grond, maar een beetje dromen mocht toch? Zij had nooit om een vriendje verlegen gezeten, het was altijd gewoon kiezen voor haar geweest. Maar uitgerekend Vincent liet het een beetje afweten. Maar stel dat... het kon toch? En dan zou zij er geen gras over laten groeien. Ook al was die tante Trudie van hem – en volgens Elja ook zijn moeder – uitgesproken krengerig.

Als ze Vincent zo ver kreeg als ze hem hebben wilde, was de etage boven ook wel iets voor haar geweest. Ach, Elja bood hem vast niet aan. Als ze iemand op de bovenverdieping wilden hebben, zou ze daar zelf toch wel intrekken. Ze was nu al bijna een halfjaar verloofd met Evert. Nee, het ging ergens anders om, al kon zij zich niet indenken wat.

Elja leidde Lia rond op de etage. Ze liet de kleine keuken zien, de badkamer waar Lia met glanzende ogen naar keek, de gezellige zitkamer en de twee slaapkamers.

'Dit derde kamertje willen wij graag houden, als reserve,' zei ze toen ze de deur van de kleinste slaapkamer opende. 'Maar er is altijd een mouw aan te passen als jullie het wel nodig hebben. Wat vind je van de meubels?'

'Zouden wij die meubels dan ook mogen gebruiken?' Lia kon de jubel niet uit haar stem houden. De lichte berkenhouten kasten, de tafel en de lage stoelen naast de kleine haard zagen er nog zo mooi uit en waren zo totaal anders dan de donkere meubels in het huis waar ze nu woonden.

'Ja, natuurlijk. Of heb je zelf veel meubels?'

'Nee, bijna niet. Alleen een bed en twee nachtkastjes, en dan het ledikantje van Lineke en een commode. Verder is er niets van onszelf, want oma's meubels mochten niet verschoven worden, laat staan vervangen, en dat is ook wel logisch, het is tenslotte haar huis.'

'Dan zou je hier bij wijze van spreken vlug in kunnen? Een verfje misschien, al is het niet echt nodig?'

Lia stond rond te kijken. Haar ogen werden hoe langer hoe groter, en toen ze terugkeerden naar de ruime woonkamer barstte ze in tranen uit. 'Meen je dat echt? Vinden je tantes het ook goed?'

Elja keek naar haar vertrokken gezicht en sloeg haar armen om de snikkende vrouw heen. 'Natuurlijk, gekkie! Stop nou met huilen, want Lineke denkt vast dat ik je geknepen heb en ze gaat straks meedoen.'

Ze liet haar weer los en duwde haar zacht naar het kind toe dat verbaasd op de drempel tussen de zitkamer en de keuken was blijven staan. Het mondje van de kleuter bibberde terwijl ze van Elja naar haar moeder keek, en ook haar ogen vulden zich met tranen.

Lia liet zich op haar hurken zakken en trok het kind tegen zich aan. Hortend zei ze: 'Mama is alleen maar blij. We krijgen een heel mooi huis en jij krijgt een eigen kamertje. Een prachtig kamertje!' Haar tranen bleven doorvloeien. Lineke stopte haar hoofdje tegen haar moeders schouder.

'Houd op,' vermaande Elja. 'Dat arme kind weet niet wat haar overkomt. Wat jij, troel, mama doet een beetje raar, hè? Geeft niets, hoor.'

'Ja, mama raar,' zei Lineke en Lia lachte door haar tranen heen.

Elja nam de twee mee naar beneden en opende de deur die zich tussen de stoffenzaak en het fotoatelier bevond. Ze wees naar de plek waar ze een wandje zouden laten zetten zodat Lia een vrije toegang tot de etage zou hebben, en nam haar toen mee naar de tantes.

'Je hebt tante Flora al een paar keer ontmoet, maar tante Aline nog niet, geloof ik.'

De beide dames waren in het fotoatelier en keken een moment verrast naar hun nichtje dat een vrouw met een kind op de arm meetrok.

Tante Flora herkende haar meteen van een bezoek dat Lia in gezelschap van haar zus en haar moeder aan de winkel had gebracht toen ze stof voor haar bruidsjurk moest hebben. Toen had ze al met haar te doen gehad. En dat was helemaal terecht geweest, constateerde ze.

Tante Aline begreep zonder uitleg dat dit Lia moest zijn. Dat kind was dus helemaal van streek door het aanbod dat ze had gekregen. Geen wonder. De paar woorden die ze met Elja had gewisseld over de situatie waarin Lia zich bevond, hadden haar meeleven gewekt.

'Jij wordt dus onze nieuwe bovenbuurvrouw,' glimlachte ze.

Lia hield met moeite een volgende tranenvloed binnen. 'Als u het allebei echt goedvindt? We zijn heus niet lastig.'

'Natuurlijk niet. En we weten dat een kind lekker moet spelen. Het is boven helemaal niet gehorig, dus maak je maar niet druk. Jullie zijn van harte welkom,' zei tante Flora warm.

'Wat zullen we afspreken? Eerst even de aannemer waarschuwen dat we een klus voor hem hebben.'

'Maar dat kan Adrie ook, echt. Voordat hij de bunkers in de duinen moest bouwen, was hij timmerman. Maar daar was geen werk meer voor hem, en hij verdiende nu ook meer.' Verlegen keek Lia tante Aline aan. Ze wist van Helmy dat de familie Van Henegouwen anti-Duits was. Dat waren zij ook wel, maar minder. Haar vader deed ook af en toe iets voor de Duitsers, en pas de laatste tijd had hij geen goed woord meer voor hen over.

'Het geeft niet. Wij maken foto's voor hen,' merkte tante Aline rustig op.

Merkwaardig dat iedereen precies wist wie de touwtjes in handen had, vloog het door Elja heen.

Het was even stil. 'Zullen we dan afspreken: eind volgende week?' vroeg tante Flora.

Het liefst zou Lia meteen morgen haar schaarse spullen bij elkaar rapen, maar dat ging natuurlijk niet.

'Helmy en ik helpen je met schoonmaken en de plafonds witten. Verder hoeft er niet veel te gebeuren, toch? Een verfje kan altijd nog. Wat jij, prul!' Elja pakte het kleine meisje op en kriebelde haar onder de kin, waardoor het kind giechelend haar schoudertjes optrok.

'Kom jij hier fijn wonen?'

Lineke legde een handje langs Elja's wang en knikte.

'Goed zo! Dan gaan we nu naar tante Helmy toe. Werk voor haar aan de winkel.'

4

Adrie, Lia's man, zat al bij haar moeder toen ze terugliep naar haar ouderlijk huis. Het was tegen zessen en hij was al thuis geweest, waar zijn tante en zijn nicht hem haarfijn hadden uitgelegd dat het eigenlijk geen manier van doen was geweest van zijn vrouw dat ze zomaar was verdwenen terwijl ze eigenlijk zou koken.

Oma tikte nadrukkelijk op de tafel en zei dat Lia zich aan de regels moest houden, maar dat hij zich er niet druk om hoefde te maken. Deze keer zorgden zijn tante Ans en Trijnie voor het eten, maar het hoorde bij de afspraak die ze gemaakt hadden toen hij hier kwam wonen, dat Lia voor het eten zou zorgen.

Adrie was moe van het zware werk dat hij had gedaan en was chagrijnig geworden door de aanval op zijn vrouw, die er zo vermoeid uitzag de laatste weken. Ze sloofde maar voor zijn tante en haar gezin, en zonder dat Lia hem iets verweet, vond hij het toch ellendig dat juist zijn familie voor narigheid zorgde. Dat zijn tante en die nicht vrijwel geen spat uitvoerden en dat zijn oom en zijn neef zonder bedankje aanschoven als het eten klaar was, had hem al eerder dwarsgezeten.

Hij was vertrokken zonder iets te zeggen en gooide de deur met een klap achter zich dicht.

Dat zou wel weer doffe ellende zijn geweest. Lia vertrok niet zomaar. Zijn schoonmoeder was ook niet een van de gemakkelijksten, dus er moest echt iets gebeurd zijn dat zijn vrouw bij haar vader en moeder haar toevlucht had genomen.

Hij reageerde automatisch op het praten van zijn schoonmoeder en tuurde gemelijk uit het raam. Dus Lia moest nog even weg. Meer kon zijn schoonmoeder hem niet vertellen.

Wat was er nu toch gebeurd dat Lia thuis de benen had genomen?

Hij keek de kamer rond. Onder de kleine schemerlamp zat Lia's vader de krant te lezen. Zijn schoonvader was een beste vent, en met de broers en Helmy was ook niets mis, maar hij zou de zenuwen krijgen van zijn schoonmoeder als hij hier in moest trekken. Dat zogenaamde dappere gedoe van haar, terwijl ze eigenlijk constant klaagde over haar kwaaltjes en altijd klusjes had liggen voor Lia als ze kwam, daar kon hij niet tegen. Dan nog liever het gezanik van zijn oma, al was Lia dat niet met hem eens en had ze daar op dit moment helemaal gelijk in. Dat zijn oom en tante er met zijn neef en nicht bij in waren getrokken, was een ramp. Maar het was toch tijdelijk, mocht hij hopen. Dat móést gewoon, want als ze bleven, dan wist hij het ook niet meer!

Lia zag er slecht uit. Ze lieten haar ook maar sloven. Nog een zegen dat zijn oom en zijn neef overdag naar hun werk waren. Ook al in de bunkerbouw, net als hij. Niet dat ze het leuk vonden. Net als hijzelf schaamden ze zich ervoor, maar je moest je gezin toch onderhouden. Dan maar voor de Duitsers werken.

Hij steunde met een hand onder zijn hoofd en keek de schemerige avond in. Het was gelukkig al niet meer zo vroeg aardedonker, maar hij wilde toch dat Lia nu kwam. Er gebeurden zo veel ongelukken. Mensen die in de gracht belandden en verdronken.

Gelukkig, om de hoek zag hij haar komen. Ze duwde met veerkrachtige passen het wagentje van hun dochter en ze zwaaide toen ze hem achter de ruit zag staan. Hij herademde. Zo zou ze niet lopen als er iets ergs was.

Ach, verhip, hij moest de verduisteringsgordijnen sluiten, anders kregen ze daar weer narigheid mee. Dat zijn schoonvader daar nu zelf niet aan dacht.

'Vader, het licht,' waarschuwde hij en hij liep naar de achterdeur, waar Lia het wagentje neerzette. Blozend en stralend bleef ze staan en ze hief haar gezicht omhoog om zich een zoen te laten geven.

'Wat denk je, wat denk je?' riep ze en ze trok aan zijn jas.

'Ik denk niets.' Hij legde, verrast door de vrolijke begroeting, een hand op haar schouder en pakte toen zijn dochtertje uit het wagentje. 'Dag schatje.'

'We hebben een huis.' Lia zong de woorden bijna.

Hij zette zijn kind weer op de vloer en staarde haar aan. 'Wat zei je?'

'Een huis!' juichte ze. 'Een huis! Boven de winkel waar Helmy werkt. Ik kom er net vandaan. Een kamer, twee slaapkamers, een eigen keuken, en een badkamer. Echt een badkamer!'

Hij schudde zijn hoofd en vroeg ongelovig: 'Zomaar?'

'Zomaar. Voor ons! Je moet alleen een extra deur en een wandje timmeren zodat ze ons vanuit de winkel niet zien, en zodat Lineke niet de stoffenzaak in kan lopen, maar dan kunnen we erin. En er staan meubels. Heel mooie, lichte meubels, zoals ik ze altijd al had willen hebben.'

Ongelovig hoorde hij haar aan en hij vroeg aarzelend: 'Wat moet dat dan kosten? Dat kunnen we vast niet betalen.' Zijn ogen rustten op haar gezicht. Dit was de oude Lia. Zo blij en zo tevreden. Dat tobberige, zorgelijke was helemaal verdwenen. Ze leek veel jonger dan vanmorgen.

Lia sprong omhoog en hing even aan zijn hals. 'Jazeker. Het kost nauwelijks meer dan het geld dat we kwijt zijn bij je oma. En dan betaalden we voor haar vaak de boodschappen en ik had weinig vrije tijd, zeker nu je tante erbij is, met je neef en die vreselijke nicht... Je oom valt wel mee, dat is een goeie lobbes, maar je tante en je nicht... brr.'

Ze was nog nooit zo openhartig geweest. Lia was altijd van het standpunt uitgegaan dat het niet hielp om je boosheid rond te tetteren. Dat zachtaardige vond hij juist zo leuk in haar. Maar ze liet ook over zich lopen en dat had ze de afgelopen weken te veel laten doen. Alleen de laatste dagen niet meer. Ze was het helemaal zat.

Al was het nog zo zielig voor zijn tante en oom en die neef en nicht van hem dat ze zelf geen huis meer hadden, ze waren inderdaad afschuwelijk met hun houding dat zij eigenlijk meer recht hadden op oma's huis dan een kleinzoon met zijn vrouw. Ook al waren zijn ooms en tantes er destijds blij mee geweest dat zij bij hun moeder gingen wonen, want oma werd ouder en krakkemikkig. Dat er meteen voor haar gezorgd werd, was vergeten.

'Nou, zeg eens wat!' riep Lia met glanzende ogen.

Hij haalde diep adem. 'Weet je het zeker? Echt?'

'Echt! En we mogen er volgende week al in. Elja en Helmy zullen helpen met schoonmaken en jij moet een deur maken, maar het is ook niet erg als je dat pas doet als we er wonen.'

Langzaam begon het tot hem door te dringen dat er werkelijk een oplossing was gekomen. Hij sloeg zijn armen nog steviger om zijn vrouw en zijn kind heen.

'Kan ik er ook nog naartoe? Vanavond?' vroeg hij na een tijdje. Hij moest gewoon zeker weten of het echt doorging.

Eigenlijk brandde Lia van verlangen om hem hun toekomstige huis te laten zien, maar het was beter van niet. Niet lastig zijn...

Tegen acht uur vertrokken ze weer naar hun huis. Hun nieuwe etage was tijdens het eten hét onderwerp van gesprek geweest. Helmy was een beetje terughoudend geweest, maar dat had alleen Lia gemerkt. Lia begreep het wel. De winkel was het terrein van haar zusje en nu kwamen zij erbij. Ze nam zich voor om zich helemaal afzijdig te houden. Niet opdringen of wat dan ook.

Adrie opende de achterdeur van zijn oma's huis en zette het wandelwagentje in de schuur. Lia ging alvast naar binnen met haar dochtertje op haar arm.

De stilte waarmee ze werd ontvangen, benauwde haar niet zoals het haar gisteren wel gedaan zou hebben.

De familie zat zwijgend bij elkaar in de donkere kamer waar alleen het theelichtje dat op tafel stond, wat licht verspreidde.

Haar oom was knorrig. De maaltijd was geen succes geweest. De andijvie had te lang gekookt en was snotterig geworden, en zijn zoon had gezegd dat Trijnie maar eens in de leer moest gaan bij Lia. En waarom had ze er geen lawaaisaus bij gemaakt? Dat sausje maakte de groente tenminste nog een beetje draaglijk. Nu was het je reinste kuilvoer geweest.

Daarop had Trijnie gezegd dat hij blij mocht zijn dat hij iets kreeg, want dat zij nog steeds barstte van de hoofdpijn en dat het, als het aan haar had gelegen, gewoon een boterham was geworden voor iedereen.

Lia kon de gezichten niet goed onderscheiden, maar dat gaf niet. Ze zwaaide even en zei zonnig dat ze Lineke meteen naar bed bracht.

'Ja, doe dat maar, want het is veel te laat voor het kind. Je weet het: reinheid, regelmaat en... eh...' Het derde woord was tante Ans even vergeten.

Lia liep neuriënd de trap op. Rust hoorde erbij. Dat wist zij heel goed. En dat zou ze krijgen. Volgende week al, wat heerlijk!

Adrie kwam binnen en oma, die zich geroepen voelde om haar gezag te laten gelden, ging rechtop zitten en wendde zich tot haar kleinzoon. 'Adrie, als jullie er niet zouden zijn met het avondeten, zouden jullie dat van tevoren zeggen.'

'Een noodgeval,' zei Adrie. 'Ik zou wel een kopje thee lusten. En wat zitten jullie in het donker.' Hij ging aan tafel zitten en keek naar het vierkante theelicht met de rode ruitjes. Dat wilde hij ook wel hebben in dat andere huis. Zo'n lichtje zou hij Lia cadeau doen.

'Lia doet zeker eerst de kleine naar bed,' merkte hij op.

'Ja. Veel te laat voor dat kind. Doe jij de verduistering dicht en steek de lamp eens aan,' regelde oma met verheffing van stem.

Deze middag had ze zo vaak gehoord dat zij tenslotte de baas was in huis en dat Lia en Adrie erg dankbaar mochten zijn dat zij hen in huis had genomen, dat ze wilde demonstreren dat zij de lakens nog steeds uitdeelde. Ans moest niet denken dat ze over zich liet lopen, al zei ze dat telkens.

'Ach oom, doet u het even. U zit er vlakbij,' zei Adrie.

Oom Pals stond op. Hij hield niet van herrie, en hij was er zeker van dat die in de lucht hing. Ans en zijn schoonmoeder waren op oorlogspad. Beste vrouwen, maar lastig! Hij mocht zijn neef en dat kleine vrouwtje van hem wel. Met een forse ruk sloot hij de gordijnen.

Aan de andere kant van de kamer deed zijn vrouw een lichtje aan. 'Als Lia weer beneden is, zullen we toch een paar dingen moeten afspreken,' zei ze pinnig.

'Ach, dat is niet nodig,' zei Adrie vrolijk. 'Er gaat heus wat veranderen!'

Dat was niet het verwachte antwoord. Ans zei tegen zichzelf dat ze rustig moest blijven – dat had de dokter ook gezegd toen ze had geklaagd over haar hartkloppingen – maar de tóón van die jongen. Wie dacht hij wel dat hij was?

'Ja, dat denk ik ook,' zei ze en ze wierp een veelbetekenende blik naar haar moeder, die dat in het halfdonker niet zag.

Adrie pakte een paar kopjes van het blad. 'Nou, als jullie dan geen dorst hebben, zal ik maar zelf inschenken,' zei hij goedgehumeurd.

'Als jouw vrouw het erbij laat zitten, lijkt me dat een goed idee.' De stem van tante Ans klonk schril.

'Kom tante, het is jullie niet verboden om zelf eens een handje uit te steken.' Adrie bleef goedmoedig.

'Precies,' zei zijn oom tegen zijn vrouw en zijn dochter. 'Pak die theepot eens, Trijn.'

Trijnie keek hem ontstemd aan. 'Ik heb gekookt,' zei ze narrig.

'Dat heb ik gemerkt. Dan weet je meteen hoeveel werk dat is, zeker om dat goed te doen.' Haar vaders stemming werd meteen weer slechter. Bedierf zo'n kind dat kostelijke eten! Hij had iets stevigs nodig voor in de maag na een dag werken, niet zo'n bak groene prut met tot pap gekookte aardappels. Ans had hun dochter verwend. Het was te gek voor woorden dat Trijnie nog steeds niets deed in huis en niet kon koken. En een baan zoeken, ho maar! En dat gezeur over de schok van de verhuizing moest ook afgelopen zijn. Tenslotte was Den Helder het paradijs niet geweest, een ander moest ook werken. Maar als hij er iets van zei, was het huis te klein.

Hij zakte terug in zijn stoel. Maar niet mee bemoeien. Adrie zou wel voor zijn vrouw opkomen, dacht hij.

Hij voelde zichzelf een slapjanus.

Lia was weer terug in de kamer.

'Oma heeft je iets te zeggen, Lia.' Tante Ans had de oorlogsvlag gehesen en was niet van plan om het erbij te laten zitten. 'De situatie van deze middag staat moeder niet aan.'

'O, echt? Wij hebben ook iets te vertellen. Zeg jij het, Adrie, of ik?' zong Lia.

Adrie schraapte zijn keel. 'Wij hebben een huis! Volgende week kunnen we er al in. Nog even schoonmaken, een paar kleine dingetjes, en dan verhuizen we. Dat zal niet veel werk zijn, want we hebben hier bijna geen eigen meubels.'

Er viel een diepe stilte.

Tante Ans zei ten slotte: 'Hè?' Ze wist even niet wat ze verder moest zeggen.

'Maar...' bracht Trijnie uit.

'Wat komt dat geweldig goed uit, hè?' Lia keek stralend rond. Zelfs in de schemerige kamer was de verrukte uitdrukking op haar gezicht te zien.

Verwezen keek oma De Vries haar aan. Lia en Adrie weg. En het kleine kind weg!

'Wie gaat er dan voor mij zorgen?'

'Tante Ans en Trijnie, natuurlijk. Die hebben er de hele dag voor, en er is dan geen klein kind meer over de vloer, dat scheelt een hoop rommel. Dat zegt u tenminste telkens.'

Weer viel er een stilte.

'Ik? Maar...' zei Trijnie verbluft.

'Ja, jij en je moeder. Ben je niet blij? Misschien kun jij onze kamer nemen. Hij is dan wel niet zo groot, maar wij hebben er met z'n drieën gezeten.'

'Maar wij willen ook wel een eigen huis!' wierp Trijnie tegen. 'Wij zijn evacués. Wij hebben er recht op. Waarom krijgen wij zoiets niet?'

'Een huis is bijna niet te krijgen op het moment. Wij boffen enorm. En jullie vinden het toch zo fantastisch dat oma ons en ook jullie onderdak biedt? Nou dan! En jullie kunnen hier gewoon blijven en voor oma zorgen. Zo gemakkelijk voor iedereen.' Lia kon de vergenoegde toon niet uit haar stem houden. Daarvoor had ze de afgelopen maanden te veel kritiek over zich heen gekregen.

'Ik vind dat we het daar over moeten hebben,' snauwde tante Ans.

'Waarom?' vroeg Lia verbaasd.

'Omdat...' Tante Ans zocht naar een goed argument, maar kwam er niet uit.

'Niet nodig, tante. Het gaat jullie verder niet aan,' antwoordde Adrie met ongewoon vaste stem. 'We hoefden het er ook niet over te hebben dat jullie hier in huis kwamen, al bracht dat voor Lia veel werk mee. Jullie hebben onderdak, en dat wordt alleen maar meer als wij weg zijn. Dus wees maar blij dat we weggaan.'

'En wat wilde u zeggen?' Lia hoefde het niet meer over het huis te hebben. Alles ging veranderen.

Oma mompelde iets van 'niet belangrijk meer' en zweeg. Haar kleindochter strengelde haar vingers in elkaar en hield haar lippen stijf op elkaar. Heel deze middag was afschuwelijk. Eerst dat stomme koken! En nu Lia en Adrie weg. Wie zou er straks voor het werk opdraaien? Ze zag de bui al hangen.

Ook tante Ans zweeg. Ze was inwendig woedend. Die extra kamer was natuurlijk wel prettig, maar wie zou de was nu gaan doen, en wie zou ervoor zorgen dat er eten op tafel kwam en dat de boel aan kant was? Ze was juist zo heerlijk tot rust gekomen de afgelopen weken, en van Trijnie verwachtte ze niet zoveel. Echt handig was ze niet, en ze moest ook achter een baan aan.

'En waar staat dat huis van jullie dan wel?' schamperde ze toen. Het zou wel een gribus zijn.

'In de Langestraat. Boven de stoffenwinkel waar Helmy werkt. Een woonkamer, een keuken, twee slaapkamers en een badkamer. Elja, die hier vanmiddag was, vroeg of wij er soms in wilden trekken. Natuurlijk, zei ik en ik ben vanmiddag wezen kijken. We mogen er volgende week al in. Even schoonmaken, en de rest komt wel als we er zitten,' jubelde Lia.

Het bleef stil.

De Langestraat. De hoofdstraat van Alkmaar, waar ook het

stadhuis in stond. En dan een eigen badkamer. Hier was alleen maar een petieterige douche. Ans begreep niet waarom hun zoiets niet was aangeboden. Vier volwassen – of bijna volwassen – mensen. En dat stel kon er zo intrekken. Ans wierp een donkere blik op haar neef. Om razend van te worden.

'Volgende week al?' vroeg oma ontdaan. Dit had ze absoluut niet verwacht. Dit wilde ze ook niet. Ze had alleen willen laten zien wie hier de baas was. Iedereen was tenslotte van haar afhankelijk. Ze zuchtte diep. Nu niet meer dus. Moest je zien hoe vrolijk Lia en Adrie waren. Maar zij dan? Ze keek naar haar dochter en haar kleindochter en kneep haar handen in elkaar. Trijnie en Ans... Die zouden hier blijven. Klaar was ze!

'Die fotografe dus, die dat schattige lapje voor je meebracht. En wie kookt er als jij daar gaat schoonmaken?' wilde Trijnie weten, want dat was haar erg slecht bevallen vanmiddag. Ook bij haar kwam een diep gevoel van afgunst boven. Waarom hadden sommige mensen toch alles mee? Wat oneerlijk.

'Je moeder. En die leert het jou ook meteen,' zei haar vader vastberaden. Zijn dochter wist niet eens hoe idioot haar vraag klonk. Hij kon zich helemaal voorstellen dat zijn neef en diens vrouw er genoeg van hadden om voor iedereen te zorgen. Hijzelf had Lia ook niet genoeg bedankt voor alles wat ze voor hem en zijn gezin had gedaan de afgelopen weken. Ook al om geen herrie te krijgen met Ans, want het stond haar niet aan dat hij Lia als voorbeeld voor zijn dochter had genoemd.

'En wie past er op Lineke? Als je maar niet denkt...' zei zijn vrouw afgemeten.

'Nee hoor, die breng ik wel bij mijn moeder.' Lia had het deze avond meteen geregeld.

'Maar we zien het kleine kind toch nog weleens?' vroeg oma en ze sloeg haar hand voor haar mond. Ze was dol op de kleuter en het idee dat ze niet meer 's morgens bij de koffie het gebabbel van het kleintje zou horen, gaf haar een verdrietig gevoel.

'Natuurlijk wel, oma,' troostte Lia. 'We gaan de stad niet uit. We komen echt nog weleens aan.'

Dat het nooit meer hetzelfde zou zijn, wisten zij en Adries grootmoeder.

'Jaja... als je dat dan maar doet,' zei oma en ze zuchtte diep. Geen Lia meer in huis die zo inschikkelijk was, en geen klein kind dat haar 'ouwe oma' noemde. Wat jammer toch dat Ans en haar gezin uit Den Helder weg hadden gemoeten. En wie zat er met de brokken? Zij! Alleen zij! Ans was lang niet zo gemakkelijk als Lia, en twee kapiteins op een schip gaf narigheid. Dat was ze niet meer gewend, en of Ans net zo voor haar zou zorgen als Lia?

Ze betwijfelde het.

'En als Ans nu vlug een huis vindt?' probeerde ze nog, maar ze besefte dat het geen zin had. Lia en Adrie zouden weggaan, en ze zouden Lineke meenemen.

Het was die week niet druk in de winkel. Tante Flora stelde voor dat mevrouw Smit, hun hulp in de huishouding, ook een handje zou helpen met schoonmaken. Adrie was langs geweest en zijn vreugde, die hij wat onbeholpen uitte, had haar geraakt.

Nu pas wist Adrie dat Lia weer in verwachting was. Ze had het hem niet durven zeggen toen er nog geen uitzicht was op een ander huis, en hij was woedend geworden bij de herinnering aan het werk dat ze had verzet terwijl ze zich zo moe had gevoeld.

'Wel een beetje onnozel van Adrie dat hij er niets van gemerkt heeft,' was het commentaar van Helmy geweest, en Elja had haar wel een beetje gelijk gegeven. Maar misschien zag je zoiets niet als je iemand dagelijks om je heen had.

'Ach, mannen,' zei Helmy en ze voegde er zonder overgang aan toe: 'De baby van Susanna moet nu toch ook over twee maanden komen?' Met forse halen lapte ze het raam van de woonkamer.

De etage was niet smerig. Mevrouw Smit had het een beetje bijgehouden en er was niet zo vaak iemand blijven overnachten. Nu waren de kasten gedaan, de badkamer had een goede beurt gekregen en de keukeninventaris was afgewassen.

'Heeft Susanna alles al klaar? Wanneer ga je weer naar haar toe?' vroeg Helmy.

'Zaterdag,' zei Elja. 'Ik moet nog een paar dingen naar haar toe brengen zodat ze kleertjes en zo genoeg heeft.'

'Is Klaas daar nogal eens?'

Elja dacht na. Ze zag hem niet bij vaak Susanna. Nu mocht hij zich ook niet laten zien, dus helemaal gek was het niet, maar toch…

'Ik weet het niet,' zei ze.

Helmy keek haar van opzij aan en dacht er verder niet over na. Ze wrong een dweil uit en toen ze rondkeek, benijdde ze haar zusje. Lia bofte toch wel. Ze had een aardige man, hoewel

Helmy zich kapot zou vervelen met hem, maar daar ging het niet om, Lia was dol op hem. Ze had een schat van een kind, en al had ze een paar jaar ingewoond bij een familie waar zij met een grote boog omheen was gelopen, ze had nu een etage waar zijzelf een moord voor zou doen. Ze moest iets voor zichzelf regelen.

'Kunnen we nu eens met z'n vieren ergens naartoe? Vincent en ik en jij en Evert? Vraag nog eens aan Evert. Jij bent echt wel toe aan een verzetje.'

'Je brengt het leuk,' glimlachte Elja, maar ze nam zich toch voor om het Evert voor te stellen.

'Doe je het?' drong Helmy aan.

'Ik zal het doen.'

'Wanneer zie je hem, morgen?'

Elja schoot in de lach. 'Morgenavond, ja.'

Morgen zou ze Evert weer zien. Hij was op het moment gewoon aan het werk. Hij was in dienst bij de commissaris voor voedselvoorziening. Die baan gaf hem veel bewegingsvrijheid.

Alleen predikanten konden net zo onbekommerd het land door reizen. En ouderlingen, natuurlijk.

'Goed. Maar kijk niet meteen zo hemels,' zei Helmy en ze gooide een natte spons naar haar toe, die Elja behendig opving. De druppels spatten op de deur die ze aan het droogmaken was.

'Ja, wil je nou dat ik het Evert vraag of niet?' plaagde Elja, en toen werkten ze eensgezind verder. Lia moest zo min mogelijk te doen hebben, zodat ze hier meteen lekker kon zitten. Er zou in het huis van Adries oma nu wel helemaal een ongezellig sfeertje hangen.

'Ze moeten meteen maandag maar verhuizen,' zei tante Aline voortvarend toen ze bovenkwam om te kijken hoever ze waren. 'Alleen zaterdag nog een behangetje voor die kleine kamer en dan gaat het wel. Vraag aan Evert of hij helpen kan, Elja. Hij kan zijn werktijden zelf regelen.'

Elja had een heel pakket aan vragen voor Evert en hij ging bereidwillig op alles in.

'Goed, hoor. Vertel maar wanneer we uit moeten, ik zal het Vincent vragen. En ga je nog mee naar Susanna? Ze zit op een bezoekje van je te wachten, merkte ik toen ik er was.'

'Ben jij al bij Doom geweest dan?' vroeg Elja.

'Doom' was de bijnaam van de oude dokter die in een dorp een halfuur fietsen van Alkmaar woonde. Eerst hadden ze hem 'de dominee' genoemd, maar het was in de loop van de tijd afgekort tot 'Doom'. Waarschijnlijk had hij die naam gekregen omdat hij, voor ze op pad gingen naar de overval op een gemeentehuis, voor ieder van hen had gebeden. Hij was ook vol begrip en meeleven voor de mensen die hem nodig hadden. Hij en zijn vrouw waren gastvrij en moedig, zodat Susanna, die niet veel aandacht was gewend, zich koesterde in hun genegenheid.

'Ja. Hij moet weten waar ik in Brabant onderduikadressen heb gevonden. En ik wil weten wat hij denkt van sommige hier.'

Elja knikte. De oude dokter kende veel mensen en had meer mensenkennis in zijn pink dan anderen in heel hun hand. Nadat iemand uit haar naaste omgeving verraad had gepleegd – gelukkig zonder rampzalige gevolgen – was haar vertrouwen in mensen om haar heen gekrompen.

'En kun je maandag vrij nemen?'

'Dat kan.' Hij legde een arm om haar schouders. 'Maar deze zondag is helemaal voor ons. Goed?'

Tevreden kroop ze tegen hem aan. 'Helemaal goed!'

Lia kon haar geluk niet op. Ze schaamde zich voor de hoeveelheid vreugdetranen die ze stortte, al wist ze zich bij oma De Vries wel in te houden.

Adrie had ergens een bakfiets geregeld, en zij pakte de kleding en lakens in de koffers die ze van haar moeder had meegenomen. Ook het serviesgoed, dat ze in het huis van oma De Vries nooit had kunnen gebruiken en dat op zolder bij haar moeder was blijven staan, haalde Adrie op.

In het vale licht van de vroege maandagmorgen zette Evert de bakfiets op de stoep van het Baanpad. Lia deed open voor hij kon bellen en loodste hem naar boven.

'Adrie heeft het bed al uit elkaar. Zullen we dat eerst wegbrengen?'

Ze had gehoopt dat de familie zich niet zou laten zien, maar Trijnie wilde een oogje op alles houden. Welke vrienden en kennissen had Lia toch, dat ze er zo veel gemak van had?

Ze zag Evert lopen met een paar beddenspijlen en keek belangstellend naar hem. Wat een leuke man. Haar wangen plooiden zich in een glimlach.

'Jullie willen straks vast nog wel een kop koffie?' zei ze.

Lia keek haar verbaasd aan. 'Elja heeft al beloofd dat ze daarvoor zou zorgen in het nieuwe huis.'

'Ga even opzij, Trijn,' zei Adrie die met een matras liep te zeulen. 'Dan kunnen we opschieten.'
'Anders met plezier gedaan, hoor.' Trijnie keek niet naar haar neef, maar naar de aantrekkelijke man die de smalle gang door liep.
Evert antwoordde opgewekt: 'Bedankt voor het aanbod.'
Trijnie deed een paar stappen terug en wachtte achter de half geopende kamerdeur.

De meeste spullen waren een paar uur later overgebracht en bij de laatste lading herhaalde Trijnie: 'Nu dan even koffie?' Ze hield de kamerdeur open en wees met haar hand. 'Iets eten misschien?'
'Nee, dank je, Trijn. We gaan wat eten bij Elja's tantes,' zei Adrie in Everts plaats.
Toen zag hij de blik waarmee zijn nicht naar Evert keek. Wat die man toch had voor meiden? Helmy, zijn schoonzuster, kon ook zo naar hem kijken, terwijl hij wist dat ze dol was op een vent die op de boerderij van Elja's oom werkte. Hij wist niet zeker of Evert daar nu blij mee moest zijn of niet. Het leek hem bar lastig. Gaf hem Lia maar, meer vrouwvolk had hij niet nodig.
Hij pakte een kartonnen doos op waarin hij zijn radiozendertje had gezet. Dat moest mee. O, en de radio natuurlijk. Dat was het enige meubelstuk dat van hem en Lia in de huiskamer had mogen staan van oma.
In de kamer zaten oma en tante Ans zwijgend bij elkaar.
'Mag ik even?' Adrie pakte de radio van het tafeltje.
'Wat moet je daarmee?' vroeg tante Ans. Haar ogen priemden.
'Die is van ons, dus die nemen we mee. We hebben alleen meegenomen wat wij zelf hier hebben neergezet,' zei hij rustig.
'Maar daar luister ik altijd naar.' Oma legde haar hand op de glanzende houten radio.
'Je hoort het. Daar luistert ze graag naar,' viel tante Ans haar bij. 'En ik ook.'
'Oma kan toch gewoon naar jullie radio luisteren?'
'Daar luisteren oom en je neef altijd naar. Op zolder!'
'O, maar die kunnen jullie ook beneden neerzetten. Dan hoort u het net zo goed. Vast een prima geluidje!' Adrie was niet van plan om toe te geven.

'Oom luistert liever op zolder,' snauwde tante Ans.

'En ik ben gewend aan deze knoppen,' zei oma klaaglijk. Haar kin bibberde.

'Tja, de andere radio went vanzelf,' troostte Adrie. Hij opende de deur met zijn elleboog en sloot hem met een duw van zijn rug. Zijn familie werkte op zijn humeur. Dat Lia het had uitgehouden al die tijd. Hij liep de gang door en passeerde Trijnie die door de open deur naar buiten keek.

'Mag ik even?'

Ze deed een paar stappen de trap op, zodat hij erlangs kon.

Vaag flitste er iets door zijn brein. Maar het was alweer weg, en hij zette de radio zorgvuldig in de bakfiets. Alles zat er nu in. Hij stak een duim op tegen Evert, die breed lachte, op het zadel ging zitten en begon te fluiten.

'We kunnen, Lia,' zei Adrie tegen zijn vrouw die met verwarde haren haar jas aantrok en een hand op de gebeeldhouwde hertenkop op de kapstok legde.

'Nou, Bambi, tot ziens dan maar,' fluisterde ze. Daarna stak ze haar hoofd om de hoek van de deur. 'Dag allemaal.'

Tante Flora bemande de stoffenwinkel terwijl Helmy en Elja met de verhuizing hielpen. Ze wasten het boerenbontservies af dat al de jaren dat Lia bij Adries grootmoeder inwoonde, op de zolder bij moeder Pronk had gestaan. Ook de bestekcassette kreeg een plaats in de keuken, die ruim en in Lia's ogen hypermodern was. Esther Mendels, die er eerst had gewoond, had een goede smaak gehad.

Het kamertje van Lineke was als eerste helemaal klaar geweest. Het matgele ledikantje paste mooi bij het behang met lichtgroen blad en helgele bloemetjes tegen een witte ondergrond.

'Ze moet vast nog even wennen,' vreesde Adrie, maar Lineke, die tegen de avond op de arm van haar moeder in de kamer rondkeek, sabbelde verrukt op het oor van haar speelgoedkonijntje en wees naar de bloemen met een uitgestoken vinger terwijl ze: 'Mooi... mooi,' riep.

'Welnee. Ze is in de wolken. Wat jij, prul?' lachte Helmy en ze knuffelde haar nichtje. Daarna wendde ze zich naar Elja en Evert en vroeg wat bazig: 'Heb je nog een afspraak gemaakt met Vincent?'

Evert bracht een hand naar zijn hoofd en salueerde: 'Is gedaan, mevrouw, volgende week, mevrouw. Jullie worden allemaal beïnvloed door tante Aline, geloof ik, en die zou een heel regiment kunnen runnen in haar eentje. Je mag wel uitkijken, Adrie. Straks wil Lia ook de hele tent regelen. Dat winkelieren werkt aanstekelijk. Allemaal eigen bazen, die dames!'

Terwijl Elja en Helmy elkaar schouderophalend aankeken, liep hij grinnikend de trap af, gevolgd door Adrie die de traptreden telde. Tweeëntwintig treden. Zijn eigen trap. Wat heerlijk.

'Ik zal boven een hekje maken,' zei hij en zijn stem drukte zijn diepe tevredenheid uit.

5

Elja keek naar het gezicht van Susanna. De donkere ogen stonden helder en ze had haar haar in een lange vlecht boven op haar hoofd vastgezet. Ze zag er eigenlijk heel goed uit. Haar wangen waren bijna rond te noemen. Een heel verschil met het magere gezichtje van toen ze nog op de boerderij woonde.

Susanna streek met haar hand over de twee truitjes die op tafel lagen. Ze vouwde ze nauwkeurig op en legde ze op het stapeltje lakentjes dat Elja had meegebracht. Elja zag haar tedere gebaren. Wel een geluk dat Doom meestal in de buurt was. Al had hij dan officieel geen praktijk meer, zijn hulp werd vaak ingeroepen door de inwoners van het dorp. En niet alleen van het dorp, iedereen wist hem wel te vinden. De lange, wat gebogen arts boezemde mensen vertrouwen in, evenals Johanna, zijn kleine, tengere vrouw, die zonder veel woorden mensen die op de vlucht waren, onderdak bood.

Ze zaten met z'n vijven rond de tafel. Evert en de arts hadden al samen de situatie besproken die ontstaan was doordat er een paar veilige adressen waren weggevallen. De route die de neergeschoten piloten volgden om via Frankrijk en Spanje naar Engeland te ontkomen, was riskanter geworden. Het afweergeschut in Noord-Holland haalde nogal eens een vliegtuig neer, en het was van groot belang dat de bemanning terug kon keren naar hun basis. Er was een tekort aan piloten in Engeland. Precies om die reden waren de Duitsers ook fel gespitst op het opsporen van de vliegers die verantwoordelijk waren voor de bombardementen op hun steden.

En dan was er altijd het verraad dat dreigde. Het hoefde er maar één te zijn.

'Hier weet je toch voor een groot deel wel wie er te vertrouwen is,' peinsde Evert hardop.

Elja keek naar de zorgelijke uitdrukking op zijn gezicht en dacht bij zichzelf dat dat nog maar de vraag was. Nadat Trudie, de vrouw van oom Ab, uit pure jaloezie Susanna had verraden, zodat die halsoverkop had moeten vluchten, was ze daar niet zo zeker meer van, want ze kende haar al een jaar of vijftien.

Tante Trudie was ervan uitgegaan dat haar man een paar dagen gevangen zou zitten als er een onderduikster op hun boerderij werd gevonden, en ze had Susanna aangegeven. Doordat mevrouw De Vries, een van Elja's vervelendste klanten, die bij de Duitsers werkte, Trudie in de winkel had herkend van de keer dat die een brief bij Huize Voorhout in de bus had gedaan, hadden ze ontdekt wie verantwoordelijk was voor de inval op de boerderij. Trudie dus...

Gelukkig was er niemand gevangengenomen, want iedereen was op tijd verdwenen doordat de tantes in de fotozaak een paar soldaten hadden horen praten over de inval die op stapel stond en waar ze geen zin in hadden. Nog nooit waren de tantes zo dankbaar geweest dat ze de winkel open hadden gehouden als toen.

Elja was op de fiets gesprongen en had gewaarschuwd. Ondanks dat Evert en Klaas over goede papieren beschikten, hadden ze het verstandiger gevonden om Susanna weg te brengen en voorlopig weg te blijven. Susanna was een stuk beter af op dit onderduikadres dan bij de oom en tante van Elja. Oom Ab was heel aardig voor haar geweest, maar tante Trudie...

'Uit de hel gekropen toen de duivel een oogje dichtdeed,' had Elja's moeder eens gezegd. Ze leek soms veel op haar oudste zuster, Aline.

'Of iemand te vertrouwen is als je hem lang kent? Dat weet je soms niet, Evert,' zei Elja nu.

Hij hield zijn hoofd schuin, zag het gezicht van Susanna even vertrekken en hield zijn gedachten voor zich. Hij wist aan wie ze dacht. Niet op terugkomen. Het was goed afgelopen. Hopelijk waren de mensen in dit dorp wel te vertrouwen.

'Is Klaas nog geweest van de week?' vroeg Elja. Ze streek haar gladde haar naar achteren.

'Klaas...' Susanna keek haar peinzend aan.

'Ja, Klaas. Die zal toch zo veel mogelijk bij je willen zijn?' Het leek Elja logisch dat Klaas, die bekend had dat de baby van hem was, zo vaak als hij kon bij Susanna zou zijn.

'Eh... ja. Hij is van de week nog geweest. Het is soms moeilijk voor hem om weg te komen van de boerderij. En niemand mag daar natuurlijk weten waar ik zit.' Susanna nam de stapel kleertjes en de lakentjes van de tafel en legde die op een stoel in de hoek van de kamer.

De blik van Johanna, de oude doktersvrouw, ving die van Elja. Bijna onmerkbaar schudde ze haar grijze hoofd.

'Niemand' heette tante Trudie. De anderen mochten wel weten waar Susanna ondergedoken was, maar het verraad van Trudie was nog steeds pijnlijk. Ander onderwerp dus, begreep Elja en ze vroeg opgewekt: 'Heb je al een wieg?'

'Ja, gekregen van een buurvrouw iets verderop. Ik ben officieel Johanna's achternichtje die geen huis meer heeft, laat staan een wieg. Vandaar dat ik hier zolang logeer. Ik kom zelfs af en toe op straat,' zei Susanna met een klein lachje. 'Ze kennen me hier nu.'

'Ja, vreemden vallen hier meteen op,' verklaarde Johanna. 'En Susanna is dus geen vreemde meer.'

Evert keek peinzend naar de oude vrouw die op de een of andere manier uitstraalde dat niemand het ook moest wagen om Susanna's afkomst te betwijfelen. Ze had iets aristocratisch, Johanna, dacht hij, met dat smalle gezicht, de grijze krullen en die pientere ogen achter haar bril. Ze schikte een paar koekjes zorgvuldig op een schaaltje. De surrogaatthee werd net zo zorgvuldig geserveerd als vroeger de Earl Grey thee.

'Blijf je voorlopig hier, Evert?' vroeg ze toen ze hem zag kijken.

'Ja. Ik kan niet te veel van de goedwillendheid van mijn baas vragen. Er moet gewerkt worden.'

Ze glimlachte. 'De vluchtroute is hersteld?'

Hij knikte. Het had hoofdbrekens gekost, maar ze hadden weer een paar adressen waar ze terechtkonden.

'Mooi. Laten we hopen dat ze voorlopig niet nodig zijn,' zei Doom. 'Al is het tegenwoordig bijna iedere nacht raak. Er komen zo veel vliegtuigen over. Geen wonder dat er af en toe een toestel wordt neergehaald.'

'Ik schrik er niet eens meer van,' zei Johanna. 'Zeker als ze hoog overkomen. Die jongens hebben al onze gebeden hard nodig.' Ze zette porseleinen kopjes neer en hield Elja een schaal met koekjes voor.

'Ai, echte boterkoekjes,' constateerde Elja.

'Ja, Johanna is goede maatjes met de bakker.' De oude arts keek met een warme blik naar zijn vrouw.

'Johanna is goede vrienden met iedereen,' zei Susanna.

Johanna maakte een afwerend gebaar. 'Helemaal niet!'

'Ja, zelfs met Brouwer, de koster die altijd doet alsof hij de eigenaar van de kerk is en wij het voetvolk dat hij binnen moet laten,' zei haar man afkeurend.

'Jan is nog geprikkeld omdat hij gisteren niet meteen naar binnen mocht voor een vergadering,' glimlachte Johanna. 'Brouwer valt best mee. Hij heeft alleen een paar eigenschappen waar je mee om moet weten te springen. Beetje bazig. Gewoon niet te veel tegenin gaan, anders denkt hij dat je hem niet het respect geeft dat hem toekomt.'

'Toe maar... Jij maakt van een dictator nog een beminnelijke stoelenzetter,' zei haar man.

Susanna en Evert schoten tegelijk in de lach, en Elja keek geboeid hoe hun gezichten veranderden. Evert kreeg meteen iets zorgeloos, wat ze jammer genoeg niet vaak bij hem zag, en Susanna verloor het tobberige dat haar jaren ouder maakte. Haar ogen tintelden.

Wat heerlijk dat ze nu hier in huis was en niet meer de rotklusjes op de boerderij moest opknappen.

Elja schaamde zich opeens voor haar tante, alsof ze zelf verantwoordelijk was voor Trudies houding tegenover Susanna. Ze was weliswaar aangetrouwd, maar toch... familie.

'Laat je me straks de wieg even zien?' vroeg ze.

Susanna knikte en Johanna zei: 'Het is schattig geworden met dat stofje dat je een paar weken geleden hebt meegebracht. Susanna is buitengewoon handig. Een vrouwtje verderop vroeg me al of ze ook haar wieg wilde bekleden. Mijn achternichtje was zo artistiek, zei ze.' Er verscheen een fijn lachje op haar gezicht. 'Ze zei dat je aan haar manieren kon zien dat Susanna familie was.'

Aan haar manieren? Het gaf Elja een onrustig gevoel. Gewoon in het dorp meedoen, prima, maar als Susanna maar niet te veel in het zicht kwam. Als iedereen in het dorp dacht dat Susanna een achternichtje van Johanna was, gaf het niet, maar dacht werkelijk iedereen dat ze familie was? Nou ja, er was tenslotte een gebrek aan woonruimte.

'Nu heb ik nog niet eens verteld dat het zusje van Helmy met man en kind bij ons boven is komen wonen,' zei ze tegen Susanna.

'O?' Susanna keek verrast.

'Ja. Die woonden in bij de oma van Lia's man, en alleen die oma, dat ging nog wel, maar toen een paar maanden geleden een tante van Adrie met haar man en volwassen dochter en zoon er ook bij in kwamen, werd het huis wel erg klein. De familie moest door de bombardementen op Den Helder weg. Ze vonden het er niet meer veilig en daarom zijn ze naar Alkmaar gekomen. Die oma was al niet gemakkelijk voor Lia, maar die tante was helemaal...'

Ze zocht naar woorden en Susanna vulde aan: 'Een haaibaai?'

'Zoiets. Lia was zo'n beetje aan het eind van haar Latijn toen we haar tegenkwamen op het Bolwerk, hè Evert?'

Evert knikte. 'We hebben hen afgelopen maandagmorgen meteen verhuisd. Dat was zo voor elkaar. De meubels van je nicht Esther stonden er nog, en ze hadden zelf vrijwel geen meubels omdat die oma haar huis volledig had ingericht en niet van plan was dat te veranderen voor een kleinzoon.'

'Ach, dat is ook zo gek niet,' vergoelijkte Johanna. 'Oude mensen raken gehecht aan hun spullen. Ik ben verknocht aan mijn theekastje.' Ze wees naar het kastje met de glazen zijkanten en de koperen handvatten dat onder de vensterbank stond. Er stonden dunne porseleinen kopjes op naast een zilveren lepelvaasje. 'Het is nog van mijn moeder geweest!'

'Het is prachtig, maar dat bedoel ik ook niet,' zei Elja vlug. 'Maar voor Lia was het geen pretje om iedere vrijdag die richeltjes en spijltjes te moeten wrijven. Zeker nu er bijna geen boenwas meer is.'

Johanna knikte. Daar kon ze zich alles bij voorstellen. 'Ik heb nog wel wat bijenwas over. Maar dat hoeft nu natuurlijk niet meer. Geen richeltjes meer.'

'Helmy's zusje zal het fijn bij jullie vinden. En bij je tantes,' zei Susanna. De week die ze bij de dames Van Henegouwen had doorgebracht, had ze erg gezellig gevonden. Maar hier was het ook heerlijk. Ze keek met genegenheid naar het oude echtpaar dat haar zo gastvrij had opgevangen.

Elja lachte. 'Het is wel goed dat de bovenwoning weer in gebruik is. Nu weten we precies wie erin komt, en stel dat die ruimte gevorderd zou worden. Je weet nooit wat er nog gebeurt.'

Elja en Evert vertrokken weer op tijd. Ze moesten terug zijn voor het donker werd.

'Ik kom vlug weer langs,' beloofde Elja bij de deur en ze sloeg even haar armen om Susanna heen. 'Heb je nog iets nodig?'

'Nee, ik dacht het niet. Ik weet het ook niet zo goed.' Susanna keek haar onzeker aan.

Johanna kwam ook even naar de deur. Ze knikte geruststellend. Als vrouw van de dorpshuisarts wist ze dat alles wat Susanna nodig had bij de bevalling, in huis was.

'Tot volgende week dan.'

Evert en Elja reden het tuinpad af. Elja stak haar arm nog even op bij het rozenpoortje dat aan het eind van het tuinpad de straat van het pad scheidde. De takken waren nog voor een deel kaal, maar op het hout waren al groene punten zichtbaar.

Ze reden langs het kronkelige water richting Alkmaar. De zon hing als een oranje bal aan de horizon en zette de weg in een bruinrode gloed.

'Laten we nog even hier blijven.' Evert stapte af. 'Gewoon nog even bijpraten zonder tantes...'

'Of de rest van de familie,' begreep Elja. Ze sprong ook van haar fiets, zette hem tegen de boom aan de zijkant van de weg en rekte haar armen naar boven uit.

Evert keek naar haar en was in twee stappen bij haar. Hij sloeg zijn armen om haar heen, drukte haar gezicht tegen zijn schouder en streek met een hand over haar hoofd. 'Lieve...' Zijn stem klonk hees, en de volgende paar minuten zei hij niets meer.

Veel later liet hij haar los. Elja streek over haar gloeiende wangen. Ze was buiten adem en haar ogen straalden. Hij zag de uitdrukking erin.

'Heb ik je nu al eens echt ten huwelijk gevraagd?' vroeg hij.

'Nee. En dat ga je nu ook niet doen,' zei ze streng. 'Niet zomaar langs de kant van de weg. Geen sprake van.' Haar ogen lachten in de zijne.

'Ik weet het. Je wilt een aanzoek met toeters en bellen. Een bos bloemen...' Hij keek om zich heen en zag de gele bloemen in de berm. 'Er staan hier wel bloemen.'

'Paardenbloemen, ja! Daar kan ik nou eens echt op terugkijken als ik een oud omaatje ben.' Ze schaterde zo onbedwingbaar vrolijk dat Evert hartelijk meelachte.

'Kom, we moeten weer verder. Anders zijn we echt te laat.' Hij pakte haar fiets en gaf hem haar in de handen. 'Vooruit.'

Ze waren nog voor het donker terug in Alkmaar. Evert had een logeerplek geregeld bij de tantes. Of liever gezegd, tante Aline had hem gesommeerd om boven de fotozaak te overnachten.

Elja wist dat hij ook daar uitgebreid zou moeten vertellen waar hij geweest was. Gelukkig was hij over het idee heen dat hij haar niet te veel mocht vertellen omdat dat gevaarlijk voor haar was. Alsof ze ook maar iets uit haar mond zou laten vallen wat hem in gevaar zou kunnen brengen.

Elja's moeder had op hem gerekend met eten en zette een grote jachtschotel op tafel. De bovenkant van de schaal was afgedekt met een knapperige korst. De geur van gebakken uien vermengde zich met het gebraden vlees en de appels.

'We hebben toch wel appelmoes extra,' riep Leo, Elja's jongste broer.

'Kleuter, met altijd die appelmoes,' hoonde Elja en ze verlegde een vork.

'Helemaal niet. Verse appelmoes hoort bij een jachtschotel en een beetje extra is goed voor mij,' weerlegde hij. 'En tante Aline is er dol op, dus...'

'Dat zegt genoeg!' begreep Evert en hij trok aan een lok van Elja's blonde haar. 'Als je tante Aline dat vindt... Niemand zou háár een kleuter durven noemen.'

Even later was de familie compleet en schoof iedereen aan tafel.

'Ik geloof dat Lia en Adrie het goed naar hun zin hebben,' zei Elja's moeder. 'Ik zag Lia vandaag lopen met dat kleintje in de wandelwagen. Ze keek zo blij.'

'We merken amper dat ze er zijn,' zei Elja. 'Lia is zo bang om lastig te zijn dat ze zich als muizen gedragen.'

'Dat gaat er wel vanaf. Straks beseffen ze dat ze best een beetje lawaai mogen maken,' merkte tante Aline op. 'Heerlijk, die jachtschotel, Jeanet.'

Elja's moeder knikte haar oudste zuster toe. 'Dank je wel, Alien. Uien... altijd lekker! En het deelt zo prettig uit!'

In de etage boven Elja's stoffenzaak zaten Adrie en Lia dicht naast elkaar op de met dikke katoen gestoffeerde bank die Esther Mendels daar had neergezet. Esther had niet van leer gehouden, en Lia keek zuchtend van geluk naar de lichte houten meubels. De blauwe gordijnen pasten precies bij de iets donkerder blauw getinte bank.

'Ik heb vroeger eens een plaatje gezien van een Zweeds huis. Dit lijkt er precies op,' zei ze.

Adrie draaide aan de knop van de radio en sloeg zichzelf opeens tegen het voorhoofd. 'Zie je wel dat ik iets vergeten ben. Mijn zendertje.'

'Je zendertje,' echode Lia.

'Ja. Ik had het neergezet om mee te nemen, maar toen zag ik opeens de radio op het hoektafeltje staan en ik heb die eerst gepakt. Mijn zendertje stond op de trap. Daarna heb ik er niet meer op gelet. Wat stom van me. Ik heb het ook niet meer gezien. Trijnie stond op de trap. Ze stond naar Evert te kijken. Zou zij...?'

'Trijnie heeft niets met zendertjes of zo.'

'Nee, maar Ko wel. Hij zat telkens te kijken als ik een beetje aan het seinen was.'

'Ik vind het niet zo erg dat dat ding niet is meegekomen. Is het op het moment niet gevaarlijk om...'

'... in de lucht te zijn? Welnee. Ik had de laatste maanden alleen maar contact met iemand in Brabant en in Zeeland. Alleen die Zeeuw kraakte ellendig. Bijna niet te volgen. Maar ik wil mijn zendertje toch terug hebben,' zei Adrie vastberaden. Hij was niet van plan om die liefhebberij van hem aan een neef over te laten. 'Morgen haal ik hem op.'

'Doe dat,' zei Lia doezelig. Ze was moe van de verhuizing en van de laatste weken waarin ze onder spanning had gestaan.

Buiten op straat klonken voetstappen. Harde voetstappen. IJzer dat op de keien schampte: soldaten die op weg waren. Waar naartoe? Lia huiverde. Gelukkig dat Adrie nergens bij betrokken was. Helmy had haar in diep vertrouwen verteld dat Evert waarschijnlijk bij het verzet was aangesloten en dat Elja ook iets had gedaan wat in de ogen van de Duitsers terroristisch was. Iets met een Joods meisje. Maar zouden ze hun families in gevaar brengen? Die lieve tantes van hiernaast... en de ouders van Elja?

O ja, vast wel. Ze wist opeens bijna zeker dat die tantes en de ouders van Elja er niet tegen op zouden zien om onderduikers ergens onder te brengen. Haar eigen vader en moeder zouden het niet doen, maar de ouders van Elja wel. Die deden precies wat ze vonden dat goed was. En het was niet goed om mensen op te pakken en naar een kamp te sturen.

Ze keek naar het goedmoedige gezicht van haar man. Zou hij iets doen wat haar en Lineke in gevaar zou brengen? Als het nodig genoeg was, wel, peinsde ze. En daar was ze eigenlijk nog blij om ook.

De 13e mei werd een dag die Elja en Lia niet vlug zouden vergeten. De verordening dat alle radio's ingeleverd moesten worden, werd door de bevolking met grote tegenzin gelezen en met nog groter tegenzin opgevolgd.

'Dat is nu ook jammer voor je,' huichelde de tante van Adrie met leedvermaak tegen haar neef toen die zijn zendertje op kwam halen.

Adrie knikte. 'Ja, het is je reinste diefstal, maar het is niet anders. En wil Ko nu even mijn zendertje ophalen?'

Ko verdween met langzame passen naar de zolder. Hij raakte juist een beetje thuis in het seinen. Hij kende het morsealfabet inmiddels bijna uit zijn hoofd.

'En jullie, hebben jullie de radio al ingeleverd?' vroeg Adrie.

'Ik denk niet dat wij hem inleveren. Ko heeft nog wel een oud dingetje ergens staan, maar ja, wij zijn niet zo van "wat de moffen zeggen, moeten we doen" als sommige anderen. Tegen bepaalde dingen moet je je verzetten.' Tante Ans keek haar neef aan met een krijgshaftige blik.

Adrie, die in de verste verte niet van plan was om zijn radio in te leveren, knikte haar toe.

'Moedig, tante. Maar niet buiten de deur over praten. Voor je het weet heb je een agent aan de deur. Of een NSB'er.'

Ko kwam binnen en zette de zender op tafel. 'Beleef ik er net een beetje plezier aan. Die vent uit Brabant is lollig. Je had het toch druk? Dan kom je hier niet eens aan toe. En is het niet verboden? Je mag wel uitkijken!' mopperde hij.

Adrie deed de zender in het kleine, bruine koffertje dat hij had meegenomen. 'Ach, het zijn maar geintjes, Ko. Hé, dag Trijn.'

Trijnie kwam binnen. Ze zag de koffer met het zendertje en zei zonder te groeten: 'Ik was van plan geweest om die naar jullie toe te brengen toen ik zag dat je hem vergeten was, maar Ko wilde het niet. En wanneer zal ik dan eens langskomen om je huis te zien?'

'Komen jullie maar hiernaartoe. We hebben Lia en Lineke al een paar weken niet gezien,' viel oma in. Ze keek met een mengeling van ergernis en treurnis naar haar kleinzoon.

'Lia heeft het nog druk, maar ze komt vast binnenkort langs.' Adrie pakte de koffer op en groette met een handzwaai. De sfeer in de kamer benauwde hem.

'Als ze dat dan maar doet. Een beetje dankbaarheid mag tenslotte wel,' zei zijn tante.

'Zo is dat, zo is dat, al betaalden ze wel huur. Maar ik mis wel veel aan haar. Trijnie kan echt niet koken en Ans is nog niet helemaal fit.' Zijn grootmoeder verzette een haarspeld in haar grijze knot en keek naar haar dochter, die zuur terugblikte.

'Trijnie doet haar best, moeder, maar je kunt niet verwachten dat ze opeens voor vijf mensen kan koken,' snauwde Ans. 'U bent echt verwend.'

'Dat zei ik. We missen Lia,' antwoordde haar moeder.

Met zijn koffer achter op zijn fiets gebonden reed Adrie naar huis, en hij haalde diep adem toen hij het tuinpad van zijn huis opreed. Wat een zegen dat ze dit huis hadden gekregen. Zo benauwend was het bij zijn oma. Dat hij het niet eerder gemerkt had.

Tegelijk met hem kwam Evert het pad op en hij zette zijn fiets tegen de achterpui. 'Ha Adrie, nog een paar dingen opgehaald?'

'Mijn zendertje. Mijn neef had hem al ingepikt, maar dat feest ging niet door.' Adrie nam de koffer van zijn snelbinder. 'Nog zwaar ook,' zei hij.

'Zender?' zei Evert. Hij stak zijn handen in zijn zakken en leunde tegen de muur. 'Doet ie het ook?'

'Als een tierelier. Ik heb hem bijna in mijn eentje in elkaar gezet.' Adrie klopte trots op de bruine bovenkant van de koffer.

'Houd hem maar uit het zicht.'

'Dat zal ik wel doen ook. Straks moeten we dit ook nog inleveren. Gaat niet door! Ik zoek er wel een plek voor op de zolder. Daar kan de radio ook meteen staan. Ik zal wel ergens een oud barrel van een radio vandaan halen, want mijn goeie radio krijgen de moffen niet.' Adrie keek met een felle blik naar Evert. Hij was de gelijkmatigheid in eigen persoon, alleen als ze aan mensen of dingen kwamen waar hij aan gehecht was, werd hij kribbig.

'Nee, ik kan het me voorstellen.' Evert knikte langzaam. 'Als ik eens ergens mee omhoogzit... Kan ik dan een beroep op je doen?' Zijn stem klonk achteloos, maar zijn ogen keken scherp.

Adrie wierp hem een snelle, onderzoekende blik toe en dacht aan wat Lia hem had verteld. Helmy was in een vertrouwelijke bui geweest en had haar vermoedens over Elja en Evert geuit. Hij had gezegd dat Helmy daar beter haar mond over kon houden en Lia had geantwoord dat Helmy het ook alleen aan haar had verteld. Als dat maar zo was. Hij had het niet op die loslippigheid van zijn schoonzuster.

'Als het tussen ons tweeën blijft. En Elja natuurlijk, maar die houdt haar mond wel. En verder niemand. Ik moet niks hebben van mensen die maar lopen te kleppen,' zei hij nu.

'Vanzelfsprekend,' zei Evert kort en hij volgde Adrie naar binnen.

'Wie weet verder dat je deze zender hebt?'

Adrie zuchtte. 'Die hele club die bij mijn oma in huis bivakkeerde. Mijn neef en mijn nicht voorop.'

'Lastig.'

Evert liep bijna vanzelfsprekend achter Adrie aan naar boven. 'Zeg dat je hem hebt verpatst,' adviseerde hij voor ze de kamer binnengingen. 'Dag Lia. Dag hummel!'

Lia keek op en glimlachte. Lineke zat in de kinderstoel voor het raam. Ze stak een handje omhoog, zwaaide en wees toen naar buiten. 'Soldaten, stoute soldaten,' babbelde ze vrolijk.

'Er lopen nogal eens soldaten door de Langestraat,' verklaarde Lia. 'Dag Evert.'

Zo'n aardige vent was het. Hij was zo vanzelfsprekend te hulp geschoten met de verhuizing dat ze zich helemaal niet bezwaard had gevoeld.

Ze wees naar het koffertje. 'Heb je het zendertje, Adrie?'

'Ja. Ik zet hem boven op de zolder. En eh... zeg maar niet tegen iemand dat ik hem heb.'

Ze keek hem verbaasd aan. 'Tegen wie zou ik dat moeten zeggen? Trouwens, je neef en je oom weten toch dat je hem hebt?'

'Ja, en Trijnie en mijn tante ook. Maar tegen dat stel zeg ik dat ik hem heb verkocht.'

'Adrie, dat is toch niet zo?' Lia loog uit principe niet.

Evert zag haar eerlijke ogen. Hij reageerde snel. 'O, maar dat is wel waar. Ik koop hem van Adrie. En als dat zendertje hier voorlopig mag blijven staan, en Adrie gebruikt hem af en toe, is er niets aan de hand.'

Lia keek nadenkend naar de lange man. Volgens Helmy zat Evert in het verzet. Ze twijfelde er geen moment aan. Waar zou hij een zender voor nodig hebben? Seinen moest je leren. Behalve haar Adrie dan. Die was zo handig met die radio's en dat spul. Ze had het altijd als een leuke hobby voor hem beschouwd. Andere mannen hadden een kaartclub, of ze zaten op een koor. Adrie had daar vroeger ook op gezeten. Misschien zou hij er wel weer naartoe willen. Hij moest een liefhebberij hebben...

'O, dan is het goed,' stemde ze in. 'Verkocht. En aan wie, daar hebben we het niet over. Trouwens, ik kan me niet voorstellen dat iemand mij daarnaar vraagt.'

'Nee, maar je weet maar nooit.' Adrie knikte naar Evert die naar Lineke toe liep en in de richting keek waar ze met haar handje naar wees.

'Het is gelukkig alweer veel langer licht,' zei Lia achter zijn rug.

Adrie en Lia liepen ook naar het venster. 'Kijk, die Duitser. Die heb ik de afgelopen weken al een paar keer gezien. Hij moet zeker nogal eens op het stadhuis zijn of zo. Hij staat in ieder geval vaak naar de winkel beneden te staren. Ook weleens naar ons raam,' zei Lia.

Evert keek naar de overkant en herkende de rechte schouders en het opgeheven hoofd. Hij voelde de afkeer opkomen. Kapitein Krüger. Wat moest hij hier? Ging het hem nog steeds om Elja? Of dacht hij iets op het spoor te zijn?

Lia zag hem verstrakken. 'Ken je hem?' vroeg ze verrast. Het was niets voor Evert om een Duitser te kennen.

'Ja.' Het kwam er verbeten uit.

Ze hield haar hoofd scheef en wachtte op een uitleg.

'Krüger heet hij. Een schoft. Hij is nogal weg van Elja. Staat hij er echt vaak, Lia?'

Ze knikte. 'Best wel. Waarom is het een schoft?'

Evert wilde er eigenlijk op dit moment niet op ingaan. Waar hij Krüger van kende en waar hij hem voor het eerst ontmoet had, zou hij nog weleens vertellen. Hij zag de blik die Adrie en Lia wisselden. Om de een of andere reden vertrouwde hij deze kalme, vriendelijke mensen volledig.

Adrie drong niet aan, Lia nog veel minder. Als mensen dingen voor zichzelf wilden houden, moesten ze dat doen. Zelf liet Lia ook het achterste van haar tong niet zien. Niet te veel zeggen.

Dat had ze wel geleerd toen ze nog thuis was, en zeker toen ze inwoonden bij de oma van Adrie en daar regelmatig zijn familie over de vloer kregen.

'Wil je thee, Evert?' vroeg ze vriendelijk.

'Nee, ik ga naar Elja toe. Ze zal nu wel klaar zijn,' zei Evert. Met grote passen verliet hij de kamer, maar halverwege de trap bedacht hij zich en liep weer terug.

'Het is beter dat die zender hier niet blijft, Adrie,' zei hij kort. 'En voor die radio moet je een goede plek verzinnen. Het is niet zo erg als die hier ontdekt wordt, maar die zender kan gevaarlijk voor jullie zijn, die moet zo vlug mogelijk hier weg. Het is jammer voor je, maar als ze deze bij je vinden, ben je de klos.'

Adrie en Lia keken hem aan. 'Het gaat om die man die buiten staat,' stelde Adrie vast.

'Ja. Doordat hij het zo te pakken heeft van Elja, let hij te veel op dit huis. Voor het geval je iets doet dat mensen beter niet kunnen weten... houd daar rekening mee, Adrie.'

Kon hij het nog beter tot hen door laten dringen? Krüger, die bijna geobsedeerd leek te zijn door Elja. 'Adrie, hij loert echt op dit huis!' zei hij nogmaals.

Lia knikte. 'Ik begrijp het.'

'Waar zullen we de zender dan stallen?' Er klonk spijt door in Adries stem. Het was zo leuk geweest om zomaar contact te hebben met mensen die op honderden kilometers afstand zaten. Maar als het om de veiligheid van zijn gezin ging, hield het op.

Evert dacht na. Niet in de stad, maar ook niet te ver daarbuiten. De beste plaats was bij zijn eigen ouders. Hij dacht opeens met grote genegenheid aan de vrolijke, grijze vrouw die zijn moeder was en aan zijn zwijgzame vader. Ze zouden er geen bezwaar tegen hebben, integendeel. Het huis herbergde al een Joods echtpaar. 'Mensen die onderdak nodig hebben, natuurlijk hebben we daar plek voor,' had zijn moeder gezegd toen hij op een avond met hen aankwam en de gezette Joodse vrouw uitgeput op haar houten keukenstoel was neergezonken. 'Een beetje inschikken. Dat lukt best.'

De zender zou eerst verstopt kunnen worden in het schuurtje waar de kool werd opgeslagen. Niet te lang op één plaats laten staan. Maar voorlopig kon het daar wel. Hijzelf werd niet gezocht, al verbaasde hem dat soms. Bij die overval op het gemeentehuis in dat dorp in Noord-Holland was hij door het oog van de naald gegaan.

'Bij mijn ouders,' beantwoordde hij de vraag van Adrie. 'En daar kun je best ook nog wat doen met dat ding. Maar niet meer voor je plezier. Het spijt me voor je, maar het is niet anders.'

Het zou van pas komen dat er een extra zender was. Hij keek naar het trouwhartige gezicht van Adrie en daarna naar de bezorgde uitdrukking in Lia's ogen. Lia begreep veel meer dan ze liet merken, realiseerde hij zich.

Bij het raam wees Lineke met een wijsvingertje naar een vogel die op het kozijn neerstreek. Een jonge spreeuw keek naar zijn spiegelbeeld in het venster en tikte driftig met zijn snavel tegen het glas. Lineke schaterde.

Ze mochten geen onnodige risico's lopen. Weg met die zender hier.

Die dag was Lia zich voor het eerst bewust van het gevaar dat kon dreigen voor de mensen om wie ze in een paar maanden tijd veel was gaan geven. Elja, Evert. Ze hadden haar uit een ellendige situatie gered. Als er iets was waarmee ze hen kon helpen, zou ze het niet nalaten.

Adrie bracht een paar dagen later samen met Evert en Elja de zender naar Broek op Langedijk en maakte kennis met de ouders van Evert.

De vriendelijke ontvangst stelde hem op zijn gemak, en hij realiseerde zich dat hij beter niet meer voor zijn plezier kon seinen. De zender was klaar om gebruikt te worden als de nood aan de man kwam. Geen spel meer. De inhoud van de oude, bruine koffer was inzet geworden van een groter belang: de vrijheid van Nederland.

6

Een paar weken later werd de eerste Alkmaarder die zijn radiotoestel niet ingeleverd had, opgepakt. Weer een week later werden twee stadsgenoten naar Vught getransporteerd omdat zij hun radiotoestel in huis hadden laten staan. Een van hen woonde vlak bij het Baanpad en oma De Vries vond dat het tijd was om alsnog de radio in te leveren, of hem anders in elkaar te slaan. 'Zo hebben de moffen er in ieder geval geen plezier van,' zei ze met opgeheven kin. Ze dacht aan haar kleinzoon die zo'n mooie radio had. 'Als Adrie maar niet zo stom is om zijn toestel gewoon te laten staan. Hij moet wel gewaarschuwd worden. Dan weet hij wat hem te doen staat.'

'Ik doe het wel. Ik ga er vanavond even langs.' Trijnie verveelde zich, en ze dacht dat ze bij haar neef dan misschien die leuke man wel aan zou kunnen treffen die met de verhuizing had geholpen. Wat ze van die ontmoeting verwachtte, wist ze zelf niet. Maar je wist maar nooit. Hij leek verkering te hebben met die Elja, maar wat stelde een verkering voor? Die kon gemakkelijk uitraken. Ze had er zelf ook een paar achter de rug. Het waren nooit de juiste jongens geweest. Het gezicht van die Evert met die groengrijze ogen zag ze telkens voor zich. En je moest wel laten weten dat je bestond, besloot ze.

Ze trok na het eten een truitje aan dat haar leuk stond, en na een tevreden blik in de gangspiegel ging ze op pad.

Ze had begrepen dat de ingang van Adries etage in de straat was die evenwijdig liep aan de Langestraat. De winkelstraat was verlaten op dit tijdstip, alleen een paar Duitse soldaten liepen door de straat. Na een vlugge blik op hun uniformen passeerde ze hen en ze sloeg de steeg in.

Een van hen draaide zich om en drentelde achter haar aan. Ze versnelde haar pas. Wel een bewijs dat ze er goed uitzag, maar op een Duits vriendje zat ze niet te wachten. Ze keek naar de achtergevels en de tuinen. Hier moest het zijn. De deur stond halfopen en ze zag planken op de vloer liggen.

'Hallo... hallo!' riep ze en ze stapte over het hout heen. Er was binnen nog een deur die op een kier stond. Ze hoorde stemmen op de bovenverdieping, liep de trap op en klopte op de groene deur. Toen er niet open werd gedaan en ze een paar mensen hoorde lachen, opende ze de deur, keek de kamer in en riep: 'Hallo!'

Haar hart sloeg even over toen ze bij het raam de man zag staan aan wie ze zo veel gedacht had de laatste weken. Die Elja was er ook. Dat hoefde nu weer niet voor haar.

'Hallo!'

Adrie keek op. Hij zag zijn nicht in de deuropening staan en zei verbaasd. 'Hé Trijnie.'

Trijnie lachte verontschuldigend. 'De deur stond open. Ik dacht, ik loop maar gewoon door.' Haar stem klonk hoger dan gewoonlijk en haar mond stond halfopen.

'Wat kom je...' Lia stopte haar zin. Wat kom je doen? Nee,

dat moest ze zo niet vragen, zo onaardig klonk dat. Ze vervolgde hardop: 'Ik bedoel, heb je een boodschap van oma of zo?'

Trijnie ging er dankbaar op in. 'Ja, inderdaad. Jullie zullen het wel niet gehoord hebben, maar in de straat bij ons verderop is iemand opgepakt die zijn radio niet had ingeleverd. Hij is naar een kamp gestuurd. Oma dacht dat jullie dat wel moesten weten voor het geval je ook die radio niet hebt ingeleverd die bij haar stond. O, en Adrie, de buitendeur stond open. En er liep een Duitser achter me aan. Dus misschien kun je beter...'

Terwijl ze sprak, dwaalden haar ogen af naar Evert. '... de deur dichtdoen of zo.'

Elja, die naast Evert stond, zag haar blik en dacht half geërgerd, half vermaakt: ik moet ook altijd slag om hem leveren. Al die meisjes die hem geweldig vinden. En hij is niet eens zo knap als Vincent. Maar wel aantrekkelijker op de een of andere manier. Gelukkig dat Helmy het anders voelde, anders zou ze problemen met haar krijgen. Als Helmy haar zinnen ergens op had gezet, of dat nou een lap stof of een man was, ging ze door roeien en ruiten. Gelukkig was dat nu Vincent. Het avondje uit had Helmy nog vaster doen besluiten dat Vincent en zij een goede combinatie zouden zijn.

Ze waren met z'n vieren naar een orgelconcert in de Kapelkerk geweest. Terwijl de klanken van het orgel door de hoge ruimte buitelden, had Elja dicht tegen Evert aan zitten luisteren naar de muziek van Vierne en Bach. Bach, zo onovertroffen mooi. De melodielijnen die elkaar kruisten en aanvulden.

Het concert had Helmy wat te lang geduurd en na een halfuur was ze ongeduldig gaan draaien op de houten kerkbanken.

'Hoelang duurt dit stuk nog? We hebben die toccata hopelijk al gehad?' had ze gefluisterd. 'We krijgen niet eens de kans om lekker met elkaar te kletsen.'

'Anders gaan jullie alvast naar buiten. We zien jullie wel in de Taveerne,' had Elja terug gefluisterd. Maar Helmy had pech. Een beetje tot Elja's verbazing vond Vincent het concert erg mooi. Je kon je toch vergissen in mensen. Ze had eigenlijk gedacht dat het niets voor hem zou zijn. En toen waren Vincent en Helmy vergeten en had Elja zich overgegeven en naar de orgelklanken geluisterd. Haar oog was op de gebrandschilderde ramen gevallen en opeens had ze aan Susanna moeten denken. Die baby zou volgende maand geboren worden. Arme Susanna.

Helemaal geen eigen familie. Hoe lief Johanna en Doom ook waren, ze waren geen familie. Niemand van jezelf als je voor zoiets belangrijks als het krijgen van een eerste baby stond. Ze had gehuiverd. Evert had opzij gekeken en een wenkbrauw opgehaald. 'Koud?'

Ze had haar hoofd geschud en 'Zomaar' gefluisterd.

Na afloop waren ze nog even naar de Taveerne gegaan. Ze waren er niet lang gebleven. De Duitsers die binnenkwamen en vlak bij hen kwamen zitten, bedierven het. Het onbeschaamde kijken van een paar soldaten had Evert woedend gemaakt, en Elja wist niet hoe vlug ze weg hadden moeten komen. Ze moesten trouwens voor spertijd weer binnen zijn en Vincent moest nog een stuk fietsen voor hij weer thuis was.

'Vind je ook niet, Elja?' Elja was weer terug in de kamer. Had iemand haar iets gevraagd? Lia?

Ze keek naar haar en Lia herhaalde haar opmerking. 'Ik zei: je kunt maar beter meteen dat toestel inleveren. Dan krijg je geen problemen.' Ze keek uitgesproken braaf en Elja verborg een opkomende lachbui. Adrie had meteen een goede schuilplaats voor de radio gemaakt onder in de klerenkast. Onvindbaar, al keerde je het hele huis om. Hij was een vakman.

Ze bevestigde: 'Precies. Waarom zou je moeilijkheden opzoeken? Hct is natuurlijk wel jammer, maar het is niet anders.'

'Sneu voor je oma. Ze luisterde zo graag naar de radio.' Lia voelde oprecht medelijden met Adries oma.

Trijnie knikte en keek om zich heen. Oma had hun radio willen houden, ze hadden tenslotte al een oud ding ingeleverd. Maar moeder was erop tegen geweest. Te gevaarlijk. Hier hadden ze hem dus ook ingeleverd. Zie je wel dat moeder gelijk had gehad.

Mooie kamer was dit. Zo heerlijk licht en ruim. Lia en Adrie waren er wel op vooruitgegaan. Ze hadden het hier ook gezellig: een paar vrienden op bezoek van hun eigen leeftijd. Bij oma kwamen nooit anderen dan de familie en een paar buren over de vloer. Zo saai. Allemaal oud. Ze moest nu werkelijk een baan zien te vinden, anders verschrompelde ze in dat huis. Moeder drong zo aan met dat koken dat zij moest leren. Als je genoeg groenten en vlees had, was dat vast wel leuk, nu was het alleen maar vervelend. Het werd tijd dat ze weer aan de slag ging.

Ze kuchte en schuifelde met haar voeten over het katoenen kleed.

'Ga even zitten.' Lia zou zich een hond gevoeld hebben als ze Trijnie geen stoel had aangeboden.

Trijnie ging onmiddellijk zitten. De stoel voor het raam gaf haar het zicht op de straat beneden. Je keek hiervandaan de hele Langestraat door. Kijk, daar had je die Duitsers weer die ze net gepasseerd was. Ze keken naar boven, en een van hen keek haar recht in haar gezicht en zei iets tegen de man die naast hem stond. Die stak lachend een hand op. De ander bleef strak omhoogkijken.

Ondanks zichzelf voelde ze zich gevleid. Het was dan wel een mof en ze zou er niet over piekeren om iets te beginnen met een Duitser, maar toch... Een beetje belangstelling was wel plezierig.

'Wat zie je daar, Trijnie?' vroeg haar neef. Adrie was meteen naar beneden gelopen om de deur te sluiten. Hij had haar blikken naar de straat opgemerkt en vroeg zich af wat ze zag. Trijnie keek de kamer weer in.

'Niets. Was er niemand te zien in de steeg? Gelukkig. Ik word geloof ik achtervolgd door die paar Duitsers. Nou ja, het blijven toch gewoon mannen, hè Lia?' zei ze met een behaagziek lachje.

'Hm.' Adrie liep naar het raam toe, keek naar beneden en deed een stap achteruit de kamer in zodat hij niet meer zichtbaar was vanaf de straat. Hij had een van de mannen herkend.

'Evert, dat is die kapitein weer. Die vent die telkens naar Elja loert.'

'Krüger? Hè, nee toch?' Elja stond op en wilde naar het raam lopen, maar Evert hield haar tegen.

'Is het een bekende van jou?' vroeg Trijnie. 'Hoe weet die man nou wie jij bent? Heus niet. Hij wilde gewoon weten waar ik naartoe ben gegaan. Hij ging meteen achter mij aan. Die lange, bedoel ik.' Trijnie voelde zich verongelijkt. De aandacht van die soldaten ging heus niet alleen naar dat kind van die stoffenzaak. Zij zag er zelf toch zeker zo goed uit als die Elja?

'Elja werkt af en toe bij haar tantes in het fotoatelier,' zei Lia vlug. 'En let er maar niet op, Trijnie. Toeval. Ze gaan vanzelf weer weg.' Ze keek ook uit het raam en zag twee mannen staan. Een lange vent en een kleinere. De lange Duitser stak zijn hand op en lachte breed. De ander keek alleen maar. Ze herkende de kleinste van de vorige keer dat hij er had gestaan.

'Dat mag ik hopen. Ze kijken nou wel erg...' antwoordde Trijnie. 'Zal ik maar bij het raam weggaan?' Ze stond op en ging op de stoel naast Evert zitten. 'Ik wil niets uitlokken, natuurlijk.'

'Als ze straks niet weg zijn, brengt iemand je wel thuis.' Lia wilde ook niet dat een nicht van Adrie ergens in belandde doordat zij in dit huis waren komen wonen. Waar ze in zou kunnen belanden, wist ze niet, maar Trijnie mocht niet in contact komen met die Krüger. Ze zou niet doorhebben dat het die man om Elja ging.

Er ging een koude rilling over haar rug. Dreigde er gevaar voor Elja? Ze keek naar het gezicht met het blonde, steile haar dat om het hoofd zwierde. Elja, die haar belangeloos had geholpen. Er kwam een beschermend gevoel bij Lia boven. Niemand mocht Elja iets aandoen. Of Evert, want dat was net zo erg voor Elja.

Na een halfuur van wat oppervlakkig gebabbel en een beetje lachen, keek Adrie zijn nicht aan en zei: 'Dan breng ik je nu naar huis, Trijnie. Verder was er toch niets? Mooi. Dan ben ik ruim voor spertijd weer terug. Kom!'

Trijnie keek op haar horloge. Het werd nu net gezellig. 'Zo laat is het toch niet?' protesteerde ze. 'Ik heb nog wel even.'

Maar Adrie trok haar overeind, en terwijl Trijnie met haar hand zwaaide en 'tot ziens' riep, liep hij voor haar uit de trap af en leverde haar een kwartier later voor de deur van zijn grootmoeders huis af. 'Bedankt voor de boodschap en zeg maar tegen oma dat ze zich niet druk hoeft te maken om ons. Die radio is al meteen weggebracht,' zei hij. 'Tot ziens, Trijn.'

'Je komt dus niet binnen. Andere keer dan, en ik kom vlug weer eens langs,' zei ze.

Hij stak een hand op en draaide zich half om. 'Moet je doen. Kom dan overdag. Dat is handiger en dan zie je Lineke meteen.'

'Nou... 's avonds is wel gezelliger,' riep ze hem na.

Hij begreep dat ze niet overdag zou komen. Evert had wat op zijn geweten. Hij werkte op die meiden als stroop op vliegen. Lastig was dat. Goed dat Elja zo nuchter was.

Elja was een paar keer extra naar Susanna toe gefietst. Ze wist hoe die naar haar komst uitkeek. Af en toe snakte ze ernaar om met een meisje van haar eigen leeftijd te praten.

Johanna begreep haar heel goed en had het er met haar man over wie van de jonge vrouwen met kinderen ze zou kunnen vragen om eens langs te komen.

'Niet doen. Zo min mogelijk mensen over de vloer,' was zijn korte antwoord geweest, en hoewel ze het jammer vond voor Susanna, begreep ze het wel. Ze hadden nogal eens onverwacht bezoek. Zeker als er een vliegtuig neergestort was, waren ze voorbereid op een huiszoeking. Al een paar maal waren ze door het oog van de naald gegaan. De schuilplaats op de zolder was goed verborgen, maar als je een fanatieke Duitser trof die niet opgaf, of als er verraad in het spel kwam...

Ze zou voor haar meeste dorpsgenoten haar hand in het vuur durven steken, maar je wist niet wat er precies in mensen omging. Nee, geen mensen in huis halen. Het was al een zegen dat Susanna gewoon op straat kon komen, al vermeed ze het wel zo veel mogelijk.

Gelukkig dat Elja iedere week langskwam. Dan leefde Susanna op. Een schakel met het oude leven: Elja had Susanna's familie gekend en bracht voor haar een vleug van thuis mee.

Toen Elja deze middag haar fiets tegen de achtergevel zette, opende Susanna de deur al voor ze kon kloppen. Elja sloeg haar armen om Susanna heen en groette haar warm. 'Dag Suusje.'

'Fijn dat je er bent,' zei Susanna.

Elja volgde haar naar binnen en haalde een pakje uit haar tas dat ze op tafel legde. 'Kijk, wol voor jou. Nee, niet voor de baby. Dit is voor jou.'

Susanna betastte de bordeauxrode wol. Precies haar kleur. Fijn, nu had ze weer iets te doen. Ze hielp Johanna wel in huis zo veel als die het haar toestond, maar de oude dame wilde beslist niet dat ze te veel deed. Een paar keer in de week kwam Truusje, een vrouw uit het dorp, om het zware werk te doen. Johanna had gezegd dat Susanna goed uitgerust moest zijn voor de bevalling. Ze zou het over een paar weken druk genoeg krijgen. Trouwens, Truusje kon ook de inkomsten niet missen die het schoonmaakwerk haar opleverde.

Daar was niets tegenin te brengen.

Johanna zag met genoegen hoe Susanna opleefde nu Elja er was. Het zou haar niet verbazen als die baby vlug zou komen. Zo bedrijvig als ze bezig was geweest de afgelopen dagen. Herkenbaar.

Elja pakte nog een blad met breipatronen uit haar tas en legde het naast de wol. Achteloos vroeg ze: 'Is Klaas nog geweest van de week?'

Susanna knikte. 'Hij moet wel erg voorzichtig zijn. Alle studenten worden ook opgepakt op het moment. Evert boft met zijn baan, zo heerlijk vrij. Fijn dat hij er weer is, hè?'

Behendig bracht Susanna het gesprek op Evert, zodat ze het niet meer over Klaas hadden. Het verbaasde Elja een beetje. Was Suus echt van plan om na de oorlog met Klaas te trouwen? Ze sprak nooit over hem, terwijl zijzelf zich in moest houden om niet te veel over Evert te praten. Helemaal lekker zat het niet tussen die twee, maar misschien kon het niet anders. Ze zagen elkaar zo weinig, en voor die tijd waren er ook altijd mensen om hen heen geweest. Vincent, tante Trudie en oom Ab, de paar knechts. Het kon misschien niet anders.

'Ik moet op de terugweg langs de boerderij. Als je een boodschap of zo voor hem hebt?' bood ze aan.

'Nou... och...' aarzelde Susanna. Er gleed een trekje over haar gezicht dat Elja niet helemaal thuis kon brengen.

Na een paar uur stapte Elja weer op en reed het tuinpad af. Het grind dat voor het doktershuis lag, knarste onder de houten wielen van haar fiets. Grind waarschuwde zo lekker dat er iemand aan kwam. Ze wist dat het grind daar was gelegd met die bedoeling. Achter was een grasveld waardoor mensen onhoorbaar weg konden komen, om de weilanden in te rennen.

Susanna keek Elja peinzend na. Wat heerlijk, om zo onbekommerd weg te kunnen rijden. Maar ze moest blij zijn. Ze legde haar hand op haar buik. Ze zou dat getrappel nog missen. Ze was in ieder geval niet meer alleen. Ze had iemand bij zich die helemaal van haar was.

In de Dorpsstraat liepen een paar vrouwen langs de winkels. Een van de twee zag Elja fietsen.

'Gunst, dat is dat meisje van die stoffenwinkel in de Langestraat. Wat zou die hier moeten? Zag jij waar ze vandaan kwam?' Mevrouw De Vries draaide nieuwsgierig haar hoofd om en keek Elja na. 'Mijn chef, kapitein Krüger, is helemaal stapel op haar. Bezeten, volgens zijn mannen. Ja, niet dat ze het hardop zeggen. Ze kijken wel uit, want het is een ijskoude, die Krüger. Lijkt heel aardig en hij is altijd beleefd, maar als het niet gaat zoals hij wil! Niet dat ie dan tekeergaat. Nee, maar juist dat hij zo kalm blijft. Daar zijn ze als de dood voor, en dat begrijp ik helemaal.'

De andere vrouw keek om zich heen. 'Sst. Niet over je baan praten hier. Ik begrijp niet dat je voor die lui wilt werken,' zei ze nerveus.

'Nou, niet zo schijnheilig. Jullie waren vroeger toch ook van de partij? Je man is nog naar die grote NSB-dag geweest en hij schreeuwde nog harder dan die van mij!' schamperde mevrouw De Vries.

'Ja, maar zoals ze omgaan met de Joden... Ik heb in Amsterdam gezien hoe de moffen daar tekeergingen. Nou ja, nog erger zijn die lui van het janhagel. Ze sloegen een oude vrouw. Dat doe je niet! En verder weet niemand hier dat we vroeger lid waren van de partij en dat wil ik graag zo houden. Ik ben al blij dat we hier tenminste onderdak hebben. De hele kust is vergeven van bunkers, en wij kunnen opkrassen. Jij had gemakkelijk praten, jij kon in je huis blijven.'

'Dat heb ik nog gezegd tegen dat kind van de stoffenwinkel. Dat Den Helder gebombardeerd werd en dat dat door die fijne vrienden van haar is gedaan. Die tante van haar zei dat het logisch was,' zei mevrouw De Vries en haar gezicht kreeg een verontwaardigde uitdrukking.

'Maar ik begrijp het wel. Hun winkel was vroeger van een paar Joden. Het zal hun wel geen windeieren gelegd hebben dat ze het overgenomen hebben. Die mensen hebben bijtijds nattigheid gevoeld. Ze waren in ieder geval op tijd weg. Ja, zo slim zijn ze wel.'

De andere vrouw keek haar ongerust aan. Haar ogen vlogen heen en weer. Ze groette een voorbijganger en zei toen fel: 'Als je je mond hier maar houdt, Ria. Ze hebben het hier niet op Duitsers. Ook niet op mensen van de partij. Er waren hier vroeger wel een paar NSB'ers, heb ik gehoord, maar die werden met de nek aangekeken. Ze zijn er misschien nog wel, maar je merkt er niets van. Ik houd dus lekker voor me dat we vroeger vonden dat we door dat zootje van de regering genept werden. Het was armoe troef voor ons. Maar hebben we het nu veel beter? Nee toch! Jij misschien wel, maar ik niet.'

Mevrouw De Vries haalde haar schouders op en zei fier: 'Ik vind dat je wat over moet hebben voor je idealen. Dat zegt de leider. En mijn man vindt dat hij gelijk heeft. En als je het een beetje slim speelt, valt er voor ons wel wat te halen. In ieder geval meer dan die mensen die hun mond houden en nergens iets aan doen.'

Haar vriendin keek haar aan. Haar mond werd een streep. 'Als je je mond maar houdt,' herhaalde ze en ze nam zich voor haar vriendin hier niet meer uit te nodigen. Ze ging wel naar Alkmaar toe als ze haar wilde zien. Haar man vond het toch al niks dat ze hiernaartoe kwam. Dat gaf maar praatjes, en ze hadden het hier nu net beter dan in Den Helder.

'Gunst, jij hebt ook niet gezien waar dat kind vandaan kwam, die van de stoffenwinkel?' vroeg mevrouw De Vries nog eens.

'Nee, ik heb haar hier vaker gezien. Misschien woont hier familie?'

'Over familie gesproken. Een tante van haar – nee, niet die van de fotozaak, van de koude kant, zogezegd – die had ik een tijd geleden ontmoet bij Huize Voorhout. Ze zat enorm in de piepzak toen ik in de winkel zei dat ik haar daar had gezien. Ik dacht echt dat ze ook kwam solliciteren, want ze gooide een brief in de brievenbus, tegelijk met mij. Ze ontkende het, maar ik herkende de ring die ze droeg. En die mensen geloofden mij en niet haar.' Mevrouw De Vries knikte voldaan. 'Ik kan me wel voorstellen dat je er met die vrouwen in je buurt niet voor uit wilt komen dat je vindt dat de Duitsers niet zo verkeerd zijn, maar mij hoeven ze dan niets te vertellen. Ik snuf dat soort leugentjes.'

'Ria! Niet zo hard! Houd er nu over op,' verzocht haar vriendin.

Ria zweeg. Ze had niet veel vriendinnen over. Ja, van de partij. Daar was niets mis mee, maar toch. Haar buren nodigden hen nooit meer uit om even langs te komen. Ze groetten wel, maar je hoorde aan hun stemmen dat je wat hen betreft het heen-en-weer kon krijgen, en dat was naar. Je hield zo weinig over, en ze wilde deze vriendin niet kwijt. Ze kende haar al zo lang.

'O, ik houd mijn mond al, hoor. We praten nergens over. Hoe is het met je moeder?'

Onbewust van het feit dat ze gesignaleerd was in het dorp, fietste Elja langs de landweggetjes naar de boerderij van haar oom. Ze moest nog wat aardappels halen voor haar moeder en tegelijk voor de tantes. Ze zou ook een beetje voor Lia meenemen. Die had het vast niet erg breed.

Voor de zekerheid rinkelde ze met haar bel toen ze het pad bij de boerderij opreed.

De eerste die ze achter zag, was Klaas. Goed dat ze hem zag.

Ze sprong naast haar fiets en keek hem aan, zich niet bewust van de afkeurende trek op haar gezicht. 'Je moet de groeten hebben van Susanna,' zei ze zacht. Het was nergens voor nodig dat er nog iemand wist waar ze geweest was. Zeker haar tante Trudie niet. Ze vertrouwde haar nog steeds niet.

Klaas lachte een beetje terughoudend en er vloog een kleur over zijn gezicht dat er door het vele buitenwerk wat verbrand uitzag.

'Ah, hoe is het met haar? Ik ben vorige week nog geweest, het was toch nog steeds goed met haar?'

'Dat wel, maar je moet...' Elja zweeg. Ze moest zich er niet mee bemoeien, had haar vader gezegd toen ze tegen hem over had Klaas gemopperd.

'Moet wat?'

'Niets.'

Vanachter de grote schuur kwam nog iemand aanlopen. Oom Ab. Lang, breed, een beetje een onhandige beer.

'Zo nichtje.'

'Dag oom.'

'Had je nog een boodschap voor me?' vroeg Klaas.

'Eh... nee, dat niet. Alleen dat het goed met haar is en dat ze je waarschuwen als het zover is.'

Klaas knikte bedaard. 'Fijn. Dan ga ik weer verder. Er moeten nog een paar koeien gemolken worden.'

Elja keek hem na, haar ogen half dichtgeknepen. Haar oom zag haar blik en maakte een gebaar, maar deed meteen zijn hand weer in de zak van zijn overall.

'Ben je bij Susanna geweest?' vroeg hij zacht.

Elja knikte.

'Hoe is het met haar?'

'Goed. Het lijkt erop dat het goed met haar is, maar ik vind Klaas...'

'Hij kan hier niet weg. Ze zijn op het moment zo fel op die jongens. Het valt me mee dat Evert niet meer last heeft. Hij blijft toch voorzichtig, Elja?'

'Oom, hier weet behalve Klaas toch niemand wat Evert doet?'

Hij klopte geruststellend op haar arm. 'Nee. En niemand weet ook waar Susanna is, als je daar soms bang voor bent, je tante al helemaal niet. Vincent vermoedt van alles, maar Klaas zwijgt als het graf. Over Susanna en ook over Evert. Als die iets kwijt wil aan Vincent, zal hij het hem zelf wel vertellen. Die moeder van hem is nog een graadje loslippiger dan Trudie. Dat mens raaskalt er af en toe op los. Gelukkig dat die oudste broer van Vincent haar een beetje in toom weet te houden. Dat is een goeie knul, maar hij kan er niet goed tegen als Vincent de baas uit wil hangen.' Oom Ab lachte kort. 'En dat wil Vincent nogal eens. Hij komt hier ook regelmatig langs om te vertellen wat beter kan.'

Elja keek omhoog in het goedmoedige gezicht van haar oom, dat opeens een wat verbeten trek kreeg. 'En dan?'

Oom Ab haalde zijn schouders op. 'Dan laat ik hem kletsen. Maar Elja... Susanna? Is het echt goed met haar?'

Ze legde even een hand op zijn arm en kneep erin. 'Echt waar. En ze praat heel lief over jullie. Over u en over Klaas en over de knecht.'

Hij haalde diep adem, wilde iets zeggen, schudde zijn hoofd en zweeg.

Elja wachtte even of hij toch iets wilde zeggen, en toen er niets kwam, vroeg ze: 'Hebt u nog wat aardappels voor mijn moeder? Mijn tantes zijn er ook doorheen en boven de zaak is een gezin komen wonen, een zusje van Helmy, en die kunnen ook wel wat gebruiken. Lia is bijna ontsnapt aan een heks van een tante. Net Assepoester. Ze moest hard werken en het enige wat ze te horen kreeg, waren aanmerkingen dat het niet goed genoeg was.'

Ab zweeg. Er kwam een pijnlijk trekje op zijn gezicht. Het klonk alsof het over Susanna ging, toen die hier nog woonde. Trudie, zijn vrouw, liet al het zware werk over aan Susanna en behandelde haar alsof ze haar in dienst had genomen.

Elja zag het. 'Ach oom.'

Ze wist wel dat hij het afschuwelijk had gevonden dat Susanna zo door zijn vrouw behandeld werd. Waarom hij er niets aan had gedaan, was haar verder een raadsel.

Oom Ab rechtte zijn rug. 'Ik zal een maal aardappels voor je klaarzetten. Ik kom morgen wel naar de stad, en dan lever ik een vrachtje bij je moeder af. Zo veel kun je toch niet meenemen op de fiets. Dan moeten jullie het verder maar verdelen. Ik kom vroeg in de avond. Het is gelukkig langer licht, al moet je toch op tijd binnen zijn.'

Hij liep naar de schuur en kwam even later terug met een gevulde jutezak. Hij stopte de zak in de zijtassen van Elja's fiets.

'Kom je nog binnen?'

Elja aarzelde. Tante Trudie gedag zeggen? Ze had er weinig zin in. Maar ze hoefde al niet meer te beslissen, tante Trudie kwam al naar buiten. Haar wat plompe gestalte was gehuld in een groot schort. Het rossige haar was in een knotje op haar achterhoofd vastgezet. 'Zo, Elja.'

'Dag tante.'

Trudie keek met een wantrouwige blik naar de fietstassen. 'Je kwam wat halen? Ja, natuurlijk. Je zult niet alleen voor de gezelligheid langskomen, denk ik zomaar,' klonk het schamper.

Elja zweeg. Tante Trudie had nooit meer gesproken over de brief die ze bij de Duitsers in de bus had gedaan. Ze deed domweg alsof er niets was gebeurd een halfjaar geleden. Een misverstand. Dat Susanna en Klaas halsoverkop hadden moeten vluchten, geholpen door Evert en door haar... Uitgevlakt!

Niet op ingaan. Dan kreeg oom Ab het op zijn bordje. Hij en Klaas.

Daar was hij weer. Hij droeg twee emmers in zijn handen en leegde ze in de gereedstaande melkemmer.

'Wil je ook wat melk mee?' vroeg oom Ab.

Zijn vrouw opende haar mond, maar sloot hem weer toen ze de blik zag die Ab haar toewierp.

'Ja, graag,' zei Elja.

En tante Trudie zei niets.

Elja voelde zich ongemakkelijk. Er was hier wel iets veranderd de afgelopen tijd. Vroeger leek het weleens of oom Ab een beetje bang was voor de boze reacties van Trudie, maar dat was voorbij. Het gevaar waarin Trudie hem had gebracht, hem en de mensen die bij hem ondergedoken waren, had de situatie totaal veranderd. Ze was nog steeds erg wantrouwend, maar ze durfde niet meer zo uit te vallen als ze vroeger had gedaan.

'Ik haal een busje om wat melk in te doen.' Oom Ab verdween om een klein afsluitbaar busje te pakken. Elja bleef staan en keek om zich heen. Wat een mooi erf was dit toch. Die hoge bomen die het terrein omringden. In de slootkant stonden boerenpioenen die bijna uit zouden komen.

Tante Trudie deed een paar stappen naar Elja toe. 'Hoor je nog weleens iets van Susanna?' Ze kneep haar ogen halfdicht.

Elja schrok en aarzelde. Voorzichtig, voorzichtig...

'Soms,' zei ze. 'Niet vaak, natuurlijk, want ze heeft tamelijk ver weg een plaats gekregen.'

'Ze zal alles van hier wel missen. Of zijn er in haar nieuwe onderduikadres ook een paar eh... mensen die haar in de watten leggen? Maar het is niet goed om te lang op één adres te blijven. Dat geeft maar narigheid. En waar zit ze nu? Waar zei je ook alweer dat ze was?'

Elja keek haar tante een moment zwijgend aan. Dacht ze nu werkelijk dat ze haar dat zou vertellen? Aan háár?

'Susanna heeft het in haar nieuwe huis erg naar haar zin. Ze is nu gelukkig weer bijgetrokken en uitgerust, want ze was erg moe toen ze hier zo halsoverkop weg moest. Zij en Klaas,' zei ze toen koel.

'Ver weg? Maar Klaas ziet haar toch weleens? Dat heb ik wel gemerkt. Zo ver kan het dus niet zijn.' Haar lichte ogen keken vorsend.

Denk maar niet dat ik jou aan je neus ga hangen waar ze zit, dacht Elja. Ze verborg haar afkeer en zei koeltjes: 'Die redt het wel, daar hoeft u zich niet druk om te maken.'

'Zo ver kan het dus...' herhaalde tante Trudie en ze zweeg toen abrupt. Oom Ab was weer terug met een melkbusje in zijn hand. Haastig zei ze: 'Jammer voor je dat Vincent er niet is. Hij komt hier nog weleens aan. Dan had je hem even kunnen spreken.'

'We zijn een tijdje geleden met z'n vieren uit geweest, mijn vriendin, Evert, Vincent en ik.

Kom, ik ga maar weer eens. Bedankt, oom Ab.'

Hij zette het busje in de fietstas. 'Geen dank. Ik kom morgen nog wat aardappels brengen. Er zijn nog geen nieuwe, maar zodra die er zijn, kom ik ze wel brengen.'

Hij sloeg even zijn arm om haar schouders. 'Tot morgen dus.'

Diep in gedachten fietste Elja terug naar de stad. Als niemand maar uit zijn mond liet vallen waar Susanna nu ondergedoken zat. Maar wie zou dat moeten doen? Ze zou het niet weten.

Een week later kwam er bericht dat de baby van Susanna was geboren. Het was een jongetje en alles was goed.

7

'Kom binnen. Susanna zal blij zijn om je te zien. Ze is vanzelfsprekend nog wat uit haar doen, maar...' Johanna sloot de deur achter Elja en haar stem zette iets uit. 'Even iets bekends.

Daarom heeft Jan iemand naar Alkmaar gestuurd. Hij is er op het moment niet, maar het is goed met Susanna, al kan ze nog niet veel hebben, zei ik net al tegen mijn buren.' Ze maakte een hoofdbeweging en Elja zag twee vrouwen aan de keukentafel zitten. Er stond een grote cake op een schaal voor hen op tafel. De hele keuken rook naar het gebak en Elja watertandde. Wat zag dat er heerlijk uit.

'Ik zei tegen onze buren dat ik het zo lief vind dat ze langskomen, maar dat Suusje rust moet hebben. Ze is nog erg huilerig. Het hoort erbij. De derde dag brengt altijd tranen. Enfin, jullie weten er alles van. Maar ze zal de cake heerlijk vinden.' De doktersvrouw glimlachte vriendelijk, de fijne rimpels in haar wangen werden dieper en ze oogde vermoeid, vastberaden en nog iets.

Was ze nu ergens ongerust over, of verbeeld ik me dat, dacht Elja.

'Ander keertje terugkomen,' begreep een van de vrouwen. 'Kom buuf, we gaan weer. Johanna, neem zelf ook wat van die cake. Gelukkig dat onze kippen zo veel eieren leggen en dat zij,' ze knikte naar de andere vrouw, 'aan boter kon komen. Meel hebben we altijd wel, want de molenaar is een meester in het ontduiken van die heffing. Zo lekker onnozel kan die doen.'

Ze gniffelde, stond op en de andere vrouw kon niet veel anders doen dan ook opstaan.

'Ik had dat kind toch wel even willen zien,' draalde die.

'Ben je mal. We zien de baby wel als Susan weer op de been is. Johanna, maak je maar niet te druk en als dat kind 's nachts huilt, doe je maar een paar watten in je oren. Die heb je genoeg liggen met die dokterende man van je. Als je hulp nodig hebt, horen we het wel. Je bent tenslotte niet meer een van de jongsten en die eerste dagen zijn altijd druk.'

Johanna lachte. 'Heel lief van jullie, maar ik heb mijn onvolprezen Truusje. Die komt vrijwel iedere dag langs en ze is goud waard. Ik zal straks, als Susanna wakker is, haar een flinke plak van jullie cake bij de koffie geven. Fijn dat jullie haar niet vergeten.'

De buurvrouw knikte. 'Als je alles verloren hebt – je huis, je man weg, we hebben het niet voor het zeggen – dan heb je wel een steuntje in de rug nodig.'

De andere vrouw knikte. 'Dan mogen we nog dankbaar zijn met wat we hebben, al valt het voor ons ook soms niet mee.'

‘Kom op, buuf, we leven nog tamelijk lekker,’ zei haar buurvrouw.

Elja vond het laconieke West-Fries prettig opbeurend klinken. Dat ‘buuf’ in plaats van ‘buurvrouw’. Je moest ook niet meer letters gebruiken dan nodig was.

‘Dat is wel zo, maar...’ Hoofdschuddend liepen ze achter elkaar de deur uit.

‘Beste, allerbeste mensen.’ Johanna sloot de deur achter hen en draaide de sleutel om. ‘Susanna moet echt rusten. Ik zei het niet zomaar, al ben ik blij dat jij er bent. Ze is te veel van streek om mijn buren aan haar bed te krijgen. Zij zijn toch bijna vreemden voor haar. Gelukkig dat ze het begrijpen. Ga zitten, kind.’

Elja liet zich zakken op de houten keukenstoel en keek naar de smalle rug van Johanna, die een paar kopjes op het aanrecht zette en twee porseleinen schaaltjes vulde.

‘Je weet de weg, Elja. Ik geloof dat ze wakker is. Neem jij dit mee? Ik kom ook zo,’ zei Johanna over haar schouder.

Elja liep naar boven, klopte aan, en op een verstikt ‘Ja’ ging ze de kamer in.

Susanna zat rechtovereind in bed. Haar ogen waren rood en haar wangen gevlekt. Naast haar bed stond de wieg. Ze stak de hand, waarmee ze haar tranen had weggeveegd, op toen ze Elja zag.

Die liep op haar tenen naar voren en zette het blad op het tafeltje bij het raam. Daarna schoof ze het gordijntje van de wieg een beetje opzij en zag een rond bolletje en een onwaarschijnlijk klein neusje. ‘Wat een schatje, Suus.’

Susanna’s ogen stroomden vol. ‘Ja, dat weet ik. Ik ben ook echt blij, maar...’

‘Natuurlijk. Dat begrijp ik toch.’ Elja ging op de rand van het bed zitten en sloeg een arm om de jonge vrouw heen. ‘Hoe heet hij? Dat wist de man die het ons kwam vertellen niet.’

‘Bram.’

‘Bram. Leuk! Van Abraham zeker? Naar jouw familie,’ begreep Elja.

Ze voelde Susanna nee schudden. Niet naar Susanna’s familie? Naar die van Klaas dus. Abraham zou in deze tijd ook wel onhandig geweest zijn, al kon iedereen nagaan dat Bram van die naam afstamde.

Susanna begon te huilen. Haar schouders in het gebloemde nachthemd schokten.

'Is Klaas al geweest?' vroeg Elja.

'J-j-ja, maar... Hij is heel lief voor me, maar...' huilde Susanna.

Elja wist niet goed wat ze moest zeggen, dus ze wiegde Susanna heen en weer.

'Sst... stil maar, huil maar lekker,' zei ze wat onlogisch. 'Die rotoorlog ook!'

'Ach, Klaas is zo goedig. Hij... Niemand weet hoe goed hij is. Waar is mijn zakdoek?' Susanna grabbelde onder haar kussen en snoot heftig haar neus.

'Goed hoor, we zullen een stralenkransje voor hem maken. Vergeet alleen niet dat jij bepaald geen heks bent en hij er wel zelf bij was,' zei Elja nuchter.

'Nee, dat was hij juist niet,' ontsnapte het Susanna.

Dus toch... Elja hield haar adem in. 'Nee?'

'Nee. Hij heeft... hij heeft... zich opgeofferd,' snikte Susanna. Het klonk bijna dramatisch.

Elja klopte onbewust op Susanna's schouder. Opgeofferd...

In de stilte die viel, klonken hartbrekende snikken van Susanna.

'Opgeofferd. De baby is dus niet van Klaas,' zei Elja langzaam.

'Nee.'

Elja kreeg het even heel koud. 'Nee?'

Susanna boog haar hoofd en snikte door.

'Van wie dan?'

'Van... Dat kan ik niet zeggen.'

Elja had een moment moeite om haar niet door elkaar te schudden. Ze dacht terug aan de verdachtmaking van Helmy en tante Trudie, die hadden gesuggereerd dat Evert de vader van Susanna's kind was. Nee, dat kon niet. Evert loog niet. Ze vertrouwde hem.

'Van wie is de baby dan?'

Susanna hief haar behuilde gezicht even omhoog en verborg het toen weer in haar handen. In de wieg maakte de baby een pruttelend geluidje.

'Ik durf het bijna niet te zeggen.'

'Fluister het maar in mijn oor,' zei Elja gelaten.

Susanna bracht haar mond naar Elja's oor en zei zacht een naam. Daarna welden er weer tranen op uit haar ogen.

Ab. Elja haalde diep adem. Ze was niet eens erg verbaasd.

Een opmerking van haar vader kwam in haar herinnering terug: zo keek Ab vroeger als hij een meisje heel erg leuk vond. Van oom Ab was de baby dus. Maar oom Ab was wel... ze rekende even heel vlug... achttien jaar ouder dan Susanna. Achttien jaar!

Had tante Trudie het ergens vermoed en kwam haar afschuwelijke houding tegenover Susanna daarvandaan? Nee, zo was het vast niet gegaan. Waarschijnlijk had ze door haar gedrag Susanna en oom Ab naar elkaar toe gedreven. Wat een ellende! En Klaas had gezegd dat hij de vader was en had zo oom Ab en Susanna in bescherming genomen tegen tante Trudie en haar familie.

Vandaar dat Susanna telkens zei dat Klaas zo goed was. En dat was waarschijnlijk dan ook de reden dat hij niet zo vaak langskwam.

Ze zag het gezicht van Klaas voor zich. Zachtmoedig, blond en vriendelijk. Ze had het hem kwalijk genomen dat hij zo lauw reageerde. Ze had gevonden dat hij Susanna voor alles op liet draaien. Maar Klaas hield wel van Susanna. Ze zag de uitdrukking in zijn ogen voor zich. Hij hield wel van Susanna, dat wist ze zeker. Arme Klaas. Dat maakte het voor hem nog erger.

Ze zuchtte diep.

'Vind je het heel slecht van me?' vroeg Susanna bijna onhoorbaar.

'Ben je gek!' zei Elja bijna automatisch en ze wreef Susanna over haar rug. Het was eigenlijk zo goed te verklaren: tante Trudie die zich tegenover Susanna gedroeg alsof ze haar bazin was en haar als een sloofje aan het werk zette, en dan oom Ab die zich schaamde en het goed probeerde te maken.

'Ik begrijp wel hoe het gekomen is. Jij was heel verdrietig en Ab troostte je. En hij vond je heel lief.' Er viel haar iets in. Wie was nog meer op de hoogte? Als er alsjeblieft maar weinig mensen waren die dit wisten.

'Wie weten het, behalve Klaas?' vroeg ze behoedzaam.

'Johanna en Jan.'

Ja, natuurlijk had Susanna het aan de oude huisarts en zijn vrouw verteld, dacht Elja.

'En Ab?' Ze liet het oom maar even weg. Dat klonk wel heel raar als iemand van bijna je eigen leeftijd met iemand die zo oud was als je oom, naar bed was geweest.

'Die weet het niet zeker. Ik heb het hem niet gezegd. Misschien denkt hij wel dat ik toen ook iets met Klaas had. Misschien denkt hij nu wel heel slecht over me. Dat ik met twee mannen tegelijk iets eh... naar eh...' Ze kwam er niet uit en snikte weer.

Elja zei niets. Moest Ab het niet weten? Eigenlijk wel, natuurlijk. Maar wat voor verwikkelingen zou dat geven?

Ze zag het voor zich. Oom Ab diep ellendig en tante Trudie die als een vuurspuwende draak door het huis zou gaan. Niet te voorspellen wat ze zou doen. Ze had Susanna al eens verraden, en je kon haar nu eenmaal niet opsluiten, al zou iedereen dat het liefste doen. Trudie achter slot en grendel. Met tegenzin nam ze afstand van dat idee. Het zou niet lukken.

Trudie had dus iets vermoed. Dat kon haast niet anders. Was haar verraad, naast kwaadaardigheid, dus gegronde jaloezie geweest? Misschien had ze het oom Ab wel betaald willen zetten.

Elja huiverde. Inmiddels was het bekend wat er gebeurde met degenen die onderdak boden aan hun Joodse medeburgers. Er waren al diverse mensen naar een concentratiekamp gestuurd. En over die kampen hoorde je de verschrikkelijkste dingen.

Dat had Trudie vast niet geweten. Of wel?

Elja zuchtte. Ze begreep nu nog beter waarom oom Ab telkens naar Susanna vroeg. Het was niet alleen schaamte over het gedrag van zijn vrouw. Hij had waarschijnlijk ergens het vermoeden gehad dat het zijn kind was. Of in ieder geval had kunnen zijn.

'Aan niemand vertellen,' smeekte Susanna.

Elja schudde haar hoofd. Ze had zielsmedelijden met Susanna. Ze leek nog zo jong, en ze had niemand hier. 'Dat zal ik niet doen. Maar weet je zeker dat niemand anders het weet?'

'Evert misschien. Hij zag ons een keer, Ab en mij. Het is maar twee keer gebeurd,' zei Susanna wanhopig. 'Maar hij bleef heel vriendelijk.'

Het was ook niets voor Evert om iemand te veroordelen, dacht Elja. Maar Vincent? Een totaal ander iemand.

'Vincent weet echt niets?' vroeg ze.

'Nee, die niet. Gelukkig niet.' Ze keken elkaar aan. Ze hadden alle twee natte ogen en Elja streek Susanna's haar weg van haar voorhoofd. 'Gelukkig niet,' herhaalde Susanna.

Elja knikte. Vincent moest het beslist niet te weten komen. Hij zou er een voordeeltje uit weten te slepen als hij het wist. Oom Ab chanteren. Zo was hij wel. Zou Helmy dat beseffen? Die wist vast niet wat ze aan hem had. Of misschien wilde ze het niet zien.

Niet dat Vincent slecht was. Maar hij was zo uit op zijn eigenbelang.

'Zo, en nu denk je er niet meer aan. Kijk eens naar dat schattige kind,' vermaande ze. 'Die moet een beetje een vrolijke moeder hebben, hoor. Gebeurd is gebeurd en je moet verder.'

Terwijl ze het zei, besefte ze dat ze gemakkelijk praten had, maar ook dat Susanna geen andere keus had. Ze moest verder met haar leven. Waar paste Klaas nu in het plaatje?

'En Klaas?' vroeg ze.

'Klaas wil nog steeds met me trouwen.'

'En jij?'

Susanna haalde diep adem. 'Ik denk het wel. Ik zou wel met hem willen trouwen, als het kon. Ergens geef ik heel veel om hem. Hij is zo betrouwbaar aardig en dat vind ik belangrijk. Hij zal me nooit kwaad doen. En de baby ook niet.'

Nee, dat zou Klaas nooit doen. Ze wisten het allebei.

De baby bewoog en maakte een klaaglijk geluidje.

'Mag ik hem even pakken?' vroeg Elja.

'Doe maar. Het is bijna tijd voor zijn voeding.' Susanna's stem klonk vlak.

Elja boog zich over de wieg en pakte het jongetje eruit. Met verwondering merkte ze hoe klein en warm hij was in haar arm. 'Dag Brammetje.' Haar neefje. Niet te geloven.

'Jij bent echt familie van hem,' fluisterde Susanna.

'Dat weet ik. En ik zal het niet vergeten,' zei Elja met vaste stem.

'Wat er ook gebeurt?'

'Wat er ook gebeurt!' Het klonk als een belofte. En dat was het ook. Als het aan haar lag, zou dit kleine kind nooit iets overkomen.

Ze gaf hem even later over aan Susanna en keek vertederd naar het ronde hoofdje. Hoe was het mogelijk. Een volle neef van haar. Hij had net zo'n kuiltje in zijn kin als zij en Leo. Het Van Lierkuiltje. Dat oom Ab niet wist dat hij een kind had. Te gek voor woorden en ergens ook doodsneu. Hij had zo graag kinderen willen hebben, en nu mocht hij niet weten dat hij er een had, want dat zou een drama worden.

Elja huiverde bij het idee wat tante Trudie zou doen als ze te weten zou komen dat Susanna een kind had van haar man. Doodgevaarlijk. Ze mocht het beslist niet weten.

Zijzelf zou zwijgen.

Na een uur ging ze weer naar beneden. De baby lag vredig te slapen.

'Ik kom vlug weer. Is er iets wat je zou willen hebben?' vroeg ze voor ze de kamer verliet.

Susanna schudde zwijgend haar hoofd. Ze zou alles willen geven voor iemand van haar eigen familie, maar ze kon net zo goed om de maan vragen. Ze waren voor een groot deel opgepakt en naar Westerbork gestuurd. Of ze daar nog waren, dat wist ze niet. Haar vader en moeder hadden haar gesmeekt om naar Alkmaar te gaan en zouden zelf ook onderduiken. Maar ze had niets meer van hen gehoord. Of ze waren weggekomen? Ze wist het niet. De eenzaamheid viel over haar als een zware, zwarte mantel.

Beneden gekomen zag Elja Johanna bij het aanrecht staan. Aan de tafel zat een jonge man in een boerenkiel die hem te wijd was. Zijn arm zat tot zijn elleboog in het gips. Hij glimlachte naar haar en zei: '*Hi.*'

Johanna draaide zich om. 'Dit is James.'

Zonder iets van verbazing te laten merken stak Elja hem een hand toe. '*Hello* James.'

Hij nam hem aan met zijn linkerhand.

'*I'm* Elja.'

'*Hello* Elja,' groette hij terug.

Dit was dus de reden waarom Johanna uit haar doen was. De komst van de baby en het kraambezoek dat ze niet mocht binnenlaten omdat ze een gast had. Het zou wel een piloot zijn.

'James is boordschutter,' zei Johanna op een toon alsof dit alles verklaarde.

'*Of course.*'

'Hij moet hier zo vlug mogelijk weg. Wil je tegen Evert zeggen dat James kan reizen? Ik moet de mensen van de deur wegjagen op het moment. Truusje weet dat ze niemand mag binnenlaten en James zit de hele dag op zolder, maar het is voor alles beter dat hij vertrekt.' Johanna sprak op een conversatietoon alsof ze een recept voor een groenteschotel uitwisselde.

'Begrijp ik,' zei Elja.

'De nieuwe adressen die Evert heeft geronseld, zijn dus niets te vroeg gevonden,' ging Johanna verder. 'Tot Brussel kunnen de mensen uit Noord-Holland het op zich nemen om deze James weg te brengen. De groep van Evert dus. Daarna nemen de Belgen het over.'

Elja had zonder commentaar geluisterd en hoorde het grind in de voortuin knerpen. Kwam er nu weer iemand het tuinpad op? Nee, de voetstappen gingen weer terug. Truusje misschien? Deze James moest hier inderdaad zo vlug mogelijk weg.

'Ik geef het door aan Evert,' zei ze kalm.

'Goed.' Johanna keek haar even oplettend aan. 'Susanna heeft je verteld...?' Om haar mond verdiepte zich een rimpel.

'Van wie de baby...?'

'Is?' Johanna bewoog haar lippen nauwelijks.

'Ja.' Elja knikte en realiseerde zich op dat moment waarom de baby Bram heette. Oom Ab heette natuurlijk Abraham. Erg slim kon ze het niet vinden van Susanna, maar vooruit. Als ze hem ergens recht wilde doen, kon ze het ook wel weer begrijpen.

'Susanna wil dat iemand buiten ons dit ook weet. Ze zei dat je nooit wist wat er kan gebeuren en jou vertrouwt ze helemaal. Jou en Evert. Ze is erg somber op het moment.'

De Engelsman verstond er geen woord van en keek van de een naar de ander. Hij glimlachte toen hij Elja's blik opving en keek toen weer uit het raam dat uitkeek op de tuin.

Johanna sneed een paar stukken cake af en legde ze op de schaaltjes die klaarstonden. Van de vlieger had ze gehoord dat de voedselvoorziening in Engeland ook erg magertjes was. Een extra dikke plak cake kwam hem wel toe. De piloot en drie leden van de bemanning waren gevangengenomen. Eén was verongelukt. Het risico dat de vliegers namen was ook ontzettend groot. Ze waagden hun leven, iedere vlucht weer. Maar ook de mensen die hen hielpen met de terugkeer naar Engeland liepen groot risico: een concentratiekamp, of erger.

'James.' Ze zette het schaaltje voor hem neer.

Hij at met ferme happen en veegde de laatste kruimels met een vinger van het schoteltje. Het was ook heerlijke cake en nee, Elja hoefde niet nog een plak. Er zouden evengoed nog genoeg mensen langskomen. Zonder het verdacht te maken zou Johanna niet iedereen buiten de deur kunnen houden. Alles moest zo normaal mogelijk blijven.

Een uur later fietste Elja de weg terug. De vogels in de knotwilgen fladderden met veel vleugelgedruis door het blad en in de vaart zwom statig een stel zwanen, gevolgd door een sliert jongen die haastig peddelden om hun vader en moeder bij te houden. Arme oom Ab. Een kind hebben en er niets van mogen weten. Maar misschien was dat beter dan te weten dat je een kind had en dat je er niet over mocht spreken of het mocht opnemen in je huis. Vervuld van medelijden trapte ze door.

Ze ging niet meer naar de winkel terug. Tante Flora zou afsluiten. Het was niet druk op het moment. Er was ook niet veel wat ze zonder bonnen kon verkopen, wat garen en ritssluitingen, en dan hield het wel op.

Hopelijk kwam Evert vanavond nog langs. Ze moest hem vertellen dat die Engelsman bij Johanna weg moest, zo vlug mogelijk. Het zou wel handig zijn als die James een paar woorden Nederlands zou kunnen spreken. Dank u wel, en alstublieft. Dat waren woorden die je nodig had in een trein. Hij zou wel met de trein moeten reizen. Maar eerst weg bij het huis van Johanna en Doom. Rare afkorting toch: Doom. Ze dacht aan hem als Jan. Dat paste beter bij hem, al had hij iets pastoraals.

In Oudorp passeerde ze de katholieke kerk en de naastgelegen pastorie. Er kwam net een broeder in een bruine pij naar buiten. Hij had een smal postuur, maar onder de pij bolde een parmantige buik. Met in zijn hand een snoeischaar liep hij naar de lage heg die de weg van het grasveld scheidde. De monnik groette met een hoofdknik en Elja riep een groet terug. Zijn gezicht had vaag iets bekends, maar ze wist niet waarvan ze hem kende.

Terwijl ze doorfietste, bleven haar gedachten bij de broeder hangen. Welke monniken moesten ook alweer zwijgen? Trappisten, benedictijnen? Of waren het de augustijnen? En de Abdij in Egmond? Tot welke orde hoorden de broeders daar ook alweer? Ze had het geweten. Haar vroegere geschiedenisleraar hield van de plaatselijke historie en had er een paar lessen aan gewijd. De Abdij had een indrukwekkend verleden, en was het klooster niet ouder dan de Sint-Laurenskerk? Ze moest er maar eens achter zien te komen. En wie was die broeder? Ze kende hem ergens van, maar die lange, bruine kleren maakten iemand anoniem.

Toen ze thuiskwam was Evert er. Hij nam haar op met een onderzoekende blik terwijl hij haar stevig vasthield. 'Alles goed met Susanna?'

'Ja. Voor zover dat kan wel, geloof ik.'

Het klonk niet erg overtuigend, ze hoorde het zelf ook. Haar moeder kwam binnen met een groot, wit tafellaken en gaf Elja de vaas met bloemen die op tafel stond in haar handen. 'Het eten is bijna klaar. Even dekken, en als je vader thuiskomt, kunnen we meteen aan tafel. Stamppot van rauwe andijvie met spekjes.'

Het vertrouwde in de situatie deed Elja goed. Er was ook nog een heel gewoon leven. Geen ingewikkelde verhoudingen, geen angst voor mensen die te veel zeiden, geen piloot die terug moest naar zijn land. Gewoon stamppot van rauwe andijvie.

Ze legde haar hoofd tegen Everts schouder en rook de geur van zijn huid. Gewoon iemand van wie je hield en die je vertrouwde.

'Zeg het maar,' zei Evert.

'Hoezo?'

Hij schudde haar even heen en weer. 'Als je zo'n blik hebt, moet je meestal iets kwijt.'

'Die piloot bij Johanna en Jan. Hij moet daar weg. Er komen aan de lopende band vrouwen aan de deur die het achterneefje van Johanna willen bewonderen. Dat is het nadeel van een geliefde doktersvrouw zijn. Als jouw achternichtje dan een kind krijgt, wil iedereen het jongetje zien. Er worden cakes en krentenbroden bij de vleet bezorgd. Heerlijk, maar ook lastig. Johanna heeft de deur op slot zodat er in ieder geval niet zomaar iemand kan binnenstappen. Ik moest zeggen dat James kan reizen en dat hij er weg moet.'

Ze nam de stapel borden over van haar moeder die weer binnenkwam en rook het spek. Eten werd zo langzamerhand heel belangrijk.

Ze boften met de groente, de aardappels en de melk die van de boerderij kwamen. Oom Ab wilde er niet van horen dat ze daarvoor betaalden. Dat hoorde bij de overeenkomst die ze hadden gesloten toen hij de boerderij ging beheren. Elja's vader zorgde voor de administratie en Ab deed het boerderijwerk. Dat was de gedeelde erfenis van grootvader Van Lier.

Evert keek hoe nauwkeurig Elja het bestek neerlegde. Grappig dat ze zo precies was in kleine dingen. Je kon ervan op aan dat ze op details lette.

'Waar zullen we die James onder dak brengen?' vroeg ze en ze wreef een mes met een punt van het tafelkleed glanzend. 'Als hij kan reizen, moet hij zo vlug mogelijk weg. Maar om te beginnen moet hij weg bij Johanna en Jan. Het zit te veel op een kluitje daar. In de stad is het 't handigst, want dan kan hij 's morgens vroeg met de trein verder.'

'Je tantes?' opperde hij. 'Voor een week moet dat wel kunnen.'

Ze knikte.

'Was dat alles waar je mee zat?'

Haar moeder kwam binnen. 'Waar je mee zat? Zit je ergens mee, Elja? Wat is er aan de hand?' Haar toon was die van haar zuster Aline, vorsend en een beetje dwingend.

O nee, haar moeder kon het maar beter niet weten, al was ze vaak erg vindingrijk. Een oplossing voor Susanna en haar baby zou zij ook niet kunnen bedenken, en ze had in de grond van de zaak een hekel aan haar schoonzuster Trudie. Ze verborg het zo goed mogelijk en ze was vormelijk vriendelijk tegen Trudie, maar voor haar dochter was het overduidelijk dat ze haar het liefst mijlenver weg wenste als ze haar tegenkwamen. Mama zou zwijgen, maar ze was zo expressief dat haar gedachten op haar gezicht te lezen waren. En het loste niets op. De dingen waren zoals ze waren. Het was niet anders.

Susanna zou, zodra het kon, met Klaas trouwen, en die kleine Brammetje zou doorgaan voor de zoon van Klaas. Oom Ab zou alleen maar zijn natuurlijke vader zijn. Daar was niets aan te doen. Je kon niet eens zeggen: wat niet weet, wat niet deert, want hij moest ergens het vermoeden hebben dat dat kleine jochie zijn kind kon zijn. Hij hield niet van administratief werk, maar hij kon uitstekend rekenen.

Haar moeder keek haar vragend aan. 'Waar zit je mee?' herhaalde ze.

'Helemaal nergens mee. Oorlog. Daar zit ik mee.' Elja stak haar mes in de lucht. 'Vervelend dat er zo weinig zeep is. Je krijgt die vlekken bijna niet van de messen, mam. Ik heb gisteravond echt goed afgewassen, maar die vetvlek moet ik eraf poetsen.'

Haar moeder keek haar dochter sceptisch aan. Dacht Elja nu echt dat ze daarin trapte?

'Je hoeft het niet te vertellen,' zei ze kalm. 'Wat je niet kwijt wilt, houd je gewoon voor je. Dat weet je.'

Elja ging naar haar moeder toe en sloeg een arm om haar schouders. 'Weet ik. Ik sluit u niet buiten, maar sommige dingen kunt u beter niet weten.'

'Geeft niet. Als je maar voorzichtig bent, jij en je vader. En jij ook, Evert. En zorg dat Leo er niet te veel bij betrokken raakt.'

De jongste broer van Elja was inmiddels bijna zestien en hij bracht *Trouw* rond. Hij zag er jonger uit dan hij was, en hoewel hij dat heel vervelend vond, was het voor het werk een voordeel. Hij had de ronde, onschuldige ogen van zijn moeder die Elja ook had geërfd en kon ontwapenend lachen.

'Komt voor elkaar, mam,' antwoordde Elja. Ze zouden voorzichtig zijn. Allemaal. Maar Leo was gewoon nodig op het moment. En hij was slim. Erg slim en voorzichtig. Dat had hij van vader.

Een dag later verkaste James naar de tantes.

8

De bruingelakte houten kozijnen van de trein voelden glad aan toen Elja met haar metgezel de trein in stapte. Het was druk. Precies waar ze op had gerekend. Het was altijd beter om op een tijdstip te reizen dat er veel mensen in de trein zaten. Niet dat een monnik niet opviel, maar het leverde ook respect op. En dat kwam wel goed uit.

Ze schuifelden achter hun medereizigers de coupé in en Elja keek rond naar een plaats. Er stond een jongen van een jaar of zestien op en wees op zijn plaats. 'Gaat u hier maar zitten, broeder.'

Elja legde haar hand op de arm in de bruine pij voor haar en duwde haar metgezel zacht naar voren. Ze legde een kleine koffer in het bagagerek boven haar hoofd en ging naast hem zitten op de plaats die een andere jongen had vrijgemaakt voor haar. De drukte in de trein was gunstig, maar het was wel prettig om een zitplaats te hebben. Als je op elkaar gepakt stond en je trapte iemand op zijn voeten, zou er je een 'sorry' kunnen ontsnappen. Dit was veel beter.

De kloosterbroeder neigde zijn hoofd en glimlachte waardig naar de jongens. Elja dacht dat James, die getransformeerd was tot broeder Gabriël, het helemaal niet gek zou doen als kloosterling. Hij keek rustig uit het raam en de arm, gehuld in een mitella en gips, rustte op zijn knie. Het gips verborg een paar dingen die hij nodig bleef hebben. Zijn identiteitsplaatje was op die manier goed verstopt, maar hij zou kunnen bewijzen wie hij was als dat nodig zou zijn. Ze hoopte vurig dat het niet nodig zou zijn.

De trein zette zich langzaam in beweging en reed het station van Alkmaar uit. Aan weerszijden van de trein lagen de groene weiden waarin koeien stonden die zich verzameld hadden rond een bosje dat midden in de wei lag. De zon stond al flink boven de horizon en het beloofde een mooie dag te worden. Juni kon warm zijn.

Een vrouw tegenover hen wierp een steelse blik op het jonge mannengezicht boven het bruine kleed en zei zacht tegen Elja, alsof tegelijk met zijn arm ook de oren van de broeder uitgeschakeld waren: 'Gewond geraakt?'

'Nee, gewoon van een keldertrap gevallen. Hij is trappist en dan weet u het wel. Bier brouwen, bidden, bier brouwen, bidden en niet praten. Daarom ga ik met hem mee, want het is een beetje lastig om zo op reis te gaan,' fluisterde Elja.

'Mogen ze daar helemaal niet meer praten? Nooit meer?' zei de vrouw. Haar ogen werden groot en rond.

'Voorlopig. Een gelofte.' Elja keek vluchtig opzij, legde haar vinger tegen haar mond en schudde haar hoofd.

'O. Dan heeft ie zeker iets gedaan wat niet door de beugel kan? Je weet natuurlijk niet...? Of eh...' De vrouw sloot toen haar mond. Ze keek tersluiks naar de kloosterbroeder. Elja zag haar gedachten alsof ze uitgesproken werden. Wat zou ie gedaan hebben? Iets met een vrouw of zo? Maar dan mocht hij vast niet met een meisje op pad. Of was dat expres om te testen? Het was best een mooie man om te zien. Zonde dat zo'n man het klooster in ging.

Wat later vroeg ze Elja met een lage fluisterstem: 'En waar moet ie nou naartoe?'

'Mijn neef gaat naar een klooster in het zuiden.'

'O, het is je neef? En naar het zuiden? Dan hebben jullie nog een flink reisje voor de boeg. Hopen dan maar dat het niet te warm wordt, want dan is het in de trein om te koken. De weersverwachting was dat het heel warm zou worden voor juni. Zo'n pij is ook warm. Nou ja, ze zijn het gewend, zal ik maar zeggen.' Ze veegde met de rug van haar hand over haar voorhoofd en blies daarna uit.

Elja wierp een blik op het kleed van broeder James. Gelukkig dat tante Aline daar rekening mee had gehouden. De pij was tamelijk luchtig. Het was trouwens werkelijk een wonder geweest hoe gemakkelijk die aan de kleding van een kloosterling was gekomen. Ze kende een van de monniken die in de Abdij van Egmond huisden en ze had gebeld en de broeder prior te spreken gevraagd. Een zaak van leven of dood, had ze met klem gezegd. Ook door de telefoon was tante Aline overtuigend, want Adrie, die bij de bunkerbouw in de duinen werkte, kon dezelfde week de kleding ophalen die als voorbeeld moest dienen. Hij kwam als hij naar huis fietste vanaf zijn werk langs het klooster. Wat een zegen dat ze telefoon had genomen een jaar geleden, en dat ook in het klooster telefoon was. Eigenlijk hadden ze hem veel te laat aangeschaft, want het gemak dat je ervan had als je iets wilde weten, was bijzonder groot. Alleen jammer dat niet alle mensen een telefoonaansluiting hadden.

Ook in de textielwinkel was een aansluiting gekomen. En oom Ab met zijn beduchtheid voor iets waar hij niet mee opgegroeid was, had ook een aanvraag ingediend, maar op het platteland was dat moeilijker, hoe graag hij het ook wilde. Als er een inval dreigde, konden de onderduikers zo veel gemakkelijker gewaarschuwd worden. Maar de aansluiting was nog niet tot stand gekomen.

De trein stopte bij station Zaandam. Op het perron stonden soldaten die papieren controleerden van de reizigers die daar uitstapten. De donkergroene helmen blonken in de ochtendzon en de ijzeren noppen onder hun laarzen maakten een schurend geluid op de tegels.

James drukte zijn rug wat meer tegen de leuning van de bank, maar keek verder stoïcijns voor zich uit. Elja hoorde hem rustig ademhalen. Zijn hand lag op zijn knie.

Gelukkig dat hij niet vlug in paniek raakte. Nu zou je waarschijnlijk als boordschutter ook je nuchtere verstand wel moeten gebruiken. Alleen bij zijn kaak waren de spieren gespannen.

Ze zou James in Brabant afleveren. Evert kon niet weg. Hij had er een hekel aan om Elja te sturen, maar tante Aline en Doom hadden erop aangedrongen dat hij niet zou gaan. Er was een overval gepland op een gemeentehuis waar hij niet bij gemist kon worden, en ze wisten dat er die week een portier dienst had die Evert kende en volledig te vertrouwen was. Hij was helemaal bereid om een andere kant op te kijken als 'vreemden' zich de toegang tot het gemeentehuis verschaften. Hij wilde wel dat ze hem na afloop zouden vastbinden, zodat hem niets te verwijten zou zijn. En Evert moest erbij zijn. Hij wilde weten met wie hij te maken had, zodat het geen val zou worden waar hij het slachtoffer van zou worden. Hij wist niet of iemand hem op het kantoor verdacht van sympathie met het verzet en die iets op touw zou zetten om hem erin te luizen. Evert kon dus niet gemist worden.

Elja zou daarom de vliegenier weg moeten brengen. Tante Aline had eraan toegevoegd dat meisjes om de een of andere reden minder verdacht leken dan mannen. Met tegenzin had Evert ermee ingestemd om Elja in te schakelen, niet in de laatste plaats omdat ze heel snel kon denken en dan kordaat handelde. Toen tante Aline dat aanvoerde, hadden haar vader en Evert heimelijk tegen elkaar gelachen, want dat leek toch wel een familietrekje te zijn. De tantes en Elja's moeder bezaten dezelfde eigenschap.

Ze zou dat trekje nog nodig hebben.

In Amsterdam stroomde de trein voor de helft leeg en er stapten wat minder reizigers in. Over het perron kwam een groep Duitsers aanmarcheren. Ze stapten in de coupé voor het treinstel waarin Elja en de piloot zich bevonden. De spier in de wang van James bewoog krampachtig, maar hij zat roerloos toen de soldaten het half geopende coupéraam passeerden. Ze spraken luidruchtig en vrolijk en het geluid stierf weg toen de trein zich in beweging zette.

Het werd minder benauwd in de trein en de zitplaatsen tegenover James en Elja werden niet ingenomen. Zou dat het effect zijn van zo'n monnikspij? Daar had Elja inderdaad op gehoopt en ook gerekend toen ze het voorstel had gedaan om de Engelsman te vermommen als broeder.

De trein maakte vaart en af en toe hoorde ze vanuit de andere coupé gelach en uitroepen:

'*Heinz... du Kerl.*'

Heel goed. Zo kwamen ze tenminste niet op het idee om de trein door te lopen.

Ze ontspande zich, leunde achterover en keek ook uit het raam. De akkers en de weiden wisselden elkaar af, en ze was zich er opeens van bewust hoe ze van dit land hield.

Tersluiks keek ze naar het gezicht van de jongeman naast haar. Ze hadden hem in de week dat hij bij de tantes logeerde een paar Nederlandse zinnen geleerd: 'dank u wel' en 'alstublieft' was het minste wat je moest kunnen mompelen. Hij leerde snel, had ze gemerkt. Een paar kleine zinnetjes sprak hij nu. Ze hadden een reistas van canvas voor hem gemaakt waarin ze wat ondergoed en een soort nachthemd hadden gedaan. Ook monniken hadden dat soort kleren nodig.

In haar koffer zaten burgerkleren voor hem als hij verder zou gaan, en haar eigen kleren. Bij een controle zou het lijken of zij naar haar echtgenoot terugreisde. Ze zou een nacht op het onderduikadres logeren. Ergens vond ze het wel fijn dat ze nu de mensen zou leren kennen met wie Evert een paar weken lang omgegaan was. Hij had hen aardig gevonden, had ze gemerkt aan de manier waarop hij over hen sprak. Dus zij zou hen ook aardig vinden.

In Rotterdam stapten de jolige Duitsers uit de trein. Het was inmiddels weer drukker geworden, en naast een behoorlijke hoeveelheid reizigers stapten er een paar andere mannen in uniform in.

Ze waren tot dusver alleen gecontroleerd door een conducteur van de spoorwegen die na de eerste controle niet meer om hun kaartjes had gevraagd. Elja hoopte dat het zo voorspoedig zou blijven gaan en doezelde bijna weg. James bleef waakzaam. De deur van de coupé ging open en aan de veranderende sfeer merkte hij dat er iets gebeurde.

'Persoonsbewijs,' werd er gesnauwd.

Hij legde even een hand op de arm van Elja, die overeind schoot.

'Persoonsbewijs,' hoorde zij ook. Het waren niet eens Duitsers, maar Nederlanders. Ze moest zorgen dat ze niet liet merken hoe ze dat soort minachtte.

Kalm grabbelde ze in haar handtas naar haar persoonsbewijs. Ze wist dat het persoonsbewijs van James voorbeeldig was vervalst. Klaas was er inmiddels erg bedreven in geworden. Ze was er eigenlijk nogal verbaasd over geweest dat hij daar zo goed in was. Waarom ze het niet van hem verwacht had, wist ze niet. Nou ja, stille wateren hebben diepe gronden.

In de banken voor hen stond iemand half op. Elja zag de schichtige blik in de ogen van de man die de coupé in keek. Het was te hopen dat de WA'ers die blik niet hadden gezien, want al zou die man niets te verbergen hebben, als je zo keek, vroeg je om extra controle.

Ze naderden hun banken. Overdreven precies bekeken ze alle PB's. Elja voelde de spanning in de coupé stijgen. Nu staken ze hun handen uit naar haar persoonsbewijs en keken nauwkeurig naar het documentje.

'*Wohin?*'

Man, praat gewoon je moerstaal, dacht Elja, maar ze antwoordde koeltjes: 'Naar Roosendaal.'

James naast haar had een strakke uitdrukking op zijn gezicht. Hij had van tante Aline gehoord wat er gebeurde met mensen die piloten of onderduikers verborgen hielden en hielpen ontsnappen. Hij had in de weken dat hij onderdak had gevonden bij de verzetsmensen diep respect gekregen voor hun moed.

Hij sloeg zijn ogen neer op de bruine pij die hij droeg en overhandigde zijn persoonsbewijs toen de ander bevelend zijn hand uitstak.

'Wat gaat u doen in Roosendaal?'

'Naar familie, en ik vergezel mijn neef naar het klooster waar hij thuishoort,' zei Elja kort. In de buurt van haar maag trilde iets, maar tot haar eigen verbazing kwam er meer een soort woede dan angst bij haar boven. Dat waren nou je landgenoten!

'Waarom was hij daar dan weg? En waarom spreekt hij niet voor zichzelf? Broeder! Geef zelf eens antwoord!'

'Dat mag hij niet, van zijn orde niet en vanwege nog iets: een gelofte. En niemand gaat toch in tegen een heilige gelofte die gedaan is. Niet aan mensen, maar aan de Heer.' Elja sprak vol overtuiging.

De WA-man keek haar aan.

'Daar heb ik niets mee te maken.' Hij keek naar het persoonsbewijs. Alles leek in orde en die lui bleven doodkalm. Hij had de ervaring dat mensen die iets op hun kerfstok hadden, zenuwachtig werden als je hen een tijdje aan bleef kijken. Hij keek strak en dreigend naar Elja. Naar de monnik durfde hij niet goed te kijken.

'Kom, Walter. Laten we verdergaan,' drong zijn collega aan. 'We zijn bijna bij Lage Zwaluwe.' Hij hield niet van aanvaringen met de geestelijke stand. Hij geloofde niet echt meer in alles wat die zeiden, maar toch bleef hij beducht voor wat ze zouden kunnen doen. Een banvloek over je uitspreken of zo. Wat er van jongs af aan werd ingepompt, raakte je niet zomaar kwijt.

De trein minderde vaart en schommelde wat heen en weer, zodat de man die nog het persoonsbewijs van James vasthad, wankelde en zich vast moest grijpen aan het bagagerek.

Hij gaf de kaart weer terug aan de monnik en rechtte fier zijn rug. De trein remde knarsend en tamelijk schokkerig zodat hij zich weer met beide handen vast moest grijpen aan de stangen van de zitplaatsen.

Vanuit de banken vóór Elja stonden mensen op en liepen naar de portieren die, nog voor de trein tot stilstand was gekomen, al geopend werden. Twee mannen sprongen uit de nog rijdende trein en liepen eerst struikelend, maar daarna hard weg. De twee WA'ers veerden op. Ze probeerden de andere mensen opzij te duwen, maar die hadden zich aan de stangen vastgegrepen. De trein kwam met een laatste schok tot stilstand en de staande personen botsten tegen elkaar aan in het gangpad.

'Rund!' schold een WA'er toen een lange man achteruit tegen hem aan viel. 'Onnozel rund dat je bent! *Raus*!!!'

'Als het effe kan, graag! Ik wil er ook uit,' gaf de man onnozel terug. Zijn ogen glommen.

De mannen in uniform duwden de anderen in het gangpad opzij, maar – Elja kon niet nagaan of het opzet was of niet – er ontstond een opstootje omdat de mensen die meer voorin zaten, ook van hun bank kwamen en zo het midden van de coupé opvulden.

Het gescheld en geduw van de WA'ers hielp hen niet. Ze zagen de spot op de gezichten van de reizigers en namen grommend gas terug. Ze konden moeilijk een hele trein oppikken.

Toen ze eindelijk op het perron sprongen, waren de twee mannen die ze op het oog hadden, uit het zicht verdwenen. Ze haastten zich naar de uitgang, maar het had geen zin meer.

Elja glimlachte. James was voor zich uit blijven kijken, maar ze voelde bijna zijn opluchting. Weg was weg. Als die lui maar niet meer terugkwamen.

'Stelletje tuig,' zei iemand achter Elja hartgrondig.

'Zeg dat,' zei een ander.

De stemming in de coupé steeg met sprongen. Daar waren waarschijnlijk een paar mensen ontsnapt, en al wist niemand waarom die twee zo vlug waren verdwenen, iedereen gunde het hun van harte. WA'ers waren gehaat.

Zonder verdere controles kwamen ze aan in Roosendaal. Daar stapten ze uit. Achter het loket zat een man die hen achteloos bekeek en wuifde dat ze door konden lopen. Ze liepen het station uit en Elja keek om zich heen. Er werd een vrouw afgehaald door een man die met brede gebaren zwaaide, maar verder stond er niemand.

Ze keek de straat langs en wachtte. Het koffertje had ze naast haar benen gezet.

De zon scheen fel op haar hoofd en het plakkerige gevoel dat ze in de trein had gekregen, werd echt kleverig. Als de man die hen op moest komen halen nu maar vlug kwam. Ze kreeg een beklemd gevoel. Vielen ze niet erg op zo?

'Ik kom van Jaak,' zou het zinnetje zijn dat de man die hen op zou pikken moest zeggen. Jaak, de naam van Evert waaronder hij bekendstond bij de verzetsbeweging.

Zij moest antwoorden dat ze broeder Gabriël kwam brengen en dat ze een jonge hond kwam bekijken. Het antwoord moest zijn dat de hond eerst nog wat moest groeien. Waarom het zo omslachtig moest? Ze vond het eigenlijk een beetje onzinnig, maar het zou wel ergens goed voor zijn. Ze wist tenslotte niet of degene die hen verder zou brengen niet in de gaten werd gehouden. Als ze een fout antwoord kreeg, moest ze naar een adres in een van de hoofdstraten lopen. Ze had het uit haar hoofd geleerd. Niets opschrijven.

James stond onbewogen naast haar. Hij leek zich nergens druk om te maken.

Vanaf een kleine honderd meter afstand kwam een man uit een straat aanlopen. Opgelucht haalde ze adem. Dat zou haar contactpersoon wel zijn. Hij keek echt naar hen. Verder was de stationsstraat leeg op een jong meisje na dat met haar handen in de zakken van een wijde rok naderde. Ze bewoog sierlijk en doelbewust en kwam naar het station toe. Een reizigster.

Elja richtte haar ogen op de heer die met langzame passen dichterbij kwam.

Hij glimlachte naar Elja en ze deed een paar stappen in zijn richting. Naast het jonge meisje was er niemand meer. Het moest die man dus zijn.

Het meisje was nu bijna bij Elja en James. Ze zag er leuk uit. Ze was een paar jaar jonger dan Elja en had prachtig bruin haar dat op haar hoofd vastgebonden was met een lint. Het haar waaierde uit over haar rug.

Haar contact was een ervaren gids. Elja richtte verwachtingsvol haar ogen op de man. Dat moest hem dus zijn.

'Goeiemiddag,' zei de man. 'Kan ik iets voor u doen of wacht u op iemand? Uit het klooster misschien? Broeder?' Hij wierp een blik op James die zijn hand in de mitella voor zich hield en zweeg.

Dat waren niet de afgesproken woorden, maar de man had de nodige aandacht voor hen.

Een beetje verward antwoordde Elja: 'Ja, ik wacht eigenlijk op iemand. Ik hoop dat hij vlug komt. Ik moet een jonge hond gaan bekijken als ik broeder Gabriël thuisgebracht heb. Er zou iemand ons afhalen bij het station. U misschien?'

Nu zou hij toch moeten zeggen dat hij van Jaak kwam...

'Helaas! Ik kan u de weg naar het klooster wijzen, maar een jonge hond?' Hij haalde zijn schouders op. 'Als u mij vertelt waar u moet wezen... Ik weet wel iemand die een nest jonge honden heeft, dus als u mij de naam geeft?'

Hij glimlachte weer.

Elja zei: 'Eh...'

Ze wachtte. De man bekeek haar aandachtig. Elja voelde haar ademhaling jagen. Rustig, rustig. Niets laten merken. Het was hem niet.

'Ah... Daar zijn jullie dan. Neem me niet kwalijk dat ik laat ben. Hé, dag Sjef,' zei het meisje dat nu ook dichterbij was gekomen tegen de man en ze vervolgde koeltjes tegen Elja: 'Ik kom van Jaak.' Haar ogen waren helderblauw en haar gezicht stond strak.

'O.' Elja verborg haar verbazing. Een meisje. Waarom had ze eigenlijk een man verwacht? Omdat er een ervaren gids zou komen? Ze was toch zelf ook ingeschakeld bij het verzetswerk? Wat onnozel van haar.

'Wat fijn. Hoe maakt hij het? Wij komen de jonge honden bekijken. Broeder Gabriël is op weg naar huis,' zei ze.

Ontstemd keek de man naar het meisje en weer terug naar Elja en James. 'Dag Vronie. Moeten deze mensen bij jou zijn? Ik wist niet dat jullie jonge honden hadden. En wie is Jaak? Heb je weer een nieuw vriendje?' De glimlach was weer terug op zijn gezicht.

Het meisje haalde haar schouders op. 'Wie weet, Sjef, wie weet. Ja, de hondjes zijn nog erg klein. Ze moeten eerst nog wat groeien, maar dat zul je wel zien. Gaan jullie nu mee?'

Ze pakte het koffertje van Elja op, wierp James een achteloze blik toe en zei tegen de man die nieuwsgierig naar haar keek: 'Ik mag het rijtuigje lenen en het paard wordt ongeduldig als we hier blijven staan. Kom, opschieten.'

'Kan ik mee terug rijden? Ik heb hier niet lang werk,' zei de man. 'Deze mevrouw vindt het vast niet erg om even te wachten...' Hij keek naar Elja, die niet reageerde.

'Maar ik wel. Kom.' Het meisje, dat kennelijk Vronie heette maar zich verder niet voorstelde, begon te lopen met lange, elegante passen. Elja knikte nog even naar de man en volgde toen gehoorzaam.

'Tot ziens misschien?' riep Sjef.

Vronie keek niet om. Elja hief een hand op. Ze vond de houding van het meisje wat bot.

Ze liepen langs de huizen en een stuk verder sloegen ze de hoek om. Onder een grote boom stond een klein open rijtuig dat achter een paard was ingespannen. Het paard was met het hoofdstel vastgebonden aan een hek en schraapte met zijn hoeven over de straatstenen. Hij snoof toen het meisje dichterbij kwam.

'Ja, goed hoor, we gaan,' zei Vronie. Ze gebaarde dat ze in het rijtuig moesten klimmen, maakte het paard los en klom lenig op de bok zonder nog om haar passagiers te geven, die haastig instapten en plaatsnamen op de bankjes. Ze klakte met haar tong en het paard begon te lopen.

Het landschap buiten het stadje was een beetje heuvelachtig en er stonden bomen in groepen rondom akkers. De spanning viel van Elja af. De treinreis hadden ze zonder werkelijke problemen achter zich.

'Waarom is Jaak zelf niet gekomen?' vroeg het meisje dat dus Vronie heette over haar schouder. Ze knalde met de zweep in de lucht en het paard versnelde zijn loop.

'Hij kon niet weg. Andere dingen waarbij hij niet gemist kon worden,' zei Elja vaag. Zij en James zaten tegenover elkaar.

'Hm. We hebben liever met bekenden te maken.'

'Begrijp ik,' zei Elja net zo kort. Niet bepaald het zonnetje in huis, die Vronie.

Het meisje zweeg tot ze een zandweg insloegen waaraan een paar honderd meter verder een hoeve lag.

Ook Elja en James spraken niet tot ze op het erf waren en uit het rijtuig stapten. Er kwam een korte man, gekleed in een overall, de schuur uit. Hij stak een hand uit. '*Brother* Gabriël, *welcome* en welkom, Elja is het toch, nietwaar?'

Er ging iets vertrouwenwekkends van hem uit en alle spanning week uit Elja's hart. Ook James glimlachte.

'Ik ben Pier, Vronies vader,' stelde de man zich voor. 'Zet jij Marie in de wei, kind?'

Vronie knikte en leidde het paard naar een weiland achter de boerderij.

Elja en James volgden de man naar binnen naar een keuken waar een klein gezelschap rond een tafel zat. Op de tafel lag een plank met daarop een rond brood en een schaal met plakken ham.

Aan het hoofd van de tafel stond een vrouw die een oudere uitgave van Vronie leek, alleen was ze veel toegankelijker. Vriendelijk gebaarde ze naar een paar lege stoelen. 'Jullie hebben vast wel trek in een boterham en koffie. Straks stellen we wel een paar mensen aan jullie voor. Eerst eten. Als jullie je handen willen wassen?' Ze wees naar een kleine pomp boven de granieten bak in de hoek van de keuken en bewoog het hengsel op en neer.

Dankbaar staken ze hun handen onder de straal die uit de pomp kwam. Het was net of je hier vijftig jaar terug in de tijd was, schoot het door Elja heen. Opgehaald worden van het station door paard-en-wagen en je handen wassen onder de pomp. Zo was het vroeger ook geweest op de boerderij van grootvader Van Lier, had ze weleens van haar vader gehoord als hij en oom Ab het over hun jeugd hadden.

Wat later kwam Vronie de keuken binnen. 'Sjef van Grings was heel nieuwsgierig. Hij wilde weten wat zij,' ze wees met haar hoofd naar Elja en James, 'hier komen doen. Hij wilde ook meerijden.'

'Sjefke is nieuwsgierig van aard,' zei haar moeder kalm. 'Maar we houden hem wel op afstand.'

Vronie ging zitten. 'Ik vertrouw hem voor geen cent,' zei ze.

'Onze Vronie is een beetje wantrouwend van aard,' glimlachte haar moeder. 'En ze had gelijk om zo voorzichtig te zijn. Iemand die we vertrouwden, was een verrader. Gelukkig wist hij niet veel.'

'Te veel!' zei Vronie.

'Te veel,' beaamde Pier.

Dat is het dus, dacht Elja. Ze had zich al verbaasd over de bijna vijandige houding van het meisje. Ze had er een reden voor om zo te doen. Dat die hele lijn opgerold was waardoor Evert hier een tijd was geweest, had er vast mee te maken. Dan werd je ook wel wantrouwend.

Pier had inmiddels ook plaatsgenomen. 'Elja is de verloofde van Jaak, dus dat zit wel goed, Vronie. Ik herken haar van de foto die hij heeft laten zien toen hij hier was.'

'Ik vind het nogal stom van hem om een foto van iemand mee te nemen. Als hij opgepakt wordt...' zei Vronie nors.

Haar vader negeerde de woorden. 'Je moet straks onze jonge hondjes wel even bekijken, Elja. We blijven graag zo dicht mogelijk bij de waarheid. Altijd beter dan fantasieverhaaltjes ophangen, al moet ik zeggen dat die pij een prima vermomming was voor onze piloot.'

Elja vond zijn opmerking heel plezierig. Het was een bewijs dat haar gedachte om James als monnik te laten reizen zo gek nog niet was. Je kon alleen moeilijk iedere keer met een broeder op stap gaan. Dat zou verdacht worden. Maar voor deze keer...

Een uur later stond ze bij een grote mand waar vier jonge hondjes door elkaar wriemelden. De grote hond stond bij een bak met voer en keek oplettend naar de vreemden in de schuur.

'Ach, wat schattig!' Elja bukte zich en streek een van de puppy's over haar kopje. 'Je zou ze toch zo allemaal meenemen. Wat voor soort is het?'

'Een Mechelse herder.' Vronie stond achter Elja. 'En ze zijn niet te koop.'

'Kom, Vronie.' Er was een terechtwijzende klank in de stem van haar vader.

'Ik zou ook niet weten hoe ik zo'n kleine hond mee moest krijgen naar Alkmaar.' Elja was niet van plan om zich iets aan te trekken van de norse houding van Vronie. Wat had ze dat kind gedaan? Of was ze altijd zo? Vast niet. Evert had met zo veel warmte over deze familie gesproken en de ouders van Vronie waren bijzonder vriendelijk. Je kon merken dat Evert hier ook geliefd was. Vronie had liever gehad dat hij was gekomen. Ai, was het dat soms? Zag zij haar als een rivale? Niet verder over piekeren. Dat veranderde niets aan de situatie.

De volgende morgen nam ze afscheid van James, die inmiddels in een overall gekleed was. Ze kon hem hier met een gerust hart achterlaten. Pier en zijn groep zouden met hem via Brussel naar Parijs gaan, waar de Franse lijn hem naar de Pyreneeën zou brengen en dan naar Spanje.

James sloeg zijn goede arm om haar heen. '*Thanks a lot*, Elja.'
'*God bless you*, James,' zei ze simpel.

Ze werd bij het station afgezet door Pier, die hetzelfde rijtuigje bestuurde als waarmee ze afgehaald was.

'Doe vooral de groeten aan Jaak en laat hem voorzichtig zijn. Nou ja, dat hoef ik eigenlijk niet te zeggen. Verstandige vent, die verloofde van je,' zei hij.

Elja knikte en pakte het koffertje van hem aan.

'Zo Pier! En, heb je een hondje uitgezocht?' klonk het achter hen.

'Hé, Sjefke,' groette Pier. 'Moet je ook met de trein mee?'

'Nee, ik moet in de buurt zijn. Jullie hebben het maar druk met jullie logés,' zei Sjef. Hij had een aardige stem.

'Ja, dat heb je soms zo,' was het laconieke antwoord. Pier lette verder niet op de man. 'Dag Elja. En als ze groot genoeg zijn, zien we je misschien weer.'

'Ja, ik zal een goede mand proberen te krijgen. Dag Pier.'

Elja stak nog eens een hand op en liep met een knik naar Sjef naar het loket.

Het moest toeval zijn dat hij weer bij het station stond. Je kon ook te wantrouwend zijn.

Ze stapte in de trein en zag het perron langzaam vervagen.

Ruim vier uur later was ze terug in Alkmaar. De bruine pij zat weer in de koffer. Je kon nooit weten of die nog eens van pas zou komen.

9

De zomer verliep zonder veel schokkende gebeurtenissen. Het was half september en het werd merkbaar herfst. De dagen werden weer korter en kouder.

Het verzet organiseerde zich meer en meer, en er werd een landelijke knokploeg opgericht ter ondersteuning van de organisatie voor hulp aan onderduikers. Het werden er hoe langer hoe meer. Mannen die opgeroepen werden om in Duitsland te gaan werken, doken steeds vaker onder, maar daar werd niet openlijk over gesproken.

Dat het vak Hebreeuws opgeheven werd aan het Murmellius Gymnasium wekte grote verontwaardiging in de stad. Dat een grossier in de Spoorstraat zijn bedrijf voor een jaar moest sluiten omdat hij suiker verkocht voor 475 gulden per baal in plaats van de voorgeschreven 27,55 werd grinnikend aangehoord.

'Mooi,' zei tante Aline tijdens de middagpauze tegen Elja en Helmy. 'Die vent krijgt zijn trekken lekker thuis.'

'Ja, maar een jaar sluiten!' Helmy vond het erg veel.

'Eigen schuld,' zei tante Aline streng. 'Zo veel geld vragen. Je reinste diefstal.'

Tante Flora knipoogde tegen Elja en schoof een kop surrogaatkoffie naar haar zuster toe.

'Zonder suiker, Aline,' zei ze monter.

Helmy had, ondanks haar herhaalde aandringen, de baby van Susanna nog niet gezien.

'Ik begrijp niet waarom ik niet gewoon een keer met je meekan,' zei ze knorrig tegen Elja. 'Vertrouw je me soms niet? Als ik echt zou willen, kwam ik er zo achter waar ze zit.'

'Waarom zou je dat willen? Natuurlijk vertrouw ik je, maar er mogen zo weinig mogelijk mensen weten waar Susanna woont. Voor alles beter,' suste Elja. 'Vreemden vallen daar meteen op.'

Ze kwam er zelf iedere week. Met Susanna ging het een stuk beter, al ontweek ze de mensen in het dorp nog steeds een beetje. Het feit dat ze doorging voor een achternichtje van Johanna, maakte dat ze niet echt in huis hoefde te blijven, maar ze vermeed de straat zo veel mogelijk. Ze was vaak in de tuin te vinden en onderhield de border waar ze tussen de bloemen wat groente had geplant. Tot haar eigen verrassing vond ze dat erg leuk om te doen, en terwijl Brammetje in een gekregen kinderwagen op het bleekveld stond, wiedde en schoffelde ze erop los en genoot van de bloemen van de Oost-Indische kers. Ze hield van de oranje bloesem Ze had gelezen dat er mensen waren die ervan aten, al zou zij dat zelf niet onmiddellijk doen.

Ze vond het heerlijk als Elja kwam en over ditjes en datjes vertelde. Elja vermeed het oorlogsnieuws. En zeker had ze het niet over de berichten die doorsijpelden via *Het Parool* en *Trouw*. Ze kon zelf eigenlijk ook niet geloven dat de berichten over gaskamers op waarheid berustten. Dat kon toch niet? De Duitsers... het was toch het volk dat de grote Bach had voortgebracht? Nee, dat kon niet waar zijn. Maar toch... waar zouden Susanna's familieleden zijn? Ze was intens dankbaar dat de

Mendelsen met hun kinderen voor de oorlog uitbrak naar Amerika waren gegaan. Als ze toch naar de tantes hadden geluisterd en hier waren gebleven...

Ze huiverde. Niet aan denken.

'Wat zei je, Susanna?'

'Hij lacht. Kijk, Elja!'

Ze stonden samen vertederd bij de wagen van het kleine jongetje dat zijn mondje vertrok tot een aanbiddelijk lachje. Nu Elja wist dat het familie van haar was, herkende ze een paar trekjes. Had Flip niet net zo gelachen toen hij een baby was? En dat kuiltje in het kleine kinnetje... Haar hand ging naar haar eigen kin. Precies hetzelfde als bij haar en Leo. Als anderen dat ook maar niet op zou vallen.

'Wat is het een schatje, Suus.'

'Ja hè? Klaas vindt hem ook lief.'

Klaas kwam wat vaker. Elja was hem al een paar keer tegengekomen. Het was zo dubbel. Voor Susanna en het kleine jongetje was het goed dat Klaas ook van Susanna's kind hield. Goed voor alle drie als Klaas en Susanna trouwden zodra het kon. Natuurlijk kon je ook veel van het kind van een ander houden. Maar als ze dacht aan oom Ab vond ze het zo wrang. Oom Ab, die zo van kinderen hield en ze zelf niet had gekregen.

Ze keek met mistige ogen naar de schutting met de feloranje bloemen.

'Elja?'

Elja herstelde zich. 'Wat fijn, Susanna,' zei ze toen warm.

Susanna hoorde de oprechte klank in Elja's stem. Elja vond het echt fijn voor haar dat de toekomst er zonniger uitzag.

'Het gaat goed met Susanna,' zei Elja die avond tegen Evert toen ze nog even samen een stuk omliepen. 'Alleen vind ik het zo sneu voor oom Ab.'

Hij legde zijn arm steviger om haar schouders. 'Ja. Maar hij mag het niet weten, Elja. Dat geeft alleen maar extra problemen. Beloof me dat je het niet tegen hem zegt.'

'Beloofd! Maar als de oorlog afgelopen is?' Ze schoffelde met haar voeten over het grindpad dat langs het Kennemerpark liep.

'Tja, dan is het onze zaak niet, maar die van Susanna en Klaas.'

'Ja, maar...'

'Van Susanna en Klaas. Nou even niet meer over anderen,

maar over ons. Kijk eens naar die spreeuwen.' Hij wees naar een zwerm vogels die neerstreken op de hoge bomen in het park.

'Ze gaan zeker trekken,' veronderstelde Elja. 'Wat lijkt het me heerlijk om een vogel te zijn. Zo maar ervandoor kunnen gaan. Alles achter je laten.'

'Of dat jou zou bevallen...' Hij lachte. 'Jij zou meteen willen weten waar je een plek voor de nacht kon vinden.'

Ze kneep in zijn hand. Daar had hij waarschijnlijk wel gelijk in, maar een beetje minder verantwoordelijkheid zou ook fijn zijn. 'Ik zou een huis voor ons tweeën willen hebben. Waar we samen konden zijn zonder familie. Zonder tantes en de hele rataplan, hoeveel ik ook van hen houd. Voor niemand hoeven zorgen dan alleen voor jou en mij. Ik ben de zorg zo zat!'

Hij gaf geen antwoord en keek naar de wolken die grijs afstaken tegen de donkere lucht. De avond viel alweer. Als ze er enig idee van had hoe hij ernaar snakte om alleen met haar te zijn... Niet in een verloren uur zoals nu, maar gewoon: overdag werken en dan naar huis, waar zij zou zijn. Niet piekeren over mensen die hem nodig hadden. Geen valse persoonsbewijzen, geen onderduikadressen, geen bonnen, geen veilige vluchtweg hoeven zoeken...

Elja's gedachten liepen parallel met de zijne. 'Ik was vanmiddag bijna jaloers op Susanna. Zo vredig in de zon in de tuin bezig, met dat schattige Brammetje in de wagen naast zich,' zei ze.

Evert zweeg.

'We zouden kunnen trouwen,' stelde ze voor. Haar hart bonsde opeens tegen haar ribben. Stel je voor dat hij nee zei.

'Dat zouden we kunnen doen.' Zijn toon was luchtig, maar hij kneep zo vast in haar hand dat de ring tegen haar vingers knelde.

'We hebben geen woonruimte. Die hebben we aan Lia en Adrie gegeven,' prevelde ze.

'Die hadden het nodig. Hard nodig, want Lia werd gek in dat huis bij die familie van Adrie. Wij vinden wel iets,' zei Evert vol vertrouwen.

'Denk je?'

'Ja. Ik ga op zoek.'

Ze legde haar hoofd even tegen zijn mouw. 'Goed!'

'Hoe ver mag het van de binnenstad af zijn?'

'Maakt niet uit.'

Hij lachte. Ze konden niet te ver van Alkmaar gaan wonen. Zij moest op tijd in de winkel zijn en hij... Voor hem deed het er niet toe.

Ze stond stil en sloeg haar armen om zijn hals. In de schemer zag hij haar ogen.

'Moet je daar nu om huilen? Gekke meid,' zei hij teder.

'Nou ja, je had toch kunnen zeggen dat we in deze tijd niet moeten trouwen,' snifte ze.

'Had gekund.' Hij lachte de zorgeloze lach van de Evert van jaren geleden.

Elja bedacht dat ze die lach veel te weinig van hem hoorde. Die rotoorlog.

'We hebben veel aan Adrie,' zei hij toen ze weer verder liepen. 'Hij gaat zo gewiekst om met dat seintoestel van hem. Hij heeft het grotendeels zelf in elkaar gezet, en dat scheelt misschien, maar het is toch erg handig van hem. Hij meldt zich altijd met "Plonk".'

Elja lachte. Om de achternaam van Lia en Helmy te verhaspelen... en dat voor de bedaarde Adrie.

'Is het erg gevaarlijk voor hem?' vroeg ze.

'Och... zoals voor iedereen. We verhuizen de zender wel regelmatig, voor het geval ze peilen, en we blijven uit de buurt van huizen waar we weten of vermoeden dat er onderduikers zitten.'

'Hoe vindt Lia dat?' vroeg Elja. 'Weet ze het wel? En jouw ouders hebben toch ook onderduikers?'

'Het erf is omgeven door water. Voor er een mof bij de deur staat, is die familie verdwenen, en Lia weet wat Adrie doet. Zij weet alles,' zei Evert. 'Die kan zwijgen!'

De bewondering in zijn stem stak Elja een moment. Evert had er lang over gedaan om haar de dingen te vertellen waar hij mee bezig was. Dat was wel verleden tijd, maar toch.

Dat Lia alles wist, begreep ze wel. Die was zo bescheiden en bang dat ze iemand – en dan vooral Helmy – in de weg zat, dat ze zich bijna niet liet zien in de winkel, en onwillekeurig vertelde je haar de dingen waar je over nadacht. Elja vond het prettig dat ze er was.

Af en toe aten ze met z'n allen boven tijdens lunchtijd. En niet alleen Lia's aanwezigheid werd gewaardeerd. Adrie had zich echt onmisbaar gemaakt. Hij verhielp alle krakende deuren en deed kleine en grote klussen voor de tantes en voor haar. Ze hadden geboft. Als zij en Evert nu ook woonruimte konden vinden...

'Goed dat niemand weet wat Adrie doet. Je verwacht het niet van hem. Hij ziet er zo...' Ze wilde niet 'onnozel' zeggen. 'Hij ziet er zo goedig uit,' besloot ze. Maar ze wist dat hij heel sterk was. Ze had hem een keer een paar balen stof tegelijk de winkel in zien dragen. Rollen die zij en Helmy samen droegen.

'Jammer dat die familie van hem weet dat hij een zender heeft. Adrie heeft wel gezegd dat hij die tegelijk met de radio had ingeleverd, maar of ze hem geloofden, weet ik niet. Die nicht van hem komt nogal eens langs en dan is ze behoorlijk nieuwsgierig,' peinsde Evert hardop.

'Trijnie? Die komt voor jou,' zei Elja nuchter.

'Doe niet zo gek. Omdat jij van me houdt, denk je dat andere meisjes me ook wel zien zitten, maar dat is echt niet zo.'

Elja zweeg. Hij had het echt niet door, hè. Zo ijdel als Vincent was, zo onbewust was Evert van zijn aantrekkingskracht op meisjes. Dat was op school al zo geweest, en het was niet minder geworden. Het zou haar niet verbazen als dat chagrijnige gedrag van die Vronie ook daardoor kwam. Een concurrente! Ach, welnee. Ze overdreef inderdaad. Even lachte ze in zichzelf en ze keek omhoog naar het gezicht met de bobbel op de neus. Het was in het donker al bijna niet meer zichtbaar.

'Kom, we moeten naar huis.'

De avondklok was iets waar je rekening mee moest houden, zeker als je niet op wilde vallen. Uitgaan deed je heel vroeg. Ook het risico van in een gracht vallen was met de kortere dagen weer groter. Er was alweer iemand verdronken bij de Waag. Er kwamen daar ook zo veel watertjes en kanalen bij elkaar...

Ze zuchtte.

Evert hoorde het. Er waren ook niet veel pretjes voor Elja, bedacht hij. Over twee weken was er een concert in Het Gulden Vlies. Ze hield veel van muziek.

'Zullen we uitgaan? Naar een concert?' stelde hij voor.

'Hè ja.' Elja was met haar gedachten alweer bij de goede dingen van het leven. Trouwen, als ze een huis konden vinden, en naar een concert. Ze miste de radio toch enorm.

'Hè ja, Evert.'

Verheugd bij dat vooruitzicht liepen ze terug naar huis.

Een dag later was ze er nog vol van. Over haar huwelijk als ze een huis konden vinden, zweeg ze, maar tijdens de middagpauze moest ze toch één nieuwtje kwijt. 'Evert en ik gaan naar Het Gulden Vlies. Een concert.'

Helmy veerde op. 'O leuk, goed idee. Laten we dan met z'n vieren gaan. Dan vragen we Vincent ook.'

'Eh, ik weet niet of er nog kaarten zijn,' zei Elja. 'En Vincent houdt toch niet van klassiek?'

Lia zag de afweer op haar gezicht. Dat Helmy niet doorhad dat dat niet de bedoeling was. Arme Elja.

'Daar went hij dan maar aan. Sommige dingen moet je leren luisteren. Lastig dat Vin geen telefoon heeft. Jouw oom ook niet, hè?' babbelde Helmy. 'Maar het komt wel goed. Ik fiets ernaartoe, en vraag jij dan aan Evert of hij voor ons ook kaarten neemt? Zal ik je het geld meteen geven?'

Lia en Elja keken elkaar een moment aan en Elja haalde kort haar schouders op. Stom, stom, stom! Ze had haar mond moeten houden. Haar plezier in het concert daalde met sprongen.

'Dat geld komt wel. Ik weet niet precies wat het kost.'

'Goed, en dan gaan we daarna nog even ergens zitten. Ik heb er zin in.' Helmy keek zo blij dat Lia het niet over haar hart kon krijgen om haar zus te zeggen dat het Elja's bedoeling niet was dat zij mee zou gaan.

De trekbel die Adrie bij de achterdeur had geïnstalleerd, klingelde. Lia liep naar het raam dat uitkeek op de tuinen.

'Het is Trijnie weer,' zei ze.

'O. Dan gaan wij weer naar beneden, El,' baasde Helmy.

'Ik eet eerst mijn boterham op als je het goedvindt,' zei Elja.

'Hè? O, nou ja, net wat je wilt.' Helmy liet zich weer op haar stoel zakken. 'Doe dan maar open, Lia.'

Lia liep al. Ze hoorden haar beneden tegen Trijnie praten en de voetstappen die naar boven kwamen.

'Dag... Dag, zijn jullie nog niet open? Ik dacht dat jullie om halftwee weer opengingen,' zei Trijnie.

'Ha, die Trijn. Nog geen baan?' informeerde Helmy.

'Jawel, maar dat het nu echt leuk werk is... nee. We hebben niet allemaal zo'n mazzel als jij om een vriendin te hebben die een winkel heeft,' zei Trijnie.

'Kom, je moet gewoon beter rondkijken, dan komt er wel wat leuks langs. Er moeten zo veel mannen in Duitsland aan de slag.'

Helmy was niet van plan om in te gaan op de opmerking van die nicht van Adrie. Elja had net zo goed geluk dat zij hier wilde werken. Tegenwoordig wist je niet meer wie je vertrouwen kon, en dat was hier erg nodig als je zag wat en wie er langskwam in de fotowinkel. Als zij toch haar mond niet kon houden, zouden de tantes een zware pijp roken...

'Ja, daarom zit ik ook op een kantoor. Daar zitten allemaal vrouwen. Saai. Ze hebben het over niets anders dan hun kinderen en dat er weinig te koop is. Nou, dat weet ik ook wel,' zei Trijnie.

'In een stoffenwinkel komen ook alleen maar vrouwen langs, als het daarom gaat,' zei Helmy.

Trijnie haalde haar schouders op. 'Er is veel meer reuring dan op een kantoor.'

Dat was niet te ontkennen.

Elja at haar laatste stukje brood op en stond op. 'Kom, wij gaan weer aan de slag, Helmy. Het is halftwee. Tot ziens, Trijnie.'

'Tot kijk,' zei Trijnie flauwtjes en ze keek Elja na. Sommige meisjes hadden ook alle geluk.

Een week later.

Een platte schuit gleed geluidloos door het smalle water achter het huis waar Everts vader en moeder woonden. Broek op Langedijk was een aaneenschakeling van water, stukken weiland en akkers.

Vader Koomen stuurde met vaste hand de boot langs de weiden en de bouwlanden waar kool geplant was. Evert bediende de vaarboom, Adrie zat met zijn seinkoffer tussen zijn voeten op het bankje in het midden van de schuit en tuurde met half samengeknepen ogen om zich heen. Op de landweg, ver van het water, hoorden ze het geronk van een motor. Niets aan de hand.

Ze waren op weg naar een schuur die op een van de akkers stond. Geen Duitser die hier kon komen. Hun boten waren te breed voor de smalle sloten, en ander verkeer was niet mogelijk. Geen motor, geen fiets, laat staan een auto kon hier komen. De huizen en boerderijen waren met de weg verbonden door bruggetjes die over het water waren gebouwd, en dus niet toegankelijk voor verkeer. De tuinders hadden er vroeger weleens over gemopperd, nu waren ze er blij mee. Het gaf een veilig gevoel zo door water omringd te zijn.

De drie mannen spraken geen woord: geluid draagt ver over water. Adrie had het liefst dat de zender hier in het koolland bleef staan, maar hoewel dit waarschijnlijk de veiligste plek was, wilde Evert toch af en toe een andere locatie. Hij vertrouwde zijn dorpsgenoten wel, maar je wist niet zeker of er geen rotte appel tussen zat, zei zijn vader. Als ze vaak dit tochtje maakten, zou het te veel opvallen.

Adrie keek naar het donkere water. Het was voor hem een genoegdoening om dit te doen. Doordat het bedrijf waarvoor hij werkte, bunkers voor de Duitsers bouwde, werkte hij zijdelings voor de vijand. Nu bracht hij hun schade toe, niet in de laatste plaats omdat hij precies wist waar de bunkers stonden. Jammer dat je geen foto's per seintoestel kon sturen. Nu moesten ze het hebben van coördinaten.

In de invallende duisternis waren de omtrekken van de koeien die op een stuk weiland stonden, vaag zichtbaar. Na tien minuten stuurde vader Koomen de boot in het riet. Er was een soort aanlegsteigertje en Evert legde de boot vast met een touw. Adrie stond op en stapte, de koffer voor zich uit dragend, op de planken.

'Glijd niet uit!' zei Evert gedempt.

'Komt goed!'

Een paar meter verder stond een klein houten schuurtje. Adrie stapte ernaartoe. De vochtige grond was zompig onder zijn voetstappen en maakte een zuigend geluid.

Evert pakte een knijpkat uit de zak van zijn jas en scheen op de deur. De kruk ging wat moeilijk open. Midden in de schuur stonden een kleine tafel en een paar stoelen.

Adrie zette de koffer neer en gaf de antenne aan Evert, die hem buiten aan een lijn bevestigde. Hij opende de koffer en begon te seinen. 'Plonk.'

Even dacht hij aan Lia. Pronk heette haar familie. En haar moeder hád ook iets pronkerigs, iets showerigs. Niet met kleren of zo, maar ze showde ziekten en volgens hem was dat nep. Ze mankeerde niets. Een beetje stijf was ze soms, dat was alles. Er waren honderden vrouwen die daar last van hadden, maar zij had dat kwaaltje gebruikt om haar dochter aan het werk te zetten en Lia was daarin getrapt. Die schat van een Lia van hem. Ze kon niet genoeg voor zichzelf opkomen. Maar dat was niet erg, daar had ze hem voor, al had hij het er bij zijn eigen oma bij laten zitten. Dat zou hem niet meer gebeuren. Alle familie kon op het dak gaan zitten!

De koptelefoon kraakte. Ah, contact. Hij schreef het bericht op. Een paar dingen ontcijferde hij zo al. De piloten die de gidsen vanuit Broek naar Limburg hadden gebracht, waren in Londen aangekomen. Goed zo... Die waren in ieder geval niet verraden. Daar had Evert voor gezorgd voor een deel. Wat seinden ze nu?

Er zouden wapens gedropt worden. Daar zouden sommigen blij mee zijn. Hij dacht daar anders over. Wapens gaven niets dan narigheid. Maar goed, dat was zijn pakkie-an niet. Hij was maar de boodschapper.

'Niet te lang...' fluisterde Evert.

Dat wist Adrie. Dan gaf je gelegenheid aan de peilwagens om de richting te bepalen.

Hij knikte en schreef de laatste letters op. Daarna sloot hij af. 'Plonk exit.'

De koffer ging weer mee. Hij wilde de zender niet laten staan. Het stuk land behoorde toe aan de familie van Evert, maar als het goot van de regen en iemand was op een andere akker bezig, was het niet onmogelijk dat hij hier ging schuilen. Afgesloten schuurtjes waren verdacht.

Adrie sloot de koffer en volgde Evert en zijn vader terug naar de schuit.

Het was inmiddels helemaal donker. Alleen een beetje maanlicht viel op het water. Er vloog een eend op uit het riet en hij kwaakte verschrikt toen Evert de vaarboom wat ver tegen de kant duwde.

Tien minuten later nam vader Koomen het touw van zijn zoon over en legde de boot achter het huis vast. 'Uitkijken waar je loopt. Het is hier erg glad,' fluisterde hij.

Evert nam de koffer van Adrie over en liep voor hem uit naar de achterdeur die zijn moeder opende. Het licht in het klompenhok was uit en Adrie struikelde bijna over een paar klompen. Hij was blij dat hij de zender niet meer in zijn handen had. Dat apparaat was toch wel kwetsbaar.

'Niemand geweest?' vroeg Evert aan zijn moeder.

'Nee, niemand. Breng eerst dat ding weg, en kom dan een kop koffie drinken. Onze familie is ook beneden.'

'Onze familie', dat waren onderduikers. Moeder Koomen was

royaal met het toevoegen van familieleden. Dat werkte het best, want je had de mensen niet voor het uitkiezen, of je ze nu aardig vond of niet. Het was net als echte familie, die kreeg je ook, dacht Adrie filosofisch.

Om de tafel in de keuken zaten twee mannen, iets jonger dan hij. Hij had hen al eerder ontmoet. Dit waren jongens die niet naar Duitsland wilden om te werken. Een tamelijk ongevaarlijk soort onderduikers. Joodse mensen en de mensen die echt gezocht werden, dat was een ander verhaal.

Evert wilde ook niet dat deze jongens hier heel lang bleven. Meestal gingen ze door naar de Wieringermeer, maar daar was even geen gelegenheid voor geweest, al kwam dat van de week wel in orde. Hij had nog wel een paar adressen. Morgen zou hij daar de administratiepapieren ophalen.

10

Ze legden zwijgend de terugweg naar Alkmaar af.

De maan was verdwenen achter de wolken. De houten banden van de fietsen maakten een dof geluid tegen de keien van de landweg.

Nadat ze de brug over het Noord-Hollands Kanaal over waren gestoken, stapten ze af. Hier werd fietsen te riskant. Er was vrijwel geen maanlicht en behoedzaam liepen ze achter elkaar aan over de Kooltuintjes naar het Waagplein.

Het was bijna windstil. Uit een café klonken flarden muziek en rumoer van stemmen. Vanaf de Voordam naderde het klikkende geluid van laarzen die op de stenen schuurden. Het was toch nog geen spertijd, dacht Evert en hij kneep zijn ogen halfdicht om in het spoor van Adrie te blijven. Toch hield hij niet van ontmoetingen met Duitsers 's avonds.

'Moest jij niet uit vanavond?' vroeg Adrie. 'Met Elja en met mijn schoonzus en die vriend van je?'

'Nee, dat is morgen. En ik dacht eerlijk gezegd dat ik alleen met Elja naar dat concert toe zou gaan.' Evert hield met moeite een zucht binnen. Het stond hem niet aan dat hij opeens met Vincent en Helmy zat opgescheept. Dat Elja niet meer van zich af beet, was hem een raadsel. Het zou er wel mee te maken hebben dat Elja anders de hele dag met een chagrijnige Helmy van doen had. Die wist de zaken naar haar hand te zetten.

'Ja, als je iets uit je mond laat vallen dat mijn schoonzus wel aanstaat, is ze van de partij.' Adrie wist er alles van. Helmy leek eigenlijk sprekend op zijn schoonmoeder. Die kon de dingen ook zo goed voor zichzelf regelen.

'Dat heb ik al eerder gemerkt. Trouwens, Vincent is geen vriend van me,' voegde Evert eraan toe. 'We hebben bij elkaar in de klas gezeten en toen gingen we bijna niet met elkaar om.'

'Kan ik me voorstellen. Mooie praatjes zat, maar dat is ook: kijk naar wat ik zeg en niet naar wat ik doe. Pas op, hier ligt een kei of zo.' Adrie schampte met zijn voet tegen een losliggende tegel.

Evert schoof de steen met zijn voet naar de stoeprand. Gevaarlijk, die losse straatstenen. Je struikelde er zo over. Waarom ze daar niet beter op letten, was hem een raadsel.

'Hij doet het anders voorkomen of jullie dikke vrienden zijn,' zei Adrie. 'Probeert me uit te horen over wat jij doet.'

'Werkelijk? En?'

'Ik weet helemaal niets van jou. Ik ben zo onnozel als wat. Ik weet alleen dat je heel goed bent in administraties doen. Je helpt Elja en haar tantes weleens,' zei Adrie braaf. 'Daarom moet je ook af en toe in de fotozaak zijn.'

Evert grinnikte. Adries manier van doen was misleidend. Je moest hem kennen om te weten hoe slim hij was. Hijzelf had het ook pas later doorgekregen.

'Hebben jullie geen zin om mee te gaan naar dat concert?' stelde hij voor. 'Dan passen Elja en ik wel op.'

Adrie lachte. 'Doe me een lol, zeg. Klassiek. Piew... piew... piew... plom plom! Nee, ga jij maar lekker zelf.'

'Daar vergis je je in, Adrie. Ik weet bijna zeker dat jij het wel mooi vindt. Ik ben blij dat Elja me een beetje op het spoor gezet heeft. Ik gaf er vroeger ook niet om, maar nu vind ik het erg mooi. Hé... hier afslaan. We zijn bijna bij de Breedstraat.'

'Wist ik. Ga je nog mee? Elja is vast nog bij ons. Zij en Lia kunnen goed door één deur.'

'Klopt.' Evert ging met Adrie mee. Hij en Elja moesten zich nog haasten om voor spertijd weer binnen te zijn. Evert had bijna een vaste slaapplaats op zolder gekregen zodat hij niet op het laatste nippertje nog naar zijn ouderlijk huis terug moest. Alles vermijden wat aandacht op hem zou kunnen vestigen, was het motto van Elja's vader.

Elja verheugde zich op het concert. Ze draaide voor de spiegel heen en weer in een feestelijke jurk die ze had aangetrokken. De donkerblauwe, glanzende stof die bezaaid was met witte bloemetjes stond haar goed, zag ze tevreden. Er was zo weinig gelegenheid om deze jurk aan te trekken, dat ze door het dragen alleen al in een goede stemming was gekomen. Wat jezelf een beetje opdoffen toch voor resultaat had. Was die hals niet te laag? Nee, echt niet. De ketting van haar moeder om, en het was af.

Fijn om weer eens uit te gaan, en zo erg was het tenslotte ook niet dat Helmy en Vincent meegingen. De zaal zat vol met mensen, die had ze ook niet voor het uitkiezen en die kwamen, net als zij, om naar de muziek te luisteren. De Symfonische variaties van César Franck zouden gespeeld worden. Ze kende het stuk en was weg van de indrukwekkende pianopartij. Om zo te kunnen spelen, wat moest dat heerlijk zijn.

Neuriënd ging ze de trap af en ze zag de bewondering in de ogen van Evert toen ze de kamer binnenkwam. Hij droeg een donkerblauw pak dat hij al jaren had en niet vaak droeg. Het jasje zat nog steeds wat ruim. Zijn moeder had hem, toen hij het kocht, aangeraden om het niet te krap te kopen, omdat hij vast wel wat dikker zou worden. Dat was een vergissing geweest. Hard werken, niet veel eten en veel reizen hadden hem eerder magerder gemaakt, maar het slobberde niet echt.

'Leuk,' zei ze vrolijk. 'Ik heb er zin in.'

Toen ze in de rijen in de zaal had plaatsgenomen met aan de ene kant Helmy en de andere kant Evert, herhaalde ze vergenoegd: 'Ik heb er zin in.'

Er werd eerst een stuk van Mozart gespeeld, en daarna volgden de Symfonische variaties van Franck.

De melodie die van de piano op het orkest overging, was zo indrukwekkend dat ze met tranen in haar ogen luisterde. Je kon je toch niet voorstellen dat het oorlog was. Deze muziek...

Ze klemde haar handen in elkaar. Zo prachtig was dit. Iedereen moest dit toch voelen. Ze wilde niet opzij kijken.

Evert voelde haar emotie en legde zijn hand op de hare.

Helmy vond het ook wel mooi, maar wanneer was het nu eens afgelopen? Je kon geen woord wisselen met elkaar. Straks gingen ze nog ergens iets drinken en dan werd het vast nog gezellig.

Ze keek naar de orkestleden die in een halve cirkel zaten opgesteld. Om zoiets te kunnen, moest je iedere dag studeren, had ze weleens gehoord. Uren en uren. Niets voor haar. Dat deuntje was wel leuk, maar verder geen gedoe. *Als op het Leidscheplein de lichtjes weer eens branden gaan*, vond ze net zo mooi.

Vond Vincent dit nu echt geweldig? Ze keek opzij naar zijn gezicht. Warempel, hij zat ingespannen te luisteren. Hij vond het mooi! Goed, dan zou zij het ook mooi vinden.

'Geweldig, hè?' fluisterde ze, ze pakte zijn hand en drukte die licht. Hij kneep terug en haar hart maakte een sprongetje. Ja, ze zou het concert erg mooi vinden.

Dat zei ze ook een uur later toen ze een tafeltje hadden gevonden in een van de Alkmaarse cafés.

'Prachtig was het, hè El? Wat fijn dat jij hier ook van houdt. Je hebt het er nooit over.'

Heel even was Elja verbaasd. Daarna zei ze: 'Schitterend was het. Ik dacht eigenlijk dat je hier niet van hield.'

Helmy had weleens gezegd dat ze klassieke muziek nogal saai vond. Zeker omgezwaaid. Dat kon heel goed. Als je werkelijk luisterde, moest je wel onder de indruk komen.

Vincent keek ook naar Helmy. Hij had niet verwacht dat zij deze muziek mooi zou vinden. Het eerste halfuur had ze wat zitten draaien en geprobeerd tegen hem te fluisteren. Hij had het afgewimpeld, maar kennelijk had hij zich vergist: ze hield er dus wel van.

Hij keek naar haar glanzende ogen. Ze zag er goed uit ook. Misschien was ze toch iets voor hem? Niet te hard van stapel lopen, maar ook niet helemaal afhouden. Een uitje op zijn tijd was niet verkeerd. En zeker niet als het zo'n concert was als vanavond.

Het was druk in het café. De zwaarte van het alledaagse leven zorgde ervoor dat veel mensen er 's avonds op uit trokken om toch nog wat plezier te hebben. Jammer dat er ook Duitsers waren, maar daar moesten ze dan maar overheen kijken.

'Zullen wij iets bij de bar gaan halen?' vroeg Evert aan Vincent. 'Anders duurt het nog een halfuur voor we iets krijgen. Die meisjes lopen zich de benen uit het lijf en wij zijn niet het eerst aan de beurt. Die soldaten hier worden kennelijk eerst geholpen. Dus...'

'Nou ja, veel zal het niet voorstellen wat jullie kunnen krijgen. Veel Duitsers hier... dus dat blijft wel bij bier,' zei Helmy luchtig.

'En het belangrijkste van de avond, het concert, hebben we tenslotte al gehad.'

Vincent schoot in de lach. 'Nee, we halen onze drankjes op. Kom op, Eef.'

Ze stonden samen nog in de rij bij de houten toog toen de deur open werd gegooid en er in de deuropening een paar politieagenten en Duitse soldaten verschenen.

'Iedereen blijft staan!' brulde een agent. De Duitsers liepen naar de rij toe en bleven voor de mannen staan.

Stokstijf stonden de mannen voor de houten toog.

De agenten en de Duitsers liepen naar de tafeltjes toe waaraan voornamelijk meisjes en vrouwen zaten. 'Persoonsbewijzen!' snauwden ze.

Onthutst haalden de vrouwen en de meisjes hun PB's tevoorschijn. 'Wat is er aan de hand?' vroeg er een.

Helmy foeterde binnensmonds toen de agenten hun richting uit kwamen. Ze herkende een van hen.

'Controle! Getrouwd?' Bevelend staken de agenten hun handen uit om de papieren in ontvangst te nemen.'

'Nee, en als ik naar jou kijk, ben ik daar blij om. Je denkt zeker dat je heel wat bent met zo'n apenpakkie aan,' zei Helmy kattig tegen een van de agenten die aan hun tafeltje stond en die ze nog kende van de lagere school.

'Helmy!' Elja waarschuwde met haar ogen.

'Niet getrouwd dus. Mee. Medische controles,' teemde de agent. Hij keek Helmy triomfantelijk aan en greep haar bij een arm.

Ze rukte zich los. 'Wat is dat voor idioterie? Waarom moet ik mee?'

'*Fräulein. Bitte*!' Een Duitse soldaat stak zijn hand uit naar Elja.

Ze pakte haar persoonsbewijs en overhandigde het hem kalm.

Evert en Vincent wilden naar het tafeltje toe komen, maar werden tegengehouden door een paar soldaten die hun geweren dwars voor hen hielden. Ze hadden de kolven stevig vast.

'Wat is er aan de hand? Ik zal mijn beklag indienen,' riep Vincent.

Evert duwde tegen een geweer, maar er kwamen meteen twee soldaten op hem af die hun wapen tegen zijn keel duwden. Hij zag de angstige ogen van Elja op hem gericht. Gebruik je verstand, flitste het door hem heen. Hij beheerste zich en knikte naar haar. Hij zag de opluchting op haar gezicht.

'Maar leg dan tenminste uit wat er aan de hand is,' riep een van de vrouwen door de zaal.

'Alle ongetrouwde vrouwen in de cafeetjes moeten mee voor een medische controle. Om onzedelijk gedrag tegen te gaan. Orders van het gemeentebestuur. Er is een hele troep soldaten ziek geworden en volgens de commandant komt dat door de meiden hier!' verklaarde de agent die een kennis van Helmy was met luide stem. Hij kon zijn plezier niet onderdrukken en rukte haar omhoog.

'Wat!' schreeuwde Helmy. Ze sperde haar ogen wijd open. 'Wat denk je wel!'

Andere meisjes begonnen te gillen.

'Schande! Schoften!' riepen er een paar.

'Rustig. Rustig! Geen drama van maken.' Elja keek ijzig naar de agent die Helmy vast had gepakt. 'Wij zijn niet uit met Duitsers. Wij zijn hier gewoon met Hollandse vrienden.'

'Helaas... dat vinden de commandant en het gemeentebestuur geen garantie. De zedelijkheid loopt gevaar. Ik geloof best dat jullie eh... ik zal maar zeggen, fatsoenlijk zijn, maar we moeten alle ongehuwde vrouwen oppakken.' Verontschuldigend keek een andere agent Elja en Helmy aan.

De agent die Helmy had herkend, had een lachje om zijn mond. Die meid van Pronk had vroeger altijd over hem heen gekeken, ze voelde zich heel wat. Die zou nog wel een toontje lager gaan zingen. De bezetting was nog zo verkeerd niet. Nu was het zijn beurt, al was ze nog niet van plan om zoete broodjes te bakken.

'De auto staat voor, dames! Komt u mee?' zei hij spottend. Hij wees naar de deur en liet haar arm los.

Elja stond op. Diep beledigd volgde Helmy haar voorbeeld. Ze liep eerst naar de bar toe, maar werd tegengehouden door een Duitser.

'Helmy, we zijn vast zo weer thuis. Wachten jullie bij Lia op ons,' zei Elja kalm vanaf een paar meter en ze knikte naar Vincent en Evert. Haar mond vormde het woord: rustig... niets doen... terwijl ze bijna onmerkbaar met haar hoofd schudde.

Evert knikte en hield zijn woede in. Natuurlijk was het een belediging voor de meisjes, maar op het moment was het 't beste om niets te doen. Hij dacht aan de woorden die hij zelf weleens tegen leden van de verzetsgroep zei: 'Niet opvallen. Houd je gedeisd.'

'Mag ik alsjeblieft mijn jas pakken,' zei Helmy snijdend tegen de agent die niet van haar zijde week.

'Natuurlijk, juffrouw Pronk, natuurlijk,' zei hij overdreven beleefd.

Een kwartier later werden Helmy en Elja en een groep meisjes die ook in dat café hadden gezeten, afgezet voor het Sint-Elisabeth Ziekenhuis. De agent die Helmy kende, liep met hen mee, de anderen gingen verder. Er werden die avond in twintig cafés meisjes opgepakt. Een beroerde klus, vonden de meesten.

'Je kunt heus wel opkrassen, Ruudje,' zei Helmy. 'Wij lopen echt niet meer weg, hoor.'

'Ik doe alleen maar mijn plicht,' zei hij uitgestreken. 'Ik moet ervoor zorgen dat het ordelijk verloopt. Meiden willen nog weleens hysterisch worden.'

In de hoge hal van het ziekenhuis stonden een paar Duitse militairen. Elja en Helmy herkenden de man die met zijn rug naar hen toe stond en met een rijzige non sprak.

'Kijk nou. Daar heb je die Krüger van jou ook. Het zou me niet eens verbazen als die achter dit gedoe zat,' zei Helmy giftig.

'Krüger! Van mij? Houd op, zeg. Als hij hierachter zit, dan is het in ieder geval samen met die prul van een burgemeester die we op het moment hebben. Maar ik geloof het niet. Niets voor hem.'

Elja zag dat Krüger zich omdraaide en haar ontdekte tussen de meisjes die bij elkaar stonden op de marmeren vloer van de hal. Als hij maar niet naar haar toe kwam, bad ze. Maar ze zag zijn blik. Ja hoor... dat kon er nog wel bij. Hij stond al voor haar.

'*Fräulein Von Lier. Sie hier*!'

'Ja, niet vrijwillig. Het is op het moment een misdaad om met vrienden uit te gaan, geloof ik,' zei ze koud. 'Cafés zijn kennelijk verdachte plaatsen.'

'*Ach so. Das ist...*' Hij keek rond en zag de agent staan. '*Du*... wat...'

'We moesten alle ongetrouwde vrouwen hiernaartoe brengen, kapitein,' ijverde de agent, met in de oren van Helmy irritante eerbied. 'Dus...'

'*Ja ja... Nein...*' Krüger schudde even zijn hoofd en liep terug naar de non. Helmy en Elja zagen hem praten tegen de non die haar handen in de mouwen van haar pij had gestopt. Haar blanke gezicht onder de witte kap stond onbewogen. De donkere ogen hadden geen uitdrukking.

'Het zou een slechte indruk maken als uw vriendinnen niet onderzocht werden,' zei ze met een verdragende stem.

Elja zag de blikken van de meisjes om haar heen op haar gericht. Ze bedwong haar woede en rechtte haar rug. Met afgemeten passen liep ze naar de twee mensen in het midden van de hal toe en riep met net zo'n heldere stem: 'Wij zijn geen vriendinnen van de kapitein of van welke Duitser dan ook. We kennen elkaar zakelijk en ik sta erop om onderzocht te worden. En mijn vriendin,' ze keek om en wees naar Helmy, 'ook!'

De non keek haar aan. De afwijzende uitdrukking op haar gezicht verzachtte zich. Ze boog haar hoofd iets naar voren en zei: 'Dat is goed, mijn kind. We zullen jullie eerst naar de arts brengen. Maar je begrijpt het toch?'

'Zeker, zuster.'

Ook Elja neigde haar hoofd even. Helmy stond wat beteuterd te kijken. Ze had niet verwacht dat Elja zo op kon treden. Maar die kapitein keek... Ze wist geen woord te vinden voor de manier waarop hij naar Elja keek. Alleen, Elja moest voorzichtig zijn. Langzaam kwam ze dichterbij.

'Dan is het goed.' De non keek om zich heen en gebaarde naar een andere non die op een afstand stond. 'Zuster, neemt u deze meisjes alvast mee naar de arts?'

De tweede non knikte.

De mond van kapitein Krüger was een streep toen hij Elja en Helmy nakeek.

Het onderzoek was vlug voorbij. 'U bent gelukkig helemaal gezond,' zei de dienstdoende arts tegen Elja. 'Dat had ik wel gedacht, maar we moeten alle vrouwen onderzoeken. Er is gewoon een explosie van geslachtsziekten op het moment. We hebben niet te maken met heiligen, dat is ook niet te verwachten. En de meisjes hier...' Hij haalde even zijn schouders op.

'... hebben ook geen stralenkransjes op,' zei Elja, 'om in de stijl van het ziekenhuis te blijven.'

Hij lachte even. 'Gelukkig dat u het niet al te zwaar opvat. Het is de hele avond al bal.'

'Nou, een bal... dat stel ik me anders voor,' zei Elja snedig.

Zijn lach verbreedde zich. Dwaas om deze fatsoenlijke meisjes op te pakken. Ze brachten werkelijk van alles binnen op het moment.

'Onnozele meiden. Die weten gewoon niet wat ze zich op de hals halen. U kunt gaan, juffrouw. Uw vriendin is ook al klaar, zo te horen.' De arts veegde met zijn mouw over zijn gezicht en liep naar het fonteintje om zijn handen te wassen.

Vanachter de onderzoeksruimte achter de lange, witte gordijnen, was de stem van Helmy hoorbaar. 'Idioot gedoe. Waar kan ik me beklagen?' Ze was ook klaar, want Elja hoorde haar hakken op de stenen vloer.

'Bij de Duitsers en bij de burgemeester, helaas...' De verontschuldiging klonk geamuseerd.

Elja kleedde zich vlug aan en stond gelijk met Helmy bij de deur. De non die hen gebracht had, nam hen weer mee. 'Ik wijs u wel een andere uitgang, dan hoeft u niet langs al die dames en de soldaten,' zei ze en ze opende een deur die uitkwam in een kleine tuin.

'Als u hier uit gaat... het hek is open. Past u op de loszittende tegel.'

Ze sloot de deur achter de beide meisjes. Het ergste was nog wel dat dit onderzoek niet eens overbodig was. Het gemeentebestuur wilde losbandig gedrag aan banden leggen. Het was nog te hopen dat het zou helpen. Wat een verwilderde toestand was het op het moment.

Helmy en Elja liepen door de Emmastraat en de Zilverstraat naar huis. De maan scheen helder over de oude Alkmaarse straten.

'Nou ja, in ieder geval hebben we het aan Krüger te danken dat we vlug geholpen werden, en jij hebt duidelijk gezegd dat we geen vriendinnen van de moffen zijn. Ik schaamde me dood toen we daar stonden. Ik stond nog wel voor dat Mariabeeld. En was dat beeld in de andere hoek van de heilige Elisabeth?'

'Geen idee. Wat maakt het uit?'

'Niets. Zomaar,' zei Helmy vaag. 'Het ziekenhuis is toch naar een heilige genoemd?'

'Ik geloof het wel.' Elja verbaasde zich voor de tweede keer die avond over Helmy. Eerst bleek ze van klassieke muziek te houden en nu was ze onder de indruk van de beelden van heiligen. Wat zou mevrouw Pronk wel zeggen als Helmy haar dat vertelde.

Toen ze aanbelden, hoorden ze voetstappen de trap af rennen en de deur werd opengerukt.

Evert duwde Helmy opzij en knelde Elja in zijn armen.

'Nou ja,' pruttelde Helmy en ze keek of Vincent eveneens de trap af kwam. Hij daalde ook naar beneden achter Lia aan.

'Zo, daar zijn jullie. Gelukkig. Evert kon niet stil blijven zitten,' riep hij.

'Hoe laat is het?' vroeg Helmy.

'Elf uur!' Lia hield haar arm omhoog. Ze had altijd een horloge om.

'Je kunt niet meer naar huis, Vincent,' stelde Helmy vast.

'Nee. Je zuster heeft me al een logeerplek aangeboden, dus dat is al geregeld. Maar vertel nu eerst wat, hoe is het allemaal gegaan?'

'Ze moesten de meiden van lichte zeden hebben. Er zijn in twintig cafés razzia's geweest, en wat denk je welke politieagent mij heeft opgepakt? Ruud Bols, die geniepige jongen uit jouw klas op de lagere school. Je kent hem nog wel. Altijd slijmen bij de meester! Niks veranderd. We hadden nog mazzel dat die Krüger er was. Bah... ik voel me zo vies. Kan ik bij jou onder de douche, Lia? Mama heeft altijd meteen iets te mekkeren als ik extra ga. Maar ik voel me smerig.' Ze rilde.

'Natuurlijk, maar kom nu eerst naar boven. Elja, jij ook. Er is niemand over om te controleren op straat,' zei Lia bedaard.

'Wacht.' Elja rende de trap weer af en ging naar de winkel. Uit de kleine bergplaats achter de onderste plank in het magazijn pakte ze een stukje zeep dat Esther Mendels, de Joodse vrouw van wie ze de zaak overgenomen had bij haar vertrek naar Amerika, verstopt had. Wat een vooruitziende blik had Esther toch gehad. Nu zou het stukje zeep goed van pas komen, want ze deelde het gevoel van Helmy: smoezelig voelde ze zich. Ondanks de veranderende houding van de nonnen toen ze haar mond open had gedaan over Krüger. Bah...

Hij was wel boos geworden, geloofde ze. Nou ja, niets aan te doen.

Met een gilletje van verrukking nam Helmy het stukje zeep in ontvangst en ze snoof aan het papier dat eromheen zat. 'Wat heerlijk. Hoe kom je eraan?'

'Ga nou maar. En ik wil het straks ook gebruiken. Wacht, ik

deel het in tweeën, dan is de andere helft voor Lia,' zei Elja. 'Heb je een mes, Lia?'

Ze deelde het stuk zeep in tweeën en gaf een helft aan Helmy die het bekeek en vroeg: 'Wat doen we met de andere helft?'

'Mag jij hebben,' zei Elja.

Helmy verdween naar de kleine badkamer en ze hoorden haar daar zingen van plezier.

'Straks maakt ze Lineke nog wakker,' zei Adrie.

'Welnee, die wordt van een kanon nog niet wakker. Elja, ga nu eerst eens zitten, want Helmy is nog wel even bezig. Ik heb nog thee.' Lia hield de porseleinen theepot omhoog.

Elja ging naast Evert op de bank zitten en zuchtte. 'Gelukkig dat je niets ondernomen hebt, dat had alleen maar narigheid gegeven en je kon toch niet op tegen die horde,' zei ze.

Hij knikte. 'Wat was dat met Krüger? Had hij het georganiseerd?' wilde hij weten.

'Nee, de gemeenteraad, volgens de agenten die ons oppakten. Nou ja, lood om oud ijzer. Maar Krüger stond in de hal en hij zag ons. Waarschijnlijk wilde hij ons dat onderzoek besparen, maar de non – ik denk dat ze de directrice van het ziekenhuis is – zei dat het veel protest van de andere meisjes zou opleveren als vriendinnen van hem niet onderzocht werden. Toen heb ik gezegd dat we beslist geen vriendinnen waren en ook niet zouden worden. Toen ik dat zo hard zei, was de zuster ervan overtuigd dat we geen moffenmeiden waren en mochten we eerst. Ik geloof dat Krüger nogal kwaad was. Hij sloeg wel een beetje een figuur, maar die man is wel zo hardleers. Niet te geloven.'

Elja zag Krügers ogen voor zich en huiverde. Hij was werkelijk heel boos geweest. Maar dat was toch onzin. Hij moest zo langzamerhand weten dat ze echt niet van plan was om hem als vriend te beschouwen. Ook niet als hij een Hollander was geweest, want hij had iets waarvoor ze beducht was, iets fanatieks, en ze vermoedde dat hij niets zou ontzien als hij iets wilde.

11

'Kijk nou.' Tante Aline keek over haar bril en las met verheffing van stem een stuk uit de krant voor aan de andere drie die tijdens de lunch aan tafel zaten: 'Onverlaten gooien ramen in bij goede burgers! Nou, je weet wel wie de goede burgers zijn en wie de onverlaten zijn! Kinderachtig gedrag. Van allebei de kanten,' besloot ze wrevelig.

Het was al een paar weken aan de gang: NSB'ers gooiden de ramen in bij Alkmaarders die als anti-Duits bekendstonden, en een week later werden de ramen bij NSB'ers ingegooid.

Tante Flora schudde haar hoofd. 'Met dat soort gedoe schiet niemand iets op. Ramen zijn niet meteen weer heel, en dan met die kou. Kinderen kunnen er niets aan doen als hun ouders niet deugen. Kinderen zijn altijd de dupe!'

Helmy keek naar haar blinkende ogen. Tante Flora, de kalmte in eigen persoon, die zich kwaad maakte. Ze knikte.

'Helemaal waar, tante, al zijn er een paar van die NSB-jochies die net zo eng lopen als hun pappie, maar dat gestamp wordt hun aangeleerd, zullen we maar zeggen. Trouwens... over kinderen gesproken.' Ze wendde zich tot Elja. 'Neem me nu eens mee naar Susanna. Je weet dat geen tien paarden uit mij kunnen trekken waar ze ondergedoken zit, dus je kunt me rustig meenemen.'

Elja en Helmy konden het na de medische controle in het ziekenhuis weer erg goed met elkaar vinden. Susanna had de laatste keer gezegd dat ze het leuk zou vinden om Helmy de baby te laten zien, dus Elja ging overstag.

'Als je maar niets tegen Vincent zegt,' bedong ze.

'Erewoord,' antwoordde Helmy vlot, al begreep ze niet helemaal waarom Vincent dat niet mocht weten. Die zou toch niet rondstrooien waar Susanna nu was en daarbij... ze kon zich ook niet voorstellen dat Klaas het hem niet had verteld.

'Vincent weet het vast wel. Klaas en hij zien elkaar vaak genoeg.'

'Maar waarom zou Klaas het hem vertellen?' vroeg Elja. 'Zo goed konden Vincent en Susanna toch niet met elkaar opschieten?'

Ze wilde er niet meer over zeggen, omdat Helmy nog steeds verliefd was op Vincent, maar zij wist nog goed hoe neerbuigend en onuitstaanbaar Vincent vaak was geweest toen Susanna nog op de boerderij ondergedoken was.

De tantes wisselden een blik, maar zwegen.

'Zit wat in,' gaf Helmy toe, 'maar toch... hij weet het vast wel!'

'Welnee. Klaas is een zwijger,' zei Elja. 'En dat is maar goed ook, want voor je het weet laat Vincent het thuis uit zijn mond vallen, en die moeder van hem lijkt me niet iemand aan wie je geheimen moet vertellen. Dan weet tante Trudie het ook meteen. Maar misschien valt het mee. En,' ze keek naar tante Flora, 'misschien wilt u dan de winkel doen vanaf een uur of drie?'

Tante Flora knikte. Ze deed het met plezier.

Daarna was de middagpauze voorbij en gingen Elja en Helmy terug naar de stoffenwinkel en de tantes naar het fotoatelier.

Elja nam een stuk papier om het cadeautje dat ze voor Susanna's baby had gemaakt, een beetje leuk in te pakken. Helmy ging naar boven om haar zus te vragen of die een stukje speelgoed overhad voor Susanna. Ze had zin in een uitje.

Lia had diep medelijden met de haar onbekende Susanna en pakte iets uit de kast. Haar eigen baby, die over een paar weken komen moest, had genoeg speeltjes, besloot ze en ze hield het olifantje omhoog dat ze zelf in elkaar had geflanst van stukjes overgebleven stof grijs bont uit de winkel. 'Is dit iets?'

'Schattig,' zei Helmy voldaan. 'Die slurf. Enig. Dat zal Susanna leuk vinden.' Ze pakte het speelgoedbeest aan en daalde neuriënd de trap weer af.

'Kijk. Hoe vind je dit? Heeft Lia gemaakt.' Ze hield het olifantje omhoog voor het raam. 'Hij is wel een beetje scheel, zeg.'

'Dat is juist beeldig. Ik had vroeger een schele pop waar ik dol op was. Ik probeerde haar altijd te genezen,' zei Elja.

Tante Flora kwam tegen drieën door de tussendeur de winkel binnen. Ze stond nog steeds met meer plezier in de stoffenzaak dan in het fotoatelier, hoewel dat ook niet verkeerd was.

'Dag, en maak eens een foto van dat jongetje. Dat vindt Susanna vast leuk,' bedacht ze.

Elja pakte meteen haar camera. Goed idee van haar tante. Ze zou er een paar maken, ook met Susanna erbij.

Met z'n tweeën trotseerden Elja en Helmy de wind die eind november kil was. Ze waren tegen de kou gewapend, maar nu het over drieën was en de winterzon laag aan de horizon stond, viel de temperatuur tegen.

Elja was blij met de warme wanten die ze droeg en die ze zelf gebreid had van dikke schapenwol. De voering had ze gemaakt van warme flanel, de kou drong er niet doorheen. Helmy had wanten van bont aan, maar toch hadden ze alle twee paarsrode wangen van de kou.

'Blij toe dat we niet langer dan een goed halfuur verder hoeven,' zei Elja. 'Terug hebben we de wind tegen. Moet je kijken hoe die vrouw daar moet trappen.'

De vrouw die hun tegemoet fietste, hing over haar stuur. Ze had een klein kind op haar bagagedrager en volle zijtassen waaruit een paar preien en een struik boerenkool staken. Ze stapte af toen ze bij Helmy en Elja was.

'Hoever is het nog naar Alkmaar?' riep ze.

Elja stapte ook af en wees achter zich. 'Nog ruim een kwartier.'

'O.' De vrouw zuchtte en blies op haar handen die in wanten gestoken waren. Versleten wanten, zag Elja met geoefende blik.

'Moet u in Alkmaar zijn, of moet u verder?' vroeg ze.

'Ik moet terug naar Amsterdam.'

'Nog voor het donker? Dat wordt een hele toer.' Elja hoorde de vrouw zuchten en ze nam haar medelijdend op. 'Ik zou proberen ergens te overnachten.'

Het kleine kind dat achterop zat, keek met grote, ernstige ogen naar Elja.

'Ja. Misschien lukt het me wel om ergens onderdak te krijgen.' De vrouw keek naar de lucht waar de wolken joegen. 'Hè Ankie... zullen we proberen om weer ergens te logeren? Net als vannacht?' vroeg ze, en ze vervolgde tegen Elja en Helmy: 'We mochten vannacht bij een boer blijven slapen in de hooiberg. Dat was leuk, hè Ankie?'

Het kind achterop knikte en rilde, ondanks de wollen sjaal die om haar heen was gewikkeld en bijna het hele gezichtje bedekte.

'Ik heb pech gehad met mijn achterwiel. Anders was ik vast wel eerder zover geweest. Maar het is voor mijn dochtertje zo koud. Ze is helemaal verkleumd. We zijn al vanaf vanochtend op pad.'

De moeder had een trekje om haar mond dat Elja trof. Zo half moedig, half wanhopig sprak ze. En dan dat kind. Voor zo'n hummel werd het ook veel te vermoeiend om nog veel langer door te gaan. Zonder er verder over na te denken zei ze: 'U moet niet lang meer doorfietsen. Het wordt straks te koud en er is echt wel een plek waar u kunt overnachten. Als u in Alkmaar bent, kunt u het best naar de Langestraat gaan. Iedereen kan hem u wijzen. Daar is naast een fotozaak een stoffenwinkel. Vraag aan de dame die daar staat of u er de nacht kunt overblijven. Zegt u maar dat Elja u gestuurd heeft en dat ik, als het niet schikt, op tijd terug ben om u zelf mee naar huis te nemen.'

'Stoffenzaak... Elja,' herhaalde de vrouw en ze blies weer op de versleten wanten die haar handen op het stuur omvatten. Er kwam een glimpje hoop in haar ogen. 'Niet voor mij, hoor, maar voor haar.' Ze knikte naar het kind.

'Begrijp ik. We zijn voor vijven weer terug.' Elja dacht even na. 'Ach nee. We gaan mee terug. Wij kunnen morgen ook wel naar Susanna gaan,' zei ze resoluut.

Helmy haalde haar wenkbrauwen op. 'Susanna zal erg teleurgesteld zijn als we niet komen. Dat weet ik zeker.'

'Dat is dan jammer,' zei Elja. 'Ik bel haar wel als we thuis zijn.' Ze draaide haar fiets om. 'Kom maar. Nog even, een kwartiertje,' bemoedigde ze de vrouw.

'Neenee, echt niet, u moet uw plannen niet voor mij veranderen. Ik vind die straat vast zelf wel,' zei de vrouw. 'En als ik misschien...' Ze stopte en ging toen door: 'Het zou wel heerlijk zijn als we vanavond niet verder hoefden.' Ze legde haar hand op het hoofdje van de kleuter, die een klaaglijk geluidje maakte.

Elja glimlachte geruststellend. 'Nee, het is helemaal geen probleem. Wat we vandaag wilden doen, kan ook wel later in de week. We gaan met u mee. Toch, Hel?'

Zonder protest keerde ook Helmy haar fiets. Ze begreep waarom Elja dit deed. Het was iets weerloos in de ogen van de vrouw. En dan dat kleine kind dat alleen maar even jammerde. Daar kon Elja niet tegen. Zij ook niet. Niemand zou daar tegen kunnen. Natuurlijk gingen ze terug.

'Vertel eens, hoe heet je?' vroeg ze opgewekt aan het kind toen ze alle drie op wilden stappen.

'Ankie.' Het meisje had een hoog stemmetje. 'En mama heet Anna.'

'Nou, kijk eens aan. En vergissen jullie je nooit? Dat je mama geroepen wordt en dat jij dan komt?'

Het kind lachte even. Het was niet meer dan het vertrekken van haar mondje, maar juist die poging versterkte het medeleven in Helmy. Zo hoorde een kind niet te lachen.

Ze grabbelde in haar tas en haalde het pakje tevoorschijn dat ze van Lia had gekregen. Ze scheurde het papier eraf, hield het olifantje omhoog en zei: 'Dát komt goed uit. Ik heb hier iets voor jou. Net of ik wist dat ik vandaag een meisje tegen zou komen dat Ankie heet.'

Ze gaf het olifantje aan het kind, dat het van alle kanten bekeek en het toen tegen haar gezicht aan drukte.

'Och, dat hoeft niet. Maar wat lief... Wat zeg je dan, Ankie?'

'Dank u wel!' zei Ankie beleefd.

'Geen dank!' zei Helmy en ze knipoogde.

Elja glimlachte, 'Zullen we?' vroeg ze en ze stapte op. De andere twee volgden haar voorbeeld en ze reden de weg terug.

Ze hadden nu de wind tegen. Elja hoorde bezorgd hoe Anna na tien minuten hijgde. Zelfs dit kwartier was nog veel voor haar. Ze legde haar hand op de rug van de vrouw, Helmy deed hetzelfde aan de andere kant, en samen duwden ze haar vooruit tot ze bij de steeg achter de winkel kwamen. Elja wees waar de fietsen konden staan.

'Ik moet wel de groente en de aardappels meenemen, anders ben ik ze misschien kwijt,' zei Anna. 'En dan is alles voor niets geweest.'

'Hoeft niet. Als we alles in de schuur zetten en die op slot doen, kan er niets gebeuren.'

Helmy tilde het kleine meisje van de bagagedrager en droeg haar naar binnen door het magazijn naar de winkel. De fiets stond inmiddels in de schuur.

Elja wist dat de moeder anders toch geen rust had en draaide de sleutel om. 'Goed?'

Anna knikte en volgde de anderen naar de winkel.

Tante Flora trok haar wenkbrauwen op toen ze haar nichtje met een klein gezelschap zo vroeg terug zag. 'Wat nou? Narigheid onderweg?'

Helmy zette de kleuter op de grond. 'We kwamen Ankie en haar moeder tegen. Die wilden nog terug naar Amsterdam, maar daar is het te laat voor. Dat redden ze nooit meer voor het donker, dus we zoeken een plek voor die twee voor een nacht?' Er was een vragende klank in de stem van Helmy.

Tante Flora wist dat er vanavond een vergadering bij hen thuis was belegd, maar ze liet niets merken. Dat regelden ze wel op de een of andere manier.

'Natuurlijk hebben we plaats voor u en uw dochtertje,' zei ze hartelijk. 'Maar ik zie dat u het koud hebt. Zullen we eerst eens iets warms maken? Lust jij wel een beker warme melk? En hoe heet je?' Ze boog zich naar het kind.

'Ik heet Ankie en ik heb een cadeau van die mevrouw gekregen,' zei het meisje ernstig. Ze wees naar Helmy. 'En ik lust graag melk.'

'Mooi, dan gaan we daarvoor zorgen. Doe je manteltje maar uit. Zet jij alvast iets op het gas?' Tante Flora keek naar Elja.

De winkelbel rinkelde en er kwam een klant binnen. De moeder van Ankie deed een onvaste stap opzij en Elja stak bezorgd een hand uit.

Tante Flora keek haar aan. 'Eerst even zitten!'

Maar Helmy kwam tussenbeide. 'Als we dat nu eens boven bij Lia deden. Dat is veel rustiger.' Resoluut pakte ze het kind weer op. 'Zo, wij gaan naar boven. En zal ik je eens wat vertellen?' Ze liet haar stem dalen. 'Daar is een vriendinnetje voor je dat vast wel met jou spelen wil.'

Ankie lachte onzeker.

Elja pakte de melkkoker uit de kelderkast en ze liepen naar boven.

Tante Flora knikte goedkeurend en liep op de klant af. 'Mevrouw... wat kan ik voor u doen, of wilt u even rondkijken?'

Lia toonde geen enkele verrassing. 'Ga lekker zitten. Zal ik maar gewoon Anna zeggen?' Ze pakte de jas aan en loodste de vrouw naar de stoel bij de kachel.

'Onderdak? De tantes krijgen vanavond bezoek.' Lia wist veel van wat zich afspeelde bij haar buren. Daar moesten geen vreemde ogen of oren bij. 'De kleine kamer is leeg. Ik maak straks een bed klaar. Eerst iets warms. Jullie eten ook mee?' Ze keek naar Helmy en Elja.

'Nee joh, dan neem ik hen wel mee naar mijn moeder,' protesteerde Elja.

'Geen sprake van. Blijf nu maar lekker zitten. U bent moe.' Lia duwde de vrouw die al op wou staan terug in haar stoel. 'Geen probleem. Ik maak vlug een bed op.'

Elja zag het vermoeide gezicht van Anna. Lia had gelijk. 'Heb je dan genoeg eten in huis?' vroeg ze bezwaard.

Lia dacht na. Ze had wat worteltjes schoongemaakt. Even aardappels bij schillen. Vlees... dat werd delen.

Elja zag haar aarzeling.

'Als ik thuis eens een paar weckpotten ophaal. Mijn moeder heeft boontjes staan en karbonaadjes onder het vet. Dan is het eten zo klaar,' stelde ze voor. 'En Helmy maakt wel een bed op.'

Lia knikte dankbaar. Bij Elja thuis ging dat zo gemakkelijk. Haar eigen moeder zou over ieder boontje dat ze gaf, moeten nadenken.

'Als je toch gaat, fiets dan even langs mijn huis en zeg tegen mijn moeder dat ik niet thuis kom eten,' zei Helmy opgewekt. 'Ik ben gek op boontjes.'

'Doe ik. Ik ben zo weer terug.'

Elja haalde thuis een paar weckflessen op die haar moeder bereidwillig uit de kelder haalde en ze nam, na even aarzelen, wat kleding van zichzelf uit de kast. Zij kon gemakkelijk wat missen en de kleren van dat mens waren gewoon te dun. Ze zouden haar wel passen, want die vrouw was uitgesproken mager.

'En een fles peertjes. Die hoeft Lia alleen maar op te warmen.' Mevrouw Van Lier hield een pot met roodbruine peertjes omhoog. Elja vertrok met een volle tas.

De moeder van Helmy trok een lang gezicht toen Elja vertelde dat Helmy niet thuis at.

'Heel vervelend, dan sta ik er alleen voor en ik moet vanavond met mijn man mee naar kennissen,' klaagde ze. 'En heeft Lia wel genoeg eten voor zo veel mensen? Het is wel sneu, natuurlijk, maar het is ook een beetje dom van die vrouw om zo laat met een klein kind op stap te gaan.'

'Ze had pech met haar fiets. En ik heb wat eten bij mijn moeder gehaald, dus er is genoeg.' Elja pakte de tas met de weckflessen in haar andere hand. Dat woog. Moeder had twee potten met bonen meegegeven.

Mevrouw Pronk keek in de tas. 'Daar moet je op rekenen als je weggaat. Genoeg olie in de lamp, zogezegd. Ik heb de gelijkenis van de vijf wijze en vijf dwaze meisjes altijd zo nuttig gevonden. O, peertjes... en boontjes, en zijn dat echt karbonaadjes? Zeg maar tegen Lia dat ze wat voor mij overhoudt voor morgen.'

Dat ze zo vlug zag wat er in de tas zat. Ze was bijdehand zat, de moeder van Lia en Helmy.

'Het gaat vast schoon op,' voorspelde Elja.

'Kom kom, zo hongerig kunnen jullie toch niet zijn,' lachte mevrouw Pronk. 'Vraag maar aan Lia of ze morgenochtend, als ze wat overschotjes brengt, meteen een handje uit kan steken. Ik heb de laatste dagen weer veel last van mijn arm. Dan pas ik wel op Lineke.'

'Lia moet morgen eerst wachten tot haar logés weg zijn. En de baby komt toch over een paar weken?' liet Elja zich ontvallen. Het was toch raar van mevrouw Pronk om Lia voor haar karretje te spannen nu die het zo druk had. Zijzelf vond het al vervelend dat ze haar opgezadeld had met logés, maar Lia had beslist niet gewild dat de vrouw nog verder moest. En Anna was ook uitgeput, dat had ze goed gezien.

'Kom kom, in verwachting zijn is een gezonde ziekte, zullen we maar zeggen. Lia heeft nog wel wat over voor haar moeder.' Mevrouw Pronk plooide een schalks lachje om haar mond, hoewel ze Elja's opmerking niet prettig vond.

'Maar Helmy is er toch tot tien uur om u te helpen?'

Mevrouw Pronk keek zwijgend naar de vriendin van haar dochters. Geen gemakkelijk meisje meer. Vroeger was het zo'n lief kind, en waar bemoeide ze zich eigenlijk mee?

'Helmy werkt niet zo grondig als Lia. Trouwens, jammer dat die vrouw met haar kind niet bij je tantes kan logeren. Die zijn nog zo fit, daar kan ik echt jaloers op zijn,' zei ze.

'Tja.' Elja hield nu wijselijk haar mond.

Ze hield ook haar mond tegen Lia toen ze weer op de etage was. Geen gezeur over helpen en restjes. Ze zette het vlees en de groente op het aanrecht. 'Alsjeblieft. Eet smakelijk, zegt mijn moeder.'

'Heerlijk. Peertjes!' zei Lia verrukt.

'Alleen maar opwarmen, en de boontjes zijn ook gaar. Karbonaadjes nog vijf minuten nastoven!' gaf Elja de opmerking door.

Lia opende de weckflessen. Dit was zo'n luxe. Vlees en groente waar ze niets meer aan hoefde te doen, en het zag er zo heerlijk uit.

'Evert eet ook mee vanavond. Adrie is nog even weg met hem, een klusje, maar dat wist je natuurlijk. We zijn met een hele club,' merkte ze tevreden op. 'Wat fijn dat je moeder zo veel heeft meegegeven.'

'Ik weet het.' Elja wist dat Adrie opbergruimte bij de ouders van Evert aan het timmeren was. Hij was echt bijzonder handig.

'Anna is weggedommeld. Ze is doodop! Helmy heeft zich over de kinderen ontfermd. Die vrouw had het nooit gehaald, nog helemaal naar Amsterdam. Ik heb al een bed voor haar opgemaakt.' Lia pakte een braadpan en legde de karbonaadjes erin. Tien waren het er. Wat een overdaad. Zij waren hier te benijden. In Amsterdam was het een stuk minder.

Elja keek met deernis naar de armelijke kleding van de gasten. 'Ik heb wat kleren voor haar meegenomen. Misschien kan ze straks douchen en wat schoons aantrekken. Ik redder de badkamer wel als ze klaar is!' zei ze met gedempte stem.

'Die Ankie kan wel wat kleren van Lineke krijgen. Het is een tenger ding en Lineke is flink voor haar leeftijd. Dat past wel,' vulde Lia aan.

Ze keken elkaar aan en knikten op dezelfde manier.

Anna de Groot kreeg tranen in haar ogen toen Lia haar naar de badkamer bracht en de schone handdoeken voor haar klaarlegde.

'Mijn zusje zal Ankie wel onder de douche zetten. Tegelijk met Lineke, dat werkt het beste,' zei Lia. Ze was verrast over de houding van Helmy en het deed haar goed dat die zo bewogen was door de toestand waarin het kleine kind en haar moeder zich bevonden.

'En we hebben wat schone kleren gepakt.'

'Dat hooi was vies. Ik kan er niet veel aan doen dat onze kleren niet meer schoon zijn,' zei Anna wat beschaamd.

'Moet je Lineke zien na een dag spelen. Alsof ik haar in de prut heb neergezet. Dus na die inspannende dagen van jullie zou alleen een engel er nog schoon uitzien,' lachte Lia. 'En dat wij kleren overhebben... Wat dacht je van onze onderbuurvrouw met een stoffenwinkel.' Ze wees naar Elja die een rok, een trui en kousen en ondergoed uit haar tas haalde.

Elja hield Anna het truitje voor. 'Precies! Ik denk dat dit je wel past. Je bent wel een beetje magerder dan ik, maar dit staat je vast goed. Je bent ook blond,' zei ze vergenoegd.

Anna veegde de tranen weg die over haar wangen liepen. 'Dank je wel. Als je eens wist...' Ze dacht terug aan de afgelopen weken. Er was gebrek aan alles. En zeker als je man er niet was...

'Stap straks lekker onder de douche. Er staat genoeg shampoo voor iedereen. En nee, je hoeft ons niet te bedanken. We zijn blij dat we iets voor je kunnen doen. Anderen hebben ook iets voor ons gedaan, dus nu is het onze beurt.' Lia was nog steeds intens blij met de woonruimte die ze had gekregen omdat Elja had gezien hoe zij eraan toe was.

Dat was het. Iemand die je zág. Het was een bepaald slag mensen dat gevoelig was voor de narigheid van een ander. En daar wilde ze graag bij horen, besloot ze.

Adrie was even verrast toen hij en Evert binnenkwamen en zij vier vrouwen en twee kinderen aan tafel aantroffen in plaats van één vrouw en één kind.

'Ja, uitbreiding kan vlug gaan,' lachte Evert. Hij nam Anna op met een vlugge blik. Dit was geen onderduikster. Gelukkig, want het werd moeilijk om mensen te vinden die hun huis beschikbaar stelden.

'Welke goede fee heeft voor karbonaadjes gezorgd?' zei Adrie toen hij de schaal vlees op tafel zag staan.

'Geen fee. Elja d'r moeder,' zei Lineke met een hel stemmetje. 'En ze geeft ook boontjes en peertjes, en Ankie heeft nog nooit peertjes gegeten.'

Ankie keek verlegen naar de twee mannen die binnen waren gekomen. Ze was naast Helmy gaan zitten, pakte haar hand en lachte. Een klein lachje. Helmy was vereerd met de duidelijke voorkeur die het kind voor haar had. Dat was ze eigenlijk niet zo gewend.

'Verrassing dus, en het is toevallig het allerallerlekkerste. Bijna net zo lekker als pannenkoeken,' zei ze en ze streek over Ankies haartjes die nog nat waren.

Het werd een onverwacht drukke avond. Net na het eten werd er gebeld. Adrie, die behoedzaam was geworden en de knip op de deur had gedaan zodat er geen onverwachte mensen binnen konden komen, liep naar beneden. Na een blik door het ruitje opende hij de deur voor Vincent.

'Zo, hallo. Ik hoorde van Helmy's moeder dat ze hier is. Ik neem haar mee uit,' zei Vincent. Op het knappe mannengezicht lag een zelfverzekerde lach. Hij wist hoe graag Helmy met hem mee zou gaan.

'Ik zal haar roepen.' Adrie was niet erg onder de indruk van de vriend van zijn schoonzusje. Trouwens, was het wel een vriend? Zij was dol op hem. Maar of dat wederkerig was? Hij vroeg het zich af. Dat gezicht van die vent. Veel te knap.

'Ik loop wel mee.' Vincent wandelde ongevraagd de trap op en liep achter Adrie aan de huiskamer in, waar Anna in gesprek was met Evert.

Vanuit de slaapkamer hoorde hij kinderen giechelen.

'Hallo Evert, dag eh...' Hij stak zijn hand uit en pakte de hand van Anna. 'Vincent. Vriend van de familie.' Hij taxeerde Anna met één blik – haveloos vrouwtje, sneu typetje – en keek meteen verder. Elja, Lia... Geen Helmy.

Adrie haalde een wenkbrauw op. Vriend van de familie? Niet voor zover het aan hem lag.

'Ga zitten, Vincent. Ik roep haar.' Hij liep naar de kleine slaapkamer waar Helmy zat te vertellen en met gekke stemmetjes het verhaal uitbeeldde.

'Helmy! Bezoek voor je!'

Helmy keek verbaasd om. 'Voor mij? Nou, even pauze, dames.' Ze stond op.

'Kom je wel terug?' bedelden de meisjes.

'Ja hoor, meteen.' Helmy stapte de woonkamer binnen en zag Vincent voor het raam staan.

'Hé Vincent. Wat kom je doen?'

'Jou halen. Pak vlug je jas. We zijn al laat. Een revue in Het Gulden Vlies.' Hij stopte zijn handen in de zakken van zijn colbertje en keek voldaan.

Ze beet op haar lip. Ze kon die kinderen niet teleurstellen en ze wilde het ook niet. Dat kleintje had haar zo vol vertrouwen aangekeken. 'Het is net feest,' had ze gezegd.

'Ik kan niet. Andere keer!'

'Doe niet zo gek. Ik heb moeite gedaan om kaartjes te krijgen.' Hij keek de kamer rond. 'Ik weet zeker dat Elja je wel vervangt.'

'Nee, want ik verzin een verhaal.'

Hij maakte een ongeduldige beweging. 'Maakt niet uit. Kom, pak je jas. Het zijn dure kaartjes.'

In feite had hij ze gekregen van een kennis, maar dat klonk minder royaal. 'Kom op.'

Er werd weer gebeld en meteen waren er voetstappen op de trap. Adrie was vergeten om de buitendeur weer op slot te doen. Hij liep naar het portaaltje, waar zijn nicht stond.

'Trijnie,' zei hij en hij hield een zucht binnen.

'Ik dacht, ik kom eens langs. Het is alweer een tijdje geleden.' Ze deed haar jas al los.

Door de halfopen deur zag ze Evert zitten, en er stond vlak bij het raam een man die tamelijk chagrijnig keek. Hij leek op iemand. Ze wist zo vlug niet op wie, maar dat gezicht... Nog knapper dan Evert. Hoewel die niet echt knap was. Die had iets anders.

'Dus je gaat niet mee?' zei die man tegen het zusje van Lia.

'Nee. Andere keer graag,' zei Helmy.

‘Dan moet ik iemand anders vragen. Elja? Jij?’

Elja schudde haar hoofd.

Trijnie kwam de kamer in en Vincent hield twee kaartjes omhoog. ‘Welke dame doe ik dan een plezier met Snip en Snap?’

‘Ik ben dol op Snip en Snap,’ zei Trijnie en ze sloeg haar hand voor haar mond. ‘O, ik bedoelde niet...’

Vincent keek naar Helmy die haar hoofd scheef hield en van haar naar Trijnie.

‘Dat is dan opgelost. Ik zal me even voorstellen. Vincent. Ben jij zo lief om met me mee te gaan? Niemand anders wil met me uit,’ zei hij met pathos.

‘Trijnie heet ik,’ zei Trijnie. ‘En ik wil wel, hoor. Tenminste... als u, jij... mij mee wilt hebben.’ Trijnie kreeg een kleur.

‘Opgelost. Houd je jas maar aan, dan gaan we meteen.’ Hij keek over Helmy heen.

‘Maar ik heb mijn gewone kleren aan.’ Trijnie wendde zich tot Lia. Ze droeg een geruit rokje en een donkerblauwe overhemdbloes. Kantoorkleding. ‘Heb jij iets voor me?’

Lia haalde haar schouders op. ‘Niets wat je zo kunt dragen.’

‘Zo weinig feestelijk, dit,’ zei Trijnie en ze tilde spijtig een tip van haar rok op.

Vincent keurde Trijnies outfit. ‘Prima toch?’

‘Dan even een kam door mijn haar...’ prevelde ze met neergeslagen ogen en ze verdween naar de badkamer die bezaaid lag met wasgoed. Ze schoof het met haar voet in een hoek.

Gunst, en Lia was altijd zo netjes volgens oma. Nou, dat was dus ook maar schijn omdat oma zo precies was. Die had het Lia vast wel ingepeperd als ze in haar huis rommel liet liggen. Dat deed ze bij haar ook. Gezeur van: ‘Trijnie, ruim op. Het wordt hier een stal als je troep laat liggen. Dat deed Lia nooit!’ Mooi wel dus.

Ze kamde haar haar en poederde haar neus. Gelukkig had ze die dingen altijd in haar tasje.

Voor de verbaasde ogen van de aanwezigen in de kamer verlieten Vincent en Trijnie vijf minuten later het huis van Lia en Adrie.

Elja durfde niet naar Helmy te kijken.

‘Hij vond het zonde van de kaartjes. Het is natuurlijk ook wel veel geld,’ troostte Lia, al vond ze het wel gek van Vincent. Eerst om niet even van tevoren te vragen of Helmy kon, en dan om een voor hem totaal onbekend meisje mee te vragen.

Nou ja, de ene man was de andere niet.

'Het is mijn zaak niet, maar die man deugt niet voor jou. Jij bent veel te goed voor hem,' kwam opeens de stem van Anna. 'Ik ken dat type.'

Iedereen keek haar verbouwereerd aan. Ze was al die tijd zo stil geweest. En dan nu opeens dit.

Anna werd verlegen toen ze alle ogen op zich gericht zag. 'Denkt dat hij een ander onder kan schoffelen. Ach, vergeet het maar. Ik ben moe. Daar komt het door,' verontschuldigde ze zich. 'Wat weet ik er ook van.'

Lia durfde niet te zeggen dat ze haar groot gelijk gaf.

Helmy streek over haar rok en keek toen op. Haar verdrietige ogen maakten Lia en Elja woedend.

O, ik zou hem wat kunnen dóén, dacht Elja, maar ze zweeg ook.

Het commentaar kwam van Adrie. 'Ze heeft gelijk. Jij bent te goed voor hem, zusje. Trijnie past precies bij hem. Misbaksel.'

Helmy knikte en streek haar haar naar achteren. 'En nu praten we ergens anders over.' Haar stem trilde, maar ze hief haar kin omhoog. Zo, dat was dan dat.

12

De volgende morgen stond Helmy om negen uur klaar om naar de winkel te gaan. Ze wilde nog even dag zeggen tegen Lia's gasten.

'Ga je al weg? Maar het is hier nog een rommeltje,' zei mevrouw Pronk.

Helmy keek om zich heen. Het was allemaal aan kant, alleen de ontbijtboel was nog niet opgeruimd.

'Ik had gedacht dat Lia vanmorgen zou komen, ik heb het Elja nog zo gevraagd. Jullie zouden de kamer een goede beurt geven,' zei haar moeder klaaglijk.

Helmy trok haar jas aan. 'Natuurlijk niet, ma, Lia moet toch eerst Anna en haar dochtertje weghelpen. Ik ga juist een beetje vroeg om haar te helpen. Ze heeft het druk zat, en het zal best een beetje zwaar voor haar zijn, met de baby die vlug moet komen.'

'Ze had ook geen gasten moeten nemen. Het is erg achteloos dat Elja daar geen rekening mee heeft gehouden. En wie draait er uiteindelijk voor op? Ik had net gedacht dat het zo fijn zou zijn als jullie samen nog even de boel door werkten. Straks vraagt de baby alle aandacht en dan komt het er niet meer van. Elja had eraan moeten denken.'

'Elja wilde hen meenemen naar haar huis, maar Lia wilde per se dat ze bij haar bleven, ze zag dat die vrouw door en door koud en moe was. En verder heeft Elja ervoor gezorgd dat Lia geen werk aan het eten had. Zo heerlijk royaal is haar moeder!'

'Dat is ook gemakkelijk voor mevrouw Van Lier. Die krijgt van alles toegeschoven van die boerderij. Ik had ook gevraagd of... als Lia iets overhad van die karbonaadjes. Je weet hoe dol ik, wij erop zijn.'

Mevrouw Pronk sloot haar lippen toen ze Helmy's boze ogen zag, maar toen zei ze zwakjes: 'O, dat mag zeker weer niet gezegd worden? Ik begrijp niet...'

'Nee, dat is jammer. Dat u veel niet begrijpt.'

'Het is niet nodig om brutaal tegen je moeder te zijn. Als je mijn handen eens voelde.' Mevrouw Pronk hield haar armen omhoog.

'Als u gevoeld had hoe koud de handen van die vrouw en dat meisje waren.'

'Dus een vreemde met een kind is belangrijker dan jullie eigen moeder?'

Helmy keek haar moeder, die haar handen op de tafel had gelegd, peinzend aan. 'Ja, dat klopt,' zei ze toen.

Ze pakte haar tas, waarin ze een goede jurk van zichzelf had gestopt en een vestje dat ze niet vaak droeg. 'Tot vanavond.'

Mevrouw Pronk was even geschokt. Ze besloot dat die opmerking een grapje was. Helmy kon weleens raar uit de hoek komen, maar het idee dat vreemden belangrijker waren dan zij...

'Moet je dan niet uit met Vincent? O nee, dat was gisteren. Je hebt nog niet verteld hoe het was. Hij zou je toch mee uit nemen?' zei ze verzoenend.

'Ik ben niet gegaan. Ik had beloofd voor die kleine meisjes te zorgen. Vincent is met een nichtje van Adrie naar Het Gulden Vlies gegaan. Die wilde erg graag mee. Heel best.'

Helmy was na een nacht slecht slapen tot de conclusie gekomen dat ze een punt achter de omgang met Vincent moest zetten.

Het werd toch niets, en ze was er ook niet zeker van dat ze dat nog wilde. Hij deugde inderdaad niet voor haar. Ze moest iemand anders hebben. Meer het soort van Adrie en Evert, en van die Klaas die ondergedoken zat bij Elja's oom, hoewel ze die wel erg saai vond. Maar beter een saaie man dan iemand die alleen uit was op zijn eigen pleziertjes, was haar laatste gedachte geweest voor ze insliep.

Bij Lia was ze nog net op tijd om Anna en haar dochtertje uit te zwaaien. De fietstassen puilden uit.

Het kleine meisje droeg een manteltje van Lineke en had een dikke wollen sjaal om haar schoudertjes. Ze sloeg haar armpjes om Helmy heen. 'Dag dag!' zei ze. 'Ik vind jou heel lief.'

'Dat is toevallig. Ik vind jou ook heel lief.' Helmy knuffelde het kind en sloeg haar armen toen om Anna heen, die schor zei: 'Dank je. Dank jullie allemaal.'

'Vergeet niet hiernaartoe te komen als het nodig is,' zei Lia.

En toen fietsten ze weg.

'Elja heeft haar wol en een paar lappen gegeven,' zei Lia. 'En ze heeft de karbonaadjes meegekregen die over waren. Het is koud genoeg en ze zaten nog in het vet.'

'Daar vlaste moeder op,' zei Helmy en ze zwaaide nog een keer.

'Waarop?'

'Op de karbonaadjes die over waren.'

'Op de karbonaadjes? Ach, nou ja...' Lia was niet eens erg verwonderd.

'Onze moeder stelt ons vaak voor verrassingen,' zei Helmy. 'Ze ziet zichzelf altijd als het middelpunt van de aarde.'

Eensgezind gingen ze weer naar boven en Helmy stopte het beddengoed in de wastobbe.

'Tussen de middag was ik die lakens. Waag het niet om daar aan te komen,' dreigde ze.

'Je hoeft niet bang te zijn dat je op ma lijkt.' Lia begreep de ijver van haar zusje op dat moment.

'Dan is het goed, want dat lijkt me een ramp voor mijn omgeving.' Helmy droogde haar handen. 'Dag zusje.' Ze verdween naar beneden waar Elja al bezig was.

Een paar dagen later was de logeerpartij weggezakt. Alleen op Helmy had die dag een onuitwisbare indruk gemaakt.

Adrie was aan het klussen. Hij moest de kast bij de ouders van Evert nog afmaken. De achterwand had hij scharnierend gemaakt en daarachter was een ruimte ontstaan waar twee mensen zich konden verbergen. Niemand zou op het idee komen dat daar een schuilplaats was. Het was verstandig dat Evert niet meer op dit adres geregistreerd stond. Hij had ergens in Heerhugowaard een kamer gehuurd bij bejaarde mensen. Niet dat hij daar ook verbleef. Het enige wat daar van hem lag, waren wat oude kleren. De mensen vonden het best. Wat hun huurder deed, moest hij zelf weten.

De zender stond nog steeds bij Everts ouders en Adrie verzorgde het contact. Tot hun grote genoegen was vandaag de boodschap gekomen dat James, de piloot die Elja weggebracht had, veilig in Engeland terug was gekomen.

'Dat zal Elja fijn vinden. Adrie, laten we nu stoppen, anders wordt het te laat. Ik moet vanavond nog naar een vergadering bij de tantes.'

Adrie kwam overeind. 'Ja. Ik moet jou vandaag of morgen nog eens precies vertellen hoe je seint. Als de baby er is, kan ik een paar weken slecht weg, denk ik.'

'Dat mag niet eens, jongen. Dan wil ik je hier niet zien,' zei Everts moeder, die zijn werk goedkeurend had gadegeslagen en ze duwde Adrie en haar zoon richting de deur. 'Zorg goed voor je vrouw.'

Adrie lachte toegenegen. 'Goed, moeder Koomen.' Hij gaf haar een kus op haar wang en ze verdwenen richting Alkmaar.

Het was een donkere avond. De wind was opgestoken en blies over het vlakke land. De molen, die vlak langs de weg stond, draaide. De wieken waren nauwelijks zichtbaar. Ze hoorden aan het suizende geluid dat hij volop in bedrijf was.

Na een kleine twintig minuten passeerden ze de Friese brug, en veiligheidshalve stapten ze af. Het was te gevaarlijk om hier te blijven fietsen. De fietslampen gaven door het smalle spleetje nauwelijks zicht.

Zwijgend liepen ze over de Achterstraat naar de Waag.

'Hier uitkijken,' waarschuwde Adrie. 'Wat is het ellendig donker vandaag.'

Hij was blij dat Evert overal de weg wist te vinden. Die vent had het oriëntatievermogen van een postduif. Kwam altijd waar hij wezen moest. Dat was niet iedereen gegeven.

Vanuit een paar cafeetjes klonk rumoer en gezang en een hoge vrouwenlach.

'Dwazen,' mompelde Adrie en hij gleed bijna uit op het gladde wegdek. Hij hield zich overeind en probeerde in het voetspoor van Evert te blijven. Van de andere kant kwamen voetstappen op hen af.

Opeens klonk er gekraak, een plons, en het verschrikte gekwaak van de eenden die op de walkant in slaap waren gedommeld.

Het water dat langs het plein liep, was afgezet met lage ladders, maar je moest echt weten waar die lagen, anders dook je er nog overheen. Op dit punt waren regelmatig inwoners en vooral Duitsers, die niet gewend waren aan de vele grachten, in het water geraakt en verdronken.

Adrie hoorde en zag half dat Evert zijn fiets neergooide, en hij zette zijn fiets ook neer.

'Kijk uit, Eef... Straks duik je er ook overheen,' riep hij.

'*Hilfe*! *Hilfe*!' schreeuwde iemand. Daarna het borrelende geluid van iemand die onder water zakte en weer bovenkwam.

Hilfe? Een Duitser. Evert aarzelde niet. Hij liep in gebukte houding langs het water naar het geplons toe.

'Ik kom!' Zijn hand gleed over de ladder en hij kneep zijn ogen tot spleetjes om te zien waar de man zich bevond. '*Wo bist du*? Blijf praten,' riep hij.

'Hier. Hier!' Hij zag beroering in het water en een hoofd.

'Adrie, houd jij mijn benen vast.' Evert lag al plat op de kade. Zijn hoofd kwam in botsing met de omheining en er spatte modder op zijn wangen terwijl hij in het water greep. Wat waren die ladders een ellendige dingen. Was dat een hand? Ja!

'Adrie, ik heb hem.'

Ze hoorden iemand kokhalzen en het water bewoog wild. '*Hilfe*!'

'Niet trekken. Niet trekken. Wacht. *Warte*!' schreeuwde Evert. 'Adrie, ik houd hem zo wel. Kom erbij!'

Adrie knielde naast hem. 'Kijk uit, Evert. Ik pak zijn andere hand. Nu!'

De drenkeling keek omhoog. Op dat moment kwam de maan achter een paar wolken vandaan en was het gezicht van Evert in het schijnsel zichtbaar. Tussen de modder op Everts gezicht waren zijn ogen goed zichtbaar.

Ook Evert zag het gezicht van de man in het water. Staalgrijze en groengrijze ogen ontmoetten elkaar.

'*Du*?' bracht kapitein Krüger uit.

Voor het eerst herkende hij in Evert de luitenant van de troep tegenover wie hij had gestaan bij de strijd op de Grebbeberg. In een flits vloog het door hem heen. Alleen succes telde toen. Hoe deed er niet toe. Die gevangenen boden een prima dekking. Dat ze neergeschoten werden? Het was tenslotte oorlog. De ogen van zijn vijand waren hem bijgebleven. De minachting. Dat hij hem niet eerder herkend had! Het ijswater liep zijn mond in.

Evert zag het gezicht van de man wiens hand hij krampachtig vastklemde. Krüger. Schoft! De afkeer die hij tijdens hun eerste ontmoeting op het slagveld bij de Grebbeberg had gevoeld, kwam weer boven. Zijn greep verslapte. Hij besefte dat Krüger hem nu pas voor het eerst herkende. Misschien omdat hij nu net zo'n besmeurd gezicht had als toen, tijdens die meidagen op de Grebbeberg. Hij zag hen weer voor zich: zijn eigen mannen die Krüger voor zijn mannen, de Duitse manschappen, uit had gestuurd als een levende barrière. Alleen maar gekleed in een hemd en een broek. Hun handen opgeheven. Dat beeld... Hij kon hen nu wreken. Die jongens die zo zonder zin waren gestorven. En het lachje dat de man die het bevel voerde op zijn gezicht had, toen hij hen voor zich uit joeg. Een bijna triomfantelijk lachje was het geweest. Moest hij deze ellendeling redden? Hij hoorde in zijn dromen het gekerm van zijn korporaal die in zijn buik was geschoten.

Hij kon hen nu wreken, zijn jongens. Als hij dat hoofd met die natte haren onderduwde. Geen haan zou ernaar kraaien. Hij alleen zou het weten. En Adrie. Maar Adrie zou zijn mond houden. Zou hij...? Ach, nee.

Hij hoorde de woorden van zijn moeder toen hij zijn gal had gespuid over de Duitsers: 'Wraak, jongen, niet doen. Dat moet je aan God overlaten.' En hij zag Elja's gezicht.

'Kun je van een moordenaar houden?' had hij haar gevraagd toen de oorlog net was begonnen.

'Dat ben je niet,' had ze nuchter geantwoord.

Zijn greep om de ijskoude natte hand verstevigde zich weer. Hij kon Krüger niet laten verdrinken. Hij zou zich schuldig voelen en blijven voelen. Het was erg genoeg dat zijn eigen mannen toen omgekomen waren. Hij wist nog steeds niet van welke kant het eerst was geschoten. Hij had een soort absolutie gekregen van een van zijn mannen die dodelijk gewond was. 'Luit... u kon niet anders. Ze hadden ons toch omgelegd. U moest wel terugschieten.'

Hoeveel gedachten kon je hebben in één moment?

Adrie hoorde Evert zwaar ademhalen. Hij zag in het donkere water alleen een druipnat hoofd. Het gewicht van de man werd loodzwaar aan zijn handen. Hij leek wel verstijfd.

'Trekken, Evert!' riep hij. 'Die sufferd werkt niet mee.'

Evert zette zijn verstand op nul en trok uit alle macht. Samen hezen ze de kapitein omhoog. Het water kolkte toen ze hem eruit kregen en ze legden hem neer op de modderige stenen.

Kapitein Krüger lag een halve minuut plat op de walkant voor hij zich op zijn knieën draaide en water uitbraakte.

Adrie, die nog op zijn knieën zat, pakte zijn knijpkat en scheen op de man die hij uit het water had gehaald. Hij zag een uniform dat bijna zwart leek door het vocht. Alleen een paar epauletten hadden kleur.

'Red ik eens iemand en dan is het een mof. Ver...' vloekte hij. Zijn voldoening over de redding taande.

De Duitser keek naar Evert. '*Du*,' stootte hij nogmaals uit.

Adrie keek ook naar zijn vriend. 'Kent die kerel jou?' Hij scheen nog eens in het gezicht dat doodsbleek was en waar de neus vreemd uitstak. Net een doodshoofd.

'Krijg nou wat. Is dat niet die kapitein die vaak vanaf de overkant van de straat naar de winkel staat te koekeloeren?' riep hij.

'Ik ken hem van een andere gelegenheid,' zei Evert bitter.

Adrie hees Krüger overeind zodat hij op zijn knieën kwam. 'Nou ja, het zijn ook mensen, zou tante Flora zeggen,' zei hij zakelijk. 'Kom op, kapitein!'

'Tante Flora vergist zich,' zei Evert op dezelfde toon.

Krüger zweeg. Hij boog zich voorover, braakte nog een keer, leunde op zijn handen en viel weer om. Evert greep hem bij een arm.

Adrie deed een stap achteruit. 'Alsjeblieft, zeg,' zei hij. 'Kotst ie over mijn schoenen. Ze zijn al goor genoeg. Moeten we hem ergens droppen, Eef? Hij kan zelf niet lopen en hij bevriest als we hem hier laten liggen.'

Evert dacht na. Ze konden de kapitein niet zo achterlaten. Dan belandde hij weer in het water. Daar hadden ze hem niet voor uit de gracht gehaald. Hij zou het karwei af moeten maken.

'Die kroeg daar. Daar zitten ook Duitsers, zo te horen. Die

moeten hem maar in Huize Voorhout afleveren.' Evert wees naar het café waar het meeste lawaai uit kwam. Een hoge gillach en wat zwaardere stemmen deinden door een geopend raam over het plein. De maan was vanachter de wolken tevoorschijn gekomen en bescheen de oude gevels van het plein.

'We brengen hem ernaartoe. Pak jij hem aan deze kant, ik aan de andere.' Adrie pakte de kapitein vast en samen sleepten ze Krüger, die bleef zwijgen, half naar het café.

Adrie gooide de deur open riep boven het geroezemoes en gelach uit: 'Hier lui. Jullie kapitein! Zorgen jullie verder maar voor hem.'

In het schijnsel van de lampen boven de bar zagen ze Krüger nu pas van top tot teen. Zijn pet was verdwenen en zijn haar hing in zijn ogen. Uit zijn uniform lekten straaltjes water. Op de houten vloer vormde zich een plas.

'*Mensch...*' zei een van de Duitsers ontdaan. '*Das ist...*'

'*Das ist der Krüger*,' vulde een ander aan en hij liep naar voren.

'Uit de gracht gevist. Hij druipt nog,' zei Adrie nonchalant en hij keek toen naar de kleren van Evert en van Evert naar zichzelf. Onder de blubber. Hier zou Lia niet blij mee zijn.

'*Ach so... danke.*' De Duitsers wisten niet goed wat ze met de situatie aan moesten.

Krüger rukte zijn armen los en probeerde rechtop te staan, maar hij kokhalsde weer en viel half.

'Nou, dat was het.' Adrie draaide zich om. Ondanks de verwarde situatie bleef hij nuchter. Het verbaasde Evert. Was hij altijd zo geweest of hadden de omstandigheden hem zo gemaakt? Geen idee.

Hij volgde hem langs de tafeltjes naar de donkerbruine deur van het café en stapte het donker in. Ze pakten hun fietsen en vervolgden zwijgend hun weg naar het huis aan de Langestraat.

'Ik dacht één moment...' zei Adrie aarzelend toen ze de steeg in liepen.

'Dat ik hem los zou laten? Ik wou het even doen. Verzuip jij nu ook maar, dacht ik,' bekende Evert.

Alleen het geratel van hun houten banden op de keien klonk door de stille avond.

'Daar zou je zelf het meest last van hebben gehad,' zei Adrie toen. 'Nou ja, niet helemaal, natuurlijk, want die Krüger had dan het loodje gelegd. Kijk uit hier... Nog een geluk dat de maan schijnt. Het wordt hartstikke koud ook. Dat komt door die natte kleren. Wat droop die vent, zeg, ijskoud water ook. Het leek Nova Zembla wel.'

Tien minuten later stapten ze de kamer boven de stoffenzaak binnen. Elja, Lia en Helmy keken onthutst naar de twee mannen.

'Mensenredders hier. Jammer genoeg van een Duitser, maar toch. Hebben we nog andere kleren voor Evert, Lia? Stap vlug onder de douche, man. Je moet naar die vergadering bij de tantes. Helmy, ga jij eens zeggen dat hij wat later komt,' rilde Adrie.

Helmy stond op en wees naar Lia die aan tafel zat met een vertrokken gezicht.

'Douche jij maar eerst, dan ga ik meteen maar naar de vroedvrouw, want we denken dat de baby komt.'

Adrie keek naar Lia en zakte op zijn knieën naast haar neer. 'O, schatje, heb je... heb je...'

'Blijf af. Ga schone kleren aantrekken. We horen later wel wat er gebeurd is,' beval Helmy.

Adrie deinsde terug.

'Laat maar. Het is heus zo erg niet,' zei Lia. 'Maar ga je eerst douchen, en ga dan naar de vroedvrouw.'

'Ik ga. Adrie is er nu in ieder geval. Ik weet wel waar die mevrouw De Jong woont.' Elja trok haar jas aan. Ze streek Evert over zijn wang en schrok van de kou van zijn gezicht. 'Tot zo. En trek die natte kleren uit. Je wordt ziek.'

Een paar uur later lag Evert doezelig in de logeerkamer bij Elja thuis. Ze zat op de rand van het bed en gaf hem een grog. Het was een geluk dat vader een restje cognac had bewaard. Jammer genoeg waren er geen citroenen te krijgen, maar zo werkte het ook wel. Een flinke schep suiker uit moeders gespaarde voorraad voldeed goed.

'Heet opdrinken, dan suis je zo in slaap,' beval Elja.

'Je weet niet wat er allemaal gebeurd is.' Evert onderdrukte het klappertanden.

'Nee, als je het wilt vertellen doe je dat, maar het kan ook morgen.' Elja streek over zijn haar. Hij voelde nog steeds zo intens koud.

'Schuif eens op.' Ze sloeg de deken omhoog, schoof naast hem en sloeg een arm om hem heen. 'Vertel maar.'

Evert begon te praten, maar de invloed van de hete cognac en haar warmte verwarde hem. Hij drukte haar hoofd tegen zich aan en zijn woorden werden onsamenhangend.

'Weet je... en toen zag ik dat het Krüger was, en toen dacht ik: zal ik hem onder water laten glijden? Dan is hij dood... net als mijn jongens, maar... Kon niet... Ben geen moordenaar.'

'Nee, natuurlijk kon je dat niet en natuurlijk ben jij geen moordenaar. Ga nou maar slapen.'

Elja stopte de dekens vaster om zijn schouders en deed het nachtlampje uit. 'Ga nu maar slapen.'

Na een paar minuten hoorde ze zijn ademhaling rustiger worden.

Voorzichtig gleed ze onder de dekens vandaan en ze liep naar beneden.

Haar vader zat nog aan tafel en keek haar aan over zijn leesbril. 'Slaapt hij?'

Ze knikte en ging tegenover hem zitten. 'Die gebeurtenis op de Grebbeberg laat hem niet los,' zei ze na een tijdje zorgelijk.

'Wat daar gebeurd is, is ook in feite een oorlogsmisdaad. Tegen de Conventie van Genève,' zei haar vader. 'Ik geloof alleen niet dat mensen die vechten zich daar veel van aantrekken. Wij zullen ook wel niet brandschoon zijn, Elja.'

'Misschien wel niet, pap,' zei ze moe. 'Maar Evert heeft het zich ontzettend aangetrokken. Zou hij – Krüger, bedoel ik – ons nu met rust laten? Zou hij niet meer zo griezelig achter mij aanlopen? Hij is Evert nu wel iets schuldig.'

Meneer Van Lier schudde zijn hoofd. 'Lieverd, een oude Chinees heeft eens gezegd: "Ik begrijp niet waarom die man mij zo haat, ik heb hem nooit iets goeds gedaan".'

Elja fronste en trok een lijntje op het tafelkleed. Een E tekende ze.

'Een doordenkertje,' vervolgde haar vader. 'Het komt erop neer dat veel mensen het niet kunnen verdragen om bij iemand in de schuld te staan. Ze weten dat ze dankbaar moeten zijn, en oppervlakkig zeggen ze ook dat ze dat zijn, maar in werkelijkheid krijgen ze een hekel aan degene die goed voor hen is geweest. En zeker als ze zelf niet goed waren.'

Elja dacht na. Zou haar vader gelijk hebben? Het leek zo... zo onlogisch. Maar papa had vaak gelijk als het over het gedrag van mensen ging.

'Misschien moet je een tijdje uit het zicht verdwijnen,' peinsde meneer Van Lier. 'Evert in ieder geval. Hij schijnt toch gezien te zijn. Bij die overval op een distributiekantoor heeft iemand hem herkend. Het is alleen... die jongen is zo handig.'

'En Adrie dan? Moet die niet weg?'

'Die kent niemand. Waarschijnlijk heeft Krüger hem niet herkend van het huis in de Langestraat. Dat hopen we tenminste maar. Adrie kunnen we ook niet missen op het moment. Hij onderhoudt ons contact met Londen.'

'Kan hij dat niet aan iemand leren? Dat seinen, bedoel ik?'

'Onze Leo,' zei haar vader met tegenzin.

'Leo?'

'Ja, Leo. Gelukkig is hij nog geen achttien en ziet hij er jonger uit dan hij is.'

Meneer Van Lier zuchtte even. Hij moest eerst iets overwinnen. Om Leo nu ook gevaar te laten lopen... Aan de andere kant was het de beste oplossing. Leo liep niet in de gaten. Niemand kende hem. Tenminste, geen Duitsers en geen landwachters. Je had van die jongens die met onschuldige gezichten overal tussendoor glipten.

'Laten we morgenochtend maar verder praten. Dag dochter van me. Welterusten. En vergeet niet dat we er niet alleen voor staan. Bid maar voor hem en voor ons allemaal.'

Elja knikte. 'En voor Adrie en Lia. Ik hoop dat de baby er intussen is.'

Ze zag weer het vertrokken gezicht van Lia voor zich.

'Wat raar, hè pap? We hebben hun de etage aangeboden om hen uit de brand te helpen. En nu hebben we er zelf zo veel aan. Dat ze bij ons ingetrokken zijn, bedoel ik.'

'Zo gaat dat. Je profiteert vaak zelf van je goede werken,' zei haar vader wat plechtig.

Elja ging naar boven. Ze keek nog even in de logeerkamer. Een diepe, regelmatige ademhaling vertelde haar dat Evert sliep.

13

De volgende morgen sliep hij nog. Elja sloot zacht de kamerdeur achter zich. Slapen. Het beste voor hem dit moment.

'Verstandig,' zei haar moeder goedkeurend.

Elja stapte op de fiets. De baby van Lia zou er nu toch wel zijn. Zou ze even mogen kijken?

Toen ze haar fiets wegzette, kwam Adrie haar tegemoet bij de trap. Hij sloeg zijn armen om haar heen.

'En?' vroeg Elja.

Hij glunderde. 'Een zoon. Volgens mij wordt het een doerak, want hij schopt als hij een schone luier om krijgt.'

'Of een voetballer. Gefeliciteerd! Wat heerlijk. Verder alles goed?'

'Ja, geweldig. Lia zegt dat ze altijd een tweede kind had moeten krijgen. Het was een fluitje van een cent, zei ze.'

'Mag ik even kijken?'

'Natuurlijk, waarom denk je dat ik hier sta? Ik hoorde je in de steeg. Kom.' Adrie ging haar voor de trap op en gooide de slaapkamer open. 'Kijk eens, nog een peettante!'

Lia lag in bed met de baby in haar armen en keek stralend naar haar man en Elja.

'Laat zien.'

'Een jongen, hoe vind je hem?'

Elja zag het ronde hoofdje, de rechte neus en de twee vuistjes die hij tegen zijn wangetjes hield. 'Een plaatje!'

'Zevenenhalf pond,' zei Adrie trots alsof hij persoonlijk verantwoordelijk was voor het gewicht.

'Toe maar,' prees Elja en Lia knipoogde naar haar.

'Hoe gaan jullie hem noemen?'

'We zouden hem het liefst naar Evert willen noemen, maar dan krijgen we herrie met de familie, dus het wordt een Hendrik. Maar dan geen Henk, maar Rik. Ik wil geen extra Henk in huis,' zei Lia fier. 'Dan denk ik dat mijn vader hier rondloopt.'

'Rik. Leuke naam. Lekker stoer,' zei Elja.

'Ja toch?' Lia streelde de baby over het wangetje.

'Heeft Lineke de baby al gezien?' vroeg Elja.

'Nee. Die komt straks met mijn moeder mee. Helmy had haar vanmorgen om acht uur mee willen nemen, maar moeder zei dat het beter was als zij erbij was. Dus...' Lia haalde haar schouders op.

'Ja, je moeder wil hem natuurlijk ook meteen zien,' suste Elja. 'Waar is Helmy?'

'Weer terug naar huis. Ze zal zo wel komen. Daar hoor ik haar al, geloof ik.' Adrie opende de deur van de slaapkamer.

Helmy was voor haar moeder uit gelopen en legde een vinger bezwerend op haar lippen. 'Hendrik,' fluisterde ze en ze draaide haar ogen omhoog.

Ai, daar had je het al, dacht Elja.

Daar kwam moeder Pronk de kamer in. Ze hield Lineke stevig vast. Adrie nam het kind behendig van haar over en hield haar boven het bed. 'Nou, Lien... kijk eens. Dit is nou je broertje.'

'Henk,' knikte Lineke en ze aaide over een handje. 'Lief!'

'Nee. Rik heet hij. Z'n hele naam is Hendrik, maar daar maken we Rik van. Leuk hè,' zei Adrie.

Moeder Pronk kwam naar voren en boog zich voorover. Elja deed bescheiden een paar stappen achteruit en ging richting deur.

'Wat een schatje,' zei mevrouw Pronk.

'Ja hè?' Lia's ogen glansden.

'Ja, echt een beeldje.' Mevrouw Pronk was aangedaan en kuste haar dochter. 'Geef hem eens even aan mij. Dag mijn lieve, kleine Henkie.'

'Rik! Rik is zijn roepnaam, ma,' verbeterde Lia.

'Onzin. Hij is dan wel geen stamhouder, maar vader zal erg teleurgesteld zijn als hij niet Henk genoemd wordt. En wij willen toch niet dat opa verdrietig wordt? Wat jij, Henkie, wat jij, Lien?' zei haar moeder met een lieve stem tegen haar kleindochter en haar kleinzoon.

'Daar is opa zo weer overheen,' zei Lia vastberaden.

'Kom, Liedje, nu niet zo dwars. Wat maakt het jou nu uit? En je vader is er vast blij mee.' Mevrouw Pronk schonk haar dochter een toegeeflijk lachje. 'Altijd wijs om iemand naar een goed mens te noemen, en wij stellen het zo op prijs.'

'Vader is er zo overheen. Wij noemen de baby dus Rik, wat jij, prul?' Lia haalde haar dochtertje naar zich toe. 'Jouw broertje heet Rik!'

'Rik,' echode Lineke.

'Nou ja,' mokte mevrouw Pronk. Ze ving een blik van Adrie. O, oppassen. Die jonge vaders konden niet veel hebben. 'We hebben het er nog wel over.'

'Nee hoor. We gaan het er niet over hebben. Hij heet Rik! Wat jij, Lineke?'

'Rik,' zei Lineke weer.

Mevrouw Pronk zweeg. Soms herkende ze haar dochter niet. Lia glimlachte.

Elja verdween geruisloos. Er was hier net een kleine slag geleverd. En die had Lia gewonnen. Met glans!

'En laten we nu naar Susanna gaan,' zei Helmy twee dagen later. Ze pakte een rol flanel uit de stelling en legde hem op de toonbank.

Ja, dat was erbij gebleven. Een beetje schuldig schoof Elja er een andere rol naast.

'Ik kijk of Lia nog iets heeft liggen voor dat jongetje van Suus. Ik heb dat speelgoedolifantje aan Ankie gegeven. Wel schandalig dat ik nu weer bij Lia moet schooien, maar het is niet anders. Ik ga er de volgende week echt voor zitten en dan zet ik vier speelgoedbeesten in elkaar,' zei Helmy.

'Goed. Vanmiddag dus. Ik vraag aan tante Flora of ze bij ons in de winkel kan waarnemen. En ik bel naar Doom en Johanna of het uitkomt.'

Elja verdween door de tussendeur en liep het fotoatelier in. Even maakte ze pas op de plaats. In de winkel stonden vier Duitse militairen.

Tante Aline was in gesprek terwijl ze een achtergrond voor een foto in orde maakte: een grote plaat van de Waag. Tante Flora verzette een paar fotolijstjes.

'Ach... dus jullie kapitein is in het water gedoken. Ja, logisch dat hij ziek is geworden met de kou op het moment,' babbelde tante Aline. 'Wat een geluk dat jullie hem hoorden. O, jullie hebben hem er niet uit gehaald? Nee? Gewone Hollandse burgers? En jullie kapitein, weet die wie hem gered hebben? Dankt de Heer zeker op zijn blote knieën? Ja, en zijn redders, natuurlijk, want die deden het tenslotte.'

O tante, houd je mond, dacht Elja. Ze hoopte vurig dat tante Aline niet ging vertellen dat de redders de verloofde van haar nichtje en hun bovenbuurman waren.

Tante Aline piekerde daar niet over. Ze had dezelfde kijk op de mensheid als haar zwager. Het was niet verstandig om dankbaarheid te verwachten van mensen die zich schuldig voelden tegenover hun weldoeners. Daar had ze geen Chinese wijsgeer voor nodig. Dat wist ze zelf wel. Middenstanders zijn mensenkenners, had haar vader weleens gezegd, en daar had hij gelijk in.

Hoor die soldaten eens met elkaar en tegen haar kletsen. Maar dat was heel goed. Zo hoorde je nog eens iets.

Nee, aanplakbiljetten maakte ze niet. Daar had ze de apparatuur niet voor. Dat die biljetten onduidelijk waren, gaf ze toe. Als er plakkaten werden opgehangen met nieuwe regels, liep je te puzzelen over wat er precies stond en wat je wel en niet mocht. De afbeeldingen van gezochte personen waren nog een graadje slechter... daar zou een moeder haar eigen kind nog niet op herkennen. En dat was maar goed ook, dacht ze en ze glimlachte.

Elja wachtte tot ze weg waren en kwam toen met haar vraag.

Tante Flora was meteen bereid om die middag op te passen.

Elja belde naar Doom en Johanna. Johanna was blij dat ze kwamen. Eigenlijk was ze te blij, dacht Elja ongerust.

Dat haar onbehagen terecht was, bleek uit de woorden van de doktersvrouw toen ze binnenstapten.

'Gelukkig dat jullie er zijn. Susanna is nogal ziek. Mijn man is bang dat ze tegen longontsteking aan zit en ze is zo onrustig en bezorgd. Dat is niet goed voor haar. Gaan jullie maar naar boven.'

Het kleine dametje streek haar witte haar uit haar gezicht en ging de twee meisjes voor naar boven. Ze klopte op de kamerdeur waarachter gehoest vandaan kwam.

Zo bescheiden en prettig dat ze niet meteen naar binnen stormde, dacht Helmy. Haar moeder stapte altijd meteen haar kamer binnen. 'Maar ik ben toch je moeder en het is mijn huis,' was haar reactie als Helmy daar iets van zei.

Er waren moeders die hun kinderen als lijfeigenen beschouwden, en haar moeder was daar een van.

Susanna had rode wangen en haar ogen waren vochtig, groot en koortsig.

'Fijn dat jullie er zijn. Kijk eens... gaat het niet goed met hem? Ziet hij er niet prachtig uit? Hij groeit heel goed, zegt oom Jan. Hij lijkt niet op mij.' Ze hoestte weer.

Helmy en Elja bogen zich over het ledikantje.

'Ach, jawel. Hij heeft jouw oren,' zei Helmy. 'Wat schattig!'

Het kind, dat met ernstige ogen naar de twee gezichten boven zijn bedje keek, lachte opeens breed.

'Een plaatje,' zei Helmy.

Elja knuffelde Susanna. 'Hij ziet er prachtig uit. Echt waar. Maar ben jij niet een beetje warm?'

Susanna hoestte ingehouden. 'Ja. Ik moet zo hoesten dat Brammetje wakker van me wordt. Hij slaapt nu 's nachts op de kamer bij Johanna en Jan.'

Helmy was bij het ledikantje blijven staan. 'Mag hij eruit? Hij heeft zijn middagslaapje zeker net gedaan.'

Susanna knikte. 'Hij mag in de box. Hij begint al te kruipen. Hij is voorlijk, zegt Johanna.'

Helmy pakte de baby uit zijn bedje. 'Kijk eens, hij heeft net zo'n kuiltje in zijn kin als jij, Elja. Wat grappig. Dat zie je ook niet vaak. En ook nog eens in zijn wangen.'

Susanna keek haar ongerust aan en zei: 'Het komt heel vaak voor.'

'Ja, bij Elja in de familie, maar verder... Heeft Klaas kuiltjes? Ik zou het niet weten. Maar het staat schattig als hij lacht.' Helmy was helemaal vertederd. Ze pakte het cadeautje dat ze van Lia had gekregen uit haar tas en gaf het aan Susanna. 'Dat had je nog tegoed.'

Susanna verwijderde het papier en hield het speelgoedbeest omhoog. 'Een zebraatje. Wat leuk. Wat lief van je.'

'Nou, het is meer lief van Lia. Die heeft het gemaakt,' bekende Helmy. 'Lia is zo handig met dat soort dingen. Ze zou er haar beroep van kunnen maken, speelgoeddieren maken. Ze heeft heel Artis al gemaakt. Olifantjes, varkentjes, eekhoorns en zebra's.'

Elja lachte. 'Misschien moeten we haar dat maar eens voorstellen.'

'Dat doet ze vast, en ze hoeft er tien tegen één niets voor te hebben.' Helmy kende haar zus.

'Dat moet ze juist wel hebben. Zo kan ze bijverdienen. Ik meen het! Speelgoed is niet op de bon.' Elja vond het een lumineus idee, maar werd afgeleid door de hoestbui die Susanna weer overviel. Ze snakte naar adem tijdens het hoesten.

Elja pakte het glas water dat op het kastje stond en hield het haar voor.

'Het gaat alweer,' zei Susanna schor. 'Ik heb hoestdrank gekregen, en dat scheelt wel.'

'Fijn. Dat is het voordeel als je bij een gepensioneerde arts in huis woont.'

'Ja,' zei Susanna mat. Ze keek Helmy aan. 'Zou jij hem even in de box willen leggen? Die staat beneden. Het wordt hier anders zo vol.'

Helmy vertrok met de baby op haar arm. Wat een verschil, zo'n kind van een halfjaar of een pasgeboren baby zoals die van Lia. Maar evengoed schattig.

Ze ging naar de keuken waar Johanna aan tafel zat en doelloos met een vinger over de loper streek. De witgeverfde deur ging open en tot Helmy's verrassing kwam Klaas binnen. Hij groette eerst Johanna en daarna keek hij naar haar. 'Dag eh... Helmy was het toch?'

Dat weet je best, dacht Helmy. Ze beantwoordde zijn groet luchtig en stak hem de baby toe. 'Alsjeblieft. Je wilt je zoon natuurlijk vasthouden.'

'Eh,' zei Klaas en hij nam Bram van haar over. Het jongetje lachte breed tegen hem en sputterde een paar belletjes die Klaas wegveegde. Het ging hem redelijk handig af, moest Helmy erkennen. En dat voor de paar keer per week – of zou het vaker zijn? – dat hij hem zag.

'Zal ik dan eens thee zetten voor iedereen?' stelde ze voor. Ze zag het granieten aanrecht en het oliestel in de hoek waarop een ketel water zacht ruiste. Thee dus. Of iets wat erop leek. Ze keek in het busje dat klaarstond naast een porseleinen pot. Die Johanna leek haar een beetje van slag. Ze was ook al behoorlijk oud en dan was de drukte van een klein kind vast een beetje te veel van het goede.

Johanna knikte. 'Doe dat maar. Drie schepjes, anders wordt het echt slootwater.'

Helmy deed de gedroogde bladeren in de pot en goot het kokende water erop. Het rook niet eens verkeerd. Ze zette de pot op het oliestel, draaide de pit lager en ging tegenover Klaas zitten. Johanna keek wat afwezig uit het keukenraam.

'Hoe is het met Susanna?' vroeg Klaas haar. Zijn rossige haar was iets te lang en hing over de kraag van zijn jas. Helmy keek er kritisch naar. Een knipbeurt zou hem goeddoen. Ze was in staat om zelf een schaar te pakken. Die jongen kon er zoveel beter uitzien.

'Tja, hoe is het met Susanna,' herhaalde Johanna. De plooien in haar fijne gezicht verdiepten zich. 'Jan is niet erg tevreden over haar.'

'Ach,' zei Klaas en hij nam het kind dat kronkelde en heen en weer wipte, op zijn andere arm. 'Wat is er, kereltje?'

Helmy stond op. 'Geef maar hier. Hij moet in de box van Susanna.'

'Ja, ja, natuurlijk.' Hij liet het jongetje los en Helmy legde het op het stoffen kleed in de box. Hij grabbelde naar de benen bijtring en sloeg met zijn handje tegen een rammelaar die aan een koord hing.

'Je hebt een schattig kind, Klaas,' zei Helmy en ze kietelde Bram in zijn nekje, zodat hij schaterde van plezier.

'Eh... Ja, ja, vind ik ook.'

Die borrelde ook niet over van enthousiasme. Als je hem vergeleek met Adrie, was haar kalme zwager buiten zichzelf van bewondering voor zijn zoon.

'Hoe is het op de boerderij? Rustig zeker, nu al het vee op stal staat en de oogst binnen is,' zei ze.

Klaas trok zijn wenkbrauwen op. Ze was er de laatste weken niet meer geweest, realiseerde hij zich. Misschien taande haar belangstelling voor Vincent. Dat zou alleen maar goed voor haar zijn. Ze kon aanstekelijk vrolijk zijn als Vincent er niet bij was. Met hem in de buurt was haar aandacht op hem gericht. Dat kon niet goed zijn voor een mens.

'De oogst is al een paar maanden binnen. We moeten al bijna wintertarwe zaaien,' antwoordde hij.

Ze liet het landleven voor wat het was. 'Klaas, wat heb je eigenlijk gestudeerd toen je nog niet ondergedoken was? Je gaat helemaal op in het boerenleven. Daar had je toch niets mee te maken voor de oorlog?'

'Dat komt vanzelf als je een tijdje meedraait. Het heeft wel iets, dat heel basale leven op het land. Niet voor altijd, maar een paar jaar zou eigenlijk iedereen het moeten doen.'

'Maar wat studeerde je dan?' Ze wilde het opeens weten.

'Geologie.'

'Aardrijkskunde dus. Nou, dan kun je je hart ophalen. De kaart van de wereld verandert met de dag op het moment. Heb je voor niets topografie uit je hoofd geleerd.'

'Valt mee.'

'Een landkaart met Groot-Duitsland en Groot-Japan als Hitler zijn zin krijgt,' zei Helmy zwartgallig.

'Dat krijgt hij niet. Duitsland wordt na de oorlog dít.' Hij knipte met zijn vingers. 'Formaat ansichtkaart.' Er volgde een snelle knipoog en Helmy schoot in de lach. Hij had toch wel iets grappigs. Ze bekeek hem nog eens. En zo beroerd als ze eerst had gedacht, zag hij er niet uit ook. Zijn ogen waren eigenlijk wel mooi. De baby leek helemaal niets op hem, maar dat zag je vaker. Lia en hun broers leken allemaal op moeder en zij als enige op haar vader.

Buiten klonken voetstappen op het grind. 'Daar is iemand, Johanna,' zei Klaas.

Johanna zuchtte. 'Ja. Ik had gehoopt...' En ze zweeg.

Kampioen in zinnen onafgemaakt laten, dacht Helmy. Maar daar hadden meer mensen last van.

Tot haar verrassing kwam de vader van Elja binnen. 'Zo Johanna, Helmy... Klaas.'

'Elja is boven.' Helmy wees met een vinger naar het plafond.

Meneer Van Lier keek vragend naar de oude dame. 'Johanna?'

'Ik denk dat het verstandig is als jij ook even naar boven gaat. Susanna is zo onrustig en dat is niet goed voor haar.' Ze streek haar kraagje, waaraan ze had zitten friemelen, plat. 'Ze wilde echt graag dat jij langskwam. Susanna wil iets overleggen.'

Klaas stond half op. 'Moet ik daar niet bij zijn?'

'Nee Klaas.'

Johanna keek even naar Helmy en die voelde zich opeens erg overbodig. Ze kon moeilijk aanbieden om te gaan wandelen, of toch? Het was droog. 'Is het goed voor Bram om even in de buitenlucht te zijn?'

'Ja, dat is heel goed voor hem. Hij is op het moment te veel binnen. We komen er niet aan toe om met hem te wandelen,' zei Johanna dankbaar. 'Hier is zijn jasje. Klaas, help haar eens.'

'Zal ik soms meegaan?' Klaas pakte de kinderwagen uit de gang.

'Nee. Of ja, doe maar. Er is geen controle op het moment. In dit dorp zijn weinig NSB'ers. Ik wou dat Jan terugkwam.' Johanna strengelde haar vingers in elkaar.

Wat onwennig liepen Klaas en Helmy achter de kinderwagen over straat.

Johanna bleef zitten. Het was goed dat de broer van Ab van Lier erbij betrokken werd. Dit was uiteindelijk een familieaangelegenheid. Die vrouw van Ab... Een teleurgestelde, wraakzuchtige vrouw die een gevaar betekende voor degene op wie ze jaloers was.

Maar wat wist zij ervan. Ze was altijd gelukkig geweest met haar man. Kwam hij nu maar thuis. De temperatuur van Susanna liep nog steeds op. Die rode wangen. Die duidden toch op een gebrek aan zuurstof? En wat moesten ze als... Nee, niet aan denken. Bij de dag leven.

Boven zaten Elja en haar vader bij Susanna.

Susanna had haar handen voor haar ogen geslagen en zei met

een hese stem: 'De baby. Bram. U moet ook weten wie zijn vader is, meneer Van Lier. Niet alleen Elja. Johanna en Jan weten het ook, maar als er iets gebeurt en zij gevangengenomen worden, dan moet er nog iemand weten van wie Bram is. Ik heb het opgeschreven.'

'Rustig maar, rustig maar.' Elja sloeg een arm om Susanna heen en schrok. Wat voelde ze warm aan. En haar handen. Zo droog, bijna dor.

Meneer Van Lier keek naar het figuurtje op het bed. Ze leek zo klein en hulpeloos.

'Vertel het maar aan mijn vader. Hij begrijpt het wel,' suste Elja.

Ach hemel. Dus toch. Dirk van Lier kende zijn broer wel. Hij had met zorg de uitdrukking op zijn gezicht gezien als hij zich niet bespied waande. Zo had Ab vroeger naar zijn eerste vriendinnetje gekeken. En later naar Trudie. Het was hem altijd een raadsel geweest wat Ab in haar zag, maar dat wist je toch nooit.

'Als er iets met mij gebeurt... Als er iets met mij gebeurt, dan is Bram alleen. Ik kan Klaas niet vragen om voor hem te zorgen.'

'Ab, mijn broer, is de vader,' stelde meneer Van Lier vast.

Susanna snikte even en zei bijna onhoorbaar: 'Ja.'

Elja keek haar vader aan. Er lag een peinzende uitdrukking op zijn gezicht.

'Ik weet zeker dat je je voor niets druk maakt, maar als er iets met jou gebeurt, dan zorg ik voor Bram. Samen met Evert en samen met mijn vader en moeder,' zei ze.

'Trudie mag hem niet opvoeden... Hij mag niet bij haar in huis komen. Echt niet. Jullie weten niet hoe het daar is.' Susanna's stem sloeg over. Ze haalde haar handen van haar gezicht en keek naar Elja en haar vader. Haar ogen stonden wanhopig.

'Sst. Je hoeft niet bang te zijn dat wij Bram aan haar overlaten. Ook niet als oom Ab hoort dat Bram zijn zoon is. Hij weet wat hij aan haar heeft. Heus, dat gebeurt niet!' Elja wiegde haar heen en weer. 'Zit er nu niet over in. En wij zijn familie. Bram hoort bij ons, niet bij Trudie. Wees maar niet bang.'

'Klaas is zo goed. Hij is nog in staat om voor Bram te zorgen als ik er niet meer zou zijn. Maar dat wil ik hem niet aandoen. Hij is te jong om met een molensteen om zijn hals zijn leven te beginnen. Als hij de oorlog overleeft, tenminste.'

'Rustig... rustig.' Elja greep de beide handen van Susanna.

'Wat verzin je allemaal… Ik beloof je en mijn vader is getuige: als er iets met jou gebeurt, zullen Evert en ik voor Bram zorgen. Papa?' Ze keek over haar schouder naar haar vader.

'En ik zal ervoor zorgen dat Bram… Wij zullen er allemaal voor zorgen dat Bram krijgt waar hij recht op heeft.' De stem van vader Van Lier was nog steeds kalm.

Susanna liet zich in de kussens vallen, zuchtte diep en hoestte weer heftig. 'Goed. Gelukkig kan ik jullie en de tantes en Jan en Johanna vertrouwen. Dan zal het wel goed komen met mijn kind. Roepen jullie nu Johanna?'

Beheerst liep meneer Van Lier naar beneden over de rode traploper die zijn voetstappen dempte. 'Johanna. Of je bovenkomt.'

Met diepe zorgrimpels om haar ogen keek de oude dame naar hem op. 'Het gaat niet goed met haar, Dirk. Jan maakt zich zorgen om haar. Was er maar iets om die ontsteking tegen te gaan. Dat arme kind heeft het al zo zwaar gehad in haar leven.'

'Daar is mijn broer ook voor verantwoordelijk.'

Johanna schudde haar hoofd. 'Dat is maar gedeeltelijk zo. Ik denk dat Susanna ook van jouw broer hield. Hij was een lichtpunt voor haar in de tijd dat ze op de hoeve ondergedoken zat.'

'Denk je?'

'Dat denk ik. Als ik hoor hoe ze over hem praat.'

'Maar hij is wel achttien jaar of zo ouder dan zij.'

'Ach jongen. Denk je nu echt dat leeftijd in die omstandigheden iets uitmaakt? Ik wou je wijzer hebben.'

'Als u het zegt,' weifelde meneer Van Lier.

Ze liepen achter elkaar naar boven. Johanna boog zich over het figuurtje in het bed. 'Nou, ben je nu een beetje gerustgesteld?'

Susanna wierp een blik op haar vriendin en haar vader.

'Mag ik Ab vertellen dat Bram zijn zoon is, als het nodig is?' vroeg meneer Van Lier. 'Ik garandeer je dat Trudie nooit enige zeggenschap over je kind krijgt. Nooit!'

'Dan mag het.' De vingers van Susanna plukten aan de deken en ze glimlachte opeens. 'Ik denk dat hij er blij mee is. Toch? Hij zou een huis vol kinderen moeten hebben.'

'Dat is voor hem en ook voor Trudie een groot verdriet geweest.' Vader Van Lier wilde zijn schoonzuster niet te veel afvallen.

'Ja... Ja, natuurlijk. Dat begrijp ik ook wel. Het is alleen dat ik haar niet vertrouw.'

'Dat kan ik me voorstellen. En dat geeft ook niets. Wij zijn er voor jou en voor Bram.'

Johanna streek het haar van Susanna weg van haar voorhoofd.

'Waar is Bram nu?'

'Die is in de kinderwagen een rondje aan het maken. Met Helmy en Klaas,' antwoordde Johanna.

Susanna lachte opeens. 'Die twee. Die elkaar helemaal niet begrijpen en een beetje raar vinden. En toch...'

'Ja, en toch,' zei Johanna. Ze lachte ook.

'Is er nog iets wat je wilt vragen, Susanna? Was dit het? Of maak je je nog ergens zorgen om?' vroeg Elja.

'Nee. O ja... je mag hem alles vertellen uit de Bijbel. Uit jullie Bijbel. Op jouw manier. Ik denk dat God dat wel goedvindt. Hij zal het allemaal begrijpen.'

'Dat denk ik ook. Ik ga ervan uit,' bevestigde Elja.

'Goed.' Susanna sloot haar ogen. 'Ik heb een brief aan Ab geschreven, zodat hij het begrijpt en...' Haar stem werd nog zachter.

'Dan gaan we nu. Je moet rusten. Dag.' Elja gaf een kus op de gloeiende wang.

'Dag lieve Susanna.'

'Dag Elja. Dank je wel.'

'Waarvoor?'

'Voor alles. Voor... dat ik niet meer bang hoef te zijn.'

'Goed zo. Niet doen dan en word vlug beter,' vermaande Elja.

Susanna glimlachte flauwtjes.

Meneer Van Lier keek op haar neer en zag de zorgelijke blik van de oude dame aan de andere kant van het bed. Hij kende Johanna als een vrouw die niet zonder reden bezorgd was, en zijn hart kneep in elkaar voor de jonge vrouw en voor zijn broer die zo ongelukkig was. Ach, en ook voor die arme Trudie. Die kon onmogelijk blij zijn met haar leven en met zichzelf. Als ze maar een beetje anders was geweest.

Hij pakte de beide handen van Susanna. 'Wij zorgen ervoor dat Bram alles krijgt wat hij nodig heeft en wat hem toekomt. En jij ook. Maak je daar niet ongerust over.'

Ze keek naar hem op. 'Dag vader van Elja.'

'En broer van Ab.' Hij drukte de handen nog eens.

Haar mond vertrok even. 'En broer van Ab.'

Ze zocht zijn gezicht af. Wat ze zag, stelde haar gerust. 'Elja is erg lief. Ze zal het ook voor Bram zijn.'

'Dat moet je niet zo zeggen. Jij bent er zelf voor je kind.' Meneer Van Lier hield met moeite de trilling uit zijn stem.

'Als ik het kan. Ja.'

Hij ging met trage stappen naar beneden. Wat later volgden Elja en Johanna. Ze zaten zonder te spreken rond de tafel.

Even later kwamen Klaas en Helmy weer terug van de wandeling. De baby was klaarwakker en taterde in de box.

'Weet je wie ik tegenkwam?' Helmy had rode wangen van de kou en haar ogen stonden vrolijk. 'Die mevrouw De Vries. Weet je wel, die voor de Duitsers werkt in Huize Voorhout. Zo fout als wat. Ze zag mij ook en ze vroeg of ik hier familie had en of Klaas mijn vriend was. Nieuwsgierig dat dat mens is! Ik heb gezegd dat Klaas en ik al jaren stiekem getrouwd zijn, maar dat hij niet bij ons komen mag omdat mijn vader en moeder vinden dat hij in Duitsland zou moeten werken. Ze keek of ze water zag branden.'

'Gekke meid,' zei Elja.

Klaas schudde zijn hoofd, maar hij lachte toch. 'Kan ik nu naar Susanna toe?' zei hij toen.

'Susanna slaapt. Stoor haar maar niet meer,' zei Johanna.

Klaas aarzelde, maar zei toen: 'Goed. Dan kom ik morgen weer terug.'

Hij vertrok samen met meneer Van Lier, die nog iets moest regelen voor zijn broer, naar de hoeve van de familie Van Lier.

Kort daarna stapten Helmy en Elja ook op de fiets.

'Ach, heb ik haar nu wel verteld dat Lia een jongetje heeft gekregen?' zei Helmy toen ze bijna thuis waren.

'Ja hoor.' Elja had het verteld. De blik in Susanna's ogen kon ze moeilijk vergeten.

'Lia is te benijden,' zei ze.

'Vind ik ook.' Helmy trapte stevig door. Vroeger had ze medelijden met Lia gehad. Onder de plak bij ma, en Adrie was geen flitsende man. Nee, maar Lia kon op hem bouwen en dat flitsende werd op den duur erg vermoeiend. Wat was zij toch onnozel geweest. Nou ja, ze was pas eenentwintig. Dan mocht het nog, besloot ze. Haar optimistische karakter kreeg de overhand. Er liep vast nog wel ergens een aardige man rond die tegelijk degelijk was. Niet te vlug iemand afschrijven omdat hij er niet geweldig uitzag.

In het laatste stuk van hun tocht stak de wind weer op. De kale takken bogen door.

De toren van Oudorp stak af tegen de ondergaande zon en leek oranje. Het zou vlug donker worden. Elja rilde.

Vier dagen later kwam het bericht dat Susanna was overleden.

14

Het middaglicht viel binnen door de hoge boogvormige ramen van de dorpskerk.

Elja keek met brandende ogen naar de eenvoudige houten kist die voor de preekstoel stond.

De kerk was half gevuld. Er waren dorpsgenoten die Susanna hadden leren kennen doordat ze bij Johanna en Jan over de vloer kwamen. De tantes, Evert, Klaas, haar eigen vader en moeder en Helmy natuurlijk. Beide winkels waren gesloten. Wegens familieomstandigheden. En dat was ook zo.

Elja zat naast Johanna en Jan en ze zag dat ze elkaars hand vasthielden. Op het gezicht van Johanna tekende zich een fijn net van lijnen af. Ze had de baby op schoot die zoet tegen haar aan leunde. Jan keek strak voor zich uit. Elja zag een spier onder zijn kin bewegen.

Aan de andere kant van Elja zat Evert.

'Natuurlijk,' was zijn commentaar geweest toen ze hem vertelde wat ze Susanna beloofd had. 'Klaas in z'n eentje dat kind grootbrengen, dat kan niet. Hij was er toen ze hem nodig had, maar die vent in z'n eentje een kind opvoeden... Daar kan hij niet voor zorgen. Dat is voor allebei niet goed.'

Bram was nu nog bij Johanna en Jan in huis, maar het werd Johanna een beetje te veel allemaal. Een levendige baby vroeg te veel tijd van haar in het doorgangshuis dat zij hadden voor de verzetsmensen en de piloten wier vliegtuig was neergestort.

'Hoe naar ik het ook vind, ik ga mijn leeftijd voelen,' had Johanna tegen Elja's moeder gezegd. En Jeanet van Lier, geboren Van Henegouwen, had begrijpend geknikt.

'Bij ons in huis zal hij nauwelijks opvallen. De jongens zullen met hem spelen. Die vinden het grappig,' had ze Johanna gerustgesteld. 'En Elja zal goed voor hem zorgen. Ze is nu al dol op dat kleine kind. Hij hoort bij jonge mensen in huis te zijn. Ik ga een soort oma voor hem worden. En dat zal me geen moeite kosten. Hij lijkt veel op onze jongste.'

Meneer Van Lier had zijn vrouw volledig ingelicht over de afkomst van het kind van Susanna.

Ze had verschrikkelijk met haar zwager te doen. 'Dan heb je een zoon, en dan mag je het niet weten. Dat is toch erg,' had ze gezegd.

'Jeanet, denk erom dat Ab het nog niet mag weten. Ik sta niet in voor wat Trudie doet als ze erachter komt dat dat kleine joch van Ab is. Hij moet veilig zijn.'

'Maak je niet ongerust. Ik zwijg als het graf,' had Jeanet gezegd. 'Maar ik vind het wel sneu voor Elja en Evert dat ze beginnen met de zorg voor het kind van iemand anders. Ze hebben al behoorlijk wat op hun bordje gekregen met die Krüger die geobsedeerd is door Elja. Ze moet daar eigenlijk uit de winkel weg. Voorlopig, tenminste. Maar dat heb ik al eerder gezegd.'

Evert had, zodra hij gehoord had hoe Susanna eraan toe was, gezegd: 'We moeten vlug trouwen en een huis op de kop tikken. Maling aan die rotoorlog. We vinden er wel wat op!'

Maar nu eerst de begrafenis. Elja's ogen gingen naar de donkergrijze zerken op de vloer van de kerk en ze huiverde even. Arme Susanna... Om te ontkomen aan de Duitsers en dan door een longontsteking te sterven. Zo wrang.

Susanna zou op het kerkhof achter de kerk begraven worden. Een vredige, door bomen omzoomde plaats.

Gelukkig dat de predikant de situatie helemaal begreep.

'We zullen een tekst uit het Oude Testament nemen. Dan doen we haar recht. Een psalm is voor ieder mensenkind goed.'

Vlak nadat de dienst begonnen was, ging de deur achter in de kerk open en oom Ab kwam binnen. Hij was alleen en ging achterin zitten. De uitdrukking op zijn gezicht was intens verdrietig. Er hing een jas van eenzaamheid om hem heen.

Elja's moeder wees naast zich. Hij schudde zijn hoofd. Moeder Van Lier aarzelde even, toen stond ze op, liep naar achteren en ging naast hem zitten. Hij wist niet eens dat hij de moeder van zijn kind begroef, maar hij mocht nu niet alleen zijn. Ze pakte de hand van haar zwager beet en drukte die stevig.

Meneer Van Lier had zijn vrouw met zijn ogen gevolgd. Een warm hart had Jeanet. Wat had hij zijn broer zo'n soort vrouw gegund. Maar het was niet anders. Hij zuchtte en keek naar de predikant die de kansel op was gegaan.

Hij preekte over de barmhartigheid van de Almachtige.

De dienst was afgelopen. Evert, Klaas, Adrie en Elja's vader en twee buren kwamen naar voren om de kist weg te dragen. Ab van Lier stond op en kwam ook naar voren. Hij gebaarde naar een buurman dat hij diens plaats in wilde nemen.

Die deed verrast een stap naar achteren. Elja's vader knikte naar hem. Het was goed.

Ab ging aan de andere kant van Evert staan, die net zo lang was als hij, en droeg Susanna met de andere mannen naar haar laatste rustplaats.

Er vlogen een paar vogels op toen ze het kerkhof betraden. Gewoon een paar mussen die in de bomen gingen zitten en op de kale takken heen en weer hipten.

Elja had een brok in haar keel toen ze, haar arm door die van haar moeder, achter de baar aan liepen. Helmy, die aan de andere kant naast haar liep, deed geen moeite om haar tranen in te houden.

Elja nam de baby over van Johanna toen die bukte om wat aarde op de kist te scheppen.

Hij zag haar ogen en zijn lipjes begonnen te trillen. Ze drukte zijn hoofdje tegen haar schouder. Hij zou nog een paar dagen bij Johanna en Jan blijven, en zij zou daar logeren om hem aan haar te laten wennen.

Nadat de begrafenis voorbij was, liepen vader Van Lier en zijn broer Ab door de geopende smeedijzeren hekken terug.

'Kom nog even mee,' zei Dirk van Lier.

'Ach, wat heeft het voor zin.' Ab haalde zijn schouders op. 'Als je eens wist... Laat me je helpen met het werk dat je doet. Susanna... en wat haar familie is aangedaan. Ik kan niet alleen maar toekijken.'

'Nee Ab. Nog niet. Later misschien.'

'Dirk, jij loopt risico en jij kunt niet gemist worden door je vrouw en je kinderen. Bij mij maakt het niet uit. Laat mij wat doen. Het kan me niet schelen wat.'

Meneer Van Lier wist hoe gevaarlijk het was om mensen in te schakelen die niets meer hadden om voor te leven.

'Ab. Luister.' Het liefst zou hij zijn broer vertellen dat hij een kind had voor wie hij moest leven. Maar Ab was te emotioneel. Hij zou het nu niet voor Trudie verborgen kunnen houden. Nog niet. Maar hij moest iets proberen om hem een klein lichtpunt te geven.

'Ab, heb ik ooit iets tegen jou gezegd dat ik niet waar kon maken? Als ik je nu vertel dat je hard nodig bent? Echt nodig?' zei hij met deernis.

Ab keek zijn broer aan. 'Ach, Dirk.' Hij vertrok zijn mond. 'Het lijkt wel of ik pas het laatste jaar erachter ben gekomen hoe mensen zijn. Ook hoe ik zelf ben. Ik was zo onnozel altijd. Ik dacht altijd dat mensen wel deugden.'

'Er zijn heel wat mensen die te vertrouwen zijn, Ab. Jij ook. Dat je iets gedaan hebt... dat je te veel om Susanna gaf, is jou overkomen. En als alles tussen Trudie en jou goed had gezeten, had je nooit...'

'Ze wilde mee naar de begrafenis... Trudie,' zei Ab. 'Dat wilde ik niet. Ze mocht niet meer bij Susanna in de buurt komen. Ook al is Susanna er niet meer.'

'En dat accepteerde Trudie?'

'Ja. Ik heb gemerkt dat als ik gewoon zeg wat ik wil en dat doorzet, Trudie niets meer heeft in te brengen. Dat had ik veel eerder moeten doen. Ik had... Nou ja. Te laat.'

Hij sprak zo gelaten dat zijn broer nog ongeruster werd. 'Ab, beloof me...'

'O, je hoeft niet bang te zijn dat ik gekke dingen ga doen, hoor.'

'Goed. Hoe wist je waar Susanna ondergedoken was?'

'O, dat wist ik zodra ze hier weg was. Ik ben Klaas een keer achterna gefietst. Hij heeft niet zulke goede ogen als ik. Het was simpel afstand houden. Trudie heeft nooit geweten waar Susanna was en die neef van Trudie ook niet.'

'Gelukkig. Dan lopen Johanna en Jan ook geen gevaar. Ze – de Duitsers, bedoel ik – komen een beetje te dichtbij. Evert is de laatste keer waarschijnlijk herkend bij een overval op een distributiekantoor. Dat is het nadeel van in je eigen streek opereren. We hebben er niets meer van gemerkt, maar ik weet het niet. Ik vertrouw het niet helemaal. Ik kan niet zeggen waarom, maar toch.'

'Ga maar af op je gevoel. Dan zit je er niet veel naast, dat heb ik door schade en schande geleerd,' zei Ab bitter.

Zijn broer besloot dat het verstandig zou zijn dat Evert een tijdje uit beeld verdween. En Elja ook.

Evert wist dat hij onzichtbaar moest zijn. Hij had al een paar keer het gevoel gehad dat hij gevolgd werd. Hij had alles weggeruimd bij zijn ouders en een ander adres gezocht voor de onderduikers die zij herbergden. Dat was met moeite gelukt. Er was zo weinig ruimte. Een huis zoeken voor hem en Elja... Hij zuchtte. Het kwam er de eerste weken niet van.

Hij was nu een gevaar voor anderen. Wegwezen dus. Hij had een enorm geluk dat zijn baas helemaal aan hun kant stond en hem alle ruimte gaf. Hij zou naar het zuiden gaan.

Nu nog afscheid nemen van Elja. Ze had de baby in zijn bedje gelegd dat nog op de kamer van Susanna stond.

'Vind je het niet vervelend om in Susanna's kamer te slapen?' had Johanna gevraagd.

'Nee.' Elja had het gevoel dat het haar zou helpen om voor Bram te zorgen. Susanna was nog dichtbij.

Toen Evert de kamer in kwam, zat ze op de rand van het bed en leunde met haar kin op de rand van het ledikantje van Bram.

Hij ging naast haar zitten en sloeg zijn armen om haar heen. 'Ik ga nu.'

Ze legde haar hoofd op zijn schouder. 'Voor hoelang?'

'Voor een paar weken in ieder geval.'

'Ik kan je zo slecht missen,' prevelde ze.

Hij klemde haar nog steviger tegen zich aan. 'Liefste.'

'Ach, ik bof nog. Als je opgepakt zou worden, zou ik pas reden hebben om te klagen,' zei ze.

Hij kuste haar hartstochtelijk en toen hielden ze elkaar minutenlang vast.

'Hier moeten we het voorlopig mee doen,' zei hij en hij streek haar verwarde haar glad.

Haar ogen glansden ondanks het besef dat ze hem voorlopig niet zou zien.

'Zul je voorzichtig zijn?'

'Ja. Blijf maar hier boven. Ik wil je niet dag zeggen met anderen erbij,' zei hij hees.

Haar wangen waren rood en ze knikte. 'Ik zal aan je denken. Telkens als het licht wordt, moet je weten dat ik aan je denk. Trouwens, overdag ook weleens een keertje.'

'Dat is je geraden,' zei hij vurig en hij sloot de deur achter zich. Ze hoorde hem de trap af gaan.

'Je huilt niet. Je huilt niet. Je leeft en je familie leeft. Je hebt geen reden om te huilen. Je mag alleen om Susanna huilen,' zei ze met klem tegen haar beeld in de lange spiegel die tegen de wand hing.

En toen kwamen de tranen.

Haar moeder klopte op de deur. 'Gaat het, lieverd?'

'Ja, kom maar binnen,' zei Elja gesmoord, en daarna huilden moeder en dochter samen: om het kleine kind dat zou moeten opgroeien zonder een eigen vader en moeder, om Susanna die hem achter had moeten laten, om Evert die weg moest, om al het verdriet dat er was bij mensen die moesten vluchten.

'Zo.' Jeanet van Lier veegde haar tranen weg. 'En nu gaan we naar beneden en zorgen ervoor dat de boel opgeruimd is zodat Johanna en jij daar geen omkijken naar hebben.'

Een dag later: negen uur in de morgen. Aline van Henegouwen keek uit het raam en zag een man in een witte overall die een emmer droeg en een rol onder zijn andere arm. Er werden weer eens verordeningen opgehangen. Nieuwe regels... het beloofde nooit veel goeds, dacht ze en ze deed de knip van de deur af. In de stoffenwinkel deed haar zuster Flora hetzelfde. Het was keurig opgeruimd, zag ze tevreden.

Helmy zou zo komen om Elja te vervangen. Op de een of andere manier was Helmy de laatste weken veranderd. In haar voordeel. Heel erg in haar voordeel. Alleen moest ze dat onbekommerde vrolijke niet kwijtraken, dacht Flora. Ze moest niet te veel blijven hangen aan die Vincent. Die jongen zou vast wel z'n goede eigenschappen hebben, maar voorlopig was afstand houden veel beter.

De achterdeur ging open en Helmy liep naar binnen. 'Kijk ze weer eens vlijtig zijn.' Ze wees over haar schouder.

Tante Flora keek mee. 'Waar gaat het over?'

'Geen idee.'

'We merken het wel.' Tante Flora maakte zich ook niet druk. Er waren andere dingen aan de orde: Elja, die nog bij Johanna en Jan in huis zat, en of dat kleintje van Susanna niet af en toe bij Lia kon zijn. De aanplakbiljetten werden vergeten. Het zou druk worden vandaag, want er waren nieuwe textielbonnen geldig. De winkel ging pas om halftien open. Voor die tijd was het er te donker en ze moesten zuinig zijn met elektriciteit.

De decemberdagen leken wel donkerder te zijn dan vorig jaar, letterlijk en ook figuurlijk, dacht Flora en ze zuchtte.

Precies om halftien kwamen de eerste klanten binnen en in een oogwenk was de hele winkel vol. Mevrouw De Vries, die zoals gewoonlijk als eerste de winkel betrad, zocht een paar bollen wol uit en merkte langs haar neus op: 'Die man die gezocht wordt... Die op dat plakkaat daar hangt... Heb ik die hier niet een paar keer in de winkel gezien? Hij is toch bevriend met de andere verkoopster? Dat nichtje van u?'

Tante Flora keek haar verbaasd aan. 'Welk plakkaat?'

Mevrouw De Vries wees naar de overkant. 'Die daar. Everardus Koomen. Gezocht in verband met de laffe overval op een distributiekantoor.'

Tante Flora kreeg een wee gevoel in haar maag. 'Everardus Koomen,' herhaalde ze langzaam en ze zei beslist: 'We kennen hem, maar ik kan me niet voorstellen dat Evert iets met een overval te maken zou hebben. Het is een hardwerkende man, die heus geen rare dingen zou doen, laat staan een overval plegen.'

'Echt? Je hoort anders soms gekke dingen.' Mevrouw De Vries hield een paar strengen omhoog.

De andere klanten luisterden aandachtig naar het gesprek. 'Dat vind ik ook, mevrouw Van Henegouwen, de Duitsers pakken mannen op die gewoon voor hun gezin werken. En als het tegenzit, moeten ze naar Duitsland om daar te werken. Kans om met verlof naar huis te komen, is er niet als er iemand van de groep niet teruggekomen is. En je kunt het iemand niet eens kwalijk nemen dat hij niet teruggaat naar dat ellendige land. Ze moeten zich een ongeluk werken en krijgen niet genoeg te eten. Ik heb het meegemaakt van mijn broer,' zei een vrouw. Ze keek met boze ogen naar mevrouw De Vries. 'U werkt toch voor dat schorem in Huize Voorhout? En dan staat u hier nog voor te dringen ook.'

'Daar kan mevrouw De Vries niets aan doen,' zei tante Flora met gezag. 'Wat die lui in Duitsland uitvoeren, bedoel ik. En iedereen wordt hier op haar beurt geholpen.'

Mevrouw De Vries keek haar dankbaar aan, maar kon het niet laten om nog te zeggen: 'Maar ze hangen niet voor niets zo'n papier op.'

'Ja, dat doen ze juist wel,' zei de andere vrouw fel. 'Ze pakken zomaar iemand op. Voor niets! Dat hoort u toch? Deze man is een keurige vent. Dat zegt deze vrouw zelf.'

'Misschien zijn ze in de war met iemand die op hem lijkt?' opperde Helmy. 'U kunt hier zes strengen op krijgen, mevrouw De Vries. Zal ik ze maar voor u inpakken?'

Mevrouw De Vries knikte en verliet haastig de winkel nadat ze afgerekend had.

Er viel een stilte in de zaak toen ze de deur uit was.

'Die verraders... Na de oorlog krijgen we hen wel,' snauwde een vrouw, en tegen tante Flora: 'Dat u hen nog helpt!'

Tante Flora glimlachte haar toe. 'Ze is een klant, en als ze zich normaal gedraagt, wordt ze normaal geholpen.'

'Precies. Je hebt er niets aan om hen tegen je in het harnas te jagen,' vermaande een ander.

'Ik zou het nooit doen,' zei de boze vrouw.

'U praat gemakkelijk, maar u staat hier niet,' zei de ander zachtzinnig, en toen ging het over op de wol, die van mindere kwaliteit was dan voor de oorlog en dat het een schande was dat de Duitsers alles meepikten. 'Hele treinladingen!' zei de vrouw die mevrouw De Vries tegengesproken had, en daar was iedereen het over eens.

Tussen de middag liep Helmy de deur uit om het aanplakbiljet te bekijken. Het ging inderdaad om Evert. Gelukkig was het geen duidelijke foto, maar als je goed keek was hij toch herkenbaar als Evert Koomen.

Ze liep terug naar de winkel. 'Het is Evert, tante.'

Tante Flora zuchtte. 'Ik was er al bang voor. Gelukkig dat hij weg is.'

Aan het eind van de dag was zowel tante Flora als Helmy moe.

Helmy bleef die avond bij Lia eten. Ze had er weinig zin in om nog aan de slag te gaan voor haar moeder die op de een of andere manier altijd wel iets bedacht om haar dochter bezig te houden. 'Als ik weiger, heb ik alleen maar narigheid en gedoe. Kan het wel voor jou, Lia?'

'Tuurlijk. Alles staat klaar en Adrie springt bij met de kinderen. Wat een geluk dat Evert weg is. Net op tijd,' zei Lia hartgrondig. 'Ook goed dat Elja er even niet is. Waar zeggen jullie dat ze is, als ze er in de winkel naar vragen?'

'Dat ze oppast bij een zieke vriendin en dat het wel een tijdje kan duren.'

'Dat is niet eens zo ver naast de waarheid. Kom, ga zitten. Je ziet er moe uit.' Lia duwde haar zusje op de stoel voor het raam.

'Kijk, tante. Sneeuw,' zei Lineke verrukt. Ze kroop bij Helmy op schoot en keek omhoog naar de donkere lucht waar in het licht van de opkomende maan sneeuwvlokken neerdaalden. Het was bijna donker in de kamer. De gordijnen waren nog niet dicht en Helmy keek de straat in. Stond daar nu iemand aan de overkant naar haar te kijken? Nee, onzin. Ze moest zich niets in het hoofd halen. Alleen, de Duitsers wisten dat Evert hier weleens was. Door dat misselijke geloer van die Krüger natuurlijk. Die was vast verantwoordelijk voor dat plakkaat aan de gevels. Ondankbare schoft! Zijn leven te danken aan Evert en Adrie en dan zo'n vel ophangen.

Helmy wond zich op. 'Schurk,' zei ze hardop.

'Schurk?' Lineke wipte op haar schoot op en neer en herhaalde het woord dat ze om de een of andere reden mooi vond, een paar keer: 'Schurrrk, schurrrrk.'

'Wie?' vroeg Lia.

'Die Krüger. Die man is niet normaal,' blies Helmy.

'Staat hij er weer?'

'Nee. Ik dacht het even, maar... nee!'

Lia keek naar de straat. De sneeuw bleef niet liggen en de keien glommen. Ze sloot de verduisteringsgordijnen, deed een schemerlamp aan en had het gevoel dat ze gevaar buitensloot. Nonsens natuurlijk, maar toch. Ze keek rond in de gezellige kamer. Wat hadden ze geluk gehad dat Elja hun dit had aangeboden.

Helmy leunde achterover en streelde gedachteloos haar nichtje over het smalle ruggetje.

Lia keek bezorgd naar het betrokken gezicht van haar zusje. Ze zag er werkelijk moe uit. 'Waarom blijf je niet logeren?' stelde ze voor. 'Ik vraag wel aan Adrie of hij het nog even thuis zegt.'

Het idee trok Helmy aan. 'Als het voor jou kan...' zei ze. 'Soms wordt moe me een beetje te veel.'

'Natuurlijk.' Als er nu één daar begrip voor had, was het Lia.

In de vroege morgen werd Helmy wakker van een geluid op straat. Ze ging rechtovereind zitten en keek op de wekker die op het nachtkastje stond. Halfvijf.

Ze liep naar het raam en schoof het gordijn op een kier. Aan de overkant van het huis stonden zes soldaten, net zichtbaar in het maanlicht dat op hun helmen reflecteerde. Uit de lucht vielen vlokken sneeuw die op straat bleven liggen. Dat stille, sinistere staan... Wat moesten ze daar? Haar adem stokte een moment. Toen sloot ze behoedzaam het gordijn en sloop naar het halletje. Wat was het ellendig donker. Straks viel ze nog van de trap af. Ze tastte langs de wanden. Dit was de kamerdeur van Lia en Adrie. Ze tikte en legde haar oor tegen de deur. Niets. Toen opende ze behoedzaam de deur.

'Lia... Adrie... word wakker.' Ze schudde haar zusje aan haar schouder.

Adrie zat in een ruk overeind. Lia opende haar ogen.

'Hoe laat is het? Wat is er?'

'Sst. Er staan soldaten voor de deur.'

Soldaten? Adrie sloeg de dekens terug en liep naar het slaapkamerraam dat uitkeek op de steeg aan de achterkant. Door een kleine kier keek hij naar buiten, maar hij zag niets. Toen hoorde hij een klikkend geluid en zag iets glinsteren. Een helm. Daar waren ze ook.

'Hier ook!' Hij pakte Helmy vast en liep naar de voorkant van het huis. De soldaten stonden roerloos voor de gevel van de winkel.

'Gaat het om ons, denk je?' fluisterde hij.

'Of om de tantes?' zei Lia.

'Ik ga hen waarschuwen. Blijven jullie hier.' Hij liep vlug de trap af en opende de deur die hun winkel verbond met het fotoatelier. Toen rende hij naar de bovenverdieping.

Als de tantes maar niet te veel schrokken. Welke kamers hadden ze? Dit was de woonkamer. Hij liep door en klopte op een van de deuren waarachter hij een zacht gesnurk hoorde.

'Gh...'

'Tante!'

'Gh... Hmmm.'

Hij liep op zijn tenen naar binnen. In een groot bed lag een van de tantes. Hij had geen idee wie van de twee het was en schudde aan een schouder. 'Tante. Word wakker. Het huis is omsingeld. Zijn... hebt u gasten?'

Tante Aline zat al rechtovereind en greep de knijpkat die op haar nachtkastje lag. Ze scheen in zijn gezicht.

'Adrie. Wat...' Ze scheen op de deur die nog openstond.

Hij legde zijn hand op haar mond. 'Sst, tante. Aan de overkant staan soldaten en in de steeg ook. Hebt u onderduikers of iets wat niet gezien mag worden? Geen belastende spullen? Evert heeft de zender toch niet hier gebracht?'

'Nee, die is bij een vriend van Jan en Johanna. Te gevaarlijk om nu bij Everts ouders te laten staan.' Tante Alines stem kraakte.

Ze stapte uit bed en sloeg een kimono om, net zo elegant als de kleding die ze overdag droeg. Daarna liep ze naar de kamer van Flora.

'Floor slaapt altijd zo diep,' zei ze en ze schudde haar zuster heen en weer.

Met een wilde beweging werd Flora wakker. 'Alien...'

'Sst. Niks zeggen. Er staan soldaten voor de deur. Is alles weg?'

'Ja, nee... Er liggen nog twee geweren onder...'

'Ik weet het.'

Geweren? Adries hart bonsde. Hij schoof het gordijn op een kier. 'In de dakgoot,' besloot hij.

'Voorzichtig,' smeekte tante Aline. Ze pakte zijn hand en trok hem mee naar een andere kamer.

Onder dat ledikant lagen twee geweren. Als ze maar niet geladen waren. Straks gingen die dingen nog af. Hij had geen idee hoe ze werkten. Adrie pakte ze bij de loop vast.

'Van die dropping twee weken geleden,' prevelde tante Aline. 'Als de maan maar even achter de wolken wil gaan.'

Het raam scharnierde gelukkig naar binnen. Behoedzaam opende Adrie het venster en heel langzaam liet hij de geweren zakken. Dikke sneeuwvlokken vielen op zijn handen, en heel even maakte het staal van de wapens een tikkend geluid tegen het lood van de goot. Hij hield zijn adem in. Hadden ze hem gehoord?

Het leek een eeuwigheid te duren voor hij ze alle twee neergelegd had en het raam weer had gesloten.

'Terug naar je eigen huis,' zei tante Aline. Ze klopte op zijn rug. 'Dank je, jongen. Ik hoop dat het...'

Aan de voorkant van hun winkel rinkelde de bel en werd er op de deur gebonkt.

'Vlug, vlug! Je bent op tijd terug. Ik ben niet meteen wakker, natuurlijk. Doe ook slaperig en geschrokken!' zei tante Aline.

Adrie ging geluidloos met twee treden tegelijk de trap af, de tussendeur door en hij sloot hem. Waar was die sleutel? Die hing naast de deurpost. Hij draaide de deur op slot en rende de trap weer op. In de slaapkamer zaten Lia en Helmy op de rand van het bed.

'Ga jij naar je kamer, Helmy, dan...'

Er klonk nu ook bij de stoffenwinkel gerinkel en er werd geschreeuwd: '*Aufmachen! Machen Sie die Tür...*'

Tegelijk werd er op de achterdeur gebonkt.

Helmy's hart klopte in haar keel. Ze klemde haar handen in elkaar.

In de kleine slaapkamer ernaast werd Lineke wakker en ze begon te huilen.

'Ik ga wel,' zei Helmy. Lia knikte en hield de rand van de wieg vast. Als Rik maar niet wakker werd.

Adrie liep naar beneden en deed de deur van de knip. De deur werd opengesmeten zodat hij tussen de deur en de wand werd geklemd.

Aan de kant van de Langestraat klonk weer gerinkel en klonken luide slagen op de deur.

'Moet ik die deur ook openmaken?' vroeg Adrie kalm aan de soldaten die al binnen stonden.

'*Schnell... schnell*!' Het geschreeuw vulde de gang.

Adrie liep langzaam naar de winkel en voelde de loop van een geweer in zijn rug. '*Schnell*!'

Wilde drift kwam omhoog vanuit zijn maagstreek, maar hij hield zich in. Het heeft geen zin, hield hij zichzelf met klem voor en hij klemde zijn kiezen op elkaar. Het heeft geen zin!

In het huis van de tantes ging het rustiger toe. Soldaten drongen naar binnen en een van hen scheen met zijn lantaarn op de rijzige figuur van tante Aline, die roerloos bleef staan. Tante Flora zette de schakelaar om, zodat de winkel helemaal verlicht was. De fotolijsten langs de muur glinsterden.

Tante Aline herkende twee van de soldaten en keek hen doordringend aan. 'Waarom komen jullie niet gewoon overdag? De winkel is altijd open. Waar is dit voor nodig?'

Door de halfopen winkeldeur kwam kapitein Krüger binnen. Zijn gezicht stond ijzig.

'Kapitein,' zei tante Aline. Ze deed een paar passen naar voren. Haar zachte wollen kimono deinde om haar rechte gestalte. 'Waar hebben we dit aan te danken? Hebben we u ooit onheus behandeld?'

'*Wo ist der Evert*!' zei hij. Zijn stem klonk emotieloos.

'Evert? Evert Koomen? Hij heeft een kamer in Heerhugowaard. Waarom zoekt u hem hier? Nog eens: hebben we u ooit onheus behandeld dat u hier zo komt binnenvallen? Op dit tijdstip? Waar bent u naar op zoek?'

Even was er een glimp van onzekerheid op zijn gezicht, die meteen weer verdween.

'*Wir haben...* wij hebben... *Der* Evert is herkend bij een aanval op een distributiekantoor. Hij schijnt bij een groep te horen die vijanden van het Duitse Rijk verbergt. De groep zou hier bij elkaar komen.'

'Schijnt!' zei tante Aline nadrukkelijk. 'Zou! En daarom zoekt u hem bij ons? Dat die groep hier bij elkaar komt...' Ze had een tinkelend lachje. 'Gelooft u dat echt? U en uw mannen komen hier zo vaak langs. U kunt het niet menen.'

'Hij wordt hier vaak gezien!'

'Hij is de verloofde van mijn nichtje, zoals u weet.'

De uitdrukking op het gezicht verhardde. 'Hij is een vijand van het Duitse Rijk.'

'Niet van Duitsers. Dan had hij u niet uit de gracht gehaald. Hij heeft u gered. Het leven gered, mag ik wel zeggen. U weet toch dat hij het was?'

Een van de soldaten knikte heel even, maar ging recht in de houding staan toen kapitein Krüger hem een vernietigende blik toewierp en '*Suchen*!' beval.

De soldaten liepen naar de andere kamer en keken in en onder kasten. Ze keken wel uit om iets te beschadigen. Dit was zo'n merkwaardige huiszoeking.

'Dat hoefde hij niet te doen,' vervolgde tante Aline alsof Krüger niets bevolen had. Ze rekte zich uit zodat haar gezicht op dezelfde hoogte was als dat van de kapitein, die onbeweeglijk was blijven staan.

Kapitein Krüger zweeg, zijn lippen op elkaar geklemd. 'Een vijand van het Duitse Rijk!' herhaalde hij toen.

Aline keek hem vast in de ogen. Ze vouwde haar armen voor haar middel en zei niets. Twee mensen namen elkaar op.

Kapitein Krüger capituleerde. Hij keek weg.

Die Aline, dacht tante Flora vol ontzag.

Vanuit de stoffenwinkel ernaast klonk rumoer. Boven viel iets zwaars om. Een mannenstem brulde, er klonk een hoge gil en daarna kindergehuil.

'*Das ist doch...*' Krüger snauwde iets tegen een van zijn mannen, die naar buiten rende. Ze hoorden de buitendeuren slaan. De soldaat schreeuwde iets, waarna het stil werd.

'Kijkt u vooral rond.' De minachting in de stem van Aline was hoorbaar. 'U bent al boven geweest? Sla niets over, alstublieft.'

De kapitein aarzelde en gaf zijn mannen een teken.

Ze verdwenen door de winkeldeur. Hij liep zelf naar de bovenste verdieping, keek vluchtig in de slaapkamers en aandachtig in de donkere kamer waar foto's nog hingen te drogen. Vanaf de lijn waaraan de fotoafdrukken te drogen hingen, keken de ogen van Elja hem vrolijk aan. Drie foto's op een rij. Met vaste hand verwijderde hij een ervan, hij verborg die onder zijn jas en liep weer naar beneden. Hij knikte koel naar de beide vrouwen en draaide zich bij de deur nog even om. '*Wo ist die Elja*? Ze was niet in de winkel deze week.'

'Elja zorgt voor een zieke vriendin. We weten niet wanneer ze terugkomt,' antwoordde Aline.

'Waar woont die vriendin?'

'Is Elja ook verdacht?'

Flora hield haar adem in bij de spot in de stem van haar zuster.

Zijn rug verstrakte. Hij salueerde en sloot de deur zacht achter zich.

Dat vond Flora bedreigender dan als hij hem dicht had gesmeten.

'We zijn nog niet van hem af, Alien,' zei ze. 'Wat zou er gebeurd zijn, dat Lia gilde?'

'Ik weet het niet. Niet veel goeds.'

Zelfs op het gezicht van Aline verscheen een onzekere uitdrukking.

Met gespitste oren luisterden ze naar de geluiden die vanuit het andere huis kwamen. Een klappende deur. Voetstappen op de trap naar de etage...

Bezorgd wachtten ze af.

15

Adrie zag Krüger voor het eerst na de avond dat hij hem samen met Evert uit het water had gered.

Adrie, die een bloederige schram en een grote, gezwollen plek op zijn jukbeen en boven zijn oog had, zag er vreemd waardig uit in zijn pyjama. 'U ziet er een stuk beter uit, kapitein,' zei hij. 'Niet ziek geworden?'

Hij keek niet naar Lia, die ingehouden snikte. Lineke zat bij Helmy op schoot en had haar gezichtje tegen haar nachtpon geduwd.

'*Nein, aber Sie... Sie war... Wo ist der Evert?*' De stem van Krüger was effen.

'Dat is me al gevraagd.' Adrie wees op zijn wang. 'Zo dus. Evert is weg voor zijn werk. En u hoeft ons niet te bedanken. We zouden iedereen eruit gehaald hebben.'

De kapitein keek Adrie aan en daarna naar zijn mannen.

'*Habe ich nicht geboten das es ordentlich muss bleiben?*' zei hij koud. '*Wer has das getan?*'

Een man stapte naar voren. Hij sprong in de houding. '*Ich.*'

'*Du!*' Krügers stem beloofde niet veel goeds voor zijn ondergeschikte, die in die houding bleef staan en pas na een minuut zijn hand liet zakken. De kolf van een geweer werd vaak gebruikt om iemands geheugen op te frissen. Dat was nooit een probleem geweest. Maar nu blijkbaar wel. Hij vervloekte in stilte het gebruik van het wapen. Het Oostfront dreigde de laatste maanden al vaker.

De soldaten die in de kamer stonden en laden van een kast op de vloer omgekeerd hadden, keken elkaar en toen hun kapitein ongemakkelijk aan.

'Als dit uw manier van bedanken is...' zei Adrie alsof Krüger niets gezegd had.

'*Ach ja... das war Sie auch!*' zei een van hen.

'Ja.'

De soldaat die Adrie herkend had, keek naar zijn kapitein die naar de rommel staarde en bleef zwijgen. Hij zei in zijn plaats wat beschaamd: '*Danke.*'

'Geen dank.' De ironie in Adries stem was niet te missen.

De soldaat keek nogmaals naar zijn kapitein. Hij wilde nog iets zeggen, maar haalde even zijn schouders op en zweeg.

Kapitein Krüger liep met stramme passen naar de deur, zijn mannen volgden hem. De soldaat die bedankt had, bleef achter. Hij zei zacht een paar zinnen tegen Adrie en liep toen achter de anderen de trap af.

Adrie volgde en sloot de deur achter de Duitsers. Hij rende terug naar boven. Lineke, die nog steeds bij Helmy op schoot zat, wees naar zijn blote voeten.

'Stoute mannen. Papa slaan, geen sokken,' bibberde ze.

Adrie haalde diep adem en sloeg in een grote beweging zijn armen om Lia, Helmy en zijn dochtertje heen. Hij keek in de wieg waar de baby met pruttelende geluidjes gewoon doorgeslapen had. 'Goddank!' zei hij hartgrondig.

'Die Krüger is niet helemaal normaal,' fluisterde Helmy. 'Om zo te doen tegen iemand die jou het leven gered heeft! Zijn eigen mensen, die bij hem waren dan, vonden het ook. Die hier het eerst waren en de boel overhoophaalden, wisten het niet, en die jou met zijn geweer sloeg, was een schoft. Maar wat zei die soldaat die jou bedankte tegen je?'

Adrie schudde zijn hoofd en keek naar zijn dochtertje. 'Straks! Het is niet eens zo slecht afgelopen met de huiszoeking. Je zag hoe ze bezig waren voordat die ene mof kwam zeggen dat ze niets mochten vernielen van Krüger. Het is hier bij rommel gebleven. Redden jullie het nog even? Ik moet naar de tantes. Het is nog een wonder dat ze de winkels met rust hebben gelaten. Ik denk dat we dat aan Krügers voorliefde – of hoe je dat ook moet noemen – voor Elja te danken hebben.'

De zusjes knikten. Lia's gezicht was vlekkerig van de tranen. Lineke huilde niet meer.

Helmy keek naar haar kleine nichtje. 'Zal ik jou dan nu eens in je bedje leggen? Of wil je bij mij in het grote bed? Dan mag er een lichtje aanblijven en kom ik straks ook. Ik ga eerst de rommel opruimen. Nee Lia, blijf zitten. Er is maar één kopje gesneuveld. Nou, Lineke, kus...' Helmy legde haar nichtje in haar bed en vouwde toen ze terug was, het linnengoed dat op de grond was gesmeten, met vlugge, geroutineerde bewegingen op. Daarna wachtten ze tot Adrie terug was.

Adrie haalde de twee geweren weer uit de dakgoot. Hij ging ervan uit dat de wapens niet al te nat moesten worden, al had hij er totaal geen ervaring mee.

Aline en Flora zagen zijn gezicht en hielden hun adem in. Zo dik en beschadigd.

'Jongen.' Flora streek langs de geschramde huid. 'Waarom, wat deden ze? Zal ik er iets op doen?'

Adrie schudde zijn hoofd. 'Dat doet Lia straks. Ze wilden weten waar Evert was en waar de spullen stonden. Ik verstond niet goed wat ze zeiden. Nou ja, zoiets in ieder geval!'

'Ik begrijp het niet. Als het alleen om Evert ging... die overval was drie weken geleden... Waarom zijn ze niet eerder geweest?' zei tante Flora ontdaan.

Adrie ging zitten. 'Er was één Duitser, een fatsoenlijke vent, volgens mij, die begreep niets van zijn baas en zei dat ik op moest passen, dat mijn familie kletste. "*Dum klatschen*" zei hij. "De Vries" zei hij toen. Hij wist dat ik ook zo heet.'

Hij zag er verslagen uit. Zijn familie. Hij rilde in zijn pyjama en keek niet-begrijpend naar de twee vrouwen. 'Mijn familie. Maar die weten toch niets van mij en van Evert?'

'De Vries. De halve wereld heet De Vries of De Jong.' Tante Aline wuifde de naam weg.

'En hoe moet die de Duitsers dan hebben ingelicht? Kennen we NSB'ers die De Vries heten?' vroeg tante Flora.

'O, vast,' zei tante Aline. 'Maar dan weten ze toch nog niet dat wij in contact staan met een verzetsgroep? Dat Evert hier over de vloer komt, is alleen maar door Elja. Zo'n goede dekmantel. Het is gewoon een gok.'

'Maar toch... hij had het nadrukkelijk over mijn familie,' zei Adrie. 'En hij had het over de telefoon en zei "*Horcher*"!'

'*Horcher*? Luistervink? De telefoon. Zouden ze die afluisteren? Misschien weten ze daarom dat er misschien hier iets ligt, al heeft niemand het woord wapen genoemd. Goed dat we dat weten en stom dat we er niet zelf aan gedacht hebben,' zei tante Aline hartgrondig. 'Hoe hebben we zo onnozel kunnen zijn. Maar dat is achteraf. Laten we het er morgen maar weer over hebben. Ga terug naar je vrouw. Die zit alleen. En laat haar die schram uitwassen en doe er een koud washandje op. Je weet niet wat er op de wapens van dat tuig zit. Net als kattenbeten, die ontsteken ook altijd,' adviseerde ze. Ze wilde niet laten merken hoe geschrokken ze was.

'Ze is niet alleen, Helmy is er gelukkig,' zei Adrie. Hij had zich nooit kunnen voorstellen dat hij blij zou zijn dat zijn schoonzusje er was. Tot een paar maanden geleden was ze hem tamelijk onverschillig geweest. Maar er was iets veranderd in hun verhouding. Nou ja, hoe was hij zelf niet veranderd in een jaar.

'Wel, ga in ieder geval slapen, of liggen. Halfzes. Je moet straks weer aan de slag,' zei tante Aline met een blik op de klok.

'Bunkers bouwen. Werken voor de moffen. Een man kan soms niet anders. Ik heb een hekel aan mezelf als ik in de spiegel kijk,' zei hij somber.

'Je zou nog meer een hekel aan jezelf hebben als je in Duitsland zou werken of ondergedoken zat. Je bent hier veel waardevoller voor iedereen. Denk je dat wij er iets mee op zouden schieten als we de Duitsers in onze winkel zouden weigeren? Dan werden we eruit gezet en vervangen door een NSB'er. Nu vangen we genoeg op om razzia's door te geven. Kom, ga naar huis.' Tante Aline stond energiek op en, wat ze nooit deed, ze gaf Adrie een kus op zijn wang. 'Jongen, dank je wel. Zo pienter om ons meteen te waarschuwen. Als die geweren gevonden waren... Ik wil er niet aan denken.'

'En zit niet te veel in over je familie,' voegde tante Flora eraan toe. 'De Vries... Er zijn zo veel De Vriezen in Alkmaar. Het komt misschien door dat afluisteren van de telefoon, al zou ik niet weten hoe.' Haar gezicht was wit geworden. Het leek of de ring die ze af en toe om zich heen voelde, dichterbij was gekomen.

'Tja,' weifelde Adrie. 'Misschien hebt u gelijk.'

Hij ging weer terug naar hun etage. Ook Lia en Helmy wisten niet veel zinnigs te bedenken over de opmerking van de Duitse soldaat. Lia waste het bloed weg en legde een koude doek op zijn wang. Ze zaten rillerig bij elkaar. Afluisteren. Ze hadden er natuurlijk rekening mee moeten houden. Met het seinen naar Londen waren ze er altijd op bedacht. Dat deden ze altijd heel kort, zodat er niets opgevangen kon worden dat hun verblijfplaats kon verraden. En dan was er telefoon.

'Toch netjes van die mof om je te waarschuwen,' was het laatste wat Helmy die ochtend zei.

'Zullen we het hier maar niet over hebben met familie?' was het eerste wat Adrie een paar uur later zei. Hij had niet meer geslapen. Lia was tegen de morgen in slaap gevallen en hij wilde haar laten liggen.

'Ik kom nooit familie van je tegen,' zei Helmy.

'Nee, nou, hoewel... Trijnie. Zit eens stil, pop.' Adrie was in alle vroegte op om voor het ontbijt te zorgen. Het was nog koud in de kamer. Hij had net de kachel opgepookt, maar de nachtelijke kou was nog niet verdwenen.

'Trijnie? O, die.' Helmy haalde haar schouders op. Ze was er zelf verbaasd over dat het haar uiteindelijk zo weinig deed dat Vincent had aangepapt met Adries nicht.

'Die heet toch niet De Vries?'

'Nee, maar ze is wel familie. Ik heb nog een paar ooms, natuurlijk, maar...'

Trijnie. Het leek Helmy gezocht, maar goed. 'Ik houd mijn mond. Doet je gezicht erg zeer?' Ze keek medelijdend naar de opgezwollen kaak van haar zwager.

'Valt wel mee.' Adrie pakte zijn zakje brood voor tussen de middag in papier en drong: 'Ga je wél naar Elja? Zij moet weten wat er is gebeurd. En Evert moet ingelicht worden. Die moet wegblijven, en laat zij nog maar even bij Jan en Johanna blijven. Ze hebben er mij niet voor nodig om dat te bedenken, maar toch. En nu ga ik. Dag...' En hij vertrok.

Deze boodschap gaf Helmy diezelfde dag nog door. Ook de tantes drongen erop aan dat ze er niet mee zou wachten. Ze vertrouwden de telefoon niet meer. Straks werden ze inderdaad afgeluisterd. De moffen schenen dat soms te doen.

Elja zat met haar handen in elkaar geklemd naar Helmy te luisteren. Haar ogen waren groot. 'Afluisteren?'

Ze ging koortsachtig na wat ze zelf gezegd kon hebben. Wat had de Duitsers op hun spoor gezet? Of was het alleen Evert?

'Wegblijven. Jullie allebei. Evert is dus niets te vroeg vertrokken. Snap jij nu zo'n Krüger? Een beetje vent is zijn redders toch dankbaar.' Helmy probeerde de beklemming van zich af te schudden en liep naar de box. Ze kietelde Bram onder zijn kin. 'Wat jij, mannetje. Krüger staat dik in de schuld bij ons.'

Bram schaterde en kronkelde om aan haar handen te ontkomen. Vertederd zei ze: 'Wat is het een schatje, El.'

'Ja hè? Maar ik heb eigenlijk ook weer zin om terug te gaan naar Alkmaar.' Elja miste de reuring die de winkel meebracht.

'Nog niet. Je moet gewoon hier blijven, al heb ik ook liever dat je er bent,' zei Helmy. 'Als alles een beetje weggezakt is, kom je lekker terug.'

Het was een beetje tam, in je eentje in de winkel staan, moest ze toegeven. Tante Flora was een schat, maar dat was toch anders dan iemand die om dezelfde dingen als jij kon lachen.

'Zo sneu, Adrie piekert erover wie er in zijn familie loslippig kan zijn geweest. De halve wereld heet De Vries, dus het is vast toeval,' ging ze op iets anders over. 'Wat denk jij?'

Elja dacht na. Ze zag opeens een gezicht met felle ogen voor zich: de vrouw die tegelijk met tante Trudie in de winkel was geweest toen het verraad van Trudie uit was gekomen. Een klant die altijd als eerste in de winkel verscheen als de bonnen geldig werden.

'De Vries... die vrouw, weet je wel, dat mens van de NSB... die bij de Duitsers werkt in Huize Voorhout. Zij heet ook De Vries. Maar dat is toch geen familie van Adrie? Die had er anders beslist profijt van willen trekken. Familiekorting en zo, je kent dat wel.'

'Die? O ja, die zou vast korting vragen.' Helmy dacht aan haar eigen moeder, die daar ook een handje van had. Ze besliste: 'Nee, dat is vast geen familie, maar je weet het nooit. Misschien verre?'

'Ik zal het hem vanavond vragen. Zeg jij wel tegen Evert dat hij blijft waar hij is? Kun je hem bereiken?'

'Hij zit in het zuiden. Op de boerderij waar hij zit, is geen telefoon. Dan moet hij naar de stad en dat is op het moment niet handig.'

'Ken je de mensen waar hij zit dan?'

'Ja. Een heel aardig gezin. Heel gastvrij en nergens bang voor. Er is daar een dochter, die is honderd keer moediger dan ik. Ze is pas achttien, maar ze durft alles. Ik ben vergeleken met haar een angsthaas,' bekende Elja.

De rust hier was niet goed voor haar. Ze had te veel tijd om zich zorgen te maken. Helmy zag het aan de uitdrukking op haar gezicht.

'Hoe heet dat kind?'

'Vronie! En ze ziet er beeldig uit.'

'Aha... en jij bent een tikkeltje jaloers.' Helmy knikte wijs.

'Welnee. Al deed ze erg koel tegen mij en had ze het net iets te vaak over Evert naar mijn zin.'

'Ja, dat heb je ervan als je zo'n aantrekkelijke verloofde hebt.' Helmy gaf Elja plagend een duwtje tegen haar schouder en Elja tikte haar terug.

Johanna kwam op dat moment binnen en knikte goedkeurend. Elja had een beetje afleiding nodig en daar was dit meisje prima geschikt voor. Precies dat luchthartige dat ze zelf op dit moment miste. Zijzelf miste Susanna zo. Ze was van de jonge vrouw gaan houden. Zo bescheiden en lief was ze geweest, en dan dat arme jochie. Het fijne, gerimpelde gezicht wendde zich naar de beide meisjes en ze glimlachte bedroefd.

Helmy zag het niet. Ze keek naar Bram. 'O Elja, wat schattig toch, dat kuiltje in zijn kin. Als je zegt dat dit jouw kind is, twijfelt niemand. Hij heeft een beetje van je weg.'

'Natuurlijk!' Elja bedacht net op tijd dat Helmy niet wist dat Bram familie van haar was. Ze beaamde: 'Dat maakt het een stuk gemakkelijker. Heb je gelijk in. Wat zeg jij, Johanna!'

Johanna knikte.

Helmy sprong over op een ander onderwerp. 'Komt Klaas nog vaak langs?'

'Niet vaak. Soms. Erg trouw van hem.' Elja bewonderde de man erom, al wist ze niet goed haar houding tegenover hem te bepalen. Hij had zich erop voorbereid om vader te zijn, en moest nu afstand nemen.

'Klaas is een fantastische vent,' zei ze.

'Moet Evert nu ook jaloers worden?' spotte Helmy.

Johanna glimlachte. Het was goed dat de droevige sfeer wat op afstand werd gezet.

Die gelijkenis tussen de kleine jongen en Elja zou een paar weken later voor problemen zorgen.

Ab van Lier stond onverwacht voor het huis van de oude huisarts. Hij zette zijn fiets tegen de achtergevel en tikte tegen de deur, die op slot was. Johanna en haar man vonden het naar om een stuk gastvrijheid op te geven, maar het was te riskant om met het onderdak dat ze aan de piloten boden, onbeperkt toegang te blijven geven aan dorpsgenoten.

Elja zag een lange gestalte en keek naar de box waarin kleine Bram lag te spelen. Hij had zich op zijn knietjes opgetrokken en hield zich vast aan de spijlen.

Ze liep naar de deur en opende die. Even schrok ze, maar ze herstelde zich onmiddellijk. 'Oom Ab, wat gezellig. Komt u zomaar? Toch geen narigheid?'

Hij kwam binnen. Zijn grote, wat slungelige gestalte nam een deel van de ruimte in de keuken in beslag. 'Nee, ik...' Zijn ogen vielen op de baby in de box en zogen zich vast aan het kind. 'Susanna's baby. Wat lief van je dat jij voor hem zorgt.'

'Susanna heeft het me gevraagd, oom. En ik heb het haar beloofd. Evert en ik samen.'

'Maar Evert is er niet, dus je staat er alleen voor.' Hij keek haar onderzoekend aan. Hij leek opeens jaren ouder met die zorgelijke groeven langs zijn mond. En hij was pas drieënveertig. Ach, arme Ab.

'Alleen?' probeerde ze te lachen. 'Met Johanna, Jan, mijn

vader en moeder in de buurt, en mijn broers die bijspringen. En denkt u heus dat de tantes zich er niet mee zullen bemoeien? Ik zal hen allemaal af moeten remmen. Dat komt omdat het zo'n schatje is.'

'Ja, maar het meeste komt op jou neer, al is het nog zo'n leuk kereltje.' Hij keek met hongerige ogen naar het kleine jongetje dat een bijtring in zijn mondje stak en toen weer omhoogstak. Bram was niet eenkennig. Hij gaf de vreemde man een lachje dat heel het kleine gezichtje deed stralen.

'Hij lijkt niet op zijn moeder,' zei Ab. 'Met dat kuiltje in zijn kin lijkt hij eigenlijk meer op jou dan op Susanna. Nee, nog meer op jullie Leo. Die zag er ook zo uit!' Hij legde een hand op de rand van de box en boog zich naar voren. 'Precies jullie Leo.'

Was dat nu suggestie die ze hoorde in zijn stem?

'Nee hoor, kijk eens naar die oortjes. Helemaal Susanna,' ontkende Elja haastig.

'Elja.'

Ze keek naar hem op.

'Elja. Als je iets weet... zou je het mij toch wel vertellen?'

Het was doodstil in de keuken. Ook de baby zat ernstig naar hen te kijken.

Was vader maar hier, dacht Elja radeloos. Kwam Doom maar, of Johanna... Waar bleef ze toch?

'Elja? Is Klaas echt de vader van Bram?'

Ze zuchtte diep en nam een besluit. Hij kon toch ook rekenen? Hij wist echt wel wanneer hij met Susanna naar bed was geweest. Wat was alles verwarrend. Als tante Trudie maar een beetje anders was. Ze zag het vrouwengezicht voor zich. De stekende ogen. De manier waarop ze Susanna behandeld had... Susanna, die afhankelijk van haar was. Was alles maar anders.

'Oom,' begon ze.

De keukendeur ging weer open en tot Elja's opluchting kwam Jan binnen. Gelukkig, Jan was er. Hij werd toch niet voor niets 'Doom' genoemd door de leden van de verzetsgroep? Hij zou wel weten wat zij moest doen. Susanna had gezegd dat ze het mocht vertellen als het nodig was. Later, had zij toen gedacht. Als Bram groter zou zijn. Later. Niet nu. Niet nu al. Maar het was nu nodig!

'Dag Ab,' groette Jan.

Ab knikte alleen maar.

'Kan ik u even spreken?' Elja legde een hand op de arm van de oude huisarts.

Hij keek onderzoekend naar haar gezicht. 'Natuurlijk. In mijn spreekkamer?'

Ondanks zijn pensionering was er nog steeds de spreekkamer.

'Graag. Ik moet even weg, oom Ab. Vindt u het erg als ik u even alleen laat met de baby?'

Hij schudde zijn hoofd.

Elja volgde de oude dokter naar zijn spreekkamer. 'En?' vroeg hij.

'Ab vroeg net of Klaas echt de vader is. Hij moet gewoon weten dat hij het is. De manier waarop hij het aan me vroeg. Dat kan niet anders. Hij weet toch zelf wanneer...' Ze zweeg. Gênant was dit.

'Wanneer hij met Susanna naar bed is geweest,' vulde Doom aan.

'Ja.'

'Dat denk ik ook. Het was destijds een goede oplossing – léék een goede oplossing – dat Klaas zich opwierp als de vader van Susanna's kind. Je oom voelde zich erg schuldig, en hij zag het toen misschien als een oplossing. Ik zou ook niet weten wat hij had moeten doen. Het was onmogelijk om Susanna op de boerderij te laten blijven. Je tante had haar al een keer verraden. Niet te voorspellen wat ze zou doen uit jaloezie, ook al omdat ze de situatie van Joodse burgers niet kan overzien. Waarschijnlijk ziet ze dat nog niet onder ogen. Maar veel Joden zien het niet en veel Hollanders willen ook niet geloven hoe het eraan toegaat. Er denken nog genoeg mensen dat ze naar werkkampen gaan. Maar precies weten wat daar gebeurt? Wij weten het ook niet. Ik praat te veel...' Hij maakte een gebaar. 'Ik denk dat het 't beste is om Ab in te lichten. Alleen moeten we hem bezweren dat hij niets aan zijn vrouw mag laten merken. Het kind loopt gevaar als zij op de hoogte is. Dat weet hij trouwens zelf ook wel. Waarschijnlijk weet hij bijna zeker dat dat kleine joch van hem is. Het is beter om hem in te lichten. Hij kan het toch niet loslaten.'

'De brief van Susanna dus?' vroeg Elja zacht.

'Ik ga hem pakken. We hebben hem veilig opgeborgen. Hij mag hem, als hij hem heeft gelezen, niet meenemen, want dan komt die Trudie er zeker achter.'

Elja haalde diep adem en zag de huisarts de kast openen waar een grote stapel dossiers in lag.

'Ja, je verbergt waardevol porselein het best in de servieskast,' zei hij nuchter en hij pakte een bruine envelop. 'Geef die maar. Dan hoef je verder niets te zeggen.'

Haar oom stond op toen ze weer binnenkwamen. Elja stak hem de brief toe. 'Een brief van Susanna voor u. Ik weet niet precies wat erin staat, maar u moet me beloven dat u hier niets van zegt tegen uw vrouw. Ook al doet ze nog zo...' Ze zweeg en wist zelf niet goed wat ze wilde zeggen.

'Dat beloof ik.' Hij pakte de envelop aan. De rimpels rond zijn ogen verdiepten zich en zijn woorden klonken zo plechtig als een huwelijksbelofte, dacht Elja later.

Ergens had ze medelijden met tante Trudie. Die had destijds vermoed dat oom Ab van Susanna was gaan houden. Eerst was het medelijden geweest van zijn kant. Daarna was het medelijden overgegaan in liefde. Al was tante Trudie zelf onuitstaanbaar tegen haar man, toch was dat bitter. En waarschijnlijk was de genegenheid van oom Ab voor Susanna een lichtpunt geweest in de nare tijd die ze daar doormaakte.

'Misschien wilt u alleen zijn als u hem leest? Mag oom Ab even in uw kamer zitten?' stelde Elja de dokter voor.

Ab keek naar de brief in zijn hand. Elja zag dat die trilde. Ach...

'Kom mee, kerel,' zei Doom. Hij ging Ab van Lier voor naar zijn kamer waar het winterlicht naar binnen viel door de hoge ramen. 'Ga zitten. We zijn hier als je ons nodig hebt.' Hij sloot de deur achter zich en keerde terug naar de woonkeuken waar de box een vertrouwd beeld was geworden. Hij boog zich ook even naar het kind toe dat zich op zijn knietjes had gehesen en weer omviel.

Daarna wachtten ze.

Onwillekeurig spitste Elja haar oren. Ze wist niet waar ze bang voor was. Oom Ab had een zwaar leven gehad de laatste tijd.

Na een kwartier stond ze op. 'Zal ik naar hem toe gaan?'

'Doe maar, kind. Jij staat hem nader dan ik.'

Elja opende de deur van de spreekkamer. Ab zat nog steeds op dezelfde stoel. Zijn schouders schokten van het ingehouden huilen.

Juist dat geluidloze huilen trof Elja diep. Ze liep naar hem toe en sloeg haar armen om hem heen.

Hij hief zijn hoofd op. 'Elja. Dat ik er niet was om haar te helpen. Het zal me mijn leven lang achtervolgen. En nu is ze er niet meer. Ik kan niets doen om het goed te maken.'

Hier was ze bang voor geweest. Maar het was beter voor hem dan de onzekerheid die hem op den duur zeker zou nekken. Hij was al zo veel magerder geworden.

'Als u er niet was geweest, was ze naar een kamp gevoerd. En u hebt haar geholpen toen ze nog bij jullie ondergedoken zat. Ze hield van u. Echt waar.'

Hij schudde radeloos zijn hoofd. 'Misschien wel, maar het was niet goed van mij om het zo ver te laten komen. Alleen, ik wist niet wat ik moest doen. Ik kon er zo weinig tegen beginnen. Tegen dat gevoel. Mijn eigen gevoel. En nu is ze er niet meer.'

'Ze had toch longontsteking gekregen, en daar is bijna niets tegen te doen. Misschien dat er later een middel tegen komt... maar nu gaan veel mensen daar dood aan. Daar kon u niets aan doen. En in ieder geval is Bram er voor wie u moet zorgen. Misschien niet meteen, maar later moet hij op u kunnen rekenen.'

'Ja, maar ik kan geen vader voor hem zijn, al zou ik er alles voor geven om dat te zijn, maar dan breng ik hem in gevaar.'

Elja streek over zijn schouders. Het was goed dat hij dat besefte, maar wat was het ellendig allemaal.

'Ik zal zorgen dat het hem in ieder geval niet aan geld zal ontbreken. Jullie moeten daar niet voor opdraaien.'

'Wij draaien nergens voor op. Heus niet. Evert en ik zullen ons echt wel redden,' zei Elja vurig. 'Mijn vader en moeder zijn er ook altijd nog. En u kunt hem altijd opzoeken. Alleen mag tante Trudie er niet achter komen, dus dat kan het beste bij ons thuis. Dat valt niet op en ik zal daar voorlopig ook wel blijven, thuis, bedoel ik, want Evert wordt gezocht. Hij moet zich hier voorlopig niet laten zien. Het komt allemaal goed, echt waar.'

Hij maakte een hopeloos gebaar. Zijn ogen waren rood en zijn gezicht was nat. 'Ik schiet zo tekort. Het is dat jij er bent...'

'Het zijn de omstandigheden. Verwijt uzelf niet zo veel, dat is echt niet nodig. En ik ben dol op dat kleine joch.' Elja pakte zijn hand en kneep erin.

'Nichtje.' Hij zuchtte diep en vouwde de brief die hij op tafel had gelegd zorgvuldig in elkaar.

'Die brief kunt u niet meenemen naar de boerderij.'

Elja zag het voor zich. Tante Trudie zou de brief zeker vinden. Ze wilde er niet aan denken wat er dan zou gebeuren.

'Dat weet ik ook wel,' gaf hij toe en hij drukte de envelop tegen zich aan. 'Dat weet ik ook wel. Maar dit betekent zo veel voor me.'

'Zullen we nu naar de keuken gaan? Doom weet alles. Hij begrijpt ook heel veel. Daar hoeft u niet bang voor te zijn.' Elja sprak opzettelijk nuchter. Haar medelijden laten merken zou niet goed zijn op dit moment.

'Laat me nog heel even. Ik kom zo!'

Ze stond op, sloot de deur zacht achter zich en snoot haar neus. Lastig, die tranen. Ze kon ze alleen niet tegenhouden.

'Meisje toch,' zei Doom.

'Het is allemaal zo... zo treurig,' snikte Elja en ze veegde toen resoluut haar tranen weg. Daar schoot ze ook niets mee op.

Een paar minuten later kwam oom Ab naar de keuken. Elja vond dat het net leek of niet alleen zijn overhemd maar ook zijn gezicht gekreukt was. Zo moe zag hij eruit.

Ze bukte zich en pakte Bram uit de box, die meteen begon te dansen op haar arm. 'Hier. Houd hem even stevig vast. Het is niet alleen maar ellende.'

Hij nam behoedzaam het kind van haar aan. 'Dag, dag Bram,' fluisterde hij schor.

Bram keek met grote ogen van de man die hij niet kende, naar Elja. Even vertrok zijn mondje en leek hij te willen huilen, maar hij bedacht zich en lachte.

Ab keek intens naar het kleine gezichtje en drukte het tegen zijn schouder, tot Bram begon te spartelen om los te komen.

'Ik heb de brief op het bureau gelegd,' zei hij.

'Dat is goed, jongen.'

Ach ja, in de ogen van de huisarts was oom Ab nog jong, realiseerde Elja zich. Ze liep naar de kachel waar een ketel water op stond. 'Goed, dan nu thee. Aardbeienthee,' zei ze. 'Het is nog best te drinken ook.'

Nu geen zwaarwichtige onderwerpen alsjeblieft.

'Heb je nog iets gehoord van Evert?' vroeg Doom, die haar poging om de situatie niet meer zo beklemmend te laten zijn, aanvoelde.

'Gehoord niet. Volgens Helmy wordt de telefoon van mijn tantes afgeluisterd. Ik weet niet of het zo is, maar het zou me niet verbazen. Ik denk dat het 't beste is om in het vervolg alleen maar over koetjes en kalfjes en over schapen te praten als er gebeld wordt... Wapens noemen we bollen wol uit Texel, en de piloten kunnen we kalfjes noemen. Dat moeten we natuurlijk wel eerst uitleggen, want anders denken ze dat we hier wartaal uitslaan. Dat kan in de omgeving mondeling. Alleen Evert moeten we het wel vertellen. Brieven schrijven schijnt ook al niet veilig te zijn. Als het fout zit, worden die onderschept. We zijn vast te wantrouwend, maar beter dát dan onvoorzichtig. Ik denk dat het goed zou zijn als ik naar Evert toe ga en vertel wat er hier is gebeurd?' Ze keek vragend van de een naar de ander en hoopte dat Doom zou zeggen dat het een uitstekend idee was.

Hij keek bedenkelijk, maar glimlachte toen. 'Later nog maar eens over hebben, Elja.'

Later? Ze ging naar Evert toe. Binnenkort. Elja stak haar kin vooruit. Het kuiltje erin was even heel zichtbaar. De beide mannen zagen het en zagen ook het kuiltje in de kin van de baby. Familie. Onmiskenbaar. En ze had een besluit genomen. Ook dat was te lezen op haar gezicht.

Ze zou gaan, wisten ze. Niet meteen, maar Elja zou gaan.

Twee weken later ging ze met de baby terug naar Alkmaar, en Bram werd opgenomen in het gezin Van Lier. Jeanet van Lier stapte in de rol van oma en voelde zich er heerlijk bij.

Het werd mei voor Elja naar het zuiden vertrok.

16

De monotone dreun van de wielen van de trein maakte Elja slaperig. Ze legde haar hoofd tegen de houten achterkant van de bank. Het was dit laatste deel van de reis erg rustig.

Pier had beloofd dat er iemand op het station zou staan om haar af te halen. Ze hoopte dat het niet die Vronie zou zijn. Ze had niets tegen haar, maar ze kon zich niet aan de indruk onttrekken dat Vronie wel iets tegen haar had. En toevallig kon haar dat niets schelen, besloot ze.

Het was heerlijk om even weg te zijn. Weg uit Alkmaar, weg van het constante gevoel van onveiligheid dat ze de laatste weken had. Kapitein Krüger, die ze nu ook al voor haar ouderlijk huis had zien lopen. Hij hield haar ook daar in de gaten. Haar moeder had hem een paar keer gezien toen ze nog bij Johanna en Jan was. Ze moest misschien helemaal weggaan uit Noord-Holland. Ze werd een gevaar voor haar familie door de obsessie die Krüger voor haar had. Maar gelukkig liet hij zich niet meer in de winkel zien, volgens Helmy.

Buiten zag ze dat het voorjaar nu echt was begonnen. De bomen waren getooid in een lichtgroen kleed.

Ze zag de eerste huizen van de stad opdoemen en pakte haar koffertje uit het rek. Nog steeds hetzelfde, wat haveloze koffertje.

Gelukkig dat tante Aline haar gesteund had toen ze vertelde dat ze Evert op de hoogte moest brengen van de situatie in Alkmaar: de zoektocht naar hem, Leo die voor Adrie inviel en de zender bediende. Haar kleine broertje... hij was er nog handiger in geworden dan Adrie zelf.

Adrie, die na de huiszoeking nog behoedzamer was geworden, maar toch foto's maakte van de bunkers en de versperringen in de duinen.

De trein reed het station binnen. Ze stapte uit en keek hoopvol om zich heen. Op het perron stond Vronie. Verdraaid. Precies haar had ze niet willen zien, maar vooruit. Ze stak haar hand uit. Vronie beroerde hem even en zei: 'Ik sta een eindje verderop.'

'Heb je een goede reis gehad' kon er zeker niet vanaf.

'Fijn dat je me op komt halen,' zei Elja.

'Mijn vader vroeg het me,' klonk het koel.

'O.'

Dat was in ieder geval duidelijk. Die vond het helemaal niets dat ze hier was. Zonder verder iets te zeggen liep Elja mee.

De wagen met het paard ervoor stond uit het zicht van het perron. Het was vast een stuk veiliger om het daar te stallen, en Elja vond het dom van zichzelf om teleurgesteld te zijn. 'Doe niet zo tuttig,' zei ze tegen zichzelf. Evert moest voorzichtig zijn.

Het was een flink stuk lopen en ze waren vrijwel aan de rand van de stad gekomen. Na de laatste bocht wachtte haar een verrassing. Naast de paard-en-wagen stond een lange gestalte.

Evert! Het koffertje slingerde heen en weer aan haar hand toen ze op hem toe holde. Hij spreidde zijn armen uit en ze vloog hem om de hals. Hij wankelde even door de vaart waarmee ze rende en draaide haar een paar slagen om zich heen. 'Elja!'

Een paar mensen keken glimlachend naar het stel dat in een omhelzing bleef staan.

Na de kus die Elja van anderen gênant lang gevonden zou hebben, zette hij haar op de grond en hij keek waar haar koffertje lag. Er was een bluts bij gekomen, maar dat was niet erg. Het hoorde bij het koffertje.

'Wat fijn dat je er bent. Was het niet gevaarlijk voor je om hiernaartoe te komen?'

Hij haalde zijn schouders op.

'Ja, dat is het zeker,' merkte Vronie op.

'Vlug dan maar weg hier,' zei Elja. Ze was niet van plan om haar stralende humeur te laten bederven.

De ontvangst op de hoeve was hartelijk en woog volledig op tegen de onuitgesproken afkeuring van Vronie.

'Hoelang wilde je blijven?' vroeg die toen ze het paard had uitgespannen, en het klonk alsof ze Elja meteen weer in de wagen terug wilde zetten.

Elja haalde onzeker haar schouders op. Pier keek opmerkzaam naar zijn dochter.

'Je bent welkom, Elja, zolang als je wilt,' zei hij.

'Laat Elja het vennetje straks zien. Ze moet zien hoe mooi het hier is,' zei hij na het middageten tegen Evert.

'Moet ik niet even helpen met afwassen of zo?' vroeg Elja en ze keek naar de vrouw van Pier die heerlijk gekookt had. Zo overvloedig was ze het niet meer gewend.

'Nee hoor, ga maar vlug. Benut de tijd die jullie samen hebben!' De vrouw duwde hen vrolijk de deur uit.

Vronie keek de twee na en Pier legde een hand op de arm van zijn dochter. 'Hij is niet voor jou, meisje,' zei hij kalm. 'Denk daar goed aan. Hij is niet voor jou.'

Ze stak haar kin in de lucht. 'Dat wil ik ook helemaal niet, maar ik kan het niet uitstaan dat ze hem in gevaar brengt door hier te komen. Ze zei toch zelf dat hij gezocht wordt? Dat zou ik nooit doen.'

Pier stak een pijp op en stampte de tabak aan. 'Ja, dat zou je wel, maar dat kan niet. Hij is dol op dat meisje. Daar kom je niet tussen.'

'Die pijp van jou stinkt vreselijk,' ontweek ze het antwoord. 'Ik begrijp niet dat je die rommel rookt.'

'Als ik het maar begrijp.' Hij keek strak naar het boze meisjesgezicht. 'Begrepen, Vronie?'

Onwillig schokschouderde ze. 'Goed hoor.'

'Mooi.'

Evert en Elja liepen langs de rand van het korenveld. De halmen waren nog groen, maar schoten al omhoog. Een paar veldleeuweriken vlogen om de top van de bomen die een akker omzoomden.

'Prachtig is dit. Ik ben dol op de polder, maar dit is ook schitterend,' zei Elja. 'Ik zou het hier best een tijdje uithouden.'

'Als we getrouwd zijn?' Evert trok haar naast zich aan de rand van een droge sloot.

'Gaan we dat doen? Je hebt me nog niet gevraagd,' zei Elja.

'Dat hadden we toch afgesproken?' vroeg hij verwonderd.

'Ja, ik heb het voorgesteld, dus jij hebt het me niet gevraagd,' zei ze onlogisch. 'Dat is niet direct iets om op terug te kijken!'

Hij lachte. 'Aha, daar hebben we het romantische aanzoek weer waar je op staat. Hoe was het ook weer? Met bloemen en een muziekje? Zal ik het nu maar doen? Lieve Elja...'

Hij plukt wat kamille en een paar halmen van de gerst die op de akker stond en stak die haar toe.

'Nee. Echt! Ik moet het later aan mijn kleinkinderen kunnen vertellen. Het moet echt romantisch zijn. Het is het enige huwelijksaanzoek wat ik krijg, dus het moet iets voorstellen.'

'Lastig mens,' zuchtte hij. 'Maar vertel nu eerst eens. Weet Adrie...'

'Straks.' Elja sloeg haar armen om zijn hals en drukte haar lippen op zijn mond. Toen vergaten ze alles.

Boven hun hoofden zongen de leeuweriken.

Veel later herhaalde Evert zijn vraag. 'Weet Adrie nu al wie van zijn familie die soldaat op het oog had? Wie heeft er lopen kletsen?'

Elja schudde haar hoofd. 'Ik weet het niet. We komen er nog wel achter. Maar Adrie voelt zich er beroerd bij. Ik begrijp hem helemaal. Plaatsvervangend schuldgevoel of zo.'

Evert knikte. Hij wist hoe Elja zich destijds tegenover Susanna had gevoeld.

'Hoe is het met ons pleegkind?' vroeg hij.

'Pleegkind? Zo zie ik hem niet. Pleegkinderen gaan vaak weer weg, maar Brammetje blijft bij ons,' zei ze vastberaden. 'Het is zo'n schatje. Ik mis hem nu al. Mijn moeder past op hem. Hij is al helemaal aan haar gewend. Hij kan zo schateren. Dan zou je hem opeten.'

Evert glimlachte om haar vertederde toon. Hij zou zijn huwelijk een beetje anders beginnen dan de meeste mannen. Meteen met een gezin. Anders, maar niet minder. Hij sloeg zijn armen weer vast om haar heen.

'Hoelang kan ik blijven? Ik dacht zelf vier dagen. Dan overvraag ik Pier en zijn vrouw toch niet?' vroeg ze na een tijdje.

'Pier en Rina zijn gewend aan gasten. De hoeve is door de ligging ideaal als doorgangshuis. Duitsers komen er nooit, en stel dat ze komen, er is een veilige plek waar we onderduikers kunnen verbergen. Het enige waar we voor uit moeten kijken, is verraad.'

'We', dacht Elja. Hij zegt telkens 'we'. Evert voelde zich helemaal betrokken bij de inwoners van de boerderij.

'Loslippige mensen zijn doodgevaarlijk,' zei ze. 'Nog erger dan kwaadaardige.'

En daarna was er weer even niets anders dan zij tweeën, het landschap en de uitbundig zingende vogels. Alkmaar leek ver weg.

Helmy was bezig in de winkel. Het middaglicht viel door het hoge raam aan de achterkant van de winkel en scheen op de stof die ze zorgvuldig oprolde. De winkeldeur ging open en Trijnie, de nicht van Adrie, kwam binnen.

'Hallo. Hoe is het?' groette ze.

'Goed. Maar ik ga sluiten, we zijn tussen de middag dicht.'

Helmy vond het niet erg meer dat Vincent bevriend was met Trijnie, maar dat betekende niet dat ze haar mocht.

'Ik kom niet als klant. Ik wilde alleen maar naar boven, naar mijn nicht. En blijft die Elja nog lang weg? Ik heb haar al een tijd niet gezien. Er wordt best veel over haar en Evert gepraat,' lachte Trijnie. 'Vincent vroeg zich laatst ook al af wanneer ze weer eens boven water kwamen.'

'Naar Lia? Hun voordeur is in de steeg.' Helmy negeerde de toespeling op Elja en Evert. Wat raar dat dat kind in de winkel kwam om Lia op te zoeken. Of ging het soms om Vincent? Moest Trijnie soms laten merken dat zij hem vaak zag? Ze trok haar mondhoeken naar beneden. Ze moest niet kwaaddenkend zijn.

'Gunst, ik ben hier nu toch. Je kunt me best even binnendoor laten. Niet zo kinderachtig.' Trijnie liep al in de richting van het magazijn.

Op dat moment kwam tante Aline de winkel in. De glanzende

stof van haar jurk viel soepel om haar slanke, rijzige figuur. Ze nam Trijnie met een blik op.

'We gaan sluiten.' Haar hoge stem klonk bevelend en ze hield de winkeldeur open.

'Ik ben geen klant.'

Tante Alines wenkbrauwen rezen tot halverwege haar voorhoofd.

'Ik wil Lia en Adrie opzoeken,' zei Trijnie.

'Hun deur is de steeg door,' wees tante Aline. 'Hierachter.'

'Maar binnendoor kun je toch ook naar hun etage?'

'Die wordt nooit gebruikt. Dit is een privétoegang.' Tante Aline verborg haar ongeduld nauwelijks.

Trijnie kreeg een kleur. 'Gunst,' prevelde ze. 'Ik ben toch familie?'

Tante Aline nam haar op met een blik. 'Die maken gebruik van de gewone buitendeur. Lia zelf ook trouwens. Die piekert er niet over om binnendoor te lopen. Helmy, ben jij klaar?'

'Ik was aan het afsluiten.'

'Mooi. Dan doe ik de deur achter u dicht.' Tante stond nog bij de winkeldeur en opende hem wat wijder. 'Juffrouw?'

Trijnie had nu een hoofd als een boei. Ze liep naar de deur en verdween.

Tante Aline keek haar misprijzend na. 'Waarschuw je zusje maar dat ze bezoek kan verwachten. Ze kan altijd weigeren de deur open te doen,' adviseerde ze.

Trijnie viel dus niet bij haar in de smaak, zag Helmy.

'Wil je soms liever bij ons eten?' Tante Aline wees naar de fotowinkel.

'Nee, Lia rekent op me, tante. Maar lief van u.'

'Goed zo. Als je ons nodig hebt...' De tantes wisten wat er gebeurd was tussen Vincent en Helmy. De verhouding tussen Helmy en de dames Van Henegouwen was de laatste tijd veel warmer geworden.

'Ik kan haar wel aan, tante.'

'Daar twijfel ik niet aan. Je schoffelt haar zo onder als het moet.' Tante Aline maakte een beweging en Helmy giechelde.

Tante Aline verdween naar het fotoatelier en Helmy liep naar boven, waar Lia de tafel had gedekt met een geel met groen geruit tafelkleed. De witte bordjes maakten het geheel voorjaarsachtig.

'Je krijgt visite, Lia,' kondigde Helmy aan.

'O?'

'Trijnie.'

'Hè bah... wat moet die hier nu!' Lia zette korzelig een kopje neer.

'Geen idee. Ze wilde door de winkel naar boven. Maar daar stak tante Aline een stokje voor.'

'Wat vervelend. Niemand komt hier binnendoor.' Lia was nog steeds bang dat ze lastig gevonden zou worden.

'Dat weten de tantes heus wel. Het is alleen dat mirakel dat het probeert. En onze lieve moe, natuurlijk. Maar dat was vlug afgelopen.'

Ze schoten tegelijk in de lach.

De bel ging.

'Daar zul je haar hebben. Zal ik maar vlug opendoen? Anders maakt ze de kinderen nog wakker. Ik ben net blij dat ik Lineke in bed heb gekregen.' Lia ging op een drafje de trap af en kwam terug met Trijnie, die Helmy bij het raam zag staan.

'Jij mag dus wel binnendoor!' zei ze en ze trok haar mondhoeken naar beneden.

'Natuurlijk. Ik werk hier toch?' Helmy's stem had een vanzelfsprekende toon.

'Ik vind het gek dat ik niet even door de winkel naar boven kon.'

'Nee. Alleen de tantes en Elja en Helmy komen binnendoor. Maar vertel eens. Ben je hier met een speciale reden?' vroeg Lia.

'Nee, niet echt. Ik dacht, ik heb jullie al een tijdje niet gezien, en oma vraagt telkens waarom jullie niet vaker langskomen. Jullie zijn met haar verjaardag niet geweest.'

'Haar verjaardag? Dat is maanden geleden,' zei Lia verbaasd.

'Ja, maar toch... En die vrouwen van dat fotowinkeltje... Die verbeelden zich heel wat. Ze weten niet wat er over hen gezegd wordt. Dat merkten we op oma's verjaardag. En wij hebben hen nog wel verdedigd: die twee oude heksen van hiernaast en Evert en Elja ook.'

De zusjes keken haar verbijsterd aan.

'Verdedigd? Tegen wie?' vroeg Lia.

'Gunst... dat doet er niet toe. Jullie gaan eten, zie ik.'

'Heb je al gegeten?' Lia zuchtte onhoorbaar. Ze was toch wel een hond als ze niet vroeg of Trijnie mee wilde eten. 'We gaan net eten. Helmy heeft maar één uurtje... Eet je hier wat mee? Nee zeker. Je moet ook weer aan het werk.'

'Ik ben vanmiddag vrij. En als het kan, neem ik hier wel een hapje. Dan hoef ik niet naar huis. Het is daar soms zo stil. Moeder en oma... Het zijn wel echt oude mensen aan het worden.'

Lia zette er een bord bij en sneed nog een paar boterhammen. Lastig. Als er nu maar genoeg was voor Adrie om morgen mee te nemen.

'Ga zitten, Trijnie en vertel eens, waarom moesten Elja en haar tantes verdedigd worden?' informeerde Helmy.

Trijnie nam plaats en zag tot haar genoegen dat er leverworst op tafel stond. Bij oma was het zuinigjes aan. Ze keek haar altijd op haar handen. Vertellen? O ja... Elja en die twee oude heksen...

'Op oma's verjaardag was er veel visite. Ook een neef van opa's kant met zijn vrouw. Die kwamen nadat opa was overleden minder vaak en dat was maar goed ook, want ze waren lid van de NSB. Je kent mijn vader, die moet niets van die club hebben. Vooral die vrouw is een felle... Vader ging tekeer over NSB'ers, hij zei dat de meeste niet deugden. Die vrouw werd wel giftig, maar goed, ze zei eerst niets. Toen vroeg ze waar Lia en Adrie waren gaan wonen en waarom ze weg waren gegaan. "Boven de stoffenzaak in de Langestraat," zei ik. En toen zei die vrouw dat ze daar vaak kwam en dat Elja en haar tantes ook zo heilig niet waren. Dat die tantes toch maar lekker profiteerden van de Duitsers. Dat een kapitein voor wie ze vaak werkte stapel was op Elja en dat dat heus niet uit de lucht kwam vallen, maar dat ze er verder niets over zou zeggen, omdat ze in de stoffenzaak altijd behoorlijk werd behandeld.'

Helmy en Lia keken Trijnie met grote ogen aan.

'Maar ik heb hen verdedigd, hoor, al zijn het nog zulke zure ouwe taarten.'

'Wat heb je gezegd?' vroeg Helmy langzaam. 'En die vrouw... Hoe heet ze, zei je?'

'De Vries, natuurlijk.'

Helmy zag een gezicht voor zich. Wat hebberig en verongelijkt. Altijd verongelijkt. Mevrouw De Vries. De vrouw die voor de Duitsers werkte bij Huize Voorhout. Het zou toch niet?

'Wat zei je toen?' herhaalde ze.

'Dat Evert, de vriend van Elja, in het verzet zat en dat hij vaak bij die vrouwen over de vloer kwam en dat ze er vast ook mee te maken hadden, want dat ze weleens onderduikers hadden doorgestuurd naar de boerderij van Vincents tante.' Trijnie trok een deugdzaam gezicht.

'Hoe kwám je daarbij?' Helmy sprak heel zacht. Onder de tafel had ze haar handen in elkaar geklemd.

'Dat heb ik natuurlijk van Vincent gehoord. Die vertelde dat Evert zwaar in het verzet zat.'

Helmy kneep nog harder in haar handen en lachte toen klaterend. 'Wat een onzin! Vincent vindt alles verzet als je een paar regeltjes overtreedt. Hij is ook wel een erg brave burger, dus dan is een foutje in een opgave al vlug heel wat. Wees maar blij dat hij dat nooit zou doen.'

'Maar er is een onderduiker op de boerderij. Die Klaas.'

'Ach kind,' loog Helmy op meewarige toon. 'Dat stelt ook zo veel niet voor. De oom van Elja had mensen nodig op zijn boerderij, en Klaas was student. Hij had geen zin om tewerkgesteld te worden in Duitsland. Dus iedereen blij. Ik wed dat er op de boerderij van Vincents moeder ook wel een paar onderduikers zijn. Wel net iets voor Vincent om zoiets op te blazen. Hij zit zeker zelf ook in het verzet, terwijl ze alleen maar extra handen nodig hebben.'

Trijnie keek beledigd. Vincent leek zo een angsthaas.

'En dat Jodinnetje dan? Die een kind van die Klaas moest krijgen? Ja, Vincent zei dat hij dacht dat het van Evert was, maar dat lijkt me sterk. Dan was die Elja niet met hem om blijven gaan,' zei ze.

'Welnee.' Een wegwerpgebaar van Helmy. 'Dat was allemaal loos alarm. Trouwens, dat meisje is daar niet lang gebleven. Ze kon het niet goed vinden met die tante Trudie van Vincent en is daar weggegaan.'

Helmy bad dat Trijnie niet doorhad dat haar redenering aan alle kanten rammelde. Als ze Vincent in haar handen kreeg... Ze kon hem wel iets dóén. Hoe was het mogelijk dat ze hem ooit leuk had gevonden? Wat had hij allemaal verteld? Ze huiverde. Toch niet nog meer? Niet laten merken dat ze doodsbang was voor wat er allemaal over tafel was gegaan. Trijnie wist ook dat Adrie een zender had. Zou ze dat ook verteld hebben? Verdedigd! Hoe kwam dat stomme kind erbij. Niets laten merken, niets laten merken. Dan gaf ze haar nog iets in handen ook.

Trijnie keek onzeker naar Helmy die stralend naar haar lachte en losjes vroeg: 'Wat zei mevrouw De Vries toen? Trapte ze erin?'

'Eh... Nou, ze zei dat ze dat niet gedacht had. Of zoiets. Maar ze hield in ieder geval haar mond over je bazinnen.'

'Vriendinnen,' verbeterde Lia die tot nu toe gezwegen had. Ze zag wit. 'Het zijn vriendinnen voor ons en ja, ze zijn Helmy's werkgevers en mijn huisbazen. Heel goede huisbazen. Beter dan...' Ze sloot haar mond.

'Nou ja, hoe dan ook. Ze wist dat Evert en Adrie die kapitein Krüger, die daar de lakens uitdeelt, uit de gracht hebben gehaald. Dat doe je ook niet als je de pest hebt aan de moffen, maar ik zei dat dat gewoon naastenliefde was. Mag ik de boter even?' Trijnie stak haar hand uit en Lia gaf haar de botervloot.

'Zo is het maar net. Laat die achternicht van jullie lekker kletsen. En het is trouwens niet handig om tegen die mensen iets te zeggen over de boerderij van Vincents tante. Je weet nooit hoe het opgevat wordt. Zo naar voor Vincent als de boel daar overhoop wordt gehaald. Dat zal hij je niet in dank afnemen. Die denkt ook dat hij iets in vertrouwen kan zeggen.'

Trijnie keek ongerust Ze had toch niets over de boerderij gezegd tegen die vervelende neef en nicht? Oma moest dat stel de deur wijzen in het vervolg. Straks werden zij er door de buren nog op aangekeken dat ze NSB'ers over de vloer hadden.

Door de luchtige toon van Helmy viel het zwijgen van Lia niet op. Lia begreep nu wat de Duitse soldaat had bedoeld toen hij het had over loslippige familie. Ze keek naar Trijnie, die met behagen een stukje brood met leverworst in haar mond stak. Eigenlijk had ze van het begin af aan een hekel aan haar gehad. Verbeten tekende ze met een wijsvinger de blokken van het tafelkleed na. Groen met geel, groen met geel.

'Heb jij Vincent dan nog gezien, Helmy?' vroeg Trijnie in de stilte die viel.

'Vincent? Hoezo?'

'Nou...' draalde Trijnie. 'Ik was bij zijn tante en die oom van Elja, en die dacht dat hij een boodschap voor jou had. Ik was benieuwd... Lieve vrouw is dat, hè, die tante Trudie.'

'Het is een schat,' zei Helmy grimmig.

'Ja toch?' Trijnie likte aan haar vinger. Heerlijke leverworst was dit.

'Heb je al kennisgemaakt met zijn moeder? Ook zo'n sympathieke vrouw.' Met onheilig plezier dacht Helmy aan de priemende ogen van de moeder van Vincent.

'Ja... Dat is een beetje lastig. Ik heb het idee dat ze een boerendochter voor hem op het oog heeft. Dat hoor je wel meer, hè? Maar ik denk niet dat Vincent er zich iets van aantrekt. Anders was hij toch ook niet met jou...' Ze zweeg. Omgegaan klinkt net alsof ze dacht dat Vincent en Helmy iets met elkaar hadden toen zij met hem uitgegaan was.

'Nee hoor, daar trekt hij zich niets van aan. Lia, je zou nog even gaan rusten nu de kinderen in bed liggen.' Helmy keek haar zusje aan.

Lia knikte. 'Ja. Als je het niet erg vindt, Trijnie...'

'Ik laat Trijnie wel even uit. Ik moet zo weer naar beneden, maar ik ruim hier eerst op. Kom, Lia. Laat de boel maar aan mij over,' drong Helmy.

'Als je het niet erg vindt?' vroeg Lia weer en ze stond op.

Trijnie vond dat ze er betrokken uitzag. 'Dan ga ik maar weer eens. O ja, je hebt Vincent dus niet gezien?'

'Hè? Nee hoor. Moet ik iets doorgeven als ik hem zie?' Helmy zette de bordjes op elkaar.

'Eh... Nee, ik zie hem vast eerder dan jij.'

'Vast. Nou, dan is alles in orde. Toch? Kom, ik pak je jas. Het is evengoed frisjes.' Helmy liep naar het kleine halletje en pakte het korte jasje van de kapstok. Inferieure stof, stelde ze vast en ze vond het kleinzielig van zichzelf dat dat haar plezier deed.

Twee minuten later stond Trijnie buiten op straat. Hier was ze dus niets mee opgeschoten. Zo naar dat Vincent niets meer van zich had laten horen de laatste weken. En ze had toch echt gedacht... Ze liep langzaam naar huis. Die etage. Zo heerlijk licht en ruim. Het huis van oma was in vergelijking daarmee zo ouderwets en donker. Lia had toch wel erg geboft. En dan zo'n onbeduidend typetje. Erg oneerlijk. En die tante van Vincent had gisteren gezegd dat hij Helmy weer eens op zou zoeken. Misschien had ze beter niet naar de boerderij kunnen gaan. Ze had echt gedacht...

Ze liep langs het Bolwerk. De twijgen van de treurwilgen langs de gracht hingen bijna in het water. Een waterkipje zat aan de walkant en snaterde vrolijk. Trijnie zuchtte.

De beide zussen stonden in de lichte huiskamer tegenover elkaar. 'We weten nu dus wie er heeft lopen kletsen. Wat een onmogelijk stom schaap is het,' zei Helmy.

'Dus toch familie,' zei Lia bleek. 'Arme Adrie. Wat zal hij dit naar vinden.'

Helmy keek vol sympathie naar haar zusje. 'Maar nu weten we tenminste waar het vandaan komt. Dat moet die mevrouw De Vries hebben verteld. Waarschijnlijk niet eens rechtstreeks aan Krüger, want ze mag Elja wel, geloof ik, maar ze hoeft het maar aan een ander daar doorgeklept te hebben op dat kantoor. Dat ziekelijke gedoe van Krüger tegenover Elja is meer mensen opgevallen. In ieder geval zijn eigen mensen weten ervan. En dan Evert die hem uit de gracht heeft gehaald en Adrie...'

Lia zweeg en stond doelloos met het tafelkleed in haar handen.

Helmy pakte haar het kleed af. 'Laten we Vincent niet vergeten. Die stompzinnige idioot om te kletsen over de dingen die op de boerderij zijn gebeurd. Hij heeft vast niet verteld welke rol zijn tante Trudie heeft gespeeld.' Helmy's woede was gemengd met angst. Wat had Vincent nog meer verteld? Het kind van Susanna liep toch geen gevaar? Nee, Trijnie had het niet over een kind gehad. Hopelijk wist Vincent daar niets van. Klaas was net zo zwijgzaam als die oom Ab. Hij mocht Vincent niet en vertrouwde hem nog minder. Vincent wist alleen dat Susanna overleden was. Over de geboorte van haar baby had niemand iets verteld. Ze zag het vrolijke babygezichtje voor zich en rilde. Niemand mocht weten dat het kind waar Elja voor zorgde van hem was. Als dat tenminste zo was.

'Doodgevaarlijk, dat gezwets. Daarom waren de Duitsers hier dus. We moesten het maar aan de tantes vertellen. Dat raadsel is dus waarschijnlijk opgelost. Aan de andere kant goed dat we het weten. Je wordt zo ellendig wantrouwend door die oorlog.' Helmy stak een hand uit naar Lia, die hem vastgreep.

Langzaam liepen de zusjes Pronk de trap af naar de zusters Van Henegouwen.

Tante Aline legde net de zwarte hoorn van de telefoon terug. 'Elja komt vanmiddag thuis. Met de trein van halfvier. De man bij wie Evert ondergedoken zit, belde net. Evert zelf kwam niet aan de telefoon. Wat worden we voorzichtig, hè?'

Helmy's gezicht klaarde op. 'Heerlijk.' Ze keek naar Lia en haar gezicht betrok weer. 'Wij hebben ook iets te vertellen.'

De reactie van tante Aline op hun relaas was nuchter. 'Blij dat we het weten. Voor Adrie ook goed. Hij vraagt zich vast nog af of hij ongewild iets heeft laten vallen. Wij weten dat het niet zo is, maar hij twijfelt.'

'Zo is het. We zijn alleen maar dankbaar dat er niets is gebeurd.'

Lia kreeg tranen in haar ogen. Dat de tantes Adrie zo goed begrepen.

'Nou, genoeg emotie. De winkels moeten open.' Tante Aline bleef zakelijk.

De verdere gebeurtenissen van de middag bevestigden hun vermoeden dat hun telefoon afgeluisterd werd.

Elja sprong uit de trein. De vijf dagen op de hoeve in Brabant hadden haar goedgedaan en ze had een lichtbruin tintje op haar wangen gekregen door de lange wandelingen die ze met Evert gemaakt had.

Aan het eind van het perron stonden een paar soldaten die iedere reiziger controleerden. Ze had niets bij zich wat kwaad kon, en zorgeloos stapte ze naar de uitgang.

'*Fräulein* Elja.'

Ze keek op. Haar hart sloeg over. Staalgrijze ogen die haar aankeken. Krüger. Was dit toeval?

De soldaten lieten haar door zonder naar haar papieren te vragen.

'*Fräulein* Elja.' Ook de kapitein vroeg niet naar haar papieren.

'Kapitein Krüger.' Ze neigde haar hoofd.

'*Ich*... Ik heb u een tijd niet gezien.'

'Ik ben een weekje met vakantie geweest.'

'Maar u was lange tijd niet in de winkel.'

'Andere bezigheden. Ik zorg voor een kindje van een overleden vriendin.'

'Zo dicht mogelijk bij de waarheid blijven,' zei haar vader altijd.

'Ach.'

Nou keek hij nog vertederd ook. Je zou hem toch een mep geven, dacht Elja.

'*Ist der Evert* er niet?'

'Hij heeft een ander district,' zei ze vaag en ze keek langs hem en zag de vier soldaten die de papieren langdurig controleerden. Was dit het welkomstcomité soms? Vermoedden ze dat Evert met haar mee zou komen? Werd hun telefoon dus echt afgeluisterd? Ze krulde haar lippen.

'*Fräulein* Elja. Ik vertrek deze week uit Holland. *Ich bin froh*... Ik ben blij dat ik u nog zie.'

Vertrekken? Hij ging weg? De opluchting was zo groot dat ze haar ogen neersloeg. Hij mocht niet zien hoe blij ze daarom was.

Ondanks die poging lachte ze stralend naar hem. 'Ook een andere standplaats? Wel, dan wens ik u het beste.' Ze zwaaide met het koffertje en liep verder. Als het echt zo was, kon Evert weer terugkomen. Een andere commandant was nooit zo gefocust op Evert als Krüger.

Hij liep gelijk met haar op en gaf haar lach een andere betekenis.

'Ik vind het jammer dat ik u niet meer zal zien. Als het geen oorlog was geweest...' Hij deed een paar stappen naar haar toe en was zo dichtbij dat ze een vage sigarettenlucht gemengd met de geur van zijn uniform rook. Hij stond stil en zij hield ook haar passen in.

'Wij hadden vrienden kunnen zijn?' De grijze ogen vroegen. 'Ja toch?'

Elja schudde haar hoofd. 'Het heeft geen zin om zo te praten, want het ís oorlog. Dat was niet onze keus. U kunt dus geen vriend zijn,' zei ze vriendelijk.

Hij keek zo... bijna sneu. Niets van dat kille dat ze vaak in zijn ogen had gezien. En hij ging weg. Gelukkig, hij ging weg.

Krüger deed nog een stap dichterbij. Meteen stapte ze achteruit, ze strekte haar arm en stak haar hand uit. Afstand houden. 'Adieu, kapitein.'

'*Auf wiedersehen*?' vroeg hij.

'Wie weet.' Ze hield haar koffer voor zich en liep het perron af. Ze voelde zijn ogen in haar rug. Niet omkijken. Niet omkijken. Voor ze de zware deur bij de uitgang opende, keek ze toch. Hij stond haar na te kijken en hief een arm. Ze knikte stijfjes en sloot de deur achter zich.

Elja rende het laatste stuk naar huis. Ze verlangde er zo naar om kleine Bram weer te zien. Zou ze van een eigen kind nog meer kunnen houden dan van Susanna's baby? Vast niet.

Haar moeder zag haar aankomen, opende de deur en knuffelde haar kort voor ze haar dochter naar de box duwde.

'Hij lóópt!' riep Elja.

'Ja, hij loopt. Is het geen bijdehandje?' antwoordde Jeanet van Lier trots.

Bram taterde, stak zijn armpjes uit en lachte.

'Hij kent me echt.' Elja pakte hem op en hield hem dicht tegen zich aan.

'Natuurlijk, wat had je dan gedacht? Hij heeft je gemist. Hij zat telkens te zoeken. Je bent voor hem echt zijn moeder. Dat is gewoon zo.'

'Het voelt ook zo.' Elja legde haar wang op het hoofdje. Ze zou zijn moeder zijn.

'En zal ik eens wat heerlijks vertellen? *Der Krüger* gaat weg. Evert kan over een paar weken gewoon terugkomen. Zijn opvolger zal nooit zo achter hem aan jagen als Krüger deed,' jubelde ze.

Jeanet van Lier keek naar het opgetogen gezicht van haar dochter. Gelukkig, die man verdween dus. Dat Elja zich niet realiseerde dat zij door die obsessie van de kapitein zelf net zoveel gevaar liep als Evert. Mannen die zich afgewezen voelden, konden een bedreiging worden. 'Als ik haar niet krijg, krijgt een ander haar ook niet,' had ze eens een man horen zeggen. Zoiets scheen vaker voor te komen. Ze rilde. Gelukkig. Hij ging weg.

'Dat is een hele opluchting, kind,' zei ze toen. 'En doe Bram een slabbetje voor, hij kwijlt. Door de tandjes, denk ik.'

Jeanet had, net als haar zusters, oog voor de praktische dingen.

De volgende dag ging Elja vroeg naar de stoffenwinkel. Ze had moeite om niet te huppelen.

Boven de markante gevels stond de voorjaarszon die de stad in het licht zette.

Ze zou straks haar tantes en Helmy alles vertellen over de afgelopen week. Ze dacht aan Evert. Nou ja, niet alles... Veel. Maar nu genoot ze even van de warmte die de zon al gaf. Ze hief haar gezicht naar boven. Kleine, alledaagse dingen. Ze hield er zo van.

Drie dagen later zat kapitein Krüger in de trein die naar het zuiden reed. Hij keek in zijn papieren. Tussen de satijnen voering van zijn portefeuille zat een foto. De vrolijke ogen van Elja lachten hem toe. Net zoals op het perron een paar dagen geleden. Zorgvuldig borg hij hem weer weg. Als de oorlog voorbij was... Of als hij weer terug werd geplaatst. Kapitein Krüger was niet gewend om iets op te geven.

Diezelfde week landdden de geallieerden op de kust van Normandië. Het zwaarste oorlogsjaar moest nog komen. Maar daar had Elja geen idee van. Ze was voor een deel van de dag weer aan het werk en ze was domweg gelukkig.

Drie weken later hoorde Elja lawaai voor de winkel. Ze keek door de ruit van de etalage. Er stonden drie mannen in het uniform van het Trompetterkorps Alkmaar. Ze hadden trompetten in hun hand die ze in de hoogte hieven toen ze haar zagen.

Helmy liep al naar de deur, nieuwsgierig en lacherig. 'Moet je die zien,' riep ze.

Elja liet de wol die ze aan het sorteren was, liggen en haastte zich ook naar voren.

De deur werd geopend en in de opening stond een lange figuur. Hij had een grote bos bloemen in zijn armen, en toen hij Elja achter Helmy zag opduiken, liet hij zich op zijn knieën zakken en gaf een teken aan de mannen. De trompetten schetterden de melodie van het Zuid-Afrikaanse liedje *Mama 'k wil een man hè*. Nieuwsgierige voorbijgangers bleven staan en keken lachend naar de trompettisten en naar de lange man die zich op een knie had laten zakken en het meisje aankeek.

Toen de laatste tonen wegstierven riep Evert: 'Elja... Wil je met me trouwen?'

'Evert.' Ze drukte haar handen tegen haar brandende wangen, keek een moment wat angstig rond. Geen Duitser te zien, maar evengoed, toch zo riskant. Hoe durfde hij.

'Gek!' riep ze toen.

Helmy schaterde en de omstanders lachten hard mee.

Evert lachte ook. De lach die heel zijn gezicht veranderde van de ernstige man die hij de laatste jaren was geworden in de zorgeloze jongen die Elja en Helmy op school hadden leren kennen.

'Is dat nu je antwoord op mijn aanzoek?' vroeg hij en zijn ogen tintelden.

Met verheffing van stem herhaalde hij: 'Elja van Lier, wil je met me trouwen?'

Ze schudde eerst even haar hoofd en onder luid applaus riep ze toen uitgelaten: 'Gek.' En toen: 'Natuurlijk trouw ik met je. Ja!'

Hij stond op en sloeg zijn armen om haar heen met de bos anjelieren en al.

'Denk je dat dit romantisch genoeg is om later aan je kleinkinderen te vertellen?' De woorden waren bijna niet te horen door het trompetgeschal dat weerklonk.

Blozend stak ze haar neus in het boeket anjelieren en ze zei stralend: 'Absoluut!'

Helmy keek hoofdschuddend naar de twee. 'Kom nu maar binnen, voor jullie nog meer belangstelling krijgen. En gefeliciteerd.'

Ze volgden haar naar binnen.

Boven de statige gevels van de herenhuizen in de Langestraat scheen de voorjaarszon en zette de stad in het licht.

Oorlog. Maar ondanks de strijd die op dit moment in alle hevigheid woedde, was en bleef er ruimte voor mensen die van elkaar hielden.

Epiloog

Het was 8 juni 1945.

De deuren van de Grote Kerk stonden open. Orgelklanken waren hoorbaar in de Langestraat en zorgden voor een feestelijke sfeer. De kerk was al flink gevuld, maar nog steeds liepen mensen in de richting van de Grote Kerk.

In de bank tegenover de preekstoel zaten de zusters Van Henegouwen.

'Zo kunnen we het een beetje overzien,' zei tante Aline tegen haar zuster.

Flora knikte en streek de kraag van haar jurk glad. Ze vond alles best. Het was vrede. Eindelijk was het vrede. Dit laatste oorlogsjaar was hun zwaar gevallen. Zo veel mensen die de bevrijding niet hadden mogen meemaken.

Maar deze dag was vol vreugde en licht. De trouwdag van Elja en Evert.

Vlak voor de preekstoel stond een grote vaas gevuld met anjelieren die een heerlijk zoete geur verspreidden, en aan de banken hingen kleine boeketjes.

Op de rieten stoelen aan de overzijde zaten Johanna en Jan naast Helmy en Klaas. Wat een vreemde en aan de andere kant logische combinatie was dat. Tante Aline glimlachte. De vrolijke en soms grillige Helmy was verliefd geworden op de nuchtere Klaas, die niet uit zijn evenwicht te krijgen was. Ze had beiden goed leren kennen in het laatste oorlogsjaar. Allebei zo moedig. Ze ving de blik van Helmy en knikte haar vol genegenheid toe.

Helmy lachte. De tantes zaten er zo vorstelijk bij in die bank.

Naast Helmy zaten Lia en Adrie. Lineke was bruidsmeisje en had vanmorgen ook een boeketje gekregen: een mini-uitgave van het bruidsboeket dat Elja had gekregen. Zo attent van Evert. Lia keek naar de deur. Ze zouden nu zo wel komen.

Kleine Rik was bij een vriendin ondergebracht. Haar moeder wilde erbij zijn in de kerk en was vaag beledigd dat haar dochters de hele dag uitgenodigd waren en zij niet. En ze had ook geen stof voor een nieuwe jurk gekregen. Dat haar dochters daar niet op aangedrongen hadden bij Elja en haar tantes. Helmy... nou ja, van haar had ze het kunnen verwachten, maar Lia? Die was veranderd en niet in haar voordeel. Ze kwam nooit meer op vrijdag langs om de boel eens een goede beurt te geven. Dat was voor een groot deel ook Adrie te verwijten. Hij vond dat moeder Pronk maar iemand in dienst moest nemen om het zware werk te doen.

Daar had je nou dochters voor gekregen. Mevrouw Pronk keek mokkend naar de ruggen van haar kinderen die vooraan op gereserveerde plaatsen zaten.

Ook Trijnie en Vincent hadden hun bedenkingen. Ze waren ook niet gevraagd om het feest bij te wonen. Vincent, nota bene een van zijn oudste vrienden. En Klaas was er wel. Hij had na de bevrijding rondgelopen met de blauwe band van de Binnenlandse Strijdkrachten om zijn arm. Toen hij, Vincent, Evert had gevraagd of hij ook zo'n band kon krijgen, had Evert kortaf geweigerd. Terwijl hij hem in maart nog had aangeboden om mee te helpen met het verzetswerk. Hij was niet bang voor risico's. Maar Evert had gezegd dat het niet meer nodig was en dat de laatste maanden wel erg veel mensen zich hadden aangesloten bij het verzet. Het zat Vincent een beetje tegen de laatste tijd.

Dat die broer van Elja zich opeens voor de boerderij was gaan interesseren was een enorme tegenvaller. Hij had erop gerekend dat hij zelf oom Ab zou opvolgen. Ab was ook veranderd. Het had er ongetwijfeld mee te maken dat tante Trudie destijds Susanna had verraden. Er hing nog steeds een waas van geheimzinnigheid om Susanna's kind heen. Dat niet Klaas maar Elja en Evert voor haar zoon zorgden, gaf te denken. Maar hij kwam er wel achter.

'Wat zei je, Trijnie?'

'Kijk, een Canadees. Ik wist niet dat Evert daar ook mee bevriend was,' fluisterde Trijnie en ze keek geboeid naar de militair die in gezelschap van een meisje en twee oudere mensen de kerk binnenkwam. Lastig dat ze hiervandaan niet even aan Lia kon vragen of die wist wie dat waren. 'Interessante man,' fluisterde ze.

Vincent keek opzij. Trijnie... Hij moest zo langzamerhand een beslissing nemen of hij wel of niet met haar verder wilde. Helmy weigerde om mee te gaan als hij haar mee uit vroeg. Eigenlijk vond hij dat wel jammer. Zulk vermakelijk gezelschap was ze geweest. Erg jammer. Dat ze de voorkeur gaf aan Klaas... Gek was dat. Hij moest maar eens nadenken of zijn toekomst niet in Canada lag. Hij moest die Canadees straks maar eens polsen.

Misschien kon die iets voor hem doen. Tenslotte was hij altijd een vriend van Evert geweest, al leek die dat te zijn vergeten. Hij moest die vent wel te spreken krijgen voordat Evert hem een slechte pers gaf. Hij kon er tenslotte niets aan doen dat Trijnie zo loslippig was geweest tegen die familie van haar over Everts bezigheden. Maar goed dat er niets ernstigs uit voortgekomen was. Die Adrie had een paar flinke klappen gekregen, maar hij had er geen blijvende schade aan overgehouden, dus waar had Helmy het over. Het was nooit de bedoeling geweest om Evert te verraden.

Die verre nicht van Trijnie, die mevrouw De Vries, die voor de Duitsers had gewerkt, was in mei meteen opgepakt. Zij en haar man zaten nog in een kamp, maar ze zouden wel weer vlug vrijkomen. Je had nu eenmaal mensen die overal mee wegkwamen. Vincents knappe gezicht kreeg een verongelijkte trek. Als je alles van tevoren wist...

Hij keek naar Helmy die net opkeek naar Klaas. Stom, stom dat hij haar had laten gaan.

Helmy zag hem niet eens. Ze wees naar het meisje dat vergezeld door een man in uniform net was binnengekomen.

'Kijk, wat leuk. Dat is die Vronie met haar Canadees, en dat zijn haar vader en moeder. Evert heeft bij hen ondergedoken gezeten, weet je wel. Elja is er ook geweest. Is dat een luitenant of niet? Ik houd die strepen nooit uit elkaar. Maakt niet uit.'

Iemand achter haar stak een hand op en Vronie groette terug. Leuke vent, die militair. Nou ja, dat mocht ook wel. Volgens Evert was dat meisje ontzettend moedig geweest, maar in het zuiden hadden ze natuurlijk het laatste oorlogsjaar niet meegemaakt. Ze huiverde even. Die laatste verschrikkelijke winter. Het was een paar keer op het randje geweest. En dan al de hongerige mensen uit Amsterdam...

Helmy's gezicht verstrakte even. Afschuwelijk was dat geweest.

Ab van Lier zat op een gereserveerde plaats achter zijn broer en diens gezin die op de voorste rij hadden plaatsgenomen. Naast hem zat Trudie. Ze had gesmeekt of ze mee mocht. Het leven moest toch zo langzamerhand weer normaal worden. Ze had een fout gemaakt, maar daar hoefde ze toch niet voor te blijven boeten? En had ze geen reden gehad voor haar wantrouwen tegen Susanna? Van die kampen hadden ze niets geweten, niet hoe erg het daar was geweest... En daar was Susanna toch ook niet terechtgekomen?

Ab was dol op dat kleine joch, dat zoontje van haar, dat Elja had geadopteerd. Dat kind leek sprekend op Elja en haar broertje. Niemand hoefde haar iets wijs te maken, dat kind was van Ab. Maar wat kon ze ertegen doen? Niets! Ze mocht blij zijn dat Evert en Klaas er verder geen werk van hadden gemaakt. Er waren mensen die voor minder waren opgepakt vorige maand.

Ze kneep haar handen in elkaar en keek wrokkend naar het stoïcijnse gezicht van haar man. Geen enkele invloed had ze meer op hem. En nu kwam dat oudste broertje van Elja op het bedrijf. Vincents kansen op de boerderij waren verkeken. Haar familie kwam er niet meer aan te pas. Had ze alles maar eerder geweten...

Jeanet van Lier zag het gezicht van haar schoonzuster en klemde haar kleine neefje vaster tegen zich aan. Trudie kon hem niets meer doen. Niet dat ze dat zou willen, maar gelukkig was de oorlog voorbij en was er geen gevaar meer. De kleine jongen wriemelde even, zodat ze haar greep verminderde. 'Stil bij oma blijven zitten,' vermaande ze en toen stond iedereen op. In de opening van de deuren verscheen het bruidspaar. Elja droeg een lange japon met een strak lijfje en een rok die klokkend uiteenliep. De stof was nog van voor de oorlog. Esther Mendels had hem nog ingekocht. Als Esther eens had geweten dat Elja voor een achterneefje van haar zorgde. Wat waren hun families met elkaar verbonden...

Evert had een pak geleend van de vader van Elja. De pijpen waren iets aan de korte kant, maar een kniesoor die daarop lette. Hij zag er waardig uit, vond tante Flora en ze keek met genegenheid naar het magere gezicht met de knobbelige neus. De organist zette een psalm in en Helmy en Lia kregen een brok in hun keel toen ze de blikken zagen waarmee Elja en Evert elkaar aankeken. Door het hoge venster van de Grote Kerk viel een streep zonlicht op de zerken op de vloer waarover het bruidspaar naar voren liep.

In een half kapotgeschoten ziekenhuis in West-Duitsland bogen twee nonnen die witte schorten over hun habijt droegen, zich over de patiënt die in het ijzeren ledikant lag.

'Hij haalt de avond niet. Ik dacht dat hij het zou redden. Die Amerikaanse arts heeft zijn best voor hem gedaan, maar die ontsteking was te ver heen,' zei een van de twee.

De man in het bed stak een hand uit en tastte onrustig op de deken.

'Die foto... hij wil die foto hebben. Die heeft hij al die tijd in zijn hand gehouden. Kijk, kapitein Krüger, hier is hij.'

De non keek even naar de foto van een meisje dat stralend in de lens lachte. De steile haren vielen langs haar wangen en in haar kin zat een kuiltje.

'Lief vrouwtje,' zei ze, 'uw vrouw? Of was ze uw verloofde?'

Ze moest zich vooroverbuigen om het antwoord te verstaan.

'Als het geen oorlog was geweest... Vast wel,' zei kapitein Krüger en hij drukte de wat kreukelige foto tegen zijn borst.

Op exact datzelfde moment gaf Elja antwoord op de vraag: 'Neemt u tot uw wettige man Everardus Koomen?'

'Ja,' zei ze vol overtuiging.

Evert glimlachte. De lach die zijn ernstige gezicht weer omtoverde in de onbekommerde jongen die hij voor de oorlog geweest was. Ze lachte terug. De lach die ook op de foto zichtbaar was.

Evert streek de korte, witte sluier naar achteren. Het binnenvallende zonlicht gaf het haar van Elja een goudkleurige glans. Het duister van de oorlogstijd was ver weg. Nee, het was nog niet overal vrede. Maar hier, in deze hoge kerkruimte, was hij volop aanwezig.